国家社会科学基金重大招标项目"延安文艺与20世纪中国文学研究"成果

"十三五"国家重点图书出版规划项目

国家出版基金项目

陕西省委宣传部重大文化精品项目

陕西师范大学中国语言文学世界一流学科建设成果

延安文艺与20世纪中国文学研究

赵学勇 李继凯 主编

延安文艺报刊汇辑述略
（1936—1949）

王 荣　翟二猛　王西强　著

陕西师范大学出版总社

图书代号　SK21N1187

图书在版编目(CIP)数据

延安文艺报刊汇辑述略：1936—1949/王荣，翟二猛，王西强著.—西安：陕西师范大学出版总社有限公司，2021.7
（延安文艺与20世纪中国文学研究/赵学勇，李继凯主编）
"十三五"国家重点图书出版规划项目　国家出版基金项目
ISBN 978-7-5695-2246-4

Ⅰ.①延…　Ⅱ.①王…　②翟…　③王…　Ⅲ.①文艺—报刊—汇编—延安—1936—1949　Ⅳ.①I209.6

中国版本图书馆CIP数据核字（2021）第104797号

延安文艺报刊汇辑述略（1936—1949）
YAN'AN WENYI BAOKAN HUIJI SHULÜE（1936—1949）

王　荣　翟二猛　王西强　著

出版统筹 /	刘东风　雷永利
责任编辑 /	王丽敏
责任校对 /	杜莎莎
出版发行 /	陕西师范大学出版总社
	（西安市长安南路199号，邮编710062）
网　　址 /	http：//www.snupg.com
印　　刷 /	中煤地西安地图制印有限公司
开　　本 /	710mm×1000mm　1/16
印　　张 /	29.25
字　　数 /	456千
版　　次 /	2021年7月第1版
印　　次 /	2021年7月第1次印刷
书　　号 /	ISBN 978-7-5695-2246-4
定　　价 /	168.00元

读者购书、书店添货或发现印装质量问题，请与本公司营销部联系、调换。
电话：（029）85307864　85303629　传真：（029）85303879

总　序

　　延安文艺是20世纪中国文学历史进程的重要节点。自1940年代至今,延安文艺及其相关问题的研究不断拓展深化,并于不同的历史语境及研究者的身份立场中呈现出有别甚至迥异的话语阐释与纷争局面,成为中国现当代文化史、文学史上难以绕开的学术研究领域。如果说20世纪的延安文艺研究更多为外在的各种(政治的、文化的、文学的)力量所推助,那么在拨开意识形态的迷雾后,新世纪以来的延安文艺研究则更加彰显出延安文艺自身的丰富内涵与持续性研究的宽阔空间,并不断促使延安文艺研究向更加深广的领域拓进。

　　延安文艺研究的重要价值和意义,首先由延安文艺本身的价值和意义所决定。在中国现当代文学的发展中,延安文艺上承五四、左翼时期的文学传统,下启"十七年"、"文革"及新时期至今的文学路向。这一承前启后的文学历史的"坐标"意义及其影响巨大而深远。其次,延安文艺是一种特殊空间范畴的文艺形态,它完成了将战时特殊的区域化文学实践与一般意义上的民族/国家文学的创构目标相联结的巨大的文化实验。因此,认识中国现代文化与文学,以至认识现代中国革命与社会,认识当代中国诸多文化与文学的现实问题,都离不开对延安文艺的不断认识和解读。

　　延安文艺研究的价值还在于其在当代中国文学话语中的元叙事作用。一方面,它所建立的文学规范显性地呈现为一种话语权威,支撑起新意识形态下文艺体系中的文学组织方式、生产方式的合法性运转;另一方面,它隐性地内化为当代文学所具有的特殊文艺传统和精神品格——作为极为重要的中国经验的组成部分，不断地渗透于中国文化建设的各个层面。

此外，延安文艺研究的价值无疑还在于其鲜明的当下性指向。作为吸收、鉴取和凝聚了中国传统民间智慧与外国文艺理论及艺术形式的大众文艺形态，延安文艺以其"新鲜活泼的、为中国老百姓所喜闻乐见的中国作风和中国气派"的艺术样式，真正意义上践行了文学与社会现实、与广大民众密切结合的时代诉求，具有鲜明的先锋性、民族性与现代性特征。新世纪以来，面对大众文化的崛起、底层书写的兴盛、民间资源的流失、全球化与本土化的对峙等中国文学亟待解决的问题，重新爬梳并清醒认知延安文艺的历史经验及其创造性转化的价值和意义，无疑能够为当代人民文艺的健康发展提供借鉴与审思的契机。

强调以历史意识和史学视角切入研究，亦即本着贴近历史语境的原则，对延安文艺做出历史的、社会的及美学的阐释和评价。历史与现实视域是评价延安文艺应持守的基本态度。坚持历史的实事求是的学术精神，注重对历史的多重把握与透视，在理解与阐释中触及历史的真实；重视现实的客观中肯的研究方法，尝试探索具有当下延伸意义的理论路径，并着力针对历史文化现象做出科学的阐释。这是本课题研究的基本出发点。

"延安文艺与20世纪中国文学研究"书系，是其同题国家社会科学基金重大招标项目的终期研究成果。课题组成员力图从新的理论视界，对延安文艺本体形态与中国新文学的历史关联和发展、延安文艺的重大历史价值和影响、延安文艺的马克思主义文艺理论的中国化理论和实践、延安文艺之于中国现当代文学精神的经验借鉴、延安时期及对后来产生广泛影响的作家作品、延安文艺的中外传播及世界影响等重要议题，进行深入、系统的研究。书系主要包括对延安文艺的文学史价值重估、本体研究、文本细读、史料钩沉等方面，且延展至对延安文艺所纳含并有突出贡献的戏曲、电影、书法等多种艺术门类作品的再读与评价，亦触及对女性主义、传播生态、族裔书写、文人心态等相关重要理论命题及实践层面的探讨。由此构成了整一的"延安文艺与20世纪中国文学研究"课题的内容结构。

深入系统地研究延安文艺与20世纪中国文学的广泛联系及深远影响，对重新认识中国现当代思想史、社会史、革命史、文化史、文学史具有重大的学术价值和意义。在每部著作的内容和结构中,最值得反复强调的是,站在学术的时代前沿,审慎地、科学地重估延安文艺的价值,着力建构延安文艺史料学与延安文艺学术史,在作家新论的基础上探究延安文学的经典化历程,在广阔的社会文化视野中考察延安文艺的发生、特征及影响,探索精英文化与民间文化的融合、新型文艺形态的创构,等等。这些都是本课题的创新和亮点。

作为马克思主义文艺理论与中国本土文艺实践和历史语境相结合的综合性、创造性转化成果,延安文艺以鲜明的时代性诠释了马克思主义理论与中国文化传统和实践经验的融合、生发与创新,成为马克思主义中国化的成功方案。延安文艺本身也以其丰富性、多样性和创新性不断地诠释、发展和丰富着马克思主义文艺理论中国化的内涵。延安文艺思想中的人民主体文艺观、革命功利主义文艺观、文学艺术源泉论、中国民众喜闻乐见的民族形式论、文艺舞台上人民群众主角论,都包含了文论方面的独特创造,充分体现了其话语体系的实践性特征。因此,正视和总结马克思主义文艺理论中国化的经验,无疑有着重大的现实意义与理论价值。

延安作家的书写行为及特殊战时环境中延安文人形象的塑造,其精神内涵丰富且意味深长,对研究现代中国知识分子的生命历程及精神史有极为重要的价值。因此,在关注延安文艺的本质特征、艺术价值、珍贵史料之外,更直接地从文艺制度、文人处境、文人性格、作家精神气质、日常生活场景、民间文化资源等层面入手,探讨延安文艺的创作经验及其在之后文学发展中的赓续与转化问题,不失为延安文艺研究中突破政治与文学的二元对立模式,凸显革命政治文化与文学文化之间的互文,积极尝试重构一种文人与政治、政治与文学之间相互独立、相互融通、相互创造关系的研究范式,有意想不到的发现。

延安文艺传播的成功经验,建基于传播主体与受众间密切且灵活的联系,既汇聚了集体智慧共同参与文艺创作,更扩展了艺术与生活的边界,在良性的深度互动中呈现出包容性、广泛性与渗透性的文艺传播效果。而域外作家的延安书写及域外延安文艺学术史的研究,使得延安文艺与20世纪中国文学研究的视野更加开阔,眼界更具开放性、包容性及参照比较的特点,对中国当代文学具有积极的书写经验的镜鉴意义。延安文艺的世界性传播，引发了海外汉学界的关注与研究。面对海外汉学界某些偏颇的批评观念，给予理性的符合历史情境的回应，且进行深刻的自我审视与反思，在融汇本土视角与国际视野的研究视域下，开启对文化身份认同、国际形象建构与世界文学追求等方面的积极探索，具有重要的理论价值。

不断深化延安文艺与20世纪中国文学的历史发展研究，旨在形成一种必要的更加宏阔的研究视野，以此拓宽认识20世纪后半叶及新世纪的中国文学、文化、艺术对延安文艺精神的继承、发展与创变，以及随之收获的历史资源和经验教训。其学术价值的重点在于，对当下文学、文化和艺术的广泛观照与深刻反思。通过考察新的历史条件下，毛泽东《在延安文艺座谈会上的讲话》与习近平《在文艺工作座谈会上的讲话》之间的精神联系，探索并回应社会主义文艺的重大问题，如世界文化发展趋势与中国经验的兼容性内涵，社会主义文艺观的当代性发展，弘扬革命文艺传统与坚持社会主义文艺的前进方向，等等。强烈的当代意识和当下观照是本课题研究的鲜明特色。

可以看到，有关延安文艺的研究目前正不断地朝着更加学理化、纵深化、精细化、历史化的方向拓进。这一研究课题的再深化，对整个20世纪中国文学话语资源及范式的清理、反思、再认识及重塑，于学科层面而言具有十分重要的意义。与此同时，在中国文化软实力全球化推进的背景下，延安文艺的相关研究亦可对当下所倡扬的"中国经验""中国智慧"进行丰富的更深意义上的补充。因而，在此基础上，我们期待一个更加开放的、深化的、互通的延安文艺研究的新局面。

赵学勇

2020年10月6日

前　言

众所周知，在20世纪中国文艺文献史料研究中，全面抗战前后开始编辑出版的延安文艺报刊，不仅是中国现代出版及报刊史研究的重要内容，同时也是中国共产党出版事业及"党的文化工作"的主要组成部分。特别是在当时的新民主主义政治及文化实践中，延安文艺报刊的编辑出版及传播，除承担起政治意识形态及政党革命的形象展示责任之外，还为延安文艺运动及创作活动与作品传播，以及其艺术资源与审美趣味的接受，建立了"推及全中国"的媒介平台。因此，20世纪40年代延安文艺报刊文献史料的搜集及整理，应当是中国现代文艺及延安文艺史料整理研究不可或缺的一项课题或任务。

《延安文艺报刊汇辑述略（1936—1949）》正是通过对延安文艺运动发展过程中，由中国共产党及其政治宣传部门领导组织，相关文化机构和文艺团体主编，先后出现在以延安为中心的陕甘宁边区、晋察冀边区、晋冀鲁豫边区与东北解放区，以及武汉、重庆、桂林等国统区与香港等地区的各种综合报刊、文艺刊物和文艺副刊的整理研究，探讨并发现其办刊宗旨、编辑理念及其在延安文艺运动史上的价值意义。在此，必须注意的是，延安文艺报刊编辑出版的兴起，是1936年底中共中央立足于"陕北苏区"，毛泽东等中共领导人反思以往在文艺工作方面"没有组织起来，没有专门计划的研究"，以及"过去我们都是干武的"，并且提出"我们要文武双全"等文艺方针之后开始的。[①]尤其是七七事变

---

① 《毛主席讲演略词》，载《红色中华》1936年11月30日第1版。

的爆发，更使当时的中共中央及其宣传部门明确意识到"红军改编为国民革命军"后的政治环境，"一方面给了它的活动与外界不良影响的传入以更多的便利，另一方面也给了我们扩大自己影响的便利"。①于是，基于新民主主义的政治及文化理论，以及抗战后"敌人已将我们过去的文化中心变为文化落后区域，而我们则要将过去的文化落后区域变为文化中心"②等现实需要，中共中央在提出"只有延安不但在政治上而且在文化上作中流砥柱，成为全国文化的活跃的心脏"③等文化建设目标的同时，更不断强调新民主主义文化建设及实践的核心问题，就是"只能受无产阶级的文化思想即共产主义思想所领导，任何别的阶级的文化思想都是不能领导的"④。并且，将抗战时期"国民党区域的文化运动"，纳入中国共产党领导并要推及全中国的"关于发展文化运动"的新民主主义文化战略规划。因此，除以延安为首府的边区根据地的延安文艺报刊编辑出版被视为新民主主义文化实践及文艺运动的重要内容与机构建设工作之外，国统区的"文化运动"及"对外宣传鼓动工作"中，"办报，办刊物，出书籍应当成为党的宣传鼓动工作中的最重要的任务"。⑤所以，延安文艺报刊的编辑出版，既是党的新民主主义文化中心建设的一个政治任务，同时又是"党的文艺工作"及"文的军队"，推进并影响国统区及港澳等地区文化思潮及文艺运动的斗争策略。

此外，还应当注意，延安文艺报刊的编辑出版，尤其是在国统区的公开发表和出版发行，还得益于全面抗战爆发后国共合作的历史背景与所形成的政治格局。这包括1937年前后中共中央发布的"取消一切推翻国民党政权的暴动政策及

---

① 《总政治部关于新阶段的部队政治工作的决定》，见中共中央宣传部办公厅、中央档案馆编研部编：《中国共产党宣传工作文献选编：1937—1949》，学习出版社1996年版，第2页。
② 毛泽东：《论持久战》，见中国共产党晋察冀中央局编印：《毛泽东选集》（第4卷），中国共产党晋察冀中央局1947年版，第41页。
③ 《欢迎科学艺术人才》（社论），载《解放日报》（延安）1941年6月10日第1版。
④ 毛泽东：《新民主主义的政治与新民主主义的文化》，载《中国文化》1940年创刊号。
⑤ 《中共中央宣传部关于党的宣传鼓动工作提纲》，见中共中央文献研究室、中央档案馆编：《建党以来重要文献选编（1921—1949）》（第18册），中央文献出版社2011年版，第429—430页。

赤化运动""取消现在的苏维埃政府""取消红军名义及番号"等宣言①，以及红军主力改编为国民革命军第八路军，陕甘宁边区作为一个独立的直辖行政区域出现等。②抗战时期国共两党一致认同的"中华民国"及其立法和相关政策等③，也为延安文艺报刊在国统区及港澳等地区的出版发行，奠定了必需的"发表言论及刊行著作之自由，非依法律不得停止或限制之"等基本的法律保障及社会条件。④正是基于这样民国机制下的多元共存及合法性，当时的延安文艺报刊编辑出版活动在以延安为中心的陕甘宁边区和晋察冀、晋冀鲁豫等边区，以及抗战胜利后的东北解放区等地相继涌现，而且直至20世纪40年代末，由中共中央南方局文化工作委员会领导并通过相关机构创办的各种综合性或文艺性报刊，也先后在武汉、重庆、桂林及香港等地编辑出版，在宣传中国共产党领导的新民主主义文化运动与文艺政策，以及延安文艺与"新的人民的文艺"的同时，又对当时的中国文艺发展及国统区文艺运动的演变，以及延安文艺运动的"在全国实行"及"新民主主义的文化革命文艺革命"的建构，⑤发挥并产生了直接的社会影响及历史作用。

由此可见，本书关于延安文艺报刊类型文献史料的搜集整理及研究，对中国现代文艺史料及延安文艺史料学研究的拓展与进步，都具有不言而喻的重要作用及学术价值。因为，我们除可以从这些不同时期、不同地区、不同社团机构及不

---

① 《中共中央为公布国共合作宣言》，见中共中央文献研究室、中央档案馆编：《建党以来重要文献选编（1921—1949）》（第14册），中央文献出版社2011年版，第370页。
② 《中共中央书记处关于同蒋介石谈判经过和我党策略方针给共产国际的报告》，见中共中央文献研究室、中央档案馆编：《建党以来重要文献选编（1921—1949）》（第14册），中央文献出版社2011年版，第137页。
③ 参见《中华民国临时约法》（1912年3月11日）、《中国国民党训政纲领》（1928年10月3日）、《中华民国训政时期约法》（1931年6月1日）、《中华民国宪法草案》（1936年5月5日）、《中华民国宪法》（1946年12月25日通过）等。
④ 《中华民国训政时期约法》，见郭卫编：《中华民国宪法史料》，文海出版社有限公司1973年版，第42—43页。
⑤ 周扬：《艺术教育的改造问题》，见《表现新的群众的时代》，海洋书屋1948年版，第42页；郭沫若：《为建设新中国的人民文艺而奋斗》，见中华全国文学艺术工作者代表大会宣传处编辑：《中华全国文学艺术工作者代表大会纪念文集》，新华书店1950年版，第41—44页。

同编辑者主编的不同风格的报纸或刊物中，发现不同历史阶段及各个地区延安文艺运动及其创作活动的发展进程，以及多个领域的群众性文艺运动兴起及成就之外，还能够看到当时中国共产党及毛泽东对新民主主义文化建设及文艺运动的领导和推进，以及党的各级领导人和政治部、宣传部等文艺领导机构发布的政策文件与指导性社论等第一手资料。这不仅包括陕甘宁边区、晋察冀边区、晋冀鲁豫边区与东北等解放区，以及国统区与香港等地区各家报纸刊物上刊载的创刊词、编后记和征稿启事，以及其相继创办的多种综合性或文艺性副刊等文献资料，而且还有这些地区不同时期相继成立的文化机构及文艺社团的相关活动，以及作家创作及作品的介绍、文艺批评或文艺思潮论争等研究资料。并且，正是由于延安文艺报刊对延安文艺运动及其生产和接受机制的深刻影响作用，以及其作为当时表达或发表党的文艺政策方针、开展文艺思想斗争或文艺批判的一种武器的定位，因此，从历史文献学的角度看，延安文艺报刊类型史料的直接性资料或第一手资料，又为延安文艺文献史料的搜集整理，以及当下的相关文献资料汇辑编选和散佚史料的钩沉发现与考证辨伪等，奠定了扎实可靠的文献史料基础，并成为延安文艺文献史料整理研究的重要资源。

目　录

报纸副刊

《红色中华》副刊：《红色中华副刊》《红角》《赤焰》《红中副刊》／003

《救国时报》副刊／005

《新中华报》副刊：《新中华副刊》《特区文艺》《战地》《边区文艺》
　　《边区文化》《青年呼声》《动员》《新生》／007

《救亡日报》副刊：《文艺》《救亡画刊》《文化岗位》（上海版／广州版）／012

《国风日报》副刊：《十字街头》《激流》《木刻前哨》《西北文艺》／016

《老百姓》报副刊／020

《抗敌报》副刊：《海燕》《剧运》《文化界》／023

《新华日报》副刊（一）：《星期文艺》《文艺之页》《戏剧研究》
　　《时代音乐》《木刻阵线》／027

《新华日报》副刊（二）：《团结》《新华副刊》／030

《大众报》（胶东）副刊：《星火》《文艺短兵》《文化防线》《画刊》／033

《冀中导报》副刊：《平原》《副刊》《乡艺》／035

《新疆日报》副刊：《新疆副刊》《绿洲》《新疆日报画刊》／039

《救亡日报》（桂林版）副刊：《救亡木刻》《救亡漫木》《漫木旬刊》
　　《诗文学》《音乐阵线》／042

《晋察冀日报》副刊：《老百姓》《晋察冀艺术》《鼓》/ 047

《新华日报》（华北版）副刊：《新地》《新华增刊》《敌后方木刻》/ 050

《大众日报》副刊：《战地文艺》《大众文艺》《文艺习作》《艺术工作》/ 053

《黄河日报》副刊：《山地》《晨钟》/ 057

《七七报》/《七七日报》副刊：《七七副刊》《五日谈》《青年文化之页》/ 059

《冀东日报》副刊：《副刊》《文艺》《冀东日报增刊》/ 061

《边区群众报》副刊：《边区群众报副刊》/ 064

《新华日报》（太岳版）副刊：《副刊》《太岳民兵》《新闻通讯》/ 067

《抗战日报》副刊：《副刊》《文艺之页》《吕梁文化》/ 070

《晋绥日报》副刊：《副刊》《大众园地》/ 072

《晋绥大众报》副刊 / 074

《江淮日报》副刊：《抗敌文艺》《抗剧》《新诗歌》《文艺》/ 076

《华商报》副刊：《灯塔》《舞台与银幕》《新美术》《热风》《文艺专页》
　　　　《文艺副刊》《两周画刊》《新中国文艺》/ 079

《冀鲁豫日报》副刊：《文艺副页》《文化生活》/ 083

《解放日报》副刊：《文艺》《星期增刊》/ 085

《新华日报》（太行版）副刊：《太行文艺》/ 089

《中国学生导报》副刊 / 092

《冀晋日报》副刊：《副刊》《冀晋民兵》《新群众》/ 095

《东北日报》副刊：《副刊》《戏剧专刊》《青年园地》/ 097

《黑龙江日报》副刊：《文化生活》《北地文学》/ 101

《新华日报》（华中版）副刊：《新华副刊》《工农文化》/ 104

《人民日报》副刊：《人民副刊》《文艺通讯》/ 107

《冀热察导报》副刊 / 111

《文化报》副刊：《半月增刊》/ 113

《石家庄日报》副刊：《妇女生活》《学习通讯》《副刊》/ 115

《冀中群众报》副刊 / 118

《群众日报》副刊：《群众文艺》/ 121

《生活报》副刊 / 123

《天津日报》副刊：《副刊》《文艺周刊》/ 125

《文艺报》副刊 / 128

文学期刊

《战地》/ 133

《文艺突击》/ 136

《山脉文学》/《山脉诗歌》/ 141

《文艺战线》/ 143

《大众文艺》/ 147

《大众习作》/ 150

《新诗歌》（延安版）/ 154

《太岳文艺》/ 156

《新诗歌》（绥德版）/ 158

《西北文艺》/ 161

《文艺生活》/ 163

《草叶》/ 165

《诗刊》/ 170

《谷雨》/ 172

《部队文艺》（延安）/ 174

《晋察冀文艺》/ 175

《苏联文艺》/ 177

《中原》/ 181

《文哨》/ 184

《中原·文艺杂志·希望·文哨联合特刊》/ 189

《白山》/ 192

《文艺杂志》/ 195

《北方杂志》/ 197

《新文艺》/ 201

《长城》/ 203

《东北文艺》/ 205

《平原文艺》/ 207

《部队文艺》（哈尔滨）/ 211

《胶东文艺》/ 214

《大众文艺丛刊》/ 218

《文学战线》/ 221

《新文艺丛刊》/ 224

《小说》/ 226

《群众文艺》/ 230

《文艺月报》（吉林）/ 234

《文艺丛刊》/ 237

《华北文艺》/ 240

《太行文艺》/ 244

综合性文化期刊

《中国青年》/ 249

《解放》周刊 / 253

《群众》周刊 / 255

《西北》周刊 / 258

《战时青年》/ 260

《抗敌三日刊》（晋察冀）/ 266

《前线》/ 269

《团结》/ 271

《青年战线》/ 273

《华美周报》/ 276

《鲁艺校刊》（延安）/ 279

《边区儿童》/ 280

《老百姓》/ 282

《艺术工作》/ 284

《文献》/ 286

《八路军军政杂志》/ 289

《抗敌》/ 293

《抗战生活》/ 296

《江南》/ 298

《中国妇女》/ 300

《学习》/ 301

《共产党人》/ 305

《上海周报》/ 309

《中国工人》/ 311

《中国文化》/ 313

《鲁艺校刊》（山西）/ 316

《文艺月报》（延安）/ 317

《胶东大众》/ 320

《陕北文化》/ 323

《五十年代》/ 324

《华北文化》/ 327

《工农兵》（晋冀鲁豫）/ 331

《工农写作》/ 333

《文萃》/ 335

《新大众》/ 337

《北方文化》/ 340

《工农兵》（冀南）/ 342

《平原杂志》/ 345

《太岳文化》/ 348

《文化翻身》/ 350

《平原》/ 353

《新民主妇女》/ 355

艺术期刊

《前线画报》/ 361

《戏剧工作》/ 363

《工作与学习·漫画与木刻》/ 365

《敌后方木刻》/ 368

《新音乐》/ 371

《音乐战线》/ 375

《歌曲月刊》/ 378

《戏剧春秋》/ 381

《歌曲旬刊》/《歌曲半月刊》/ 384

《木刻艺术》/ 386

《晋察冀画报》/ 390

《山东画报》/ 394

《胶东画报》/ 397

《冀热辽画报》/ 399

《东北画报》/ 403

《人民画报》（晋绥边区）/ 408

《人民画报》（晋冀鲁豫军区）/ 412

《歌与剧》（山东）/ 415

《人民戏剧》/ 418

《人民音乐》/ 420

《歌与剧》（冀中）/ 423

《冀鲁豫画报》/ 426

《演唱杂志》/ 429

《翻身乐》/ 431

《天津画报》/ 435

《戏曲新报》/ 437

《东方红画报》/ 439

参考文献 / 442

后　记 / 444

报纸副刊

《红色中华》副刊：《红色中华副刊》《红角》《赤焰》《红中副刊》

1931年12月11日，《红色中华》在江西瑞金创刊。初为周刊，从第50期起改为三日刊，第148期起又改为双日刊。沙可夫、瞿秋白、王观澜等担任主编及报社社长。该报初为中华苏维埃共和国临时中央政府（简称"中华苏维埃政府"）机关报，后改为中共苏区中央局、中华苏维埃政府、全总苏区中央执行局和少共中央局联合机关报。1934年10月因红军长征暂时停刊。1935年10月中央红军到达陕北，同年11月25日《红色中华》在陕北瓦窑堡（在今陕西子长市）复刊，报纸由原来的铅印改为油印。1937年1月29日，《红色中华》编辑出版至第324期后改为《新中华报》，仍为中华苏维埃政府机关报。在此期间，《红色中华》先后创办了《红色中华副刊》《红角》《赤焰》和《红中副刊》等综合性与文艺性报纸副刊。

1933年3月3日，《红色中华》第57期创办的《红色中华副刊》，应当是《红色中华》最早尝试编辑的文艺副刊。其中刊登的文艺作品有英时的《纪念"三八"》、林月的《欢送红色战士去前方》两首诗歌，沙可夫的活报剧《三八纪念》，然之的散文《苏联的新女性——几个女英雄的自述》，以及《工农妇女起来参加革命战争！》《充分经济动员起来！》和《反对封建压迫》等画作。

同年4月17日，《红色中华》从第70期起，开始在第4版左下角增设综合性文化副刊《红角》。刊头为美术体刊名，两字中插入五角星图案，最初并没有确定的栏目版面。在首刊的《红角》中，编者在短文《读者注意》中宣告：

> 读者注意：在这一红角上，我们准备陆续登载各种短篇文字，如文艺小品（讽刺、警句、小诗等）和某种事件或名词的说明以及识字课等。

1933年4月17日至11月23日，《红角》主要发表文艺性短文和识文认字课本等作品。在先后编辑出版的16期副刊栏目中，分别刊发连载了《红五月的纪念节》《"六一七"的简史——台湾民族为独立解放而斗争的纪念节》《日本帝国主义的车》《赤色战士通讯》等通讯报道，《"用不着归还我们！"》《乌龟战术》《滚开，法西斯蒂》等诗歌，《〈谁的罪恶〉的演出及其脚本》《提高我们在文艺思想上的政治警觉性》等批评论文，以及《在无产阶级铁锤下的骷髅》等木刻、漫画作品等。主要作者有明、稚颖、山大、许雷、张开荆、微明、陈子球、平、梦秋等。

同年4月23日，《红色中华》创办的文艺副刊《赤焰》第1期《"五一"纪念专号》编辑出版。刊名为美术体木刻图案字体，编者在创刊号中刊登的署名为"红中编委"的《写在前面》中称：

> 我们早就计划要复刊红中的文艺副刊，但因为种种事实上的困难（第一就是印刷机器不敷应用），所以直到如今才能实现。上次"三八"所出的副刊，我们应该承认，是不能令人满意的，可以说"算不得数"，这次我们规定了副刊的称号，"赤焰"，我们比较充分的准备了副刊的内容；不过因为篇幅有限以及其他的关系，我们也还是不能认为这是美满的文艺副刊。
>
> 为着抓紧艺术这一阶级斗争武器，在工农劳苦大众的手里，来粉碎一切反革命对我们的进攻，我们是应该来为着创造工农大众艺术发展苏维埃文化而斗争的。因此，我们号召红中的通讯员与读者努力的去把苏区工农群众的苏维埃生活的实际，为苏维埃政权而英勇的斗争的光荣历史事迹，以正确的政治观点与立场在文艺的形式中写作出来。这样，那末不仅红中的文艺副刊可以有充实内容来经常发刊，而且对于创造中国工农大众艺术上也有极大的帮助。
>
> 红中的文艺副刊就这样在今年"五一"的赤焰中开了第一朵红花。

《赤焰》至同年8月1日第3期终刊，除在长征途中刊行油印版外，这3期副刊分别名为《"五一"纪念专号》《"五卅"纪念专号》和《"八一"纪念专号》，主要发表了沙可夫、思凡、然之、冥冥、津岛等人的广场剧、话剧、诗歌、小说、漫画、歌曲等文艺作品。其间，编者也曾因为"稿件拥挤，而篇幅甚有限"等，"以致不得不临时抽出插画，歌曲剧本等，诚甚巨大缺憾，然这是物质环境限制，尚望读者鉴谅为幸"。①

---

① 《赤焰·编辑后记》，载《红色中华副刊》1933年5月30日第2版。

1936年11月30日,《红色中华·红中副刊》创刊。这是《红色中华》在陕北苏区创办的一个文艺副刊,主编为丁玲。创刊号上刊登了毛泽东、张闻天(洛甫)、博古等中共领导人在中国文艺协会成立大会上的讲演略词,以及《"中国文艺协会"的发起》等文章,此后还刊发了推动陕北苏区文艺运动的《"苏区的一日"征文启事》及《征文启事》等。其中,创刊号刊登的丁玲《刊尾随笔》一文,也清楚地表达了丁玲等作家期望实现的办刊宗旨:

> 战斗的时候要枪炮,要子弹,要各种各样的东西,要这些战斗的工具,用这些工具去打毁敌人。但我们也不应忘记使用另一样武器,那帮助着冲锋侧击和包围敌人的一枝笔!
>
> 一枝笔写下了汉奸的秦桧,一直使千年秦桧都长跪在岳庙的底下,尝尽古往今来游人的尿屎。《三国演义》把曹操写的太坏,一直到现在,戏台上的曹操的脸上就涂着可怕的白色,那象征着奸诈小人的白色。所以有人说一枝笔可以生死人,那我们也可说一枝笔是战斗的武器。
>
> 中国共产党苏维埃人民共和国发了一封致国民党南京政府的书,虽说国民党还没有答复,可是有许多不说话的人也说话了,说这应该商量商量呀!有一些反对共产党的也缓和了他的成见,但我们所提出去的一些意见也不是一下便会被全中国人民所拥护的,因为他们还不能了解,所以我们要从各方面发动使用笔,用各种形式,那些最被人欢迎的诗歌、图画、故事等等去打进全中国人民的心的阵地,夺取他们,来站在一个阵线上,一条争取民族解放统一抗日的战线上。革命的健儿们,拿起你的枪,也要拿起你那一枝笔!

1937年1月21日,《红中副刊》编辑出版第4期。其后,为适应西安事变发生后国内外政治军事的新形势,《红色中华》更名为《新中华报》,《红中副刊》相应改名为《新中华副刊》。

《救国时报》副刊

1935年5月15日在巴黎创刊,最初名为《救国报》,是中国共产党驻共产国际代表团以"中国留法学生"的名义创办的中文海外机关报,在莫斯科编辑制成纸型后在巴黎印刷出版。同年12月9日改名为《救国时报》。最初为周刊,稍后改为五日刊,先后由廖焕星、李立三、陈潭秋等主编,主要面向美洲、欧洲等地的中文读者,并在国内北平、上海、天津、武汉、西安等城市销行。1938年2月10日编辑出版至第152期后,迁往美国纽约与中国共产党领导的《先锋报》合并,仍以《救国时报》的刊名编辑出版,后因吴玉章等人回国而终刊。

作为中国共产党在国外编辑出版的机关报,《救国时报》虽然主要任务是"宣传中国共产党人关于建立抗日民族统一战线、实现全民族抗日的政治主张,充分体现了'新闻为宣传'的对外传播观念"①,但是在刊载共产国际及斯大林、中共中央及毛泽东等的文件和讲话著作,如中共中央的《为抗日救国告全体同胞书》等,以及关于东北义勇军抗日将士、方志敏、瞿秋白等被捕前后或遇难牺牲的相关宣传报道及纪念文章的同时,仍然注重文艺园地、通讯等栏目的编辑出版。如发表或连载了余人杰的《赤区视察记》、行恭的《江西苏维埃区域回忆录》、杨定华的《雪山草地行军记》《由甘肃到山西》、埃德加·斯诺的《一个非常的伟人——毛泽东》《少年的长征》等通讯报告,以及毛泽东等中国共产党领导人及红军战斗生活的摄影图片,陈杰克、徐悲鸿等艺术家的漫画作品,等等。

除此之外,《救国时报》还充分利用自身在图书等的编辑出版上的便利条件,编辑出版记述红军长征故事的《长征记》等图书,以及"救国时报丛书"等在国内外发行。如1936年3月15日,中国共产党在巴黎创办中文刊物《全民月刊》,创刊特大号首页即刊登了一则《救国时报丛书出版预告》:

> 本报为灌输救国智识,扩大救国宣传起见,特筹备编著救国丛书,现该丛书第一种东北义军抗日记,第二种抗日救国文选,第三种东北殉国烈士传,第四种关于布勒斯特和约教训的论战业已编就付印,准本月底出版。抗日记系曾在东北参加抗日之王君,就其亲身经历所及,据实

---

① 倪延年:《新闻传播理论与实践之史学观照》,社会科学文献出版社2015年版,第69页。

写成，叙事写景皆栩栩如生，全书约三万言。抗日救国文选系就年来散见于各报章杂志之讨论救国问题之文字，及各方关于抗日救国主张之重要文件编成，选择谨严而核备，可以作选集读，可以作政论读，亦可以作救国方略读，全书共八万余言。东北殉国烈士传，系就自"九一八"事变以来，我东省及热河长城诸抗日烈士之殉国事迹著为传记，或一人一传，或数人合传，或记其事略。全书执笔者十余人，文笔生动，记叙翔实，读之不但令人可歌可泣，并且由此可以了解年来国难日深之经过，及我民族当前之出路究在何处。全书共七万余言。此诸书询为海内外爱国同胞及一切关心国事者所不可不读。兹将订价列左，希购者从速。

《救国时报》在当时中国共产党的海外办刊及对外宣传活动中，曾经产生重要的社会政治影响。如1937年10月24日，延安《新中华报》在头版刊发《巴黎救国时报致八路军电》的消息，赞颂八路军"捷报传来"，"全侨跃舞"，所以"一致认为八路军获得空前大胜利的原因，确在于八路军将士高度的政治觉悟，坚强的战斗力，铁的纪律，与民众密切的联系"等。吴玉章在《关于〈救国时报〉的回忆》中，肯定了"我党在国外从事抗日宣传的机关报"《救国时报》及其编辑出版活动，所起到并发挥出的"对于当时正处在苦难中为建立抗日民族统一战线而斗争的中国人民说来，是很大的鼓舞"等社会政治及文化作用。①

《新中华报》副刊：《新中华副刊》《特区文艺》《战地》《边区文艺》《边区文化》《青年呼声》《动员》《新生》

1937年1月29日，为适应西安事变发生后国内政治军事斗争中第二次国共合作的新形势，《红色中华》更名为《新中华报》，仍为中华苏维埃政府机关报，并沿用原报纸期号油印出版。随着1937年2月10日中共中央决定中华苏维埃政府改为中华民国特区政府，以及七七事变后同年9月6日陕甘宁边区政府成立，《新

---

① 吴玉章：《关于〈救国时报〉的回忆》，载《社会科学战线》1978年第4期，第1—5页。

中华报》也成为陕甘宁边区政府的机关报。1939年初，中共中央决定改组《新中华报》为中国共产党中央委员会兼陕甘宁边区政府的机关报。同年2月7日，《新中华报》编辑出版"刷新版"，向仲华、李初梨等先后担任《新中华报》主编。1941年5月15日，中共中央决定5月16日起将《新中华报》与《今日新闻》合并为《解放日报》，作为中共中央西北局机关报编辑出版，《新中华报》终刊。

《新中华报》先后创办的文艺性与综合性副刊，分别有《新中华副刊》《特区文艺》《边区文艺》《青年呼声》《边区文化》《动员》《新生》等。

其中，在文艺性副刊中，《新中华副刊》是《红色中华》更名为《新中华报》后，继《红中副刊》刊期号并改名编辑出版的一个文艺副刊。因此，《新中华副刊》第1期的刊期号题为"第五期"。1937年2月3日，在《新中华副刊》第6期上，编者以一则《本刊启事》说明了停刊的决定及原因：

> 本刊照目前的形式，因篇幅有限，编辑方面受极大的困难，许多文章不能登载，使读者们失望，因此自下期起改作《苏区文艺》，用本子式并定为周刊，字数亦略加多，内容更求充足，仍随《新中华报》发行。希望一切读者努进投稿。
>
> 来稿寄后方政治部徐梦秋收。

《新中华副刊》前后仅编辑出版了两期，刊物负责人及主编先后为丁玲、徐梦秋。《新中华副刊》主要刊登了郭滴人的诗歌遗作《广西徭民》、洪水的诗歌《我们的生活》和中国文艺协会给徐特立的祝寿诗，以及莫休的小说《深夜》、丁玲的报告文学作品《记左权同志话山城堡之战》《速写彭德怀》和文艺活动的消息等。《特区文艺》是《新中华副刊》之后，《新中华报》编辑出版的又一个文艺副刊。

此后，1937年8月19日，刚刚成立的西北战地服务团，也在《新中华报》创办了一个文艺副刊《战地》。在创刊号刊登了《西北战地服务团成立宣言》《本团行动纲领》《西北战地服务团出发前线致全国爱国人士电》等，在《编前》中，编者称：

> 西北战地服务团成立以后，无论在那方面说起来，我们都觉得有发

刊一小报的必要,于是我们便决然出这《战地》。

按已定的计划,《战地》的内容是尽量采载战地情报,反映抗日战士之英勇悲壮的行动,激发全国民众抗日的热忱而参加到抗日的战线上去。战地将为一个号炮,跟着行军的不同地点,发出各方面的报导,以号召全中国的人民参加这一神圣的民族抗战,并使全世界同情者与中国联合起来。

今次在一种万分忙乱的情况下,匆匆拿了团内的报告作为副刊与社会相见,意在使大家更彻底的了解,我们,好随时随地给我们一些改进的意见和批评,至于待不久的将来我们到达前线正式与任务相会时,《战地》自然不会仅是这个样的,那时它会尽上最大的力量,像喇叭一样的把兴奋的消息,响遍全中国,让各地都举起抗日的大旗,把日本帝国主义赶出中国去,这就是我们这小小的《战地》欲负担的工作。

1938年1月前后,《新中华报》的副刊《特区文艺》更名为《边区文艺》,先后由《特区文艺》编辑室、《边区文艺》编辑室编辑。在现存的《特区文艺》第2期和《边区文艺》第4至6期中,可以看到该刊除了集中报道陕甘宁边区文艺运动和文艺创作活动的发展动态,以及理论批评和写作知识方面的文章,同时刊载一些诗歌、散文、通讯报告等文艺作品,并以《戏剧问题专刊》等形式,组织和推动文艺创作及批评活动的开展。如在《为征求文学通讯员号召》的启事中,编者希望并呼吁:

> 挽救命运的战争,必须是胜利的战争;而战争的胜利,则不仅要坚决的抗战到底,而且要同时用这战争的经验来教育人民。这教育的工作,除论文的证明与说服外,还需要文艺的"感动"。因此,从文学方面来努力于这个目标,是必要的。

另一方面,是特区和全国人民的关系。特区在政治上是全国"民主"和"抗战"的模范,特区的人民活动和人民生活的改善,也是全国的模范。因此,为了使全国人民都知道我们的好处,使他们都愿意依照我们这榜样来改变他们自己,那末,我们就有从"文艺"上来使他们亲近我们的必要。"将生活在几百万人民心中的'特区'变为生活在四万万五千万人民心中的特区！"①

1938年2月25日，在《新中华报》第4版《边区文艺》第6期的版面左下部刊出的编者的一则简短《启事》称："本刊出至本期为止，以后改出《边区文化》，并由边区文协负责编辑"。至此，《边区文艺》终刊。

《边区文艺》停刊后，由边区文化界救亡协会编辑的综合性文化副刊《边区文化》于1938年3月5日出版。在创刊号刊登的《发刊词》中，编者称：

> 新中华报答应每月出三期《边区文化》作为它的专刊。《边区文化》应担起以下的几种任务：
>
> 一，要反映边区生活，尤其是抗战生活——目前的边区已经成为极重要的前线了。文化与抗战的现实要紧密的联系起来。文化活动应该配合政治军事活动，帮助政治军事活动，同时也就要在完成政治军事任务的进程中，将边区文化本身的水准提高起来，发展起来。
>
> 二，要反映边区的文化工作，边区已成为全国文化的一个重要地区。进步的著作家，艺术家，知识分子大批的到边区来工作，学习或观光，这里已经有了文化艺术的优秀的经验，《边区文化》要把这些经验介绍给全国。同时全国各地的抗战文化的活动，有能给边区良好影响的，也要介绍进来。因此，《边区文化》就好像一座桥梁，它是全国文化交通的桥梁。
>
> 三，要使"文化界"的范围最大，使它不仅限制在所谓"文化人"的圈子内。在边区，我们较易发展工农兵通信，较易培养工农兵文化干部，《边区文化》的范围也要向这些地方展开。
>
> 在前面"边区文化"四个字是毛泽东同志给我们写的。让我们再录他最近讲的两句话来支持我们的《边区文化》。他说："有两个最基本的特点，应该保存与发挥起来：第一个特点是坚定的政治方向，第二个

---

① 《特区文艺》编辑室：《为征求文学通讯员号召》，载《新中华报·特区文艺》1937年11月26日第2期。

特点是艰苦的工作作风。"

《边区文化》除偏重于报道介绍边区文化运动和文艺活动，以及新民主主义文化理论及方针政策等的文章外，也发表了一些散文、诗歌、通讯报告等文艺作品。1938年7月20日，《边区文化》编辑出版至第8期后终刊。

此外，在《新中华报》编辑出版的综合性文化副刊中，1937年2月19日创办的《青年呼声》，先后由青年知识社编委会、西北青年救国联合会筹委会青年知识编委会、西北青救会青年呼声编委会、西北青救会文化教育部、边区青年临时救国联合会等主编。初为三日刊，后改十日刊。该刊除设有《陕甘宁通讯》《工作谈》《抗日青年》《小电台》《通讯》《看图识字课本》等综合性栏目外，还开设了《红军故事》《儿童故事》《抗日小调》《猜中有赏》等文艺专栏，刊登了许多诗歌、连环图画、故事、歌曲、谜语、漫画、看图识字等文艺作品。主要编者及作者有铁鸣、朗山、志明、瑞山、王丕军、朗超、贺建山、红虹等。1937年10月24日，《青年呼声》第48期发表了《我们对青年呼声应有的责任》一文，对刊物的编辑及存在问题做出恳切的反思和检讨：

> 《青年呼声》是西北救国联合会的机关报，是我们青年自己的刊物，他告诉了我们许多新的工作方式与方法，揭发了我们工作中的错误与缺点，他是我们的喉舌，是我们工作的指导者，我们每个青年都喜爱读他。
>
> 《青年呼声》自发刊到现在短短的时期内，在广大青年群众中起了很大的影响与作用，许多青年，甚至成年只要到手里都十分认真去阅读他。
>
> 但是《青年呼声》还存在着他的缺点，特别是缺少及时的揭发我们工作中的错误与缺点，而我们有些青救会个别负领导责任的同志，不但没有把他每一重要论文作详细的研究讨论，甚至连读也不去读他，也不很好去组织青年热烈地推销与阅读，这是我们应该立即转变的。
>
> 今后为着使我们自己的读物《青年呼声》内容及各方面更加充实起来，所以我们必须担负起应有的责任。

一，各级青救领导的同志，不但要去阅读《青年呼声》，同时要把重要论文提出研究讨论，因为这是我们工作的指示，正须要我们在实际工作中去运用。

二，要组织读报：把我们机关的读报小组健全起来，领导与发动青年经常来阅读，使《青年呼声》深入到青年群众中去。

三，将自己工作中的经验与教训和工作的意见经常作稿到《青年呼声》上登载。

同志们！这是我们应有的责任，要把他担负起来，加强"青呼"在青年群众中的领导力量，领导与发动广大青年陆续参加抗战动员工作，争取抗战的胜利！

1938年6月25日，《青年呼声》编辑出版至第61期停刊，随后与《边区文化》《国防教育》等合并为《新中华报》副刊《动员》。

1938年7月30日，多刊合并后编辑的文化副刊《动员》创刊号出版。在此之前，《新中华报》发表了一则《本报副刊〈动员〉征稿启事》，其中写道："这个《动员》，并不是什么新设的副刊。它只是将原有的《工人之路》《青年呼声》《国防教育》《边区文化》……扩大，综合起来的一个综合性的副刊。由于这种编辑方法的改变，副刊的活泼性，战斗性，一定会渐渐地提高起来。"1938年12月25日，《动员》编辑出版至第18期后停刊。翌年2月7日，《新中华报》编辑的最后一个副刊《新生》出版，至当月28日编辑出版第4期后终刊。由此直到1941年5月《新中华报》停刊之间，该报再未编辑出版专门的文艺性和综合性副刊。

《救亡日报》副刊：《文艺》《救亡画刊》《文化岗位》（上海版/广州版）

1937年8月24日创刊于上海的《救亡日报》，是中国共产党领导的文化统一战线组织——上海文化界救亡协会机关报。报头由郭沫若亲笔题写，报社编辑委员会由巴金、王芸生、阿英、邵宗汉、茅盾、胡愈之、长江、柯灵、陈子展、王任叔、汪馥泉、夏丏尊、章乃器、张天翼、邹韬奋、曾虚白、叶灵凤、郑振铎、郑伯奇、傅东华、鲁少飞、钱亦石、谢六逸、萨空了等组成，郭沫若任社长，夏衍为总编辑，阿英任编辑主任，廖沫沙、林林、周钢鸣、彭启一、叶文津、郁风等参与编辑工作。潘公展撰写的《发刊辞》宣称："现在，民族全面的战争已经发动了，如何使战争能够胜利，国家能从危亡之中得到复兴，一方面固有赖于前方忠勇之将士，但他方面亦需要后方民众能持以坚定，为其后援。这是所谓全民抗战之义。当《救亡日报》发刊之始，敢以此意质之海内明达。"1937年11月22日，《救亡日报》因上海沦陷编辑出版至第86号后停刊。1938年1月1日，《救亡日报》在广州复刊。郭沫若任社长，夏衍任总编辑，林林、彭启一、蔡冷枫、郁风、草明、欧阳山等为编辑。同年10月21日，《救亡日报》又因广州沦陷编辑出版至第368号后停刊。

作为战时中国文化界的重要报刊，《救亡日报》自创刊之日起，就以文化界抗日救亡的宣传及相关文化运动动态和文艺创作活动的报道为报纸编辑工作及内容栏目的重中之重。与此同时，上海《救亡日报》不仅在每期各版刊登一些通讯报告、诗歌、木刻、漫画、歌曲等文艺作品，以及编辑《怎样组织民众特辑》《国庆纪念特刊》《救亡日报慰劳将士漫画》《鲁迅先生逝世周年纪念特辑》《八百战士专页》《战时美术界选辑》等专刊，而且报纸创刊当天就在第4版创办了副刊《文艺》，由阿英主编，集中发表诗歌、墙头小说、报告文学、戏剧、鼓词、街头剧、木刻、歌曲等文艺作品。《文艺》不计刊期，创刊号上除刊登上海市文化界救亡协会国际宣传委员会发布的《中国文化界告国际友人的沉痛宣言》之外，还发表了茅盾的《炮火的洗礼》、王任叔的《给一切记念我的亲友》、阿英的《抗战期间的文学》，以及郭沫若的《血肉的长城》和苏凤的《夜景》等诗歌作品。此后，在这个副刊上发表作品的主要作者有艾芜、于伶、王亚平、周钢鸣、林林、任钧、柳倩、关露、阿英、赵景深、穆木天、刘白羽、鲁少飞、许峥嵘、黄新波、陈烟桥、宋寒衣、白兮等。1937年11月17日，《文艺》编辑出版至第80期后停刊。

1938年1月1日，《救亡日报》在广州复刊后，报纸的第4版虽然不再采用"文艺"这一刊名，但仍旧是集中发表文艺理论、作品批评及各地文艺运动活动动态的主要园地。并且,报纸在复刊两周后新创办了一个文艺副刊《救亡画刊》。《救亡画刊》的创刊号上不仅发表了少飞、郁风、张谔、吴琬、特伟、邓时立等作家的时事漫画及漫画"连续画"作品,而且刊登了郁风的随感《握紧我们的武器》,提出:

> 图画正和文字一样,应该在中华民族求解放的斗争中发挥它文化的领导作用。近半年来在抗战的宣传中,图画也多少表现了它的成绩,但是一般的内容和所取的题材都太狭隘了,太原则化了。结果是不真实,不能接近大众。这是我们的失败。其实一张图画正和一篇文章一样,可以是理论的阐明,行动的号召,政治的分析,或文艺性的小说(连环图画),事实的报告(相当于报告文学)等,在这大时代中,创作的题材太丰富了,我们不要把自己圈在狭窄的笼子里呀!
>
> 图画是我们的武器,我们要紧紧的握住它,更要多方面的运用它![1]

因此,《救亡画刊》创刊之后,先后刊登了许多作家的漫画、木刻、诗配画、连环画作品,编辑了《回乡工作图画宣传资料特辑》《抗战绘画流动展览会特辑》《三八妇女节纪念特辑》《廖冰兄连环画展特辑》等专刊。如鲁少飞的《"这就是我们的答复!"》《农民武装起来!》和纪实漫画《一场风波》等,张谔的《和平之破坏者》和《在什么地方再切一刀呢》等,新波的《侵略者与汉奸》,陈芹水的《后顾之忧》,邓时立的《购买公债有佢份》,林慕汉的《广东四十万枝民枪》和《一面生产一面抗战》等,吕鼎的《日本的败征》,黄鼎的《打击侵略者作为生命屏障的商品》等,黄伟强的《为什么不跑开一点呢?》和《障碍物》等,张望的《珠江怒吼了!》和《武装起来纪念先烈》等,梁永泰的《吃肉的和尚》等,陈烟桥的《玩火的纳粹劣孩》等,以及郁风的《千百个儿童失学了!》《反侵略运动》《让民族解放的炮火摧毁了这镣铐吧!》和连环画《壮丁训练不是拉夫》《先下手为强》等。主要作者还有梁白波、黄琛、林璟、囚徒、黄苗子、致平、维纳、李伟卿、宋夫、刘仑、凌风等。1938年10月15日,《救亡画刊》编辑出版至第40期

---

[1] 郁风:《握紧我们的武器》,载《救亡日报·救亡画刊》1938年1月15日创刊号。

后，因广州沦陷而停刊。

1938年2月8日，在广州复刊的《救亡日报》创办的综合性文化副刊《文化岗位》问世。在《〈文化岗位〉创刊启事》中，编者声明：

> 自抗战爆发后，许多文化人多努力在救亡工作方面，而在文化问题的讨论上反见凌乱和不深入。本来在抗战时期，一切文化的工作，都应当服务于抗战，发展抗战的文化。但有许多人都把文化和抗战的相互作用理解成单纯的问题，因此就形成偏重救亡问题的讨论，而缺少对文化问题作深入的讨论；或是只将抗战文化在原则上的反映，而没有深入的检讨和实践。
>
> 因此，本报特创刊《文化岗位》一版，展开抗战中文化各问题作深入的检讨与建设，推进抗战文化。内容刊载：文化文艺各问题的讨论与批判，短篇中篇创作的刊载，社会杂感，书报评论，演剧批评，文化消息报导，街坊报告剧，报告文字，小品，散文，随笔，诗歌，漫画，木刻，……希望各方面踊跃赐稿，但除短篇中篇创作外，来稿每篇字数请勿过超一千字的限度。过长恕不刊登。至来稿刊登否，概不退还，敬请原谅。

《文化岗位》创刊号刊登了茅盾的《第二阶段》、草明的《现成的标语》和窦隐夫的《陕北零鸿》等文章，以及穆木天的诗歌《在南国守住你们的岗位》、沙汀的连载小说《华北的烽火》和陈更的木刻《难民的母亲》等。《文化岗位》自此一直编辑出版到桂林《救亡日报》停刊。在这个副刊上发表作品的主要作者还有周钢鸣、田汉、于立群、章泯、杨邨人、丁玲、郁达夫、立波、林焕平、天虚、朱白水、李东平、罗荪、周文、华嘉、聂绀弩、张天翼、陈白尘、罗烽、郭沫若、老舍、潘梓年、夏衍、袁勃、林林、郁风、杨朔、司马文森、王莹、赵景深、靳以、非厂、白朗、宋寒衣、思仲、克锋、傅东华、新波、谢海若、何季海、陈奔、彭启一、蒲风、鹿地亘、王统照、黄苗子、吴起、沈其柬、陈丕士、赖少其、谢冰莹、孙强、白薇等。此外，1938年4月前后，《救亡日报》还编辑出版了报外刊《人人看》，以及《小朋友专页》《庆祝儿童节专刊》等，并且发起了文艺通讯员运动，至同年8月，先后编辑出版了8期《文艺通讯员运动专页》，推动并指导文艺通讯员运动及写作活动的展开。

《国风日报》副刊：《十字街头》《激流》《木刻前哨》《西北文艺》

1937年10月10日在西安复刊的《国风日报》，是1911年3月创刊于北京的一份资产阶级革命派的报纸。后由辛亥革命元老、著名政论家及报人景梅九等先后在上海、北京编辑出版，并因参与反对袁世凯称帝、张勋复辟等政治活动被多次查封。全面抗战爆发后，中国共产党决定在西安编辑出版一份具有民间色彩的报纸。于是联合并支持《国风日报》在西安第四次复刊，编辑部位于西安梁家牌楼公字五号三晋会馆戏楼。景梅九为社长，屈斗山担任总编辑，但实际上报纸的日常编辑出版工作则由经理部正、副经理董林哲和张道吾，以及编辑主任徐国馨、采访主任王岳清、校对主任王凤山、副刊编辑赵思进等中共党员主持负责。

《国风日报》复刊号，除在第1版刊登复刊词《双十国庆与国风日报复刊》之外，还在第2版、第3版分别创办了综合性文化副刊《十字街头》和《激流》。其中，在《十字街头》上发表的署名"赫士"的创刊词《开场白》中，编者提出副刊的编辑方针是："十字街头是公共的场所，有什么意见尽管声明，要反对日本军阀残忍的虐杀！要反对汉奸卖国丧尽良心，要反对奸商高抬物价，要反对流氓地痞乘机残害人民，要反对一切明里暗里的日本走狗，敢笑敢哭，敢恨敢咒诅，一点不留情。十字街头会有你的战友，十字街头会有广大的同情，在十字街头手捞着手，和那黑暗势力战斗到天明……"因此，从创刊之日开始，每天都呈现在报纸第2版的《十字街头》，一直坚持到1939年8月12日赵思进被迫离开《国风日报》为止。

在赵思进担任《国风日报》副刊编辑期间，文艺副刊《木刻前哨》于1938年2月20日创刊。这是由当年1月成立的中华全国抗敌漫画木刻家协会西北分会木刻组主办的一个文艺刊物。主编由段干青担任，编辑及主要撰稿者多为在左翼文艺运动时期就深受鲁迅影响及教导的木刻艺术家，如陈执中、陶今也、段干青、刘铁华等，以及随后活跃于延安文艺运动的一批作家，如张仃、刘岘、力群、马达、胡一川、罗工柳、赖少其、钟灵、秦威、胡考、丁里、刘韵波等。因此，在全面抗战初期西安的救亡活动及新木刻运动中，除先后举办3期抗日漫画木刻训练班，培养从事抗日救亡工作的新木刻工作者，以及举办抗敌漫画木刻展览会及绘制抗战宣传画等之外，同时还编辑出版了约15期《抗敌画报》和25期《木刻前哨》。其中，基于"本着'抗日高于一切'的原则，要把每个人的力量，都用到抗日上面，所以用笔代枪，在后方作一种有利抗战的工作"①等办刊宗旨，《木刻前哨》不仅发表了拓夫的《光荣的牺牲》、老陈的《英国和平阵线的动摇》、刘岘的《袭击》、铁华的《奋勇杀敌》、干青的《夜袭》《敌军大败台儿庄》《国事千钧重，头颅一纸轻》、陈执中的《中国怒吼了，"七七"》等，以及陈平、张志远、孟然、白里、铁钧、韵岐、赵庚荫、韵波、周吉人等作家的多幅木刻漫画作品，也刊登了赖少其的《木刻漫谈》、陈执中的《木刻和漫画作者在抗战中的任务》、段干青的《怎样刻制木刻》《木刻在全国抗战期中之重要性》、萧西的《旧瓶装新酒》、铁华的《扩大抗战木刻运动》《木刻作者在抗战期中的态度》、卢鸿基的《抗战期中的木刻》、柳歌的《木刻漫画活动应走的两个方向》、越危的《要求大众接受？还是接受大众要求？》、刘韵波的《献给木刻作者的一点意见》、钟毓秀的《努力开展工作》等论文，以及《中华全国木刻界抗敌协会成立大会宣言》等，从而对当时的抗战文艺运动及延安文艺运动都产生了重要的影响。

1938年3月初，由丁玲和吴奚如率领的西北战地服务团从山西到达西安后，除在八路军驻陕西办事处的领导协助下，开展了近四个月的抗战宣传及文艺演出活动之外，还于同年5月27日在《国风日报》第2版创办了文艺副刊《西北文艺》（三日刊）。刊物由西北战地服务团文艺研究会更名战地社主编，主要成员有丁玲、吴奚如、田间、邵子南、史轮、李劫夫、高敏夫、黄竹君、塞克、朱焰等。在创刊号刊登的《一点希望》中，编者简要说明了办刊目的及任务：

  从徐州说起。

    据说这就叫"把握"。假使不错，我想西安底文艺工作者，起码也

---

① 《致读者》，载《国风日报·木刻前哨》1938年5月23日第9期。

应当从此把握了。

自然，所谓把握，并不是说就从徐州说起大论一通徐州底失利。这样，当然也很需要，但在西安底文艺作者之间却还是次要的。因为即使不把握，他们（个别）也还是会写的。因为——又一个因为，徐州底失利，已经引起了许多人对抗战信心的悲观，失望，怀疑和犹豫，对巩固统一战线的消极，动摇，甚至于"丢他妈"。其实，徐州战事的失败正如同台儿庄的胜利并不是战争的最后决定点一样。

然而西安底文艺作者应该如何把握呢？

我们知道，在西安虽也有一二个文艺协会底存在，但无疑，也还有许多散布在各个角落里的文艺作者没有组织起来。所以，

第一，组织还没有组织的散布在各个角落里的文艺作者；

第二，扩大大众的文艺园地，出版文艺刊物。

的确，在西安还没有一本文艺刊物出现于读者中间。虽然在抗战发生后全国文艺界甚为活跃，但在西安却是消沉的。

我们不应忽视西北底特殊性与重要性。

我们要建立有着重要性与特殊性的西北文艺。

《西北文艺》创刊号上还刊登了小菡（丁玲）的《适合群众与取媚群众》、邵子南的《李力》、克木的《"流言"》、战士的《歌唱罢——给西安战斗的诗人们》等杂文、诗歌、报告文学作品，以及马伊的文论《批评〈死魂灵〉》等文章。并且，编者也在编后记《三言两语》中声明：

《西北文艺》是几个爱好文艺忠于救亡工作的青年办的。它底内容本是多方面的通俗大众化的；但是这一期并不怎么通俗大众化，内容也不见得怎么多方面，不过这有它底原因存在，因为偏于徐州战事的缘故，所以把多方面的原则弄成仅只几篇散文了，这是要申明的第一点。

其次是只凭我们几个人来担负《西北文艺》的重担，显然是不够的，它需要所有爱好文艺的作者对它有一个诚挚的爱护，才能使它逐渐健全起来。

如前面所说，它底内容是多方面的通俗大众化的，希投稿诸君从这方面多赐大作为荷。

来稿请寄国风日报社转《西北文艺》三日刊收。

为此，《西北文艺》在注重征集"文艺短篇，小说，散文，戏剧，诗歌，木刻，报告通讯，速写"[1]等文艺作品的同时，还相继开辟了《三日杂谈》《评剧》《抗战文艺讲座》《文艺消息》《文艺简报》《读者来信》等专栏，以及《西北文艺七七纪念专号》《西北文艺诗歌专页》等多个专刊，分别发表了小菡的《说到了"印象"》《脾气》《讽刺》《"反与正"》《说欢迎》《勇气》、克木的《逃生》等散文，田间的《帝国》、战士的《大时代的纪事诗之二》《献诗》、李苏的《在太行山上》等诗歌，小河的《雪子》、亮的《割麦子去》、竹君的《在病中》、农丁的《七个的一群》等小说，邵子南的《割麦》《张健的故事》《李溥》等故事速写，徐明的《瓶与酒——关于投笔从戎》、谷扬的《文艺漫笔之一——文艺底大众性》等文论批评，章克的《大捷台儿庄》、敏夫的《男女一起上前线》、史轮的《老百姓偷枪》、伍拾的《肃清托匪歌》、醒知的《慰劳伤兵》等鼓词谣曲，朱馢的《日本强盗的梦想，一口吞下中国》《军民合作》等木版版画，藏荪的《走出家庭》等剧本，郑伯奇的《世界学联代表飞抵长安率赋以示欢迎》等旧体诗，以及各地的文艺运动消息等。主要作者还有徐明、力军、伊斯、张克、莫夫、山尊、张播、铁洪、拱明、小童、玲玲、黎风、李秀红、午言、东篱、仰之、天冰、李圆、芳草、尉、篴、理青、李苏、萌光等。

西北战地服务团及战地社主编的文艺副刊《西北文艺》，也被田间、李劫夫等视为"我们的机关志"，以及"在当时的西安是唯一的文艺的刊物"，[2]因此也受到国内文艺界的注意。其中，茅盾当时就在《从西北到西南》一文中称："这是个短小精悍的三日刊，每期不过容纳四五千字罢，但内容决不贫弱单调。它每期有杂感，短评，短篇小说，诗，文艺消息等。也登刊'新内容旧形式'

---

[1] 《投稿简约》，载《国风日报·西北文艺》1938年6月3日第3期。
[2] 西北战地服务团集体创作：《西线生活》，生活·读书·新知三联书店2014年版，第196、191页。

的作品——如连期刊登的《大捷台儿庄》鼓词。"其中,"《三日杂谈》的杂感文,不专谈文艺;一般文化上的问题,思想问题,都谈",所以"已可见其绚烂光彩"。①不过,西北战地服务团1938年7月底返回延安之后,战地社的诗人们已将目光转向了延安的街头诗运动,再加上国民党政府的审查干扰及报社经受的压力,《西北文艺》后面出版的几期不得不临时撤稿而开了"天窗"。同年8月12日,《西北文艺》编辑出版至第18期后终刊。

随后,《国风日报》的副刊编辑赵思进也于一年后离开。直到抗战胜利前夕,《国风日报》因总编辑屈斗山病故而停刊。1946年春,中共积极活动、组织,邀请赵紫波担任总编辑第五次复刊,王洪九、程新达、高剑夫、杜彦之、蒋曙晨、杨丁冬、张道中、尚传统等中共党员分别担任编辑或记者,但随后因受国民党政府相关部门的压力,1946年5月前后,报社的中共党员编辑被迫先后撤离转赴陕甘宁等边区根据地。《国风日报》则编辑出版至1949年5月21日自动终刊。

《老百姓》报副刊

1937年11月12日,《老百姓》报在西安书院门创刊。这是中共党员李敷仁联合西安其他几位中学教员创办的一份"专给老百姓看"的报纸。该报编委主要有武伯伦、张寒晖、陈雨皋、郑竹逸、余海波、田克恭、张光远、余达夫、姚一征等。创刊号的报头旁边印有两行标语,宣示了该报的办报宗旨:

> 和鬼子作战,一定要十分地注重组织民众,训练民众,运用民众配合正规军作战,是我们抗战救国的根本方式;
> 识字的人,请念本刊文字给不识字的人听,并请讨论本刊所提的各种问题。

该报设有社论、述评、一周战事、社会动态、政治常识、生活素描、防控

---

① 查阅原刊证明,《国风日报》文艺副刊《西北文艺》创刊于1938年5月27日。除茅盾误记为"五月廿八日创刊"外,后来亦有人误称"《西北文艺》三日刊于一九三八年五月二十八日创刊"。参见茅盾:《从西北到西南》,载《文艺阵地》1938年第1卷第9期;周启祥:《〈西北文艺〉三日刊的出版及其篇目》,载《新文学史料》1983年第3期,第242—246页。

防毒知识、名人传略、杂文小调、各地通讯等,所载文章力求做到文字简明、通俗具体、活泼轻松、讲求实际、篇幅短小。为此,该报文章往往采用老百姓喜闻乐见的剧本、鼓词、快板、民歌、民谣、梆子腔、新诗等形式。该报在介绍抗战局势的同时,也热情歌颂中国共产党、八路军将士和抗日英雄,鼓舞百姓的抗日斗志和决心。该报初为油印旬刊,后因读者反响热烈,发行量和发行范围逐步扩大,于是改为铅印周刊。该报十分注意加强与读者的互动联系,并设有专栏《各地通讯》,专门刊载各地读者来信,反映百姓疾苦。正是这种与百姓"同呼吸共命运"的办报姿态,赢得了读者的真诚拥护。1939年第5期《杂志》刊登了庄栋的《老百姓自己的报》,详细介绍了《老百姓》报的办报情况:

> 在抗战以前西北的文化因地瘠民贫交通不便,一般的说来,总是比其他地方落后,但是自从抗战以来,东南文化中心相继沦陷,于是西北的西安,也就蔚然成为了全国文化中心之一。记者兹将西安的出版中最值得介绍而能为全国大众读物的模范的一家报纸,《老百姓》报——介绍给读者。

> "文化从军""文化下乡""唤起民众"已经是抗战期间文化界的中心任务了。西安的《老百姓》报,就是为了适应这个需要而产生的,因为它是以新的姿态,说老百姓要说的话,告诉老百姓要听的事,适合老百姓的胃口,所以在短的历史中,已经有了很大的发展,虽然有着很多的困难。

> 《老百姓》报是前年(廿六年)十一月间开始刊行的,十天出一次,不到四个月就应读者的要求,由旬刊改为周刊,份数也由六百份,增加到五千多份,现在已销行到七千五百份,分布的区域,起初仅在西安城内,现在有一百二十多个分销处,在晋南,晋北,甘肃的甘谷,天水,庆阳,兰州,新疆的迪化,河南,湖北,江西的南昌,安徽,宁夏,青海,四川以至日人后方河北省和山东的西北部,陕西本省销数最多,单关中道就有八十五个分销处,沿河一带和三原凤翔,陕北净南都

很普通。

《老百姓》报的内容，除每期固定载有"七日战事""七日内政""七日外洋大事"以外，还随时把民族英雄的壮烈牺牲，前方军队的英勇抗战，日人后方义勇军，自卫队，游击队的种种活动，各级政府的种种善政，各地民众的救亡运动，以及科学常识，名人传记等，写成各种杂文小调，灌输到老百姓群里去，已经发表过的，如《王排长宁死不舍机关枪》，《活菩萨周太太》，《日本军阀在晋南的故事》，《遗臭万年歌》，《抗战秧歌》，《抗日莲花落》，《诱敌计》，《何胜报仇》，《儿呵！你当兵去吧！》，《战地歌》，《英雄姚子年》等等。这一类的杂文小调，因为都是用老百姓自己的语言和文字写出来的，所以在农村中，曾起了很大的鼓励和教育作用。

《老百姓》报不只是编辑发行就算毕事，还与读者有直接关系。"老百姓阅读会"在陕西就有四十多个，他们除聚会讨论每期《老百姓》报所包含的问题外，还分头工作，要求指导，另一种直接关系就是通信，计自《老百姓》出版到现在，接到各地的信，不下一千多封，这些信涉及的范围很广，如县政问题，人民生活问题，教育问题，兵役问题，摊派款项等等。这些问题，都是老百姓想提而无法提的，想发表而无处发表的，现在都在《老百姓》的"各地通讯"栏内发表了，因此，《老百姓》实际是老百姓共同创办的东西了，所以他们爱它。

《老百姓》的读者，有农人，工人，学生，小学教师，和士兵，所生的影响也很大，如去年麦忙时，该报首先提出"收麦运动"，一时学生下乡，士兵出营帮助农民收麦，又如山西沿河某渡口的滥收糖税，陕西某伤兵医院的待遇不周，都因该报的揭露而有相当改良。另外打击土劣，解决食品恐慌，都能说明老百姓要说的话，以至沿河一带的士兵和老百姓把《老百姓》当戏唱。晋南某师曾表示要每连订一份《老百姓》，其深入士兵与民众可见一斑。

老百姓社还出小册子，如《抗战建国纲领曲》，《委员下乡歌》，

《蒋委员长告军民歌》，《保甲长三字经》，《王二爷当兵》，《外蒙古三字经》等等，很得民众欢迎。一般农民种田的时候也好，行路的时候也好，都能随口唱起来了，他们有时甚至要拿鸡蛋换《老百姓》报。

《老百姓》报最大的特点是语言通俗易懂，贴近百姓生活，刊登老百姓所思、所想、所关心、想了解的国内外大事。《老百姓》报创办的初衷，就是"用老百姓的话，说老百姓自己的事；把抗战的大事，简单具体地告诉老百姓；把老百姓的疾苦，也秉笔直书出来，使政府也能够经常地'洞悉民隐'"①。同时，《老百姓》报同人敢于秉笔直书，为老百姓说话，引来国民党当局的忌惮，不断遭受不予登记、查封等打压。1940年4月6日，该报第112期刊载《紧急启事》，说明该报近期境况："本刊因登记事几乎停刊，因而延期。现一面交涉一面出刊。特此声明。"因接到"即日停刊"的强制命令，到1940年4月17日，该报第113期便成为最后一期。该期除登载"本刊因登记事奉令暂停！"的特殊声明外，也刊出了李敷仁的《与读者告别》，宣告报纸停刊。②为此，当时重庆的《爱国公民报》星期增刊在《西安出版界》一文中称："在西安发行了一百一十三期，印出五百万份以上的通俗报《老百姓》，在西北战场可算是'洛阳纸贵'，有时还'誉满中外'了。但近因登记手续困难，业已挥泪停刊了！"③

《抗敌报》副刊：《海燕》《剧运》《文化界》

1937年12月11日创刊于晋察冀边区阜平的《抗敌报》，是晋察冀军区机关进驻阜平之后，在接收当地县抗日战地动员委员会的一份油印小报基础上，由军区政治部主办的机关报。初为油印，后改为石印及铅印。由晋察冀军区政治部抗敌报社编辑部编辑出版，舒同、沙飞分别担任编辑部正、副主任。1938年4月，《抗敌报》成为中共晋察冀省委机关报，后成为中共中央北方分局机关报，邓拓

---

① 《新闻界人物》编辑委员会编：《新闻界人物（八）》，新华出版社1987年版，第70页。
② 《新闻界人物》编辑委员会编：《新闻界人物（八）》，新华出版社1987年版，第111页。
③ 《新闻界人物》编辑委员会编：《新闻界人物（八）》，新华出版社1987年版，第115页。

担任报社主任兼总编辑、报委书记等。关于《抗敌报》的社会作用及文化影响，时任中共中央北方局书记的彭真，就赋予其"党军"的称号并加以肯定道："他是我们共产党在边区文化上的党军，是抗日统一战线和抗日战争的武器与思想卫士；他在思想上和干部上准备了和准备着坚持抗战团结进步的艰巨工作；他已成为边区人民的喉舌和思想武器，他自己就是一种在晋察冀具有根深蒂固的基础的抗日力量。"[①]《抗敌报》编辑出版至第456期后，于1940年11月7日改名为《晋察冀日报》。

1938年10月26日创刊的文艺副刊《海燕》，不仅是《抗敌报》创办的第一个副刊，而且是晋察冀边区的第一个文艺专刊。在其《发刊词》中，编者表明了自己的办刊宗旨及目的任务：

> 在粉碎敌人围攻的残酷斗争中，我们的《海燕》就这样和大家见面了，抗日的阵营中，任何一个岗位在总的任务上都是一样的，在文艺的领域里，我们要把笔尖化作一枝长剑，对准敌人的胸膛。
>
> 文艺在战斗中，它不仅应该是一面反映活生生的现实的镜子，一枝军号，一通战鼓，而且要作为胜利而呼啸的勇敢活泼的，在暴风雨的海洋上面强健的翱翔着的海燕。
>
> 《海燕》的刊出，是为了开拓边区的文艺阵营，为《海燕》而工作的虽然有几个青年，然而《海燕》是大家的，他现在刚才萌出一颗嫩芽，他的成长，发展，须要大众的扶植和培养，在狂风暴雨猛烈的摧打下面，一切边区的文艺青年和文艺工作者应该赶快强健地翱翔起来，迎接着时代的暴风雨，像海燕一样。
>
> 怎样的时代，决定了怎样的内容，有怎样的内容，就有怎样的形式；《海燕》的内容，当然应该是抗敌的。在形式上，我们要努力作到短小和通俗，适合于大众在抗战中的行动的步调。因此，我们想在报告文学，行动的街头诗，墙头小说，街头剧等方面多加努力，我们也希望

---

① 彭真：《军区三周年、十月革命二十三周年与晋察冀日报》，载《晋察冀日报》1940年11月7日第4版。

它在边区能够成为一个运动,而这个运动是需要大家来推动的。

一切文艺青年和文艺工作者携起手来,巩固文艺的统一战线,站在同一的岗位上为共同的目标而努力!

《海燕》在邓拓主任及总编辑的倡议和领导之下,组成了以刘平、顾宁、周明、陈春森等为主要成员的副刊编辑组,对外称之为"海燕文艺社",从而不仅为晋察冀边区的作家及文艺青年们发表作品、交流情况和经验等提供了一个重要园地,而且对当时的街头诗、墙头小说、街头剧等文艺运动的展开发挥了积极的推动和指导作用。编辑组成员鲁萍、史塔、韦塞、新绿、丹辉、流笳等作家,作为主要撰稿人,先后在《海燕》上发表了多篇倡导及推动街头诗运动的理论文章,以及一批诗歌、报告文学、散文等文学作品。如在《海燕》创刊号上发表的史塔的诗论文章《关于街头诗》和塞红的诗歌《我们宣言》,以及稍后发表的鲁萍的《行动的街头诗和政治底煽动诗》和《谈谈街头剧》等,都强调边区街头诗运动和现实的关系,提出街头诗"不是所谓'诗人'在象牙塔里低吟慢唱的'诗',而是参加在大时代斗争的行动里面的人,奏出的大时代群众的行动的旋律;同时又是正确地指导群众的行动的,……是需要充满着行动性的行动的街头诗"①等。除此之外,还有东方的《谈报告文学》、原野的《作品与语言》及鲁萍的《作品与通俗》等批评论文,以及奚央的《怎样遇到毒瓦斯》、史塔的《虚惊》《东战场的英雄》等报告速写作品。并且,吸引和培养了许多边区文艺工作者和青年作者,如田间、胡可、郭苏、白雪、塞风、耐茵等。在延安文艺运动及晋察冀边区的文艺运动发展过程中,《海燕》产生了重要的社会影响和文化作用。1939年1月,因稿件增多和部分稿件篇幅较长等,《抗敌报》决定《海燕》编辑出版至第11期停刊。

此外,由中华全国剧协晋察冀边区分会主编,创刊于1939年9月1日的文艺副刊《剧运》,也是《抗敌报》编辑出版的一个文艺副刊。在创刊号中,编者阐述了办刊目的:"我们的剧运是配合着政治任务前进的!从无数斗争的现实里,我们要把

---

① 史塔:《关于街头诗》,载《抗敌报·海燕》1938年10月26日创刊号。

晋察冀边区的戏剧运动，创造出一支伟大的新的力量。这些新的生命，新的力量，会兴奋着我们，会鼓舞起我们斗争的热情。所以，我们创刊，让边区戏剧运动斗争的热情、英勇、甚至于残酷，都在这里告诉出来吧！"①同时，发表了同年6月27日边区"戏剧座谈会上的讨论确定"，提出了"以话剧为主流，并发表街头剧、活报、新型的歌剧，利用旧形式，号召旧戏班充分利用和尽量充实新内容，加强子弟班的领导，并训练干部"，以及"在剧本创作方面，以边区实际情形，配合政治任务，在三民主义现实主义口号之下，从事创作，并注意大众化、中国化、地方性，使新剧能够深入到群众里去"的"边区戏剧运动的总方向"。②

1939年6月27日问世的《文化界》，是《抗敌报》创办的一个影响较大的综合性文化副刊。《文化界》由晋察冀边区文化界抗日救国会编辑，重视有关边区文艺运动及创作活动的述评和报道。在其《创刊词》中，编者激动地宣告："我们边区的文化界逐渐团结起来了！我们文化的游击队逐渐长成了正规军！以后，对于大众的文化教育工作就可以有系统的来推动，可以有计划的来推行。"在《关于文化界》启事中，编者对刊物的编辑内容及稿件形式等提出了明确要求：

> 《文化界》是我们全边区以及由边区以外到来的各文化人所共同检阅阵容的大操场，是我们团结着和敌人战斗的阵地。所以它欢迎任何人的稿件。
>
> 它欢迎各地文化运动的消息，报告及通讯。
>
> 它欢迎对文化工作的检讨、商榷的文章。
>
> 它欢迎在文化工作中所得的经验教训的文字。
>
> 它欢迎短小精悍而又相当通俗的学术研究及文学、艺术的理论与创作。
>
> 而且，它欢迎对它自己的批评和意见！

所以，《文化界》不仅主要刊登有关边区文化运动发展动态的报道，如艾斯的《街头诗运动周年纪念》、曼晴的《边区的诗运》《需要一个"诗协"》、冀林的《晋察冀边区的街头诗运动》及夏鹰的《建立和健全群众的剧团》等，开设

---

① 《前言》，载《抗敌报·剧运》1939年9月1日创刊号。
② 《边区戏剧运动的总方向》，载《抗敌报·剧运》1939年9月1日创刊号。

《文化界广播》《边区文化消息》等专栏，同时发表一些文艺批评、作品短论，以及诗歌、散文等文艺作品，如史轮的《什么是文化》《政治时事和艺术》、炽焰的《论旧形式及旧意识》、田间的《关于"我们的乡村"及其演出》、邵子南的《这里的进步》等，以及褚坚、劳斯、螺等人的诗歌作品。1940年2月12日，《文化界》编辑出版至第10期后终刊。

《新华日报》副刊（一）：《星期文艺》《文艺之页》《戏剧研究》《时代音乐》《木刻阵线》

《新华日报》是全面抗战初期中国共产党在国统区创办的唯一公开出版发行的大型日报，1938年1月11日在武汉正式创刊。同年10月25日武汉沦陷后，新华日报社转至重庆编辑出版。1945年9月，中共中央决定并指示在上海设立《新华日报》总馆，在南京、重庆设分馆。其中，重庆分馆改为中共四川省委机关报。后因国民党当局阻挠，上海、南京版的《新华日报》出版计划未能实现。抗战胜利之后，国共内战逐步升级。1947年2月28日，《新华日报》编辑出版至第3231号之后，被国民党政府当局勒令停刊。作为当时中国共产党面向全国读者的大型机关报，《新华日报》在《发刊词》中郑重宣告："在民族自卫战争的怒潮中，本报得与读者诸君及全国同胞相见，本报同人实觉无限之感奋及欣幸，甚愿于此相见之初，一倾本报创立之初衷及今后努力之鹄的。""本报愿在争取民族生存独立的伟大的战斗中作一个鼓动前进的号角。为完成这个神圣的使命，本报愿为前方将士在浴血的苦斗中，一切可歌可泣的伟大的史迹之忠实的报道者纪载者；本报愿为一切受残暴的寇贼蹂躏践踏的同胞之痛苦的呼吁者描述者，本报愿为后方民众支持抗战参加抗战之鼓动者提倡者"等，以使该报成为"一切抗日的个人，集团团体，党派的共同的喉舌"等。[①]报社的领导机构为董事会，王明、博古、吴玉章、董必武、凯丰和邓颖超等为董事会成员。最初的武汉时期《新华日报》由中共长江局书记王明任董事长。1938年秋，中共中央六届六中全会决定撤销长江

---

① 《发刊词》，载《新华日报》1938年1月11日第1版。

局，设立南方局。1939年1月，周恩来担任南方局书记兼《新华日报》董事长。潘梓年、傅钟、张友渔先后担任社长，华岗、吴克坚、章汉夫、熊复等担任总编辑。

《新华日报》在编辑出版的九年多时间里，除注重宣传报道党的抗战方针及新民主主义政治实践，以及发表有关政治文化理论、电影、戏剧、书刊、音乐、美术等各种批评及作品之外，还先后编辑出版了《星期文艺》《文艺之页》《戏剧研究》《时代音乐》《木刻阵线》等文艺专刊，以及《团结》《青年生活》和《新华副刊》等综合性文化副刊，刊登了许多国统区及解放区作家的诗歌、小说、美术等文艺创作及理论批评等方面的文章。

1938年1月16日创刊的《星期文艺》，是《新华日报》编辑出版的第一个文艺副刊。在创刊号刊登的《致读者》中，编者简要介绍了这个专刊的编辑内容和理念目的：

> 从今天起，每个星期日，本报将有五千多字的文艺读物送到读者底前面。五千多字的小篇幅，能够使读者满足什么呢？但我们想，诸位在紧张的工作以后，在理论的探讨或逻辑的方法上运用过自己底思维以后，如果能够有一点关于培养情绪，提高意志的食粮，能够注意一下关于培养情绪，提高意志的工作，那也许不是无益的。形象的思维将补助论理的思维底不足或枯燥。
>
> 五千多字的小篇幅，能够发表些什么呢？但我们想，文艺上的具体问题（在这里当然不想展开系统的文艺理论或全面的文艺运动问题），例如应该指明的倾向或应该注释的论点，可以短警地提出意见，应该介绍或警告的文艺作品，也可以短警地提出批判，至于短小的诗歌、报告、速写、通讯等，也未始不能从一个小的视角反映出民族战争大潮里的人生面相来。我们还想每次有一幅木刻或漫画，几则关于文艺事业的简报，以及和读者间的关于文艺理论、文艺作品、文艺工作的通讯讨论。
>
> 希望工作底进展能够使本刊底内容逐渐充实，能够使本刊底方针逐渐得到修改完善。希望一切作家底助力和批判，希望一切读者底助力和

批判。到《星期文艺》成了读者自己底《星期文艺》的时候，我们底工作才算得到酬报了。

《星期文艺》由胡风主编，原定于每个星期日出版。主要发表"理论探讨，作品批评，社会杂感，报告，速写，通讯，诗歌，短剧，木刻，漫画等稿件"①，如理论批评《作家与生活》《关于大众文艺》等，诗歌《我们要战争——直到我们自由了》《除夕——并致M》，报告文学《两个青年的吵架》《答三个未见面的女同志》等，以及小说《新乐桥》等。主要作者有冯乃超、艾青、东平、柏山、曹白、适夷、罗荪、丁玲、茅盾、奚如、李桦、李辉英等。1938年2月20日，《星期文艺》编辑出版至第5期后停刊。

1940年2月10日，第1期《文艺之页》半月刊编辑出版。作为《新华日报》第4版开设的一个文艺专刊，《文艺之页》最初声明其主要"以诗歌为中心"，"每两周（逢星期六）出刊"1期。②不过，从第7期之后，《文艺之页》无论编辑内容还是刊期都有较明显的改变。其中，之前偏重于发表老舍、王亚平、沙汀、方殷、力扬、戈茅、光未然、厂民、林林、刘白羽、孙家新、白薇、卢鸿基等作家的诗歌、散文、报告等作品，以及编辑《重庆漫画界画讨汪逆》等美术专版，之后则更注重于发表理论批评论争及外国文艺翻译等，如《民族形式座谈笔记》等专题性论文，以及《鲁迅先生六十诞辰纪念特辑》等专刊。1941年初，由于抗战形势及国共之间政治斗争的演变，以及国民党政府对《新华日报》的压迫及《新华日报》版面的缩减，《文艺之页》等副刊先后停刊。直到1942年2月，随着《新华日报》版面的恢复，不仅《文艺之页》开始复刊，一些新的文艺副刊也先后问世。从2月9日到11日，四天之内，《戏剧研究》《时代音乐》《木刻阵线》等副刊相继创刊。

1942年9月，由于《新华日报》整风改版，副刊编辑理念调整，以及筹办大型综合性文化副刊《新华副刊》等，各文艺专刊全部停刊。于是，1942年9月11日，《文艺之页》编辑出版至第62期后停刊。

---

① 星期文艺社：《征稿》，载《新华日报·星期文艺》1938年1月30日第2期。
② 编辑部启：《启事》，载《新华日报·文艺之页》1940年2月24日第2期。

《新华日报》副刊（二）：《团结》《新华副刊》

由于综合性文化副刊是《新华日报》开展政治及思想斗争的文化武器，以及推进并巩固抗战时期统一战线的重要阵地，因此，在中共中央南方局文化工作委员会的领导之下，《新华日报》创办之初，就在报纸的第4版中编排或开设各种专栏的综合性文化副刊。其中，编辑时间较长与影响最大的《团结》和《新华副刊》，应当是《新华日报》当时众多名目的文化副刊中，最值得重视的两种综合性文化副刊。

1938年1月11日，在《新华日报》创刊号第4版刊登的《团结》副刊发刊词《开场白》中，编者阐明了这个副刊的创办目的和编辑内容：

> 保障这次民族抗战胜利的基础条件是全民族的团结一致。只要我们内部能精诚团结，协力一心，集合四万万五千万人而成的国家会发生伟大的力量，胜过世界上任何一个国家。物力财力都落后的我们，和强暴的日寇抗战，最初固不免遭受若干失败，但只要我们能发挥团结的人力，不但能促进物力的运用，使劣等武器抵住了优等武器，届时更能在抗战中创造出高度的物力，打走凶恶的敌人，以争得最后的胜利。
>
> 在今日，军队不及敌人不必愁，武器不及敌人不必愁，经济交通不及敌人不必愁，暂时的战争失利也不必愁，所愁的倒是自己的团结不够，人力不能发挥，反上了敌人的阴谋的当。所以如何促进全民族的团结，如何打击亲日汉奸，托派匪徒的阻扰战事，破坏团结，是抗战中的重要工作，是每一个战士所应最先努力的工作。
>
> 由于这样的意义，产生于这抗战时期的我们这日报的副刊，就取名为"团结"。当"抗战第一"时候，任何工作都得集中在这最高任务上，我们这副刊的地位虽低，力量虽弱，而它所做的工作，无疑的也将汇流入当前的民族解放战争的洪流中。促进团结，拥护抗战是它的主要目的，下面几点便是它的具体内容：
>
> 一、报告并讨论救亡工作的经验；

二、介绍抗战中的实际知识；

三、批判各种错误言论，揭发汉奸托匪破坏团结的阴谋；

四、回答读者所提出的各种各样的具体问题。

此外还要选抄革命导师，党国领袖的嘉言警语；也刊载些文艺作品，随笔杂感。长短杂出，庄谐俱备。采纳各色各样的文章而成的这一副刊，便这样地在当前的民族解放战争中来尽一部分的救亡任务。

同志们，我们喊罢：

精诚团结万岁！

抗战胜利万岁！

《团结》由《新华日报》第4版编辑室编辑，主编先后为楼适夷、蔡馥生，编辑为陈克寒、杨慧琳、吴敏等。该刊最初决定"除星期日另行发刊《星期文艺》外，每日刊行"，内容方面除发表"报告或讨论救亡工作之经验""介绍抗战之实际知识""批判各种错误言论，揭发汉奸托匪之阴谋"和"各阶层社会生活之速写"等稿件外，同时欢迎"文艺批评及作品，杂感随笔"和"漫画、木刻"等文艺作品。[1]因此，这个副刊，先后发表了张庚、吴敏、虞孙、樱儿、胡风、艾青、萧军、田间、李桦、马达、适夷、穆木天、端木、胡绳、辛石、高冈、张罗、王萍等作家的文艺作品，编辑了《抗敌木刻展览会特刊》及《中华全国电影界抗敌协会成立大会特刊》等。其间虽然有"虽蒙读者热烈爱护，但自己仍不能感得如理想的完美"的遗憾，加之遇到诸如"来稿太多"或缺少那些"短小，精警，具有实感的短文"等问题，而"覆信和发表，不免延误"，[2]以及不得不进行编辑内容等方面的改变。但是，《团结》仍是《新华日报》坚持时间较长的综合性副刊之一。1938年6月9日，《团结》编辑出版至第96期后终刊。[3]

1942年9月18日创办的《新华副刊》，是《新华日报》整风改版运动之后出

---

[1]《本刊征稿启事》，载《新华日报·团结》1938年1月11日第1期。

[2]《征稿》，载《新华日报·团结》1938年2月3日第15期。

[3]《新华日报》1942年9月19日创刊的同名周刊《团结》，和最初的综合性文化副刊《团结》不同，最主要的就是编辑的内容及任务不同，后来的《团结》基本上为一个政论性专刊。

现的一个综合性文化副刊。作为"团结抗战的号角,人民大众的喉舌",以及"宣传和解释党的政策,反映党的工作和群众生活,使它成为集体的宣传者和组织者",[1]就成为整风改版后《新华日报》的办报宗旨及指导方针。并且,由于《新华日报》第4版确定的"革新内容",是"除保留'青年''妇女'专页及增加'团结'专页外,余为综合的文化版,力求内容丰富,文字生动活泼"等,[2]《新华副刊》也就成为《新华日报》改版革新后,推出的一个重要文化副刊或专版。在《新华副刊》创刊号刊登的《编者的话》中,编者阐述了其"改版革新"的办刊理念和编辑内容:

> 从今天起,在这第四版上新创立了这《新华副刊》,以后它将每天出现到读者的面前了。
>
> 这一个改变并不只是表示专刊的减少和普通版的增加,因为跟随着新的名称的获得,这普通版也获得了新的确定的内容,这就是如本报前两天的革新广告中所说的,它将成为一个文化性的综合的副刊。我们希望,这副刊能够名副其实地做到,一方面是在反法西斯的激烈战斗中文化武器的担当者,一方面又是一切读者在工作与战斗之余的"文化公园"。
>
> 因为我们如此希望着自己,也就不能不更多地要求我们的一切作家与读者朋友们的帮助。
>
> 在这里,我们要特别向过去支持和帮助在四版上的各个专刊的朋友们志谢,希望大家今后同样地支持这综合副刊,因为无论是自然科学,是社会历史科学,是文学戏剧音乐,都将是构成综合刊的内容的有机部分。
>
> 对于一向爱护我们,帮助我们的广大读者,我们的感激更是不待说的,因此希望你们更多地投稿,更多地来信作建议和批评。我们的篇幅是完全公开在读者的面前,而我们也一定虚心地接受一切意见。因为倘这刊物认真做成是大众所有和为了大众的,我们的希望也就一定能达到,这是我们所深信不疑的。

---

[1] 《为本报革新敬告读者》(社论),载《新华日报》1942年9月18日第3版。
[2] 《本报今日起革新内容》,载《新华日报》1942年9月18日第1版。

《新华副刊》为日刊，不计期数，刊头字体与版式多变。主编先后为胡绳、林默涵、徐光霄、郑之东与李亚群等，刘白羽、欧阳凡海、林仰峥、韦明、周开、王城、曾岛等参与编辑工作。他们除了积极征集"社会生活报导，杂文，短论"，"也要求如电影，话剧，平剧，川剧及各种艺术的介绍与评论，各地方通讯，以及生活科学，生活常识"，"也欢迎文艺作品，文化思想讨论的文章"等，①同时编辑了多种形式的专题性专版或专页，如《写作杂话》《书评专页》等，以及《批评与介绍》《剧评专页》等，从而团结并吸引了很多党内外的文化工作者，如郭沫若、茅盾、田汉、阳翰笙、老舍、夏衍、何其芳、林默涵、艾青、丁玲、戈宝权、艾思奇、潘梓年、张天翼、罗荪、宋之的等。1947年2月28日，《新华副刊》随着《新华日报》被查封而终刊。

《大众报》（胶东）副刊：《星火》《文艺短兵》《文化防线》《画刊》

1938年8月13日，中国共产党胶东区特委创办的《大众报》问世，是中共山东根据地较早出现的党报之一。发刊词由刘汉起草，贺致平、于寄愚、阮志刚、王卓清、李显堂、王波、王人三、白汝瑗、何若人、鲁平、康庄、鲁琦、张映吾、陈晓东等曾担任社长、副社长、总编辑、副总编辑。《大众报》是中国共产党胶东特委及胶东区委机关报，报社与稍前成立的胶东文化联合社一起，成为胶东地区党的图书出版及发行工作的主要组织机构。1948年12月1日，《大众报》更名为《胶东日报》，报社随军进入青岛并开始编辑出版。1950年4月20日，《胶东日报》出版至第2869期后随着中共胶东区委的撤销而终刊。

胶东《大众报》在发挥党报组织和宣传鼓动作用，全面报道根据地政治军事及文化建设动向的同时，也先后开设了一些综合性文化副刊、专刊或专栏。如1939年秋创刊的《星火》，以及其后创办的《艺潮》和《前线》等。其中刊载的主要内容有文论批评、散文、故事、报告文学、戏剧、诗、歌曲等。除此之外，还创办了《文化防线》及《文艺短兵》等文艺副刊，以及由胶东文化界救国协会

---

① 《稿约》，载《新华日报·新华副刊》1945年10月7日。

文工团主编的《俱乐部》和《画刊》等文艺专刊或栏目。

其中，由胶东文化界救国协会主编的文艺副刊《文艺短兵》，于1941年10月19日鲁迅逝世五周年纪念日在胶东《大众报》面世，主要负责人为李佐长、罗竹风等。林浩在《发刊词——为纪念鲁迅先生而作》中，提出了以鲁迅为榜样展开文艺运动及创作的"短兵战"等办刊准则和社会目的：

> 这小小刊物之诞生，正是中国伟大文豪鲁迅先生五周年逝世纪念日，为了真正纪念鲁迅先生，我想《文艺短兵》是要具备着以下的特点：
>
> 一、鲁迅先生最善于短兵战，他在当时阶级与民族敌人的层层包围压迫下，不可能进行正规战，只有短小精悍的笔锋与敌人短兵相接，打击敌人，坚持革命的文艺阵地。因此《文艺短兵》，首先也要以短小精悍的武器，与实事求是的精神，与今日胶东的民族与阶级敌人进行短兵战，予以致命的打击。
>
> 二、反动的人士，许多叫鲁迅先生为"固执的老头子"，但我们认为这"固执"正是鲁迅先生所特具的顽强精神，这与今天的顽固派是背道而驰，没有丝毫相同之处。他更顽强的与一切错误观点和歪曲论调作过无情的斗争，而且从来不会屈服和投降，因此《文艺短兵》，也要具有这样顽强斗争的精神，把今日胶东一切投降妥协思想，一切反共反八的滥调，一概在你的铁笔下扫光！
>
> 三、鲁迅先生是以新写实主义的艺术观点，进行了各种创作，深入群众，接近群众，反映群众痛苦，表达群众要求。他坚决反对一切非现实主义的象征派，艺术至上主义，罗曼蒂克……。因此，《文艺短兵》也要不脱离现实真正变成群众的东西，为群众之喉舌，为群众之食物，不要为少数人所包办，而且要从此创造培养出无数不知名的艺术家文学家。
>
> 四、鲁迅先生的历史是为真理，为正义，为革命斗争的历史。他不但具有坚定正确的政治方向，而且也更为此一生奋斗不息。因此《文艺短兵》，也要具有坚定不移的政治方向担任一定的政治任务，配合完成总的政治任务，反对一切吟风弄月，无病呻吟庸文俗套，因此《文艺短

兵》也要在建设新胶东上，担当着一定的光荣任务。

《文艺短兵》的编辑出版，对推动胶东地区的群众性文艺运动及创作活动都产生了积极的社会影响和社会作用。但是由于"组织不坚强，力量不集中，又没有中心刊物，作为会员之间的联系"等，《文艺短兵》坚持到1943年春夏前后，也"不幸'夭折'"而停刊。①

《冀中导报》副刊：《平原》《副刊》《乡艺》

1938年9月10日创刊于河北任邱县陈王庄的《冀中导报》，初名《导报》，是中共冀中区委的机关报。《导报》时期，彭槊担任社长，朱子强、曹海锋分别为总编辑、副总编辑，王大本、张大雨、马建民、董逸风等参与编辑工作。1939年12月底，《导报》更名为《冀中导报》之后，范瑾担任社长及编委会主任，朱子强任副社长、编委会副主任兼总编辑，黄应、沈蔚、马维中等为编委会委员。黄桦、崔昶、马驰野、郑太一、边冀平、刘咨周、贾克斌、李麦、小赵等参与编辑工作。1942年5月，因日寇"五一大扫荡"等战事的影响，中共冀中区委决定《冀中导报》暂时停刊。1945年6月15日，《冀中导报》在河北饶阳县长流庄复刊。毛泽东应冀中区党委宣传部部长周小舟的请求为复刊的《冀中导报》题写了报头。报社社长先后由当时冀中区党委书记林铁及宣传部部长阎子元兼任，王亢之任副社长（后任社长），魏泽南、祖田工任总编辑，李麦、李伯宁、杜敬、李梨、苑子熙、崔昶、郑太一、石清泉、石坚、孙五川、柳心、孙立民、肖特、孙钰、星火等参与编辑工作。1949年1月1日，根据中共冀中区委的决定，由《冀中导报》改名的冀中《河北日报》在河北饶阳县北官庄创刊。同年7月31日，进入保定后的冀中《河北日报》发表《本报终刊启事》，宣布其将与《冀南日报》《冀东日报》合并，组建中共河北省委主办的《河北日报》。自此，历时十余年，先后编辑出版1808期的《导报》《冀中导报》和冀中《河北日报》，完全消失于历史的光影之中。

---

① 《关于"文学研究会"的成立》，载胶东《大众报》1943年9月16日。

《冀中导报》从初创时的《导报》开始，就确定报纸的第4版为文艺版。于是，这里不仅发表了许多诗歌、散文、速写、木刻、漫画等文艺作品，也吸引聚集了一批来自延安与晋察冀边区的文艺工作者，如柯仲平、高敏夫、金肇野、刘白羽等，从而使得《导报》文艺副刊成为冀中边区文艺创作活动的一个重要媒介平台。1939年底更名为《冀中导报》之后，编者除注意编辑各期的文艺副刊及文艺专页或专栏，如《平原》《副刊》《大众文艺》和《乡艺》等专刊，发表许多直接配合抗战宣传的歌曲、诗歌、剧本、漫画、对联等文艺作品，以及文艺理论及作品批评文章之外，还相继创办了综合性文化专栏《时事漫谈》《老百姓》《常识介绍》《职工生活》《通讯来往》《经济副刊》《警惕》《名词介绍》《小医院》及《农业生产课本》等，以及报外刊《导报月刊》《战斗生活》和《通讯与学习》等，以普及并提高根据地军民各个方面的文化知识。

1946年初，作家孙犁、方纪、萧殷等相继来到《冀中导报》担任编辑，报社开始在编辑部内增设副刊科。2月12日，《冀中导报》编辑出版的副刊《平原》就成为副刊科创办的一个有正式刊名的文艺专刊。主编者主要有秦兆阳、孙犁、李湘洲、萧殷、方纪、远千里等。作为《冀中导报》副刊编辑过程中影响最大并且特色鲜明的一个文艺刊物，《平原》常常占用报纸的多个版面或整版，除发表一些短篇散文、速写、街头诗等作品外，还刊载了许多长篇的诗歌、小说、剧本、报告文学、散文杂感、故事、歌曲等文艺作品。主要作者有傅铎、克明、洛三、孙立民、冀平、明一、杨树达、纪普、思奇、丁冬、艾实惕、劳舟、冠文、丁辛、卡克、之家等。同时，《平原》注重刊载一些重要的文艺理论及作品批评文章。如梁斌、刘洪河等批评文章，以及编者为"能够帮助我们更深的去了解'白毛女'的意义"，而用了两个整版的版面所发表的维力、大海、肖风、苑丁、石坚、艾实惕、赵忠信、力夫和榭健等人的长篇论文，以及"九分区文工队冒着暑热，远道来河间演出'白毛女'"后，围绕其主题思想及艺术成就而展开的文艺评论。①同年11月5日，在《平原》第36期上刊登的《〈平原〉编委会重

---

① 《编辑室》，载《冀中导报·平原》1946年8月12日第24期。

要声明》中，编者申明："（一）今后投寄《平原》稿件，望与当前政治任务、中心工作紧密配合，万望各地来稿注意切合这一要求。凡属于抗战八年写作的稿件，则请直寄'冀中抗战八年写作运动委员会'，勿再寄交《平原》。（二）《平原》不适用的稿件积存很多，凡属抗战八年写作范围者，截至今日，已全部转交'抗战八年写作委员会'，恕不一一通告。"当月27日，《平原》编辑出版至第39期后停刊。

《平原》停刊不久，1946年12月10日更名后创办《冀中导报·副刊》第1期出版。从编辑内容及理念体例来看，《副刊》与《平原》相比较就显示出明显的综合性文化专刊特点。如《副刊》首刊除发表谷峰、秀民的小说《父亲笑了——李混子的故事》，孟的历史故事《李自成怎样推翻反动统治》（连载）和一组《街头诗抄》外，还分别开辟有《小言论》《文艺动态》《思想漫谈》《短论》等栏目，专门刊登了殷的《抵制美货》和一知的《一件小事》等杂文。因此，此后的《副刊》就以每期半个整版的版面，刊登一些短篇的小说、速写、故事、诗歌、歌曲等文艺作品，以及文艺短论和作品批评文章，同时在各个专题栏目中发表许多配合思想政治及文化建设的政论杂文，以及科学、教育、卫生、生产等科普文章。主要作者有白桦、孔厥、袁静、孙犁、杨朔、李冷、齐泽国、东方红、高镜明、林呐、梁常庆、张彦良、孙立民、王培善、苦力、克明、李新环、张九恩、魏建国、官、陈洪波、云屏、陈雷、旭辉、园丁、李培起、流笳、吕班、克君、曹柏山、竹贤、李盾、王洛成、陆定一、茅盾、肖冰、徐书田、王林、俊一、志鸿、唯木、哲、方纪、李敷仁、马千里、郭德泽、王云、代英等。

《副刊》是《冀中导报》编辑出版时间最长的一个综合性文化副刊。1947年12月7日，《副刊》编辑出版至第148期后停刊。随着1942年以来党报整风改版运动的发展，1947年12月11日，《冀中导报》也在公开发表的《中共晋察冀中央局宣传部通知第一号》中，对自己的办刊方针及编辑内容提出了更加明确的要求："反客里空的问题，就是贯彻新闻工作中阶级性、党性的问题，党报查党性、查作风的问题。在新闻文风上，要突破新闻八股，不登空洞文字，少用知识份子式的所谓文艺笔调，多登工农写作，尽量写得通俗，能为工农及工农干部看懂，合他们的口味。"于是，自1947年12月28日之后，《冀中导报》不管用不用《副刊》的刊头，依旧在其第3版或第4版上，编辑发表一些诗歌、小说、报告文学、歌曲等文艺作品，包括如孔厥、袁静的章回小说《血尸案》，齐树华、孙万江、孙万科等的歌剧《血尸恨》，以及冯振兰、崔中正、克非等集体创作的话剧《抬头见青天》等春节宣传娱乐材料。不过，直到《冀中导报》终刊，即使采用《副刊》的刊头，也再没有计入《副刊》的刊期序数。

1948年11月9日创刊的《乡艺》，是《冀中导报》办报史上最后一个文艺副刊。在《发刊词》中，编者说：

现在《乡艺》副刊和大家见面了。

冀中的乡艺运动，过去有很大基础。各地的村剧团、学校剧团，开展的都很好，在结合中心工作上，曾起过不少作用。农村贫苦的民间艺人们，在封建社会里被人轻视；土改以来，生活上升了，都渴望着歌颂劳动人民翻身后的生活、生产和解放战争的胜利。乡艺活动在土地改革后的情况是：一方面有些新型的东西在萌芽，特别是有些农民，在土改中演出了亲身经受的被剥削压榨的困苦生活，也演出了翻身后新的光景。真人真事的创作，已经出现了，这是好的进步的现象，这是乡艺运动一个新方向的开端；但这些新东西还很少，还很不够，需要发展。另一方面，冀中的地方戏腔调很多，群众很爱看。但是还存在着很多落后的和不好的东西，特别是最近各地发展着滥演旧戏的倾向，有些村剧团和子弟班，发展方向很不明确。这些，都迫切需要指导、批判和改造。因此我们感到有办一个《乡艺》副刊的必要。

《乡艺》副刊是一个广大群众性的刊物，它的任务就是指导推动各地的乡艺活动，发展新的，改造旧的，帮助村剧团和各种乡艺组织，如高跷、大鼓、各种旧花会组织及各种民间艺人、乡艺工作者，共同努力，开展一个新的乡艺运动。望大家经常写稿，并能及时提出意见、提出问题，大家一起讨论研究。

作为一个指导并推动乡村文艺运动的文艺副刊，从创刊之日起，《乡艺》

除相继发表艾文会的《消除顾虑端正认识》、王林的《对改造子弟班的一点意见》、阿英的《悲剧为什么演得使人发笑》、思奇的《谈谈说书》等理论文章，以及张庆田、段飞、胡丹沸、李国春、王尊三等人的评论文章之外，还发表了赵耕夫、王玉洁的街头剧《争功劳》，束鹿民工第三连歌唱的《民工五比歌》，种卯的《胜利歌》，王林的《东北大军进了关》和胡丹沸、丁辛的《胜利有保障》等文艺作品，而且在开设的《乡艺问答》《文艺简讯》《乡艺简讯》等栏目中，对诸如"村剧团经费怎样开支""应该演什么内容的戏"及"剧本怎么办"等问题进行解答，并对各地乡村文艺活动及演出动态进行宣传介绍等。1948年12月28日，《乡艺》编辑出版至第8期后停刊。

《新疆日报》副刊：《新疆副刊》《绿洲》《新疆日报画刊》

《新疆日报》的前身为1929年4月创刊于新疆迪化（今乌鲁木齐市）的《天山日报》，1935年12月3日更名为《新疆日报》，是盛世才主政的新疆边防督办公署和新疆省政府的机关报。当时盛世才奉行"反帝、亲苏、民平、清廉、和平、建设"六大政策，并在全面抗战爆发之前就与中国共产党建立起统一战线关系。1935年6月到1938年11月间，苏联及中共中央分别应盛世才的请求，先后派遣多批共产党人到新疆日报社工作。其中，从苏联来新疆的张逸凡（万献廷）和赵实（王宝乾）先后任报社社长，从中国工农红军西路军左支队调任的汪小川（汪哮春）、从香港赴新疆从事抗日救亡工作的萨空了先后任报社副社长，延安赴苏联疗养途经新疆的李啸平（李宗林）任编辑长，延安抗日军政大学与陕北公学选派的王宪唐（王苇）、邝宗球（马殊）、王谟（王谟行）、李何（洪履和）、白大方（刘伯珩）、陈清源（陈浩然）、赵新亚等负责编辑和记者工作。《新疆日报》分别编辑出版了汉语版、维吾尔语版、哈萨克语版，以及俄语版《新疆日报简讯》。1942年8月1日，因盛世才公开投蒋反共，《新疆日报》随即成为国民党控制的新疆省政府机关报。8月13日，新疆日报社的中共党员编辑、记者全部撤离。1949年9月24日，《新疆日报》编辑出版至第4554期。次日，新疆和平解放，《新疆日报》终刊。同年12月6日，作为中共中央新疆分局机关报的《新疆日报》创刊，报头为毛泽东亲书，并先后用汉、维吾尔、哈萨克、蒙古四种文字出版至今。

在共产党人领导及主持的四年多时间里，《新疆日报》成为宣传报道中国共产党的思想主张及方针政策，团结新疆各族人民坚持抗日、建设巩固抗战大后方的重要舆论工具。如宣传报道八路军、新四军及各抗日根据地的介绍及画册，发售《新华日报》与《群众》等刊物，特别是不仅在报纸上连载了毛泽东的《论持久战》《第二次帝国主义战争讲演提纲》等理论文章，而且翻印出版了毛泽东的《论新阶段》《新民主主义论》等著作。

与此同时，共产党人主持的《新疆日报》，为了广泛宣传中国共产党的思想主张及马克思列宁主义的基本知识，除重视报纸第4版《新疆副刊》的编辑工作外，还相继创办了《女声》《新儿童》《中苏文化》《文艺周刊》等专刊，以及《读者信箱》《小知识》《小常识》《小辞典》《国际一周》等多种文化栏目，发表许多小说、诗歌、故事、通讯报告、戏剧、木刻等文艺作品。担任文艺版编辑兼制版科长的王宪唐（王苇），以及文艺版编辑邝宗球（马殊）等，在接编《新疆副刊》之后，不仅刊登了很多抗战漫画、通俗连环画及木刻作品，而且编辑了《新年号续刊》《反法西斯画展特刊》《"一二八"七周年纪念特辑》《纪念三八妇女节特刊》《五一劳动节纪念特刊》《新疆日报五月纪念画刊》等多个文化及文艺专辑。1939年2月7日，在《新疆日报》副刊版发表的《关于本刊改编的几句话》中，编者宣布并强调了副刊编辑工作的主要目的及任务：

> 本刊为了适应读者的需要，使读者能在这块小小园地上，收获得更多的实际的知识，使读者可以在各方面交换讨论工作经验与学习心得起见，决计把本刊的内容实充一下。因此在形式上也不得不改变目样。
>
> 《新疆副刊》的名字不要了，而且也不替它另起新名。因为一个名字很难包括它的广泛的内容，而且每一个要占一块宝贵的篇幅，那也是不经济的。
>
> 本刊索性不用什么名称了。
>
> 本刊的内容将比以前广些，较以前更切实际生活些，社会科学的介

绍等讨论，小说、诗歌、戏剧等文艺创作与批评，生活各部门社会各角落的工作及生活的素描与检讨，六大政策的讨论与研究……都是本刊所欢迎的。

但是本刊不登载私下互相攻击的文字，不接受那漫谈风月的作品，不用说，更反对妨碍抗战、妨碍建设的文字。

最后，我们希望本刊从此充实起来，担负起抗战建国，建设新新疆的任务来。

只有编者读者与作者亲密的携起手来，互相交换意见，互相讨论商谈，才能担负起这个伟大的使命来。

愿本刊成为全新疆民众的公共园地！

当天改版的副刊发表了署名"马"的《谈谈文字》，开始连载谟行的《认识现实与改造现实》等论文，刊登了怒涛的诗歌《同志，携起手来吧》和勿四的小曲《新马寡妇开店》等作品。为副刊撰稿的主要作家除了编者，还有张庚、茅盾、冷血、斯金、怒涛、佘明、尔昌、杰、治、夫、寰、芸芜、湘萍、省化、浪涛、雅芩、用琼、雉堞、弱者、前耀、翰章、指晓、庭桂、黎明、雷雨、穆子政、克克、徐韬、白冬、生琦、健夫、舒谷清、北鸥、亶民、章泯、赵丹、王为一、印徽等。

1939年4月22日，在一个多月前到新疆的茅盾支持下，《新疆日报》创办的文艺半月刊《绿洲》问世。在创刊号发表的《编者的话》中，编者称：

经过好多日的筹备，许多爱好文艺青年们的努力，《绿洲》算是呱呱坠地了！幼弱而缺乏滋养的人们是养不下健美而聪颖的孩子的！不过这一根嫩苗——《绿洲》——是广大的戈壁内仅有的独子。我们爱惜它，不仅是因为它是唯一的独子，而且因为它将能发荣滋长，并且孳生出成千成万的"绿洲"来！

这一根嫩苗的培养与灌溉的担子，放在我们新疆文艺界每个青年的肩上。我们要亲密的团结起来，把六大政策下产生的这块"绿洲"巩固与扩大起来！

最后，文艺界的先进，茅盾先生在百忙中为本刊撰文，这是我们十二万分感谢的。我们愿意在茅盾先生的指导下，艰苦的培养这一块"绿洲"，把它发荣滋长，一直到侵吞了整个广涯无际的戈壁！——把戈壁变为"绿洲"！

《绿洲》的创刊号不仅刊登了编辑王谟撰写的记述茅盾与新疆青年文艺工作者座谈的长篇报告《文艺座谈会上》，而且发表了茅盾的批评文章《论"体验"和"实感"》，以及亮峥的木刻画《用我们六大政策的笔杀倒强盗野兽》。随后，除发表茅盾的《关于诗》，以及《子夜是怎样写成的？——茅盾先生在副刊座谈会上的讲演》等作品之外，还登载了柳芩的《怎样做一个歌咏队的指挥》、指晓的《从子夜说到抗战》《关于"文章下乡"的试验和准备》《烟棒子》、冷血的《走向"绿洲"里边去》、清朗的《兴奋的一场梦》等，编辑了《纪念高尔基特刊》等。《绿洲》的主要作者还有棘生、勿四、怒涛等。《绿洲》大约编辑出版至第6期后停刊。此外，《新疆日报》不仅编辑出版了多期《新疆日报画刊》，以及《新疆日报画刊八一五特刊》《新疆日报画刊纪念双十节特刊》《新疆日报画刊新年特刊》《新疆日报五月纪念画刊》等，还编辑出版了《一·二八画刊》《抗战画刊》《新疆日报"八一"七周年纪念画刊》等文艺专辑，从而使共产党人主持的《新疆日报》副刊成为抗战时期西部边疆延安文艺运动及创作的重要阵地。

《救亡日报》（桂林版）副刊：《救亡木刻》《救亡漫木》《漫木旬刊》《诗文学》《音乐阵线》

1939年1月10日，《救亡日报》在桂林复刊，自第369号起编辑出版桂林版《救亡日报》。报社社长仍然由郭沫若担任，夏衍为总编辑，廖沫沙、肖聪、林林、周钢鸣、叶文津、彭启一、蔡冷枫、华嘉、高灏、高汾、高静、丁明、谢加因等参与编辑工作。在《救亡日报》复刊号刊登的《为巩固华南文化的堡垒而坚持奋斗》一文中，"本报同人"再次强调并重申自己的办报宗旨及目的、任务，就是"《救亡日报》是应全面抗战要求而产生的，它自始便以团结文化人，坚决拥护抗战国策，发动抗敌救亡工作为任务。本报在出版地域的变迁上虽已由沪而粤而桂……但本报的出版精神始终一贯"等。1941年2月28日，《救亡日报》（桂林版）编辑出版至第1142号后，"因受军事委员会之强制命令，决于三月一日停止发行"①。抗战胜利后，1945年10月10日，《救亡日报》更名为《建国日报》在上海编辑出版，十四天后即10月24日又被国民党上海市党部下令查封而终刊。

《救亡日报》在桂林复刊后，除继续编辑出版《文化岗位》，以及先后推出《黄花岗二十八周年纪念特刊》《戏剧游击经验专页》《音乐歌咏运动专页》《民族歌手聂耳先生逝世五周年纪念》《"八·一三"两周年纪念特刊》《中华文艺界抗敌协会桂林分会成立纪念特刊》《〈一年间〉公演纪念特刊》《新安旅行团四周年纪念特刊》《鲁迅先生逝世三周年纪念特刊》《鲁迅先生逝世三周年木刻展览会特刊》《文化岗位新年特辑》及《鲁迅先生逝世四周年纪念特辑》等专刊外，还相继创办了一系列综合性文化及文艺副刊。其中，1939年2月21日创刊的《救亡木刻》，就在《木刻的新转向——作为本刊创刊词　街头木刻展开幕词》中声明：

> 中国的木刻是随着社会的需要而产生的，也随着社会的转向而转向；自开始便没有脱离过社会；但同时也站在革命思潮的前锋，所以，他也是推动社会或领导社会的转向——不断的向新的路上走去！
>
> 在"九一八"以前木刻便产生了，他虽然还是一枝嫩弱的芽，但已刚强的站在反帝与反封建的前面，"九一八"以后，他便走上救亡的正确路线，与一切前进的文化界一样，号召反抗日本帝国主义！抗战暴发了，木刻人在万分热诚之下，有的奔赴前线，有的加紧工作，给与日本帝国主义一个重大的打击！在这十九个多月的长期抗战中，不管在前方，在后方，在游击区中都可见到木刻作者许许多多的足迹！
>
> 今天，是第二期抗战的开头，中国有了新的形势，新的战略，而木

---

① 《继续黑暗反动　救亡日报停刊》，载《新华日报》1941年3月3日。

刻也便应有新的转向，这个转向的终点是在更加切合新社会的需要，和更接近大众化，更多量的在群众中发生影响！

我们木刻人虽然能力微薄，但以他的热情，和战斗的勇气，愿虚心的学习而达到提高木刻艺术的水准，并以百倍的努力，使木刻尽快速的普遍化；并且学习先进文化人的先例，在火与铁的苦炼中使更健康的站了起来。

…………

在这木刻街头展的同时我们创刊了这个园地，因为忙于筹备展览会，而本来的木刻又都是大幅的，便无法移到本刊，虽然几晚做到鸡鸣，而因人手太少，进度也真太慢了！可是这小东西终于和大家见面了；一生长便是个贫血儿，对于《救亡日报》，对于以前的《救亡画刊》，对于广大的读者都很抱歉！但我们自己这样期望着：我们要以万分的热力来使这小东西发育起来，长大起来！读者们！你们看他怎样长大罢！

《救亡木刻》创刊号上还刊登有建庵的《探察》、钟惠若的《北海》等木刻作品，以及赖少其的木刻连环画配图小说《母与子》《艺坛简报》等。1939年5月3日，漫画与木刻社决定《救亡木刻》编辑出版至第8期后更名为《救亡漫木》。5月11日，编辑出版《救亡漫木》第9期《讨汪专号》，发表了汪子美的杂文《汪精卫的"保护色"》，以及冰兄、建庵、特伟、少其、周令钊等的木刻作品。同年11月1日，由中华全国漫画作家抗敌协会、中华全国木刻界抗敌协会联合主编的《漫木旬刊》编辑出版。在1940年1月2日出版的《漫木旬刊》第7期《新年特刊》中，编者发表《新的希望》并提出要求：

从昨天起，又是阳春来了。一个新的年头开始，有人欢喜，也有人悲哀；有人随着日子而渐渐生长，但也有人随着日子渐渐消灭。

去年的日子在艰苦中度过，今年的呢，也许更艰苦，但更有看到美的曙光的希望了。而还不是凭嘴里说说就行，问题要看工作者本身的努力到如何程度。

中国的漫画·木刻运动，在去年虽然长得蓬蓬勃勃的样子，但普遍的显露着粗制滥造的危机，就是说有些从事此项运动的工作者，创造态度不严肃，只求量的报销，因此公式主义，拳头主义，好像盛极一时了。

不结子的花开遍园中，只是增加一时的灿烂，季节过了的时候，复又一片荒芜了。现在的读者，求止渴的开水的心情已过去，他们要的是如何能永远地充实他们的活力的食粮！

过去的算为历史演进的阶段吧，随着抗战到了第四个年头，深刻的感情与智慧，我们不要让它老是埋在泥土里。

"莫放空枪"，我们要常警惕着。

于是，《漫木旬刊》除先后编辑了《保卫西南专号》《七七专号》等专刊之外，还先后发表了冰兄、特伟、陈仲纲、刘子、元美、李桦、张在民、温涛、白丁、林道安、刘元、张光宇、新波、林仰峥、邝恩仇、洛平、梁永泰、刘仑、陈然等的木刻漫画作品，以及黄茅的《漫画书柬》《谈战时素描画》《绘画中国化谈屑》、曹若的《美术工作在前方》、新波的《勿摘未熟的果子！》、廖冰兄的《漫画与民主》《关于漫木合作》《把握住新问题》《从行营绘训班街头画展说到行营绘训班》、张安治的《美术工作者团结的征象——介绍筹备中的战时美展》、陈叔亮的《两年来鲁艺漫画与木刻》、李桦的《木刻技法举例》《如何提高木刻的质》《木刻运动的新认识》等理论批评文章，从而有力地推动了抗战时期当地的文艺运动及美术创作活动的发展。1940年7月21日，《漫木旬刊》编辑出版至第25期后终刊。

1939年4月18日，《救亡日报》（桂林版）创办的又一个文学副刊《诗文学》问世。刊物由诗文学社主编，在创刊号刊登的艾青《我们的信念》一文中，诗人指出：

战争在继续着。

这战争从一开始就决定了自己的那特性：它不只是军事的，而且是政治的，文化的，……包括全个民族和它的全部生活的一种战争。

因为真理是属于我们的,所以我们有了胜利的巩固的基础,这胜利也一样,不只是军事的,而且是政治的,文化的,……包括整个民族和它的全部生活的胜利。

我们的民族文化将在战争中发长,提高,扩展,是无疑的。

这在诗歌上只要看看我们抗战以来的优秀作品的不断出现,和敌人方面的哑然无声就可以知道了。

我们看一看抗战以来的诗的进步是有兴味的事。它不曾受过理论工作的灌溉,也不曾受过批评工作的曝晒,几乎完全是自己自由地茁壮起来的。反之,对这新枝加以恶意的摧残的,倒大有人在。

诗,既然作为民族的最高的语言,在民族革命的战争迫近胜利的行程中,它是必然要更加发达的。因此,我们感到诗的工作的有组织性的必要,《诗文学》是在这意义上产生的。

在这篇幅里,我们将以坦白和诚挚,讨论诗的一切问题,我们检讨,发掘,批判,……但我们决不标榜,捧场,谩骂。

工作是我们最高的意义。

同时,这期刊物还发表了覃子豪的《捷克·悲痛的孩子》、紫秋的《敌·狱·中》等诗歌作品,以及林林的《诗歌的公式主义》、力扬的《"朝鲜妇"——胡明树作》作品述评等。而随后的各期刊物,除编辑了《译诗专叶》等专刊,发表了普式庚、莱蒙托夫、赫里斯托夫、奥·密克斯基、叶赛宁、米哈尔夫斯基、马萨克等外国诗人的译作之外,还刊登了艾青的《诗的散步》、郭沫若的《革命诗人屈原》、李育中的《诗的社会性》、仰山的《关于英雄的叙事歌》、陈适怀的《街头诗运动在西战场》等文论,以及林林的《旅心》《昆仑关颂》、雷奔的《征途》、静闻的《划时代的歌声》、李斐的《同志去了》、洁泯的《无名英雄的死》等诗歌作品。主要作者还有胡危舟、周行、舒央、公木、曹葆华、严杰人、陈荒、碧青、彭燕郊、徐西东、林山、闭杰、达尼、天蓝、陈适怀、敬文、陈子秋、洛汀、凡波、阳太阳、方言、达芳、陈畸等。1941年2月22日,《诗文学》编辑出版至第22期后,因《救亡日报》(桂林版)停刊而终刊。

此外,《救亡日报》(桂林版)还创办了《新闻记者》《介绍与批评》《青年政治》等文化副刊,以及《音乐阵线》《儿童文学》等文艺副刊。同时,编辑出版了多期《旧剧文法研究专页》《教育电影路向专页》《贡献歌曲新作专页》《高尔基三周年祭》《音乐歌咏运动专页》《电影宣传检讨专页》,以及《"七·七"抗战建国二周年纪念特辑》《"七·七"纪念歌咏大会特刊》等文化专刊,以及报外刊《十日文萃》等。因此,《救亡日报》(桂林版)不仅成为推动抗战时期桂林文艺运动及创作活动发展的重要团体,而且是中国共产党在国统区所领导的文化战线的主要力量之一。

《晋察冀日报》副刊:《老百姓》《晋察冀艺术》《鼓》

1940年11月7日,中共中央北方分局决定,《抗敌报》更名为《晋察冀日报》编辑出版。在《抗敌报革新启事》中,编者宣告:"本报于边区创立之初发刊问世以来,已历三载,蒙边区各界同胞热烈爱护,得有今日;惟我边区军事,政治,经济诸般建设突飞猛进,广大人民文化政治水平,继长增高,而当前抗敌斗争之任务,形严重与艰难,本报为适应此新形势之要求,特定于我晋察冀军区成立三周年与苏联建国二十一周年之伟大纪念日,实行全面的革新,改为日刊,更名为《晋察冀日报》,改善发行,充实内容,俾能反映与推动晋察冀全区全面之斗争。希我各界同胞时予教益为幸。特此启事。"改名后的《晋察冀日报》报头为毛泽东手书体集字。1948年6月15日,《晋察冀日报》与晋冀鲁豫中央局机关报《人民日报》合并,编辑出版中共中央华北局机关报《人民日报》。《晋察冀日报》是晋察冀边区出版时间最长且影响最大的一份报刊。洪水、邓拓等曾任报社社长及总编辑。

在《晋察冀日报》编辑出版的副刊中,除1938年11月21日创刊的通俗文化副刊《老百姓》,以编者坚持"给咱们庄稼人,手艺人,买卖人和所有做活的人看的"[①]的办刊宗旨,从《抗敌报》到1942年末的《晋察冀日报》,先后出刊百余

---

① 《先讲几句》,载《抗敌报·老百姓》1938年11月21日第1期。

期后才停刊之外，最值得注意且影响较大的文艺副刊，就是1941年1月9日创刊的《晋察冀艺术》，以及翌年12月8日问世的《鼓》。其中，《晋察冀艺术》是一个由晋察冀边区文、音、美、剧协合编的文艺周刊，田间主要负责"阅稿和编辑方面"的工作①。在创刊号刊登的《初面》一文中，编者以抒情的笔调表达了办刊目的和编辑理念：

  当新年代的风吹到这土地上，这土地又已经粉碎了日本帝国主义底一九四〇年冬季的残酷扫荡。一九四一和新的胜利站到我们面前。

  虽然冬天还没有过去，但太阳照着我们战斗的灵魂；麦子也从雪片里面往上长着；人民在敌人烧烂了的房屋旁边唱着勇敢和坚定的歌；——晋察冀永远要前进呵！

  小小的麦，

  还能从雪地上长起；

  我们也要长起。《晋察冀艺术》第一次和大家见面，他像个婴孩。这是艺术的婴孩，他能不能成为一个艺术的大人（真正有用的艺术的大人），全靠大家以战斗的乳汁，哺育他，教养他，为了晋察冀，为了人类不断地获取新的胜利，光明与自由，而哺育他，教养他；我们代表《晋察冀艺术》向大家宣告："这是大家自己的东西，大家不要放弃他！"

作为晋察冀边区文艺界合编的艺术刊物，《晋察冀艺术》的编辑内容从一开始就展示出了与其他文艺副刊明显不同的风格特征。如占报纸第4版整版的创刊号，除刊载有丁克辛、秦兆阳的《老乡们关于毛主席的故事》和胡苏的《让新年的街头活跃起来吧》等文学作品外，还发表了沃渣的大幅木刻《坚壁》和蔡其矫作词、田崖作曲的歌曲《过年曲》。这个容纳了多种艺术门类的文艺副刊中，不仅有沙可夫、周巍峙、孙犁、方用、钟惦棐、韩塞、辛光、田野、丁克辛等人的理论批评文章，以及田间、邓康、栗茂章、赵鹏、武维扬、辛勇、邵子南、中国人、倪尼、鲁藜、徐朔、苗青旺、曼晴等作家的诗歌、小说、童话等文学作品，

---

① 编委会：《本刊四五申明》，载《晋察冀日报·晋察冀艺术》1941年3月28日第10期。

还有诸如徐灵、严肃、赵润喜等创作的木刻画，以及王昆和巍峙、汝惠、戴玲和陈群、拾伍和上午等艺术家的歌曲。广大艺术工作者以行动实践了他们自觉担负的"作为一个民族前进的艺术工作者，尤其是作为一个民族善良的艺术工作者，他总是和民族的呼号一同奔跑的；即使是在最短促的时间，即使是在最艰苦的处境，都决不会麻木，也决不曾束手，他反而工作最好，呼号最深切"①等社会历史责任及艺术诺言。1942年7月12日，《晋察冀艺术》编辑出版至第42期后终刊。

1942年12月8日，《晋察冀日报》创办的又一个文艺副刊《鼓》编辑出版。《鼓》由晋察冀边区的文学社团鼓社主办，"欢迎各种文艺稿件，特别是创作"②。在创刊号发表的《照例的话》中，编者提出：

> 我们这个文艺小刊物取名曰《鼓》，望文生义，显然不是供人玩赏的花朵，也不是骚人雅士舞文弄墨的场所，而是给我们边区广大读者以精神上的激励，使之从这里能够听到急剧的暴风雨似的"鼓"声，而倍增冲锋陷阵向敌突进的壮气；并更知所以咬紧牙关，再"鼓"一把劲，以准备反攻，渡过黎明前的黑暗，取得抗战最后的胜利。
>
> ……………
>
> 自然，这里《鼓》决不是凑凑热闹，空——空——洞——洞地打几下子而已。我们，每个边区文艺写作者，一定要实事求是，在我们的作品里生动而真实地反映边区民主建设事业的突飞猛进，反对敌人"扫荡"，"蚕食"，"清剿"的英勇斗争，敌人的残暴狠毒及其垂死时的丑态，沦陷区同胞的痛苦与希望，敌伪军的动摇，投降与反正，等等……我们的《鼓》，虽然篇幅有限，还是要努力做到使边区读者爱读而有所得，使敌人看了头痛，心惊，肉跳，而成为插在他心窝里的一把利刃。这也就是说，我们要使《鼓》成为在政治上思想上教育边区群众与文艺工作者自己，因而更能发挥对敌思想斗争的利器作用。

---

① 文、音、美、剧协会：《晋察冀艺术工作者总动员起来》，载《晋察冀日报·晋察冀艺术》1941年2月6日第5期。
② 鼓社：《征稿简约》，载《晋察冀日报·鼓》1942年12月8日第1期。

愿我读者，尤其是边区每个文艺工作者，爱护它，帮助它，使这"鼓"声打得更响亮些。让敌人听见我们的"鼓"声而发抖吧！

在文艺副刊《鼓》的编辑过程中，编者感到"一则，'鼓'面不大，惊天动地的'洪声巨响'显然是发不出来的；二则锣鼓刚响，'看戏的'和'做戏的'尚未完全'动员'起来；三则事先准备不充分，因为赶着'反对大东亚战争'宣传周，匆忙中就把'鼓'打起来了"，因此，"要使一个文艺刊物编的好是编者的责任，也是每个文艺写作者的责任，因为如果后者不源源地供给合适的稿件，编者也就'难为无米之炊'了"。①然而，在不长的时间里，《鼓》仍然先后发表了晋察冀边区代表作家及青年作者的许多诗歌、散文、小说、速写、木刻、歌曲等文艺作品。如田间的《如果敌人不投降——就消灭他！》《参议会随笔》、曼晴的《一个事实》、欧阳君山的《为边区孩子们而歌》、俞林的《为了春耕》、仓夷的《边界上》、林漫的《待不下》、邵子南的《死人书》、康濯的《平静的初春》、蔡其矫的《雁翎队》、孙犁的《丈夫》《参议员》《爹娘留下的琴和箫》《大小麦粒》、李又人的《堡垒内》等，以及沙可夫、唐伶、春桥等关于边区文艺运动的文论批评述评等。1943年4月18日，《鼓》编辑出版至第12期后停刊。此后，《晋察冀日报》再未编辑出版报纸的文艺副刊。

《新华日报》（华北版）副刊：《新地》《新华增刊》《敌后方木刻》

1939年1月1日正式出版的《新华日报》（华北版），是根据1938年11月中国共产党第六届中央委员会第六次全体会议决定，在山西沁县后沟村创办的中共中央北方局机关报。杨尚昆任党报委员会书记，何云、陈克寒、韩进、杜毓沄等先后为党报委员会及董事会成员，何云担任《新华日报》华北分馆编辑委员会主任兼总编辑，陈克寒、韩进等担任副总编辑，左漠野、李竹如等参与编辑工作。在《新华日报》（华北版）发刊词中，编者所提出的办报目标及任务之一，就是"为扩大全民团结，已将自己成为全国各抗日党派，各抗日团体，各爱国同胞之

---

① 《编后记》，载《晋察冀日报·鼓》1942年12月15日第2期。

共同喉舌"。因此,"本报愿作文化粮食供应之所,愿在华北文化抗日统一战线工作中,尽其绵薄,将全华北文化战士,紧紧团结起来,为开展敌后方之文化运动而与敌寇们苦斗到底"。[①]1943年上半年,中共中央北方局决定停办《新华日报》(华北版),由中共太行区委接办《新华日报》(太行版)。同年9月25日,《新华日报》(华北版)编辑出版,至第845期后停刊。

《新华日报》(华北版)在抗战时期敌后根据地政治军事斗争复杂剧烈,以及物质条件艰辛困难的办报过程中,仍然非常重视报纸副刊的编辑出版工作。这些不同时间问世的副刊中,既有综合性的文化副刊,如1939年1月13日由中国青年记者学会编辑的《战地报人》、1939年3月7日创刊的《华北妇女》等,也有一批有较大社会及历史影响的文艺副刊,如1939年2月27日由戏剧社编辑,同年3月27日编辑出版至第2期后终刊,主要撰稿人为李伯钊、唐恺、伊林等作家的副刊《戏剧》,以及创刊于1939年7月1日并作为《新华日报》(华北版)增刊之一,由新华文艺社编辑出版至第4期,即于同年9月15日终刊的副刊《新华文艺》等。

在《新华日报》(华北版)编辑出版的文艺副刊中,1939年1月9日问世的《新地》,是该报在沁县创刊后所创办的第一个文艺副刊,而1941年3月29日创刊的《新华增刊》,则是该报最后一个文艺副刊。其中,由新地社编辑的《新地》,在创刊号上刊登了阐述自己办刊宗旨及编辑理念的《发刊词》,以及卞之琳的《两棵柿子树》、史群的《我们需要文艺通讯员》、闽南文艺协会的《代收鲁迅先生奖金基金启事》等文章,在其后的刊物中,也将刊载文论批评方面的述评短论,以及诗歌、散文、漫画等文艺作品作为主要的编辑内容。1941年3月29日编辑出版的第5期,也是最后一期的《街头诗运动专页》中,发表了高敏夫的《展开晋冀豫抗日根据地的街头诗运动》,以及田间、史轮、巩廓如等作家创作的诗歌作品,对推动太行地区的街头诗运动,以及群众化的文艺活动,产生了积极的宣传及组织作用。

---

① 何云:《发刊词》,载《新华日报》(华北版)1939年1月1日。

《新华增刊》则是副刊《新华文艺》终刊后，由《新华日报》（华北版）通联部主任林火及石蕾等编辑创办的一个文艺副刊。在创刊号刊登的《开场白》中，编者称：

> 自从《新华文艺》中断以后，年余来有不少文艺同志，热情青年，经常呼吁道：既然"文艺家是心灵的技师"（斯大林），那末在广大华北抗日根据地，在这样一片光明的土地上，就不能有滋润、栽培、慰安、创造"心灵"的园地，就不能给"技师"们开辟一个工作场所，给文艺之神建筑起一座"公园"吗？
>
> 自然，这呼吁是很近情理的，绝不是奢求，因之，《新华增刊》便应运而生了。
>
> 但是，我们可得声明，这"公园"还应该是大众的，我们还得在这里布置些自然界的事物，社会的形形色色，以及根据地以外，甚至是中国以外的世界，告诉他们这是什么，应该怎样处理，让亲爱的大众，眼睛更明，耳朵更聪，心胸更为扩大，手足更为灵活！如果说这便是"启蒙"，那末这"公园"里也将有一所"启蒙馆"。
>
> 我们深深了解，只有理解大众，接近大众，才能够逐渐提高大众，因之放在"公园"和"启蒙馆"里的东西，一定要是大众所亲近的，所爱好的。
>
> 说来很是轻松，然而做起来却决不是我们的绵薄所能胜任，因之，我们仅仅只能是这一"公园"里的园丁，希望文艺同志，热情青年以及所有的读者共同努力，使这座小小的"公园"，内容丰富精彩，装潢漂亮美丽，并以此作为材料准备，人材准备，理论准备，方法准备的基地，希望从这个基础上创建起更广大更美好的"乐园"。

注重根据地文艺运动的推动和有针对性的文艺理论批评的展开，以及相关讨论文章的发表，成为《新华增刊》内容编辑方面的一个鲜明特点。因此，从创刊开始，刊物发表了群的《怎样读新诗》、张秀中的《素材题材和主题》《磨练语言》、艾青的《诗论》、挹流的《纪念"五四"》《开展新文字运动》、徐懋庸的《"五四"之怀》、蒋弼的《"五四"随想》《漫谈创作》《悲喜剧》、袁勃的《举起五月底旗进军》、长贡的《谈街头诗》，以及冰野的《敌后文艺界的新声——〈华北文艺〉创刊号读后感》、吴玉章的《关于新文字运动的一封信》和艾芜的《阿Q和关羽——两种典型人物的创造》等理论文章。1941年6月5日，《新华增刊》刊登《本刊发起"七七"征文启事》，并围绕因《雷雨》《日出》《巡按》及《青天白日》《太行镇》等剧目的演出而展开的演大戏讨论，分别发表了张秀中的《关于〈雷雨〉的演出》《从演大戏谈到敌后戏剧运动》、郁野的《敌后戏剧往何处去》，以及许光的《新的时期与新的方向——对本区剧运的几点意见》等论文。并且，孙海林、高咏、子之、金新人、枫、晓征、秋远、易朗士、方朗、戈红、苏明、金生、洪禹、非耶、白溪、杜宏、药眠、黄远、吐金等人，都成为《新华增刊》的主要作者。1941年12月23日，《新华增刊》编辑出版至第32期后停刊，也是在这终刊的《新华增刊》中，"七七"征文奖揭晓。

此外，《新华日报》（华北版）从创刊伊始就重视木刻、漫画等文艺作品的编辑刊发，先后刊登了罗工柳、胡一川、华山、彦涵等人的木刻版画作品，并在每期右侧的报眼发表一幅木刻作品。为推动华北地区敌后的文艺运动及艺术创作活动的发展，1939年7月1日，《新华日报》（华北版）还创办了一个报外刊《敌后方木刻》，并使之成为延安木刻文艺工作者响应"木刻到前方去"的号召，以及为抗战服务的历史背景下创办的一个文艺刊物。刊物由鲁艺木刻工作团编辑，胡一川任主编，主要成员有彦涵、陈铁耕、罗工柳、杨筠、华山、邹雅、刘韵波、黄山定、赵在青、古达等。1939年10月19日，《敌后方木刻》编辑出版至第5期后停刊。

《大众日报》副刊：《战地文艺》《大众文艺》《文艺习作》《艺术工作》

《大众日报》于1939年1月1日创刊于山东沂水县王庄，为中共中央山东分局机关报。创刊之前编辑出版了3期油印版试刊报《突击》。"为大众服务，成为他们精神上的必要因素之一，成为他们自己的喉舌，更成为他们所热烈支持的最公正的舆论机关"，以及"加紧动员民众，组织民众，武装民众，建立自卫团，实行放哨盘查，肃清汉奸，协助与配合军队作战"，①是其公开宣示的办报宗旨及目标任务。刘导生初任报社社长，匡亚明任总编辑，马民任编辑部主任，刘力子为营业部负责人，于一川任印刷所所长。稍后匡亚明兼任社长，于寄愚、李竹如等先后担任社长、总编辑，并先后成立编委会等集体领导机构。作为党报，《大众日报》实际上从创刊伊始就受到党中央及中共中央山东分局、华东局和中共山东省委的关注和重视。1940年1月1日，毛泽东为创刊周年的《大众日报》题词："动员报纸，刊物，学校，宣传团体，文化艺术团体，军队政治机关，民众团体，及其他一切可能力量，以提高民族觉悟，发扬民族自信心与自尊心，反对任何投降妥协的企图，坚持抗战到底，不怕困难，不怕牺牲，我们一定要自由，我们一定要胜利。"②1945年9月，山东分局由中共中央华东局领导之后，《大众日报》成为中共中央华东局机关报。1949年3月华东局南迁，该报又改为中共中央山东分局机关报，并于同年4月1日迁至济南出版。1955年1月，改为中共山东省委机关报至今。

《大众日报》在坚持宣传党的方针政策及政治军事主张，提高群众抗日觉悟及斗争热情等的同时，也特别重视文化教育及文艺副刊的编辑出版工作。其中，除综合性文化副刊《抗战职工》《前哨妇女》《青年战线》《报人》《群众生活》《中国青年》《战时教育》《抗战军人》《大众卫生》等专刊或专栏，《文艺专页》《文艺工作》等副刊，以及《巴黎公社纪念特刊》《五四特刊》《抗大四周年纪念特刊》等专辑之外，1939年1月4日，由鲁南抗日文化团体战地文艺研究会编辑的文艺副刊《战地文艺》，在《大众日报》创刊后的第三天问世。在创刊号发表的《战地文艺研究会成立宣言》中，编者强调：

  中华民族为了争取自己的自由解放，而发动的具有伟大历史意义的持久抗战，在全国人民的团结的基础上，经过将近二十个月了！而且，

---

① 转引自孙占元、杨明清主编：《山东重要历史事件：抗日战争时期》，山东人民出版社2004年版，第131、132页。
② 林中、所梦九、李栋春等编：《大众日报大事记（1939—1985）》（上），山东大众日报社1988年版，第4页。

到现在，由于战局的更形展开，已达到一个新的转变的阶段！

无疑地，这个战争底本身，所以伟大，不仅由于它是空前的，而且将有绝后的意义！不仅由于它是改造中华民族悲惨的历史命运，而且，将改造中华民族五千年来的生活方式与习惯地传统！

正因为是这样的一个战争，所以，它不仅动员了自己的一切军事的、政治的、经济的力量，来支持、充实、完成这个抗战，同时，也集中与动员了全国的文化力量！因为，动员了文化底力量才更能坚固全国人民的持久抗战的意志！动员了文化的力量，才更能坚固全国人民对抗战前途所抱的光明与远大的理想。所以，文化的动员，不仅是必须的，而且，也是抗战的持久过程中，动员工作的重要的一环！

…………

文艺，是文化部门中主要内容之一！所以，文化的动员，首先，应是文艺运动底展开！因为唯有文艺，才能给人以热情底激扬！唯有文艺才能给人以震撼心灵底力量！虽然，它的开展，也必然地，是一个艰难的，持久的过程，而且，也必须是以集体力量，集体行动，方能促成它底作用的实现！

正是由于这样的客观事实与要求，战地文艺研究会成立了！它是集合了从事救亡工作的一切爱好文艺者，并愿意为开展这一工作，而贡献自己所有的空闲时间的集体力量，集体运动底集体组织！

《战地文艺》副刊"欢迎各地读者踊跃投稿"，要求"内容含有丰富战斗性的速写、通讯、报告文学、戏剧、诗歌等为合宜"的作品。[①]不仅刊登有石流的《十二月是战斗的日子》《工人进行曲》、范明枢的《"一二八"七周年纪念有感》等诗词作品，以及刘枫的《北行杂记》、鉴民的《一个战斗的回忆》、李的《会合》和谷的《月亮下的孩子们》等速写报告，也发表了燕遇明的《告游击区的文艺工作者》、赵需人的《战斗文艺》、石流的《文艺工作者，起来！》、李

---

① 《投稿简则》，载《大众日报·战地文艺》1939年1月4日第1期。

泰的《反对文艺上的隐士》《战地文化人的战斗任务》等理论批评文章。1939年5月25日,《战地文艺》编辑出版至第6期后停刊。

1939年12月17日,《大众日报》创办的又一个文艺副刊《大众文艺》问世。创刊号刊登了李泰的《怎样写报告文学》、玲君的《他怎样参加了游击队》和辛非的《小喜的爸爸是八路军》,以及贾霁的诗歌《号手——纪念山西的一个兵士》。其后,该刊不仅刊登了辛非、岳奔、方曙、知侠、李泰、康矛召等人的散文、速写与通讯报告,以及微冬的《关于杂耍》和安波的《关于民歌小曲》等大众文艺理论批评文章,而且在其《大众文艺论坛》等专辑中报道了活动在沂蒙山区的文艺工作团、战士剧社、鲁迅宣传大队、山东艺术协会等群众性文艺团体及其开展的大众化文艺活动。1940年10月19日,《大众文艺》编辑出版至第5期后停刊。

随后,由八路军一一五师文艺习作会于1940年7月创刊并主编的文艺专刊《文艺习作》,于1940年11月4日第5期开始成为《大众日报》的又一文艺副刊。在当天刊登的《编后》中,编者声明:

> 本刊自本期起在《大众日报》上刊印,希读者注意。本期在忽忙中付印,在各方面我们感到有许多缺点,希望同志们多加以批评。
>
> 本会是部队中一些爱好文艺的同志们所组织的,当然,所谓"习作",所产生的作品,难免在形式和内容上,都很贫弱,因此,更需要大家来给我们以指正!而且欢迎外界稿件,内容以通俗,短小精悍的,适于大众化战斗化的文艺为主。
>
> 我们希望:能有更多的同志来一齐努力,不怕没有高深的理论和写作基础,只要艰苦耐心,忠诚不拔的工作下去,在工作中来培育自己,一定能完成目前大时代——民族革命战争的大时代所给予我们的伟大任务。
>
> 这就是本会努力的方向,和对当前文艺运动的一点愿望!

稍后,阿大在《〈文艺习作〉和它的愿望》一文中呼吁:"首先我们希望同志们,对于《文艺习作》的各方面,都要毫不客气地给我们以具体的批评与指导,无疑地这对我们一群毫无经验的习作者,是值得宝贵的!其次,我们更希望:有更多的同志来和我们一齐努力,对它——《文艺习作》,能给以热心的爱护与实际的帮助，使它能够获得成长，发展，向上的机缘！这即是对我们部队的文化教育工作的一种帮助。"①1940年12月28日，《文艺习作》编辑出版至第8期后停刊。

1940年12月7日，《大众日报》文艺副刊《艺术工作》创刊。该刊由艺术工作社主编，主要刊登文艺理论及创作方法方面的论文，以及散文、诗歌、木刻等文艺作品。创刊号刊载了那沙的《文学在点线之外》和那逖的《关于木刻》等理论文章。其中，李明《开拓文艺创作的新领域》一文，要求身处"革命与战争的新时代"及"新形势"下的"现实主义的文艺工作者，不能跟着时代的尾巴呐喊，而是要站在时代的前端，推动着历史的车轮向前开动"，并因此希望在创作上要"撕破敌人的一切阴谋""争取团结一切力量"和"开展反投降的斗争，建设巩固的抗日根据地"等，从而"大胆的、勇敢的开拓自己的新领域"，并"以新的创作，来迎接新局势的要求，完成我们的历史的战斗任务"等。②因此，《艺术工作》创刊以后，先后发表了燕遇明、陈谱、天晓、金瑞、览章、方曙、阿大、辛樵、幼平、知侠、化南、其雨、龙实等人的理论批评论文，以及那沙、白刃、阿林、辛非等人的诗歌、散文及木刻等文艺作品，对推动当地的群众性文艺运动及大众化文化创作产生了积极的影响。1942年3月16日，《艺术工作》编辑出版至第16期后停刊。

《黄河日报》副刊：《山地》《晨钟》

1939年5月1日创刊于山西长治长子县阳鲁村的《黄河日报》，是抗战时期晋绥边区编辑出版且分版印刷出版较多的一个报纸。该报原为创刊于1938年4月，由中共领导的抗日统一战线组织山西牺牲救国同盟会长治中心区主编的《战斗日报》，是"牺盟会"长治中心区的机关报。最初由黄镇负责的第五专署党团组织直接领导，邱吉夫、秦春风和魏克明等分别担任正、副社长和总编辑，姚

---

① 阿大：《〈文艺习作〉和它的愿望》，载《大众日报·文艺习作》1940年11月19日第6期。
② 李明：《开拓文艺创作的新领域》，载《大众日报·艺术工作》1940年12月7日创刊号。

天珍、戴夫、秦淮、宋筠、史曼林、赵树理、肖里等参与编辑工作。《黄河日报》自创刊伊始，第4版即为副刊专版。编辑出版了综合性副刊《牺公》《战时妇女》《军政周刊》《民革室》，以及文艺副刊《燎原》等，主要刊载发表一些散文、故事、速写、诗歌、木刻等文艺作品。1939年7月，因日军进攻晋东南地区，《黄河日报》被迫分头转移，先后形成《黄河日报》上党版、路东版（太南版）、晋南版、临县版、岢岚版及太原版等六个分别由各地党的组织机构领导和主持出版的同名报纸。1940年4月以后，《黄河日报》分别与各地的党报、党刊合并或改刊后终刊。

其中，1939年7月7日，《黄河日报》路东版（太南版）在时任路东五专署秘书主任兼路东办事处主任杨献珍的领导下，转移至山西壶关县芳岱村创办编辑出版。报社总编辑由王春担任，后王春离社学习，由胡广思、张鱼、魏克明等人负责，戴夫、姚天珍先后继任总编辑。赵树理、何畏、白浪、李庄、姚天珍、刘林笳等参与编辑工作。1940年5月1日，《黄河日报》路东版（太南版）与《太南日报》合并改名为《人民报》后终刊。

1939年9月11日，《黄河日报》路东版（太南版）文艺副刊《山地》创刊。《山地》每周一期，编者立意于将其办成一份通俗易懂、贴近民众的大众化文艺副刊。于是，在总编辑王春的大力支持之下，由赵树理担任主编的《山地》，"便把多年的理想化为事实——其中形式上鼓词、快板、童谣、故事等无所不包，而总的政治内容以发动人民抗日、揭穿阎锡山反共反民主的阴谋为范围"①。并且，作为抗战时期赵树理先后编辑的三个小报副刊中的第一个副刊，从刊名的提出、刊头的题写、快板形式发刊词的拟定，到每期的内容编排与版式校对等，甚至稿源不济情况下大部分作品的写作，都是赵树理一人完成的。该刊发表了许多深受普通读者喜爱的鼓词、快板、小说、童谣、故事等通俗文艺作品。被称为"庙会作家""快板诗人"的赵树理，也以"本鄙人""王甲

---

① 赵树理：《忆王春同志》，见《赵树理文集》（4），中国工人出版社2000年版，第1666页。

土""起萧"等笔名写了不少通俗化、大众化的作品。①赵树理后来回忆道，在编辑这个文艺副刊上，"老实说我是颇懂一点鲁迅笔法的，再加上点群众所熟悉的民间艺术因素，颇有点威力。这报专往他们所到的地方张贴，贴到哪里读者挤到哪里"②。曾任《黄河日报》路东版（太南版）主管领导的杨献珍，也对赵树理及其编辑的副刊《山地》有着深刻的印象，称赞"他多才多艺，精通上党梆子，各种曲艺形式的节目，他都能编、能导、能演。他以种种为老百姓喜闻乐见的艺术形式，用地地道道的群众语言去反映当时人民群众的生活和斗争，把《山地》副刊办得生动活泼，通俗红火。每逢《黄河日报》（路东版）发到各县，贴到城门洞，往来行人抢着看《山地》，交通常常为之堵塞。我也是从《山地》副刊上，加深了对赵树理创作大众文艺的本事的了解。他的文章浅显生动，干净利索，连'啊、了、吗'等虚词都不随便使用，文风朴实幽默，措词严谨，老实讲我很佩服和赞赏"③。

1940年2月27日，因中共太行区党委派遣姚天珍等人接管《黄河日报》路东版（太南版），文艺副刊《山地》随之更名为《晨钟》，一改原来的编辑方向，"那些匕首投枪式的通俗作品不见了，而代之以洋腔洋调的新诗之类"④，《山地》终刊。

《七七报》/《七七日报》副刊：《七七副刊》《五日谈》《青年文化之页》

1939年7月7日，《七七报》在湖北京山县八字门正式创刊，是抗战时期中共鄂豫边区党委的重要报刊之一，由中共鄂中区党委主办。报纸名称根据时任鄂中区党委书记兼新四军豫鄂独立游击支队政委陈少敏的意见而定，报头由后任新四

---

① 李士德：《盛话故人品清茶——何微同志忆赵树理》，见《赵树理忆念录》，长春出版社1990年版，第70页。
② 赵树理：《回忆历史 认识自己》，见《赵树理文集》（4），中国工人出版社2000年版，第2019页。
③ 李士德：《暮色苍茫念手足——杨献珍同志忆赵树理》，见《赵树理忆念录》，长春出版社1990年版，第60页。
④ 李士德：《盛话故人品清茶——何微同志忆赵树理》，见《赵树理忆念录》，长春出版社1990年版，第71页。

军豫鄂独立游击支队代理政委陶铸题写。报纸初为油印版，约从第95期后改为铅印。1945年10月，与1940年2月创刊的新四军豫鄂挺进纵队的机关报《挺进报》合并，为中共中央中原局机关报，仍以《七七报》的刊名编辑出版。1946年1月14日，《七七报》编辑出版至第373期后更名为《七七日报》。报社负责人有夏忠武、李苍江、谢文耀等，顾文华、马仲凡、卢明远、谢中锋、陈英、周立波、雷迅、李游、祝季伟、赵季、罗明、胡克、高晒、许启贤、武石、水声宏、曾言、严正、江沙、王匡、陈祖武、焦长河、肖木等参与编辑及记者工作。在《七七报》第24期发表的一则短文《我们在芦沟烽火中的要求》中，编者重申了自己的办报宗旨及编辑内容：

> 我们要求《七七报》能够成为群众性的报纸，成为鄂中人民的喉舌。我们要求它反映出鄂中敌我斗争的各个场面，游击部队地方武装的英勇战绩，部队工作经验，地方行政设施，社会生活情形和敌寇暴行等。因此，我们要求各地读者、部队工作同志在这几方面多多供给我们通讯报导及特写报告等。
>
> 我们要求这样在鄂中建立广大的通讯网，使七七的芦沟烽火燃烧在每个抗日志士心头。凡是爱护《七七报》的读者不能不应该拒绝我们这个要求，我们是在这样的期待着。①

1946年6月24日，《七七日报》编辑出版至第536期后，因国共内战局势的发展及中原突围而被迫停刊。

《七七报》从初创的油印版开始，就很重视副刊的编辑工作及文艺作品的发表。在现存世的油印版的《七七报》1939年11月12日第23期第4版上，就可以看到《新街战斗》及《新街战唱词》等文艺作品。报纸改为铅印后，第4版就成为综合性文化专刊及文艺专栏或专页的主要版面。这一方面缘于报社领导对文艺运动及创作活动在抗战时期政治军事斗争及宣传教育中独特作用的认知，另一方面则和编者队伍的人员构成及专业素养有直接的关系。如作为画家的武石担任

---

① 《我们在芦沟烽火中的要求》，载《七七报》1939年11月17日第4版。

《七七报》的美术编辑之后，就在报纸上增刊了许多木刻画作品。此外，延安文艺运动的代表作家之一周立波就曾担任报社副社长兼副刊部主任，负责过延安《解放日报》副刊编辑工作的陈祖武和木刻画家焦长河等都曾参与编辑工作。① 因此，编者们不仅分别创办诸如《小讲坛》《大众呼声》《小辞典》《青年文化之页》等文化专刊，以及《七七副刊》《五日谈》等文艺副刊，刊登通讯报告、速写散文、木刻漫画等文艺作品，以提供并满足广大读者的需要，同时也积极组织副刊稿件的征集和引导鼓励青年作者的相关写作活动。如在青年文化园地编委会刊发的《征稿启事》中，编者就提出："青年文化园地面积很小，需要我们加意栽培，使他能真正给青年朋友们一些迫切需要的粮食。怎样使他合乎青年的胃口？怎样使他能给青年们一些丰富的营养？这是我们大家的责任。"因此，"来稿请注意以下几点"，内容要围绕"边区青年生活，抗战活动，学校生活的描写""敌区和大后方青年生活的报道""关于农村青年文化科学知识的介绍""青年生活问题，求学、工作、职业、婚姻等"与"学校教育的新闻消息"等，文体形式则必须是"通顺的白话文，字数每篇五百，至多不超过一千字。体裁是报告、速写、小说、论文、通讯等"。②为解决副刊编辑中版面紧张及稿件拥挤等问题，编者先后编辑出版了《七七报·十日增刊》及《七七月刊》等刊物，还与其他报纸合作编辑《七七报、老百姓报联合增刊》等文化副刊。

作为抗战时期鄂豫边区创办时间最长且影响最大的一份党报，《七七报》副刊编辑出版及传播接受，在当时的延安文艺运动及创作实践中有重要的社会影响及历史地位。

《冀东日报》副刊：《副刊》《文艺》《冀东日报增刊》

《冀东日报》的前身是中共冀热察区委所辖冀东区分委于1940年1月1日创刊的机关报《救国报》，以及抗战胜利后自第241期起更名的《冀热辽日报》和从

---

① 鄂豫边区革命史编辑部、湖北日报社编：《楚天号角：抗日战争和解放战争时期鄂豫边地区的革命报刊》，武汉大学出版社1990年版，第19—21页。
② 青年文化园地编委会：《征稿启事》，载《七七报·七七副刊》1943年12月1日第8期。

第262期开始改名的《长城日报》。1946年5月15日，由《长城日报》更名的《冀东日报》正式编辑出版。初为不定期刊，每期四开四版或六到八版，直至翌年12月26日，才真正成为名实相副的对开二版日报。报社社长由时任冀东区分委宣传部部长张达兼任，吴明、杨林、岳欣等先后担任副社长，孔祥均任编辑部部长，李于文、王哲元、金森、田兆祥、王兴汉、肖玲、孟广平、萧军、宋瑞祥、李远、陈大远、鲁克、周新华、白坪、陈棣、红谦、丁方、陆鸣、洪涛等参与编辑和记者工作。1949年5月1日，《冀东日报》迁入唐山并合并《新唐山日报》，成为中共唐山市委机关报编辑出版。同年7月31日，《冀东日报》编辑出版至第1138期后终刊。

在近十年的艰苦岁月里，作为中共冀东区委的机关报，《冀东日报》从《救国报》起步，不仅先后编辑出版了1138期报纸，而且创办了多个综合性文化刊物及文艺副刊。其中，1941年春编辑出版的通俗刊物《老百姓》，可以说是《救国报》创办的第一个综合性文化增刊。由于当时《救国报》受油印八开两版小报的版面限制，所以由李海平、布于、布丰等编辑的增刊《老百姓》就成为《救国报》的补充，开辟了多种文化及文艺专栏，发表了适合大众阅读的时事通讯、散文速写、抗日故事、快板民谣、连环画、漫画、歌曲等通俗文艺作品。此后，由《救国报》创办及编辑出版的综合性文化增刊及文艺刊物还有1942年初出版的不定期刊物《国防最前线》，以及翌年2月至7月间先后创刊的文化增刊《铁骑》和《新长城》等。

1946年5月，《冀东日报》成为四开四版的铅印报纸。由于编辑与印刷等条件的健全稳定和支持保证，《冀东日报》开始着手确定每期报纸的版面安排，并决定在第4版创办副刊。1947年4月4日，《冀东日报》副刊第1期问世。在其发表的《开始的话》中，编者称：

> 日报特辟副刊，作为大家的园地，其目的是为大家服务，其性质是综合的，其方针是：大家看、大家办。[①]

[①] 转引自《〈冀东日报〉大事记（征求意见稿）》，见唐山劳动日报编辑部编：《冀东报史资料专辑之二》，1982年11月编印，第10页。

自此,《冀东日报》先后编辑出版了《生产》《教育》《卫生》《经济》《妇女》等文化专刊,以及专门的文艺副刊《文艺》等。并且,在这些专刊或专栏中,配合或集中发表一些通讯报告、诗歌、散文、杂感、木刻、漫画等文艺作品。每星期或半个月轮流在第4版上登载,采用浅显易懂的大众语言文字,为广大读者提供多种文化知识及教育知识。

除此之外,1946年8月创刊的《冀东日报增刊》,是《冀东日报》编辑出版的一个大型综合性文化报外刊,主要刊载党的方针政策及会议决议、国内外政治军事的时事报道和生产建设的形势动向,以及有针对性的时政评论和社会批判文章,包括编辑《青运专号》等专题性刊物。刊载了《中国共产党中央委员会关于南斯拉夫共产党问题的决议》《中国共产党中央委员会致解放区工人代表大会的祝词》《东北局青委韩天石同志报告建立毛泽东青年团问题》,以及《人民的新城市》《东北生产剪影》《华北建设剪影》《人间?地狱!》等文章。同时,《冀东日报增刊》除陆续发表一些长篇的小说、报告文学、诗歌及木刻、漫画等文艺作品,如《冀东日报增刊》第2期上的长诗《给张家口》,第4、5期合刊上的叙事诗歌《劳动英雄秦发》、报告文学《从穷到富的红石坎》,以及第22期上的通讯报道作品《济南第一团——前线记者集体创作》和《晋南一片新气象》等之外,还先后转载了《王贵与李香香》等延安文艺的代表性作品。如署名"葆瓛"的长篇评论《人民的诗歌》,就充分肯定《王贵与李香香》"是一篇优美出色极有价值的叙事诗","的确无论在主题的教育性,故事的描述,人物的刻画,用语的精巧都堪称为一首成功的人民诗歌"。①

《冀东日报增刊》的编辑出版,"对于活跃和丰富冀东解放区党、政、军干部和群众的文化生活,提高读者知识水平都起了积极的作用"②。1949年4月,冀东日报社迁入河北唐山后,《冀东日报增刊》编辑出版30余期后停刊。

---

① 葆瓛:《人民的诗歌》,载《冀东日报增刊》1947年3月第3期。
② 肖铃:《解放战争时期的〈冀东日报〉》,见河北省出版史志编辑部编:《河北出版史志资料选辑》(第5辑),1990年,第16页。

《边区群众报》副刊：《边区群众报副刊》

1940年3月25日，毛泽东提议创办并题写报头的《边区群众报》在延安创刊，由陕甘宁边区文化协会大众读物社主办。在时任中共陕甘宁边区党委宣传部部长李卓然的直接领导下，成立不久的大众读物社就以"供给边区识字少的群众以文化食粮，并提高他们的文化水准，以开展新民主主义的启蒙运动"为社团宗旨及目标任务[①]，并将创办《边区群众报》作为"大众读物社成立后办的第一件事"[②]。于是，在大众读物社社长周文，副社长杜桴一，秘书长白彦博，报纸科科长赵守一，主编胡绩伟和编辑谭吐、金照、朱明、高茜、方之中等的共同努力下，报纸的编辑出版工作如期开始。该报初为中共陕甘宁边区党委机关报，1941年5月陕甘宁边区党委改为中共中央西北局后，即成为中共中央西北局机关报。1942年2月18日，因陕甘宁边区实行精兵简政及周文工作调动，大众读物社结束活动。边区群众报社随即成立。谢觉哉担任社长，胡绩伟任主编，新增加的蓝珏、赵文节（闻捷）、午人、翟准、俞味平、刘兴会、马永和等参与编辑工作。1948年1月10日，《边区群众报》在陕北绥德更名为《群众日报》，仍为中共中央西北局机关报。同年4月21日报社迁回延安，1949年5月27日报社迁至西安编辑出版。1953年1月起成为中共陕西省委机关报，1954年10月16日更名为《陕西日报》编辑出版至今。

《边区群众报》作为大众读物社创办的一份大众化报纸，在九年多时间里，一开始就以边区基层农村干部和农民群众为主要读者对象，坚持采用大众化、口语化和群众喜闻乐见的语言及形式，在努力做好宣传党的方针政策，报道群众关心的政治军事和社会生产新闻及相关的文化评论和发展动态的同时，还通过诸如人物介绍、事实说明，以及通讯、散文、诗歌、故事、顺口溜、木刻、谜语等艺

[①] 刘立夫：《回忆〈边区群众报〉的出版和大众读物社》，见上海鲁迅纪念馆编：《周文纪念集》，上海文艺出版社2002年版，第48页。
[②] 张思俊：《回忆大众读物社》，见上海鲁迅纪念馆编：《周文纪念集》，上海文艺出版社2002年版，第44页。

术形式，而为广大读者所接受。因此，当年的主编胡绩伟后来回忆道：

> 《边区群众报》的诞生，为大众读物社带来了欢腾雀跃洋洋喜气，立即得到毛主席等中央和边区领导人的称赞，更主要的是立即得到广大边区基层干部、小学教员、中小学生和老百姓的热烈喜爱。因为它不只是在内容上注意宣传抗日救国的形势和道理，宣传陕甘宁边区为支援抗日前线所进行的生产建设，还刊登了一些短小精悍的文艺作品，在文字上尽量采用边区老百姓的流行语言，努力争取识字不多的人能够读懂，不识字的人也能够听懂。①

于是，《边区群众报》在版面安排上，除第1版到第3版为政治军事要闻、生产建设新闻和国内外时事动态之外，第4版综合性文化及文艺版面则刊登了许多为群众所熟悉的陕北民间艺术形式及作品，如陕北说书、秧歌调、谜语、唱词等。如闻捷采用"芦花公鸡调"创作的《牛儿要喂好》，以及柯蓝、李季、李通等借鉴陕北说书、民歌、小调创作或填写的新说书、歌词、秧歌剧等大众化文艺作品，都对推动陕甘宁边区的新民主主义文化建设及群众性文艺活动产生了广泛的社会影响及文化作用。

所以，1946年4月1日，中共中央西北局书记习仲勋在写给《边区群众报》创刊六周年的贺信中，就充分肯定其在大众化文化建设及实践中的作用：

> 《边区群众报》出满整三百期了，值得大大庆贺。
>
> 这个报纸是边区群众公认的好报纸，谁也喜欢它，谁也爱护它。为什么好？它不但容易懂，并且说出了边区群众要说的话，讲出了边区群众要知道的事情。这就是为群众服务，当得起"群众报"这个光荣的称号。它过去是这样做的，今后还要这样做。
>
> 六年以来，这个报纸对边区人民是尽了最大的组织和指导作用的。它告诉边区群众和干部团结抗战、生产建设的任务，当边区的喇叭筒，而且教边区干部和群众怎样来工作，来动员，来生产，来完成这些任

---

① 胡绩伟：《创办〈边区群众报〉》，见政协陕西省委员会文史和学习委员会编：《陕西抗战史料选编》，三秦出版社2015年版，第999页。

务。日本打败了，边区较前巩固了，《边区群众报》是有很大功劳的。

这个报纸要好好办下去。现在中国和平建设时期开始了，这个报纸按照什么方针来办呢？边区的方针是继续紧紧团结，好好生产，和一切反民主势力作斗争，建设一个更繁荣的、更巩固的边区。这个报纸的方针也应该这样。①

1947年9月1日创刊的文化专刊《边区群众报副刊》，应当是《边区群众报》创办的一个大型综合性报外刊。在创刊号发表的《几句知心话》中，编者清楚地说明了刊物的办刊宗旨及编辑方针：

本刊第一期终于与读者见面了，初见面的时候，总有几句话要说，有的是交待，有的是愿望。

第一、我们这个刊物主要是给区乡及连队上的同志看的，是一个以文艺为主的通俗的综合杂志。我们编的人本领小，要大家帮助。第二、帮助的办法不外两种：给我们写各种各样的稿子来，不会写稿子的就给我们提意见，也是各种各样的意见，或者是说：我们要什么材料，我们喜欢看什么文章，什么文章看不懂不感兴趣，一句话两句话都好。第三、这个刊物出版，目前暂不定期，大家帮助多，督促得紧，第二期就出得快。

因此，《边区群众报副刊》多征集"各种思想漫谈、工作经验、小意见、各种常识、通讯、小故事、诗歌小调、木刻"等，同时要求"来稿必须通俗、简短、每篇不得超过二千字，但是特殊稿件可连载"等。②于是，在这个刊物上刊登的几乎都是为工农兵读者欢迎的大众化文艺作品，主要如诗词歌谣、通俗故事、通讯特写、木刻漫画、歌曲等，以及小说、民歌体长篇叙事诗歌等作品。主要撰稿人不仅有柯蓝、杜鹏程、闻捷、蓝钰、秋水、也辛、钟纪明、紫虹、叶天等知名文艺工作者，而且有一大批文艺青年及工农兵通讯员。

---

① 习仲勋：《庆贺边区群众报六周年》，转引自延安清凉山新闻出版革命纪念馆编：《万众瞩目清凉山：延安时期新闻出版文史资料》（第1辑），1986年，第210页。
② 《征稿》，载《边区群众报副刊》1947年9月1日创刊号。

1947年12月1日,《边区群众报副刊》编辑出版至第3期时,编者刊登《握手告别》一文,宣告刊物改版:

> 《边区群众报副刊》,第三期又与大家见面了。从第三期以后,我们准备恢复战争以前的《边区群众报》,七天出一次,来代替这个小册子。这对我们说来,是一件喜事。以后我们见面的机会多了,同志们写来的稿子,也可以多登一些了。所以特意把这消息先告诉大家,希望大家趁着这个改刊的机会,给我们多提意见,多写稿子来。使将来的《边区群众报》,更好的为读者服务。

于是,1948年1月10日,因《边区群众报》更名为《群众日报》,《边区群众报副刊》也从第4期开始,不仅更名为《群众日报副刊》,同时由原来的报外刊转为该报纸的专版每周副刊继续编辑出版。1948年6月19日,《群众日报副刊》编辑出版至第17、18期合刊后停刊。同年7月16日,由《群众日报副刊》改编的《群众》周报创刊。

《新华日报》(太岳版)副刊:《副刊》《太岳民兵》《新闻通讯》

1940年6月7日,《新华日报》(太岳版)的前身《太岳日报》创刊于山西沁源县正沟村,为中共太岳区党委机关报。1944年3月27日,《太岳日报》编辑出版至第369号后停刊,并在当天的头版报眼刊登《本报重要启事》,宣布:"本报自下期(四月一日)起,改为《新华日报》太岳版,铅印四开,暂时第三日出刊一期,请各界人士、各地读者多多指导帮助!"1944年4月1日,改版后的《新华日报》(太岳版)"第一号"问世,刊登了中共太岳区党委宣传部副部长赵守攻的《把我们的党报办的更好一些》,以及社长兼总编辑魏克明的《几点打算和希望》等文章。《新华日报》(太岳版)社内设有编委会等机构,魏克明、刘希玲、金沙、江横、徐一贯、贺笠、姚天珍、黄维达、王佩琳等为编委会成员。魏克明为社长兼总编辑,刘希玲、姜时彦、江横、梁涛然等先后分别为副总编辑与副社长。1949年3月29日,《新华日报》(太岳版)编辑出版至第856期后停刊。同年4月1日,恢复原名的《太岳日报》"第一号"编辑出版,并在报眼上刊登《本报改名启事》，宣告"本报于改版五周年纪念日（四月一日），奉命改为《太岳日报》，并休假一日。三日无报，五日照常出版"。因山西省人民政府已成立，太岳区行政建制撤销，1949年8月23日，《太岳日报》编辑出版至第85期后终刊。当天刊登的《太岳日报社新华社太岳分社结束工作启事》公开宣告："随着华北行政区划的变更，本报暨太岳分社奉命于今日（八月二十二日）结束工作。这是《太岳日报》与大众最后一次的见面。几年以来，太岳区党报及太岳分社在中共太岳区党委直接领导之下，又得各地党委、各地领导机关、全体通讯员同志以及广大读者的关心和爱护，多方面予以指导和帮助，使本区新闻报道工作能够顺利地完成了它所负担的历史任务。现当本报终刊及本社结束之时，特向各地党委、各级领导机关、全体通讯员同志及广大读者，致以热诚的敬意！"

由于《新华日报》（太岳版）的宣传报道工作重心是配合党的各项工作及政策方针的实施，为太岳区的政治、军事、经济及生产建设等斗争服务，因此，其副刊的编辑理念及版面安排等，也充分显示出围绕中心工作而展开的办刊特点。于是，该报除在第3版或第4版上开设文化性专栏，如《大众黑板》《批评与建议》《群众呼声》《问事处》《小常识》《时论》及《工作研究》等栏目或专刊，以及文化专辑如《"九一"记者节专页》《太岳教育工作座谈会特刊》《延安各界庆祝联合国日及保卫西北动员大会特刊》等之外，也先后创办了多个文化专刊。其中，1944年6月10日，《新华日报》（太岳版）刊登《〈太岳民兵〉创刊启事》和《〈太岳民兵〉投稿简约》，声明"为加强本区人民武装工作，开展广泛的群众性游击战争，及时的解决广大民兵群众的实际问题，特由总会出版《太岳民兵》半月刊，祈各地关心人民武装工作者不时指导"等，并且征求"开展爆炸运动（石雷运动）与坚壁斗争的英雄事迹和范例"，以及"各地民兵自卫队的战斗活动及英雄事迹"与"战斗、爆炸……各种英雄的报道"等。[①] 从《太岳民兵》第2期开始，这份由太岳武委总会编的《新华日报》（太岳版）副刊即被固定安排在报纸的第4版上，成为推动根据地民兵工作、宣传报道民兵抗日英雄及

---

① 《〈太岳民兵〉创刊启事》，载《新华日报》（太岳版）1944年6月10日第3版。

人物事迹的重要刊物。

除此之外，重视提高报纸副刊通讯员的写作水平及写作活动展开，也是《新华日报》（太岳版）副刊及其编辑工作的特点之一，时任报纸副总编辑的江横就曾担任《太岳文艺》的主编。例如：1944年11月3日，在太岳区党委发出关于召开"战斗英雄、劳动英雄及模范工作者大会的通知"的同时，《新华日报》（太岳版）编辑部即刊登出《冬季征文启事》，要求各地的通讯员及文艺工作者，努力报道并写作"各当选英雄及其战斗生产成绩和经验介绍"等作品。并且，随即于1945年2月13日创办了由"本报通讯采访部"编辑的综合性文化专刊《新闻通讯》。在当天发表的《通讯工作一月》中，编者称："与年俱进的本报通讯采访工作，在一月份呈现了欣欣向荣的景象。虽然一月份许多通讯员同志参加了群英大会工作，来稿数量却未因此减少，全月共收到三百二十七件新闻、通讯稿件，证明全区通讯员同志已经逐渐活跃起来了。"于是，进而希望通讯员及文艺工作者，除更加自觉地配合党的中心工作之外，在写作方面，也应"文字更通俗，贯彻为工农兵服务的精神，运用群众的口气语汇，让不识字的人，读了后能听得懂"等。①

所以，《新华日报》（太岳版）副刊登载了一些民谣、快板、通讯、速写、人物特写、散文、木刻等文艺作品。如朱德的《母亲的回忆》，江横的《葛河堂的故事》，刘冰的《劳动英雄石振明》，鲁生的《养猪行家辛金堂》《骑兵英雄李树成》，金沙的《民兵英雄"夜明珠"》，苏平的《劳动英雄李德经》，石果的《合作英雄牛德河》《投弹手》，革飞的《王三福的小故事》，高一清的《劳动英雄靳秉乾》，鲁平的《女劳动英雄秦兰英》，戈锐、红光的《女英雄郭彩秀》，晓初的《战斗英雄焦德胜》，苏策的长篇通讯《沁源的解放》等。同时，也刊载了许多延安文艺运动及创作活动的消息与报道。如延安演出太岳区抗战题材和剧目消息，温建平宣传敌后农村剧团对群众性戏剧运动的影响及作用的报道《记绿茵剧团》，以及《工农兵》月刊创刊的报道、太岳新华书店的书目出版等新书广告宣传等。

---

① 王毅：《通讯工作的自我检讨》，载《新华日报·新闻通讯》（太岳版）1945年2月13日第1期。

《抗战日报》副刊：《副刊》《文艺之页》《吕梁文化》

《抗战日报》于1940年9月18日在山西兴县创刊，由原《五日时事》《新西北报》及《黄河日报》等合并而成，为中共晋西北区委机关报。1942年8月，中共中央晋绥分局成立，后《抗战日报》即为该分局机关报。《抗战日报》四开四版铅印，是晋绥边区创办的第一份铅印报纸，开始是三日刊，1942年元旦起改为间日刊，1944年9月18日起又改为日刊。报社社长为廖井丹，赵石宾、郝德青先后任总编辑，赵仲池任总经理，常芝青、周文、穆欣、张稼夫、林枫、龚逢青等先后参与该报的编辑工作。在《抗战日报》的《发刊词》中，编者将"坚持抗战到底""坚持团结到底"和"坚持晋西北的建设"作为其三大任务，认真贯彻"在实际中办报"的方针和"地方化、通俗化、杂志化"的编辑方针，注重联系实际、联系群众等。

《抗战日报》自创刊之日，虽未采用"副刊"的刊头，但已将第4版作为副刊的专版，并刊登《本版征稿启事》，声明"本版除专载或转载外，欢迎各种短论，通讯，报告，故事，杂文，诗歌，木刻等项投稿"等。[①]因此，在其编辑出版的副刊中，有《卫生》《青年》《敌情》《教师之友》等文化副刊专页。此外，《文艺之页》和《吕梁文化》是《抗战日报》创办的两个影响最大的文艺专刊，也是晋绥边区文艺运动中的重要文艺刊物。

其中，1942年1月17日创刊的《文艺之页》，是《抗战日报》第4版的一个文艺副刊专版，由晋西文联编辑。编者在《征稿启事》中声明："本页欢迎文艺理论，创作，翻译等文字，文稿以三千字为限。"[②]从第1期开始，先后刊载有白嘉的报告文学《屯兰川之夜》、卢梦的诗歌《祖国的骑兵》和莫耶的小说《风波》等，以及晋西文联文化队文艺小组主持的"谈《十二把镰刀》与《治病》的演出"等专题讨论。主要作家有非垢、伍陵、林杉、雷鸣、若萍、于貂、向鲁、颂青、于垦、卢梦、赵家萍、椰子、默生、效农、沙雁、罗塞等。同年5月7日，

---
① 《本版征稿启事》，载《抗战日报》1940年9月18日第4版。
② 《征稿启事》，载《抗战日报·文艺之页》1942年1月17日第1期。

《文艺之页》编辑出版至第14期后终刊。

1943年3月6日,《抗战日报》文艺副刊《吕梁文化》创刊,这也是晋绥边区后期重要的文艺园地。在创刊号发表的《我们的任务》中,编者强调:

> 我们和日本帝国主义打了六个年头了,我们用枪、用锤子、用镢头,也用笔杆。在我们抗日根据地里,文化由来就是斗争中产生的,也从没有离开过斗争。
>
> 我们需要文化,我们需要它如同需要子弹和小米一样。子弹是消灭敌人用的,小米养活着抗日的战士和人民,文化呢,它给人民以精神的武器,它向敌人掷出致命的投枪。
>
> 大家拿起笔来吧:写敌人的残暴,写人民的英勇,写八路军,写新军,写民兵,写劳动英雄,写群众领袖,写模范妇女,写忠心耿耿的老干部,写与工农结合的知识份子,写禀赋民族正义的开明士绅,写努力生产的"二流子",写敌占区人民的苦难,写汉奸的无耻与伪军的颓唐,写胜利的经验,写流血的教训,写民主、自由、光明的生长,写斗争的艰苦、残酷与信心的坚定……。
>
> 我们的文化战线需要更加强起来。这刊物应该成为一支精兵,但它只是战斗的一角,全部的战斗,还需要在群众对敌斗争中更广泛的展开!

《吕梁文化》由晋西北根据地文社编辑,周文、亚马担任主编。李节、孙谦、非垢、西戎、束为、沙雁、卢梦、胡正、张熙、殷白、范若愚、方唯若等为主要撰稿人。为发挥文艺"给人民以精神的武器"和"向敌人掷出致命的投枪"等社会作用,编者认为:"纵使斗争多么艰苦,我们也是要欢乐的",不过也"不能忘记了另一个悲惨的世界"。[①]因此,该刊发表了纪照岩的《黄河颂》、孙谦的《我是一时的糊涂》、陈仲凯的《站岗》、景岚的《在乡下》等诗歌,西戎的《春耕》《二爹》《战斗着的农村》及李节的《退伍》等小说,以及力克的木刻和相关的文艺运动报道。1943年9月30日,《吕梁文化》编辑出版至第16期后终刊。

---

① 《两个世界(编后记)》,载《抗战日报·吕梁文化》1943年3月25日第3期。

《晋绥日报》副刊：《副刊》《大众园地》

1946年7月1日，由毛泽东题写报头的《晋绥日报》编辑出版。当天报眼刊载的《本报启事》宣布："本报原名《抗战日报》，从今日起改名为《晋绥日报》，此启。"《晋绥日报》沿用原报纸刊期，仍为中共中央晋绥分局机关报。廖井丹任社长，赵石宾、郝德青、常芝青等先后担任主编。由于1942年整风改版运动的展开，以及中共中央要求各个边区报刊必须以"反映现实，反映当地社会情况与工作情况，反映大众呼声"为编辑工作重心，正确宣传党的方针政策，并与党中央保持一致，[①]而报纸是"党的宣传鼓动工作最有力的工具"[②]，1948年4月2日，毛泽东在《对晋绥日报编辑人员的谈话》中也明确要求《晋绥日报》须保持其"尖锐、泼辣、鲜明"的风格，因此，报纸的党性原则及"革命无产阶级应有的战斗风格"[③]，就成为《晋绥日报》编辑理念及版面安排的基本准则和体例方法。于是，在《晋绥日报》首刊的社论《本报今后的任务》中，编者强调"本报是晋绥人民的报纸，其目的在于全心全意为人民服务，充当人民的喉舌，老老实实替人民讲话，反映人民的生活和要求"。所以，"抗战胜利的结束，本报的主要政治任务业已完成"，而"建设独立、自由、民主、统一与富强的新中国"，也就成为《晋绥日报》"今后的政治任务"。1949年5月1日，《晋绥日报》编辑出版1034期至第2171号终刊，并在最后一期报纸的报眼刊出《本报启事》，称"本报于五月一日奉命终刊，所有本报留晋西北之特约撰稿员、特约通讯员、通讯员，即转为新华社晋西北支社或晋绥大众报的特约撰稿员、特约通讯员、或通讯员"。

《晋绥日报》副刊是和报纸同时问世的一个综合性文化副刊，刊头一直采

---

① 《中宣部关于各抗日根据地报纸杂志的指示》，见中国社会科学院新闻研究所编：《中国共产党新闻工作文件汇编（1921—1949）》（上卷），新华出版社1980年版，第114—117页。
② 《中宣部为改造党报的通知》，见中国社会科学院新闻研究所编：《中国共产党新闻工作文件汇编（1921—1949）》（上卷），新华出版社1980年版，第126页。
③ 蒋含平、李新丽编：《中国新闻传播史文选》，合肥工业大学出版社2016年版，第238页。

用"副刊"两字，不计刊期，以每期报纸的第4版整版或半版为一个副刊专版。除此之外，1948年8月以后，该报还先后开设了《大众园地》《职工园地》《妇女生活》《黑板报》等专栏。副刊主编由殷白担任，李蔚然、胡正、江涛、雷行、刘曼君、马萍、应人等参与编辑工作。副刊刊载国内外社会政治动态、文化评论、科学教育及文化卫生等方面的述评、文章和书评。如《世界人民翻身的象征》、志敏的《纪念"七一"，向贺司令员学习》、张友的《慰问解放人民负伤的战士》、李文辛的《介绍〈科学常识〉》、李挺的《推荐〈吕梁英雄传〉》及穆欣的《介绍"木刻剪纸展览会"》等。同时，每期也发表多篇小说、诗歌、故事、杂感、漫画、歌曲等文艺作品。如辛西的《老王和小安邦》，星火的《共产党颂》，求艾辑的《人民歌颂毛主席》，金岩的《牧羊人参军》，星五的《翻身谣》，徐特立的《学习朱德司令》，孙千作词、苏民作曲的《民兵歌》等。特别是1946年7月25日，副刊开始转载赵树理的小说《李有才板话》。编者提出："转载这篇闻名全国的小说"，一方面是"希望它对我们改进工作作风上有所帮助"，另一方面就是"在推动、活跃当前的创作上，它也可作为一篇很好的示范"等。①除此之外，赵树理的小说《福贵》和《小经理》、马烽的小说《谁可恶》和《金宝娘》、西戎的小说《麦地里的水桐树》和《谁害的》等，都分别在副刊上发表。

1946年9月18日，副刊编辑室在《副刊需要甚么稿件》一文中，针对读者的问题提出了自己的意见：

> 最近以来，读者对副刊提的意见增多了，也常常有同志问副刊需要些什么稿件，并问到编辑有什么"计划"。副刊与整个报纸一样："为读者作者服务""大家来办"，这是不用说了。这里就谈谈我们收到作者来稿之后，怎样处理了这些稿件了？并准备怎样做？以及我们的希望。谈出来，请大家更多的提意见，给它写稿，帮助它实行起来。
>
> …………

---

① 编者：《转载〈李有才板话〉的两点意思》，载《晋绥日报·副刊》1946年7月25日。

读者要求富于"营养"的文艺作品，要求文艺批评和介绍。这方面副刊作的很不够，有些文艺作品还不能很好满足读者要求；但是也有了一些很好的东西，譬如富于政治意义与生活实感的民谣小诗增加了，还有带着强烈斗争性的"快板"，以及含有深刻思想教育的民间传说、及农村中实现的故事等等，这些短诗短文，最合副刊的篇幅，希望大量创作和发掘。

　　副刊重视大众化与民间形式文艺作品创作及读者的接受需要，更多编发或转载如《忻崞小唱》《汾河两岸民谣》《阎顽区小影》《小口歌》及《蒋家"兵"》等模仿民间歌谣创作的短诗，以及束为整理的民间故事《水推长城》等。这些实际上既是坚持党报的党性原则及党报作为文化斗争武器的表现，也是保持副刊编辑工作"尖锐、泼辣、鲜明"办刊风格的重要内容。1946年11月18日，副刊开始转载李季的民歌体叙事长诗《王贵与李香香》。在《介绍〈王贵与李香香〉》一文中，芝青称其"是一首长篇叙事诗，是人民大众的诗，形式是人民大众的，内容也是人民大众的，它是新民主主义文艺运动中的一个新收获和新胜利。这首新诗，就好比小说里的《李有才板话》和戏剧里的《白毛女》一样，它将获得广大读者，读者也将在这里得到深刻丰富的教育。它真是百读不厌，脍炙人口，它是很好的一册阶级教育与斗争教育的课本"。①1948年8月，马烽、西戎等人又在《晋绥日报》第4版创办通俗文化副刊《大众园地》，倡导"《大众园地》大家办，大家写稿大家看"②的办刊方针，推动群众性文艺运动的展开。1949年5月1日，《晋绥日报》副刊随其报纸停刊而终刊。

《晋绥大众报》副刊

　　《晋绥大众报》的前身为《晋西大众报》，1940年10月26日创刊于神府县杨家沟村，为中共中央晋绥分局宣传部领导的晋绥抗联机关报，并以吕梁文化教育

---

① 芝青：《介绍〈王贵与李香香〉》，载《晋绥日报·副刊》1946年11月18日。
② 马烽：《〈大众园地〉发刊词》，见《马烽文集》（第8卷），大众文艺出版社2000年版，第155页。

出版社的名义出版。报头为时任晋西北行政公署主任的续范亭将军题写。1945年6月5日,《晋西大众报》编辑出版至第245期后更名为《晋绥大众报》。1947年5月20日,《晋绥大众报》编辑出版至第381期后休刊,翌年10月27日复刊,并改为晋绥大众报社主编。从《晋西大众报》到《晋绥大众报》,王修、周文、樊希骞、郝德青、卢梦、吉喆、马烽等先后担任正、副社长及总编辑,李半黎、邵挺军、李愈胜、杨章、赵力克、黄再刊、黄薇、李鑫、葛志立、郑文安、刘青、路克军、张雨、陈夜莺、张广洪、李文辛、僧梁、西戎、李束为、辛景月、宏流、王纯宇、何景康、田萍、曾岛、康溥泉、章彬、陈良柱、范仰南、蔡国铭、芦玲等参与编辑工作。1949年7月24日,《晋绥大众报》编辑出版至第445期后奉命停刊。

大众化、通俗化与群众性,是《晋西大众报》自创刊伊始就秉持的办报方针。因此,除报纸的第1版至第3版主要刊登要闻、社论等文章,以及地方政治、经济和生产建设的动态消息之外,还分别开辟了一些普及文化知识与生产生活常识的栏目,如《百事通》《大众信箱》《法令浅说》《大众呼声》《农家生活》《自然常识》《医药常识》《地理常识》等,宣传并推动群众性文化建设的开展。其中,在《时事讲话》栏目中,编者采用章回体小说的形式,将时事写成故事,每期一回,连载刊登,得到广大群众和有关方面的好评,在根据地产生了广泛的影响。

同样,为贯彻《晋西大众报》及《晋绥大众报》的大众化与通俗化办报方针,报纸的第4版即副刊版也突显出其生动活泼的刊物风格和个性特色。对此,时任《晋绥大众报》编辑科长的著名作家西戎回忆说:

> 《晋绥大众报》第四版,实际上就是没有刊名的副刊。在这块每期不至三千字的版面上,辟有好几个专栏:比如通俗小说连载、模范人物故事、连环图画、民间故事、快板歌谣、科普常识、农家谚语、谜语笑话等等。所有这些专栏,满足了读者中的各种爱好,颇受欢迎。据当时搞发行的同志调查,有的读者订阅大众报,专门是为了阅读并保存已于一九四五年开始连载的《吕梁英雄传》的。

《晋绥大众报》上的连环画,也是深受读者欢迎的栏目之一。当时根据地印刷条件简单，根本没有制版设备。报上用一套连环画，全仗美术编辑亲自动手制作：锯好梨木板，在石头上水磨，画上画，然后用刀把画刻出来。尽管制作过程如此艰难费时，为了读者，报纸总要陆续发表连环画、漫画一类的美术作品。也为农村办黑板报提供了画稿。①

所以，从《晋西大众报》副刊到《晋绥大众报》副刊，通俗化、大众化、地方化，以及为识字的读者看得懂和不识字的人听得懂，成为副刊编辑的基本理念及办刊目的。为此，副刊以读者及接受者为中心，不受文体新旧形式的束缚，发表了许多通俗小说、民间故事、民间传说、民歌民谣、儿歌谜语、秧歌与秧歌剧、唱词快板、鼓词笑话等，以及对联、游戏及木刻、漫画等文艺作品。其中，马烽、西戎合著的新英雄传奇小说《吕梁英雄传》，从1945年6月5日到翌年8月20日，在副刊上连载一年多而引起读者的广泛注意，在文艺界产生较大的影响。同时，由力群、李少言、苏光、牛文、杨静轩、赵力克、黄再刊、陈岳峰、刘正挺、侯恺等美术工作者分别创作的连环画、木刻插画与时事漫画，也深受广大读者的喜爱和欢迎，成为《晋绥大众报》副刊编辑中的一个重要内容。

《江淮日报》副刊：《抗敌文艺》《抗剧》《新诗歌》《文艺》

1940年12月2日，《江淮日报》在江苏盐城创刊，为中共中央中原局及华中局的机关报，是全面抗战初期中国共产党继《新中华报》《新华日报》之后创办的第三个大型日报。时任中共中央中原局书记刘少奇兼任社长，王阑西担任副社长兼总编辑，刘述周为副总编辑兼编辑部主任。范醒中、李扬、鲁莽、吴江、梁山、方麟、罗列、黄其明、黄声、李铮、虞侃、余大受等参与编辑工作。1941年7月22日，因战事变化，《江淮日报》终刊。

由陈毅撰写及报社编委会讨论后定稿的《发刊词》声明，作为党报及华中人民的喉舌，《江淮日报》的办报宗旨及目标任务是"发动与支持人民群众的抗日运动，团结各抗日阶层，共同为打倒日本帝国主义、争取中华民族的解放而奋

---

① 西戎：《报纸副刊与健康的知识性、趣味性——〈晋绥大众报〉副刊简介》，见《西戎文集》（第5卷），山西人民出版社2001年版，第2519页。

斗"等。①因此，作为华中敌后抗日根据地有力的宣传工具，《江淮日报》在中共中央华中局的领导下，对宣传及传达中国共产党的抗日主张和政策，以及新四军军事和政治斗争等，都产生了重要的影响和作用。

同时，由于《江淮日报》是较早出现在华中抗日根据地的大型党报，因此，报纸的创办和编辑出版也推动了当地新民主主义文化运动的展开及文艺创作活动的发展。时任《江淮日报》总编辑的王阑西和编辑罗列回忆说：

> 《江淮日报》在华中不止是一份具有权威性的党报，以它为中心，还促进了华中抗日根据地的中心——盐城地区出现了新的文化高潮。如江淮出版社的成立，继而又出版了《江淮杂志》等刊物。一九四一年春又成立了江淮通讯社。不久，中国青年记者协会华中分会也成立了。五月间，苏北文化协会成立，进一步推动苏北地区文化工作的开展。

> 当时，在盐城有两个大的文化教育单位，那就是中国人民抗日军政大学第五分校和鲁迅艺术学院华中分院。他们同《江淮日报》都能很好合作，苏北文化界的负责人，如冯定、杨帆、丘东平、许幸之、邵帷、许晴、刘保罗、孟波、章枚、吴强、江岚、莫朴等，都是报刊的积极撰稿人。②

所以，《江淮日报》在配合中国共产党的抗日民族统一战线政策，服务于抗日斗争和民主建设等中心工作，以及报道国际形势的变化和全国抗战形势的发展，反映苏北地区的军事、政治、经济等方面的斗争的同时，也在不到一年的副刊编辑出版时间里，在副刊编辑虞侃及美术编辑鲁莽等人的努力下，相继创办了多个综合性文化专刊及栏目，如《江淮》《新地》《教育周刊》《大众科学》《大众卫生》等，以及《抗敌文艺》《抗剧》《新诗歌》《文艺》等文艺副刊。《江淮日报》不仅致力于根据地的新民主主义文化实践及建设工作，普及科学文化和生产生活知识，而且先后发表了许多通讯报告、人物故事、民歌民谣、小

---

① 王阑西、罗列：《对〈江淮日报〉的回忆》，见政协安徽省委员会文史资料研究委员会编：《江淮抗日烽火》（安徽文史资料第29辑），安徽人民出版社1988年版，第204页。
② 王阑西、罗列：《对〈江淮日报〉的回忆》，见政协安徽省委员会文史资料研究委员会编：《江淮抗日烽火》（安徽文史资料第29辑），安徽人民出版社1988年版，第209—210页。

说、散文、歌曲、漫画等文艺作品。著名作家阿英的长子，也就是当时的青年文艺工作者钱毅，在当年发表的《盐阜区的墙头诗运动》一文中谈道：

> 一九四〇年秋，新四军建立盐阜抗日民主根据地，政治办得好，文化运动也大大兴旺。第二年五月八日，向阳同志在《江淮日报》发表的一篇题为《开展"街头诗"和"墙头小说"运动》的文章，他说：
>
>> "将一种诗或一种小说写在纸上，贴到大街通衢去，使大众可以随时阅读，这不仅是一件非常经济的事，同时也是使文学深入大众的一种最好的办法。"
>
> 以后，就有篇篇把把街头诗上报。七月九日，苏北诗歌协会又在《江淮日报》出了个《街头诗运动专号》，发表了《自卫队》《都来参加妇救会》等八首街头诗与林山《展开墙头诗运动》。林山提出苏北抗日民主根据地具备了开展街头诗运动的主观条件（诗人的努力）与客观条件（群众运动开展，大众政治文化水准提高）。"是发展街头诗的理想的地区，街头诗运动应该在这里大大开展起来"。他说：
>
>> "假使苏北的诗歌组织和诗歌工作者，都动员起来，认真地经常地来写街头诗，大胆地、有组织地走上街头，走下乡村，把诗歌写到或贴到一切可以贴的地方去，假使各方面能给以应有的帮助，我敢断定，街头诗运动一定很快就会开展起来的。"
>
> 当时，诗协的诗歌小组，也自己动手，在建阳湖垛街头，把墙头诗写上墙。但仅仅起了个头，就遇上盐城大"扫荡"，停滞了。①

《江淮日报》副刊，因为内容具有较为强烈的政治思想性，丰富生动，与现实生活密切联系，形式上通俗化、大众化，引起了广大读者的阅读兴趣，深受欢迎。尽管由于《江淮日报》终刊，其副刊的编辑出版及其推动的文艺活动也随之而"仅仅起了个头"，但其在华中地区的延安文艺运动中的业绩与声望，仍然值得予以注意与重视。

---

① 钱毅：《盐阜区的墙头诗运动》，见刘增杰、赵明、王文金等编：《抗日战争时期延安及各抗日民主根据地文学运动资料》（下），山西人民出版社1983年版，第240—241页。

《华商报》副刊：《灯塔》《舞台与银幕》《新美术》《热风》《文艺专页》《文艺副刊》《两周画刊》《新中国文艺》

1941年4月8日创刊的《华商报》，是抗战时期由廖承志提议并经周恩来同意，中国共产党在香港创办的一份中文晚报。报社最初由邓文钊做注册发行人，邓文田任报纸总经理兼督印，范长江任社长兼副总经理，胡仲持任总编辑，张友渔为总主笔，廖沫沙任编辑主任，陆浮为采访主任，邹韬奋、夏衍、茅盾、乔冠华、金仲华等参与编辑工作。1941年12月12日，因太平洋战争爆发日军侵入九龙，《华商报》编辑出版至第249号后停刊。抗战胜利后，毛泽东电令中共广东区委立即派出干部前往香港、广州占领宣传阵地。《华商报》经中共港粤工委（香港工委）和中共中央南方局派遣的廖沫沙会同后于1946年1月4日复刊，并由原来的晚报改为日报。复刊后的华商报社董事长为邓文钊，陈嘉庚、夏衍、连贯、萨空了、刘思慕、饶彰风、廖沫沙、杨奇等为董事，萨空了为总经理，刘思慕为总编辑。饶彰风、章汉夫、许涤新、夏衍、廖沫沙、乔冠华、张铁生等先后分别担任中共港粤工委及香港工委书记和报委书记等职务。1949年10月15日，因中共中央华南分局决定报社全体工作人员奉命返回广州，参加中共中央华南分局机关报《南方日报》的创办，《华商报》编辑出版至新1353号，并发表署名"本报同人"的《暂别了，亲爱的读者！》声明后终刊。

在《华商报》的创刊词《我们的信念和愿望》中，编者强调："我们在这重要的时代，处身在这远东大局的神经中枢——香港，深深地关切着祖国的运命。祖国正在艰苦的奋斗中，向着民族解放的目标前进。怎样才能达到这一目标？这是有赖于中华民国每一儿女，不论在国内，或是在海外，一致继续不懈的努力的。"因此，《华商报》创办的第一个综合性文化副刊《灯塔》，就一同出现在报纸创刊号的第3版上。夏衍撰写的"算是发刊词"的《未能免俗的介绍》郑重宣告：

> 一个刊物开始和读者见面之前先由编者出来讲几句"开场白"之类，说起来也已经是近乎俗套的事了！但是朋友们初次相交，为了以后

讲话方便,先有一个坦白的自我介绍,也许还是必要的事情。现在,先让我们把《灯塔》的个性简单地介绍一下。

第一,本报的"社旨"是"真实与公道",所以这一个副刊的态度,必然的也以这四个字为准绳,不讲假话,没有偏心,对于社会现象,文化情形,我们想从爱国家,爱真理,争独立,争民主的中国的立场,披沥一点真诚的意见。

第二,本报是一张晚报,而《灯塔》又是一张晚报的"文艺化的综合副刊",所以我们这里一方面不想嬉皮笑脸,打诨插科,但他方面也并不打算扯长了面孔说教。《灯塔》是我们读者在一天工作疲劳之后,可以不费气力地在灯下披诵的读物,像一杯清茶,像一张小夜曲的唱片,要做到的是尽管不一定能够滋养和振奋,但也未始不足以爽气与清心。

第三,要使《灯塔》有一点光,要使这光能够照得远一点,单靠管理《灯塔》的人是不够的,重要的还是有赖于强大的电力的供给,用口头禅来说,就是"灯塔是读者大众的园地",在此我们谨以真诚,欢迎读者的来稿。

以上是我们的一点平凡的愿望,能否做到这一点愿望,这儿只期待着读者的鞭挞和指示。

继《灯塔》问世之后,1941年4月12日,《华商报》的又一个文艺副刊《舞台与银幕》创刊。同年4月16日,副刊《新美术》创刊。在《新美术》的《发刊词》中,编者称:

我们敢肯定的说,美术工作者在这几年来的实际工作中已经获得了许多宝贵的经验,教训,解决了许多的疑难问题,同时也增加了许多新的问题;然而这些经验,教训,问题,大都挂上了"私产"的牌子,别人不得过问。纵然偶而也有人公开了出来,常常不得反响,于是合乎今天需要的新美术理论也就无从建立,无从推动起来。大家将这种可怕沉寂都叫作"感情融洽"。

今天我们借了这一块小小的地盘,目的就在打破这种要不得的感情。

我们需要批评的民主,我们需要诚实的自我批评,为着达到这一初步的工作,我们希望和全国美术界同志真诚而坦白地展开讨论。假如,不理解这种微衷,而将批评认为"挑拨",那么我们也不怕和这种不正确的态度争斗。

我们真诚地期待着美术界同志的助力与指正。①

《舞台与银幕》和《新美术》第1期,不仅分别发表了蔡楚生的《国防电影》、司徒慧敏的《看〈小老虎〉后有感》、郭沫若的《中国美术的展望》等文艺批评论文,而且刊登了张仃的《沙漠中的行旅》、伊金霍洛的《成吉思汗墓》、秦威的《西北高原》和新波的《血衣》等木刻作品,以及《观影散记》等演艺界消息报道。

1946年1月4日,在《华商报》复刊号第3版上,文艺副刊《热风》问世。在《开场白》中,编者说:

《热风》是从有炽热阳光的地方吹来的一股薰风,她带有光和热,但是,在她的吹拂下,那些有毛病的人也许会感到头痛。这恐怕是鲁迅用"热风"来做他的一本杂文集的名字的原因。

我们的副刊,也要用这个名字,自也"敢说,敢笑,敢哭,敢怒,敢骂,敢打",正视和针对着社会现实,有力地表示其爱恨,爱人民所爱的,恨人民所恨的。

虽然是一个杂货摊(综合性的副刊)但绝不贩卖麻醉剂和毒品,虽然也带有一个"风"字,讲求趣味,在形式上也力求轻松,有时说说笑话,讲讲故事,谈谈娱乐,但决不像一般的"风"字号的刊物那样,单成为洋化少爷小姐的消闲品。

《热风》是公众的园地,愿意和各地的作者共同灌溉耕耘。来稿不拘文章样式和长短,就是短短数十字,只要是有血有肉,有意义有趣味,我们都欢迎。

---

① 《发刊词》,载《华商报》1941年4月16日第3版。

希望和信念表白如上,我们愿仗着作者和读者的光和热,把《热风》吹送到各个角落去,使这世界不再阴森寒冽。

《热风》创刊当天,《华商报》"为着纪念本报的复刊,为着迎接一九四六年"①,还编辑出版了一期《华商报复刊增刊》,并在这期增刊的第4版上,创办了文艺副刊《文艺专页》。《文艺专页》的创刊号刊登了编者的《致词》、黄药眠的《文艺工作者当前的几个课题》,以及吕剑、何家槐、杜宣、洪遒、周为、陈原、陈子秋、陈残云、陆无涯、甦夫、新波、郑思等人的期望寄语。稍后,"以做到青年人写青年人等为理想"②的《青年园地》创刊。1947年6月25日,双周刊《文艺副刊》创刊。编者在《发刊小启》中称:

我们谨以全心全意为新文艺服务的至诚,增辟这一页小小的《文艺副刊》。两周一次,逢星期三发刊。这块园地的耕耘工作,得到中华全国文艺协会港粤分会的协助,是可喜的事。还盼望广大的读者给予实际的督促和支持,使它的一花一木都能放出欣欣向荣的光彩。

全国人民在受饥饿,在流血,新文艺自然脱不了受尽苦难的厄运。但愿这小小园地的新生,是给那"罪恶的黑手"的一个反击。至少要告诉它这一点:在苦难中,人民是顽强的,新文艺也是顽强的,要活下来!

在这样的信念中,我们希望一切来稿的内容,能够紧贴着现实,反映大众的生活思想感情,最好能和"此时此地"有关。反映"此时此地"的风貌和精神的作品,不但为"此时此地"的人们所关怀,也是为全国全世界所注意的。

同时,我们希望初学者自由进来种植自己的花草。那青春的血液将灌溉着荒凉的文坛使其繁荣,旺盛。凡是通过生活的斗争用笔写下来的习作,请不断地寄来,我们以最宽的尺度和谨慎的注意处理这一些来稿。

本刊范围包括杂感,文艺短论,散文,报告,速写,诗歌,小说,

---

① 《编后话》,载《华商报复刊增刊·文艺专页》1946年1月4日第1号。
② 《稿约》,载《华商报·青年园地》1946年1月6日第1号。

木刻，独幕剧（活报）。但因篇幅有限，希望写得短，简洁，和结实。

谨此吁请诸位先生的合作。

《文艺副刊》创刊号上发表了先耀的诗歌《饥饿就是力量》、陈茵的《没有粮食怎么成？》，以及胡明树的小说《姐夫》等文艺作品。在此前后，《华商报》不仅创办了《书报春秋》《星期俱乐部》《妇女旬刊》《青年生活》《工作与学习》《港粤文协》《两周画刊》《读书生活》《新中国文艺》及《读者版》等副刊专栏或专刊，而且先后编辑了《全国木刻展览特辑》《诗人节特刊》等文艺专辑，分别发表了张光宇、新波、建庵、陆地、陆无涯、温涛、廖冰兄、黄永裕、李桦等人的文章和木刻作品，黄宁婴、洪遒、胡明树、陈残云、佚名、吕剑等人的诗歌、歌曲及文章，以及黄药眠、冯乃超等21位作家签署的《诗人节宣言》。

《华商报》副刊不仅种类多且内容丰富，几乎包括了文化及文艺的各个门类，而且每个副刊栏目或专刊的办刊时间也比较长，作者众多，人才济济。如《华商报》复刊之日创刊的副刊《热风》，1947年5月30日编辑出版至第381期后，又从同年6月2日开始，不计期数继续编辑出版。所以，《华商报》的副刊编辑出版，是20世纪40年代延安文艺报纸副刊编辑出版史上，最值得注意与重视的历史事实之一。

《冀鲁豫日报》副刊：《文艺副页》《文化生活》

1941年8月1日，《冀鲁豫日报》创刊于昆山县（今山东梁山县）董那里，由1940年5月到6月间先后创刊的《鲁西日报》和《卫河日报》合并而成，是中共冀鲁豫区党委的机关报。报社编辑委员会成员有陈沂、刘祖春、巩固、罗定枫、白映秋、郭子光、刘子毅、王立山、柳涛、马冰山、唐苈等，陈沂、刘祖春、罗定枫、申云浦、莫循、刘子毅、鲁西良等先后担任正、副社长，巩固、罗定枫、莫循、白映秋等先后任总编辑，王瑞亭、艾方、阎洒一、吴振全、周君谦、陈乃东、中流等参与编辑工作。1949年8月21日，因冀鲁豫边区行政区划的变更，《冀鲁豫日报》编辑出版至第1742期后终刊。

《冀鲁豫日报》在注重党的方针政策及人民战争与群众运动宣传，以及新民主主义政治建设和发展生产方面报道的同时，也重视文化教育及文艺运动经验的介绍与交流。因此，从创刊之初即将报纸的第3版作为综合性的文化及文艺副刊版面，先后开辟及创办了《文艺副页》《文化生活》等副刊栏目，不仅刊登了许多文化卫生、生活常识与生产知识方面的文章，以及破除迷信、勤俭节约与疾病防治相关的宣传报道，也发表了许多诗歌、民谣、故事、通讯报告、小说、杂文、短剧、漫画、木刻、歌曲等文艺作品，有力地配合并服务于党在各个时期的中心工作及政治军事斗争任务。1945年1月6日，中共冀鲁豫中央分局在《冀鲁豫日报》上发表《分局宣传部关于开展新旧年关文娱工作的指示》，决定并要求各宣传部门及报刊：

新旧年关（特别是旧年）是进行鼓动宣传的有利时期，各级党委宣传部门，应抓紧机会大力开展文娱工作，普遍造成军民团结一致愉快融洽的空气，以迎接来年整训、生产、深入群运的新任务。为此，特决定：

（一）大大利用多种多样民间已有的娱乐形式，如秧歌舞、唱旧戏、耍高跷、推太平车、跑旱船、抬脏官、提灯会、唱快板、说鼓书等等，将毛主席提出的十五项任务，独立民主的联合政府，改善官兵关系，拥政爱民、拥军优抗、选举英雄模范、选举参议会，开展生产劳动，群众翻身故事，上冬学等政治内容，活生生的宣传到每个乡村、连队与人民战士中。

（二）特别提倡扭秧歌。要认识这种带有浓厚的中国民间风味的艺术形式，是群众的天才创造，最能表现群众的要求和希望。参加活动的群众也比较广泛，容易形成文娱工作群众运动。因此要求所有各机关团体、学校、部队剧团在今年年关中，都要普遍扭起来，并率领当地群众向这方面发展。

（三）对于旧戏一律开放，要在出演过程中逐渐求得改造旧戏。可以一村或数村为单位，广泛组织小型业余剧团，由群众自由结合。同时，亦能达到开展群众性批评改造旧戏的目的。

  各级党委要具体布置此一工作,并于旧历三月前作出总结、经验,送交上级党委宣传机关。

  于是,稍后的《冀鲁豫日报》,不仅发表了报社编辑部撰写的《普遍提倡扭秧歌是开展文娱工作的关键》一文,从多个角度及层面提出了执行并实施中共冀鲁豫中央分局宣传部以上开展文娱工作的具体办法与措施,还相继刊登了《民间艺人组织起来参加土地改革运动》《二专署文工团举办四县民艺训练班》及《冀鲁豫九分区训练农村艺人改造陈旧宣传》等各地的文化动态消息报道。其中,1947年12月15日,《冀鲁豫日报》刊登的《七地委宣传部确定文娱作品奖金十五万元》,公布了"开展新旧年关文娱工作及颁发文娱作品奖金"的相关内容:

  文娱作品奖金:为鼓动农民、旧艺人、战士们的创作情绪,地委宣传部特拨出十五万元作奖金。(1)各县各区各机关部队可广泛发动群众来编,不识字的可说着叫人写,一样可得到奖金。(2)形式不拘,梆子戏、二簧、洋琴、鼓书、快板等等都可以。(3)作品要在阴历年正月十五前送到地委宣传部,并要注明知识分子或工农、干部或战士及地址。(4)作品分三等,一二三等的奖金数目,等全部作品收到后,在十五万元数内分配,并由《运河报》公布。(5)为正确评判优劣,宣传部特聘请报社、分区教育科、专署教育科组成评判会。

  因此,《冀鲁豫日报》在八年多的编辑出版时间里,除在副刊编辑过程中发表许多文艺作品,以及各种文化卫生与生产生活知识之外,还在推动当地的群众性文化运动,以及大众化与通俗化的文艺活动方面,做出了积极的努力和实践,从而对冀鲁豫边区的新民主主义文化建设及文艺运动的发展起了重要的指导和鼓舞作用。

《解放日报》副刊:《文艺》《星期增刊》

  1941年5月16日创刊于延安的《解放日报》,其前身是《新中华报》和《今日新闻》,是中共中央兼西北局的机关报。在此之前,中共中央政治局做出出版

《解放日报》的决定,并任命博古为报社社长,杨松、陆定一等先后担任总编辑。1943年3月,根据中共中央《关于中央机构调整及精简的决定》,《解放日报》由中共中央政治局、书记处所属的宣传委员会统一领导,毛泽东为宣传委员会书记。1947年3月27日,《解放日报》在陕北子长县编辑出版至第2130期后停刊。1949年4月29日,中共中央决定将《解放日报》刊名作为中共中央华东局兼上海市委机关报报名。同年5月28日,上海《解放日报》创刊,编辑出版至今。

在延安《解放日报》创刊号上,由毛泽东撰写的《发刊词》宣称:"本报之使命为何?团结全国人民战胜日本帝国主义一语足以尽之。这是中国共产党的总路线,也就是本报的使命。在目前的国际国内形势下,这一使命是更加严重了。""中国共产党的使命就是本报的使命,本报同人完全相信,由于世界人民与中国人民协力斗争的结果,世界必然要变成一个世界人民的光明世界,中国必然要变成一个中国人民独立自主的中国"。"团结,团结,团结,这就是我们的武器,也就是我们的口号。今当本报发刊之始,愿掬至诚,以告国人。"

《解放日报》自创刊之日起,就非常重视副刊在报刊编辑中的重要作用。创刊之日,即在创刊号右侧报眼刊登的《本报启事(二)》中声明:"本报竭诚欢迎一切政论,译著,文艺作品,诗歌,短篇小说等等之稿件,一经揭载,当奉薄酬。"因此,《解放日报》创刊后,先后创办多种综合性文化副刊和文艺副刊。如《中国妇女》《中国工人》《卫生》《科学园地》《军事》和《敌情》等。其中,在最初《解放日报》每天刊出两版的时期,文艺副刊的文艺稿件放在第2版左边刊出,没有刊头。负责编辑文艺副刊稿件的部门在社内称为"文艺栏"。丁玲、舒群先后担任栏目主编,接受社长和总编辑的直接领导,陈企霞、黎辛、刘雪苇等先后参与《解放日报》文艺副刊的编辑工作。1941年9月16日,《解放日报》改版为对开四版,开始采用"文艺"为副刊刊头,《解放日报》副刊《文艺》第1期也正式面世。首刊的《文艺》除发表温馨的小说《凤仙花》和丁玲的散文《战斗是享受》,以及《绥拉菲摩维支底来信》外,还刊登了编者的一则征稿启事《欢迎投稿》,宣称:"我们欢迎文艺上各种形式的作品,不过希望以短小精悍,二三千字为宜,稍长之小说稿,也可。但诗歌只能刊载最多一百三十行,更长则不适合了。万望只写一面。依格誊写。周围与行间都多留空白。"作为党报编辑出版的文艺副刊,《文艺》在其存续的半年多时间里,前后共编辑出版了111期,发表40余篇小说、50余篇散文和近40首诗歌,以及60余篇文艺理论及作品批评论文和数十篇翻译文学作品,不仅有许多知名的延安文艺工作者为主要撰稿人,而且发现并培养了一批新的青年作家,如李季、孔厥、葛洛、邢立斌、叶克、平若等。《文艺》在延安文艺运动及创作活动中产生了深远的影响,并且在延安文艺报刊编辑出版史上占有重要的地位。

1942年3月11日至13日,《文艺》第100期到第102期的《百期特刊》,分别发表了刘白羽的《新的气象》、艾青的《了解作家,尊重作家——为〈文艺〉百期纪念而写》、欧阳山的《祝〈文艺〉底百尺竿头》、奚如的《一点意见》、丁玲的《编者的话》、荒煤的《我底祝词》和舒群的《为编者写的》等文章,对《文艺》在推动延安文艺运动及创作活动中的作用给予了充分肯定,寄予了新的期待。其中,奚如在《一点意见》中称:

> 《文艺》出了一百期,编者要我写点文章,谈谈自己对《文艺》的意见,我答应了,但一直过了两天,却还是什么也没有写出。
>
> 这没有写出的原因是:题目虽小,文章却多。要对一百期的几百篇文章作全貌的审视,作分别的透察,然后才能品评它底质量,比重,从而提出改进的意见和希望来。这事情太烦难了,是我所不能胜任的。
>
> 我,想来想去,只能以一个投稿者和读者底立场,提出一点点意见,即:在这一百期中,我很惋惜地没有看到应有的因文学上的各种问题所引起的严肃而热烈的论战。
>
> 如果说消息是日报底灵魂,那末,论战应该是副刊底精髓了。过去的《自由谈》,《动向》,之所以能够像磁力似的吸引着广大的作者和读者,那原因也就在此。
>
> 延安文艺界表面上似乎是天下太平的,但彼此在背地里,朋友间,却常常像村姑似的互相诽谤,互相攻击;各以为是,刻骨相轻。显然的,这里存在着许多待决的问题,如对文学理论的见解,作品的看法,

以及作家之间正常的关系等等。

>为什么大家不能很明朗地，正当地提出来论战，面向广大的读者一决雌雄呢？
>
>这显然是一种虚伪而诡诈的病症。
>
>我希望今后的《文艺》，要像一面战鼓，对全延安的作家，时常敲出挑衅的洪亮的声音来！①

而丁玲在《编者的话》中，除了总结《文艺》的成绩，也指出了存在的不足，并宣布自己即将调离《文艺》主编岗位：

>应该受责备的是没有尽最大的可能，征求搜取反映前方生活的速写。以致成为《文艺》的缺憾，这种最为读者所欢迎的稿子，登载得的确太少了。
>
>没有把所提到的几个文艺上的问题如"作家与生活"，和关于小资产阶级作家的论争，以及文学上的语言问题等等多方设法展开讨论。延安对于文艺运动的自由讨论向来就不热烈，而《文艺》又负有这种使命。虽有企图，却未达到。尤其是反对主观主义，公式主义，洋八股，"装腔作势借以吓人"的排外与排内的宗派主义的文艺理论与创作的清算，虽说这似乎应该由我们的理论家负主要的责任，然而作为一个党报的副刊却默默无言是要不得的。
>
>缺点自然还很多，小小的毛病随时都可以发生，只要觉得《文艺》有它存在的价值，编者就该更耐心些，谦虚些，而作者和读者更能多给与些宽容和帮助，那事情就会进行得更顺利，更完满。
>
>最近我大约要离开报馆，工作不久就告一结束，但不管我离开多远，我是不会和《文艺》无关的，也许我会更多的替《文艺》写稿。只要我有空的话，有什么文章和问题须要垂询时，仍可寄给我。我暂住文抗。投寄稿件则请径寄文艺栏收。②

---

① 昊如：《一点意见》，载《解放日报·文艺》1942年3月12日第101期。
② 丁玲：《编者的话》，载《解放日报·文艺》1942年3月12日第101期。

1942年3月16日,中宣部发出《中共中央宣传部为改造党报的通知》,强调党报的性质,"是党的宣传鼓动工作最有力的工具"。因此要求党报的"主要任务就是要宣传党的政策,贯彻党的政策,反映党的工作,反映群众生活",以及"成为战斗性的党报";虽然"允许各种不同的观点的论争","容许一切非党人士站在善意的立场上对我们各方面工作的批评或建议的言论发表",但必须"要有对于敌人的思想的批判"等。[1]随即,解放日报社就开展了整风改版运动,并根据党中央的相关要求,决定《解放日报》第4版改为以文艺为主的综合版面,以及将《文艺》《中国妇女》《中国工人》《青年之页》《军事》等副刊专栏合并为一个综合性文化副刊。1942年3月30日,《文艺》编辑出版至第111期后终刊。同年4月1日,新创办的综合性文艺副刊,在《解放日报》第4版整版刊出,并成为此后《解放日报》副刊的基本样式。1946年11月20日,《解放日报》由四版改为两版,后为增加报纸综合性文化稿件及文艺作品刊发的版面,自1947年2月2日起每个周日增加第3版、第4版两个版面创办《星期增刊》,集中刊登国内外文化述评文章及各地文化运动消息,以及小说、报告文学、诗歌、散文、木刻等文艺作品和作品批评论文。同年3月2日,《星期增刊》编辑出版至第5期后终刊。

《新华日报》(太行版)副刊:《太行文艺》

1943年10月1日,《新华日报》(太行版)创刊于河北涉县桃城村,成为中共中央华北局太行区党委的机关报。史纪言担任报社社长兼总编辑,安岗、蒋牧岳、肖风、袁勃等任副社长兼副总编辑,朱穆之、范显正、高沐鸿、王唯、孙晋奇、毛联珏、郑笃、李玉芝、张宽江、张荣安、王广义、赵正晶、欧阳默、李纪明、王丕玉、李俊文、武温、罗林、杜波等先后参与编辑工作。由于《新华日报》(太行版)是在《新华日报》(华北版)的基础上改版而来的,因此,宣传

---

[1] 中宣部:《中共中央宣传部为改造党报的通知》,见中共中央文献研究室、中央档案馆编:《建党以来重要文献选编(1921—1949)》(第19册),中央文献出版社2011年版,第162—163页。

报道太行区根据地的政治军事及生产建设动态,以及新民主主义文化实践及文艺活动,就成为《新华日报》(太行版)的主要任务及办报宗旨。1949年8月19日,《新华日报》(太行版)在河北涉县东戌村终刊。

由于《新华日报》(太行版)副刊编辑由作家郑笃担任,因而报纸副刊先后发表了许多诗歌、歌谣、小说、报告文学、木刻、漫画及歌曲等文艺作品。除此之外,还创办了多种综合性文化专刊。如原为太行武委会编辑出版的《太行民兵》刊物,1946年1月1日改版为《太行民兵》副刊。特别是创刊于1949年2月5日的文艺副刊《太行文艺》,对推动太行地区的延安文艺运动,以及团结当地的文艺工作者和培养青年作者的成长等,都产生了重要的影响和作用。在《太行文艺》创刊号上刊登的长篇《发刊词》中,编者强调了刊物担负的重要使命,并向读者发出了热情的呼吁:

> 我们把原来准备复刊的《太行文艺》月刊,改为现在形式的《太行文艺》来与读者见面,目的在于,更较迅速地反映本区人民的斗争生活,推进本区群众性的文艺运动,更加及时地满足我们的干部和人民在文艺方面的需要。
>
> 摆在本区今年文艺运动面前的任务,是光荣而又艰巨的。因为伟大的土地改革在本区的大部分地区已经胜利地完满地结束或正在结束着,不用说,广大劳动人民于获得经济的与政治的翻身之后,对于文化艺术的需求,更见其重要与迫切,同时就我们干部来说也是如此。过去本区的文艺运动,是有其一定的成绩的,但比起客观形势的变革与发展来说却是远远地落后了一步。我们反映伟大的人民解放战争,反映解放区的土改、民主整党、生产建设运动以至较远的抗日战争,都是很不够的。这是极应克服的现象,这样我们就有许多工作要做,其中最重要最实际的一项,就是我们要多写一些富有思想内容与教育意义的、生动活泼为群众喜闻乐见的、小型的或中型的剧本、歌曲、鼓词、快板、小说、诗歌出来,因为这些都是群众最需要的。至于旧剧的逐步改造,也是立即就要动手做的一件重要工作,而无论使用哪一种文艺形式,我们都需

要在质的与量的方面更进一步地开展普及工作，这是一时也不容许被忽视或轻视的，因为我们的文艺运动的基础与它的群众性，其关键就在这里。为要把今年的文艺运动开展得更好，我们就还需要有计划地组织力量，大大地发扬群众的创作热情与其创造性，充分地注意与扶植群众中无限的文艺萌芽，发现与培养其中的文艺朴素天才；一方面，我们的专门从事文艺工作的同志要与这些群众文艺能手取得更密切的联系，以便从而吸取更多的新血液以丰富自己的作品，考验自己的作品，另方面树立正确的鼓舞性的文艺批评，也是异常必要的。此外，专业文艺工作者还须注意学习马列主义理论，学习党的政策，还需广阔更深入的学习实际，就是说，不仅要到农村，而且要到工厂，到城市去，否则就难于提高自己，而整个的文艺运动也将无法提高。这就是今年文艺运动所提出的任务及应争取取得的成绩。

《太行文艺》的出版，就是企图在争取完成上述的任务上，起它一定的作用的。不过单靠这个篇幅（现在是半月刊，将来可能改成旬刊或周刊），要包括上述要求的全部成果，自然是绝不可能的。这里，我们大约将刊登一些短小的作品，如关于以战争、支前、生产建设等等为题材的短故事、报道、鼓词、快板、墙头诗以及一些文艺消息简讯，另外则刊登一些指导性的短文——包括短评、通讯、写作经验介绍、讨论、研究等等；歌曲、木刻投稿也很欢迎。至于较长篇的戏剧、小说、诗歌、散文等作品，我们将编为文艺丛书出版。热心的作者们，请切不要以为这个篇幅太小了而因此放松了自己的笔杆，相反，请捏紧笔杆尽量地放手写作吧！我们对于不论鸿篇巨制或短小佳作，都是竭诚欢迎的，即较欠成熟的作品，我们也将尽可能帮助作者提出修改意见，其较有时间性的文章，我们也可能推荐给《新华日报》四版或《华北文艺》，求其能及早发表，这样也能更好地取得各方面的配合。

我们热忱地希望各个战线上爱好文艺写作的同志给我们源源来稿，热忱地希望各级宣传教育工作的同志组织领导并给我们介绍稿件，还希望多对这个刊物提意见求其改进。

热烈地发动起今年的文艺运动来,迎接迅即到来的全国胜利与本区的大生产运动。

《太行文艺》由太行区文化协会主办,1949年4月29日编辑出版至第5期停刊后,因有感于副刊版面篇幅的限制,5月1日改为《太行文艺》月刊出版,以"开始将供献出大量的篇幅",来"反映人民胜利的伟大斗争生活"等[①]。并且,就是《太行文艺》复刊后的第1期,发表了阮章竞的著名长篇叙事诗歌《漳河水》。

《中国学生导报》副刊

1944年12月22日,《中国学生导报》创刊于重庆,是在中共中央南方局青年组直接领导下创办的综合性报纸,也是抗战时期在国统区编辑出版时间最长的一个以学生为阅读对象的报刊。复旦大学部分学生和其他部分大中学校学生为主要编辑人员,抗战胜利后复旦大学复员回上海后又创建了上海分社,因而使该报纸有了"渝版"和"沪版"两种。

1943年下半年到1944年春,位于重庆夏坝的复旦大学,便已有27种壁报社团。不过,这些学生社团规模小、组织分散,随着形势的发展,1944年7月4日,复旦大学多个学生壁报社团代表召开了中国学生导报社成立大会。该会议决议共同创办公开出版发行的报纸《中国学生导报》,推选产生了报社领导机构干事会,组建了编辑部、经理部、推进委员会、财经委员会等四个职能部门。其中,总干事杜子才,编辑部负责人戴文葆、施旸,推进委员会负责人陈以文,经理部负责人吴景琦,财经委员会负责人陈其福,均为中共学生党员。此后,位于重庆的中央大学、江苏医学院、树人中学、重庆市女子中学、文德中学等校的部分学生陆续加入报社,参与筹备《中国学生导报》。在筹备中,为了通过国民党中央宣传部和内政部的批准登记,报社几经周折请出重庆大学教授甘祠

---

① 《复刊词》,载《太行文艺》1949年5月1日第1期。

森做发行人、复旦大学毕业生廖毓泉做编辑人，这才获准登记取得公开出版的资格。

经过五个多月的筹备，《中国学生导报》于1944年12月22日在夏坝复旦大学校园内正式创刊。该报的出版得到了中国共产党主办媒体的声援，《新华日报》在同一天出刊的报纸醒目位置为其做了广告：《中国学生导报》出版了！

《中国学生导报》的出版得到了各界的热烈支持：甘祠森不仅挂名发行人，还着力组织为报社筹集经费；陶行知同意将育才学校作为报社印刷、发行、筹措经费等出版事宜的办公点，并对杜子才等提供资助；新闻系的何燕凌从鲁迅书简中临摹写出报头。从1945年4月开始，中共中央南方局每月都为该报提供5万元经费支持，极大地保障了该报的正常出版发行。当时重庆的许多民主人士、进步教师也都给予该报支持，热情推介该报，扩大了发行。郭沫若、茅盾等文艺界前辈还热情地为该报撰稿。

《中国学生导报》每月出版1期。该报设有四个版面：第1版主要是要闻和评论，就当前国际国内重大事件发表述评及"本报言论"，介绍青年运动动态，等等；第2版主要介绍各校学生及其组织的各种运动，并针对学生的课外学习与课外活动分享经验、提出指导性建议；第3版则为文艺板块，通过刊载形式多样的文艺作品反映学生的日常生活动态和抗日民主运动，同时也着意揭露国民党当局及其在各校的基层组织对学生的打压与摧残；第4版是校园通讯，介绍校园里的最新情况，报道教育界新闻动态，也会登载部分读者来信及编辑部组织的答复。整体设计上，该报既能兼顾社会热点与校园生活，也能兼顾学生运动与学生学习，内容丰富、生动、活泼，富有战斗力，因而广受各校学生和社会人士欢迎。该报每期都能发行数千份。

作为中共中央南方局青年组直接领导的报刊，《中国学生导报》非常关注党报党刊，搜集更多的发表了中国共产党抗日救亡、民主建国等主张的材料，各版都力行贯彻中共中央的最新精神和指示，配合宣传和组织斗争。各版编辑响应中共中央提出的知识青年到农村去、到解放区去的号召，不仅组稿介绍学生与农民一起战斗、生活的场景，还发动不少报社成员实际奔赴华北地区或延安等地。

抗战胜利后不久,在重庆临时办学的一些院校陆续回迁,《中国学生导报》此间出版了一期非公开的上海"航空版",及时报道了上海收复失地后学生们的生活和斗争情况。其刊载的文章,如《让我们紧握着手——致收复区亲爱同学们的一封信》,在庆贺摆脱日本帝国主义奴役的同时,也号召同学们团结起来继续为争民主、反内战而共同战斗。1946年春,按照中共中央南方局青年组的指示,中国学生导报社决定将编辑出版中心迁往上海。同年5月,中国学生导报社建立上海分社和重庆分社,并各自继续出版《中国学生导报》,又称"沪版"和"渝版"。其中,沪版创刊于1946年5月4日,渝版于5月20日创刊。

沪版《中国学生导报》主要介绍国统区学生的学习生活状态,反映学生们的民主要求,宣传学生民主运动。该报发行范围是比较广泛的,据工作人员回忆,该报还曾发行至台湾地区。①该报原计划继续面向大中学生宣传报道全国的争民主、反内战斗争,并将渝版、沪版合并为全国统一的公开发行的刊物。不过,随着内战全面爆发,上海政治形势突变,沪版《中国学生导报》不仅再难以从事公开活动,还在出满4期后不得不停刊。②这沪版4期目前散佚,尚未搜集到。

留渝的时任报社副社长陈以文兼任重庆分社社长,继续渝版出刊。面对日益严峻的国内形势,渝版一直坚持出刊到1947年6月,持续出版了19期,总共56期。③

---

① 郑晶莹指出:"许多台湾青年学生当时就是借助于《中导》等进步刊物的启迪,帮助他们认清了国民党的反动本质。"郑晶莹:《〈中导〉与暨大》,见杜子才、邓平、方文等:《号角与火种——〈中国学生导报〉回忆录》,中国华侨出版公司1991年版,第182页。
② 据张连、陈璧回忆,该报曾改名为《知识青年》秘密发行。参见张连:《上下求索》,汕头大学出版社2014年版,第140页。
③ 这56期目前得以完整保留下来。另外值得指出的是,中国共产党所属的公开组织(如四川省委、新华日报社)被迫从重庆撤离到延安,《中国学生导报》也已暴露,很多报社同人不得不随之撤离。不过,部分身份隐蔽的同人转入地下,在中共重庆地下党组织领导下继续展开更为艰苦的斗争。到1947年7月,由《中国学生导报》部分人员参与编辑的《挺进报》迅速创刊。该刊成为中共地下党组织的机关报,继续展开斗争。

《冀晋日报》副刊：《副刊》《冀晋民兵》《新群众》

1945年9月1日，中共冀晋区党委机关报《冀晋日报》在河北阜平雷堡村正式创刊，报头为毛泽东手书体集字。在《冀晋日报》创刊号发表的《中共冀晋区党委宣传部通知》中，中共冀晋区党委宣传部声明并要求："为适应当前形势的需要，区党委特决定自九月一日起出版《冀晋日报》为冀晋区党的机关报。《冀晋日报》的方针与任务，仍按分局历次所指示的全党办报的精神和办法进行。各级党委应动员全党并号召各界人士，认真爱护、支持《冀晋日报》。"当时的新华社冀晋分社与冀晋新华书店，以及稍后创刊的《新群众》杂志和星火出版社等，或属于冀晋日报社领导，或和其有直接的工作联系。时任中共冀晋区党委宣传部副部长陈冷任报社社长兼总编辑，陈肇任副社长兼副总编辑，曹国辉、沈重也先后担任副总编辑与副社长，陈春森、田间、葛文、林漫、洛灏、洪群、江波、辛雷、罗东、石虹、于素琪、玛金、曼晴、韩雪、马霓虹等参与编辑工作。1946年11月30日，《冀晋日报》奉命与《晋察冀日报》合并而停刊。1947年4月1日，中共冀晋区党委决定《冀晋日报》复刊，"性质是冀晋区党委机关报。对象主要是区村干部。方针与任务在于指导区村工作，加强干部群众的思想教育，反映群众的丰富的生活与斗争"①。复刊的《冀晋日报》自第358期开始编辑出版，朱卫华、陈肇分别担任正、副社长。同年11月12日，因冀晋区党政建制变更，《冀晋日报》编辑出版至第546期后终刊。

《冀晋日报》对副刊编辑工作的重视，事实上也与著名诗人田间担任副刊主编，以及多位报社及副刊编辑为延安文艺运动及创作活动中的知名作家有直接的关系。如林漫、曼晴等都是抗战时期就活跃在以晋察冀边区为中心区域的根据地的革命作家。因此，《冀晋日报》创刊之后，在报纸上开辟了《中国解放区介绍》《一周战况》《时评》《时事黑板报》《工作研究》《地主罪行录》《国际简讯》《读者信箱》等综合性栏目，刊登了一些诗歌、速写、通讯、散文、漫

---

① 《中共冀晋区党委关于冀晋日报复刊的决定》，载《冀晋日报》1947年4月1日第1版。

画、木刻及歌曲等文艺作品，以及文化卫生和生产生活的知识介绍。1947年4月1日复刊后，《冀晋日报》的副刊一般安排并占据第2版或第3版大半个版面，分别开辟有《中国解放区介绍》《生产知识》《答读者问》等栏目，并刊登一些通讯、歌谣、散文、故事、漫画、歌曲等文艺作品。并且，于同年9月庆祝《冀晋日报》创刊二周年纪念之后开始，在第3版采用"副刊"的刊头。这个文艺副刊专栏不仅集中发表了很多通讯报告、诗歌歌谣、民间故事、小说、散文、歌曲等文艺作品，而且一直编辑出版到报纸终刊为止。主要作者有田间、解清、尼尼、玉君、杨学政、柯岗、雁人、曼晴、王仲祥、裴奇、赵有福、高顺古、栗少三、靳国用、邢也、唐河、戈马、力三、云翔、徐希敏、赵潼、朱志增、徐明、血星、火星、权造信、王子平、王双荷、王凤瑞、李四妮、华民、李开成、张明高、李高奇等。

与此同时，复刊不久的《冀晋日报》，从4月14日开始继续编辑出版《通讯学习》专刊，以推进通讯员工作及写作活动的展开。其后，为配合党的人民武装工作，又创办了《冀晋民兵》文化专刊。1947年9月3日《冀晋民兵》创刊号发表《冀晋人民武装部关于出版〈冀晋民兵〉的决定》，强调：

> 新的形势下，我们民兵的责任是更加重大了，因之，也就需要我们百倍的加强民兵工作。为此，边区人民武装代表大会，决定各战略区出版民兵报纸。冀晋人民武装部与冀晋日报社，经多日商讨筹备，今天这个刊物才算出版了。
>
> 《冀晋民兵》，暂定十天一期。他的任务主要是：反映人民武装军事、政治生活、加强具体工作指导、介绍各种经验、鼓励民兵斗志。内容包括：战斗通讯、政治工作、整理组织、后勤工作、军政教材、人物介绍、故事、速写、功劳榜、评功论过、经验教训等都欢迎。来稿由武装部门转编委会，或由通讯系统交分社均可。采用之稿件，与日报同样致酬。

《冀晋民兵》主要刊登民兵工作及随军远征担架、宿营等方面的知识，以及相关组织领导工作经验的介绍与指导，同时也发表一些有关民兵题材的故事、通讯、人物特写、歌谣等文艺作品。1947年11月4日，《冀晋民兵》编辑出版至第7期后终刊。

除此之外，《冀晋日报》还在1945年12月15日创办了由田间担任主编，玛金、曼晴、石虹、娄霜等任编辑的综合性报外刊《新群众》月刊。该刊初为冀晋日报社主办，从第2卷第4期开始，由冀晋文联主办。在《新群众》刊登的《本刊稿约》中，编者声明并要求：

一、本刊为综合性刊物，欢迎各方面稿件。

二、不分通讯、论文、工作研究、各种常识、书报介绍、人物评述、散文、杂感、诗歌、小说、戏剧、木刻、漫画……等均所欢迎。

三、来稿请缮写清楚，加上标点符号。

四、文字要力求通俗、顺畅、精简、活泼。

五、编者有删改权，不愿删改者请预先声明。

六、稿末请书明通讯地址及真实姓名（发表时署名由作者自定），稿件如要退还，请附足邮票。

七、来稿如能采用，即寄送稿费。

八、来稿可寄交冀晋文联。①

于是，《新群众》不仅先后开辟了《工作研究》等文化栏目，发表了许多重要的文艺专论，以及相关的文化运动通讯报道与消息动态，也在《文艺》《学生习作》等专栏中，刊登了许多诗歌、小说、散文、戏剧、木刻、漫画等文艺作品。其中，主要作者有田间、孙犁、玛金、邵子南、林漫、野明、葛文、曼晴、辛雷、亚夫、晨光、石虹、杨耕田、娄霜、马骥、沈重、尹占春、贾一血等。1946年12月，《新群众》编辑出版至第3卷第1期后终刊。

《东北日报》副刊：《副刊》《戏剧专刊》《青年园地》

抗战胜利之后，中共中央于当年9月底决定成立中共中央东北局，以实现

---

① 《本刊稿约》，载《新群众》1946年第2卷第6期。

"发展东北我之力量并争取控制东北"战略，并决定在东北创办第一份党报，即1945年11月1日在山海关创刊的《东北日报》。报头最初由吕正操将军题写，后则改由毛泽东手书。时任东北局宣传部秘书长的李常青和廖井丹分别担任正、副社长，李荒任总编辑，叶兆麒为秘书长，林火、宋士达（宋振庭）、杨永平、陆地、白朗、高铁、严文井、华君武、王揖、穆青、常工、陈学昭、林聿时、赵熙天、史宁等先后参与编辑工作。在《发刊辞》中，编者宣告：

> 东北人民经过长期艰苦奋斗之后，在苏联红军的援助下开始解放了，过去的我们有话不得说，有苦无处诉，今天我们可以自由说话，表示我们的真正意志了。本报就是东北人民的喉舌，它以东北人民的利益为利益，以东北人民的意志为意志，反映人民的要求，表达人民的呼声，为巩固中苏友好团结以保障远东和平，为东北人民自己作主的民主自由繁荣的新东北而奋斗。一切都为东北人民而服务，这就是我们的宗旨，我们的天职。①

《东北日报》出版后，随着国共战局的变化，先后迁移到东北沈阳、本溪、海龙、长春等地编辑出版。1946年5月28日起，迁入哈尔滨编辑出版。1949年6月迁回沈阳出版。1954年8月31日，《东北日报》停刊，从9月1日起改名为《辽宁日报》，并作为中共辽宁省委的机关报编辑出版至今。

《东北日报》自创刊之日起，就非常注重报纸文化及文艺副刊的编辑工作，著名延安作家严文井、白朗、高铁等先后担任副刊部部长及主任，陈学昭、林蓝、李纳、关沫南、苗延秀等参与副刊的编辑工作。在《本报征稿启事》中，编者称：

> 为能普遍反映各地情况，交流工作经验，使我们报纸能更广泛的反映人民意见与要求，因此希望各地各机关各团体各界人士，踊跃为本报写稿，形式内容不拘，如：论文、短评、新闻、通讯、文艺、小说、杂感、诗歌、翻译、漫画、木刻、科学知识、卫生常识等，均所欢迎，来稿寄东北日报社通讯采访部，一经采用，略致薄酬。②

---

① 《发刊辞》，载《东北日报》1945年11月1日第1版。
② 《本报征稿启事》，载《东北日报》1946年4月14日第1版。

由于《东北日报》最初为四开两版小报,所以文化副刊的稿件一般安排在第2版的半个版面,并且没有副刊的刊名及刊头。自1946年3月24日《东北日报》第93期开始,副刊就固定于第4版的整个版面。特别是从1946年4月1日《东北日报》第101期改版为对开两大版及5月19日第141期改出对开四版的大报以后,第4版就成为报纸的综合性文化版面。因此,在《稿约》中,《东北日报》副刊部除一开始就声明的"本栏欢迎文化方面的著述,短评,介绍,同文艺方面的论文,通讯,报告,小说,诗歌,散文,戏剧,漫画,木刻,翻译等稿件"外①,稍后又对副刊的稿件提出了更为明确的要求:

1.本版为综合性的文化刊物,欢迎文化方面各种稿件,但除特约稿外,稿长不能超过二千字。

2.来稿请用原稿纸缮写清楚,将标点符号,填写进格内,文章必须从右往左,从上往下直写。不要在纸的两面写字。不要用铅笔写。

3.图画稿,请用墨色,以便制版。

4.不许一稿两投,来稿如已投或准备投别处者,须声明。

5.稿末必须注明作者通讯详细地址,并附足邮票,否则恕不退稿。最好保留底稿。

6.来稿有必要时,编者得酌量增删修改,不愿意者,可预先声明。

7.来稿发表后,即致稿酬。

8.来稿请寄:哈尔滨地段街东北日报副刊部,或佳木斯东北日报社转。②

于是,《东北日报》迅速成为东北地区延安文艺运动及创作活动中,新老作家及文艺工作者聚集的重要园地,先后发表了许多有代表性及知名作家的小说、诗歌、报告文学、戏剧、木刻、歌曲等重要的延安文艺作品,以及文艺理论及作品批评论文。如公木的《忘掉它,这屈辱的形像》,艾青的《人民的城》,严文井的《我的兄弟们》,陆地的《马河图》《叶红》,周洁夫的《团圆》《枪》,岳山的《报仇》,舒群的《归来人》,厂民的《"人圈"》,李之华等的《血

---

① 《稿约》,载《东北日报》1946年8月4日第4版。
② 《稿约》,载《东北日报》1946年12月4日第4版。

债》，黄炎培的《延安归来》，陈学昭的《一个铁路员工的家里》和《"这回我可乐了"》，周而复的《小英雄》，萧军的《蹲在牛角上的苍蝇》，张文欣的木刻画《工厂复工了》，彦涵的《村选》，吕琳的《送子参军》，于召的《人民代表在听报告》，天蓝作词、刘炽作曲的《人民武装起来》，孟波的《花鼓曲谱》，郭沫若的《向人民大众学习》《我的建议》，陆定一的《读了一首诗》，乔木的《短些，再短些》，茅盾的《关于〈李有才板话〉》，王曼硕的《绘画和现实生活的关系》，等等。同时，吸引并培养了许多文化工作者及青年文学作者。先后在副刊上发表作品的有任虹、张现、周下文、张白武、杨雅各、谷波、士心、余岩、王志青、李革、济芜、煌颖、韩文礼、瞿见远、苏沛、贺福、史潮、彤剑、朱繁、王一丁、方青、叶兆麒、林火、夏葵、王向立、流焚、李沉荻、支羊、周停、王素孚、初学、宋伦、蓬人、李凡、许立人、史松北、陶馠、陈立航、宋景光、刘直、王卓、幼生、袁靖、周正、虞丹、再然、萧阳、胡纯、止怡、何祥、李嘉、周丁文、木之、王和等。尤其是先后转载了延安文艺的许多代表性作品，如1946年10月23日开始转载李季的长篇叙事诗歌《王贵与李香香》、赵树理的《李家庄的变迁》、周立波的《暴风骤雨》等文艺作品。

在此前后，《东北日报》副刊部也通过刊登《征求意见》启事、读者来信等方式，加强编者与读者的交流及接受反馈，提出针对性的具体建议或意见：

> 为了求得副刊更切合于大家的需要，为了使它成为大家所喜爱的读物，我们拟了如下的几个问题。希望读者们踊跃地给予回答，使我们以后有所改进。我们想要知道的，就是：
>
> 1 从以往的文章中，你最爱看的是那一些？那一篇是你最喜欢的？
>
> 2 你不爱看的是那一类，那些篇？为什么呢？
>
> 3 你以为以后应该登什么样的文章好？
>
> 4 你对副刊的编排上有什么意见吗？你说以后应该怎样办才好？
>
> 以上四点，希望大家很快的把意见写好寄来给我们！[①]

[①] 副刊部启：《征求意见》，载《东北日报》1946年11月6日第4版。

在《东北日报》副刊版上，不仅相继有《学生通讯》《医药卫生》《新闻通讯》《解放军人》《民主青年》等文化副刊，而且有诸如1946年12月8日创办的《戏剧专刊》，以及之前的8月3日创刊的《青年园地》等综合性副刊专栏。这些办刊目的及任务更为明确具体的副刊专栏，充分体现出《东北日报》副刊的编辑理念及历史特征。如在旨在适应并培养青年读者的《青年园地》的发刊词中，编者就清楚地表明了自己的办刊宗旨及目的：

> 老早以前，我们就打算开一个专栏，登载青年朋友们的作品，反映青年朋友们的生活，思想。只是我们太不努力了，迟至今天，才发出青年园地第一期。
>
> 在出版事业比较冷落的北满，尤其是哈尔滨，一定有许多青年朋友们苦于无处发表作品，会有许多青年朋友渴求着新的知识。为了解决这个问题，我们决定开一栏《青年园地》。
>
> 内容以登载青年朋友们的作品为原则，不论是文艺性的作品，或是关于时事，政治，经济，文化各种问题的论讨，质疑与解答等研究性质的文章，都是欢迎的。
>
> 希望青年朋友们把本栏真正当成自己的园地，不但热心地读它，批评它，为它写稿，我们还希望将来能和我们一起参加它的编辑工作。①

由于这些副刊专栏主要以知识青年尤其是大中学生、部队战士、青年工人、城市职员等青年读者为接受对象，形式多样化，内容更加切近青年人所关注的各种问题，所以《东北日报》副刊能够以生动活泼与丰富多彩的内容形式，为不同阶层的读者所欢迎。

《黑龙江日报》副刊：《文化生活》《北地文学》

1945年12月1日，中共黑龙江省委机关报《黑龙江日报》创刊于当时的黑龙江省省会北安镇，初名《时事新闻》，主要刊登新华社电讯稿。1946年4月，正式编

---

① 《青年园地发刊辞》，载《东北日报》1946年8月3日第4版。

辑出版《黑龙江日报》，侯野烽担任报社社长。1947年4月16日，《黑龙江日报》更名为《新黑龙江报》编辑出版。1949年6月1日，因黑龙江省与嫩江省合并，《新黑龙江报》与《嫩江日报》《嫩江农民报》和《齐市新闻》合并，迁入齐齐哈尔，创办新的中共黑龙江省委机关报《黑龙江日报》。1954年8月1日，因松江省撤销建制并入黑龙江省，《黑龙江日报》迁至哈尔滨编辑出版至今。

《黑龙江日报》尽管为每周六刊的四开两版报纸，但是自正式出版之日起，就将第2版作为副刊版，并辟有《习作园地》《通讯员》等栏目，以及刊登诗歌、通讯报告、杂文、歌曲、文论等文艺作品的版面。1946年8月15日，又发布《本刊新辟各栏启事》，明确宣告：

> 为了建设新的文化阵地，以及加强编者与读者之间的相互联系，活跃我们当地的文化生活，本刊兹由本日起，开辟左列各栏，更进一步为人民服务，并希各界人士给予指导批评，并多多惠赐大作。
>
> 文化生活　每周四次（星期日星期二、四、五出刊）广刊各种有关日常生活、思想、工作的稿件。
>
> 北地文学　每周一次（星期六出刊）专载诗歌小说散文随笔小品等文学作品。
>
> 学习园地　每周一次（星期三出刊）刊载青年男女的写作及研究，一些学习上的回顾。

在以上副刊栏目中，《文化生活》与《学习园地》均不计刊期。其中，《文化生活》编辑出版至1946年12月27日结束，从第二天即28日开始采用"副刊"的刊名编辑出版。这些副刊栏目，除发表一些各地的文化活动、青运消息、生活卫生常识及戏剧、电影演出动态之外，更注重刊登一些诗歌、通讯报告、人物速写、故事、歌曲等文艺作品。主要作者有刘风、哲、胡笳、赵民、章林、再生、先进、萤北、浪舟、孟广清、野叟、张国昌、郭金昌、中耀、黄河、吴理、汪琦、鲍行健、吕永新、石风、刘敏之、齐闻章、吕永轩等。1946年7月2日及9月2日，《黑龙江日报》副刊先后刊发《纪念"八一五"一周年征文启事》和《"九一八"副刊征文启事》，为纪念"东北解放"及将"十四年所得抗日经验教训、感情"描写出来等，征集"关于检讨过去文化工作与建设今后文化事业基本方向态度、和如何团结文化工作者"等论文，以及小说和"散文、随笔、小品、童话、故事"等文艺作品。①

1946年8月24日，文学副刊《北地文学》创刊号问世。在《开辟新文学的道路——代发刊词》中，作者东方闻强调：

> 回忆流亡的十四年中间，敌伪费尽了心机，想要灭亡我们这一英勇的优秀民族。随着物质上加给我们的各种迫害，在思想生活上，更采取了愚昧奴役、毒辣手段、呼号所谓"工厂是学习，劳动即教育"的方针，颁布统治文化事业的"艺文指导要纲"，高倡什么"康德文学"、"大东亚圣战翼赞文艺"运动。
>
> 这样，本来即属荒凉的东北文坛，就叫敌伪弄得凄风冷雨，而东北的文学，也只剩下了无耻的歌功颂德。
>
> 黑龙江的文化，就在荒芜之中愈加凄凉，在毫无进步当中，更被敌伪摧残无遗。本报纪念"八一五"特刊上，就有胡茄先生发出了"打破沉寂空气"的呼声。这正是解放后要求建设民族文化的大群的声音哪！
>
> 今天，我们从事文学工作，客观上当然也还可能存在着许多困难，但是在这历史上的惊天动地的一个大变动的时代里，已产生了极丰富的、生动的、有血有肉的现实材料，只要我们肯刻苦耐心的去发掘，是会很好的把这一历史的跃进的具体事实，反映到文学作品中去的。从这长期的富于革命教育性的坚贞的民族考验里，将会丰富了我们一切创作的内容。
>
> 基此，我们现在就联合起来，开辟这一条总结民族斗争体验，反映广大人民真实生活，创造时代典型人物，描写进步的科学的聚会发展史实的新文学道路吧！
>
> "九一八"以前没有这条道路，流亡以后更没有这条道路，只有抗

---

① 《"九一八"副刊征文启事》，载《黑龙江日报·学习园地》1946年9月2日第2版。

战胜利后的今天,我们才获得了这条道路。那末,从事与爱好文学工作的同志们,现在可以尽兴的,大踏步的,毫不迟疑的,斩荆劈棘的,走向前去了。

《北地文学》创刊号还刊登了李岩的小说《从家乡来的人》、张樵的散文《八一五之夜》,转载了艾青的杂文《作家的团结》及白沙翻译的屠格涅夫的散文诗《乞丐》等。1946年10月13日,《北地文学》编辑出版至第8期后停刊。主要作者有东方闻、胡笳、陆地、淳璞、余震、吴灿、刘风、利化、燕颉、耿瑛、刘敏之、王芫、小芸等。此外,《黑龙江日报》还先后编辑出版了《鲁迅先生逝世十周年纪念特辑》和《纪念十月革命节特刊》等文化专辑。

《新华日报》(华中版)副刊:《新华副刊》《工农文化》

1945年12月9日,《新华日报》(华中版)创刊于苏北淮阴,是中共中央华中分局机关报。党报委员会由邓子恢、张鼎丞、曾山、刘瑞龙、李一氓、冯定、范长江等组成,时任中共中央华中分局书记邓子恢和宣传部部长李一氓分别担任党报委员会正、副书记,范长江为社长。编辑委员会成员有范长江、恽逸群、黄源、楼适夷、包之静、史乃展、谢冰岩等,范长江、恽逸群先后担任总编辑。1946年12月26日,《新华日报》(华中版)停刊,报社于1947年2月与山东大众日报社合并。而1947年11月在江苏射阳合德镇创刊的中共华中工作委员会机关报《华中日报》于1948年1月1日更名为《新华日报》(华中版)出版,仍为中共华中工作委员会机关报,编辑出版至1949年4月30日停刊。1949年4月,《新华日报》在南京复刊,1952年成为中共江苏省委机关报,编辑出版至今。

《新华日报》(华中版)副刊主编初为著名作家楼适夷,后由蒋锡金、刘江凌接任,季音、叶中、孙瑜、王士菁、费克、丁芒等为副刊编辑。《新华日报》(华中版)除在第3版定期编辑出版名为《新华副刊》的专刊之外,还创办了《工农文化》和《战士生活》等综合性副刊栏目,不仅刊登了许多文化教育、科学常识、生活卫生及生产建设方面的文章,也发表了许多文艺批评论文及诗歌、民谣、小说、报告文学、散文、戏剧、故事、曲艺、木刻等文艺作品,以及一些群众性文艺活动的演出剧目。如1948年2月3日《新华日报》（华中版）刊登《春节文娱（城市用）》，其中剧目包括《毛主席》《千里的雷声》《解放区的天》和《城市纪律歌》等歌曲，以及鼓词快板《庆祝胜利年》《排山倒海》和戏剧杂耍节目《彻底消灭》等。主要诗歌作者有惠霖、中澧、石林、火木、林丁、季方、白夜、夏阳、竹青、晓村、觉扉、锦云、江流、张风、周鼎、荒砂、徐味、郭永绵、川流、丁芒、舒言、冯亮、王晓云、剑声等。

1946年3月22日，围绕毛泽东《沁园春·雪》引发争论，《新华副刊》编辑蒋锡金发表了《咏雪词话》一文，这是《新华副刊》刊登的重要文艺批评论文之一，也使作者成为较早从正面解读毛泽东诗词的解说者。在这篇文章中，作者认为：

> 从来伟大人物，常传伟大诗篇。这并不是诗因人传，却是由于他的识见和胸襟，广阔博大，当他意有所属之时，随手发挥，直抒怀抱，便自不同凡响。所以学习写诗的人，先应该学习做一个诗人，就是说应该学做一个充溢于内，不同流俗的人。能做得一个诗人，不愁写不出好诗。而一般的寻章摘句，无病吟呻的人，事实上只能产生些假诗和坏诗，即使偶或有些看得过去的句子，充其量也不过是一个诗匠的作品而已。

> 二月八日报上揭载了毛主席在重庆双十协定前所作的新词《沁园春·咏雪》以后，就听得到处有人谈论，无不赞美。但也有人觉得这诗好，又说不出为什么，因为他们苦于不能全部了解。本来，这诗是毛主席自己的遣兴之作，所以不必像发表他的思想的论文和演讲那样力求浅出，公之报章，也不过是偶然的事。然而，大家又觉得很想从这首诗上来窥见这一位伟大者的情操和胸襟，那么，化些时间，根据我自己所了解的来解释一下，帮助大家了解，也许不是过于多事罢。

> ……

> 这一首诗的所以伟大，谁都可以从它的意象，气度和胸襟中感到。这是代表了目下向前更跃进一步的时代的声音，也是表达了这位出自人

民，为了人民，属于人民的伟大革命领袖的声音，它不同于任何一个时代的成功或失败的英雄的慷慨高歌，随便举出那一首已往的谁的诗来，都不曾见过这样的宏伟和明澈。就看刘邦的《大风歌》吧：

"大风起兮云飞扬，

威加海内兮归故乡，

安得猛士兮守四方！"

确是壮伟。但那种踌躇满志，又患得患失的心境，较之咏雪词的纵观今古，慨寄豪情的心境又是如何呢？时代是进步了，我们的新的时代的人民领袖的辉煌的诗篇，为我们展开了一片光明，广大，而充满了生命与热爱的远景。①

毛泽东的《沁园春·雪》引起文坛不同政治倾向与文化立场间的争论，1946年5月23日，这篇《咏雪词话》在重庆《新华日报·新华副刊》上被全文转载，编者按称：

毛泽东同志"咏雪"一词，首先在本刊刊出后，一时唱和甚多。然而也不乏好事之徒，任意曲解丑诋，强作解人，不惜颠倒黑白，诬为封建帝王思想。虽"蚍蜉撼大树，可笑不自量"，然而因是旧文字，却也有向大众作一通俗解说的必要。本刊华中版载锡金先生词话一篇，虽未必尽得原意，亦不失为一种可以共喻的解释，兹转载以供参考。②

积极主动地宣传党的文化工作方针政策，指导与推动文艺思想领域斗争的开展，实际上也成为《新华日报》（华中版）副刊编辑出版的基本准则及办刊特色。40多年以后，蒋锡金谈到当年撰写《咏雪词话》的缘起时说：

一九四五年冬，我由新四军军部宣教部调到新华社华中总分社工作，当时的社长范长江同志按照我的意愿，派我独自到江苏省阜宁县陈集镇一个"各种工作都好"的模范村大小胡庄去体会了半年的农村生活，大约在次年的四月底回社；在淮安城里被阿英同志留下住了几天，

---

① 锡金：《咏雪词话》，载《新华日报·新华副刊》（华中版）1946年3月22日。
② 锡金：《咏雪词话》，载《新华日报·新华副刊》（重庆）1946年5月23日。

回到淮阴（今清江市）社里大约已是五月初了。长江同志见我回来就怪我回来晚了。我说，我并没有超过"半年"的期呀！长江说不是的，我们刚开过一个讨论毛主席的《咏雪词》的座谈会，对《大公报》的王芸生等以及有些"京（南京）沪"报刊上的歪曲、污蔑的谰言作了一些批驳，准备在我们在淮阴办的《新华日报（华中版）》的第三版上发一个专版；咱们是华中局以京沪读者为对象的专办报纸，是应该严正表态的；你能早几天回来，在会上发发言就好了。我说，我在乡间看报纸很困难，在淮安住几天也没有看报，毛主席的词也没有读过，能发什么言？长江马上给我拿来一份抄件，并告诉我，那些家伙的攻击之词主要是两点：第一点是"有帝王思想"、第二点是"自古英雄皆好色"云云。我读了《沁园春》词，不觉失笑了。长江问我笑什么？我说，看来那些家伙根本不懂得读词，连《沁园春》调虽分上下两片，但全词却仍是一个完整体都不懂，大概是强把"秦皇汉武……"、"红妆素裹……"等句子断章取义，瞎编排了，太可笑了！长江说，那全词应怎样理解？我根据自己的理解说了一遍，长江同志说好，要我写下来，我就写成了那篇《词话》。第二天就在第三版上发表了。①

所以，《新华日报》（华中版）副刊也在推动及指导华中根据地文化运动与文艺创作活动的发展，以及努力完成党报副刊所担负的目标及任务方面取得了重要的成绩。

《人民日报》副刊：《人民副刊》《文艺通讯》

1946年5月15日，中共晋冀鲁豫中央局机关报《人民日报》在河北邯郸创刊②，报头初为毛泽东手书体集字，后由毛泽东亲自题写。在当天报纸头版报眼刊登的"人民日报社启"的《鸣谢启事》中，编者称："本报筹备仓卒，力薄人

---

① 锡金：《〈毛泽东诗词赏析〉代序》，见蒋锡金主编：《毛泽东诗词鉴赏辞典》，北方妇女儿童出版社1993年版，代序第2—3页。
② 《人民日报》创刊号头版日期错印成"中华民国三十五年九月十五日"。

鲜，承党政军首长，太行、冀鲁豫、冀南、太岳各地报社及各方同志诸多赞助，得以如期出版，感荷良深！际兹创刊伊始，荷蒙党政军首长，惠赐题词，无任荣幸，谨在此一并致谢。感谢之余，谨致民主和平敬礼！"同时，各个版面分别发表了刘伯承、邓小平、杨秀峰和张际春的手书题词与贺词，并且在《发刊词》中公开宣告："本报——《人民日报》，晋冀鲁豫边区广大人民的报纸出版了"，"全心全意为人民服务，这也就是本报的方针和宗旨"。时任中共晋冀鲁豫中央局宣传部副部长张磐石担任社长兼总编辑，袁勃、安岗、王亢之等为副总编辑，马健民、郭渭分别为正、副秘书长，蒋慕岳、王定坤、高飞、张建德、安文一、方德、任冰如、李庄、杜波、林曦、袁毓明、艾方、张中流、穆家军、齐语、陈泽然、杜展潮、牟沛霖、古维进、刘希玲、马映泉等参与编辑工作。1948年6月15日，在河北平山县里庄，晋冀鲁豫《人民日报》与《晋察冀日报》合并为中共中央华北局机关报《人民日报》。1949年3月15日，人民日报社迁入北平，同年8月1日，《人民日报》成为中共中央委员会机关报，并沿用原刊期号编辑出版至今。

从创刊之日起，《人民日报》第4版就为副刊专版，并开设了《报告》《杂文》等栏目，刊登报告文学、杂文随笔、漫画等文艺作品。1947年1月1日，综合性文化副刊《人民副刊》正式编辑出版。该刊为美术体刊头加入黑白木刻插图，不计刊期号。在首刊《人民副刊》发表的《新年试谈副刊和群众结合》一文中，副刊主编林曦阐述了自己的办刊思路和基本目的：

> 今天是元旦，原例似乎应当来一篇"新年献辞"。可是空话无益，还是让我们来谈谈与咱们大家都有点关系的一个问题吧。
>
> 中国报纸的前身是"邸抄"，那多半是给做官的看的，谈的是皇帝老爷们的事情；第一份现代式的报纸是香港的《赛球报》，那多半是给官商们看的，谈的是华洋事务和商情。什么时候开始有副刊，懒得去查它了。只记得自己能看懂报纸的时候，还读的是上海《时报》上的那种"礼拜六"式的茶余酒后的消闲小品；不消说，也不是一般大众能看得懂的了。后来新文艺性的刊物风行了，但那风行的圈子也还是局限在知识份子里面。

由《新华日报》打开头的各地党报出现，才真正有了完全站在人民立场的副刊。但所承接的却不能不是一个知识份子圈子的旧传统。综合性的《新华副刊》迟至四一年才出现，圈子算是扩大到工人、学生和一部份公务员中了；可是到争民主的浪头高涨起来以后，却又觉得圈子还是太小。于是提出了副刊的与群众结合问题，一面走向简短活泼，一面创办"社会服务"。《解放日报》的四版，对开创和提高人民文化上是很有供献的。而去年九一检讨过后，也感到"我们的副刊和群众结合不够"（去年十月二十三日该刊），开辟了读者服务，思想座谈等栏。本刊是个小兄弟，刚刚学步，但读者对我们的鼓励也已经很大了。

…………

所以今年的本刊，就打算本着这一个方向办。等我们稍微筹备一下之后，打算每隔一两期出一次"人民服务"，把读者顾问、大家谈、简覆等更充实起来，并开辟一些新的东西，使能尽我们的一点微劳，多少给大家办点儿事。另外打算划出一些篇幅，作为干部同志们思想学习、经验交流的谈心的地方。为了解救知识上的饥渴，我们不会忘了采摘些文化科学以及各科知识的果品来奉献；许多读者既然关心延安、各解放区以及解放区以外各地的情况，我们自然应当随时转载、介绍。文艺性不会因综合而冲淡，我们希望来稿尽量采用形形色色的文艺形式，只不过要更注意到精练短小……

就这样画个草图吧，以后我们一定根据读者同志们的意见随时修改。可是这个草图要想变成实际，大部分得靠从作者读者们中伸出来的手。写稿、提意见、提问题、组织对本刊的座谈……，这都是我们顶盼望的，让我们大家一同来把这个小小的花园搞得人声嘈杂，生意旺盛起来吧！[①]

稍后，《人民副刊》的编者又以李季和赵树理的创作为榜样，倡导"写翻

---

① 林曦：《新年试谈副刊和群众结合》，载《人民日报·人民副刊》1947年1月1日。

身"题材的文艺创作及作品,希望"从事翻身运动的工作者",以及"参加翻身工作"的作家和知识分子们,能够学习《王贵与李香香》的作者李季和赵树理同志,从而以使"无数的李季和无数的赵树理分头并进而又携起手来,我们边区的翻身文艺也许就会突飞猛进起来,克服掉落后的现象了"。①虽然从1947年3月28日开始不再使用"人民副刊"的刊头,但是副刊占据报纸的第4版或第3版的整版版面,则持续了长达一年的时间。于是,《人民日报》副刊,不仅先后开辟了《思想和体验》《编读谈心》《读者服务》《大家谈》《书报介评》等专栏,分别发表了各地群众性文艺运动动态及经验介绍,以及科学卫生知识普及和读者的意见反馈等消息,也刊登了很多作家创作的诗歌、报告文学、故事特写、活报剧、散文、歌谣、春联、木刻、漫画、歌曲,以及高诗林、何超等人的木刻连环画等文艺作品。

1947年5月4日,由边区文联主办的《文艺通讯》专刊编辑出版。创刊号发表了边区文联、边区文协分会的《纪念"五四"及文艺节》,赵树理的《农村剧团的地方性与农村性》和荒煤的《农村剧团的提高》等长篇论文,羽嘉的《成功在什么地方——评〈李有才板话〉的演出》等批评文章,以及《冀鲁豫文联开干部会讨论工作方针》《边区文联发起征求前线歌词》等消息报道。同时,在创刊号刊登的《文艺通讯征稿条例》中,编者声明:

> 为更多地了解各地区前方文艺活动及农村秧歌、戏剧、鼓书等群众文艺活动情况,藉以交流经验,取得联系,边区文联特在《人民日报》四版创刊《文艺通讯》,暂定半月一期,希各地区文联、宣教部门、文工团、剧团同志多多予以帮助,踊跃赐稿为盼!本刊欢迎下列各种稿件:
> 一、各种艺术活动之消息报道。
> 二、农村剧团、秧歌队、鼓书队的组织与工作情况之调查研究。
> 三、各种艺术活动之点滴经验及创造,如改造旧戏旧艺人等。
> 四、书报介绍,文艺短评,各项有关文艺活动问题的讨论。

---

① 编者:《写翻身》,载《人民日报·人民副刊》1947年1月22日。

来稿务求注意实际，短小精悍，情况的报道及调查数目字等希力求精确，来稿寄武安冶陶邮局转边区文联编辑部。

所以，《文艺通讯》除了发表赵树理、荒煤、王亚平、光未然、东江、立云、史秉谦、鹿特丹、艾炎、柏桦、华舍、胡征、夏青、蒋平等人的文艺批评论文，如《旧艺人与音乐》《演兵的试验》《艺术与农村》《旧艺人的新方向》《改造民间艺人和民间艺术的几点意见》《关于农村文艺运动》《还演了一些活样子叫咱看》《为伤病员服务》等之外，还刊登了许多文艺运动消息动态与相关文艺作品，如《太行三专署关于农村剧团的指示》《旧艺人与音乐——豫北民主剧团旧艺人的音乐学习》等，对推进当地的群众性文艺运动产生了重要的作用与影响。

《冀热察导报》副刊

1947年5月1日创刊于怀柔的《冀热察导报》，是中共冀热察区党委机关报，初为四开四版油印报，后改为铅印版。钱丹辉、沈重、李虓、杨济之等先后担任正、副社长兼总编辑，郑英年、何辛等为副总编辑，唐敦谟、张华、方克、宁波、姬发、萧远烈、阎雅泉、周剑琴、戈焰、徐攻、伊晓、白沉、胡振常、林冬、王培之、徐恒、孙刚、高岳森、夏起康等参与编辑工作。1948年底，《冀热察导报》随军迁入张家口。1949年1月4日，《冀热察导报》编辑出版至第519期后，宣布"冀热察区已奉命结束，作为冀热察区党委机关报的本报，亦至此奉命终刊"。同时，宣称"溯自本报创刊以来，在我党为中国独立、和平、民主与争取解放战争彻底胜利而奋斗的总方针下，联系群众，反映全区军民斗争，宣传与体现党的政策进行时事教育和宣传毛泽东思想、指导战争、土改、生产、支前等各种实际工作，动员与组织全党全军与广大人民，为创造与坚持我冀热察战略区而奋斗方面，虽然有许多缺点，还未能完全满足读者的要求。但整个说来基本上完成了党与人民所给予的艰巨任务。胜利的坚持与发展了冀热察党的新闻事业"。[①]

[①]《本报终刊词》，载《冀热察导报》1949年1月4日第1版。

冀热察导报社首任社长兼总编辑，是"晋察冀诗人群"重要成员钱丹辉，《冀热察导报》副刊的编辑出版也呈现出鲜明的党报副刊的办刊理念及编排特色。从最初的油印版开始，不仅在第3版上相继开辟了《批评与建议》《通讯》等栏目，发表一些群众工作、文化教育及生活常识方面的文章，而且刊登了许多描写解放区政治军事斗争及生产劳动内容，以及"蒋傅匪统治区"题材的通讯报告、人物素描、诗歌歌谣及翻身故事等文艺作品，如鲁克的《翻身小曲》、郑英年的《延庆快速小队》、子野的《穷人的血肉穷人的心》等。报纸改为铅印版之后，第4版就成了没有刊名的副刊版。不仅发表了一些普及科学常识、卫生知识和名词解释的文章及相关经验介绍与交流消息，如《为什么"日蚀"》《制造粉笔的好办法》《制碱办法介绍》《鸡瘟的治法》《治猪瘟的偏方》《治疟疾偏方》及《怎样使用标点符号》等，还开辟了《解放区介绍》《人民解放军将领介绍》等专栏，刊登了许多人物速写、报告文学、人物传记、散文、诗歌、快板、故事等文艺作品，如对彭德怀、林彪、刘伯承、贺龙、聂荣臻、粟裕、李先念等解放军将领的介绍，以及萧三的《毛泽东同志略传》、彭涛的《拔苦菜——徐特立同志轶事》及"劳军小故事""翻身农民自述""中国红军历史故事"等。因而，《冀热察导报》得以在新民主主义文化建设及实践的进程中，围绕并配合冀热察边区的现实政治、军事斗争及生产生活中的具体问题，推动及指导群众性文化运动、文艺活动的展开。1948年11月，《冀热察导报》就曾反复刊登一则《本版启事》，声明并且宣告：

> 为了更直接的给广大读者服务，为了更直接联系群众，本版从最近起，增加三个专栏：
>
> 一、"答读者问"——以区村干部为主要对象，讨论工作上所遇到的疑难问题，政策上不明确的地方，以及各种常识，比较带普遍性的，尽量答覆。不带一般意义者，各别答覆。
>
> 二、"批评与建议"——过去虽然发表了一些，但大部分是局限一人、一事、一地，广泛的开展批评与自我批评还不够，特别是对于执行政策中工作与思想上典型的坏作风的批评少，今后应加强这方面。

这类稿件要大胆写，同时也要慎重，但应依照分局决定：凡有关对工作及个别干部意见或批评的稿件，县委要负责审查，如有不同意时，不得扣压，可提出县委意见，一并寄交新华分社。

三、"读者信箱"——包括读者或群众个人对工作上、领导上及问事处理上的意见、呼声或要求，对报纸上已发表的某一问题的意见，以有对报纸的意见等……可来信，其作用在于引起大家的注意，使问题可予以解决。

以上专栏，希读者充分利用，或不断的提供意见，帮助改进。①

所以，编辑出版不到两年的《冀热察导报》副刊，亦如编者在《本报终刊词》中所称："本报的胜利完成任务，不仅是新闻事业上的胜利，不仅是本报全体同人的一致努力、艰苦奋斗、克服困难的结果，而且是我全区人民解放事业的胜利，是我党中央正确的方针、路线与政策的胜利，是区党委及军政领导机关正确领导与热诚爱护、全党全军共同努力，广大通讯员同志们的积极写稿以及全区广大人民的热烈爱护与支持的结果。"②

《文化报》副刊：《半月增刊》

1947年5月4日创刊于哈尔滨的《文化报》，是抗战胜利后回到故乡东北的延安作家萧军，接受中共中央东北局宣传部资助成立鲁迅义化出版社，在该出版社基础上创办的一份八开版的周报。报社经理为徐定夫，萧军担任主编，并亲笔手书报纸刊头，高俊武、赵素、谭莉、陈隄、孟庆菊、张铁铮等参与编辑工作。1947年6月15日，《文化报》编辑出版至第7期后，因萧军下乡体验土改运动停刊。1948年1月1日，《文化报》复刊，并改为四开二版五日刊。同年5月4日，创办《文化报·半月增刊》。1948年11月25日，因"《文化报》事件"和对萧军的政治批判，以及"停止对萧军文学活动的物质方面的帮助"③，《文化报》编辑

---

① 《本版启事》，载《冀热察导报》1948年11月23日第4版。
② 《本报终刊词》，载《冀热察导报》1949年1月4日第1版。
③ 《中共中央东北局关于萧军问题的决定》，载《东北日报》1949年4月2日第1版。

出版至第73期后终刊。

萧军撰写的《复刊词》阐述了办刊宗旨及目的：

> 本报任务，只在为读者报道一些文化消息，此外介绍一些文化常识、短文、小诗、书评、剧报及杂碎之类；本报编辑还是抱了"摆小摊"与"卖零食"的精神和气魄，只要某些残钉碎铁，一粥一饭于读者生活和学习上稍有用处，我们就心满意足，此外无求。①

因此，《文化报》主要刊登文化思想及文艺创作与活动方面的稿件。在编辑内容上以鲁迅精神为指导，注重对封建落后的旧文化的批判以及对新文化的倡导，同时将读者及接受对象定位于城市中的学生、知识分子，以及普通劳动者等。于是，《文化报》不仅重视每期报纸的文化社评及思想文化方面的现实针对性，也相继开辟了《问问答答》《小辞典》《文化动态拾闻》《五日大事记》《编辑室语》等栏目。特别是报纸刊登的高尔基、鲁迅、罗曼·罗兰等中外作家、思想家语录，连载的《马列主义研究提纲》《读报春秋》及萧军的《我的生涯》等，都突显出《文化报》的编辑理念及文化特色。除此之外，各类文艺作品，如杂感、诗歌、故事、速写、说唱、歌曲等，以及文艺理论与作品批评文章，也是《文化报》每期版面安排的主要内容。主要作者有萧军、茅盾、曹葆华、陈隄、李无双（袁犀）、白拓方、关沫南、王克锦、尹红、贾芝、温佩筠、马觅角、李学文、李卢湘、冷岩、枯黄、莫嘉、宋适中、蒋落、李低眉、李又然、雁夕牧、温馨、刘静、石火光、田子清、曙新、乞丁、王德芬、顾盈、吴晓邦、陈培生、荆靡、田戈、杜牛、李路、傻子、笑梅、铁兵、支羊、征鸿、粟末、志翔、何长江、铁铮、折名、贺群、刘直鸣、陆鞑、木公、洋捷、林杰如、汤菁等。

1948年5月4日，《半月增刊》第1期编辑出版，其编辑方针及版面安排基本与《文化报》一脉相承，成为《文化报》编辑的一个主要刊登文化及文艺批评的报外刊。在征稿启事《与读者、作者约》中，编者要求：

> 一、对本刊有任何意见，尽量提出，不必姑息。

---

① 本社：《复刊词》，载《文化报》1948年1月1日。

二、来稿务请按格书写清楚，应照顾编者与排字、校对人的苦处！

三、尽可能写短稿（由三千字到五千字左右），这样容易被登载。内容方面力求清新、切实，不要说空头大话或发些陈言滥调，于己于人全无益处。①

《文化报·半月增刊》每期都发表一篇署名"本社"的"社评"文章，以集中阐述编者当下的文化立场及文艺思想等理论主张。如《文化上的"死"财产与"活"财产以及……》《"三个臭皮匠……"与"秀才不出门……"》《目前文化界统一战线谈》《高尔基之所以伟大》《和人民一道战斗，一道起来》《介绍与批评》《文艺上的批评与自我批评》等。同时，也发表了萧军的《新"启蒙运动"在东北》《新式小说与旧式小说谈》《杂文还废不得说》《政、教泛谈》《漫谈文学》《鲁迅先生给中国新兴文学、木刻工作者的路》等论文，李无双、尹红、骆宾基、丁玲、大卫、折名等人的人物传记、杂感、诗歌、小说、故事作品，以及曹葆华、斯冈、莫嘉等人的外国作家传记译介。1948年8月1日，《半月增刊》第7期刊登《启事》，声明"文化报半月刊因物质条件困难，自八月份起改为'月刊'"。同年9月1日，《文化报》每月增刊编辑出版至第8期后停刊。

《石家庄日报》副刊：《妇女生活》《学习通讯》《副刊》

1947年11月18日创刊于石门市（今河北石家庄市）的《石家庄日报》，是中共石家庄市委的机关报，也是国共内战时期中国共产党领导及主办的第一份城市报纸。1947年10月，中共晋察冀中央局决定，抽调《晋察冀日报》和《冀晋日报》部分编辑、记者，到解放后的石家庄创办《石家庄日报》。报纸初名《新石门日报》，张春桥、陈道、周游、何纪荣、石虹为社务委员会成员，张春桥担任社长兼总编辑，陈道、萧殷任副总编辑兼编辑部主任，程振鹏、栗曼晴、沈其朋、洪群、张深、吴震、王茂才、李红、石基等参与编辑工作。同年12月18日，中共石门市委成立由毛铎、柯庆施、曾涌泉、曹裕民、魏震、张春桥、栗再温、

---

① 编者：《与读者、作者约》，载《文化报·半月增刊》1948年5月15日第2期。

陈守中等人组成的学报委员会，并因石门市改为石家庄市，1948年1月1日，《新石门日报》更名为《石家庄日报》。1949年4月，吴立人兼社长，后由陈道担任社长，石虹、程振鹏分别任正、副总编辑，编辑委员会由陈道、石虹、程振鹏、叶丁乙、栗曼晴、程光锐、杨重野等组成。1993年，《石家庄日报》与中共石家庄地委机关报《建设日报》合并后编辑出版至今。

《石家庄日报》创刊以后，根据城市报纸的特点及要求，分别开辟了《时政要闻》《经济新闻》《物价行情》等多个专栏，在贯彻"全党办报，群众办报"原则的同时，十分注意报纸宣传报道的时效性和针对性。同时，副刊编辑工作也呈现出党报与城市报刊的鲜明特征，即专刊种类多样，以综合性专刊为主，城市现实工作的针对性明显，形式通俗活跃。因此，在第4版副刊版上相继开设《青年生活》《劳动世界》《妇女生活》《大众教育》等文化专刊，这些刊物也在重视刊登指导性的相关理论、经验介绍等文章的同时，发表了许多诗歌、快板、速写、报告文学、秧歌剧、故事等文艺作品。尤其是1948年5月以后，《劳动世界》《妇女生活》及《大众教育》专刊不只刊期准时，内容也更为丰富。其中，1949年1月21日《妇女生活》刊登的《编者的话》称：

> 《妇女生活》创刊以来，由于全市妇女同志的努力，曾连续出了七期，一般的说，还获得大家的爱护，但是，由于通讯组织不健全，备战的影响，因而不能经常出刊。
>
> 今天，《妇女生活》对和大家见面了，希望全市妇女通过《妇女生活》及时反映自己的要求，并提出问题进行讨论，从而解决妇女的各种切身问题，使其真正成为推动教育与提高全市妇女工作的有力武器。
>
> 因此，这个刊物，要想办好，必须靠大家一齐动手来办，经常积极的给它写稿，随时检查它，如果感觉在内容方面或编排方面，有什么缺点，欢迎提出批评和改进意见。

1949年2月26日创刊的《学习通讯》，是石家庄市学委会为推动干部学习教育而编辑的一个专刊。在创刊号刊登的发刊词《写在前面》中，编者强调：

> 由市委发出《关于在职干部教育决定》后，就开始了理论的、文化

的、时事政策的学习,到现在已有一个多月,全市干部卷入到学习的热潮里去了。参加理论学习的甲级干部,有的已学完《社会主义从空想到科学的发展》,乙级干部《社会发展史》的学习,一般的已学完封建社会。文化学习方面,已创办了正规的干部文化补习学校,报名参加的干部很踊跃,并正在继续扩大中。时事与政策的学习,也收到了一定的成绩。经过这一时期的学习,已初步获得了如何领导学习与学习方法的经验,尤其经过这次测验后,对推动学习起了很大的作用,干部学习现已基本走上了正规化。

为了使学习更进一步的深入下去,保持经常饱满的学习热情,及时的交流经验,加强相互间的联系,《学习通讯》就在这个共同的要求下诞生了。

《学习通讯》是个指导性的刊物,它所需要的不是零星的报导,而是对学习有指导意义的文章,如学委会对组织与领导学习的经验,学习方法,可供参考的读书笔记、学习心得、学习问答,表扬典型范例,反对某些不良倾向等,在文字形式上无论叙述的、议论的、笔记、报导都不拘,但要求短小精悍,这样才能负起推动与指导学习的任务。

这个学习园地,是全体干部的,因此,就需要大家共同来栽培,这样才能收到好的效果。

除此之外,《石家庄日报》还开设了《社会服务》《职工意见》《读者信箱》等栏目,编辑出版了《五五特刊》《"五四"特刊》等文化专辑,取得了较大的成绩,为提高新中国都市报刊的编辑出版水平,提供了重要的经验。

不过,由诗人曼晴主编的《副刊》,仍然是《石家庄日报》第4版主要刊登诗歌、随笔、小歌剧、快板剧、歌谣、速写、歌曲、通讯报告、故事,以及文艺理论和批评文章的一个专刊。这个文艺专刊虽采用"副刊"的刊名,但是并不计刊期。《副刊》先后发表了韩瑾华的快板秧歌剧《新年》,前进工厂业余剧社集体创作、张璋和魏国执笔的快板小剧《贺功》,何苦的小歌剧《姑嫂顶嘴》,周方的歌舞活报剧《野兽求和》,刘魁雪的诗歌《一年左右打垮蒋介石》《军属模范》，少言的《庆新年》，鲁芝的长诗《"莫忘本"》，华含的鼓词《彻底打垮反动派》，郭远的故事《一个女工的解放》，田林的故事《杨小林的故事》，张永熙的《活捉蒋贼把账算》，艾文惠作词、刘沛作曲的《胜利的人民齐欢唱》，吟宾的《杂技艺人排戏的我见》，庚梦的《介绍改造艺人与组织竞赛》，等等。主要作者还有彭斐、阿贵、赵贵珍、于振华、胡鼎芬、江涛、范明远、鲁岛、张然、白克、检乐、常工、晓峰、萧林、檀可、山丁、惊涛、秋心、李洪等。

《冀中群众报》副刊

1948年1月1日创刊于河北饶阳的《冀中群众报》，是中共冀中区党委在"领导贯彻土地改革运动"和"及时反映高潮指导高潮"工作中，"为适应今后空前大规模的群众运动"，"以更适合乡村工农群众的要求"[①]而创办的一个通俗性党报。毛泽东手书体集字刊头，初为对开四版三日刊，后改为两天一期，冀中导报社出版。在冀中导报社社长朱子强的领导下，冀中群众报社社长由编辑科长陈敏担任，陈述、王思奇等负责编辑工作。由于读者主要为广大工农群众，因此，"向群众学习"，"通过读者来信办报"，以及报纸编得能读出口，读者能听得懂，就成为《冀中群众报》编辑方针中的一条基本准则。

在创刊号发表的创刊词《见面话》中，编者申明：

> 咱贫农团、新农会的人们，从老辈就叫封建势力欺服着，谁也没念过多少年书，好多人瞎字不识。深沉点的报纸，看不下来，别人给念也听不懂。老早就愿有个字浅的报纸，自个能看得懂，听得懂。多少日子的想头，今个实现了，出了咱们这个《冀中群众报》。
>
> 这个报纸是给冀中工农办的，是咱们自己的报纸。不能叫地主富农们看。在这个报上，要说咱心坎里的话，办咱们自己的事，解决咱自己的问题。
>
> 这个小报，要办大事。它要告诉大伙，各地方农民兄弟姐妹们的活

[①] 《中共冀中区党委关于土地改革中党报党刊的指示》，见河北省档案馆、西柏坡纪念馆编：《西柏坡档案》（第4卷），河北人民出版社2017年版，第262页。

动,指导这些活动,串换斗争经验,咱全冀中农民,当家作主,打倒老贼蒋介石,打倒地主剥削阶级,把眼下平分土地的大事情,干的好好的。

这们大事怎们办好呢,就得大伙负责任。全冀中农民兄弟姐妹们,多看望着它点,多提意见,多写稿。能写的把意思写来,拿不起笔来的,捎口信来也行。还可以请别人代笔写信来。把咱贫农团、新农会的活动,三天两头的说给报上,咱们这报,就按着大伙的意思办。冀中农民,就是这个小报的当家人,只要大伙说出话来,愿怎么办,咱就怎么办。

《冀中群众报》从创刊号开始,就将报纸的第3版编辑为一个无副刊名的综合性文化专版。其中,首期的副刊上除刊载兆阳的《高贵良他娘编了个歌儿》,流星的《诉苦谣》,陈述的《大洋片》,孙佐培、赵增辉的《骨连肉,肉连心》,音岐泽的《刮鸭嘴》等故事、歌谣作品之外,还在征稿文章《要给咱自个的报写稿》中寄语读者:"大伙觉着那件事该登登报,咱就写写那件事,说咱心眼里的话,写咱自己的事,也写地主富农的坏事,为的好斗他。咱们就是写庄稼话,办庄稼事。会写的自己写,不会写字的和会写字的搭着伙计写,错字白字也不碍,是真人真事就行"。"要能编成大鼓啦、快板啦、小调啦那也好。还有咱们受苦的人们,在翻身以前以后,自个编的歌呀、顺口流呀,都可以写,你愿怎们写,就怎们写,愿写什么就写什么。在咱群众报上登。写了谁的事,要念给谁听听,那儿不对头了就改。"[①]在明确报纸办刊目的及任务的同时,又阐明了其文化专刊及文艺副刊的编辑内容与稿件要求。

《冀中群众报》不仅将第3版的副刊从创刊之日一直坚持到报纸停刊,同时还在第4版先后开辟了《天下大事》《小经验》《庄稼事》《心腹话》《知心话》等政治文化、科学知识专栏。报纸发表的作品有:邢祥祺等的《九九歌》,郑木铎的《老铁树开了花》,魏子崑的《四大奸》,刘绍甫、黄建忠代笔的《张老芦大伯编的歌》,曹宝芝等的《长工苦》,孙恒秀、赵增健的《擦干眼泪吧》,周晋卿的《白吃饺子不给钱》,张钦的《张梦珍》,以及田的《孔照廷的

---

① 《要给咱自个的报写稿》,载《冀中群众报》1948年1月1日创刊号第3版。

互助组》等歌谣作品；西泠的梆子《张文端立场好》，陈述的快板剧《大年初一》，福根的《争着做榜样》、探亲家调《黄爱财捣鬼》，高尚志的《王老三小唱》，咨周的《党员带头参军》，以及于宗濂的《哥俩争着参军》等戏曲作品；陈述的《王根衡开会》，王振辉、王云蔚的竹板书《苦去甜来》，陈述、思奇的河南坠子《王金兰做棉裤》，王平分记录的《曹娃唱苦》，思奇的《数来宝》《李寿轩闹"圣水"》和大洋片《王老兴过年》，辛振华、陈万年代笔的《张小波自编快板》，田可的《给写稿同志们的一封快板信》，若虚的《南京"狗打架"》，贺国丰的《改造懒汉》，嵩狱的《六勇士》，田桂堂的《奖励生产七项办法》，李国春的《护麦鼓词》，李林的对口相声《麦征问答》，章冲、得资的《母子争光荣》，苏联胜的《模范儿童白瑞华》，辛振华的《教子归队》，甘霖的《呢呢参军》，以及贯文的大鼓书《小俩口拌嘴》等曲艺作品；赵青山的《穷人和穷人没仇》，史棠敬的《在了贫农团我不再烧香》，李兆熊的《吃薰鸡》，王达、杨治安的《怕狗咬着》，宋平、津天的《张宝山》，李臣的《哑叭诉苦》，刘鸿德的《添孩子》，侯晨光、邱培之代笔的《两个菜瓜》，以及谢芳、冠卿等的《刘臭旦真是个好民兵》等故事；王莘、火星的《快快上前线》等歌曲；王影的木刻《前方打蒋军后方生产忙——妇女麦收扬场》，何书田的诗配画《旱地变水田》《快耕晚田》《互助锄地》等，以及木刻画《李家庄群众踊跃缴麦，两天完成麦征》《抢险》等。同时，还刊登了诸如《什么叫少数民族？》《谁分了地是谁的》《什么叫狗腿子、流氓、破鞋？》《治菜虫药水配制法》《治疹子》《农民有病请来治》《槐子怎样染布》《种春麦的小经验》《介绍治地爬子的办法》《治油虫法》《治火蛛蛛》《治臭虫》《杀虫的药材》《乾霍乱救急方》及《新春联》等有关生活卫生及生产知识的文章。主要作者有陈基、张友明、田奇、陈林彬、李耀君、杨恒、文凤、张宝珍、王明柱、周鸿义、纪宝田、王沐波、严旭升、何子彧、贾子珍、王亚民、朱鹤祥、张瑞来、马继潭、张新改、张桂淑、张四海、王毅、刘玉章、张树林、王铁君、崔晨、李振庄、王福助、朱熊明、刘锡纯、李树勋、胡涛、林放、王克等。

1948年7月30日，《冀中群众报》在头版刊出《告别话》一文，宣布："为着集中力量,把党报更提高一步,中共冀中区党委决定《群众报》和《冀中导报》合并。合并以后《冀中导报》也要大大通俗,这样就会更好的来指导咱区村级的工作,更多的为群众办事。"至此,《冀中群众报》编辑出版至第97期后终刊。同年8月1日并入《冀中导报》编辑发行。

《群众日报》副刊:《群众文艺》

1948年1月10日,《群众日报》创刊,为中共中央西北局机关报,是中共中央转战陕北之际,于陕北绥德霍家坪将《边区群众报》更名而来的。报纸刊头为毛泽东亲笔题写,刊期号承接《边区群众报》编号,创刊号为第193期。总编辑是胡绩伟,副总编辑为林朗、金照,主编是普金、田方,编辑为谭吐、张光、沈石、吕正庭等。1949年6月,群众日报社发布《启事》(二)宣布:"《群众日报》从十日起即迁至西安出版,在延安由'陕北群众日报社'出版《陕北群众日报》","《群众》周刊从四十期以后停刊"。①自此,《群众日报》分为两部分。其中:陕北版《群众日报》自1949年6月10日创刊,至1950年4月9日第303期后停刊,改编延安《群众报》周三刊;另一部分随军南下西安,于1949年5月27日编辑出版《群众日报》(西安版),并先后创办《副刊》、《戏剧、电影与音乐》、《群众文艺》周刊、《群众科学》、《青年之页》、《西北妇女》、《青年生活》、《群众画刊》、《文艺》等文化及文艺副刊。1952年12月31日,创刊于1950年7月1日的陕西省委机关报《陕西日报》,编辑出版至第410号后并入《群众日报》。1954年10月15日,《群众日报》编辑出版至第2536号后更名为《陕西日报》。

1949年11月6日,由陕甘宁边区文化协会所属的群众文艺社编辑的《群众日报》文艺副刊《群众文艺》创刊。《群众文艺》原为1948年8月15日创刊于延安的文艺月刊,编辑出版至第1卷第12期停刊,从第2卷开始改版为《群众日报》的文艺副刊。胡采担任主编,王汶石为副主编,向太阳、李瑞阳、董士增为编辑。在

---

① 群众日报社:《启事》(二),载《群众日报》(陕北版)1949年6月10日第1号。

《群众文艺》周刊第1期刊登的《改版的话》中,编者称:

> 以前,《群众文艺》是单行本月刊,现在改成了报纸上的周刊。周刊有几个好处:反映问题快,出版及时,发行面广,接触的人多;这可以使今后的《群众文艺》,配合现实更紧一些,和群众的联系更密切更广泛一些。
>
> 但是,要想真正把这个刊物办好,就需要同志们,读者们,职业的文艺工作者和文艺作家们,各种工作岗位上的文艺爱好者和写作者们,大家都动起手来写,写各种各样的关于文艺上的意见。作品一多,意见一多,我们的刊物就红火起来了。
>
> 剧团、文工团的文艺工作者,青年学生,爱好文艺的工农群众和革命干部,城市里面通晓文字的说唱艺人,以及一般的文艺工作者和爱好者,这些人就是我们这个刊物的主要对象。对象的复杂,决定了今后《群众文艺》上的文章,从内容到形式,都将是多样性的。
>
> 从目前读者的实际情况出发,不可能规定一个统一的艺术水平或艺术风格,作为稿件取舍的标准。这在目前是达不到也不应该这样要求的。但是,有一点必须强调,这就是无论那一类型的创作或者论文,我们都应该尽量写得通俗、易懂,尽量朝着能为更多的读者所接受的方面努力。①

文艺副刊《群众文艺》周刊编辑出版后,《群众日报》副刊创办的《戏剧、电影与音乐》专刊,也合并进了《群众文艺》,"不再单独出刊"②。《群众文艺周刊征稿启事》声明"欢迎反映生产、战斗、支前、及农村民主建设的作品","形式不拘,无论文艺、专论、短评、评介、文艺工作经验报告、小说、诗歌、快板、鼓词、小剧、木刻、建议、文艺消息等,均所欢迎",同时强调"文字要通俗,易懂,不宜太长,几百字到一千字,除非特稿,最好不超过三千字等"。③因此,《群众文艺》周刊不仅先后发表了许多重要的文艺理论及批评论文,以及征求读者意见和推动创作活动等"社语",也刊载了大量小说、报告

---

① 编者:《改版的话》,载《群众日报·群众文艺》1949年11月6日第1期。
② 编者:《启事》,载《群众日报·群众文艺》1949年11月6日第1期。
③ 《群众文艺周刊征稿启事》,载《群众日报·群众文艺》1950年3月26日第18期。

文学、戏剧、诗歌、歌谣、快板、词曲、木刻、漫画等文艺作品，以及西北地区文艺界的简讯消息等。从而成为西北地区的重要文艺刊物，聚集了一大批文艺工作者，主要作者有胡采、龙天雨、汶石、陈小波、沈江、高振尧、刘芝明、王玉胡、亚马、郑伯奇、洛夫、曾驯、元青、钟纪明、王立德、谭增成、裴然、董小吾、莫耶、石鲁、张明坦、艾克恩、苏一萍、韩维琴、林丰、梅丝、谢明、晓村、温莱、日芒、瑞玉、成艺、杨友德、平人、白浪、于沙帆、秋黎、史立成、郑拓、兆江、钱玉山、丹阳、海林、野夫、史康、江东池、黎甦、广川、士增、周国珍、孟祥荣、王宗元、李尤白、李株、郭铁、沙驼铃、仁斋、仝有诚、钟时等。1950年1月19日，西北军政委员会成立，陕甘宁边区政府撤销。同年9月30日，西北文学艺术界联合会宣告成立。原为陕甘宁边区文协群众文艺社编辑的《群众文艺》周刊，自同年10月8日第41期开始改为双周刊并沿用原刊期号，由西北文联群众文艺社编辑出版。1951年1月14日，群众文艺社宣布："本刊在各地文艺工作者与各界广大读者热情支持与爱护下，自一九四九年十一月迄今已出四十八期。唯自《西北文艺》月刊出版后，大部稿件已由《西北文艺》刊登。又鉴于投稿者绝大部分均系初学写作者，故决定本刊至四十八期结束，筹办通俗《文艺习作》月刊（三十二开，单行本）以应广大读者之需要，帮助与指导工、农、兵及一切初学写作者提高写作能力，望大家予以切实指导与协助"[①]。《群众文艺》双周刊编辑出版至第48期后终刊。

《生活报》副刊

1948年5月1日创刊于哈尔滨的《生活报》，是中共中央东北局宣传部主办的一份四开四版五日刊报纸。由时任中共中央东北局宣传部副部长的刘芝明直接领导，宋之的担任社长兼主编，金人、华君武、沙英、王坪等为编委会成员。在《生活报》创刊号刊登的创刊词《创刊的话》中，编者声明：

> 民主与反民主，侵略与反侵略的斗争，在今天，是较之历史上的任

[①] 《〈群众文艺〉社启事》，载《群众日报·群众文艺》1951年1月14日第48期。

何时期都更尖锐了。一方面，是帝国主义者以及隐在世界各个角落上的它的奴仆们的疯狂进攻，一方面，是全世界被奴役的人民的英雄抗击；两个营垒是如此鲜明，再不容任何一个有血性的人置身槛外，没有第三条路，这一历史的大风暴把所有的人都卷进去了。

人民懂得他们为什么必需击败帝国主义者，人民正为了斩碎那强加于他们头上的枷锁而英勇的挺立起来，人民为了自己也为了儿孙的免于恐怖，饥饿，和奴隶的命运而在全世界流着珍贵的血……

我们愿望我们这个小小的报纸能成为这现实的战斗的一员；自然，在浩瀚的战斗大海中，这个战斗员将是渺不足道的，但我们却不孤独。与我们比肩前进的是那正在创造历史的人民，人人都该有他自己的一份！

因此，纪录这英勇的战斗，以及帮助在战斗中的人民如何去认识这战斗的环境，是我们的最主要的目标。如何实现这目标呢？指导性的理论固然重要，但在我们的日程上，却更重实际。实际的斗争生活是太丰富了，充满了血泪，经验，教训，创作与智慧，英雄与软弱，力量与悲怆，进步与衰颓……

我们清楚的知道，这正是每一个人在他所生活的角度下所遭遇到的。而我们便希望，每一个人都能在这小小报上得到他所需要的一份口粮。这口粮不是别的，是在他的实际生活中所未曾理解的，能感到鼓舞的，应该学习的。使坚强的人更坚强，迷失的人能重新获得力量。

很明白，要想做到这地步，决非几个人的力量所能胜任。这首先就需要广大读者的合作。要所有的读者都能亲切的说出自己的心事意见，需要与不需要，编者才能有丰富的群众基础，才得以总结和选择什么是最有益的。……

所以，完成这目标的方法，不是凭藉于几个写文章的人，而是凭藉于广大读者的合作。报要办给大家看，报也要大家来办。编者既不想卖弄自己的才华，更不敢发泄一己的私情，编者只是一个读者愿望的执行人而已！

谨向读者，伸出友谊的手。

《生活报》主要刊登各个解放区及国内外政治、军事、文化方面的宣传报道，相继开辟了《五日时事述评》《建议》《读者顾问》《学府风光》《地理常识》《编辑室》等栏目，发表一些各地的文化活动消息及通讯评介。同时，主要在第4版上开辟了《文艺简讯》《书报摊》《影评》等栏目，集中发表一些文艺运动及创作方面的信息与批评文章，以及诗歌、杂感、歌曲等文艺作品，如创刊号上川之琦的《东北文协平剧工作团的诞生》、芝的《推荐〈暴风骤雨〉》和钱孙的《旅顺口》等。创刊号刊登的启事《向读者征稿》，说明了报纸具体的稿件要求：

（一）述一事，明一理，只要与实际的斗争生活有所裨益，均所欢迎。

（二）道理不妨深，文笔却宜浅；意境不妨高远，格调务请清新。

（三）文章要短，千字以内最为相宜，最长请勿超过一千五百字。

（四）采用者略致薄酬，以报文兴，不适用者当述明所以，以求再接再厉。

（五）有件，请径寄生活报社。并欢迎通信联络。

《生活报》的主要撰稿人有刘芝明、沈钧儒、华君武、宋之的、胡乔木、王坪、高崇民、钟敬之、严文井、华山、李六如、章石、周立波、刘白羽、琼华、凌丁、霍偰、戴夫、魏明、王仲、赵则诚、沈伟民、蒋锡金、刘艺亭、朱学范、HI川、孟、雁夕牧、艾榜、孙大一、穆毅、张琴凤、刘力加、陈善文、四戈、白刃、白朗、力扬、李衍白、沙英、马骥、力红、草明、方青等。1948年12月6日，因东北全境解放，报社迁往沈阳，《生活报》编辑出版至第44期后停刊。1949年1月16日，《生活报》在沈阳复刊。1949年8月15日，因中共中央东北局决定将《生活报》与《知识》《东北青年》合并，编辑出版新的五日刊《生活知识》报，《生活报》编辑出版至第85期后终刊。

《天津日报》副刊：《副刊》《文艺周刊》

1948年12月25日，由晋冀鲁豫等地的《人民日报》《冀中导报》《群众日报》及《新保定日报》等人员组建的天津日报社，在河北省霸县胜芳镇成立。

1949年1月，报社随军进入天津后，接管原天津《民国日报》和《益世报》等资源，作为中共天津市委的机关报，《天津日报》于1949年1月17日正式创刊。报头由毛泽东亲笔题写，报社社务委员会由黄松龄、王亢之、朱九思、范瑾、邵红叶、王友唐等组成。时任天津市委文教部部长的黄松龄担任首任社长，王亢之、邵红叶等先后担任副社长，朱九思、范瑾、鲁思等为正、副总编辑。天津日报社下设编辑部、通讯部、社会服务部、通联科、经理部、发行科、广告科等部门，并在编辑部中设有副刊编辑室。1960年后，《渤海日报》《天津晚报》等报纸先后合并到《天津日报》。1967年1月，因"文革"，天津日报社被军管，一度停刊。1978年12月，报社改为编委会和总编辑负责制编辑出版至今。

作为全国重要经济城市党报中最早创办的一份报纸，《天津日报》自创刊之日起，就分别开辟有《要闻版》《经济新闻》《职工生活》《副刊》，以及《学习》《批评建议》《百科之窗》《党的生活》《读者来信》《文化园地》《学校生活》等专栏。同时，著名延安作家方纪、孙犁担任副刊编辑室负责人，主持副刊"文艺版"。在他们的努力下，《天津日报》从创刊号开始，就在第4版创办了第1期《副刊》，并在《编者的话》中，清楚地说明了《天津日报》副刊的编辑理念及目的任务：

> 这是一个综合性的副刊，是每一个读者的公共园地。我们希望它能成为一个反映天津各阶层人民生活和思想的地方。特别是工人、学生、职业青年及其他一切劳动市民底生活和思想动态；以及有关他们的各种问题，我们都希望在这里得到反映，讨论和解决。通过理论和形象，建设一个新的思想阵地。
>
> 为着这个目的，我们欢迎用各种形式反映天津人民解放后新的生活和思想动态。为着这个目的，我们欢迎用各种形式揭露蒋傅匪帮的丑态，及其反动统治下人民底痛苦和仇恨。为着这个目的，我们欢迎从各方面对封建主义，帝国主义及各种反人民的思想进行批判和斗争。同时，也为着这个目的，我们希望介绍一些反映解放区人民及人民解放军生活和战斗的作品，使长期为反动统治所隔绝与蒙蔽下的天津人民，真

实地认识解放区军民，是如何在一直辛勤和英勇地为建设自己底新生活而努力。——这一切，都是为了通过人民自己底生活现实，来达到教育和提高天津人民，建设自己新底生活和思想的目的。

在表现形式上，无论是理论性的文字，和各种形式的文艺创作，只要符合本刊要求，我们无不乐于刊载。特别是对各种反动思想进行斗争的短小杂文，反映现实的生活的报告；以及工人、学生、职业青年自己的作品，那怕文字并不成熟，或者只是提出问题，只要内容切实，我们一律欢迎。此外，我们还希望登载书报介绍，影剧批评，文化活动等方面的稿件。

这是人民报纸的副刊，自然不同于过去一切为反动派所御用，或直接间接为其主子帮忙帮闲的报屁股。也许并不是刊发的每篇东西都能适合所有读者的口味；但在内容上，它们是会有益于读者的思想健康的。创刊伊始，我们恳切地要求读者和作者们给我们以帮助，来共同建设这个新的思想阵地。①

创刊号的副刊刊登了史特朗作、付克译的传记作品《毛泽东》，胡愈之的报告文学《人民自己的国家》和刘白羽的《光明照耀着沈阳》，以及南的小说《牛牵来了》和翊勋的通讯《蒋党真相》等。《副刊》创刊后不久，《天津日报》又先后创办了《文艺周刊》《文艺画刊》等多个文艺专刊。其中，由方纪、孙犁主编，创刊于1949年3月24日的《文艺周刊》，就是"一个强调现实主义的文艺刊物。它欢迎生活、有感受，手法通俗，主题明朗，切切实实的文艺作品。张而皇之，不中不西的，胡编臆造的作品，在这里向来是不受欢迎的"②。所以，《文艺周刊》不仅对当代中国文艺及天津当地的文艺创作产生了重要影响，同时也和著名作家及编辑家孙犁一生的文学活动紧紧地联系在了一起。正如有研究者所称的那样：

孙犁的文学道路与《天津日报》息息相关，自1949年1月17日本报创刊，他就作为创刊人之一，辛勤耕耘着副刊的文艺苗圃，特别是对

---

① 《编者的话》，载《天津日报》1949年1月17日创刊号第4版。
② 孙犁：《我和〈文艺周刊〉》，见《编辑笔记》，山西人民出版社1985年版，第90页。

1949年3月创刊的文学副刊《文艺周刊》，他倾毕生精力，开创了它扶植新人的传统，奠定了它现实主义风格，还以他的高尚人格，树立了它"敬业一丝不苟，奉献甘为人梯"的编辑精神。①

《文艺报》副刊

1949年5月4日创刊于北平的《文艺报》周刊，由中华全国文学艺术工作者代表大会筹备委员会文艺报编辑委员会编辑，是中华全国文学艺术工作者代表大会筹委会的会刊。筹委会成员"系由全国文协来平理监事，与华北文艺界协会理事联席会议决定产生"，郭沫若担任主任，茅盾、周扬担任副主任，沙可夫为秘书长，下设文学艺术作品评选、演出、展览和章程及重要文件起草四个专门委员会。郭沫若、茅盾、田汉、洪深、郑振铎、叶圣陶、周扬、萧三、沙可夫、丁玲、曹靖华、曹禺、徐悲鸿、柳亚子、俞平伯、胡风、贺绿汀、程砚秋、李广田、叶浅予、赵树理、柯仲平、吕骥、古元、袁牧之、艾青、欧阳山、荒煤、李伯钊、马彦祥、宋之的、刘白羽、盛家伦、阳翰笙、欧阳予倩、冯乃超、于伶、史东山、马思聪等为委员，郭沫若、茅盾、周扬、沙可夫、艾青、叶圣陶、李广田为常务委员。文艺报编辑委员会由茅盾、胡风、厂民、董均伦、杨黎、侯民泽、钱小晦等组成。1949年7月，中华全国文学艺术工作者代表大会召开，中华全国文学艺术界联合会成立，全国文联决定将大会筹备期间创办的会刊《文艺报》办成公开出版发行的联系团结全国文艺工作者的刊物。于是，1949年7月28日，《文艺报》周刊编辑出版至第13期后停刊，同年9月25日，作为全国文联和中国作家协会机关刊物的《文艺报》半月刊第1卷第1期问世。

在《文艺报》创刊号上，由茅盾撰写的《发刊词》，简要介绍了办刊的缘起及任务：

> 多少年来，从事文学艺术工作的朋友们都希望有这么一个定期刊，作为交流经验，交换意见，报导各地文学艺术活动的情况，反映群众意

---

① 宋安娜：《永远的回眸——代后记》，见张建星主编：《孙犁文集 天津日报珍藏版》（下），文汇出版社2008年版，第1278—1279页。

见的工具。然而由于客观形势的阻隔,此种希望,迄未能成为事实。现在,全国文学艺术工作者代表大会即将开会,各解放区以及解放区以外各地的文艺工作者陆续到来了北平,对于这样一个小型的定期刊,固然更甚感得需要,而出版这样一个刊物的客观条件也大体具备了。这便是全国文学艺术工作者代表大会筹备委员会决定要发刊这一个《文艺报》的原因。

本刊在大会筹备期间出版,除了上述的经常目标(交换经验、交换意见、报导各地文艺活动、反映群众意见)而外,特别希望做到下列几件事:

一、随时报导筹委会工作进行的情形,并十分希望筹委会以外的文艺界朋友们随时多多给我们意见,使我们的工作做得更好些。这些意见,不论用通信式,或论文式,或长或短,我们都极欢迎。其有足供讨论者,本刊甚愿提供篇幅作为广泛交换意见的场所。

二、对于将来的新的全国性的文艺作家协会,它的任务,组织,工作方式,会员成份,等等,文艺工作的朋友们一定十分关心,而且有很多意见;我们希望朋友们把意见写出来,交给本刊发表。因为筹委会工作之一是起草章程及其他重要文件,当然这些规章要在大会上讨论而后通过,但筹委会同人极愿于事前多听各方面的意见,在思想上先有一准备。

三、为了推荐近五六年来优秀的文艺作品,筹委会已有评选委员会之设置,并分诗歌,小说等五组。同人们见闻有限,而搜罗书刊亦苦难齐全。我们知道,这一件事若要做好,多听各方意见(尤其群众意见),是必要的。因此也十分盼望文艺界朋友及广大读者群多提意见,本刊自乐于发表。倘蒙附寄原作,尤为感谢,用后仍当奉还。

上面这三项,聊以举例,总之,我们最大的希望是藉本刊为媒介,使筹委会多多听得文艺界朋友们的意见,故本刊虽似为筹委会之公报,而实为公开的园地,欢迎投稿,欢迎大家来发表意见。①

---

① 编委会:《发刊词》,载《文艺报》1949年5月4日创刊号。

除此之外，《文艺报》创刊号还发表了范文澜的《急起直追参加革命建设工作》、茅盾的《一些零碎的感想》、王朝闻的《为政策服务与公式主义》、阳翰笙的《略论国统区的戏剧运动》、王亚平的《关于推陈出新》、荒草的《东北人民解放军的演唱活动》及罗英的《热烈开展中的"兵演兵"运动》等文章，以及东北、北平等地的文艺界消息、新刊介绍及大会筹委会各专门委员会刊发的相关启事。其中，在《稿约》中，编者要求并欢迎的稿件包括"有关文艺各部门的理论，批评介绍，研究讨论，经验总结"，"有关文学艺术工作者代表大会的各项问题的商讨"，"全国各地文艺运动的综合或专题的报导，消息"，"工厂、部队、农村及各团体的文艺活动情况"及其他等。

因此，对延安文艺运动经验的介绍及推广、党的文艺方针政策的贯彻落实，以及新中国文艺组织及文艺体制的规划构想，就成为《文艺报》的主要编辑内容及办刊重心。在不到三个月时间里，《文艺报》编辑出版了13期，先后刊登了多个"文代会筹委会近况"等会务及各地文艺活动等消息报道，以及《文艺报》主办的三次围绕"新文协的任务、组织、纲领及其他""新文协的诸问题""民间艺术评选"等的座谈会记录等。同时，还发表了重要的文艺理论及作品批评论文，如黄药眠的《香港文坛的现状》、茅盾的《关于"虾球传"》、何远的《关于专家标准与群众标准》、力群的《晋绥边区的美术概况》、金丁的《马华文艺运动散记》、劳荣的《新日本文学会和平宣言》、林山的《略谈陕北的改造说书》、王亚平的《冀鲁豫的新年画工作》、彭革的《谈中国画的改造》、李束为的《民间故事的采集与整理》、钟敬文的《华南的方言文学运动》等，从而在新中国成立之前当代中国文化的"除旧布新"及文艺运动与创作活动中，产生了重要的影响及作用。

文学期刊

《战地》

1938年3月20日,《战地》由舒群在汉口创办,为半月刊,由战地社发行,上海杂志公司总经售。主编署名为丁玲、舒群,但当时因丁玲负责西北战地服务团的领导工作,实际上是由舒群一人主编。全面抗战初期,汉口一时成为抗战的文化中心,《战地》是全面抗战开始后延安作家在国统区创办的第一本文学刊物。关于《战地》的创办经过,舒群曾回忆说:

> 当我随军住在山西高公村的时候,丁玲有一天对我提议办一个文艺刊物。我立刻赞成了。这刊物的名称,由她提议叫它《战地》,当时,也经过我的同意,这是刊物名称的由来。我们对于内容所有的决定,每人都记在自己的一本手册上;与现在《战地》的内容完全相似。不过,那时候,我们计划是周刊,由自己设法筹钱,在西安出版。那天以后,西(我)们随时都在想着使《战地》如何实现。最后,在不得已的一次中,我们想一同去西安一次,筹备《战地》出版;出版以后,由我在西安负责编辑,她仍回战地服务团为《战地》负责集稿。但是,后来因为她的职务使她不能够离开,所以我们又不得不中止我们已经预定的行程。以后,我离开前方到了西安遇见了以群先生,我们谈起了这事。不久他回到汉口,为《战地》与上海杂志公司商洽好了;当时他给我与丁玲每人一封航空信,他告诉了《战地》出版的条件我接受了,随后又写一封信给丁玲问她的意见,她也接受了。于是我来汉,不久《战地》便诞生了。[①]

《战地》创刊号上刊登了周扬的《我所希望于〈战地〉的》一文,比较明确地体现了当时延安文艺界领导层对《战地》的要求和期望:"希望它的编者能够把战地的活生生的材料,战地的气息,随着这刊物,带给我们,带给广大的读者。这应是一个以战地为中心的刊物,战地通信和速写应占它的主要的篇幅。"

对于《战地》应登载的作品的内容和性质,周扬建议:

---

① 舒群:《关于〈战地〉》,载《战地》1938年第1卷第4期。

> 目前有两种读物最被欢迎：一是抗战的指导理论，一是战争情况的真实报导。前者告诉大家抗战应该怎样进行，后者告诉他们抗战正在怎样进行。通信、报告、速写属于后者，又包含有前者的意义。因为它们并不同于普通的新闻记事，它所要报导的不是战争的表面上的胜败的事实，而应该是更深刻的东西。它要告诉大家：抗战怎样在改变着这东方古老的民族，怎样在发挥出它内部蕴藏着的力量，怎样在产生着新的民族英雄的典型。这里没有空议论，没有对于战事的徒然的赞叹，也没有根据于道听途说的无谓的批评。这里是事实的忠实描写，是用事实去解释事实，作者的解释应当像一颗燦闪的光星那样去燃起思想的火焰。它是用简单明了的，没有词句苦心的雕琢和铺张，这们可能是非常经济的艺术作品，也可能还不是艺术作品，还只是艺术作品的材料。但是，无论如何，这些东西是读者所爱好，所渴望的，我们今天需要它们，它们是将来的伟大艺术的真正萌芽和核心。《战地》应该尽量多登这一类的作品，不要怕它的技巧上的幼稚和不成熟。①

周扬在文中还要求："《战地》必须建立一个广大的通信网，在东战场，北战场，西战场，都要有它的通信员。一面先约定几位在战地上的熟识的朋友经常写稿，一面再作公开的广泛的征求。要使他们成为《战地》的最可靠的撰稿人，要使陌生的名字经常不断地大量地在《战地》上出现。这样，《战地》就不怕没有前途。"这是对《战地》稿件来源和征求方法的具体指导和帮助。

也正是在周扬的指导、建议下，战地社成立，负责刊物的编辑和组织工作。对于战地社的工作方法与目标工作，周扬提出：

> 我提议组织一个"战地社"，把战时的文艺青年组织起来，发动一些青年作家到战地去。到战地去应当成为目前作家中间的一个运动，《战地》做这个运动的推动者。利用两位编者的战地经验和关系，它定能给与要去战地的作家们以种种的帮助和方便。

---

① 周扬：《我所希望于〈战地〉的》，载《战地》1938年第1卷第1期。

>　　……《战地》一定要负起这样的责任：就是要鼓励和帮助青年作家到战地生活中去试炼。……
>
>　　《战地》不但要把作家送到战地去，而且还要从战地选拔和培养出一些作家来。应当设法在战区或近后方成立"战地"分社，在军队中间，特别是在军队里的政治工作人员中间发展通信员。……一个文学运动者决不容许文学的发展带有自发的性质，他要有计划地培养新起作家，有计划地扩大文学方面的工作干部。我相信在战地现在还有不少青年想做而且能够做文艺工作的，问题是在如何去发现他们，而且在写作上帮助他们。训练新作家，是《战地》的一个重大的任务。[①]

应该说，《战地》的编辑人员很好地采纳了周扬的建议。在栏目设置上，以文体类型设置栏目，计有《报告与通讯》《杂记》《杂感》《小说》《论文》《关于诗的朗诵》《诗》《关于诗歌民歌演唱晚会》《歌曲》《特稿》《速写》《通讯》等，涵盖了现代文学的主要文体形式；在内容上，《战地》所刊登的稿件基本一致地反映了全民抗战时期战地的人、事、情。《报告与通讯》一栏编得生动活泼，既有关于国际形势与政治态势的海外通讯，如《今日的东京（日本）》《中国人在比利时（比国）》《世界唯一的红军（苏联）》《抗战中里昂华侨的剪影之一（法国）》《在特鲁埃尔前线（西国）》和《中国使领馆（欧洲）》等，也有关于国内抗战局势的报道，如《昨日的临汾（山西）》《国境的一角（新疆）》《洪子店的劫火余烟（河北）》《亡土的前日（山西）》《黑瘦了　受难的郑州》《新文字运动（延安）》《抗日艺术队在陕东前线（陕西）》《"抗大"的生活（延安）》《雪花飘在满洲》《孤岛上的难民（上海）》《在南中国（华南）》，以及《台儿庄》（组稿，包括王西彦的《被毁灭了的台儿庄》、以群的《台儿庄战场散记》和舒强的《战后的台儿庄（附图）》等）等，共发表报告、通讯、速写等40余篇，及时报道了各抗日战场的战局战况，也报告了各地的抗日救亡运动和文艺运动等。通讯稿件标明撰稿人所在的国家和省份地

[①] 周扬：《我所希望于〈战地〉的》，载《战地》1938年第1卷第1期。

域，一是以示来稿广博，二是表明全民抗战。《战地》所登载的小说和诗歌作品等，艺术地反映了沦陷区人民的凄苦命运以及抗战时期战地人民抗战杀敌的英勇事迹，其中《这是战争底第一个春天》《游击队的开始》《黄河之恋》《战时妇女歌》《回去　到滹沱河畔》《我底笔　我要磨亮你》《血债》《北平之夜》《野火》等表现了中华民族抗战必胜的决心。此外，《战地》第1—6期连载了罗烽的长篇小说《满洲的囚徒》，写沦陷区人民的悲惨遭际。

《战地》登载的"文论"有针对性地强调或侧重倡导并探讨适合抗战宣传的文艺形式，如朗诵诗、戏剧、歌曲、漫画、通俗文艺等，计有艾思奇的《文艺创作的三要素》、吕骥的《从朗诵说起》、冯乃超的《文艺统一战线的基础》、胡考的《建立抗战漫画的理论》、周扬等的《戏剧座谈会摘要》、舒非的《关于抗战演剧》、穆木天的《关于通俗文艺》、丰子恺的《谈抗战歌曲》和鹿地亘的《文学的感想》等。正如周扬所冀望于《战地》的那样，要"能够把战地的活生生的材料，战地的气息，随着这刊物，带给我们，带给广大的读者。这应是一个以战地为中心的刊物"。

同时，《战地》还用较多篇幅报道了延安的文艺运动情况和延安生活，如元留的《边区的国防文艺》《新文字运动》、杨恬的《"抗大"的生活》、艾思奇的《谈谈边区的文化》等，这也正是广大读者所希望了解的内容。

《战地》的主要撰稿人有周扬、艾思奇、张春桥、冯乃超、成仿吾、臧克家、舒群、周立波、王西彦、杨朔、碧野、穆木天、沙可夫、柯仲平、以群、塞克、罗烽、白薇、叶紫等40余人。

1938年6月5日，《战地》出版至第1卷第6期后停刊。

《文艺突击》

全面抗战开始后，陕甘宁边区文化界救亡协会在党的领导下及时将在延安的文学艺术工作者组织起来，以文艺为武器，积极投入到伟大的抗日民族解放战争当中，《文艺突击》因此而生。1938年10月16日，《文艺突击》由奚原（原名奚定怀）、柯仲平、刘白羽等发起创办于延安，为半月刊，由陕甘宁边区文化界救亡协会所属的文艺突击社编辑发行,是陕甘宁边区创办较早且影响较大的文艺类刊物,旨在推动抗战文艺的发展,内容以文学作品为主,兼有理论。编委有柯仲平、林山、奚原等,主要作者有艾思奇、周而复、奚原、柯仲平、刘白羽、周扬、何其芳、沙汀、萧三等。

关于《文艺突击》的创办缘由,奚原在写给毛泽东的信中有所交代:

> 毛主席:因为觉得延安文艺活动表现得很沉寂,而事实上又很有这种需要,所以我们发起由文化界救亡协会联合延安各学校团体爱好文艺的同志们,成立一个"文艺突击社",并且初步工作是出版一个油印的纯文艺的旬刊,名字也就叫做《文艺突击》。①

现在可见的《文艺突击》创刊号实际上是油印版的创刊号,该号的编后记有记载:"《文艺突击》曾经出过两期油印版的,现在改为铅印。"②只是因为铅印版印量小、纸张质量差,今已散佚不存。现在仅见油印版出刊后,《新中华报》在1938年9月20日和30日的报缝中刊登过关于《文艺突击》的消息,称其为"延安文艺的拓荒者!抗战文艺的突击队!文艺青年的好粮食!"③

《文艺突击》第1卷以创作为主,偏重于报告文学、小说和诗歌。其中前3期为半月刊,每期设《工厂文艺》专辑;第4期起改为月刊,增设《短论》栏。前4期合为第1卷,多为文艺作品。在创刊号这一期内,"有两个特辑:第一是纪念我们伟大的导师鲁迅先生。另外工厂文艺,一为印刷工厂一为机器厂的。其余几篇也都是这时代中间斗争的真实反映。因为又是一个从'第一期'开始,中间有两篇文章是从油印版选来的"④。除此之外,还有柯仲平的论文《持久战的文艺工作》、周而复的失地情形特写《孤岛上的文化》、卞之琳的战地生活速写《钢盔的新内容》、刘亚洛的报告《让我也来签个名吧》、刘白羽的小说《战斗着》、野蕻的散文《一幅活画》、孟奚的诗《给英勇战斗的八路军》和赵鹤的诗

---

① 转引自刘益涛:《毛泽东在延安纪事》,陕西人民教育出版社1994年版,第81页。
② 《编后记》,载《文艺突击》1938年第1卷第1期。
③ 刘润为主编:《延安文艺大系·文艺史料卷》(下),湖南文艺出版社2015年版,第727页。
④ 《编后记》,载《文艺突击》1938年第1卷第1期。

《两个九月》，并编发文艺消息《晋西北的街头诗运动》，介绍抗战文艺工作团第二组在晋西北的街头诗运动。

第1卷第2期"为了纪念伟大的十月革命，周扬同志特别写了这篇《十月革命与中国知识界》。此外应该谈谈的：沙汀同志的小说是暴露了后方某一角落的。严文井同志的速写，却正是战后山西柳林的一个真实镜头。苏联，爱伦堡（伦爱堡）的这篇关于西班牙的报告，一面揭露了法西斯蒂的暴行，一面也给我们刚在发展中的'报告文学'来一个参考"①。该期刊发的作品有柯仲平的诗《告同志》、柳青译苏联伦爱堡的《意大利的悲剧》、丁玲的人物特写《马辉》、陈学昭的诗《延安的秋》、沙汀的小说《堪察加小景》、张现的通讯《印厂文艺小组成立了》、黄华的生活记录《路》、严文井的速写《"中国人，觉醒起来吧！"》、野蕻的散文《山水人物——边区映图》，以及方绥介绍日本反战士兵作家石川达三的作品《未死的兵》的书评《期待着兵士们的作品》。

第1卷第3、4期刊登的比较有影响的作品有何其芳的《大武汉的陷落》、柳青的《烽火边的人民》《空袭延安的二日》、卞之琳的《慰劳信》《进城，出城》、刘亚洛的《八月十四日》、林山的《谈谈延安的文艺活动》、严文井的《一群曾是战士的人们》、沙汀的《由桑镇到成都》、周而复的《灾难里》、鲁藜的《目前的文艺工作者》、刘白羽的《突击运动》、何其芳的《日本人的悲剧》、张振亚的《从严肃到文艺》、亚苏的《战争下的田庄》和天蓝的《雪底海》等。这些作品多是活跃在延安边区的文艺工作者创作的反映火热的抗日战争生活和延安军民的日常生活与文艺活动的作品，在当时产生了积极的影响。

1939年5月25日，《文艺突击》出版"革新号"，即新1卷第1期（总第5期），并且在这一期登载的《稿约》中，对来稿内容和形式等做了要求："一、理论：艺术（音乐，美术，戏剧等）与文艺的理论及批评。二、旧形式：旧形式的理论研究及创作。三、创作：小说，戏剧，报告，诗歌，通讯，木刻，歌曲等。四、群众文艺：工厂，农民，青年，妇女，部队，文艺作品。五、翻译：艺术及文

---

① 《编后记》，载《文艺突击》1938年第1卷第2期。

艺理论与作品的介绍。六、每篇字数不得超过五千字，特稿例外。"

同期还刊登了周扬的《文艺界的精神总动员——代革新号创刊词》一文，明确了刊物的任务和宗旨：

> 就在这五月里，《文艺突击》也以革新的面目重新出现在读者的眼前。它的革新的任务，就在于要配合这新的动员，反映和推动这新的动员。今后，它将不是单纯登载文学作品的刊物，它将是延安，边区以及延安中心所能达到的地区里的一切文学艺术工作的镜子。
>
> 它将要反映这些区域里的文学、戏剧、音乐、美术各方面的文艺活动。要登载这各方面的作品，它要反映文艺界一切新的尝试，以及文艺的理论上和具体道路的探求上所进行的活动。它将要把讨论和批评当做最重要的一个项目，要不断地登载前线和民间文艺工作的各种报告，把经验教训集中起来，以供边区以至于全国文艺工作者的研究参考。
>
> 这就是《文艺突击》革新的要点。它愿意以突击的精神，参加到文艺工作总动员的活动里来。

"革新号"出版后，为了适应国民精神总动员的需要，《文艺突击》增加了文学评论和文艺批评类文章，并在第2期编发了一组关于民族形式问题的讨论文章，还"邀请本社撰稿人及爱护本刊资助本刊的延安文化界同志举行过一个座谈会，在这个座谈会上，大家很诚恳地指出了本刊的缺点，并给了许多宝贵的指示；这一期就根据了这些意见和指示，尽力改进了一点。今后我们还希望能够得到更多的督促和鼓励"。同时，《文艺突击》编辑部还扩大充实了编辑队伍，"为了能够更充实更广泛地反映边区和华北前线的文化活动及战斗生活，并达到艺术的综合刊物的任务，本刊编委会要由第三期起扩大组织，除文协负责编辑之外，还请鲁艺、音协、美协、剧协、抗大，八路军总政治部来共同参加编辑事宜，希望能在编辑上能做得更完善些"。①

革新后的《文艺突击》共出两期，合为新1卷。该刊原计划从新1卷第3期起

---

① 《编后记》，载《文艺突击》1939年新1卷第2期。

扩大组织,但因"边区出版上所有着的困难和缺点,主要地是在于纸张困难,不能不限制印刷份数,因此供不应求。又因此,文艺方面的出版物没有力量印刷"①,不得不停刊。

从内容上来看,《文艺突击》所载作品形式多样,有小说、诗、报告文学、剧本、通讯、速写、论文、小杂文及歌曲等,内容丰富、题材新颖、语言生动,通过多种文学体裁反映边区的现实生活,讴歌抗敌战士,激励后方群众,歌颂边区人民抗日救国、积极向上的精神风貌。刊物的作者来自各条战线,有在延安的专业文艺工作者,如周扬、艾思奇、荒煤、周而复、陈学昭、林山、马达、卞之琳、萧三、吴伯箫、刘白羽、柳青、严文井、塞克、马健翎、雷加、乔木、高士其、丁里、杨松等,也有很多工人、战士为刊物写稿,如印刷厂工人赵鹤、机器厂工人刘亚洛等。

为了更好地体现突击精神,发挥文艺的社会职能,《文艺突击》还编辑印行了若干特辑。自1938年10月16日铅印第1期开始,有代表性的特辑就有四个:一是《纪念鲁迅先生逝世二周年特辑》,刊发艾思奇的《学习鲁迅主义》、荒煤的《老头子》、林山的《誓词》,以及编者辑录的《鲁迅先生语录》等,真诚地赞扬了鲁迅先生的伟大历史贡献和崇高文学地位,在边区引起了很大的反响;二是《工厂文艺特辑》,这一特辑是编辑部为提拔与培养大众作家②而专门编发的,是中国文艺刊物史上的一个创举,该特辑共刊发两篇文章,分别是延安印刷厂工人赵鹤写的长诗《两个九月》和延安机器厂工人刘亚洛写的报告文学《让我也来签个名吧》;三是《生产特辑》,反映延安军民开展大生产运动的火热场面和劳动热情,发表了《生产运动大合唱》座谈会记录和塞克的《生产运动大合唱》等;四是《民族形式问题特辑》,刊发杨松的《论新文化运动中的两条路线》、艾思奇的《旧形式新问题》、萧三的《论诗歌的民族形式》、罗思的《论美术上的民族形式与抗日内容》、柯仲平的《介绍〈查路条〉并论创造新的民族歌剧》

---

① 艾思奇:《抗战中的陕甘宁边区文化运动——二十九年一月六日在边区文协第一次代表大会上的报告》,载《中国文化》1940年第1卷第2期。
② 林山:《谈谈延安的文艺活动》,载《文艺突击》1938年第1卷第3期。

等5篇文章,对民族形式与中国作风和中国气派的关系及存在的问题进行了积极的讨论。

《文艺突击》总共出刊6期,1939年5月25日改为中华全国文艺界抗敌协会延安分会会刊,同年6月25日新1卷第2期出版后,中华全国文艺界抗敌协会延安分会第二届理事会扩大会议决定将《文艺突击》停刊,改出《大众文艺》月刊。

《山脉文学》/《山脉诗歌》

1938年10月,《山脉文学》创刊于延安,由山脉文学社编辑出版。受当时延安文艺大众化运动的影响,在延安抗大政治部秘书科工作的奚定怀发起成立了山脉文学社。奚定怀曾这样回忆山脉文学社成立的原因、目的和活动情况:

> 为了进一步开展抗战文艺活动,各单位文艺青年又于1938年10月间联合组成群众性业余文艺团体"山脉文学社"。自红军改编八路军挺进华北实施战略展开,此时已先后依托管涔、吕梁山脉创建晋西北根据地,依托五台、恒山山脉创建晋察冀根据地,依托太岳山脉创建晋东南根据地,依托太行、太岳山脉创建晋冀豫根据地,依托吕梁山脉创建晋西南根据地,以及依托大青山山脉创建绥远西部南部中部根据地,广泛开展独立自主的山地游击战争,并依托山区根据地向冀、鲁、豫发展平原游击战争,开辟了广阔的敌后战场,沉重地打击了日寇。我们取名"山脉文学",用意在于文艺既要反映敌后抗战,又要把抗战文艺运动推广到敌后各根据地去。各单位随即开始组织文艺活动,社员们的写作热情尤为高涨,要用自己的笔为民族革命战争而呼唤和战斗。大家除采取墙报、传单、标语、朗诵等方式外,还希望扩大发表的园地。许多社员送来了稿件,其中诗歌作品较多,这是抗战初期文艺青年写作的一个时代特点。当时《文艺突击》收到的青年投稿中也以诗歌占多数,有限的篇幅难以容纳。面对这种情况,我们商定再出版一个兼顾青年习作和诗文并重的《山脉文学》不定期刊,并着手编选第一期稿件,其中有丁

玲、雪苇等老作家的文章,但大部分是青年作者的作品,还请江丰木刻了几个题头画和补白画。①

但是,当《山脉文学》创刊号的稿子编齐时,日军轰炸延安导致计划中的延安边区印刷厂建设停滞,铅印的《山脉文学》没有能够出版。这时,山脉文学社接到了毛泽东题写的"山脉文学"的刊头。为配合形势的发展,经抗大政治部领导同意,大家决定抓紧时间尽快出刊,于是,就改为出版油印三十二开本的《山脉诗歌》。由于油印诗刊简便易行,不受其他条件的限制,就坚持了下来。

后来,山脉文学社的活动重心逐渐转移到了诗歌创作与文艺大众化方面,发展成为山脉诗歌社。该社是继延安战歌社成立之后,边区诗坛较早出现的又一个大型诗文结社组织。它广泛团结延安的新老作者,在开展根据地文学创作和诗歌普及活动等方面做了许多卓有成效的具体工作。1938年底至1940年秋不到两年间,《山脉诗歌》共编辑出版油印三十二开本刊物10余期。

《山脉诗歌》的编辑组稿,先后由奚定怀、徐明等人负责,劳森也负责过一段时间的编审。刊物发表了田间、缪海稜(雷波)、徐明、劳森、汪洋、庄涛、辛萍、白朗、朱力生等人的诗作,蜡版的刻写和封面的设计以及编排装帧等任务,统一由抗大文印股股长郑西野承担。《山脉诗歌》的发行量在每期百份左右(因为是油印,印量有限)。除每期给毛泽东和其他有关单位赠阅外,其余的一部分交由延安新华书店代售,另一部分则寄往其他敌后抗日根据地去。

山脉文学社、山脉诗歌社是由当时在延安的各单位文艺青年联合组成的群众性业余文艺团体,成员以抗大和鲁艺的教职学员为主,此外还有马列学院、边区政府、八路军总政治部和后方留守兵团等单位的人员参加。主要发起人和组织者是奚定怀,成员主要有徐明、缪海稜、郑西野、辛萍、李维新、劳森、朱子奇、魏元章、赵从容、安适(安观生)、庄涛、王令篪、汪洋、朱力生等;成员最多时有200余人,是当时陕甘宁边区内规模较大、非常活跃、颇有影响的一个诗歌文艺团体。该社没有组织章程,但成立了社委会,坚持集体领导,并建立了会员登记制

---

① 奚原:《〈文艺突击〉和"山脉文学社"的创办》,见《奚原九十文选》,人民出版社2008年版,第84—85页。

度，对会员进行入社登记和创作交稿定期登记。延安《新中华报》曾在1939年12月9日报道山脉文学社的活动情况：

> 本市山脉文学社于目前开会，决定本月四日召开该社留延社员会议，通过决定招收大批新社员订期召集会员入会。选出汪琦、海稜、师田手、河清、朱小（子）奇、庄涛、惊秋等七人负责该社工作，并派庄涛、惊秋、安适等五人出席文协代表大会。

山脉文学社也曾召开专门会议，制定了群众文艺活动的十大工作方式：

> 一、出版文艺刊物；二、配合各种重大政治活动（如纪念日、动员大会等）印发通俗诗传单；三、在群众集会上利用会前等空隙时间进行诗歌朗诵；四、举行文艺晚会；五、组织文艺专题报告；六、举办简易图书馆或图书流通活动；七、在山岩、墙壁上刻写文艺标语和街头诗；八、编辑固定或流动壁报；九、召开文艺创作研讨会；十、向各地报刊推荐和投送抗战文艺作品。[①]

随着形势的发展，山脉文学社、山脉诗歌社的多数成员先后奔赴各个敌后抗日根据地，留在延安的成员逐渐减少，有组织地开展活动越来越困难。1940年秋，在边区文协的组织领导下，山脉文学社与战歌社联合编辑出版油印诗刊《新诗歌》，并于同年12月8日与战歌社等团体合并成立延安新诗歌会，诗刊《新诗歌》转为该会会刊。

《文艺战线》

1939年2月16日，《文艺战线》创刊于延安，为月刊，由延安文艺抗战联合会主办，是文艺界为贯彻抗日民族统一战线政策而出版的一份大型现代文艺刊物，主编为周扬。《文艺突击》第1卷第3期曾刊发《文艺消息》，介绍《文艺战线》出刊的消息："文联筹备的《文艺战线》，决交生活书店出版，编辑委员会组成为：周扬、成仿吾、丁玲、艾思奇、沙克夫、刘白羽、陈学昭、柯仲平、

---

① 奚原：《〈文艺突击〉和"山脉文学社"的创办》，见《奚原九十文选》，人民出版社2008年版，第87页。

沙汀、何其芳、荒煤、李伯钊等"①。刊物在延安编辑，在国民党统治区桂林印刷，面向全国发行，发行人是夏衍。

在《文艺战线》创刊号上，周扬发表《我们的态度》一文，作为该刊的发刊词并对办刊目的等做出清楚的阐述：

> 凡忠实于中华民族，对文艺事业肯作真挚的努力者，《文艺战线》将对他永远地开放。因此，很明显地，《文艺战线》不是同人杂志。我们不能以少数人的狭小的活动为满足，而诚心诚意地恳求全国文艺工作者对我们的合作。假如开头的几期还不能以更多的不同的作家作品来光辉它的篇幅，那也只是由地域、交通、战争等等条件所造成的一个缺陷，我们希望这刊物的继续刊行会把这个缺陷逐渐地弥缝。我们也并非要借许多的名字做幌子来号召。那是不需要的。我们的愿望是：在战争的紧急情况下，集合大家的力量，在文艺的领域内来做一点切切实实于民族有益的工作。
>
> ⋯⋯⋯⋯⋯⋯
>
> ⋯⋯杜绝一切宗派思想的复萌，促进作家间的更进一步的团结，以增厚文艺在抗战中的力量，这就是我们首先所要努力的方向。
>
> 我们对创作上的主张是以现实主义为依归。说出关于抗战的各方面的真实，这就是我们对于作家的要求。现实的各方面是多种多样的。作者是多种多样的。读者也是多种多样的。不同的作者可以用各自不同的方式去接近和肉迫现实，用各自的艺术的言语去向不同的读者申诉。创作上不需要有定于一尊的公式，这样的公式对于作家反而是一种桎梏。在对创作的见解，作品的取材、表现方法、风格、用语等等方面，作家可以有较大的自由。给与作家的，不是命令和叱咤，而是一般方向的指出与工作上的实际援助。要求于作家的，也不是墨守成法，而是创造性的高度发挥。因此，我们所主张的现实主义侧重在引导作家到抗战的方

---

① 《文艺消息》，载《文艺突击》1938年第1卷第3期。

向去这个意义，它并不拘于外表的写实的手法，而同时也可以包含浪漫的描写。对自己民族各方面的冷静的观察与火一般的民族解放的热情，战争中的苦难的经历与最后胜利的信念，现实的真实与英雄主义和诗的成份之结合——这就是表现抗战的现实主义所能有的生动的内容。

抗战以来文艺对现实的关系是消极的批评揭露多于积极的发扬。许多民族英雄的新的典型，无数可歌可泣英勇壮烈的事迹，都还没有在文艺上得到应有的反映。抉摘抗战的前进运动中存在着的丑恶与缺点，虽然有它重要的意义，但是发扬民族的积极精神的作品却更能表现出现实的主导的方面，更能尽激发读者的民族自尊心与自信心的教育的作用。这类作品的可怜的稀少并不能归因于作家对伟大题材的冷淡，而是由于作家的生活的限制性的结果。到今天为止，一部分作家的生活都还没有和战争结合。闭门造车，向壁虚构，又是创作所深忌的。为补救这个弱点，必须在各方面来发动和组织作家到前线去的运动。尤其是年青的作家，更应把自己的位置放在前线上。

……………

因此，我们虽然非常尊重在后方的许多作家的艰苦的努力，但却期盼着更多的作家到前线去，那里有吸取不尽的丰富材料正待艺术专门家的发掘。我们愿提供一切愿去前方的作家以种种可能的方便，同时并愿和已在前方工作的作家和有志于文艺者取得密切的关系。我们希望能建立一个全国性的战地文艺通讯网。

《文艺战线》以发表文学创作为主。小说方面，野蕻的《新垦地》描写延安的生产运动，沙汀的《联保主任的消遣》揭露了国民党统治区的黑暗现象，此外还有荒煤的《只是一个人》《支那傻子》、丁玲的《泪眼模糊中之信念》、刘白羽的《五台山下》《总的破坏》、孔厥的《调查》、严文井的《儿子与父亲》、李威深的《火车司机》、刘祖春的《一个夜间的故事》、梁彦的《战士的家》、力群的《野姑娘的故事》、雷加的《一支三八式》等等。在各种体裁的创作中，成绩较为显著的是报告文学。该刊6期之内共发表报告、通讯、特写20余篇，多方面、多角度地反映了抗战前线、后方民兵、军事人物等各方面的现实生活。像柳青的《王老婆山上的英雄》、沙汀的《贺龙将军印象记》《到华北前线去》、何其芳的《我歌唱延安》《日本人的悲剧》《一个太原的小学生》、刘白羽的《记范筑先将军》、卞之琳的《晋东南麦色青青》《石门阵》、野蕻的《一个女自卫军》《儿童团》、黄钢的《开麦拉之前的汪精卫》、严文井的《圣经》等，都是各级文艺工作者深入生活、深入群众，根据在前线战场上的所见所闻写成的。这些作品语言生动、情节感人，在歌颂抗日领袖、鼓舞人民的抗日热情方面发挥了极大的作用。除报告文学外，骆方的抒情散文《溜黄河六百里》、贾嘉的《急行在封锁线上》和胡考的通俗作品《陈二石头》等，在当时获得普遍好评。在诗歌创作方面，像柯仲平的长诗《平汉路工人破坏大队的产生》、卞之琳的《慰劳信》、天蓝的《队长骑马去了》《夜，守望在山岗上》《哀歌》、田间的《这一代》、陈学昭的《呵！我有仇恨！——并赠云裳》、骆方的《战歌》、贾芝的《小播谷及其他》等，都生活气息浓郁，密切联系大众，关注现实，在文艺界产生过良好的影响。

  《文艺战线》杂志的编者们非常重视文艺评论工作，也刊登了很多理论批评文章。周扬在《我们的态度》一文中指出："战时文艺理论批评的工作的建立是十分重要的"，"我们需要的有计划有系统地来开始一个理论的运动"。① 按照这一编辑宗旨，《文艺战线》刊发了多篇较为扎实的理论批评文章，如艾思奇的《抗战文艺的动向》《旧形式运用的基本原则》、周扬的《从民族解放运动中来看新文学的发展》《对旧形式利用在文学上的一个看法》、陈伯达的《关于文艺的民族形式问题杂记》、成仿吾的《一个紧要的任务——国际宣传》等，都是讨论、批评、指导当时文艺运动的文章。此外，还有张振亚的书评《评田间底近作》《读〈边区自卫军〉》。第1卷第4号专设《关于战地文艺工作》栏目，刊发吴伯箫、卞之琳的《从我们在前方从事文艺工作的经验说起》和康濯、孔厥的《我们在前方从事文艺工作的经验与教训》，及时请战时在前方从事文艺工作的

---

① 周扬：《我们的态度》，载《文艺战线》1939年第1卷创刊号。

同志总结经验教训。第1卷第5号推出《艺术创作者论民族形式》特辑，集中刊发了冼星海的《论中国音乐上的民族形式》、罗思的《论美术上的民族形式与抗日内容》、萧三的《论诗歌的民族形式》、柯仲平的《论文艺上的中国民族形式》、何其芳的《论文学上的民族形式》、沙汀的《民族形式问题》等论文，从音乐、美术、诗歌、文学等层面讨论如何对待文艺的民族形式问题。这是解放区发表的最早讨论民族形式问题的一批文章，具有很强的战斗性和思想性。第1卷第6号刊登了老舍和周扬《关于文协工作的建议》，以通信的形式向读者介绍文协总会的工作情况、成绩与未来计划等，两位作家深度交流了对战时文艺工作的看法，从某种程度上代表因战事交通阻断在不同区域而消息不通的中国作家进行了沟通和交流，交换了文艺思想，相互鼓舞，团结抗敌。

《文艺战线》非常重视漫画和木刻作品，在6期中共刊发作品14幅。虽然当时纸张奇缺、经费紧张，出版上存在许多困难，但是刊物坚持每期都刊登一些画家、木刻家如古天、力群、胡考、江丰、焦心河、沃渣、王式廓、夏风等的作品，用道林纸印刷，相当精美。这一特色，是延安出版的其他文艺刊物无法相比的。如作家秦兆阳在第4号上发表了他的木刻作品《陕北秧歌舞》，线条简略，人物刻画生动细致、栩栩如生。

同时，《文艺战线》还十分重视对文艺青年的培养。刊物发表的一些重要文艺论文，都提出要注意文艺青年的组织工作，帮助他们认识斗争生活，积极进行文艺创作，并在刊物上提供大量篇幅发表文艺青年的作品，像柳青的《王老婆山上的英雄》等最早就是发表在《文艺战线》上的。

1940年2月16日，《文艺战线》停刊。

《大众文艺》

1940年4月15日，《大众文艺》由中华全国文艺界抗敌协会延安分会（简称"延安文抗"）创办，由大众文艺社负责编辑，萧三任主编，共出版9期。编委会议定了《大众文艺》的编辑方针和指导思想，明确了办刊目标，即表现人民大众生活，同时注意培养和教育文艺小组与文学青年。《大众文艺》创刊时恰逢马雅可夫斯基逝世十周年，于是刊物编辑编发了《马雅可夫斯基逝世十周年纪念特辑》，刊发马雅可夫斯基的3篇作品《左的进行曲》《与列宁同志谈话》《开会迷》，以及萧爱梅（萧三）的《正确地认识马雅可夫斯基——为诗人死去十周年纪念作》、高阳译的《苏联纪念马雅可夫斯基》和卡塔尼阳的《作为讽刺家的马雅可夫斯基》等，该期封面为力群创作的列宁与马雅可夫斯基木刻头像。

《大众文艺》的编者们在第1期《编后记》中对刊物的创办经过和办刊宗旨做了较为详细的介绍：

> 本刊前身《文艺突击》曾出过六期，后因财力物力缺乏，停止了一个时期。但是边区的读者群众以及前方的将士们都常常热心地探问"《文艺突击》为什么不出了？"下面接着便是："出版才好哩！"或者说："快点再出吧！"尤其各工厂各机关的文艺小组及部队里的中级干部和许多文艺工作者要求得迫切。这鼓动了我们，增强了继续出版的决心。和读者久别之后，现在本刊以新的面目出世了。——改名《大众文艺》，这是表示本刊以后要更名副其实的成为大众的文艺刊物。我们希望以后每月出版一期，并且只要客观条件不发生问题决不愿意脱期。
>
> 在全国文艺界抗敌协会延安分会理事会上讨论继续出版本刊问题时，理事们的意见，本刊除一般大众的文艺杂志应有的任务外，还应该是对文艺小组及初学作家的一种带教育性的刊物。本刊所以有专论述文艺小组的文字，有塞克对于写歌词的基本原则的讲话，有雪苇的写作讲话……除《写作讲话》雪苇允许以后每期继续下去外，其他如怎样读小说，写报告，作诗，怎样演戏，唱歌……等问题，以后都要请各名家写文章在本刊上发表。再则，我们在本刊将设文艺问题问答栏。请读者常提问题来。
>
> 本刊愿意尽量提拔新作家新人，尤其是工农大众及学生青年。文艺小组组员的作品也尽量择优登载。本期《小伙伴》的作者刘亚洛，《妻的条件》的作者柳风便都是工厂文艺小组的组员，这也可见边区文艺深入工厂的成绩。同时从他们的描写里看得出边区生活之一般——而这是

国内外许多先进进步的人士所极愿意知道的。

《大众文艺》第1期上的《欢迎投稿》，对来稿内容和形式等都提出了明确要求："一、理论：文学、戏剧、美术、音乐的理论及批评。二、创作：小说、诗歌、报告、剧本、歌曲、杂文、通讯、木刻等。三、群众文艺：工厂、农村、机关、学校、民众组织、部队、青年、妇女的作品。四、翻译：世界名著及文学艺术理论的介绍。五、字数：每篇字数愈少愈精愈妙，最好不超过五千字，特稿例外。"

延安《大众文艺》从创刊到组织、编辑等都受到了党政领导和文艺家们的热忱支持，毛泽东为刊物题写刊名，朱德在该刊发表古体诗4首，许多成名作家在该刊发表文艺评论，如艾思奇的《弄文艺的人要注意宪政运动》、丁玲的《真》等。

从发表的作品来看，《大众文艺》的编辑视野非常开阔。在体裁上，诗歌、小说、散文、剧本、报告等主要文体均有收入，刊发了刘白羽的小说《一百五十双鞋》、柳青的报告《追求理想世界的人》等。此外，还刊发一些小故事、日记、歌词等。在作者构成上，既有艾思奇、丁玲、刘白羽、柳青、萧三、周文等在创作上很成熟活跃的作家，也有初涉写作的文学青年；既有党政领导，也有普通战士。在作品构成上，既有对本土创作的鼓励，也有对外国文学的译介。在题材和内容上，重视作品的时代性，且不限地域，以便及时反映根据地乃至其他地区民众身边刚刚发生的日常事件和发生在中华大地上的重大事件。在编辑思想上，兼顾思想性和通俗性，同时刊发文学作品和文学评论，既满足了人民大众对文学的需求，也能从思想上对群众运动和创作加以指导，具有寓教于乐的效果，还有效扩大了《大众文艺》的作者队伍和读者群体。在编辑事务上，《大众文艺》同人充分发扬民主，编委成员不论职位高低均可就相关问题自由发表意见。此外，编委们听取文艺小组和普通读者的意见，以意见表或书信的形式就有关问题展开充分讨论。

《大众文艺》也以特辑的形式约写、刊登稿件。如第1卷第4期是讨论部队文艺的，"一方面展开如何进行这部门工作的探讨；同时，也提出一种短小的新形式的运用的实验——这十四篇故事里,就曾经有若干在前方部队里被采为教材,而传播着了,这不但供给部队宣传教育者以新的教材,而(且)也扩大我们文艺工作之视野。……萧三从战地奔波里还寄来关于贺龙将军之通讯。也是本期值得欣幸的一件事情"[1]。第1卷第6期是《"九一八"九周年特辑》:"这期的'九一八'九周年特辑承李延禄军长特为本刊撰文,我们很为荣幸。我们愿写出一些东北抗日联军和东北同胞们英勇抗战的故事,也承李军长帮助,自己谈了,又介绍了几个同志谈,我们便发动了一批作者去听,听了回来写出披露。有意义有趣味的故事是很多的,因本刊篇幅有限,只得大部割爱。我们想,以后可继续搜集,刊成专书。"[2]

又如第2卷第3期是委托中华全国戏剧界抗敌协会陕甘宁边区分会编的《戏剧专号》,刊发张庚的长文《什么是戏剧》,从"戏剧中间谁最重要""演员的特点在那里""综合艺术""文学在戏剧中贡献了什么""美术在戏剧中尽什么力量""音乐在戏剧中的作用""导演的工作""观众对于戏剧的重要关系"等方面介绍、普及戏剧知识。此外,还有史行的一组"演剧杂谈"文章(《反效果是从什么地方产生的》《戏为什么会愈演愈油》《过火和过度的夸张什么区别》等)和马瑜的《漫谈化装》等戏剧艺术专论文章。

1940年12月25日,出完第2卷第3期后,《大众文艺》停刊。

《大众习作》

1940年8月1日,《大众习作》创刊,由中共中央西北局宣传部直接领导的大众读物社编辑出版,共出版6期。社长周文请毛泽东同志题写刊名。胡采回忆道:"前后在通讯科工作、给投稿者写回信的有方之中、钟纪明、杜谈、路平(女)等同志,我也是其中之一。《大众习作》出版时,指定由我负责,没有建立委员会,主要是负责组织大家写稿。除了选登下边来稿外,内部写稿人有通讯科、报纸科的同志们。报纸科的胡绩伟、金照等同志,对《大众习作》的出版,积

---

[1] 《编后记》,载《大众文艺》1940年第1卷第4期。
[2] 《编者的几句话》,载《大众文艺》1940年第1卷第6期。

极支持。刚开始时，周文同志亲自写稿、审稿。"①

《大众习作》是大众读物社"为帮助这些通讯员和一般初学写作者的写作修养"、加强同广大投稿者的联系、培养写作队伍而创办的，"是一种文字最通俗的月刊"。②关于《大众习作》的办刊目的和任务，编者王牧曾介绍说：

> 我们出版这个刊物，交给它的任务很多，对它的希望也很大，重要的有三点：
>
> 第一，组织通讯网、读报组、读书会等。大众化运动，是一个广大的群众性的文化运动，所以，大众化工作，也就不能够简单看成：只要给群众出版点把通俗读物，让他们看看、念念就了事。这是不够的，还要把他们组织起来，集体学习，比如组织读报组，读书会等等就是，大家在一块学习、研究、讨论，进步才会快。这是一方面。另一方面，也要让他们练习写稿子，发表他们的意见，这样，大众化的工作内容才会充实，才会丰富。但是要作到有计划地写，普遍地写，也非得有组织不成，这个组织就是大众通讯组。有了大众通讯组，又有了读报组、读书会等，大众化工作才算有了坚固的阵容，群众性的文化运动，才会不发生散漫现象。这就是毛主席所说的"文化军队"。《大众习作》，就是帮助组织这个文化队伍，加强这个队伍的团结，才出版的。
>
> 第二，"文化军队"得有自己的基本干部，这种基本干部就是广大的大众通讯员，他们生活在乡村中，工厂中，军队中，和群众生活在一起。他们没有受过高深教育，大多数是从工作当中学会了不多点汉字，但是他们热心学习，喜欢写作，高兴参加群众的文化运动。但是，只是这样还是不够的，我们的"文化军队"必须一天天加强，质量必须一天天提高，当然，作为我们这个"文化军队"的干部——广大的通讯员同志，也必须一天天提高，一天天进步，才能够领导起广大的群众，向扫除文盲、提高文化水平的路上前进。在这一个意义上，《大众习作》是

---

① 胡采：《有关〈大众习作〉的一些情况》，载《延安文艺研究》1984年第1期。
② 《大众读物社近况》，载《大众文艺》1940年第1卷第5期。

为了帮助通讯员的写作，加强他们的写作信心，提高他们的写作水平，给他们指示写作方法才出版的。

第三，"文化军队"有一定的奋斗目标和进步方向，指示这种奋斗目标和方向的是正确的大众化理论。正确的理论产生在实践当中，产生在群众的实际反映和我们的概括与科学的整理当中。《大众习作》的出版，就打算从大众化的实践和群众的反映当中，来实际地一点一滴地建设大众化理论。①

《大众习作》的出版时间不固定，"前后共出六期。其中第一期、第四期系单独出版；第二、三期，第五、六期，均为合刊。刊物内容，除了登载通讯员的来稿外，并开辟有《文学名著选读》、《原作与改作》等栏目。每篇《名著选读》后边，均附讲解专文；在《原作与改作》栏目中，除对照刊登两篇文章外，并同时刊登为什么要改写的详细说明。在众多的栏目中，《原作与改作》、《读稿随谈》和来稿综述等文章，较受读者欢迎。《大众习作》的发刊词，是周文同志起草，经大家集体讨论定稿的"②。

《大众习作》的编辑们认识到"编辑一个大众化的刊物，首先负责编辑的人也要大众化，深入群众生活，一方面是教育他们，但是更重要的是向他们学习，学习他们的生活经验，工作经验，学习他们纯朴的和丰富的语言，了解他们的需要和生活，以及在生活当中生长起来的感情"③，并从工农大众的水平和需要出发，将刊物办得丰富多彩、很有特点。《大众习作》主要设有《论文》《大众习作》《公开信》《原作与改作》《工作往来》《工作经验》《名著研究》等栏目。《论文》栏目刊登关于文艺大众化、新闻采写及写作理论等方面的论文，如周文的《关于故事》《谈谈民歌》《开展通讯员运动》、胡采的《关于搜集新闻通讯材料方面的几个问题》《写人写事都要入情入理》、林朋的《标点符号的用

---

① 王牧：《〈大众习作〉是怎样一个刊物》，见大众读物社编：《大众化工作研究》，新华书店1941年版，第153—154页。
② 胡采：《有关〈大众习作〉的一些情况》，载《延安文艺研究》1984年第1期。
③ 王牧：《〈大众习作〉是怎样一个刊物》，见大众读物社编：《大众化工作研究》，新华书店1941年版，第163页。

法》等。《大众习作》栏目刊登群众写的故事、报告、诗歌、小说等作品,如童里的《最后一个男人》、刘御的《一只船》、舒波的《送干哥上前线》、杨生贵的《小娃娃也来开会了》等。《公开信》栏目刊登编者写给读者的有关讲解写作方法和写作知识的公开信,如小景的《文章要有组织》、方之中的《谈谈叙事诗歌》、海原的《怎样写通讯》、王牧的《关于这期通讯》、穀天的《欧化和大众化》《写文章要懂得剪裁》、马朗的《怎样写抒情诗歌》和小丁的《给写唱词的同志的信》等。《原作与改作》栏目刊登群众的原作和编辑部修改过的作品,加上说明和注解,讲出修改的原因,并且结合对稿件的具体修改,谈一些写作时如何选题、构思、分章节和语法修辞方面的理论知识,使读者大众可以通过比较对照学习写作,如在惠泽民原作小说《眼红的原因》后面附上穀天改写的《眼红的原因》,在林浪原作歌谣《小米饭》后附上方之中改写的《小米饭》,在高青蓉原作通讯《延安妇女自卫军半夜抓烟灯》后附上海原改写的《延安妇女自卫军半夜抓烟灯》。《工作往来》栏目刊登各地通讯员来信、编辑答复及对通讯员的要求等。从第2、3期合刊起,《大众习作》增辟《工作经验》栏,刊登群众写稿、读书、办墙报、建立读报栏的经验和体会,刊有守一的《怎样写工作报告》、刘若曾的《怎样教民众夜校》等。从第4期起,为了丰富工农写作者的文学知识,提高文学修养,借鉴和学习名家写作经验,增辟《名著研究》栏,刊登文学名著及评析文章。为充分利用版面,《大众习作》的编辑们还选编了列宁、毛泽东、张闻天以及鲁迅等的文艺语录,作为重要补白,尽量为大众读者提供更多切实帮助。这些栏目,办得都很有特色。

《大众习作》的主要作者和读者为边区县、区、乡级工作干部,小学教师,工厂、军队、农村的通讯员和广大初学写作者,"死死板板的形式,不合他们的要求,他们需要最解放最不包含成见的形式,最灵活的形式,才不拘束他们发表自己的意见"。因此,刊物的编者们努力做到"《大众习作》上登的文章,是既让群众看,也让群众作榜样学着写的……所以就不能够限制通讯员和投稿者按照什么什么形式多写,比如小说,故事,新闻通讯或者诗歌等",而是"给群众以充分的自由，采取任何一种形式，只要真正把他们的意思写出来就可以了"。①因此，我们可以真切地感受到这份以在群众中普及写作知识、引导鼓励帮助群众作者成长为办刊初心的刊物，所具有的鲜明的大众化色彩和亲切、扎实、接地气的编辑思想。编辑们每期都会根据实际需要，编发征求来的读者意见，以增加刊物的大众化色彩。

1941年9月，边区文艺界酝酿以大众读物社为基础成立新的文化协会，《大众习作》于是停刊。

《新诗歌》（延安版）

1940年9月1日，《新诗歌》（延安版）创刊，第1期由战歌社和山脉文学社合编，从第2期起改由延安新诗歌会编辑，成为延安新诗歌会会刊，萧三担任主编。陕甘宁边区有两个文艺期刊《新诗歌》，先后在延安和绥德出版。延安版《新诗歌》采用油印，因此也称为油印本；绥德版《新诗歌》采用铅印，因此也称为铅印本。两刊先后出版，是陕甘宁边区的重要诗歌刊物，对推动延安新诗的大众化和民族化发展起到了非常重要的作用。

关于《新诗歌》（延安版）的办刊缘起，主编萧三曾做如下说明：

> "延安——陕甘宁边区是诗境，是诗的生活，自然，人们都喜写诗歌"。——这是一个朋友从大后方来延安不久以后说的。
>
> 的确，我们这里写诗的人真不少，写出来的诗歌也很多。但是这里的十几个刊物，内中三个文艺刊物是无论如何容纳不下的：篇幅少，纸张又贵，诗歌也和别的文章一样，总是被抽，抽。
>
> 延安的诗歌运动——街头诗运动，诗歌朗诵运动——开全国之风。但是"只开风气，不为师"。我们还得继续充实这一运动底内容。
>
> 写诗歌要有诗歌环境，在这里面彼此吟咏、推敲，彼此欣赏、批评，然后大家能前进，向上，然后能使得诗歌底声音更大，更宏亮，达

---

① 王牧：《〈大众习作〉是怎样一个刊物》，见大众读物社编：《大众化工作研究》，新华书店1941年版，第164页。

到得更远。

这些就是我们出版《新诗歌》的主要原因。

我们是处在一个可歌可泣的大时代。诗人们！歌者们！"盍兴乎来"？

诗人，起来！现在这时节不能贪取甜蜜的睡乡。莫忘了，千万战士的热血流在中原的沙场上。

每个人都应该和他们在一道。

你现在不能丢炸弹动刀枪，

你应当多写诗歌给他们唱；

诗人，诗歌可比子弹和刺刀。①

《新诗歌》（延安版）创刊前和办刊中，边区经济生活处于极度艰苦的时期。因而，只能采用马兰草纸油印，为方便印刷，减少工序，用报纸大小的四开纸张单面印刷，每期两版，初定每月出版一期。刊名"新诗歌"选用美术字体，设在头版右上角竖排；刊名右侧标明期次，左侧标明出版时间和编辑单位，下方标明刊物价格。整体编排紧凑而错落有致，整洁、美观、大方。所刊诗歌也采用竖/横排的形式，每期刊发100多行约3000字。诗稿主要由萧三、刘御等人在文化俱乐部编排妥当后，交由时任抗大干事的公木安排刻印，所需物资由公木所在的抗大宣传科提供。因条件所限，每期只印刷近百份，一部分在一些公共场所张贴，一部分零售（每期5分钱）。前4期定期每月1日出版，后因物资困难，改为不定期出版。现存第1至4期和第6期，第5期散佚，计有42位作者的诗作65首、译诗3首、其他文章4篇。诗人朱子奇回忆："在上面发表诗作的有：萧三、柯仲平、鲁藜、公木、天蓝、郭小川、塞克、刘御、海稜、张蓓、胡征、隐夫、罗夫、孙剑冰、赵锋、李方立、铁夫、陆荆、若望、贾芝、黎帆、葛民、逢美等和冯牧、艾韦、罗夫、达尼翻译的诗以及刘御、吕骥合作的歌《边区工人曲》等，也有我的几首小诗。还有朱总司令、董老、叶帅和田汉同志的词。这些诗词形式、内容，都是多样的、丰富的。"②

---

① 萧三：《出版〈新诗歌〉的几句话》，载《新诗歌》（延安版）1940年第1期。
② 朱子奇：《延安和绥德的〈新诗歌〉及其他》，载《诗刊》1982年第4期。

1941年5月21日,《新诗歌》(延安版)出完第6期后停刊。

《太岳文艺》

1941年1月1日,《太岳文艺》创刊于晋冀鲁豫边区,由沁河文艺协会主编,江横、苏策等人编辑。1941年5月4日,太行山区文联、文协等数十个单位的代表,集会纪念五四新文化运动。彭德怀到会做报告和讲话,他在讲话中指出:

> 当前敌后抗日根据地新文化运动的基本方针与任务,是提倡民主的、大众化的、科学的、拥护真理的、民族独立解放信心的文化;提倡马列主义,批评地接受外来文化和中国固有的文化。……应该巩固与扩大以抗日为中心的文化界统一战线,要把太行山建立为华北新文化运动的根据地。……抗日根据地的文化政策是主张抗日的,要提高民族自尊心。……我们主张民主的、大众的、科学的文化。我们不主张并且反对复古的、读经的、愚昧无知的、封建迷信的文化,那是倒退的文化。①

边区作家积极响应,如赵树理就提出:"彭大将军所说的大众化文化,就是支持我赵树理的大众化文化创作。在华北、在太行山区,什么人最需要文化?老百姓、农民最需要文化啊!我们必须为他们提供能够接受的文化。"②正是在党的文艺工作旗帜的领导下,边区各种文化组织和学术团体纷纷建立并出版刊物,沁河文艺协会编辑的《太岳文艺》反映了当时太岳地区文艺团体活动的成果。

沁河文艺协会在《太岳文艺》创刊号上发表《沁河文艺协会简章》,对协会成立的目的、任务做了规定,同时也对《太岳文艺》的办刊宗旨进行了说明:

> 一、名称:本会定名为"沁河文艺协会"。
>
> 二、宗旨:研究文艺问题,写作技巧,进行自我教育,促进太岳区文艺运动之发展,加强文艺工作者的团结。

---

① 《彭副总司令到晋东南文化界"五四"纪念会上的讲演(节录)》,见刘增杰、赵明、王文金等编:《抗日战争时期延安及各抗日民主根据地文字运动资料》(中),山西人民出版社1983年版,第284页。
② 山西省史志研究院编:《赵树理传》,当代中国出版社2006年版,第56页。

三、具有下列各条件之一者，得为本会会员。

（一）文艺工作者及爱好文艺者。

（二）其他文艺会社愿参加者，经理事会之认可，得为团体会员。

四、入会：

（一）有本会会员一人之介绍，得经理事会之认可。

（二）入会会员须缴纳入会费五角，团体会员得缴纳二元至五元之会费。

五、会员之义务：

（一）尽力于本会所主办之一切工作。

（二）经常练习写作，报告学习心得。

（三）准期出席本会各种会议。

（四）负责吸收积极爱好文艺之会员。

（五）每季须缴季费五角。

六、会员之权利：

（一）有选举被选举权。

（二）作品有介绍发表之权。

（三）有借阅本会图书之权。

（四）有要求解答问题之权。

七、组织：

（一）本会设理事五人，由全区会员代表大会选举之。理事会设正副理事长，及总务、组织、研究三股，执行大会一切决议，并负责处理日常工作等事项。

（二）文艺小组：1.凡会员在三人以上地区，自愿设立文艺小组者，经理事会之认可成立之，其名称为"沁河文艺协会第X小组"。2.文艺小组设小组长一人，其人选由会员选举之。小组长担任会员联络及领导研究、学习、写作等事宜。

（三）编委会由理事会聘请五人至七人组织之。负责编辑本会出版之一切刊物。

八、会议：

（一）全区会员代表大会，每年举行一次，由理事会召集之，探讨该年度文艺工作及会务工作，决定本会工作方针，通过及修改会章，改选理事等事宜。开会地点及时间，由理事会决定之。

（二）理事会，每月举行一次，讨论本会会务之进行事宜。

（三）文艺小组，每半月至少举行会议一次。

（四）编委会，每月开会二次。

九、经费：

本会经费来源：

（一）会员会费。

（二）征募。

（三）政府补助金。

十、附则：本会简章由全区会员代表大会通过施行。如有未尽事宜，得由会员三分之一以上的提议，由理事会通过修正之。[①]

《太岳文艺》创刊号发表了王中青、江横等人的杂文和诗。《太岳文艺》与《新华日报》（太岳版）多次报道宣传绿茵剧团的事迹，并出版了绿茵剧团创作的《回头看》《山沟生活》《仇人不能当亲人》《挖穷根》《难过年》《上冬学》等优秀剧本。1942年成立的绿茵剧团一直处于抗日和解放战争的环境之中，不仅在根据地内演出，而且经常深入周围的平遥、介休、灵石、霍县等20多个地区和敌占区去演出，受到人民的热烈欢迎。

《新诗歌》（绥德版）

《新诗歌》（延安版）停刊后，新诗歌会成员并未减退对新诗歌的热情，仍然坚持创作，并得到社内外人员的响应和支持。时任绥德图书馆馆长和绥德警备区文协负责人之一高敏夫首先倡议在绥德继续办《新诗歌》，新诗歌会会员郭小

[①]《沁河文艺协会简章》，载《太岳文艺》1941年创刊号。

川和张蓓（张沛）等人积极响应。1941年6月，延安新诗歌会绥德分会的几位诗歌爱好者张蓓、高敏夫、郭小川等创办《新诗歌》，由新诗歌会绥德分会编辑，高敏夫任主编。

《新诗歌》（绥德版）是在时任绥德警备区司令员王震和绥德地委宣传部部长邹文轩等人的支持和赞助下出版的。高敏夫虽公务繁忙但仍然热情高涨地投入新刊物的工作中，事无巨细，除负责选稿组稿、通讯联络、编辑评审等内部工作外，还负责刊物的校对、印刷和行销等。张蓓、郭小川等，不仅参与编辑工作，还作为刊物的主要作者为《新诗歌》（绥德版）的出版贡献力量。在刊物发表诗歌作品的作者有高敏夫、张蓓、郭小川、公木、萧三、李雷、贺敬之、胡代炜、冯牧、余修、侯唯动、袁烙、隐夫、俞波、李方立和朱子奇（费格娜）等。此外，刊物还刊登了外国诗歌译文，如公木翻译的美国民主革命大诗人惠特曼的《我坐着来观望》。

《新诗歌》（绥德版）的编者称："我们愿意而且有这种意图，把《新诗歌》成为边区青年诗作者，陈列他习作的场所。我们没有太大的雄心，想从我们粗糙的刊物上，来发现惊人的诗篇，或者把《新诗歌》成为一面旗帜，飘扬在边区的诗坛上。不过，我们还是有一些朴素的愿望的。我们想《新诗歌》应当和青年群众密切联系着，成为他们的心声，和谐着他们的情感。它应当像东方刚升起的太阳，是新鲜的，亮着耀眼的色素。它是粗野而茁壮的，像大风回旋在陆地上。它是广阔而深沉的，渲染着我们斗争的信念。"[1]

《新诗歌》（绥德版）刊名由毛泽东题写。它的印刷条件较《新诗歌》（延安版）有了较大改观，是陕甘宁边区第一份采用铅印的诗歌期刊。为保证印刷质量，同时便于在俱乐部等场所张贴，《新诗歌》（绥德版）采用四开单面印刷，各期版次数目均有不同。该刊版面布局基本与延安版《新诗歌》相同，刊名竖排放在右上角，刊名下方分别是横排的期次和出版时间，再下方是主编、出版单位的信息和刊物价格。不同之处在于《新诗歌》（绥德版）是在头版右下角注明当期目录。

虽然印刷条件有了改善，但物资紧缺还是让《新诗歌》（绥德版）的出版面

---

[1] 张蓓：《边区青年诗作者的新地》，载《新诗歌》（绥德版）1941年第5期。

临着重重困难,"在异常困难的条件下,第六期又挣扎着出版了,在这方面我们是胜利了,而且具备着坚持下去的决心"①。在伟大的革命战争中奋斗的诗人们满身洋溢着革命的乐观主义精神,他们勇敢地歌唱,他们的诗歌创作力也旺盛而坚强。"边区,诗的花,正在一朵朵的开放,在我们周围,涌现出一个个杰出的青年诗作者,他们不但致力于诗的艺术的描绘,而且隐藏着人类解放伟大而绚烂的政治远景。生活在延河岸上的人,每个人的日子都像没有雾的清晨,健康而单纯,因此诗人的歌唱也显得雄劲有力。诗人的心胸燃烧着炽热的理想之火,他们倾向民主,倾向于整个世界上,奴役与保卫人类的大搏战。"②

《新诗歌》(绥德版)前后出版6期,目前仅见5期,诗作有启明的《劳山一日——献给我们在劳山生产中的小鬼》、朱子奇的《我歌颂伟大的七月》等。其中《新诗歌》(绥德版)第3、4期编发了《反德援苏特辑》,有公木的《希特勒底十字军》、隐夫的《褐色的猪》、费格娜(朱子奇)的《飞蛾》等。《新诗歌》(绥德版)发表的诗作"大部分是一些二十岁左右的年轻诗歌作者写的,无论思想、语言、技巧,都比较粗浅、单纯。但主题是明朗的,情绪是健康的,这正是新诗歌发展的一个特点"③。

作为刊名、风格和精神气质都前后延续的诗歌刊物,延安版《新诗歌》和绥德版《新诗歌》坚持办刊将近两年。《新诗歌》的出现,标志着陕甘宁乃至解放区新诗歌运动的高潮。从整体来看,《新诗歌》(绥德版)在沿袭《新诗歌》(延安版)的整体编辑风格的基础上,又有了新的发展,它联系广大青年作者,强调诗歌与时代和人民最紧迫的现实的紧密联系,歌唱出人民的心声,致力于诗歌的大众化和民族化,彰显了边区诗歌的风貌,产生了更广泛的影响,进一步推动了陕甘宁边区的新诗歌运动。《新诗歌》(绥德版)的影响不仅限于边区,也传播到了国统区,胡风创办《七月》时就曾转载《新诗歌》上的作品,《新诗歌》的影响甚至远及苏联:"一九四九年我在莫斯科著名翻译家兼《苏联文学》编辑阿龙史

---

① 《编后》,载《新诗歌》(绥德版)1942年第6期。
② 张蓓:《向现实的底层》,载《新诗歌》(绥德版)1942年第6期。
③ 朱子奇:《延安和绥德的〈新诗歌〉及其他》,载《诗刊》1982年第4期。

坦姆家里，见过他从《新诗歌》上译出的萧三同志的诗。"[1]

1942年7月，陕甘宁边区文协绥德分会决定将《新诗歌》与《文艺生活》合并为全新的综合性文艺月刊《青苗》，并于是年8月出版。

《西北文艺》

1941年7月5日，《西北文艺》创刊于山西兴县，由中华全国文艺界抗敌协会晋西分会编辑，卢梦任主编，共出版8期。林枫、亚马、非垢、卢梦、李欣、莫耶、石丁、白嘉、鲍枫、穆欣、张熙等曾为《西北文艺》写稿，地方与部队的文艺工作者是该刊的主要撰稿人。

《西北文艺》是在晋西编辑出版的重要的纯文学月刊，每期2万多字，印数1000份。《西北文艺》的主要作者林枫在《给〈西北文艺〉》一文中道出了该刊的办刊任务、性质和办刊目标：

> 《西北文艺》之所以值得我们欢迎，我想因为她是我们的战斗武器。今天在全世界，是伟大的战争和革命的时代，在中国则是伟大的民族解放战争的时代，因此，我们的文艺必须是为革命为民族解放而服务的。抗日根据地的文艺及其运动，必须是提倡与建立民主制度，坚定民族自信心，发扬民族自尊心，反对专制独裁，反对妥协，反对卑鄙无耻，因此，她必须是战斗的，新民主主义的，现实主义的。
>
> 《西北文艺》之所以值得我们欢迎，我想因为她是与广大的群众密切联系的。她是群众的先生，也是群众的学生。要教育群众提高群众的质量，也要向群众学习，倾听群众的呼声。不管是音乐戏剧，不管是文学美术，其内容必须是抗日的进步的建设的，反对残暴压迫，反对黑暗反动。其形式必须是能为群众所接受的"雅俗共赏"的，逐渐上升的，反对低级趣味，固步自封（在内容上更应如此）。因此，她必须是建设的，民族的，大众的。

---

[1] 朱子奇：《延安和绥德的〈新诗歌〉及其他》，载《诗刊》1982年第4期。

《西北文艺》之出版，希望她能成为晋西北文艺工作者的团结核心，建立文艺上的抗日民族统一战线。这首先要反对宗派习气，意气之争，以及自高自大，脱离群众，自以为是的目空一切的艺术家派头。不放松对于任何缺点及不良倾向的严正批评，然而必须是善意的积极的扶持。鲁迅先生的嫉恶如仇，而又热心爱护教育青年，应成为我们的楷模。文艺工作者要成为人民的教育家与组织者，这需要更大的气魄和更多的耐心。

　　《西北文艺》之出版，希望她能成为晋西北文艺工作者的学习园地。"干到老学到老"，行行如此。刻苦用功，谦虚努力，提高艺术质量。特别在艺术的形式上，必须艰苦的练习才能进步，才能做到良好的地步。依我看，文艺工作是一种严正的工作，而不是"散漫"。也希望以此园地，培养和提拔新的文艺工作者。我们需要更高的艺术家，我们也需要更多的艺术家。①

《西北文艺》所刊载的作品多是反映农民和战士生活的，如莫耶的《关于小故事》、李欣的《一个通讯员的身世》、罗岱的《大洋马》、白嘉的《我终于见着了他》、仲名的《吉田曹长》、行者的《我们的尖兵班》、理明的《到汾离公路上去》和沙鲸的诗《送丧者》等。

1941年10月19日，晋绥边区文联召开鲁迅逝世五周年纪念会，林枫为此撰写报告《纪念鲁迅并论晋西北文艺运动》，分为"纪念鲁迅要学习鲁迅""抗日根据地文化运动的任务""对文化工作人员的希望""文化运动的组织工作""集中力量"②五部分，刊登在同年11月5日出版的《西北文艺》第1卷第5期《纪念鲁迅特辑》上。1942年4月，《西北文艺》在《文艺之页》发表了石宾的遗作及悼念文章；同年第2卷第2期，发表了萧三纪念高尔基的文章，还刊登了高长虹的《掠夺者的闪击》。③

《西北文艺》在编辑出版方面人力、物力匮乏，主要编辑只有两个人，要负

---

① 林枫：《给〈西北文艺〉》，载《西北文艺》1941年第1卷第1期。
② 葛涛：《鲁迅文化史》，东方出版社2007年版，第90页。
③ 山西省史志研究院编：《山西通志·新闻出版志·出版篇》，中华书局1999年版，第129页。

责"收稿、发稿、看稿、改稿、划版、付印、校对,一直到把印好的刊物从黄河以西杨家沟村的抗战日报社印刷厂运回来"。另一方面,刊物收到的来稿较少,"几乎是来什么就用什么",因此,从第2卷起改月刊为季刊。①

《西北文艺》第2卷第1期发表了莫耶的小说《丽萍的烦恼》。小说发表后引发了较大的争议和批评:"一是因为这篇小说写的是一个很多同志都关心的故事,而且写作技术比较高;二是因为这篇小说错误的描写了主人公丽萍与其丈夫'×长'以及他们的婚姻关系。这篇小说发表之后不久,在军区政治部工作的、文学修养较高的张非垢同志就写了《假(偏)差》一文,批评这篇作品,在《抗战日报》上登载。之后,又有一些同志写文章公开批评这篇作品。《西北文艺》在登出这篇小说之后,又出了一期,因为稿件太少,也因为出了这么个问题,就于六月中停刊了。"②因为上述种种原因,《西北文艺》于1942年6月停刊。

《文艺生活》

1941年9月15日,《文艺生活》创刊于桂林,为综合性文艺月刊,由司马文森主编,文献出版社发行。《文艺生活》的办刊经历异常坎坷,先后经历多次停刊、查封、迁址、复刊。1943年7月15日出版第3卷第6期后休刊;1946年1月1日复刊,在广州出版了"光复版"新1号(司马文森、陈残云编辑,文艺生活社出版发行),同年7月1日出至第6号后被国民党当局查封;1946年8月,《文艺生活》迁往香港继续出版,1948年1月再次被查封;1948年2月,司马文森与文协香港分会合作,在香港改出《文艺生活》(海外版)第1期,1949年12月25日出至第20期后停刊;1950年,《文艺生活》在广州复刊,出版"穗新一号",1950年7月终刊。

《文艺生活》在桂林共出18期,"光复版"在广州和香港先后共出18期,

---

① 卢梦:《回顾晋西北地区新文艺运动发展的历史》,见王一民、齐荣晋、笙鸣编:《山西革命根据地文艺运动回忆录》,北岳文艺出版社1988年版,第28—29页。
② 卢梦:《回顾晋西北地区新文艺运动发展的历史》,见王一民、齐荣晋、笙鸣编:《山西革命根据地文艺运动回忆录》,北岳文艺出版社1988年版,第28—29页。

"海外版"共出20期,随"海外版"赠送的《文艺生活副刊》共7期,新中国成立后的"穗新一号"共出6期。除附赠的副刊不计,《文艺生活》从1941年创刊至1950年终刊,共出版62期刊物。《文艺生活》的撰稿人主要有郭沫若、茅盾、何其芳、夏衍、田汉、艾芜、沙汀、聂绀弩、楼栖、胡明树、黄谷柳、温涛、汪巩、章泯、华嘉、萧蔓若、野邨、邵荃麟、黄药眠、静闻、黄绳等。冯乃超、林默涵、秦牧、端木蕻良等文艺工作者也曾为"海外版"写稿。

《文艺生活》创刊号上登载了一则《文艺生活征稿简约》,要求"来稿范围,凡小说,作家或作品研究文字,散文、诗歌、论文、书评,翻译或创作均所欢迎"①。《文艺生活》所发表的文章形式多样,有小说、诗歌、戏剧、杂文、报告文学等,同时也重视翻译和评论作品。夏衍的《法西斯细菌》、司马文森的《雨季》、田汉的《秋声赋》等重要作品均在该刊发表。《文艺生活》曾开设《德苏战争特辑》和《寄慰苏联战士》等专辑来宣传俄苏文学。

《文艺生活》发表了大量抨击时弊反映现实的杂文,也刊载反映解放战争和新中国建设的报告文学作品。郭沫若、茅盾、何其芳、邵荃麟等人在该刊发表的关于"人民的民主的文艺"的理论文章也都具有重要意义。在文艺宣传和学习方面,《文艺生活》曾举办文艺月会,请郭沫若、茅盾、欧阳予倩等主讲。

《文艺生活》的编者称:"在编辑的方针上,我们想加强创作部份,有好的翻译每一期也要尽可能的介绍出来。作家或作品研究,不论是中国或是外国的,我们都希望每期能介绍一两篇,不尚空论,多谈实际的写作方法或生活介绍,虽没有特殊见解,能尽量的提供出研究材料来,也是我们所欢迎的,因为我们觉得像这一类东西,对于青年们的帮助是很大的,而且正是目前十分迫切需要的。"②初期的《文艺生活》"担负民族的抗日斗争的文艺宣传和动员"的任务,后又倡导"人民的民主的文艺","坚持和发展争民主自由解放斗争的文艺宣传和动员"。③"海外版"则"以培养西南及海外的文艺新军,散布民主文艺

---

① 《文艺生活征稿简约》,载《文艺生活》1941年创刊号。
② 《编后杂记》,载《文艺生活》1941年创刊号。
③ 《复刊词》,载《文艺生活》1950年穗新1号。

种子，团结广大青年文艺爱好者"为目标。①

司马文森曾对《文艺生活》（光复版）的办刊宗旨和文艺生活社的工作计划做过详细的说明：

> 我们固无意于使自己变成一面"旗子"，但我们对于团结西南及海外的青年文艺工作者颇具决心是事实。顾问会的设立就是为了便利于这种团结工作，我们原先的计划是想使每个社员都有机会和它保持接触，并使它能成为真正文艺学习研究指导顾问机关。它的工作，除了经常回答问题，批阅习作外，并于每月月初公布一月来的研究大纲，举办每月征文，使各学习小组，各社员有机会进行学习研究和写作活动。……
>
> 最近，我们还有两个新计划在进行，一，是建立文艺图书馆，二，举办文艺讲座。前者是为了便利买不起新书的社员，后者是作为一种经常性研究活动，不过这两件工作能够成功，还要看大家的协助程度如何，特别是在经济的支持上。为了这图书馆能快点办起来，有书的可以捐书，有钱的可以捐钱，自己主动的捐，代表社向热心文化事业的社会人士捐，使它能够办起来，能够办得充实！②

《文艺生活》办刊历时近九年，所发表的文章多具有斗争性和现实性，反映了时代的变化，对于清除反动文艺的影响和发展工农兵的新华南文艺有重大贡献，在华南、港澳和南洋一带产生了广泛影响。

《草叶》

1941年11月1日，《草叶》创刊，为双月刊，是由延安鲁迅艺术文学院草叶社创办并负责编辑的纯文学刊物，由严文井、何其芳、周立波、陈荒煤等组成编委，陈荒煤任主编，共出6期，发表作品20万字左右，由延安华北书店出版发行。

为了给鲁艺文学爱好者、创作者提供一个发表作品的平台，草叶社创办了《草叶》，草叶社社名和《草叶》刊名均取自美国人文主义诗人惠特曼的诗集《草

---

① 司马文森：《"文生"一年》，载《文艺生活》（海外版）1949年第10、11期合刊。
② 司马文森：《打算怎么做？》，载《文艺生活》（光复版）1947年新第14期。

叶集》，意在表达诗人们努力创作出最平凡但也最有生命力的作品的意愿。

《草叶》创刊之初，编委会决定主要刊发鲁艺师生的作品，并确定了两条选稿标准：第一，"要使读者能够读下去"，"有一定水平的技巧而不是乱七八糟的连语言文字都成问题的作品"；第二，"要使读者读完后多少能够得到一点东西"，"要有一定分量的艺术性和革命性结合起来的内容，既反对空洞无物的概念化，公式化，也不赞成对于新的现实采取一种消极的态度"。[①]随着文艺创作实践的增多，草叶社同人开始意识到只刊发鲁艺师生作品的局限。因此，从第3期开始，《草叶》不再局限于鲁艺文学创作者作品，刊登了艾青的诗歌，并陆续刊发了一些翻译作品和理论文章。在延安文艺座谈会之后，这种变化甚为明显了。

1942年6月14日，根据延安整风运动整顿三风的精神，草叶社在鲁艺文艺俱乐部召开座谈会，邀请了鲁艺各部负责人、文艺爱好者、创作者，会上检讨了《草叶》前几期的编辑工作，总结经验教训，广泛征求作者、读者对刊物的意见和建议。当晚，《草叶》编委会又召开内部会议，确定了新的编辑方针，次日的《解放日报》刊发题为《〈草叶〉杂志革新》的通讯对此予以报道：

> 鲁艺出版的《草叶》顷已拟定了新的编辑方针。该社于日前假鲁艺文艺俱乐部，召开检讨《草叶》座谈会。出席有鲁艺各部负责人、各系学习班长，暨各期作者。检讨结果，大家认为有下列缺点：一、过去《草叶》发表的文章，范围太狭小，以后应增加论文和译文。二、过去发表的创作形式种类少。三、和实际的联系不够。《草叶》编委会当晚即召开编委会。根据大家贡献的意见，决定以后《草叶》要逐渐地尽可能地改变作风，和革命实际更密切地结合起来。创作要多反映目前的现实，多反映边区和八路军的生活。论文要研究"普及"同指导"普及"。希望与离校的校友们发生联系，发表他们的稿子，并在创作修养上帮助他们云。[②]

《草叶》在第5期上刊出《给读者们》，总结前4期的编辑工作，并向作者、

---

① 《给读者们》，载《草叶》1942年第5期。
② 《〈草叶〉杂志革新》，载《解放日报》1942年6月15日。

读者说明刊物调整后的编辑方针，提出革新计划：

时间过得快，《草叶》创刊到现在已经七个月了。最近在整顿三风的运动当中，我们才对这个刊物作了一次检讨，并且从本期起开始我们可能做到的改革。我们愿意在这里把我们对于它的过去的估计和以后的编辑方针告诉能够读到它的同志们。

…………

……按照预定的目的和标准来检查，我们并不很满意。而且更重要的是我们从另外一个更大的目的，更正确的标准来看，发现了它的一个相当严重的缺点：它某种程度地脱离了实际。它不适合于广大的群众的最迫切的需要。它对于战争和革命没有发挥出较多的力量和作用。它没有带着一种开辟道路的精神向前进行，而只是按期地展览了一些作品。因为作者们生活在和平环境里的一个学校里，他们除了从个人的感觉来歌唱革命，从狭小的局部的现实来反映这个时代而外，容易从回忆去写我们的旧中国。这样的作品并不是毫无意义的，然而假若大多数或者甚至全部都是这样，这个刊物就自然显得无力而且和广大的群众有些疏远了。而且由于作者们是正在改变着而还没有无产阶级化的知识份子，他们的立场就没有显出应该有的尖锐和鲜明，他们的思想感情就不能和工人农民的先锋队伍的呼吸和脉搏十分合拍。虽然这是一个难于很快地突破的限制，提出一个最高的标准来做我们努力奔趋的方向还是非常必要的。另外，因为不登载理论批评的缘故，这个刊物又脱离了当前文艺运动当中的斗争。它没有研究实际。它没有对许多问题发言。它没有去帮助那些从事广泛的文艺运动的工作者，尤其是那些离开了鲁艺的课堂而走到各个战场上去的工作者。

因此，我们现在规定着如下的改革计划来尽可能地逐渐地改革这个刊物。

首先，我们要使它不再限制于一种成绩展览的性质而有意识地去服务于战争和革命。我们希望它所发表的作品能够被那些有一定水平的文化修养的，从工人、农民或者知识份子出身的干部们所接受、欣赏，而且感到读后有一些益处。这种益处或者是一种鼓舞，或者是一些营养，或者至少是一点休息和娱乐。在创作方面，我们愿意多发表一些反映目前的现实，而且是最主要的现实的作品，即从边区和八路军的生活里长出来的果实。作品的形式也要多样一些，不仅限于小说，诗歌，散文，而且希望有报告，通讯，速写，故事，独幕剧，等等，同时过去的那点好处我们仍然要保存，巩固而且发展起来，即是反对概念化，公式化，反对对革命采取消极的态度，并要求一定程度的技巧。在理论批评方面，我们希望每期都有一点，而且是那种密切地接触到当前的实际问题，为一般读者和文艺工作者所迫切需要解决的问题的文章。在翻译介绍方面，虽然我们并不拒绝发表那种值得我们今天还学习的古典作品，我们要把更多的比重放在那些离我们今天的现实更近一些的作品上面。

其次，我们想通过这个刊物，和那些已经离开了鲁艺而分散在各个区域里的文艺工作者发生并保持密切的经常的联系。因为处在各种不同的而且有些还是最尖锐的斗争环境当中，他们比较我们有好得多的汲取创作的主题和题材的条件。我们等待着他们的作品，那种带着火药的气息，或者泥土的气息，总之是新的健康的气息的作品。只要真有好的内容我们一定发表。至于技巧上文字上的缺陷我们可以替他们作必要的和可能的补救。就是不适宜于发表的作品我们也要研究它们，从它们抽出一些共同的问题来，用论文的形式给它们以比较有理论性的意见。另外，我们还等待着他们从实际运动，实际工作，实际写作中所发现的问题。把这些问题提给我们，我们要尽力去研究，并将研究的结果公开发表。

再其次，虽说我们因为能力有限，愿意从小的范围做起，我们并不打算把这个刊物局限于鲁艺从事文学工作的人的机关杂志。我们同样迫切地期望着各个战线，各个部门中的同志们把他们的作品和问题寄给我们。我们将同样热心地来接受或者研究。①

---

① 《给读者们》，载《草叶》1942年第5期。

《草叶》从第1期到第4期,共发表了21位作者11万余字的创作。严文井曾撰文对《草叶》前4期编辑工作的得失予以总结:

> 《草叶》里绝对多数的诗就是描写着一些知识份子在这样一次投生的过程中,那又快乐又痛苦的心情的。从他们这些心情中,我们也间接的看见了世界的一部份;但假若诗人真如《黎明之前》里所说,是"命中注定了来唱旧世界的挽歌,并且来赞颂新世界的诞生的人"。那末,我们就要在自己以外来唱一点这个时代的更重要的人物,同那更丰富的现实生活。只有这样做,我们才能跨过自己的旧阶段,才能唱出与时代的脉搏相应的调子的,才能把那挽歌同赞歌唱得响亮而且有力。
>
> …………
>
> 我们的作者写到抗战中的某些暂时还蒙着阴影的方面,他们自己的心情似乎也跟着显得黯淡一些,他们的说话也就带着一些忧愁的,感伤的味道;因此,令一部份听的人引起一些阴郁的,难受的感觉,也令一部份人发生反感。他们所见到的阴影或多或少是有一些的,那也是事实。但如果我们看得远一点,看得广一点,事情就要更清楚一些,我们还是要用一种乐观的态度来说话的。那加重一些事情的阴郁成份的实在还是我们自己的那种阴暗的心情。
>
> …………
>
> 现在,《草叶》上的创作为什么还不令人满意的原因就显明了。主要的还是由于我们的作者写到的东西少,接触到的生活还是狭小,他们多以知识份子作为自己作品中的主角,那少数不以知识份子为主角的作品又多从一个知识分子的观点来写的。那歌颂光明的不够深刻,那接触到黑暗的又没有抓住其中真正黑暗的东西,两者都显得有一些单薄,无力,因此不能给人以强烈的影响,同强烈的感动。[①]

"《草叶》之经常的撰稿者除鲁艺文学系的教师陈荒煤,严文井,周立波,

[①] 严文井:《评过去四期〈草叶〉上的创作》,载《草叶》1942年第5期。

何其芳，公木……等诸名家外，还有较年青的作者贺敬之、朱寨、穆青、葛陵、井岩盾、孔厥、邢立斌、章炼烽、张铁夫、天兰等人。"①《草叶》发表过不少有影响的作品，多为小说、散文和诗，小说有周立波的《麻雀》，散文有萧军回忆萧红的散文，诗歌有贺敬之的《小蓝姑娘》、何其芳的《黎明》《黎明之前》《河》等。1942年1月，萧红因贫病交加在香港逝世。因消息不畅，同年4月底萧红逝世的信息才传到延安。《草叶》曾出版纪念专刊，刊登萧红的遗照，以及萧军的回忆文章和延安许多著名作家的纪念文章。

1942年9月15日，《草叶》编辑出版至第6期后停刊。

《诗刊》

1941年初夏，艾青到达延安后即要求编辑出版一个专门登载诗歌的刊物，以推动以延安为中心的陕甘宁边区的诗歌创作。党中央和边区政府批准了艾青的请求，当即安排帮助解决经费、纸张和印刷等实际问题。经过一段时间的酝酿，由艾青、萧三、柯仲平等人召集发起，延安新诗作家于1941年9月6日在延安文化俱乐部召开座谈会，就诗歌创作、诗坛意见进行了交流，与会代表一致同意筹划出版《诗刊》，议决推选艾青担任主编，并确定《诗刊》的宗旨是："努力提高中国新诗之艺术，克服新诗之标语口号的倾向。"

《诗刊》创刊于1941年11月，为月刊，隶属于诗歌总会，由诗刊社编辑，艾青主编，新华书店发行，为二十四开本，是延安时期唯一装订成册的铅印诗歌刊物，在延安的诗歌运动中开创了新的局面，是边区文艺界的一件大事。因此，《诗刊》一经创刊，《解放日报》就做了报道。

在1941年11月5日出版的《诗刊》创刊号上，艾青满怀激情地写下了《祝——写给〈诗刊〉》：

诗是民主精神的焕发，是人类理性的最高表现。诗的发达是一个国家和民族的文化发达的必然结果。中国新诗已经历了二十年的战斗的过

---

① 残石：《忆〈草叶〉》，载《宁夏图书馆通讯》1982年第1期。

程，它的发展正是和中国社会的革命相同：是非常的艰苦的，韧性的，不屈不挠的，再接再厉的。没有完成的革命事业需要诗，新中国的创造需要诗——需要高度的表现了现实的，表现了战斗的英勇与坚强的，深刻的，感人的诗。

1941年12月11日，延安诗歌组织延安诗会成立，后推选艾青担任该会编辑股负责人。当时延安诗会的会刊尚未出版，《诗刊》实质上充当了延安诗会的会刊。按照延安诗会成立大会的决议精神，《诗刊》要大量介绍外国诗歌理论与创作。

"后来又将多翻译介绍外国诗歌作品和理论，作为它的编辑指导思想，目的是使延安和边区诗作者，开阔眼界，有所借鉴。这个宗旨，从各期刊物中体现了出来。以第六期（也是最后一期）为例，它共发作品十三首，形象而又凝炼地表达了作者们对生活的认识和理想，没有'标语口号'之类；翻译了雪莱、马雅可夫斯基等的诗歌四首；翻译马雅可夫斯基诗论一篇。在二十多页的刊物，有如此丰富的内容，是很难得的。"①《诗刊》组织编发这些介绍外国诗歌作品和理论的翻译稿件的目的，就是要帮助边区的诗歌作者了解国外的优秀诗歌，进而学习借鉴，提高诗歌创作的水平和质量。这种做法是很有远见的，也是难能可贵的。

1941年12月24日，诗刊社参加在作家俱乐部召开的延安各文艺刊物编辑会议，与延安其他文艺刊物交流了编辑经验。作为文艺社团，诗刊社还经常参加、组织延安文艺界的活动，如延安6个文艺刊物于1942年5月1日联合召开萧红逝世追悼会，诗刊社就是发起单位之一。

《诗刊》共出版6期，目前仅存第6期。这一期上刊登的外国诗译作有雪莱作、周立波译的《短诗》，雪莱作、李雷译的《云雀歌》，吴伯箫译的《雪莱剪影》，马雅可夫斯基作、罗夫译的《在哈瓦那登陆》，以及马雅可夫斯基作、萧爱梅译的文艺理论文章《怎样写诗》等。

另外，《诗刊》还刊发了许多重要作家的作品，如艾青的《少年行》（3首）、厂民的《夜航船》、张冀的《再见吧，延安》、立方的《高原的月》、鲁

---

① 刘润为主编：《延安文艺大系·文艺史料卷》（下），湖南文艺出版社2015年版，第798页。

果的《黎明》、隐夫的《马群》和朱衡彬的《母亲》等。其中很多作品被《文艺阵地》和《七月》等国统区的刊物转载,在国统区读者中也产生了较大的影响。

《谷雨》

1941年11月15日,《谷雨》创刊于延安,为中华全国文艺界抗敌协会延安分会会刊,由舒群、丁玲、艾青、萧军、何其芳等人轮流主持刊物的编辑工作。

《谷雨》是抗战时期以延安为中心的陕甘宁边区的重要文艺期刊,其编辑队伍和作者群体基本都是当时延安文艺界的知名人士,他们的创作与评论,代表和反映了当时文艺界对党的文艺政策在创作和理论两个层面的理解与呼应,以及当时延安文艺界文学创作与理论批评的审美标准和价值取向。因此,可以说《谷雨》的编辑出版,对推动抗战时期陕甘宁边区的文艺运动是具有重要意义的,当时的《解放日报》和《文艺月报》都对其创办与组织活动进行过报道。

《谷雨》的编辑工作受到当时党的主要领导同志的关怀和大力支持,萧军在接受访谈时讲过他亲自向毛泽东主席、朱德总司令募捐的故事:

> 在延安文艺座谈会前,为了给作家俱乐部筹集基金,萧军同志当时向许多领导同志进行过募捐活动。他说:毛主席的生活当时也不宽裕,津贴不多,他分三次交给了我一千元。我找朱总司令要钱,总司令笑着说:"没有钱了!钱让战士们拿去驮盐了,等他们回来后才能捐给你。"萧军同志风趣地打着手势,又回忆说:"当时,边区政府主席林伯渠还算有点钱,他很痛快,一次就给了我们三千元。"①

《谷雨》创刊号上的《征稿启事》明确规定:"本刊欢迎各种文艺作品,如小说、诗与散文、报告文学、速写、戏剧和文艺理论。"《谷雨》刊登的作品以文学创作为主,兼及文艺评论和翻译作品,文学创作以小说为主,诗歌和散文、特写次之。共发表作品64篇,其中小说21篇,诗歌10首,报告与特写3篇,散文6篇,理论批评文章10篇,翻译文章13篇,其他1篇。

---

① 刘增杰、王文金:《有关〈谷雨〉的一些材料》,载《新文学史料》1982年第2期,第75页。

《谷雨》刊登了丁玲的《在医院中时》、柳青的《一天的伙伴》、刘白羽的《在旅部里》、周而复的《荒村》、周立波的《第一夜》等小说,天蓝的《我,延安市桥儿沟区的公民》、艾青的《我的父亲》、严辰(厂民)的《我们的队伍》、李雷的《号角之歌》等诗歌,丁玲的《风雨中忆萧红》、何其芳的《饥饿》、吴伯箫的《书》等散文。这些作品或以民族革命战争为题材,或表现了旧中国劳动人民的苦难,或描写了新文学作家成长的历程,或反映了抗日民主根据地人民的生活和斗争。

《谷雨》还刊载了10篇理论批评文章。如艾青的诗论《语言的贫乏与混乱(一封关于诗的信)》(第1卷第2、3期合刊)讨论了新诗的语言问题;王实味的《政治家·艺术家》(第1卷第4期)讨论了文艺与政治的关系;江布的《剧坛二三问题》(第1卷第4期)讨论了戏剧运动需要解决的戏剧的宣传性与艺术性、普及与提高、公式主义与脸谱主义问题,讨论了戏剧批评问题,是作者针对张庚的《剧运的一些成绩和几个问题》(《中国文化》第3卷第2、3期合刊)而写的,属于针对性较强的争论文章。1942年6月15日,《谷雨》第5期出版。其时正值延安文艺座谈会之后不久,于是适时集中发表了6篇理论文章,有丁玲的《关于立场问题我见》、艾思奇的《谈延安文艺工作者立场、态度和任务》、刘白羽的《对当前文艺上诸问题的意见》、萧军的《杂文还废不得说》、严文井的《论文人的敏感同自我意识》、周扬的《关于艺术的内容与形式——读书笔记》等,比较集中地讨论了"当前的文艺运动"问题,从文艺工作者的立场、态度、任务及文艺的内容与形式问题等角度,表达了文艺家们对毛泽东《在延安文艺座谈会上的讲话》的理解。

在译介国外(主要是苏联)的文艺作品与理论文章方面,《谷雨》的编者与作者的努力也是值得称道的。《谷雨》共刊登翻译文章13篇,其中理论译文有周扬翻译的车尔尼雪夫斯基的《艺术与现实之美学的关系》(创刊号)、曹葆华翻译的《列宁与艺术创作底根本问题》(第1卷第2、3期合刊)、陈适五翻译的高尔基的《论绦虫》(第1卷第4期)、曹葆华翻译的高尔基的《果戈理论》(第1卷第5期)等,这些都对革命文艺的成长与发展具有很高的借鉴价值。

此外,《谷雨》发表的陆地的小说《落伍者》、王实味的论文《政治家·艺术家》等都曾在延安文艺界引起广泛争议。

1942年8月15日，《谷雨》编辑出版至第6期后停刊。

《部队文艺》（延安）

1941年12月，《部队文艺》创刊于延安，为中央军委直属队政治部文艺室（简称"军直文艺室"）机关刊物，属于不定期文艺期刊，也是解放区内较早出现的主要刊发作品的综合性文艺期刊。1942年4月终刊。

1941年5月，为丰富部队文艺生活、发掘并培养部队文艺人才，中央军委直属队政治部正式成立文艺室，公木（张松如）任军直文艺室主任，晋驼、朱子奇、周若冰、方杰、李杰、李溪、侯唯动、李尼等都是文艺室的骨干力量，文艺室在军直政治部主任胡耀邦的直接领导下开展各项工作。文艺室成立后多次召开会议，商讨活跃繁荣部队文艺的措施。文艺室诸同志将部队文艺工作视为部队政治工作的一个重要组成部分，主要目的在于通过鼓动宣传联系群众，丰富战士生活，提高部队士气，从而增强战斗力、扩大人民军队影响，并争取早日取得抗日战争的胜利。基于这种高度自觉的认识，文艺室人员热情高涨、齐心协力、不辞辛苦地到军直各单位开展合唱、演戏等各种文艺活动；并组织通讯小组，广泛联络各单位文艺尖子。随着活动的有效展开，创建部队文艺工作的阵地就显得尤为必要，于是，军直文艺室决定创办综合性文艺期刊《部队文艺》，责成公木担任主编。

《部队文艺》编辑人员的分工大致是：晋驼，负责编辑小说稿件；方杰，负责编辑散文稿件；朱子奇，负责编辑诗歌稿件。除文艺室成员自己积极创作外，文艺室还通过通讯小组联络各地作家和文学爱好者，刊发他们的新作。《部队文艺》以刊物为阵地，大力提倡"兵写兵"，以表现普通战士的多样生活，同时努力培养能创作的文艺战士，这也成为中国现代军旅文学的一个开端。

《部队文艺》编辑部为扩大刊物的影响，还组织召开了各种主题的文艺座谈会，就部队文艺问题进行深入探讨。《部队文艺》虽然存在时间较短，但非常积极地参与了延安文艺界的活动，产生了很大的影响：

> 那时候，《部队文艺》的编者们从刊物的组稿和出版角度，曾经出

面组织过一些文艺座谈会活动。比如,他们曾召开过一次特约写稿人会议,广泛征求各方面对期刊的意见。研究和讨论刊物的编辑要求,以及如何创作反映部队生活的文艺作品。参加这次会议的人员,除了刊物的编辑和部队文艺工作者外,还注意吸收了社会上其它方面的文艺作者。……

文艺室是军直政治部的一个行政机构。为了便于开展活动,他们以文艺室成员为核心,发起成立了一个文学团体,名字叫鹰社,寓意在部队新文艺创作上如鹰展翅,翱翔奋进。鹰社的主要任务是,研究文艺规律,开展文艺创作,活跃文艺生活,为抗战现实和部队建设服务。

…………

军直文艺室活动与《部队文艺》刊物的出版,虽然是抗日战争时期解放区革命文艺运动中的一个小段插曲,但它对于帮助我们认识部队文艺的发展和成长,认识延安时期新文化运动的现状和特点,有着一定的历史价值和教育作用。[①]

《部队文艺》共出版3期,1941年12月出版第1期,1942年4月出版第2、3期合刊。随着延安整风运动的展开,公木、晋驼被调转到鲁艺工作,侯唯动、李尼也回到了鲁艺。其他人也先后离开文艺室,参加各单位和文艺界的整风运动。军直文艺室的活动到此结束,《部队文艺》停刊。

《晋察冀文艺》

1942年1月20日,《晋察冀文艺》创刊于河北,为油印月刊,是晋察冀边区文协机关刊物,由晋察冀边区文协主办,田间任主编,主要刊载诗歌、小说、报告、短论、杂感、评论、翻译作品等。虽然出刊时间不长,每期篇幅容量也较小,但该刊却以鲜明的个性在延安文艺期刊中脱颖而出。《晋察冀文艺》的主要作者有田间、孙犁、鲁藜(老鲁)、红杨树(魏巍)、秦兆阳、邵子南、胡苏、

[①] 刘锦满:《延安时期的军直文艺室和〈部队文艺〉》,载《新文学史料》1982年第1期,第156—157页。

康濯、林采、劳森、李蕤、刘仁、胡可、方冰、陈辉、蔡其矫、曼晴、邓康、王林、玛金、席水林、蔺柳杞、陈陇、戈焰、丁克辛、丹辉、司马军城、丁里，以及翻译家胡风、沙可夫、戈宝权、曹靖华、赵景深、叶林娜、许立群、赵洵等。

《晋察冀文艺》在创刊号刊登的《编辑小记》中，指出了该刊的性质和任务：

> 这是文协的机关志之一，仅作为边区文艺工作者学习文艺，文艺创作发表的共同园地，仅作为边区文艺工作者保卫边区，保卫祖国，打倒敌人的共同阵地而已。①

《晋察冀文艺》以发表文艺创作为主，尤以诗作为多，如田间的《贫农和酒》、劳森的《党和诗》、红杨树的《春天，苦战的阵地》、邵子南的《梦》等。

《晋察冀文艺》刊发的文论多编在《短论》栏目里，有邵子南的《无限空虚的呻吟》、见的《〈最后一课〉回忆所及》、鲁藜的《与某同志论诗》、胡苏的《概念与形象》、康濯的《关于写小故事》，还有孙犁的《新人物·感情·气氛》、司马军城的《思想断片》、王林的《关于写作的二三事》、文协·文学顾问委员会的《关于妇女创作》《培养儿童作家》、犁的《检查自己》《加强文艺武装力量》等。

此外，《晋察冀文艺》还发表了很多作家研究和作品评论方面的文章，如田间的《"战争的风俗诗"及其他——我对邵子南底诗的一些感想》、司马军城的《读完〈铁的子弟兵〉后》、林采的《关于〈铁的子弟兵〉》、文协·文学顾问委员会的《我们对于〈初步〉的意见》、林冬蘋的《〈铁的子弟兵〉读后》等。

《晋察冀文艺》第5、6期为"诗专号"合刊，刊登了田间的《诗论二则》，犁的《诗言志》《战争和田园》，方冰的《我所认识的田间》，邵子南的《从一个侧面论鲁藜诗》，季别捷夫·哥玛契作、沙可夫译的《论诗学的品质与批评的品质》，席水林的《一年来诗工作表现》，力编的《朗诵》，此外还刊登了《鲁迅文艺奖金一九四二年春季奖内文学作品介绍》。这一期合集的《编后》文字很好地体现了《晋察冀文艺》作为边区文协机关刊物的战斗色彩：

---

① 刘增杰、赵明、王文金等编：《抗日战争时期延安及各抗日民主根据地文学运动资料》（中），山西人民出版社1983年版，第250页。

在编好以后，就想到虽说它还不能充分表现晋察冀的现实和诗的阵容，但它在今天出版，却是代表着以下两种意思的：

诗专号献给艺术节，献给本会第二届会员大会，献给远道来参加大会的同志们一种亲切的、暑天的读物，并希望他们藉此批评协会的工作。

诗专号是对法西斯及其同情者们的一个蔑视，是对被逼迫死的文学家肖红和被查封的《七月》、《文艺阵地》等刊物的崇礼。法西斯及其同情者们痛恨一切代表正义的东西，绞杀一切反抗的呼喊。它们这样对付文艺，正是他们感到文艺的正义的力量了！

在敌人的封锁下面、晋察冀困难的物质条件下面，我们的刊物却发荣滋长起来了。这是因为我们确信既然法西斯及其同情者们已经对我们的力量表示了恐惧，那就是证明我们的力量已经能够打垮它们了！[①]

《晋察冀文艺》非常重视对苏联文艺的介绍，先后发表了比亚力克作、沙可夫译的《高尔基的美学观点》，Y.加奈次基作、胡风译的《列宁与高尔基》，A.托尔斯泰作、曹靖华译的《致青年作家》等，以宣传马克思主义文艺理论的主要观点、马克思主义文艺的党性原则和文艺为劳苦大众服务的思想。值得一提的是，该刊发表的沙可夫的译作《高尔基的美学观点》获得了晋察冀边区文联鲁迅文艺奖金1942年第一季度奖。

1942年5月，《晋察冀文艺》出至第5、6期合刊后停刊。

《苏联文艺》

1942年11月7日，《苏联文艺》创刊于上海，是一个专门发表直接从俄文翻译成中文的苏联文学新作、斯大林文艺奖金获奖作品和旧俄时代经典文艺作品的刊物，由苏联塔斯社社长罗果夫任主编，中共地下党委派姜椿芳等负责编务，上海苏商时代书报出版社出版，共出版37期。《苏联文艺》开设《小说》《诗歌》

[①] 刘增杰、赵明、王文金等编：《抗日战争时期延安及各抗日民主根据地文学运动资料》（中），山西人民出版社1983年版，第250—251页。

《戏剧》《音乐》《电影》《艺术》《理论》《文录》《俄罗斯人民的英雄史迹》《评介》等栏目，时有调整和变化，另有《反对世界主义特辑》等特辑。《苏联文艺》翻译刊载了诸多俄苏著名作家的作品，满涛、张孟恢、管弦、伍孟昌、杨林秀、冯鹤龄、朱烈、顾用中、萧瑟和吴墨兰等都是主要译者。

主编罗果夫在《苏联文艺》创刊号上发表《编者的话》，阐明了办刊背景及宗旨：

> 中国对于俄国文学的兴趣早就很高。俄国作家文艺作品的第一篇中译究竟在什么时候出现，现在没法断言。无论如何，这是在几十年以前的事情。不过谁都知道这两个毗邻的伟大国家的文化关系在很久以前便已经发生。
>
> 中国古典作家的诗作，最初俄译之一是在一百六十六年以前出现（阿列克赛·梁基亦夫《中国寓言》，一七七六年，彼得堡出版）。可以充分确信的说，中国及其高度发展的古代文化和许多世纪的文学，当时对于和平邻国的生活和文学是深感兴趣的。所以可以推测，我们现在所不知道的那第一篇俄国文学的中译，在中国的出现远较中国文学作品的俄译在俄国出现为早。
>
> 在俄国的中国学历史中有一个事实是众所周知的：一六一八年顺治皇帝送给莫斯科皇帝万西里·苏伊斯基的书信，搁了一百四十五年，直到一七六三年，才有人能阅读。然而俄国的中国学者总算在一百五十年前开始把光芒万丈的中国文学典范介绍给俄国读者了。
>
> 中俄两国伟大文学是在友谊的毗邻中发展的，无疑的互相给予不可捉摸的影响。
>
> 旧俄文学，最优秀的不朽典范——普希金，戈果理（果戈理），莱蒙托夫，屠格涅夫，托尔斯泰，柴霍夫，高尔基，马雅可夫斯基在中国文学界是广泛熟知的。许多中国现代作家不止一次的证明他们是学习俄国文学之不朽作品的（鲁迅与果戈理，巴金与屠格涅夫，张天翼与柴霍夫，许多中国现代作家与高尔基）。
>
> 在伟大的十月革命之后，俄国文学的声誉在中国特别增长。

  我们知道,高尔基小说的第一篇译文是二十五年前在中国出现的。那是胡适博士把高尔基的小说《她的情人》从英文译成中文。

  一九三七年普希金的纪念日是俄国大诗人在中国的凯旋。昔时他曾幻想逃到中国来,以避沙皇专制的迫害。关于普希金对于中国的注意,可以由现在还保存着的俄国著名中国学家约根夫·比秋林在他赠给普希金的书上所写的字来证明。

  中国新文学的创始者鲁迅是苏联文学与苏联文艺热烈的推广者。他在这方面的著作价值是无可限量的。

  在俄罗斯人民反对德国法西主义的第二次卫国战争时,中国对于苏联文学的兴趣愈加提高了。

  我的中国朋友们竭力要求把英勇日子的苏联文学介绍给他们。于是我们便出版了《苏联文艺》月刊。我们将在这杂志上发表苏联作家的新作和旧俄文学的优秀典范。

  翻译文学不仅是两民族间的无形的桥梁,并且也是互相认识的最好的道路。我们朴质的开端——《苏联文艺》仅仅是两民族间伟大友谊的一小部分。①

《苏联文艺》首期面世后获得了读者的广泛关注,第2期《信箱》栏目中编者对读者来信的回复反映了读者的希望与建议,而编者则在复信中强调和重申了编辑的思路和办刊的原则:

ABC先生:

  你提议本刊开辟"文化新闻"一栏,很遗憾,我们不能接受。关于所有苏联文化消息,我们都刊在《时代》周刊上。本刊不常出版,所以不能登载时间性的材料。我们想把《苏联文艺》弄成"较厚的"文学艺术杂志,在上面发表新苏文学和旧俄文学优秀作品的译文,以及关于文学史,戏剧和音乐的文章,艺术和文学的理论文章。

---

① 罗果夫:《编者的话》,载《苏联文艺》1942年第1期。

你的第二个建议，——把曾得史大林文学奖金的苏联作家的作品介绍给中国读者。这是我们可以执行的。例如我们这期便刊载曾得史大林奖金的铁霍诺夫的诗篇《基洛夫和我们同在》。

又如：

萧韻先生：

来信收到了。你希望藉本刊来认识苏维埃文学，我们当努力充实以副雅望。但是要扩大篇幅，我们有两个很大的困难，第一是上海优秀俄文译者的不够，第二是纸张和排印费的昂贵。作为编者的我，给本刊所提出的目的是：发表完全从俄文直接译出的新苏和旧俄文学作品的译文，因为苏联作家的旧有的中译大多是从英日或其他文字转译而来，并且大部份不准确。我们需要由俄文翻译文艺作品的译者。

来信中提起鲁京所写的《静静的顿河》的序言，我们当译成中文，最近发表。

你说有一位中国作家在编作高尔基作品的目录，这很使我们发生兴趣。请他到我们编辑部来接洽发表的条件。所说《高尔基的回忆和其他小说》新译文，请告诉我们是否是从俄文译出的。

很遗憾，历史小说《成吉思汗》和《伟大的摩拉维》，我们暂时不能出单行本。①

《苏联文艺》在译介俄苏作家作品时，一般会在一期内集中翻译某一位或几位作家的代表作品，使读者对该作家的创作风格能够有一个整体性的了解，这大大提高了普及的效率。以该刊第1期为例，这一期集中刊发了舒班诺夫的《神妙的提琴》《戴眼镜的人》《瞎子》等小说，发表了介绍谢夫成果生平及作品的《谢夫成果自传》《遗嘱：我一死——就把我葬入坟墓》《梦：她在老爷的田里割麦……》，以及托尔斯泰的《申格拉平之战》（《战争与和平》的未定稿之一）和《人性在人间的凯旋——为叔斯达柯维赤第七交响乐试奏而作》等作品。

---

① 罗果夫：《复信》，载《苏联文艺》1943年第2期。

《苏联文艺》发表了西蒙诺夫、史起巴巧夫、铁霍诺夫、尼古拉·古特齐、普拉多诺夫、托尔斯泰、普希金、苏尔柯夫、史维特洛夫、高尔基、叔斯达柯维赤、爱伦堡、鲍里斯·戈尔巴朵夫、罗马索夫、柳里斯基、马雅可夫斯基、萧洛霍夫、毕尔文采夫、史达尼斯拉夫斯基、薇拉·英倍尔、屠格涅夫、柯列茨基、苏达柯夫等诸多作家的作品,以及关于他们生平、创作的介绍。此外,《苏联文艺》组织译者翻译的苏俄诗篇,后来被选编成《苏联卫国战争诗选》单独出版发行。

《苏联文艺》非常注重编辑美学,刊物编辑质量高。这一点在刊物的版式设计和装帧上就有很好的体现,刊物每期都有若干图片插页,所发表的每篇小说、每首诗或剧本都尽可能附发作者的照片和简介。每篇作品的篇头和篇末(补白)的头花和尾花,都用苏联报刊上常用的图案花式,大多是镰刀、斧子和五角星的变化图案。编者坚持刊载直接从俄文原文翻译成中文的苏俄作品,在翻译方法上要求译者严格按照原文句式、格调,不减不增,忠实翻译,宁信不雅,因此翻译质量很高。很多苏联文学作品都是通过该刊首次译成中文介绍给我国读者,很多俄国作家的中文译名也是最早由该刊译者译定并沿用至今的。

《苏联文艺》在中国共产党的支持和领导下,由地下党员姜椿芳等负责编务,办刊时间长,发表作品数量多,每期有136页以上的篇幅,每期发稿字数约20万字。该刊共出刊37期,共刊发了约740万字的文稿,向国内介绍了大量优秀的俄苏文艺作品,涵盖了小说、诗歌、散文、音乐、电影、艺术、理论、戏剧和评介等各种艺术门类和各种题材,对我国读者和文艺工作者了解、学习、借鉴俄苏文学,增进中俄文学交流起到了重要的作用,产生了很大的影响。

《中原》

1943年6月,《中原》创刊于重庆,为综合性刊物,由郭沫若任主编,徐迟任执行编辑,群益出版社发行,共出6期。《中原》是一个在国统区创办的、侧重于文艺理论及文艺批评的刊物。刊物题名"中原",取自陆游的《示儿》一诗,以示刊物为抗战救亡服务的社会意识。《中原》的主要作者有茅盾、阳翰笙、闻一多、蔡仪、陆侃如、戈宝权、翦伯赞、侯外庐、胡风、丁聪等。

《中原》主编郭沫若在创刊号上发表《编者的话》，阐明了办刊的思路和宗旨：

> 我可以说完全是一张白纸，园地是绝对公开，内容是兼收并蓄，只要是合乎以文艺为中心的范围，只要能认为对于读者多少有一些好处，我们都一律欢迎。因此创作也好，翻译也好，小说诗歌戏剧评论以及关于其它姊妹艺术部门的研究介绍，我们都一视同仁，毫无轩轾。
>
> 自然，限制多少总是有的。譬如在思想上袒护法西斯主义的自不用说，即使稍微带些那样的气息，我们也只好敬谢不敏，不能让那样的豪杰来扰乱《中原》。
>
> 又譬如接受遗产我们是强调的，但我们所企图接受的是精神，是要以科学的方法来抉别和阐发。如一味的泥古不化，或拘泥于文言文与旧形式的古董，自然有接受它们的古董店或博物馆，我们这儿也是只好恕不招待的。
>
> 文言文的是非自在论外，我自己也有时写写文言文或旧诗来消遣；但在本志我们要求其统一，不愿有华衮黼黻来配上长袍马褂或中山装，如此而已。
>
> …………
>
> 我现在主编这个杂志，我也想极力减少个人中心的偏向，要使它成为真正的公有园地。为要实践这种意思，我在这创刊号里面把我自己的文章摒除了。
>
> 成名作家的文章当然是我们所欢迎的，但我们却不愿只看见人们的名而不看看人们的文。文坛的明星主义似乎也是应该清算的时候。杂志未出，争找名人，名人人数有限，力量也有限，于是乎大家只顾面子，苟且敷衍，这样会害了名人，也害了文艺。
>
> 我们的水准也并不高，眼光也并不大，总希望严肃而不苟且的作品。只要是用过工夫，苦心地写出来的东西，即使是出于无名的青年之手，我们也特别重视。遇必要时我自己还愿尽修改的义务。

《中原》发表有评论文章、文史知识、诗歌和小说创作及翻译作品等,以评论和文史知识为主。该刊第1期刊发的评论有蔡仪的《艺术的主观性与客观性》、于湘的《论生活态度与现实主义》、项黎的《感性生活与理性生活》、杨刚的《一个知识份子的自白》,介绍文史知识的文章有柳涛的《〈虎符〉中的典型和主题》、陆侃如的《初平兴平文学系年》、徐迟的《美国诗歌的传统》、若斯译英国陶登的《法国的中世纪戏剧》,发表的诗歌作品有柳无忌译的《拜伦诗钞》、戈宝权译的《莱蒙托夫的诗》、力杨的《冬天的道路》等。发表的其他作品有萧蔓若的《安分的人》、徐盈的《哑》、茅盾译的《审问及其他》等。

主编郭沫若在文与史两个方面都有研究且人脉深广,所以多方约请文史学者和文学作者为刊物撰稿。《中原》组发了著名的文史学者翦伯赞、冯沅君、陆侃如、郭沫若等撰写的文史考辨文章,如翦伯赞的《清代宫廷戏剧考》《元曲新论》、冯沅君的《汉赋与古优》、陆侃如的《中古诗人生年质疑》、郭沫若的《夏完淳之家庭师友及其殉国前后的状况》《论曹植》、陈望道的《序〈中国文法革新论丛〉》、舒芜的《论因果》、柳无忌的《印度的禽喻文学》、侯外庐的《第十七世纪中国的一个新世界观》、林辰的《鲁迅曾入光复会之考证》等,内容涉及文史、考古、训诂、质变、考证;组发了知名作者的创作和评论文章,如茅盾的《论所谓"生活的三度"》、郑伯奇辑译的《〈哈姆雷特〉源流考》、蔡仪的《艺术的内容与形式》《论艺术的本质》、李何林的《中西市民社会的文学共同点》、胡风的《A·P·契诃夫断片》、阳翰笙的《关于契诃夫的戏剧创作》、严文井的《一个钉子》、艾芜的《火车上》、刘白羽的《在旅部里》、沙汀的《两兄弟》等,内容涉及文学与文化比较研究、作家论、艺术论及作家作品。

《中原》还约请了多位译界名家翻译外国文学中的名家名著,如徐迟译泰戈尔的《艺术之意义》、约翰·罗斯金的《论作品即作者》,冯亦代译V.伍尔芙的《论现代英国小说——"材料主义"的倾向及其前途》、雷蒙·莫蒂美的《伍尔芙论》、L.托尔斯泰的《论莫泊桑》,袁水拍译彭斯的《彭斯诗十首》,亚克译谢尔文斯基的《大卫与汉都特——苏联阿美尼亚民族史诗〈沙逊的大卫〉第三系第二部》,杨刚译鲁德威夷的《解放者——林肯传(第四章)》,无以译高尔基的《老太婆依则格尔——译给我的一个朋友》等。

《中原》杂志在1945年10月第2卷第2期上刊出了第2卷第3、4期要目预告,却未能印行,随即停刊。

抗日战争胜利后,复员期间,各杂志纷纷从战时出版地迁移和停刊,《中原》与《文艺杂志》《希望》《文哨》三家杂志在重庆联合出版了6期临时特刊《中原·文艺杂志·希望·文哨联合特刊》。

《文哨》

1945年5月4日,《文哨》创刊于重庆。《文哨》意为"文艺阵地上的哨岗"①,是在国统区创办的一份极具影响力的综合性文艺刊物,由叶以群任编辑,主要发表解放区作家的作品,郭沫若、夏衍、茅盾、以群、艾青、方敬、穆旦、徐迟、艾芜、骆宾基、周而复、袁水拍、吴组缃、孙伏园、老舍、沙汀、卞之琳、李广田、刘白羽、叶圣陶、靳以等都先后为该刊撰文。

1945年3月25日,茅盾、夏衍、戈宝权、胡风、周而复、徐迟、荃麟、以群等参加《文哨》座谈会,形成座谈会纪要,以《我们的方向》为题发表在《文哨》创刊号上。与会人员认为,《文哨》创刊之后要配合"目前民主运动的需要","把握住文艺的历史方向",号召并引导作家走向表现农村的道路,多发表形式多样的反映农村生活题材的文艺作品。《我们的方向》一文阐明了《文哨》的编辑思想和办刊原则,稿件预约方式,以及作者、读者培养等问题:

> 以群:《文哨》最近就准备创刊,但是编辑方针,还没有具体确定。特别是配合着目前民主运动的需要,我们应该做些什么,以及怎样做,很希望诸位朋友多提供意见!《青年文艺》,我已编过六期;有些特点,在《文哨》里预备仍旧继续。但是,《文哨》应该加一些什么呢?
>
> 徐迟:胡风兄先谈吧。

---

① 《我们的方向——〈文哨〉座谈》,原载《文哨》1945年第1卷第1期,参见北京大学、北京师范大学、北京师范学院中文系中国现代文学教研室主编:《文学运动史料选》(第5册),上海教育出版社1979年版,第164页。

胡风：我也编过一些杂志，我是了解编辑者的苦衷的。有时编者的计划，不一定能够完全实现，常常落空。我编杂志的经验是，有什么编什么，但我这意思并不是希望《文哨》这样编，不要编辑计划。不是的，有个编辑方针当然是好的。我觉得编辑杂志，主要是组织稿子，组织作家写稿子，这首先要了解作家的具体情形，每个作家有他的爱好，有他的擅长方面，我们要针对他的擅长方面，请他写。请他写的时候，要给他充分的时间思索，写作。我觉得现在有些作家给拉稿拉垮了，有什么需要，一定得短时间内交稿，思索的时间既少，写作的时间也很匆促，写出来的作品，自然是不容易好的。其次是要组织他们写什么，主要地是把握住文艺的历史方向，使之发展扩大；配合目前现实的要求，我觉得需要多写些农村生活的作品，特别是那些富有反抗性的农村斗争生活的作品。我只谈这一点意见。一个杂志要编得各方面都讨好，是很不容易的。

茅盾：多登反映农村生活的稿件，当然很好。过去《青年文艺》有这类的稿子，只要好，也登的。只是现在该多发动一些作家写这方面的题材。农村里有许多青年文艺工作者，他们的生活很丰富，他们往往不知道怎样选择题材，哪些题材可以写。我想用论文或通信的形式写一些怎样反映农村生活的文章，对他们是有帮助的。至于杂志下乡，在目前，还是很困难的，不容易办到。我们只有多反映农村生活，使更多的人到农村去；已在农村的文艺青年，我们要多方面帮助他们成为作家，描写农村生活。在我们中间，找一些对农村熟习的人，提出问题来谈，来写，这也不失为一个办法。如果有读者和青年来问，或是找我们谈，我们可从通信和谈话中，把他们引向表现农村的道路。对于已发表的取材农村的作品，我们应该多写批评，研究那些是对的，那些是错的。并且从批评中来发见优秀的描写农村的作品。

…………

至于反映农村的作品形式，也不一定限于小说等几种既定的形式，可以用各种各样的形式来写。只要内容好，技巧即使差一点，或者大体可以，某些方面差一些的，也可以登。

夏衍：周而复刚从农村来的，多谈一点吧。

周而复：还是你先谈吧。

夏衍：在理论方面，要使一般青年了解；解决中国问题，主要的是农民问题；所以，我们的工作要面向农村，青年也要面向农村，到农村中去。我们要使这个口号成为一种运动，从思想上认识这个问题，而且要亲身去实践。

关于戏剧方面，我想谈一点意见；后方的剧坛，一方（面）感觉剧本荒，另一方面却又有人说目前只是几个剧作家把持了剧坛。有些剧本找不到出路是事实，剧作家把持剧坛倒未必。新进剧作家太少还是造成这种现象的主要原因。我想，《文哨》在这方面，可以注意，多登些新进剧作家的作品，只要内容好，技巧如果差一点，想办法给他改一改，或者提供意见，请作者自己修改，然后发表。同时多鼓励写农村生活的剧本，能介绍出来；至于能争取到上演，就最好了。

徐迟："文哨"的意思就是文艺阵地上的哨岗，这个哨岗背后要有俱乐部才好，使作家有个机会经常碰头，交换意见；要是没有交谈的机会，这个哨岗的工作，恐怕不容易做得好。组织作家写稿子，这是一个杂志编者的重要工作。但有些青年作家，经常写，写作上碰到一些问题，希望人回答，这一方面的工作我们做得很差，大半的投稿是得不到回答的。据我知道只有极少数朋友曾经回答过青年朋友的问题。我们以后要注意这个工作。这工作可以由俱乐部担任起来。有什么问题，大家谈谈，分配给一个人回答。

反映农村的问题提出来了，如何去做？有些实际问题如何解决？今后《文哨》六期之内，最好能得到一个解答。

茅盾：看完一篇稿子，意见总是有的，提几点意见也不困难，只是要写封信，就不容易了，要有头有尾，这样化费的时间就多了。大家帮忙，分头来做也许容易点。

周而复：书店方面可以找个人帮帮忙，如果俱乐部成立，出席的人也可以帮点忙。

戈宝权：我理想的《文哨》，不是一个纯文艺的刊物，应该是一个富有现实性，批判性，如可能更多带些战斗性的文艺综合刊物，并且该综合过去的《文艺阵地》，《文学月报》及桂版《青年文艺》的特点。

每期有文艺时论或短论，来反映现实的问题。当然，现实的问题也可以通过小说，诗歌，尤其是报告文学的形式表现出来。

重视反映工，农，兵生活的作品，描写及揭露大后方的黑暗面，这些作品的作者，如能从工农兵中发掘出来最好。添设读者信箱一栏，为读者解答各种文艺问题，并通过信箱网（如可能最好是通过读者网）组织读者，发现新人，并团结一部分好的读者在刊物的周围。

有系统地介绍一些好的外国作品，而不单是出纪念特辑了事。

上面这些意见，也许是公式，教条，尚望编者原谅。

以群：这一方面过去也注意到的，只是有些好的通讯总是登不出来，能够登出来的，又显得贫弱和无力，关于湘桂撤退的通讯报告，就有很多痛苦的经验。

胡风：请湘桂（撤）退作家荃麟来谈谈这方面的情形吧。

荃麟：我要谈的，怕也"登不出来"吧。抗战以后，报告速写等小形式曾盛行一时，这种形式是很便于反映激变的现实的，很富有战斗性，但近来这种形式的作品少见了，也不大被人注意。《文哨》可以多登此（些）这类短小精悍的报告速写的作品。

周而复：我们要反映农村生活，恐怕主要的还是依靠那些生活在农村中的作者，读者。《文哨》要和这些作者读者取得经常的联系，了解他们的问题，解答他们的问题，帮助他们，把他们团结在《文哨》的周围。据我知道，有个报纸副刊，在农村里团结了一些读者作者，当副刊需要什么稿件时，告诉他们，很快的就能得到他们的稿件。这是一个很好的经验。在农村里一个作者读者，他周围也一定也团结了一些读者和作者，并通过他们和《文哨》取得联系，发现一些能写作的人，那《文哨》的稿件来源是无虞匮乏的。并且从他们即能反映出群众的需要，《文哨》会编得更适合于读者的要求的。

以群：很感谢大家所提供的宝贵意见，我个人一定尽力向这些方面做去。还希望诸位朋友经常帮助，使《文哨》成为大家的刊物。①

同期，《文哨》还刊登了以群撰写的《编后杂记》，引导作者扩大作品所描写的对象范围，呼吁作者描写真实的尤其是村镇生活：

作家们的生活大抵是狭隘的，可是读者们的生活领域却是广阔的。我们希望读者们不要跟着既成作家把生活范围和描写对象缩小，（既成作家在这点实在有着说不出的苦衷！）而以你们的作品广泛地反映自己所生活的各地区，各工作部门的真实生活（特别是各村镇的生活）。脱离社会生活来专做职业作家，是最蠢笨的办法。这期，我们刊登了几篇反映乡村，都市和敌后生活的速写和报告。这些，也许都不是成熟的作品，但我们却是欢迎这些的，因为他们反映了真实。②

这一期《文哨》还刊登了郭沫若的《向人民大众学习》、夏衍的《笔的方向》、茅盾的《读书杂记》《近年来介绍的外国文学——国际反法西斯文学的轮廓》、黄芝冈的《论花鼓戏的演变》和以群的《改造旧传统·确立新作风》等文论。此外，还有艾青、沙鸥、穆旦等人的诗，徐迟、袁水拍、方敬、冯亦代等人的翻译，艾芜、骆宾基、周而复等人的小说，题材和体裁范围广、容量大。

《文哨》采取文学创作、理论批评与国外翻译并重的方针，创作以小说、诗歌、报告速写为主，表现敌后抗日根据地和敌占区人民的斗争生活和民主要求，刊登了如穆旦的《活下去》、艾芜的《江上行》、沙汀的《替身》和刘白羽的《破晓》等作品。理论批评方面，《短评》栏侧重探讨文艺与大众的关系、文艺的现实主义、文艺的形式等问题，刊登了郭沫若、夏衍、以群等的评论文章。

---

① 《我们的方向——〈文哨〉座谈》，载《文哨》1945年第1卷第1期。
② 《编后杂记》，载《文哨》1945年第1卷第1期。

《读者录》专栏是对新书的评介,刊登了如茅盾的《读书杂记》、吴组缃的《读〈十年诗选〉》、卞之琳的《读沙汀〈淘金记〉》等书评文章。《文哨》还刊登了较多西欧各国反法西斯文学作品的翻译,如荒芜翻译的《长街》、徐迟和袁水拍合译的《这样的"胜利"》等。

《文哨》的一个显著特点,是编辑了较多特辑。如第1期上的《罗曼·罗兰纪念特辑》,发表了艾青的《悼罗曼·罗兰》,方敬、孙纬、冯亦代等翻译的国外关于罗曼·罗兰的文章;第2期上的《欧战胜利纪念特辑之一、二》,介绍了战时法兰西和苏联的文艺,《新文艺运动史话》栏目下有郭沫若、茅盾、老舍、孙伏园等撰写的欧战胜利纪念文章;第3期上有4个特辑,分别为《抗日战争胜利纪念特辑》(刊发了以群、刘白羽、袁水拍、徐迟、艾明之等撰写的抗战胜利纪念文章)、《茅盾先生五十寿辰暨创作二十五周年纪念特辑》(刊发了茅盾撰写的《回顾》一文,以及叶圣陶、沙汀、艾芜、吴组缃、以群从不同侧面回忆与茅盾交往的文章)、《小说·速写创作特辑》和《诗辑》(刊登了靳以、沙汀、碧野、徐迟、臧克家、华山、方敬、刘白羽等作家的作品)。

《文哨》虽然存在时间很短,却刊发了我国许多现代著名作家的作品。1946年,抗日战争胜利复员期间,各个杂志迁移和停刊之时,《文哨》与《中原》《文艺杂志》《希望》3家杂志联合出版临时特刊。同年6月25日,联合特刊出完第6期后也宣告停刊。

《中原·文艺杂志·希望·文哨联合特刊》

抗战胜利后,聚集在重庆的作家纷纷复员,战时创办的出版时间较长、影响较大的文艺刊物,或忙于迁移,或被迫停刊。一时之间,国内文学刊物出现空荒。1946年1月,《中原》《文艺杂志》《希望》和《文哨》等4家刊物在重庆联合出版《中原·文艺杂志·希望·文哨联合特刊》(以下简称《联合特刊》),邵荃麟和何其芳先后担任主编,并由在国统区做过多年文化工作的年轻中共地下党员王觉担任主编助手,共出6期。《联合特刊》的主要撰稿人有郭沫若、茅盾、冯雪峰、叶圣陶、老舍、夏衍、刘白羽、袁水拍、王亚平、陈白尘、邵荃麟、艾芜、沙汀、路翎、何其芳和野谷等。

《联合特刊》第1期发表了《关于联合特刊的出版》一文，向读者说明办刊缘起、战斗方向、编辑方针和对来稿的要求等：

> 胜利带来了大后方人民新的灾难，也带来了文化界的灾难。经济的恐慌，复员的困难，使出版界，在一度幻想消失以后，立即陷入到比原来更悲惨的境地。因而原有若干较为巨型的刊物，便由于上述原因，不能不有暂时的停顿。或准备迁地续出。在这个空隙中间，文艺界的出版活动便显得异常沉寂了。

> 然而，也正是这个动荡的时候，人民的愿望更切迫地要求着反映，文艺作家更积极的要求着战斗，广大的读者也更热烈地要求着作品。为了回答这些要求，我们四个刊物的同人就决定出版这一联合特刊，篇幅虽然减少了，但是刊期是缩短了，我们决定每半月出一期，以后每期的字数约为四五万。

> 我们原来四个刊物的个性或各有不同，编辑的方针也未必一样，然而我们的战斗方向却是一致的。而现在我们就是坚持这个共同的战斗方向，即是民主主义与现实主义的方向，希望能团结着更广泛的作家和读者，深入于这伟大的民主斗争。

> 但是还不仅如此，经过八年的抗战，我们的文艺战斗，无疑是收获了许多辉煌的成果，然而也不能讳言曾经产生过若干偏向和存在着某些缺憾。为了应付今后新的形势，和准备展开更深广的文艺运动，那末，在这历史转换的时候，便需要有一次对于过去文艺运动广泛而切实的检查，和对于今后文艺运动正确途径的讨论。文艺运动原是思想运动形式的一种，只有加强文艺上的思想批判和斗争，才能充实这运动的内容。这是今天许多作家共同感到的一个问题。这个小小联合刊就愿意来实践这个工作。我们希望作者和读者，能够从过去或目前的种种问题，倾向及作品上，广泛地提出具体意见来展开批评与讨论，不怕尖锐，但求切实，不需含糊，惟求明确。这是需要大家拿出为真理的精神来共同进行的。

简单的说，我们编辑这联合刊的主要方针，就是：一、加强文艺战斗与政治战斗的配合；二、加强文艺运动上的思想斗争。

从这期开始，我们刊载了雪峰先生的一篇长论文《论民主革命的文艺运动》，这只是一个引端，并不是一个结论。这是代表他个人对中国文艺运动的理解，他的意见是期待大家来讨论的。我们希望有更多的人，不管是作者或读者，不管看法相同或相反，都能自由地来提出他的意见。

在创作方面，我们要求有短小精悍的，富于现实性的小说，诗歌，报告速写等的投稿。对于本期所刊各篇，这里也不再一（一）介绍了。这里有的是知名作家的作品，也有是新人的作品。在这方面，我们也同样是不分畛域的。

值得称道的是，《联合特刊》第1期发表了由郭沫若、老舍、叶圣陶、曹靖华、阳翰笙、靳以、冯乃超、陈白尘、梅林、洪深、茅盾、孙伏园、胡风、马彦祥、宋之的、冯雪峰、吴祖光等17位作家联名发表的《中国作家致美国作家书》，呼吁美国作家："我们特别要请你们发挥你们的如椽之笔的力量，使美国人民明白那些已经在中国发挥的事实的真相、并为了东亚的和平，中国的民主政治的前途，以及中美两国人民悠久的友谊，而采取明智而有力的措施"。该公开信呼吁美国作家关注中国内战日迫的局势，请他们呼吁美国政府和人民不要卷入中国的内战，以免延迟中国的解放战争。

《联合特刊》注重社会批评和文艺批评，创作也占有一定比例，辟有《论文》《短论》《小说》《诗》《散文》《童话》《杂文》《书评》等栏目。论文有茅盾的《仍是漫谈而已》、郭沫若的《文艺与科学》、冯雪峰的《论民主革命的文艺运动》（3期连载）、荃麟的《关于批评》、何其芳的《评〈芳草天涯〉》等，对抗战文艺和当前文艺运动中的问题做了重要论述，是理论批评上的重要收获；短论如郭沫若的《历史的大转变》、老舍的《我说》、艾芜的《人民的怒火》、徐石的《爵位·论语·鬼》、禹良的《羡慕"宋襄公"》、雪峰的《〈论民主革命的文艺运动〉中的错字》、陈白尘的《"岂能让人"》等，批评尖锐，语言泼辣；其他文体如小说、诗歌、通讯报告等，以揭露、讽刺国统区的黑暗为主，如郭沫若的《进步赞》、路翎的《悲愤的生涯》《一个商人怎样喂饱了一群官吏》、鲁藜的《妈妈和孩子——纪念死者，激励生者》、黄葵的《放火》、定林的《谁作的孽》、袁水拍的《煤烟和鸟声》、刘白羽的《"我们不能这样下去呀！"》、沙汀的《呼号》等，都具有很强的战斗性。

在1946年2月20日第1卷第3期《联合特刊》印行前，重庆发生了较场口血案，第3期适时刊发了上海、北平各界慰问电，《重庆戏剧电影界慰问信》，《中华全国文艺协会总会致郭沫若先生的慰问信》，《中原·希望·文艺杂志·文哨四杂志社对较场口血案的意见》。《联合特刊》还刊发了对新时代的欢呼，如郭沫若的《历史的大转变》、白尘的《一个时代的开始》、何其芳的《新中国的梦想将要实现：为政治协商会议获得重大成果而作》《走向更大的胜利》等。

1946年6月，4家杂志的负责人相继离开重庆，且个别杂志已在上海复刊。在这样的情形下，《联合特刊》在终刊第6期发表了一篇《致读者》，宣告停刊。原《联合特刊》部分编辑人员留守重庆，接管《联合特刊》未及发表的稿件，"这就是《萌芽》。许多过去支持本刊的文艺界朋友都将支持它。想来本刊过去的缺点它将能补救，而本刊仅有的某些优点也将被保存的。登载在本刊这期后面的'萌芽杂志征稿信'也就大致地说明了它的精神，它的内容。在这样的意义上甚至把《萌芽》当作本刊的继续出版，而且是更加改进的继续出版，也未始不可。所有在这期以后收到的寄本刊的稿子，信件，我们都转交《萌芽》编辑部。他们会负责地来看，负责地来写回信的。希望过去支持本刊的读者都同样热忱地来支持《萌芽》！"[①]这就是《中原·文艺杂志·希望·文哨联合特刊》终刊而《萌芽》创刊的开始。

《白山》

1946年2月20日，《白山》创刊于安东（今辽宁丹东市），是辽东第一个延安文艺刊物。创办人和主编均为田风，刊物由白山编辑部编辑，主要撰稿者有雷

[①] 编者：《致读者》，载《中原·文艺杂志·希望·文哨联合特刊》1946年第1卷第6期。

加、逢风、蓝非、影飞、石光、舒明、华原、田风等。

《白山》的卷首语表明了刊物的办刊缘起、努力方向和任务目标等。《白山》创刊时,正值"东北沦亡了十四年"之际,刊物的创办者有感于当时"日寇法西斯及其走狗们所加给我们的灾难和迫害,罄笔难书,是东北同胞空前的浩劫!日寇奴化侵略的魔手远在六十年前即已伸到我们的东北,'九一八'正是法西斯的野蛮手段的表面化。伴随着武装侵略法西斯文化侵略的阴谋亦节节展开,利用封建迷信的思想来强制愚弄我们的同胞;篡改我们几千年的历史;消灭软化我们的民族意识和国家观念,强制我们学习野兽们的语言文字定为'第二国语',将我们的文字语言分裂成特殊的形式'协和语'"。这些有识之士痛心疾首于日本帝国主义侵略者对国人"以恐怖、屠杀等野蛮手段来实行其法西斯的思想统制,大多数东北人民都成为思想犯的目标。无数文化教育工作者死于酷刑和屠刀下!所谓法西斯的文艺,亦只是些悲观、颓废、淫侈、庸俗的东西,有计划的用来消磨麻醉我们的斗志,使我们陷入醉生梦死的生活里"。①

抗日战争的胜利,使《白山》的创办者、编者看到"解放后的人民是饥渴的,不只是物质上受尽了饥馑,精神上也需要更多的粮食来滋补"。而且,他们意识到"唯有将新民主主义的文化展开,才能够医治我们的创伤,唯有把民主的、科学的、大众的文化建设起来,法西斯的奴隶文化才会被铲除消灭!"② 因此,他们决定创办《白山》,以彻底清除日本帝国主义对国人的文化奴役,彻底清除法西斯文艺对中华民族的精神污染,可见,《白山》的创办者是怀着伟大的理想和目标创办该刊的。

《白山》编者确定的任务和目标是要"将法西斯在过去十四年内所给与我们的压迫、杀戮、灾害、痛苦、冤屈、仇恨……全部的吐出;我们要向全人类控诉日寇法西斯在东北所造成的罪恶,要使我们的后代牢牢的记着:记着这解放的

---

① 刘宏权、刘洪泽主编:《中国百年期刊发刊词600篇》(上),解放军出版社1996年版,第711页。
② 刘宏权、刘洪泽主编:《中国百年期刊发刊词600篇》(上),解放军出版社1996年版,第711—712页。

果实,胜利的幸福,是用头颅和热血换来的。我们要歌颂已得到的胜利,和平和民主,还要歌颂为争取与建设民主自由的英雄们,和他们所创造的奇迹。我们要揭露黑暗的封建法西斯思想,肃清新民主主义文化建设途上的一切阻碍;这是很可以清楚认识到的,这是时代的潮流,历史的发展,谁也不能否认!谁也不能踌躇"①。简言之,《白山》的办刊目标和文化任务是"控诉日帝侵略罪恶、歌颂胜利和平民主、歌颂英雄、揭露黑暗思想"。

《白山》的创办者是鲁迅文艺方向的追随者和倾慕者,他们声言:"我们已经有了新文化的导师,鲁迅先生。他早已给我们指出一条不能不走,不得不走的光明道路,但这仅是我们的愿望和学习的方向。我们深知作者和读者来自不同的地方,处于不同的环境,自然思想和嗜好各有不同,文学上的修养亦有程度上的差别,为此我们只有一个要求,只要愿为人民服务的文艺工作者,都可以在这里发表自己的作品,希望大家从习作中互相团结,互相学习,朝着鲁迅先生的方向迈进。"②他们理解和坚持的"鲁迅先生的方向"就是"为人民服务的文艺"的方向,这与我党当时的文艺政策基本一致,是党的进步的文艺观在战后文艺界的体现和实践。

《白山》登载了各种体裁的文学、文艺作品和评论文章,如雷加、华原、阿痴的小说,白刃、邢路、宋迟的诗歌,舒明的报告文学,田风的戏剧,黄为、影飞的杂文等。该刊还辟有《学生园地》栏目,专门刊发文学青年各种体裁的习作。评论文章多为创作和演出的感想式文字,亦有一些评论群众文艺运动的文章,如黄辅民的《开展文艺通讯运动》、少伯的《根据地农民剧片断》等。主编田风是美术家、戏剧家,杂志的封面设计,以及重要作品的插图,甚至许多不署名的木刻作品,几乎都出自他手。

《白山》停刊时间不详。

---

① 刘宏权、刘洪泽主编:《中国百年期刊发刊词600篇》(上),解放军出版社1996年版,第712页。
② 刘宏权、刘洪泽主编:《中国百年期刊发刊词600篇》(上),解放军出版社1996年版,第712页。

《文艺杂志》

1946年3月1日，《文艺杂志》创刊于晋冀鲁豫边区，由太行文联编辑，高沐鸿任主编，郑笃参与编务，是在晋冀鲁豫解放区出版的大型文艺刊物。刊物的创办是"因为太行山的文艺运动（农村剧运除外），自四二年以后，曾有一度消沉，以后经过整风和文化人下乡上前线，大家才开始体验了点新的思想情感、要求表现；同时一般群众，特别是一般干部，因长期紧张艰苦的战争生活，对于文艺，也十分渴望，这就使我们发生了创办文艺杂志的意图。这个意图，很快即获得了附近爱好文艺和关心文艺运动的同志们的热烈赞助。我们的刊物，就在这样内外热情鼓舞下，很快出版了"[①]。

《文艺杂志》的宗旨是："一、反映解放区的现实斗争和群众的新生活新思想，推动新文艺运动。二、供给干部群众文艺读物和文艺活动材料。三、搜集保存八年抗战中太行区军民的斗争故事。四、培养、团结文艺工作者（创刊号《本刊编辑计划》）。"[②]该刊大量登载描写真人真事的文艺作品，搜集保存太行军民在抗战中可歌可泣的斗争故事等，评论和翻译文章较少。杂文、通讯、速写和报告，迅速反映了太行军民的自卫战争和农民的翻身历程，小说、诗歌和通俗作品历史地反映了太行军民的抗战业绩。

《文艺杂志》的办刊思路前后略有变化。创刊初期强调描写真人真事，从第2卷第1期起转而提倡通俗化。第3卷第1期以后更进一步"要求一般已经执笔在手的作家们，今后要向老百姓能听能读这个真正通俗的目标强攻猛进"，"希望一般县区村干部以及小学教员同志，打破以往对于写作袖手旁观、裹足不前的态度，能够亲手执起笔来，亲自动起手来，来打开一条写作上的新门径，从而开辟一场人民的新文艺运动。……总而言之，今后本刊，是决定努力向一个真正通俗化方向搞了，希望逐渐能够做到老百姓能听能读。供听，供读，供群众场合朗

[①]《本刊一年回顾》，载《文艺杂志》1947年第2卷第6期。
[②] 转引自唐沅、韩之友、封世辉等编：《中国现代文学期刊目录汇编》（下），天津人民出版社1988年版，第2489页。

诵，是我们最大目的。供习作，供发表，作为大众文化的园地，也是我们最大的目的"。①此后，刊物发表的多为快报、鼓词、秧歌剧、演唱材料、斗争故事等等，表现出更广泛的群众性和通俗化特色。主要撰稿者有高沐鸿、冈夫、袁勃、王春、阮章竞、柯岗、郑笃、曾克等。

《文艺杂志》在1946年办刊第一年就取得了不错的成绩，"自去年二月到去年年底共收到稿件，计八百五十三篇，每篇平均字数以四千字计，全部共计约三百四十万言。每月来稿数字，除七八月份因征文关系特别加多外，一般来说，大致是逐日增多的，来稿质量，虽一般的都较低，但就形式看，诗歌、小说、戏剧、故事、歌谣、快板、小调却应有尽有。就执笔者看，也很广泛，有上层机关干部，也有下层县区干部，其数量虽以军队政治部门同志和大中学生较多，但商人医生、电务员以及小学教员们也都有。就反映面看：也颇觉宽广复杂。如第一卷，大部份是反映抗战中历史史迹的，反映的虽还很少很少，但抗战中凡我军民生产、战斗、反奸、反特……等等事迹，也或多或少的都涉及到了"②。

《文艺杂志》发现与培养了不少新的作者。至第1卷第4期时，"关于多多发表新人的作品，培养新的写作者，这一问题在开始计划创刊的时候，我们就注意到了，截至现在，本刊上出现的新作者，已有以下这些同志：创刊号里有木风、林、马丰年、赵佩蓝等，二期里有赵正晶（赵前系报社优秀的通讯员，但他转向文艺写作还是不久前才开始的）、觅光、安文一、毛茂春等，三期及本期，则有：尚枫、木易、舒天巩、庄柯及《活埋》的作者（原稿未署名）等"③。刊物出至第2卷第6期（总第12期）时，共发表了50余篇新作者如木风、林、马丰年、佩蓝、赵正晶、觅光、安文一、毛茂春、维廉、尚枫、舒天巩、庄柯、刘宝荣、孙成文、张天林、任大卫、王云岑、昌言、小空、田生、陈天、伍洲、朱坡、秋原、刘秀峰、克锦、高克东、秀圃、刘江、景行、马幸之、吕梁、林十柴、袁潮、梅村、罗村田、海涛、李导民、苏众、延登琦、孔更、王前、燕云、星火、

---

① 《本刊今后的希望》，载《文艺杂志》1947年第3卷第1期。
② 《本刊一年回顾》，载《文艺杂志》1947年第2卷第6期。
③ 《编后记》，载《文艺杂志》1946年第1卷第4期。

吕呐、林湘、禹明等的作品。

《文艺杂志》发表的代表性作品有："冈夫的《和平胜利凯歌》、《人民大翻身颂》，袁勃的《我要和大家一齐去报仇》，叶枫的《张大娘哭根生孩》，曾克的《解放五〇〇〇发电厂》，赵树理的《地板》，赵正晶的《烂背心》，王明荃的《老婆来了》，苗培时的《邢台市大斗胡同公》、《炮》，维廉的《做晚饭的时候》，木易的《敌区一夜》，庄古的《让大家都知道吧》，刘宝荣的《水萝卜的纠纷》，毕未朽的《东山王》，小空的《赵凤英》，鹿特丹的《不屈》，纪英的《约会》，田生的《胡强子》，毓明的《由鬼变人》，袁潮的《李家沟反维持记》，克锦的《第二家庭》，秀圃的《孤军》，曾克的《爱》、《女射击手》，王南的《故山乡水花草》、《煤潮》，郑笃的《英雄沟》，幸丰的《蝗军》，柯岗的《猎今母》，鲁藜的《我见了毛主席》，胡征的《你们来的正好》，光明剧团的《组织起来》，齐语的《战地鳞爪》等等。"①

《文艺杂志》办刊18个月，共出刊22期，是晋冀鲁豫解放区坚持时间较长、连续性较好的大型文艺刊物，很好地活跃了解放区的文艺氛围，发现和培养了一大批青年作者。

1947年12月1日，《文艺杂志》编辑出版至第4卷第4期后停刊。

《北方杂志》

1946年6月15日，《北方杂志》创刊于河北邯郸，是晋冀鲁豫边区文艺界联合会主办的综合性文化月刊，由晋冀鲁豫边区文联北方杂志社编辑，陈荒煤任主编。随着形势的变化，刊物曾先后移至武安、潞城、冶陶等地出版，共出版8期。1946年8月15日，《北方杂志》出版至第1卷第3期时，改由北方杂志编辑委员会编辑，由王春、朱穆之、任白戈、吕班、艾炎、范文澜、袁勃、陈荒煤、于黑丁、张香山、冯诗云等11人组成编辑委员会，取消主编名义。

虽然是综合性文化月刊，《北方杂志》在内容上还是偏重于文艺，杂志辟有

---

① 《本刊一年回顾》，载《文艺杂志》1947年第2卷第6期。

《论坛》《小说》《诗歌》《报告》《通讯》等栏目，宣传中国共产党的文艺政策，研究文艺创作理论，报道晋冀鲁豫解放区的文化生活动态。杂志创刊号发表主编陈荒煤《关于文艺工作若干问题的商榷》一文，详细介绍了边区文艺工作的成绩，分析了如何在文艺战线上迎击国民党反动派的文化进军，讨论了提高和形式问题以及文艺工作的领导问题等：

> 某些同志常对我说，这边文艺工作的成绩不大。但他也承认农村剧运蓬蓬勃勃的发展，是非常惊人的。他所指的：是某些专门的文艺工作者干得不起劲，比较消沉。有的同志们以为是领导上注重得不够；除此以外，这些同志为什么干得不起劲呢？
>
> 有的同志抱怨供应工作太多。例如美术工作者写标语口号画相，布置会场；戏剧工作者总在突击工作、应付临时性晚会……。
>
> 有的同志对我说："我们只得写些'小玩艺'——演一次就扔了，那有时间搞创作？"有的同志因为突击晚会而感到自己像"戏班子"，这样搞下去搞不出什么名堂来……
>
> 我觉得这些问题的提出，实际上还是艺术服从政治这个观念不够明确。
>
> …………
>
> 毛主席很清楚的告诉我们，不能撇开政治标准来空谈艺术标准，也就是说不能离开服从政治这个原则来谈艺术。凡是在一定政治斗争要求下所产生的作品，能够起一定的作用与影响，非但要承认是艺术，还要承认是好的艺术。因为它在当时或者鼓舞了人民与部队战斗情绪，或者描写一个胜利坚定军民的信心，或者暴露敌伪及顽固派的罪恶激动了大家的斗争热情、加强了大家的责任感等等。而且所谓好坏是一种比较的说法，当时没有比较好的，那么，这就是好的。但不等于说这就是绝对好的最好的——以后可能并且一定有更好的超过它。
>
> 其次，我们许多同志常不满意过去的作品（在要求进步这点来说，是对的），但是为了一个空洞的最高的艺术标准在那里，自己走过去一比，够不上，那就否定了，却是错误的。特别是有些艺术修养的同志，

常常"作茧自缚"!

我们反问自己一下：到底什么又是我们认为最好的、最高的艺术标准呢？我们常常赞叹托尔斯泰或契珂夫等等的技巧……但恐怕很少同志去研究一下，他们的技巧还是否适合运用来描写我们的现实，到底还能学习他们那些东西？又应该如何学习法？

我们又常以《铁流》《毁灭》等作品为例。但我们也没有仔细研究一下，我们又是否如苏联作家一样和群众结合得很好，全身心的都投到革命战争中去了？我们恐怕也知道得很少。像《铁流》的作者绥拉菲摩维支作为一个随军记者，不知曾经写过了不少的通讯，然后在和平建设时期才产生《铁流》。再如《俄罗斯人》的作者西蒙诺夫祖国战争那么激烈的时候，他去到那里，而在前方写了不少的短诗与通讯。

总而言之，我们常常作了旧艺术观念的俘虏，对于艺术服从政治的基本原则搞不明确，以致离开了政治标准来空谈艺术标准，把艺术与宣传分割来看，又拼命向那个抽象的绝对的艺术标准看齐，（而忽视了客观条件：如战争环境，政治斗争变化多端）因之，凡是没有一定的创作时间与空间，就觉得无法产生好的艺术创作，对临时性的宣传工作采取应付态度。

久而久之，又发生矛盾，不甘心光是如此应付工作，性急了，希望在短时间能产生好的艺术创作；不可能，就因之感到自己没有成就，怀疑自己的才能。因之，对工作环境不满意——因为它不允许我们专门去搜集材料，专门写作——甚至对工作发生厌倦。

这就是我所了解的某些同志的思想。也正是因为如此，他才感到文艺工作没有什么成绩。

《北方杂志》刊登的创作以报告文学最具特色。刊物每期辟有专栏《报告》，作品多报道战后国内政局和人民自卫战争。第1卷第6期和第2卷第1、2期合刊又特设专栏《前线报告集》，刊出报告文学作品13篇。这些报告文学作品多数出自不知名的作者之手,专业作者有柯岗、张香山、鹿特丹等。此外,杂志刊登的小说除战争题材之外,还有反映解放区人民的生产、生活和新人的成长的作品,代表性作者有葛洛、黑丁、曾克、思基等;所刊载的诗歌、散文和杂文表现了抗日战争胜利后人民的反内战情绪,主要撰稿者有鲁藜、胡征、冈夫、邢肇棠等;刊载的文艺评论,多是对农村剧运、群众歌谣的研究评介和关于清除农村封建文化影响的讨论文章等。第1卷第4期发表了周扬的《论赵树理的创作》,荒煤在文前还加了附记:"《北方杂志》出版后,我曾给周扬同志去信,希望他能寄点稿子来,月初他寄来了这篇文章,并且在信上说:'我论赵树理同志创作的文章,希望你及你们那里的同志多提意见。'"与此同时,编者还刊出郭沫若在上海写的谈解放区文艺的文章和通信,称赞了《白毛女》《李有才板话》等作品。①

《北方杂志》虽然只出版了8期,但产生了很大的影响,所刊载的重要文章如郭沫若的《读了〈李家庄的变迁〉》(第2卷第1、2期合刊)、周扬的《论赵树理的创作》(第1卷第4期)、胡征的诗歌《主席台》(第1卷第1期)、柯岗的《包围圈内——太行反扫荡散记》(第1卷第2期)、张香山的《神头之战》(第1卷第2期)、柯岗的《小顺他娘》(第1卷第3期)、邢肇棠的《不要趁火打劫》(第1卷第3期)、乔羽的诗歌《幸亏共产党》(第2卷第1、2期合刊)等,后来均入选林默涵担任总主编的《中国解放区文学书系》(重庆出版社1992年出版)。

为纪念邹韬奋逝世二周年,《北方杂志》在1946年7月15日出版的第1卷第2期上设《韬奋逝世二周年纪念特辑》,刊发《韬奋先生传略》、罗青的《人民的韬奋》和邹韬奋的遗著《流亡》等。1946年为纪念鲁迅逝世十周年,《北方杂志》第1卷第5期特意将出版日期移至10月19日,编为《鲁迅先生逝世十周年纪念特辑》,刊发《毛泽东论鲁迅》、周恩来的《鲁迅与郭沫若》、范文澜的《学习鲁迅先生的硬骨头》、史沫特莱的《记鲁迅》等21篇文章,并以编者的名义发表

---

① 姜德明:《书摊梦寻》,北京燕山出版社1996年版,第139页。

《社语》。

《北方杂志》曾连续征集"民间艺术作品""群众翻身的艺术作品",也发起过"边区抗战一日"等征文活动,杂志虽持续时间不长,但在宣传党的文艺政策、表现解放区人民的生活和精神风貌、促进边区文学艺术发展等方面发挥了积极的作用。

1947年3月1日,《北方杂志》编辑出版至第2卷第1、2期合刊后停刊。

《新文艺》

1947年3月,《新文艺》创刊于晋冀鲁豫边区,共出版5期。新文艺月刊社社长为杜钟麟,编辑为阎栋材、石小峰,由(山西)太岳新华书店出版。

《新文艺》提倡本地文艺运动,发表有评论、散文、小说、杂文、诗歌、木刻等。刊物创刊号上没有栏目设置,仅在目录页备注作品的体裁,封面上印出的本期执笔者有郑伯奇、青苗、丽砂、阎栋材、谷风、鲁荻、杨时中、孙觉民、杨天彪、林路、谭允昇、陈任侠、李尤白等13人。《新文艺》创刊号上发表的文论有郑伯奇的《民俗——活的文学遗产》、鲁荻的《简论"新田园诗"》,小说有青苗的《庆云庵》(长篇小说)、阎栋材的《青春恨》、陈任侠的《郭先生》,诗歌有鲁荻的《再转换一个阵地》、林路的《春的礼赞》、李尤白的《我是》、谷风的《让人民来指挥上地上的歌》、杨天彪的《黄河边上》和丽砂的《铃》等,散文作品有杨时中的《旅途散记》、谭允昇的《当我归去的时候》和孙觉民的《过年》等。《编后记》交代了刊物创办的时代背景、缘起和办刊的决心与意志:

> 我们是一群来自不同角落的青年孩子,我们的智识也许还差得太远,但我相信我们的道路却没有走错,在这动荡的时代里,我们愿意献出自己的力量作一点有益于人类的工作,所以我们不怕丢丑出尽不像样的刊物,希望与良心并未丧亡的青年们握手,去一同赶赴改造人类灵魂的工作道路。
>
> …………

在中国，文艺的道路是艰苦的，抗战八年，一些坚贞的文艺家，更受尽了生活的迫害，他们挣扎在饥饿线上，他们死亡在冰天雪地里，但是他们并未忘记自己的责任，仍是日以继夜的工作，我们看到那些吃不饱的作家伟大的成就，以及那些忘记了自己存在跑向战地的作家任何人都会因此而感泣的。

今后摆在我们面前的是一条更难走的山路，但是我们并不能因为难走而停了下来，我们宁愿饿死、冻死、气死、轧死，我们宁愿被别人称做傻瓜，称做不懂世故的老实人，我们也不能放弃自己的任务。

"吃的是野草，挤出的是牛奶，是血"，这是今天文艺工作者活生生的写照，同时也是今天文艺工作者应走的艰辛道路。

我们是抱着这样心情出刊物的，无论是成功是失败，我们均在所不顾，我们愿意把历史加给我们的枷锁完全打脱，和祖国任何人生存在一起，一同欢笑，愤怒，呼吸和歌唱。[①]

从创刊号刊发的文章来看，《新文艺》是一个比较纯粹的文艺月刊，同期发布的《投稿简章》，对刊用稿件的文体和格式提出了具体的要求："本刊园地绝对公开，凡论文，小说，剧本，诗歌，散文，各部门均欢迎。投寄之稿请直行缮写清楚，并加注标点符号。"

因为战争原因，《新文艺》第3、4期脱期合刊出版，该期设置了《论文》《小说》《散文》《杂文》和《诗》等栏目，刊发的论文有陈健夫的《改造思想问题》、青苗的《论写作方法》和武村的《文艺与文艺工作者》等，小说有姚雪垠的《恐怖之夜》、李润时的《宁教授》等，另有散文7篇。《新文艺》还非常注重外国文学作品的译介，第3、4期合刊发表了蔚青翻译的K.哈母荪的小说《生命的召唤》、侍桁翻译的高尔基的小说《被毁坏的作家》、奚普翻译的普式庚的诗歌《给爱尔狄娜》、歌德的诗歌《初恨》（未注译者）等。第5期又取消栏目设置，改为在目录中标题后标注文体，刊发论文如吕荧的《"诗"与现实》和小

[①] 《编后记》，载《新文艺》1947年创刊号。

说、诗歌等多种。

《新文艺》的作者主要有郑伯奇、姚雪垠、鲁荻、吕荧、阎栋材、陈任侠、谷风、李尤白、青苗、李白凤、林涧、沙驼、杨天彪、秦冰、唐泳、李润时、路冷、韩克仁、孙觉民、沙无鸥、谢云、柳笛、姚枫、冉于飞、吴越、章路、谢涧声、陈健夫、武村、林路、杨时中、谭允昇等40余位，作者队伍中既有在当时已经成名的文学名家，也有文坛新人，所发表的作品质量均较高，在读者中有较大的影响。

1947年8月10日，《新文艺》编辑出版至第5期后停刊。

《长城》

1946年7月，《长城》创刊于张家口，是中华全国文艺协会张家口分会主办的一个大型文艺刊物，由丁玲担任主编，程钧昌任助理编辑，丁玲、丁里、艾青、江丰、沙可夫、康濯、萧三等组成编委会。《长城》为十六开本，封面由美术家江丰设计。

《长城》杂志只存在了一个多月，先后编辑出版了两期刊物，但其在延安文艺运动及创作活动上占有重要地位。《长城》主编丁玲在创刊号上发表《编后记》，对创办目的和稿件要求都做了介绍：

> 这是个文艺的综合刊物，欢迎文艺各部门的理论和批评，创作和翻译的稿件。理论希望是从实践的过程中所体会到的规律和经验，这样才能指导实践。创作希望是通过艺术形象正确地反映了现实的作品，我们尤其欢迎真正大众化的作品（像这一期刊载周扬同志一文中所提倡的赵树理的那样的作品）。批评和介绍的文章，希望是站在正确的立场上，态度明确，显然地表示自己的好恶，有新的见解，能对作者和读者有所帮助。

> 刊物取名"长城"，是中国人民在和平、民主、独立的目标上团结起来，保护革命的胜利的意思。

> 因为才创刊，外面来稿不多，这期发表熟人的作品比较多，我们希

望以后尽可能多发表新人的作品。

通过这则《编后记》，丁玲指出了刊物的性质——"文艺的综合刊物"，"欢迎文艺各部门的理论和批评，创作和翻译的稿件"，希望投稿作者的理论文章"是从实践的过程中所体会到的规律和经验"，以便"指导实践"。希望刊物能够多发表"通过艺术形象正确地反映了现实的作品"，特别是"真正大众化的作品"，并以受到周扬《论赵树理的创作》一文所褒扬的赵树理的创作为例，引导作者进行创作，明确了刊物在选刊稿件上的倾向，为一般作者指明文艺创作努力的方向。此外，丁玲在创刊号上发表政论《"海燕"行》，热情地称赞了国民党起义飞行员刘善本上尉的正义行动。

《长城》刊发有评论、小说、戏剧、诗歌、美术、歌曲、翻译等，文体类型全，理论与创作兼优，确实是一个"文艺的综合刊物"的规模。此外，受主编丁玲和编委会主要成员的文化政治背景影响，《长城》有较为鲜明的左翼文艺刊物的特点，同时保持了解放区出版物简朴的特色。创刊号上有周扬、艾青、华山、刘白羽、秦兆阳、徐懋庸的文章，第2期发表了沙可夫、欧阳凡海、康濯、田间、水华、陈学昭等人的作品。[①]

诚如丁玲所言，《长城》因为"才创刊，外面来稿不多"，两期刊物发表的作品以熟人的居多，当然，也可谓名家荟萃。在问世的两期《长城》中，能够集中看到丁玲、周扬、艾青、田间等延安文艺代表作家的文艺作品及理论批评文章。其中，小说有华山的《鸡毛信》、谢挺宇的《狐》、王林的《五月之夜》、康濯的《堡垒》、柳杞的《这伙人》、束为的《老婆嘴退租》等，诗歌作品有贺敬之的《看见妈妈》、李雷的《记李春林》、田间的长篇叙事诗歌《赶车》等，戏剧作品有秦兆阳的《狗》、王林的《死蝎子活毒》等，杂文和通讯报告有丁玲、刘白羽、陈学昭、徐懋庸、何干之、欧阳凡海、于力等人的作品，此外还有古元、王朝闻等人的木刻、雕塑作品和萧三等人的歌曲作品等。理论批评方面不仅发表了周扬的《论赵树理的创作》、艾青的《释新民主主义的文学》《〈古元

---

① 姜德明：《丁玲编〈长城〉》，见《余时书话》，四川文艺出版社1992年版，第250—252页。

木刻选〉序》《论秧歌剧的创作和演出》等长篇论文，还刊载了水华的《关于秧歌剧的几个问题》等文艺批评文章。

《长城》在张家口办刊时，正值当时诸多知名的革命作家、艺术家齐聚张家口准备转赴东北解放区，因此，张家口地区的文艺活动也开展得比较活跃。

1946年9月初，《长城》编辑出版至第2期后停刊。

《东北文艺》

1946年12月1日，《东北文艺》创刊于哈尔滨，是中华全国文艺协会东北总分会（简称"东北文协"）会刊，首任主编为草明，由东北文艺编委会编辑，东北文协出版部出版，东北书店发行。1946年10月19日，鲁迅逝世十年祭（逝世十周年纪念日）在哈尔滨召开。会后，部分代表参加了东北文协筹备会，决定成立中华全国文艺协会东北总分会，编印会刊《东北文艺》：

> 就在这天下午，参加了鲁迅十年祭的一部分文化界人士，又齐集中苏友好协会，举开了东北文协的筹备会。这是由全国文协的老会员萧军，舒群，罗烽，金人，白朗，草明六人发起的。本来文化界的团结问题，早是大家一致的要求，所以这一号召，马上得到响应，在哈的戏剧、美术、音乐、文艺工作者，凡是知道消息的，全都来了，共到二十八人，公推金人先生为主席。金人先生简单地介绍了以前全国文艺界抗敌协会的概貌和沿革；而后由舒群，草明等提出议案，讨论关于组织、人选等问题，首先确定了组织名称，为"中华全国文艺协会东北总分会"，暂由哈市文艺界进行筹备，一俟与散在东北各地的文化人取得联系后，再行召开委员大会。总分会下，更将于东北各地普遍成立分会。关于筹备委员会，经大家票选，共选出十七人：计有萧军，华君武，罗烽，白朗，舒群，陈隄，王一丁，李则蓝，草明，罗明哲，金人，何士德，茌荪，李江，陈振球，唐景阳，铸夫。继又票选常委罗烽（总务部长）、萧军（研究部长）、草明（出版部长）、舒群、华君武、金人、白朗、王一丁、陈隄等九人。

总分会之机构，现分三部：总务部，总揽全会会务，负责组织，会员登记，经费收支等事宜；出版部，出版文艺书籍，编辑会刊等；研究部，研究有关文艺上的诸问题，并对爱好文艺的青年进行指导等。

最后，决定了目前暂时的工作：一，要求美军撤离中国，对美文化界拍发电文，交由旅美全国文协会员老舍，曹禺转递；二，编印会刊《东北文艺》；三，组织文艺小组并设讲座；四，与哈市各界联络，发动劳军运动，组织前线慰问团。会后，大家摄影聚餐而散。

东北文协于鲁迅纪念日召开筹备会，虽非特别择定的日子，但不言而喻地，这是包含了我们要扛起鲁迅的大旗，举起文艺的"投枪"，为民主，为和平而嘶杀的意义在的。①

《东北文艺》创刊号的编辑工作比较仓促，未设栏目，刊发有文艺评论、创作、翻译和政治评论等文章。该期发表的萧军的《目前东北文艺运动我见》，分"集中力量、建立核心""扶植新军、改造旧部""配合政治、联系人民""深入工厂、部队和农村"等四节，系统阐述了作者对东北解放区文艺运动的任务、目标和开展文艺工作的方式方法的看法，对于新成立的党领导下的东北文协和新凝聚起来的东北文艺界的工作无疑具有重要意义。"从《东北文艺》创刊号的编者、作者名单上，还可以看出当时东北解放区文艺队伍的基本阵容，反映出东北解放区文艺、文化队伍的团结。《东北文艺》的编辑者及撰稿人，不少同时为《东北文化》撰稿人，有的还是《东北文艺》的核心人员。如东北文协的研究部部长萧军和歌词作者塞克，既是《东北文艺》创刊号的作者，《东北文艺》的编者和主要撰稿人，同时担任《东北文化》的主编。《东北文化》的编委公木（张松如）也是《东北文艺》创刊号的作者。这些，反映了东北解放区文艺队伍统一在中国共产党领导之下的分工与协作。"②

《东北文艺》从第1卷第2期开始设《短论》《讲座》《小说》《诗歌》《报

---

① 冯明：《记鲁迅十年祭和东北文协的诞生》，载《东北文艺》1946年创刊号。
② 廉静：《浅谈〈东北文艺〉创刊号》，载《河南大学学报》（社会科学版）2000年第3期，第126—127页。

告》《散文》《翻译》和《转载》等栏目，但是栏目设置和名称不固定，根据来稿数量和内容灵活调整，后又设《读书杂感》《新书介绍》《通讯》《戏剧》和《评论》等栏目。从栏目设置看，该刊的文艺性很强，有意识地组织、发表了一大批反映东北解放区人民英勇斗争、翻身做主，解放军奋勇作战和解放区工人生产和生活的小说、诗歌、戏剧、通讯和报告文学作品；发表了较多鼓舞人心的歌词（配曲）作品；发表了很多创作与理论批评文章；发表了较多的翻译文学作品（连载）和若干无产阶级文艺的理论文章，强调文艺为政治服务、为解放战争服务（宣传和动员），强调作家要深入工农兵、要与群众相结合。

《东北文艺》还编辑出版了《哈市春节新秧歌特辑》（第1卷第4期，全刊）和《纪念鲁迅先生逝世十一年辑》（第2卷第4期，部分，仅3篇文章）两个专辑，另有一期（第1卷第3期）集中发表了纪念王大化的3篇文章。

《东北文艺》作为中国共产党领导下的东北文协的机关刊物，团结了当时在东北解放区的音乐、美术、戏剧等文艺工作者，持续、定期出刊。主要发表了萧军、草明、赵树理、金人、塞克、吕骥、刘白羽、白朗、周洁夫、舒群、王一丁、严文井、华君武、萧红、周立波、孙滨、陆地、公木、宋之的、林耘、西虹、张望等作家的作品，朱丹、夏风、张仃等为刊物制作了精美的封面画（部分为木刻作品）。

1948年1月1日，《东北文艺》编辑出版至第2卷第6期后停刊。

《平原文艺》

1947年1月1日，《平原文艺》创刊于山东阳谷县，为大型文艺月刊，由冀鲁豫边区文联主办，是冀鲁豫边区文联为"偏重在提高的工作"及"文艺性质"而创办的一个文艺杂志。刊物主编为王亚平，编辑有邢立斌、枫林、金默生、田兵、刘衍州等。先后共出版13期。

《平原文艺》创刊号上的《编后记》对办刊宗旨以及稿件的主题和形式都做了要求，对当期发表的作品做了介绍和点评：

> 表面看来，冀鲁豫边区平原上的文艺园地，好象是一片荒沙。其

实,沙中是常常有黄金,黄金往往被埋在泥沙里的呵!这一期,我们发表了冯纪汉同志的小说《马》,它无论在人物的烘托上,故事的穿插上,语言的运用上,都达到了相当的水准。还有王心印同志的诗:《毛主席像》,虽说,在语言的表现技巧上,还存在些生硬的真迹,但比起一般的平铺白叙,直起嗓子硬喊的诗歌来,那也是值得表扬的作品。

这里,说明着,在咱冀鲁豫边区里,一定还有很多类,这样优秀的作品,没有被我们发掘出来。因此,《平原文艺》的创刊,就更加重了她的责任。我们相信,在文艺工作的进行当中,会逐渐地发现出有文艺写作才能的同志,和我们共同拉起手来,开拓这一片荒芜的文艺园。坐在小屋里,漫想创造出伟大作品的时代,早已成为可笑的过去,只有这些从群众中间写来的作品,才具备了更多的被群众喜爱的条件。

旧形式的群众文艺如何改造,如何走群众路线,通过群众自觉逐步提高,是文艺工作的一件大事,这一期发表的《怎样改造高调剧?》、《半年来的民友剧社》,确是很好的经验和典型。里面包含着领导方法的具体运用,和群众观点,群众路线在戏剧工作,特别是旧形式改造上的丰富体现。

关于选择稿件,我们并不偏重某一部分,或过于苛求艺术的表现。在征稿启事上说得很明白,"只要能够用浅显,明白的语言,适当的表现了内容"的作品,我们都欢迎。以后,我们想多发表一些有政治性的剧文,描写工农兵生活,故事的散文,以及短篇小说,独幕剧,民间艺人的介绍,作品等。这一期,发表了一篇《蒋介石夜梦袁世凯》独幕剧,以小调的形式,表现了活报讽刺的内容。如果,有多幕的,有时代意义又被群众喜爱的剧本,我们可以连载,或印成单行本。

在诗歌写作上,写得好,实在比较困艰,因为诗歌是"思想经济,语言经济"的艺术。可是,只把"思想"、"语言"经济化了,还是不能算解决问题。它必须具备群众生活的情感,才能真的表达出群众的心声。因此,如果有群众自己创造成功的诗歌,(我们可以将他记录出来）或弹唱体的叙事诗，本刊情愿多让出一些地位来发表。

热火朝天的爱国自卫战争，正在咱冀鲁豫边区进行着，多少战斗故事，英雄人物，真是值得写，值得歌颂。我们这里所发表的《上官村战斗故事》、《坚守张凤集的第八连》和《他骑着大洋马回来了》，都可说是这一类的"报告文学"。这些简短的作品，迅速而正确地记出了英雄们战斗的史迹，该是可贵的。土地改革运动，也正在开展，多少农民典型，翻身英雄，真人故事，等待大家来表扬。当前，这两大主题，该可以丰富了我们的文艺内容，希望尽量写出来，大胆地写出来，只要有可用的地方，值得向群众发表的，虽然文字技巧上稍差，我们也愿意帮助它发表。只有这样，《平原文艺》才能成为大众练习写作，讨论文艺问题的丰美园地。"头三脚难踢"，创办一个文艺刊物，自然有许多困难和缺点，我们有充分的热情，期待着文艺先进，各级干部同志的大力援助和指导。①

创刊号上的《〈平原文艺〉征稿启示》，明确要求来稿：

一、《平原文艺》是用文艺手法，反映现实问题的文艺刊物。

二、《平原文艺》是我们文教干部、区县干部、文化工作者、中学教师、学生共同来写、共同来办的文艺刊物。

三、写稿的范围很广：目前最主要要写的，是爱国自卫战争，和群众翻身的具体事实；其他像八年来抗战的事迹，英雄人物；和民间艺人的活动创造，民间文艺形式的改造、经验介绍等文稿也很欢迎。

四、文章的形式不拘，通讯、报告、速写、各种民间形式、小说、诗歌、剧本、评论等，只要能够用浅显、明白的语言，适当的表现了内容。②

为了确切地实践刊物的办刊理念，随后又通过《〈平原文艺〉欢迎啥稿件》等启事，一再重申刊物"欢迎结合政治中心任务，反映现实问题的文稿"。因此，不仅"凡欢喜文艺，喜爱写作的同志，自己写的，或为群众代写的作品，我们

---

① 《编后记》，载《平原文艺》1947年第1卷第1期。
② 《〈平原文艺〉征稿启示》，载《平原文艺》1947年第1卷第1期。

一律欢迎",而且"写作的形式不拘,根据要写的内容,适合用啥形式就用啥形式写吧!但语言文字一定要简练、活泼、通俗,看起来念起来叫读者群众喜爱"。①

《平原文艺》以发表诗歌、小说、散文、戏曲、曲艺等创作和理论批评文章为主,目前可见第1卷第2期和第2卷第5期,前者无栏目,后者设有《诗歌》《报告、散文》《故事、通讯》《经验、介绍》等栏目。发表的诗歌有王亚平的《咱给地主分路线》,史林碧的《俺可放心啦》,李湧的《摇篮歌》,张光的《光棍把身翻》,乔鸿城的《张兴润》,刘衍洲的《弹唱小王五》,胡奇的《英雄李治五》,一薪的《铁牛的话》,佚名的墙头诗《土地回家》等;小说有高泽的《心愿》,王君的《史德明》,史超的《钢铁的意志》,石火的《喜事》,张明权的《袁老干和王小旦》等;报告散文有文溯的《咱的仇报了》,宋玳的《两个老汉》,家楞的《记一个蒋军连长的自述》,张明权的《炮声传来的时候》,拙鸣的《王长锁和他娘》,沈容的《从被解放到当英雄》,王亚平的《河边草》,马丰年的《杂牌军官的编余下场——记上官战斗放下武器的一个军官自述》,罗仑的《艺人沈冠英小传》,咏力的《蒋介石的"化学兵团"》等;故事通讯有王青松的《土改故事》,董尚礼的《试探地主的心》,玉美的《有气节的张村长》,方德的《英雄马同华》,卢耀武的《菩萨心肠》,李锋、杨维的《龙固集战斗插话》,陈勇进的《项团长的情书》,沈文倩的《包围圈外拾零》等;戏曲有王云编剧,黄伟学、席星瑞作曲的《吕登科》等。

《平原文艺》发表的理论批评文章有枫林整理的《群众文艺座谈会》、茅盾的《论赵树理的小说》、江涛的《戏剧写作上的几个问题》《部队歌剧创作过程中的几点经验》、李春兰的《谈谈改造高调》、田欣的《半年来的民友剧社》、下丁的《漫谈秧歌问题》、陈斐琴的《半年来的锻炼及其在文艺上的反映》、坚白的《战士的艺术问题》、马秉毅的《关于讨论戏剧的一封信》、袁勃的《提倡文艺批评》、王亚平的《作品的发现与表扬》、王益的《模范出版工作者——鲁迅》等,也有署名"本刊"及主编撰写的《文艺工作的光荣任务》《一年的经

---

① 《〈平原文艺〉欢迎啥稿件》,载《平原文艺》1948年第3卷第1期。

历》等理论性、指导性较强的文艺论文。

1948年1月,《平原文艺》编辑出版至第3卷第1期后停刊。

《部队文艺》(哈尔滨)

1947年4月1日,《部队文艺》创刊于哈尔滨,"为了研究部队文艺工作、开展连队文娱活动和交换部队文艺工作及部队文艺运动的经验,总政宣传部特出版《部队文艺》杂志。暂定为不定期刊"。刊物由东北民主联军总政治部宣传部部队文艺社负责编辑,丁洪任刊物主编。主要刊载"(一)关于部队文艺工作及开展连队文娱运动的意见,经验等的论文和通讯;(二)关于反映部队的文艺创作(如:剧本、演唱、歌曲、诗歌、小说、绘画、木刻等,包括搜集、整理的战士文艺创作在内);(三)关于部队宣传队的现状和活动及开展连队文娱活动的报道(包括对文娱活动搞得活跃的典型连队及连队文娱人材的报道);(四)有关部队文艺工作的技术研究和翻译介绍等"。①

《部队文艺》创刊号为《"演唱"专号》,刊发萧向荣的《部队的文艺工作应该为兵服务》,设置《论文》《演唱》《小歌舞剧》《剧评》《歌曲》等栏目。本期发表了荒草的《介绍"演唱"》,永江的《略谈编写"演唱"》,凤英的《漫谈"演唱"里的歌,舞,化妆》等论文;刊登了果刚编词、文学作曲的《沃老大娘瞅"孩儿"》,北一部政宣的《滕树卿立功》,洁夫作词、海奇作曲的《兄弟参军》,胡果刚的《要打运动战,不怕行路难》,严克填词的《杨亭献二次挂奖章》,西虹作词、一鸣作曲的《除夕下江南》等演唱曲目;还登载了荒草编剧、一鸣作曲的《刘文成解放敌军》,丁洪编剧、一鸣作曲的《三担水》等小歌舞剧;塞克的《我看过部艺的戏》剧评;谢明、庄映的《人人立功劳》和高凤官的《年轻汉》等歌曲;此外,还发表了津生的《对几个剧本音乐上的意见》和转载纪坚博译、亚力山大·洛夫作的《红军歌舞团》等评论文章。

东北民主联军总政治部宣传部部长萧向荣在为《部队文艺》撰写的《部队的

---

① 《征稿启示》,载《部队文艺》1947年创刊号。

文艺工作应该为兵服务——代发刊词》一文中,对创办《部队文艺》的原因、目的等都做了较为明确的说明:

> 我们许多做部队文艺工作的同志,并没有真正做什么部队的文艺工作。因为,如果只是从形式上给部队演了一些戏,看了一些东西,而不是从内容上着重于写兵和表现兵,再回到兵里面去的,这都不能算作是真正的部队文艺工作。为什么会这样呢?原因也很简单,这就是由于我们许多做文艺工作的同志,在脑子里还存在着很多教条主义的思想和形式主义的作风。关于这个问题,毛主席在延安文艺座谈会上已经说得很清楚、很透澈了。
>
> 文艺座谈会以后又怎么样呢?自然,在毛主席的方向下面,又经过许多同志的努力,群众的文艺运动已经有很多新的创造,也做出不少可观的成绩。可是,部队的文艺工作,一般的来说却还是落在后面,创造既不多,成绩也不大,经验也还没有很好的总结。这主要是应该由我们做部队文艺工作的同志来负责的。
>
> 《部队文艺》这个刊物的出版,一方面是为了供给连队文艺活动的材料,使部队的文艺工作也变成为群众运动;另方面也希望大家都来研究部队的文艺工作,交换各部队各个人的经验,使部队文艺工作这个园地更好的开辟和垦殖起来。①

《部队文艺》的创办,是为了在延安文艺座谈会之后具体指导部队文艺工作者更为有效地贯彻执行毛主席的文艺路线。对此,"代发刊词"提出了部队文艺工作展开的具体方式和方法:

> 部队的文艺工作,究竟要怎样来执行毛主席所指示的方向呢?我以为基本上可以归纳为下列两个口号,第一就是"为兵服务",第二就是"把文艺工作变成为群众运动"。
>
> 在部队文艺工作上的"为兵服务",是怎样解释的呢?简单说来,

---

① 萧向荣:《部队的文艺工作应该为兵服务——代发刊词》,载《部队文艺》1947年创刊号。

又可以概括成这样的三句话：写兵，演兵和给兵演。"写兵"是创作上的内容问题，是对创作的同志提出来的，在部队中不论是搞文学、戏剧、音乐、美术的同志，都要把自己的笔头放到主要是反映兵的事情上面，创造真正兵的文艺。"演兵"主要是创作和演出上的表现问题，是对导演、演员和所有做演出工作的同志，同时也是对所有创作的同志提出来的，在部队中做这些工作的同志，都要把自己的研究，主要的放到如何来表现兵这个方面，创作真正符合于军队感情和军人姿态的军队形式和军队作风。"给兵演"就是指我们的演出和作品，主要是到部队中演和给战士们看（自然不是说不能到群众中演和给老百姓看）。这就是我们在部队文艺工作上所提出来的"为兵服务"这个口号的意义。这是不是有什么违反毛主席文艺方针的地方呢？我以为是没有的。

"为兵服务"究竟怎样为法呢？从基本上来说，一是内容问题，一是表现形式问题。在内容上，我们主要反映的是部队，应该和部队的当前任务与基本任务相结合，并特别注意多写具体的人和具体的事（可参阅自卫报六十五期《报导什么，怎样报导？》一文，这里不来多说）。在表现形式上，我们就应该根据军事上的军队作风，来创造文艺上的军队作风。比方拿戏剧来说，我们不赞成把"秧歌"当作是表现军队的主要形式。而主张拿"演唱"作为表现军队的主要形式，其道理就在这里。

············

最后，部队文艺工作要想得到发展和提高，也要和其他的工作一样，应该走群众路线。就是说，我们要帮助所有连队，把文艺工作活动起来，这不仅可以活跃连队的生活，同时又可以使文艺工作变成为群众运动。文艺工作变成了群众运动究竟有什么好处呢？因为群众的创造是无穷的，只有和群众结合起来之后，我们的部队文艺工作才能得到真正的发展和提高。那种不重视开展群众运动，只想到自己和本单位（指宣传队）如何来提高的思想，其结果必然是或者无法提高，或者又钻到牛角尖里去，以至走到脱离了群众，这都是不好的。

……………

因此,我们部队中所有做文艺工作的同志,一方面自然可以写一些中篇的,反映全面的通讯(如记者、编辑等),以及进行一些较为大型的,像联政宣传队所创作的"刘顺清"、"徐海水"这一类的创作和演出(如师以上的宣传队);但我们工作的重点,却又应该放到发展群众的文艺运动上面,自己多写工作报道和战斗故事,多进行演唱的创作和演出,以作群众的示范,并经常注意指导群众中文艺运动的进行和开展。这样,我们也才不会是孤立的,和群众脱离的。①

《部队文艺》前后共出版5期,目前可见的除第1期外,还有第3期。该刊发表了《对宣传队工作的意见》、荒草的《普遍和深刻地创作"为兵"的戏剧》,以及雪立、荒草的《宣传队——政治工作的助手》等论文,其他内容则全部是报道、介绍部队文艺活动的通讯,以"宣传队的文艺活动""战斗中的宣传队""战士们的文艺活动"等为主题介绍宣传队的工作和部队战士们的文艺活动。

《胶东文艺》

1947年9月15日,《胶东文艺》创刊于山东烟台,由胶东文化界救国协会主办,胶东新华书店出版发行,马少波任主编,编委有马少波(主任委员)、江风(副主任委员)、塞风、鲁特、于生、予梦尤、王一民、王卓青、包干夫、回志强、何若人、李芸生、李济民、张一民、张加洛、张子良、梁晓庵、赵野民、黄雨秋、鲁平、虞棘、丛鹤丹、丁宁等。主要撰稿者有马少波、陶钝、罗竹风、李根红(塞风)、苏扬、葛洛、秋潮、黄韦、闻捷、柯蓝等。

《胶东文艺》的前身是文化综合性刊物《胶东大众》。《胶东文艺》创刊号上发表的《创刊的话》,介绍了胶东地区文艺的发展状况,同时对刊物的任务、目的、读者群和编辑方针等都做了说明:

我们为了从文艺战线上,和目前空前紧张深入的反帝反封建的革命

---

① 萧向荣:《部队的文艺工作应该为兵服务——代发刊词》,载《部队文艺》1947年创刊号。

斗争紧紧的结合，以求尽到应尽的责任，提高文艺运动，所以决意把《胶东大众》改编成《胶东文艺》。

…………

就是在这种情况下，《胶东文艺》出刊了，因此，它的任务很为明确：鼓励创作，反映斗争，交流经验，推动组织，求得文艺界爱国民主大团结，通过集体努力，把新的文艺运动更深入地展开！

我们自己首先振作起来，我们衷心地愿和亲爱的作者、读者同志们紧密地携手，并在这里诚恳表示一下我们的态度：

第一，《胶东文艺》的读者对象，是城乡知识分子和区村以上的干部同志。当然在内容表现的分量上，平均兼顾农村和城市，或者平均兼顾劳苦大众和小资产阶级，是有极大困难的，而且也不应该。因此，我们必须有重点地照顾：以城乡而论，我们把脚跟站在农村，但我们也面向城市；以表现劳苦大众和小资产阶级而论，毫无疑义，我们是以表现广大的工农兵及其干部为主。——特别是在伟大的自卫战争和"土地改革"的斗争中。因为我们生活在解放区，战斗在解放区，解放区是工农兵劳苦大众用自己的血汗智慧所创造；解放区，是他们做主人当权的地方；解放区的文艺，应该无条件地为他们所有！那么，我们有什么理由可以不加劲地反映他们的斗争生活，描写新的世界和新的人物呢？当然，有关表现小资产阶级改造进步的作品，我们也极为欢迎。只要为人民大众服务的方向一致，我们当极力尊重作品，及尊重作者在自己作品中所具有的风格。

第二，《胶东文艺》需要大家的爱护和培植，才能够发荣滋长。我们热望着大家负责，大家领导，在大家一齐动手把刊物办好的团结基础上，更进一步地推动组织，广泛地开展胶东文艺界爱国民主的统一战线，在斗争中集中与提高战斗的能力。关于刊物的具体领导，自然，成立编辑委员会是比较有利的；但目前战争紧张，大家行踪分散，工作忙，所以暂时还无法形成。为了实事求是，只好在将来胶东文艺界组织化的基础上再正式成立。希望各地战友们加强联系,关心刊物,就现在的情况,能得以不妨碍广泛地发挥大家领导的效能才好。

第三,毛主席关于"在普及的基础上提高,在提高的指导下普及"的名言,我们愿具体地贯彻之。目前在胶东,主要的工作还是普及大众化;但有些方面,也需要进一步的提高,提高是创造,不打破单纯模仿保守老套的囚笼,就不会有创造;没有大胆的创造,也就不会有进步。所以有些方面,亟须提高。当然这提高也绝不是两脚悬空,还须脚踏实地地站在普及的基础上。

第四,在编辑工作上,我们是抱着"开窗户,透空气"的态度,虚心欢迎各方面对于刊物工作的指正,以求随时改进它。

对于创作,我们也以为有亟须展开批评互相探讨的必要。只要是出于友爱善意,对于创作有益的评介的文章,当尽先发表。①

创刊号上还刊登了《〈胶东文艺〉稿约》,要求来稿在内容上能够"贯彻大众化的文艺方针,忠实地反映和切合推动反帝反封建,民主爱国的革命实际斗争。(特别是以自卫战争和'土改'复查为主;当然,表现其他各方面的实际生活的和介绍文艺经验的作品,也很欢迎。)"。在形式和体裁上,欢迎"小说、报告、通讯、诗、杂文、随笔、戏剧、秧歌、歌曲、鼓词、民谣、对联、传记、故事、文艺经验、文艺消息、文艺理论、作品批评、书刊评介、故事画、漫画、木刻、译文……凡关于文艺理论的作品,都极欢迎"。在作品的篇幅上,"作品长短不拘,长篇的优秀作品可以编印单行本;不过,准备在刊物上发表的最好写得短小些,甚至不怕零星片断"。在语言风格上,要求"文笔以通俗易懂为好。只要为大家服务的方向一致,我们极力尊重作者各自在作品中所具有的独特的风格"。

《胶东文艺》发表的作品内容多以胶东人民参加的对敌作战和土改复查运动为主,刊载了大量的文艺创作,并兼顾理论批评。发表创作的栏目不固定,因

---

① 胶东文化协会、胶东文艺社:《创刊的话》,载《胶东文艺》1947年创刊号。

内容随时调整，计有《报告》《通讯·报告》《杂文》《剧·曲》《小说》《鼓词·板话·诗》《诗》《故事》《童话·民间故事·歌谣》《板话·歌谣·对联》《歌曲》《鼓词·曲》《板话·诗·歌谣》《板话·快板·歌谣》《鼓词·板话·快板》《剧》等。发表的小说主要有江风的《牛》、少波的《农公泊》、陶钝的《庄户牛》，杂文主要有苏扬的《豆虫、蚊子、蒋介石》、崔生的《牛角尖里找出路》、少波的《雾散太阳红》、葛洛的《独夫》、华天的《主人·奴才和"胜利"》、罗竹风的《"中国的希特勒"》《袁世凯的皇帝梦》，报告主要有温国华的《大仇》、剑秋的《血账》、吕亮的《打回老家去》、萤火的《革命的文化小兵》、舒适的《一条生命线》、李根红的《王村岛的风浪》《陡山阻击战》《玉皇顶截击战》、董均伦的《今日的石岛》、丛培诗的《夜袭店集镇》、紫丁的《苦干为前方》、汀冷和原来的《欢呼在前线》，诗有李实的《反攻小诗》、宋花泉的《"还乡"歌》、扬帆的《浑身都是胆》、大芳的《张大嫂分果实》、秋潮的《嫁个穷汉俺愿意》，板话主要有王月樵的《拾草争第一》、栾少山的《刘兰香》、均之的《夫妻备战》、杨烽的《摔坏了范汉杰》，鼓词有司马文的《大反攻鼓词》、秋潮的《齐心杀蒋匪》等。

《理论》《评介·书简》等主要发表理论批评文章，发表的理论文章主要有周扬的《谈文艺问题——在晋察冀边区文艺座谈会上的发言》、那沙的《不算杂文》、少波的《文艺的战斗性和实际效果》《新年与文艺思想革命》、夏凌江的《论"素材就是杰作"》、黄韦的《关于板话》《谈谈写作》《试论板话朗诵和演唱》、马加洛的《文艺要彻底为解放战争服务》、罗竹风的《论文学中的语言问题》，书评有塞风的《一本严正的书（评〈最近苏联文艺界的思想斗争〉）》、刘承宏的《赵树理的〈福贵〉》等。

《胶东文艺》积极"贯彻大众化的文艺方针，忠实地反映和切合推动反帝反封建，民主爱国的革命实际斗争"[1]，得到"各机关、兵团以及农村群众给予大力支持，在战争动荡中，订户达8000户，零售数为12000册"[2]。

---

[1] 胶东文协"胶东文艺社"：《〈胶东文艺〉稿约》，载《胶东文艺》1947年创刊号。
[2] 穆敏编：《山东抗日根据地的文化》，中共党史出版社2005年版，第185页。

1948年1月15日，《胶东文艺》编辑出版至第1卷第8期后停刊。

《大众文艺丛刊》

1948年3月1日，《大众文艺丛刊》创刊于香港，是一个以国统区文艺界及读者为对象，以传播及宣传马列主义、毛泽东文艺思想为宗旨的大型理论性文艺杂志，由中共华南局香港工委及其下属的文委领导，大众文艺丛刊社编辑出版，香港生活书店总经售。

在《大众文艺丛刊》第1辑上，编者以《致读者》一文，简要地表明了刊物的办刊宗旨及编辑内容：

> 我们不想在这里来多作自我介绍，我们只是期待着读者诸君对于这个丛刊多予指教和批评。
>
> 我们所想说的，就是我们愿以实事求是的，对读者负责的态度，来从事这个丛刊的编辑；一切话都不妨坦白的说，一切问题都不妨正面展开讨论。只要是采取对群众负责的态度。
>
> 这不是一个同人的刊物而是一个群众的刊物，我们热烈地希望读者和各地作家，特别是在实际工作战斗着的朋友，能够寄给我们以稿件，使这个丛刊能广泛地反映读者的意见，和各方面的生活与斗争。
>
> 我们所需要的，是战斗生活的报告，速写，实在的故事，诗歌，小说——一切来自人民生活，来自群众斗争的作品，和对于文艺思想上的意见与作品的批评。以后我们还想增加通讯一栏，以期广泛反映读者的意见。
>
> 来稿请寄香港皇后大道中五四号生活书店转（如欲退稿，请附足邮票）①

在第1辑《文艺的新方向》上，署名本刊同人、荃麟执笔的长篇论文《对于当前文艺运动的意见——检讨·批判·和今后的方向》，清楚地表达并阐述了刊

---

① 《文艺的新方向·致读者》，载《大众文艺丛刊》1948年第1辑，第22页。

物的编辑理念和态度立场。该刊共出版6辑,除了批判被认为是"反动文艺"代表作家的沈从文、朱光潜、萧乾等,被视为"小资产阶级知识分子"代表作家的胡风、路翎、姚雪垠、萧军等,以及"主观论"文艺思想之外,对五四新文学运动与延安文艺,以及鲁迅现实主义文学传统关系的重新梳理,强调或建构延安文艺为"五四"以来新文化发展的最终及最正确的结果,为新中国文艺及其新方向确立理论上的合法性,成为《大众文艺丛刊》文学理论及文艺批评的核心内容。此外,《大众文艺丛刊》每辑都选刊部分来自解放区的作家,如丁玲、赵树理、周立波等人的小说、诗歌及散文等文学作品与所谓"实在的故事",以及苏联、日本等作家的革命文艺理论译文。冯乃超、邵荃麟、胡绳、林默涵、乔冠华、潘汉年等为主要编者和撰稿人,其鲜明的政治立场和文化批判意识成为《大众文艺丛刊》的重要特征及基本风格。

《大众文艺丛刊》在一年时间里先后编辑出版了6辑。其中前4辑为双月刊,后2辑为季刊,每辑依据内容都另有题名,分别为:《文艺的新方向》(第1辑),《人民与文艺》(第2辑),《论文艺统一战线》(第3辑),《论批评》(第4辑),《论主观问题》(第5辑),《新形势与文艺》(第6辑)。此外,"大约是为了发行时应付邮政检查",《大众文艺丛刊》"后三辑还有换了个书名的版本,依次为:《鲁迅的道路》,胡绳等著;《怎样写诗》,马耶阔夫斯基等著;《论电影》,丁伶等著"。①

在《大众文艺丛刊》的编辑过程中,编者通过各辑的《编后》或《编者附语》等,说明各辑刊物的编辑目的及思想主张。如在第2辑的《编后》中称:"感谢读者与朋友们,在本刊第一辑出版后,给予我们许多热烈的鼓励,并且对《对当前文艺运动的意见》一文,指示了我们无数宝贵的意见。我们希望这些问题能在本刊上作公开详尽的讨论。在上期中,我们曾经指出'我们在这里不过作为一个开端,而不是总结'。我们相信,许多问题不是经过反覆的讨论,是不易一下得到结论的。这一期里,我们讨论了创作与主观以及文艺大众化的问题,在

---

① 朱金顺:《对〈大众文艺丛刊〉材料的补正》,载《中国现代文学研究丛刊》2003年第1期。

下一期，我们希望能刊出一些读者和朋友们的意见。"①因此，在第3辑萧恺的长篇论文《文艺统一战线的几个问题》后的《编者附语》中，编者强调："近来关于左翼阵线内文艺思想的讨论与批评，渐渐展开了。这是一个好的现象，但是在讨论与批评中间，我们必须紧紧把握'又批评又团结'这一个原则。我们的批评与讨论是为了更巩固和扩大文艺界的团结，以期配合整个的革命战线，争取新民主主义革命的胜利。所以划分敌友，坚持原则，反对无原则的论争，宗派的倾向，使思想斗争与统一战线在一个正确的基础和关系上去发展，这是非常重要的。萧恺先生这一篇文章，对于这问题提出了一些原则性的意见，希望读者注意此文，我们希望听到各方面意见，能从这些问题上，研究出当前文艺统一战线一个具体的纲领来。"②除此之外，围绕文艺界的思想论争，编者在第4辑的《编后》中声明："本刊以前各辑文字，多半是就当前文艺上的问题向读者提出意见，以期引起全国文艺工作者的研究和讨论，作为推进文艺运动的条件之一。几月以来，我们得到各方读者许多指教和宝贵意见，殊深感激。可是正在本辑付刊的时候，我们忽然接到两本叫《泥土》和《歌唱》的什（杂）志，因为本刊一二辑中曾经批评到他们那种主观论的理论，他们便以一种暴跳如雷的辱骂和诬蔑的姿态来答复本刊，这是颇为意外的。他们自命为'马列主义者'，可是无论在理论观点和态度上，都远离乃至背叛了马列主义和毛泽东文艺思想的原则，而成为一种宗派的喧闹。这种无原则的宗派主义正是今天文艺统一战线上一个问题，但是对于这种吉诃德式无原则的攻击，我们将仍然从原则上去批判，从马列主义和毛泽东的观点上予以阐明，在下一辑中，我们将发表对这一问题的文章，敬希读者注意。"③

1949年3月，《大众文艺丛刊》在最后一辑《新形势与文艺》中，以《编后》一文，宣告了刊物的停刊：

> 本刊创刊时候，正在毛泽东《目前形势与我们的任务》发表以后，

---

① 《人民与文艺·编后》，载《大众文艺丛刊》1948年第2辑，第61页。
② 《论文艺统一战线·编者附语》，载《大众文艺丛刊》1948年第3辑，第11页。
③ 《论批评·编后》，载《大众文艺丛刊》1948年第4辑，第78页。

当时我们感到历史已发展到了转折点，一个新的形势快将到来了，为了迎接这即将到来的新形势，觉得有必要特别强调文艺上为工农兵基本方向和无产阶级思想领导的问题。一年来，这些问题曾经引起了文艺界的热烈讨论，虽不能说在认识上已经取得一致，但在新形势到来之前，这种思想上的准备，我们以为是必要的。

现在革命的新形势已经到来了。这新的形势也就要求文艺更进一步具体地去配合它而发展。因此不能不更具体地去接触当前一些实际问题，这一期中所讨论的关于文艺与电影的问题，是根据这样要求而提出，这些意见只是作为一种建议，希望文艺艺术界朋友，能够指正并展开讨论。

史笃先生的《文艺运动的现状和趋势》一文，是他对于过去和今后文艺运动发展的看法，这些意见在本刊编委会讨论时有人对于其中论点认为尚值得商讨，编者以为这些问题不妨提到读者中间展开讨论，以求得意见的一致。

由于局势的发展与编委会同人的流动，这期出版后，本刊暂时告一结束，俟以后在解放区再考虑复刊，敬希读者鉴察。①

《大众文艺丛刊》虽只编辑出版了6辑，但对中国现当代文艺影响深远。从20世纪中国文学的演进及转型过程来看，《大众文艺丛刊》及其代表的文艺理论、批评主张及方法态度，不仅显示出毛泽东文艺思想及延安文艺运动在解放区以外地区的传播及活跃，同时随着历史演变及新中国政权的建立，尤其是延安文艺及其为工农兵服务方向的确立，使其不只"为新中国文艺定调"，同时也是"新中国文艺批评的预演"。②

《文学战线》

1948年3月，中共中央东北局宣传部在哈尔滨召开文艺工作者扩大会议，会

---

① 《新形势与文艺·编后》，载《大众文艺丛刊》1949年第6辑，第33页。
② 杨联芬等：《20世纪中国文学期刊与思潮（1897—1949）》，百花洲文艺出版社2006年版，第466、468页。

议决定在原《东北文艺》的基础上创办新的大型文艺刊物《文学战线》，意在军事战线之外开辟新的文学战线。会议决定同时成立文学战线社，设立编委会，负责编辑事务，责成周立波担任主编，马加担任副主编，负责主持文学战线社及期刊的日常工作。1948年12月上旬，周立波率文学战线社到达沈阳。不久，周立波调任东北鲁艺文学研究室主任，不再担任《文学战线》主编，但仍兼任该刊编委。马加接任主编。经过适应调整，《文学战线》于1949年3月在沈阳出版了第2卷第1期。该刊的编者和作者不乏名家，如周立波、丁玲、刘白羽、严文井、萧军、马加、草明、罗烽、井岩盾等。

《文学战线》是继《东北文艺》后，东北解放区又一个重要的文学期刊，以开辟新的文学战线为要旨，主要表现东北解放区人民的生活与斗争。作为一家大型文学刊物，《文学战线》坚持创作、理论和翻译并重，且不限题材、地域、民族等，视野非常开阔。创刊号上的《稿约》对来稿的体裁做了说明：

> 一、本刊欢迎反映人民大众的斗争和生活的各种文艺作品，文艺论文，小说，戏剧，诗歌。报告文学，人物传记，散文，速写，游记，日记，民间故事，民间传说，民歌民谣，和翻译。书报评介。
>
> 二、本刊欢迎木刻，漫画，歌曲和美术摄影。①

《文学战线》创刊号特设《反对美帝扶植日寇特辑》。刊发的政论有刘白羽的《永远不能忘记》，周立波的《反对美帝扶植日本侵略者》；文艺批评论文有草明的《评"一对黑溜溜的眼睛"》，周立波的《庄严的现实不容许歪曲》，以及伊明的《从戏剧到电影的"俄国问题"》等；小说有方青的《"火车头"又冒烟了》，周洁夫的《变化》，井岩盾的《在包围中》，华山的《怕死鬼》，以及朱寨的《一个生产小故事》等；诗歌有褚嘉的《山羊坡》，商烽汇辑的《"枪杆词"和"顺口溜"》，王庆章、周国君合作的《句句双》等；翻译有赵洵译西蒙诺夫的《平安无事的一天》，赵洵译《西蒙诺夫小传》，白拓方译卡泰耶夫的《迫害》；此外还开设《文学往来》栏目，用以选登读者来信。

---

① 编者：《稿约》，载《文学战线》1948年创刊号。

在创作上,《文学战线》主要刊发小说、诗歌和鼓词等民间文艺作品,更偏重小说。刊发的小说有刘白羽的《战火纷飞》、马加的《金永生》、丁玲的《太阳照在桑干河上》、白朗的《老程底自述》、李尔重的《舒队长》、魏伯的《民政助理老杜》、陈学昭的《恨绳》、由之的《骨肉团圆》、韶华的《组织妇女的能手》、白朗的《死角》、董速的《孙大娘的新日月》、丁洪的《一个普通的英雄》、白刃的《以心换心》等,战地速写有伍延秀的《南下归来》《农家姑娘》、戴夫的《奔袭口前》、张现的《神塔峪的居民》、王素孚的《我的上级》、夏葵的《过封锁线》、海枫的《老管》,诗歌有天蓝的《咱们的连队》《人民解放军军歌》、李冰封的《我们就这样走进自由的天地》、孙滨的《"为人民的铁路立功呀"》《一○四○号的火车司机》、杨崇先的《向赵占魁学习》、铸夫的《鹦鹉的故事》、邵嘉陵的《郑家屯和树》、杜谈的《团圆》、李北开的《渡河》、侯唯动的《拥护"中国土地法大纲"》、史松北的《"担架队"》等。此外,还刊发有搜集整理的民间文学作品,如陶钝的《短篇鼓词》《李秀娟卖豆腐》,侯相九口述、潘青记录的《摆谱》,杨洪臣口述、高枫记录的《沾绿豆》,陈明的鼓词《夜战大凤庄》,安波的大鼓《老来红做寿》等。

在理论上,该刊既刊登理论批评文章,也刊登新书评介文章。刊发的理论批评文章有严文井的《注意广大工农兵群众的文艺活动和要求》、宋之的的《形式的构成主义小论——演剧生活的自我批判》、刘白羽的《我们在胜利高潮中前进》、茅盾的《K·西蒙诺夫访问记》、蔡天心的《培养文艺新军 鼓励文艺创作》、社论《论文艺批评》、胥树人的《关于文艺上的经验主义》《论普式庚的创作》等;书评有舒群的《评〈无敌三勇士〉》、纪云龙的《读〈母亲〉》、刘穆的《读〈绞索勒着脖子时的报告〉后》、渤涛的《关于〈民政助理老杜〉》、艾耶的《〈旅顺口〉读后》等。

在翻译上,该刊特别注重译介苏联文学作品和理论,既有直接的翻译,也有对其创作和文论的评点。有金人译冈察尔的《摩拉瓦河对岸的春天》、金人译塔拉仙柯夫的《在社会主义现实主义路程上的苏联文学》、李则蓝译克里克的《黑人是那样的大撒谎家》、姚周杰译米凯尔·洛库宁的《斯大林格勒的剧院》、文戎译A.卡拉干诺夫的《国家与文学》、叶蕤译A.可洛思可夫的《玛耶可夫斯基与革命》、秋江译莫尔匡诺夫的《斯大林警卫军的旗手》、邵天任译拉式珂的《鹤的故事》、周立波译列兹内夫的《梭罗诃夫论》等。第1卷第2期还刊发了丁玲、白朗、宋之的、周立波、金人、马加、陈学昭、草明、舒群、刘白羽、萧军、严文井、罗烽等人联署的《"八一五"致苏联作家信》。

《文学战线》第1卷第3期设《对萧军思想批判特辑》，刊发周立波的《萧军思想的分析》、马加的《从"其豆悲"来看萧军的原则》、胥树人的《就教于萧军先生》和安危的《我们要有明确的是非》，显现了该刊注重思想性的同时，也不可避免地打上了时代的烙印，具有不可超越的时代局限。

为鼓励文学青年的创作，扩大文学战线队伍，《文学战线》专设《工人创作特辑》，开辟《青年之页》《工人创作》等创作专栏，及时有效地反映东北青年的个人斗争与日常生活，如《工人创作特辑》刊登了顿浩然的《我们的老赵》、红梁的《小艾丫》、乐树吉的《"五一歌"》、赵国有的《老王讲故事》、李树勋的《要老蒋的命》和傅瑛琪的《识字》等；设置《文艺动态》《文学通讯》等栏目，及时捕捉最新的文坛动态。虽然注重意识形态的规范性，但该刊同人办刊思路十分开放、民主，经常就有关问题展开充分讨论，还专门设置《读者来信》《文学往来》等栏目，及时了解读者意见，探讨文艺问题。

1949年8月，《文学战线》停刊，共出11期。

《新文艺丛刊》

1948年5月，《新文艺丛刊》由新文艺丛刊社编辑，华中新华书店出版，是一个主要刊载老解放区优秀文学艺术作品的延安文艺刊物[①]。

1948年5月，《新文艺丛刊》第1辑《论赵树理的创作》出版，其中刊载了周扬的《论赵树理的创作》、茅盾的《论赵树理的小说》、郭沫若的《关于〈李家

---

① 张贵驰：《苏中战地文化》，苏州大学出版社2012年版，第222页。

庄的变迁〉》、冯牧的《人民文艺的杰出成果》、言可的《〈李有才板话〉》、吴文遴的《大家看看〈李有才板话〉》，以及赵树理的小说《小经理》和论文《艺术与农村》等。

《新文艺丛刊》第2辑上刊登的《读者·作者·编者》一文，介绍了当期刊登的部分作品，为我们现在了解刊物的风格有一定帮助，也颇能见出编者的编辑思路：

> 要把《新文艺丛刊》办好，希望读者作者多提具体的宝贵的意见，我们大家互相交换；这里，所提出的只是编者的肤浅的见地，附在后面，作为参考，是否恰当，还要请大家发表意见。
>
> 《涟水宝塔》是写人民解放军在前次涟水战役中的一个生动场面。在这篇速写里，人民解放军作战的英勇机智，敌人的仓皇狼狈，都被生动而细致的描绘出来了。同时，在另一方面，又说明了人民解放军如何正确地执行了对俘虏的宽大政策。这是一篇比较好的战斗通讯。
>
> 《帽子》，这是一个老战士爱护新战士的一个动人的故事。作者很具体细致的刻画出革命队伍里的日常生活上细节，在这一方面，是比较成功的。从这个细小的事物：帽子写起，写出了革命队伍里面的真挚的感情，这样的写作手法，是可供我们参考的。
>
> 《两个张五大爷》，写农民在旧日的封建社会里，和生活的艰苦斗争，以及翻身之后对于共产党、民主政府的爱戴，和保卫自己胜利果实的信心，和准备兴家立业、发财致富的远景的心情，都是比较好的。同时，因为在这篇小说里所要描写的内容，似乎是嫌太多了一些，所以在人物刻画上，就还不够具体和深刻，有些地方仅是表面的浮雕。但总起来说，还是一篇比较好的作品。
>
> 《再谈方言文学》系转载香港《大众文艺丛刊》上的文章，在论及语言文学这一方面，可供我们研究和参考。《英雄路过家门口》、《铲蹚八遍赛珍珠》、《鸡毛信》、《一个巫神的自白》都是转载的作品，在取材上，在创作方法上，都是可供我们研究和参考的。

同期，还刊登了《〈新文艺丛书〉〈新文艺丛刊〉征稿》，对来稿的内容、形式等提出明确要求：

本"丛书"及"丛刊"都是纯文艺性质，打算每月各出一本，以华中解放区创作为主，其他兄弟解放区的优秀文艺创作与理论，也作广泛而普遍的介绍。希华中各地同志源源来稿为盼。对来稿的要求：

一、内容方面——贯澈工农兵文艺方针，忠实及时反映当前人民革命战争中，各条战线上的实际斗争，就目前说来，特别应以战斗、支前、查整、生产、备荒、农村新气象等等为主；其他表现各方面实际生活与工农兵文艺理论、经验、批评的作品，也极欢迎。

二、形式方面——小说、诗、报告文学、文艺通讯、散文、戏剧、歌曲、鼓词、民谣、传记、民间故事、书刊评介、漫画木刻、连环画图，凡属文艺领域的作品，均极欢迎。以通俗易懂、群众化，短小精悍为佳；其篇幅较长，具有政治艺术价值者，拟编入"丛书"。在"丛刊"中不拟刊登过长的文字。

《新文艺丛刊》以刊登华中解放区的文艺作者创作的反映当时人民战争各个方面的作品为主，发表的小说有尹明的《两个"张五"大爷》、秦信遗的《帽子》、朱宗荣的《一件动人的故事》、蒲文的《锅灶》、吴蓟的《小铁锤和大棕马》、柳朗和冯辉的《送驴》等，快板诗有温林的《光荣归来》，诗歌有王士菁的《毛泽东颂》、福林的《无敌解放军万岁》、王顺元的《大盖枪》等。

以《新文艺丛刊》第5辑为例，刊登了洛人的《列宁的外套》、武二则等的《战士诗三首》、陶立基的《运面》、舒群的《评〈无敌三勇士〉》、刘溪的《民间艺人温林和他的快板》，此外还有歌曲《歌唱淮海战役胜利》《狠狠的打》，以及木刻《送儿参军》和《修桥》等。

1949年3月，《新文艺丛刊》编辑出版至第5辑后停刊。

《小说》

1948年7月1日，《小说》创刊于香港，茅盾任主编，《小说》月刊编辑委员会负责编辑工作，在香港共发行了2卷12期。第1卷期总经售是前进书局，第2卷期改由生活·读书·新知香港联合发行所代理。初期编委有茅盾、巴人、周而复、葛琴、孟超、蒋牧良、叶以群、楼适夷等。

1949年6月30日出版的《大公报》对《小说》月刊的创刊进行了报道：

  茅盾、以群、适夷等在香港办一纯创作月刊，名为《小说月刊》。创刊号定下月一日出版。创刊号要目有：《惊蛰》（茅盾）、《喜事》（西戎）、《雷老婆》（高朗亭）、《涂家埠》（郭沫若）、《一个头家》（巴人）、《老秀才》（蒋牧良）、《山村》（适夷）、《白求恩大夫》（周而复）、《评〈围城〉》（无咎）。①

茅盾代表编委会撰写了《发刊词》，介绍办刊缘起、刊名来源和办刊方针与思路：

  为什么我们要办这刊物呢？简单得很，一来是看到纯文艺的月刊实在寥寥，二来是我们以写作为职业的人总希望作品有个地方发表，而且希望这一块园地相当整齐，不至于太叫读者失望。

  为什么这刊物叫做"小说月刊"呢？那也简单得很，一来因为干这月刊的朋友以写小说者为最多，二来我们觉得把本刊这样专业化起来，在今日的出版界中未始不是分工合作之道。

  我们都是深信文艺应当为人民服务，而中国人民今天正在创造自己的历史，我们不敢妄自菲薄，决心在这伟大的战斗中尽我们应尽的力量。我们相信这是我们的本份，也是我们的工作，同时又是我们的学习。这，既然是我们的志愿，当然也就是本刊的态度和立场。

  我们都是卖文为活的人，由我们来办的这个刊物，不用说，毫无经济基础，我们的希望寄托在"自给自足"。这当然一半要看我们努力得如何，又一半却有赖于文艺界同仁之扶助及海内外广大读者的爱护了。

  如果一本月刊初次和读者见面的时候应当有所谓"发刊词"，那

---

① 《茅盾在港办小说月报》，载《大公报》1949年6月30日第4版。

么，这就算作发刊词罢。①

《小说》月刊以刊发小说为主，发表了很多反映解放区人民生活和斗争情况的小说，如茅盾的《惊蛰》《春天》，西戎的《喜事》，沙汀的《选灾》，巴人的《一个头家》，蒋牧良的《老秀才》《挖了下去》，以群的《路》《试炼》，绀弩的《在新加坡上岸》《天壤》，周立波的《挫折》（《暴风骤雨》一章）、《崛起》，楼适夷的《咬脐》，周而复的《在省政府里》，张天翼的《混世魔王》，丁玲的《翻身大爷》《果园》，刘白羽的《血缘》，卞之琳的《春回即景》等，连载了周而复的两部长篇小说《白求恩大夫》《燕宿崖》、艾芜的《一个女人的悲剧》等。

《小说》月刊还刊发了很多讨论小说创作的文论、文评类文章，如无咎的《读〈围城〉》《读〈引力〉并论及其他》、孟超的《从〈李有才板话〉想起》《朱光潜的"粗略"》、胡绳的《关于〈北望园的春天〉》、巴人的《"诗意"的破坏作用》、茅盾的《论鲁迅的小说》、钟敬文的《一个榜样·一篇宣言》、迪吉的《中国旧小说的创作方法》《关于〈实在的故事〉》、李广田的《朱自清先生的道路》、黄药眠的《从泥土里生长出来的》、默涵的《从阿Q到福贵》、丁素的《新现实主义时代》《作家生活》、孔琳的《表现城市与表现农村》、适夷的《一九四八年小说创作鸟瞰》、史笃的《评艾芜的〈山野〉》《最好的作家》《似是而非》、叶圣陶的《读了〈煤〉想到的》、于逢的《论〈虾球传〉的创作道路》等。

此外，《小说》月刊还刊发了很多国外小说的译作和介绍评介文章，汉译国外小说有关山译法斯特的《控诉》、夏衍译史特朗的《农民老李》、秦似译苏联A.龚察尔的《摩德里岩》、文姗译A.托尔斯泰的《俄国人的性格》、吴虹译日本宫本百合子的《八月十五日》、丁金译拉巴蒂的《黄金时代的德里》等，介绍国外作家作品的文章有如顾仲彝的《介绍厄贡·斯顿著〈生命的欲望〉》《两本英国小说》、秦似的《金星骑士》、哈瓦斯·法特斯的《现实主义与小说》（未

---

① 《发刊词》，载《小说》1948年第1卷第1期。

署译者)、海伦的《美国战争小说》、吴虹的《拉宾短篇选集》《日本的劳动者文学》、安尼细莫夫的《文学与"美国生活"》(未署译者)、谢庸译T.莫蒂列娃的《一位德国作家底道路》、谢庸的《罗马尼亚文学的优良传统》、蒲剑的《日本战犯文学的复活》《北朝鲜的人民文艺》、刘平的《桑德堡的第一本小说》、敏三的《捷克人作家孚锡克》、王似的《亨利昔·曼的新著》、乌尔诺夫的《霍华德·法斯特与美国》(未署译者)、白森的《辛克莱的〈赖尼·柏特的生活〉》等,介绍了英国、苏联、美国、德国、日本、朝鲜、捷克等国的作家作品。

《小说》月刊刊登的创作小说没有明确的栏目,在此之外,开设《小说散步》登载小说创作谈和小说评论文章,开设《小说世界》介绍世界各国的小说作品和小说作家,另有《幻想小说》《时代剪影》等栏目,刊发荒烟、黄永玉、漾兮和新波等的木刻作品如《鲁迅先生》《凯音和丰收》《人市》《码头》等。

1949年,聚集在香港的作家们纷纷回到解放区,《小说》月刊也于是年7月停刊。1949年10月1日,该刊在上海复刊,出版第3卷第1期,编辑委员会由茅盾、巴人、张天翼、聂绀弩、葛琴、孟超、蒋牧良、周而复、以群、楼适夷、赵树理、欧阳山等12人构成。《编后记》介绍了复刊情况:

> 本刊在一九四八年七月创刊于香港。在那号称所谓"民主之窗"的英帝国主义殖民地内,要出版一种严肃的文艺刊物,是非常艰难的。别的不说,首先,那一笔三千元港币的登记费就不容易筹措。但是,在许多同情我们的朋友支援之下,终于出版了。那时,不单编辑仝人毫无报酬,甚至连稿费也靠募捐来支付(其微薄是可想而知的!)就是在这样的条件下,靠着许多作家和投稿者的亲密合作,竟也支持了整整两卷,共十二期。
>
> 今天我们又在解放了的区域里出版第三卷第一期了!……
> …………
>
> 这期的内容,茅盾先生的论文给我们提出了一些关于工人文艺运动的问题和意见,这是值得我们重视并展开讨论的。雪峰先生关于鲁迅和俄国文学,提供了许多宝贵的资料和分析,值得大家共同研究。创作方

面，介绍了几篇老解放区和随军作家的作品，它们都足以帮助我们了解老解放区内和解放战争前线的生活，料想读者们是一定欢迎的。①

第3卷第1期上刊登的论文有周而复的《保卫和平　保卫文化》、茅盾的《略谈工人文艺运动》、冯雪峰的《关于鲁迅和俄罗斯文学关系的研究》，短篇小说有柯蓝的《咱们的老高》、鲁藜的《家庭小事》、邵子南的《徒手的人们》、波列伏依的《我们是苏维埃人》，长篇连载有周而复的《燕宿崖》，还刊发了草明的《我在工厂里》和金强的《四部获得斯大林奖金一等奖的小说》。此外，该期延续了《时代剪影》（《智取顾家宅》《渡江的一夕》《从黑夜到天明》）、《小说散步》（《写什么》《抓住"时代的剪影"》）、《小说世界》（《普式庚的作品》《奈克塞作品选集》）等栏目。

1952年1月20日，《小说》月刊第6卷第5、6期合刊出完停刊。

《群众文艺》

1948年8月15日，《群众文艺》创刊于延安，由陕甘宁边区文协主办。主编张季纯，编辑委员会主要成员为林山、胡采、戈壁舟、马健翎、苏一萍等。《群众文艺》是在中共中央西北局和陕甘宁边区政府的直接领导和关怀下创办的。1948年4月5日至7日，中共中央西北局在延安召开陕甘宁边区文艺工作者座谈会，总结了过去一年来边区文艺运动的经验教训，要求今后文艺要配合西北解放军的战略大反攻，解放大西北，提出："筹办全边区的文艺刊物，加强与各方面的联系，开展文艺战线上的批评与自我批评。"根据会议精神，陕甘宁边区文化协会即着手筹办文艺刊物。②党政和文艺界领导非常重视这一刊物的筹备和编辑工作，责成胡采等人负责具体工作，西北局宣传部部长李卓然进行具体指导。8月15日，十六开本的《群众文艺》问世，由毛泽东亲自题写刊名。陕甘宁边区政府主席林伯渠给编委会写了一封亲笔信，就办刊和发展革命文艺提出殷切希望和诚

---

① 《编后记》，载《小说》1949年第3卷第1期。
② 李均洋：《边区大型文艺刊物〈群众文艺〉》，载《西北大学学报》（哲学社会科学版）1980年第4期。

恳建议，后来该信作为"代发刊词"发表在《群众文艺》创刊号上：

> 近两年来，边区的文艺团体、文艺工作者，投身于革命战争和群运斗争中，艰苦、踏实、虚心地锻炼和提高自己，为工农兵服务，是值得赞许的。但是如果从边区军民丰富的斗争生活和我们文艺界活动的广度与深度的相互比较来看，后者显然是稍嫌落后稍感贫乏的。我认为这是由于我们还有一部份文艺工作者虽已体验和了解了一些群众的斗争生活和思想感情，但体验和了解不足；或仅限于体验和了解，还未能将自己的生活、自己的思想感情和群众的生活、群众的思想感情，真正结合起来。就是说，乡是下过了，部队是到过了，但不是把自己当做工农兵去参加斗争，而是当做旁观者（不论自觉或不自觉的）去"领略"斗争。与过去有点不同，过去是在围墙外边看，现在则是在围墙里边，但实质上相同，就是看。所以不仅不能有大量生动的典型的创作，就是素材，大量忠实的反映，也会感到困难。希望我们的文艺工作者，进一步健全自己的思想感情和作风，参加并深入实际斗争中，去发掘创作的源泉，把伟大革命运动中的边区人民生活，即边区工农兵生活，特别是革命战争中，在攻坚或运动战的范例里，指战员们无比英勇的革命英雄主义，加以深刻理解和体会，踏实地反映出来，并普及起来。把党的各项政策（战争、土改、新区工作、生产救灾、城市工商业、知识份子、宽大政策等）的具体实施，通过文艺的形式，贯澈到群众中去。这是一。其次，我认为这是由于我们的文艺工作者还不善于经常地利用批评和自我批评的武器。现在所发表的作品，公演的戏剧，如《穷人恨》《红布条》等，亟需表扬并鼓励其更加改进；如《攻打石门堝》《两种作风》等，亟待增减改编，使之能切合目前部队和边区的实际，更为群众所喜见乐闻。而小说、诗歌、音乐、绘画等各项文艺创作的开展以及新文艺工作者的培养，除领导上应予注意外，都亟需文艺批评者的鼓舞和督促。希望我们的文艺界，开展批评与自我批评，鞭策边区文艺工作者，扩大和整肃文艺阵容，普及与提高文艺作品，使文艺战线更加活跃起

来。再其次，我认为这是由于我们的文艺工作者，还不善于耐心地坚持地团结和改造各种旧剧班和旧艺人。而在新区，这一工作更较薄弱，但却更为需要。如黄龙剧班旧的作风的改进，尚嫌迟缓，所演剧本，亦未加审选。像《杨氏婢》那样含有浓厚封建毒素的剧本，还经常演出。希望我们的文艺工作者，总结民众剧团等对团结和改选旧剧班、旧艺人成功的经验，加以研究，指导其他，使旧的剧班、艺人，能推陈出新，转向为人民服务。①

《群众文艺》的"群众性就表现在它与部队，戏剧团体及工厂有较多的结合"②，其办刊的目的是"交流文艺工作经验，文艺批评，介绍其他解放区文艺动态，刊载文艺作品、理论，特别注意培植与奖励文艺青年的写作"，服务对象是"中学生、小学教员，县区干部，文艺青年、文艺团体"。③《群众文艺》前后的主要撰稿人有杜鹏程、柯仲平、刘白羽、戈壁舟、王玉胡、李若冰（沙驼铃）、胡采、苏一萍、方唯若、吴坚、武玉校、王汶石、马健翎、钟纪明、张季纯、林山、王宗元、韩起祥、齐统等。

从刊发作品来看，《群众文艺》比较注重文艺的大众化和通俗化，注重题材内容的现实性和战斗性，发表有小说、短诗、长篇叙事诗、工厂文艺、鼓词、报告、书词/说书词、秧歌剧、讽刺歌、战士诗、歌曲等。所发表的作品，如"枪杆诗""工人诗"和秧歌剧《红土岗》等，紧密配合党的中心工作和形势需要，反映解放战争和土地改革。要强调的是，《群众文艺》编委们十分重视报告文学（如《九股山上逞英豪》）、说唱文学（包括鼓词、快板等）、秧歌剧等通俗文艺形式。在理论批评上，《群众文艺》一方面转发重要的社论、评论和"专载"，如新华社社论《我们的希望》、东北日报专论《将文艺工作向前推进一步》，以及《野政关于整顿剧团、宣传队工作的意见》《贺司令员对文化工作者

---

① 林伯渠：《致〈群众文艺〉编委会》，载《群众文艺》1948年创刊号。
② 柯仲平：《把我们的文艺工作提高一步》，载《群众文艺》1949年第1卷第11、12期合刊。
③ 张季纯：《〈群众文艺〉座谈会记录》，载《群众文艺》1948年第1卷第4期。

的讲话》《〈群众文艺〉座谈会记录》等,宣传党的文艺政策和刊物办刊思路等;一方面约请文艺理论家们撰写或翻译文艺评论文章、短论、文讯等,如柯仲平的《把我们的文艺工作提高一步》、聂宏远译布亚里克的《从高尔基看创作的自由与党性》、林山的短论《开展工厂文艺》、刘白羽的《加强文学的时间性与战斗性》。《群众文艺》还注重对群众戏剧活动的评论总结、旧剧改革的讨论倡导、民间艺术形式的研究介绍,发表了林山的《〈穷人恨〉的时代与人物》、胡采的《关于〈穷人恨〉》《文艺进城的思想准备》、石鲁执笔的《"新洋片"经验介绍》、张棣赓的《下乡演剧杂记》、王汶石的《如何开展文艺批评?》等批评或通讯,进行理论建设,分析总结文艺创作的实践经验。

此外,《群众文艺》还刊登了纪念鲁迅的重要文章,如毛泽东的《毛主席论鲁迅》(录自《在延安文艺座谈会上的讲话》)、李敷仁的《鲁迅的路》等。

在《群众文艺》第11、12期合刊上,编者对第1卷的编辑工作做了总结:

《群众文艺》从去年八月在延安创刊,至今已满一年,全年十二期,连这个合刊在内,算是编完了第一卷。

这第一卷,前十期是在延安出版,后两期——十一、十二两期合刊,虽然改在西安出版,但其中稿件,几乎全部是在延安时就准备好了的,到西安后,很少增加新的东西,基本上也可以划在延安的范畴。我们这样付印出版,是想把《群众文艺》在延安这个阶段的工作,做一个结束。

从创刊时起,《群众文艺》就给自己规定了一项基本任务:按照毛主席的文艺方针,服务于伟大的人民解放战争,把指战员的英雄事迹与英雄面貌反映出来,把人民的生产,支前及后方各种建设工作反映出来;同时在文艺界开展批评与自我批评;互相交流关于文艺工作上的经验。

一年来,我们的刊物朝着这一目标努力,应该说有一定的收获。但从我们所达到的实际成果看,很显然的,距离我们原来的愿望还很远很远。虽然,我们也曾用了很多篇幅来反映和报道我人民军队指战员的英勇战斗生活,但是,比起那种波澜壮阔的实际战斗场面来,比起千百万健儿无数可歌可泣的英雄行为来,我们所表现出来的,就觉得零碎片段微乎其微了，至于反映群众斗争的作品，反映后方民主，生产及其他建设的作品，在刊物里面，则更为稀少，文艺批评，作了一些，但是太少了，很多问题都没有反映出来，反映出来的，也很不及时，常常是一个问题发生了很久以后才被提出来，赶不上客观的要求，不能充分发挥文艺批评的战斗作用。文艺工作的经验交流也做得很不够，很多文艺团体或个人——首先是剧团宣传队的工作经验，没有很好的总结介绍和推广。①

1949年8月15日，《群众文艺》编辑出版至第1卷第11、12期合刊后并入西安的《群众日报》，作为副刊出版。

《文艺月报》（吉林）

1948年10月19日鲁迅逝世十二周年纪念日，《文艺月报》创刊于吉林，由吉林文艺协会主办，文艺月报社编，编委会成员有田蓝、吴伯箫、李则蓝、林耶、高叶、蒋锡金、张松如、魏东明、梁再。《文艺月报》创刊号上刊登了由魏东明执笔的发刊词，阐明了办刊宗旨：

……以鲁迅、瞿秋白等为首的文艺队伍，在二十年的国民党反动统治和文化围剿下，一直是取得辉煌胜利的。这支队伍在马克斯主义的光辉下，与工农大众并肩作战，用文艺之笔戳穿了黑暗，指示了光明，打败了敌人，教育了自己，留下了光芒万丈的文艺业绩。

东北由于一向远离于革命漩涡的中心，长期处在反动统治之下，因此广大青年对中国新文艺的光辉业绩，不如关内的熟悉。特别是新解放区，在伪满的十四年之后，又加上国民党的两年，青年们即使冒着迫害危险，搜读革命文艺，也大半是经过敌人取舍涂改，曲解胡说的，因此爱好文艺的广大青年，无从了解祖国文艺的真实面貌。

中国共产党领导下的人民解放军和民主政府，给人民的事业铺平了道路，使文艺得以充分发展。现在我们看到，书店里挤满了顾客，图书

---

① 编者：《编完第一卷》，载《群众文艺》1949年第1卷第11、12期合刊。

馆增加了读者，报纸杂志大量出版，各学校的壁报更是琳琅满目，新文艺的幼芽在到处萌生，广大青年增长了对文艺的爱好。《文艺月报》的创刊，是要为文艺青年开辟一片园地，栽植新的文艺花朵。编委会只是这一园地的夫役，我们的主人是广大的文艺青年。这刊物一面发表青年们的文艺创作，一面介绍前辈们的作品和理论，后者是为了前者的借鉴和养料，使文艺界的新鲜血液和过去的光荣传统结合起来。

《文艺月报》在鲁迅先生逝世的十二周年创刊，在毛泽东同志的《在延安文艺座谈会上的讲话》发表的五周年创刊，是为了使我们的文艺旗帜更加鲜明起来，在毛泽东指示的方向下前进！继承着鲁迅的光荣传统前进！

《文艺月报》首期刊登《稿约》，言明编辑方针和取稿的题材与体裁要求：

一、本刊的编辑方针，大致注意在两个部分：主要的部分是发表文艺青年的比较成熟和充实的作品，（有时遇有值得提供大家研究的作品，也附注意见，供作参考。）第二部分是提供文艺读物，作为研究和观摩之助。

二、本刊欢迎反映人民大众斗争生活的各种文艺作品，不限形式；举凡小说，诗歌，戏剧，散文，报告，记录，速写，传记，游记，民间故事，传说，歌谣，都欢迎投稿。并欢迎文艺论文，文艺批评，书报评介，问题讨论的稿件。

三、本刊也欢迎以上各类的翻译文字（请附原文），以及歌曲，木刻，漫画，摄影。

《文艺月报》创作与评论并重，兼顾翻译。以创刊号为例，刊登的小说有丁玲的《拔大旗》，长诗有阎石的《赵家庄》，散文有赵彝的《农村杂记》，记录有韩笑的《张景玉》，秧歌剧有集体创作、王肯执笔的《二流子转变》，报告有白火的《我所见的巴金的影响》、林耶的《解放后吉林的文艺活动》、徐书绅的《血，唤醒了我们——北平七五惨案详记》，评论文章有纪念鲁迅的文章如魏东明的评论《读〈阿Q正传〉》、锡金的《〈为了忘却的纪念〉诠释》、许广平的

《关于鲁迅先生答苏联友人问》等,以及《论坛》栏目中恭稷的《文学、语言、思想》、共鸣的《读书偶感》、锡金的《提倡"记录文学"》、天蔚的《谈杂文》等,翻译有李则蓝译L.休士的小说《教授》、刘群译爱伦堡的文论《作家的业务》、吴伯箫译伯林斯基的《文学,艺术与社会断想》、佚名译罗曼·罗兰的文论《艺术与行动:论列宁》等。

《文艺月报》创刊号刊登的《编后记》详述了该刊的办刊经过及首期刊登的主要作品,比较明确地说明了该刊的编辑思路和办刊风格:

> 人民自卫战争的形势日益展开,东北解放区的大城市已快要全部解放了,大家对于文艺读物的需要也日益迫切起来。本刊就是在这样的情况下,由吉林市的文协同人和鲁迅文艺研究会的同人办起来的。为了赶上在鲁迅先生逝世十二周(年)纪念日前出版,筹备的时间很短,所以草率之处是不免的。我们打算先走起来,根据各方面的意见再改正我们的步武。尚希大家多提意见。
>
> 本刊的目的本来想大量发动青年写作,但这次因时间迫促,各分会的稿件送到较迟的,竟不及编入,只好等以后再刊出了。但本期中的许多青年创作,大都皆是充实而优秀的。我们希望能继续发表更多的与现实生活密切联系的,有具体而生动的内容的青年作品。本期缺少反映工人和前线的作品也只好希望以后了。
>
> 这期有几篇是特别值得为读者推荐的:秧歌剧《二流子转变》一剧,原是东大四班同学在军大学习时参加黑龙江省北安县农村工作中得到的材料写成的,到东大后屡经修改并在兴山煤矿工人中,合江省桦川县的许多村屯中,以及合江省的农民代表大会上前后上演过数十次,接受各方的意见,才修改成现在这样子。每次的上演,俱得热烈欢迎。所以本刊特把它一期发表,以便各剧团采取排演。《血,唤醒了我们》一稿,是北平七五血案亲身经历者的记述。在这里面,我们可以看到蒋介石匪帮的血淋淋的罪行的真相,以及觉醒了的东北青年和华北青年联合奋斗的英姿。

> 为了纪念我们伟大文学导师鲁迅先生，这期特撰了两篇研究文学。从鲁迅先生的《为了忘却的纪念》的本文中，我们可以看到蒋贼匪帮对于青年，对于文化的摧残和屠戮的罪行，实在是太多了。我们不会忘记，正像鲁迅先生要忘记而不能忘记一样，我们今天要和蒋贼匪帮做个总清算。①

《文艺月报》创刊号上刊登了一个多达91人的第一批特约撰稿人名单，代表作家有丁玲、天蓝、李初梨、宋之的、周立波、马加、奚如、草明、师田手、侯唯动、舒群、刘白羽、严文井等。

《文艺月报》登载的作品大多数是青年作者创作的反映我军指战员在解放战争中的英勇业绩和解放区人民（尤其是农民）的生活和斗争的，如阎石、夏葵、胡昭的诗，董速、萧枫、析坚的小说，石敬贤的速写报告，以及文学青年集体创作的秧歌剧、二人转、活报剧等。《文艺月报》还以多种方式为文学青年提供学习、借鉴的作品：一是刊载国内知名作家的作品，如丁玲、师田手、马加的小说，侯唯动、天蓝的诗，晋驼的散文等；二是翻译介绍外国作家的作品，尤其是俄国和苏联作家的作品；三是开展文学评论和研究，向读者推荐文学读物，灌输文学知识。魏东明对鲁迅的《阿Q正传》的评介，锡金对《伊索寓言》和普式庚的介绍，晓野对我国古代农民文学的研究，以及《论坛》栏目针对文学创作问题发表的短评等，均属此类。《文艺月报》除发表文艺青年的比较成熟和充实的作品外，也刊载反映人民大众关键生活的各种文艺作品以及文艺论文、文艺批评、书报评介、问题讨论和歌曲等。

1949年6月，《文艺月报》出完第4期后停刊。

《文艺丛刊》

1948年11月，《文艺丛刊》创刊，为不定期刊，由中国人民解放军华东野战军（后改第三野战军）政治部编印，华东政治部出版，主要撰稿者有西蒙、王啸

---

① 锡金执笔：《编后记》，载《文艺月报》1948年创刊号。

平、汪岁寒、石汉等。

《文艺丛刊》与《人民前线》画刊一样，同属华野全军级别的文艺性刊物。《文艺丛刊》第1辑因为还来不及建立全军的通讯联系，所刊登的三个剧本是在野政文工团内搜集来的。同期还刊登了《序言》，交代了丛刊创办的缘由、目的和任务。"两年多来解放战争的辉煌战绩，提供了极端丰富而生动活泼的文艺素材，在华野的范围内，也创造了一些较好的文艺作品。许多文艺工作者深入战争，以英勇的姿态，艰苦的精神为战争为士兵服务，运用了各式各样的文艺武器去打通思想，鼓励斗志，正确的表扬典型和批评缺点，有力的结合了政治工作，反映了一部份战争实际和战士生活，进一步开展了部队的文艺运动，受到了广大群众的热烈拥护和衷心的爱戴。而文艺工作者本身也体会了一些士兵的感情，积累了一些经验，在实际锻炼中打开了创作之门。"但是，部队文艺工作者的创作成绩还很不令人满意，"拿笔的军队"在配合"拿枪的军队"方面还很落后，"我们的文艺创作还远落在战争胜利的后面，还不能更深刻更多方面的反映战争，反过来更有力的指导战争，还不能及时的结合中心工作。表现在我们的创作范围不广，数量不多，质量上较好的作品更不多见，不能满足部队的需要，阻碍了部队文艺运动的广泛开展和迅速提高"。①

华野军政领导人向来重视办刊，提倡以文艺的方式开展思想工作、鼓舞士气②，因此，他们对于上述情况很不满意。华野政治部分析了导致文艺创作落后于部队斗争实践的原因："客观环境'任务多，跑路忙'给了我们一些困难，但主要的原因还在于文艺工作者本身政策水平的限制，深入战争，深入实际不够，某些同志的创作观念创作方法还有毛病。个别同志的为兵服务思想还不够坚决不够明确。如何为兵的问题还没有完全解决。另一方面，过去没有一个固定的文艺刊物，使许多较好的文艺作品不能及时发表，相互交流，影响到创作情绪和工作

---

① 《序言》，载《文艺丛刊》1948年第1期。
② 战时，华野创办了若干个全军性的刊物，除《大众文艺》外，还有《思想指导》、《人民前线》（报纸，1948年9月18日出版）、《人民前线》（杂志，1949年3月20日创刊）、《人民前线》（增刊）、《人民前线》（画刊）、《革命军人手册》等。

效果。这也曾是部队文艺运动中的一个缺陷。"①针对这种情况,为提高部队文艺工作者的思想觉悟与素养、活跃部队文艺生活,更好地贯彻执行毛泽东文艺方针,以配合部队的宣传鼓动和思想教育,使文艺工作为战士服务,为革命战争服务,同时也为加强创作人员的业务建设和创作经验的交流,华野政治部决定创办《文艺丛刊》,"准备选择一些对内教育对外宣传上较有指导意义的文艺创作陆续出版,从而表扬典型的创作,鼓励创作情绪,提供创作方法,大大的展开部队的创作运动,供应部队以更多更好的文艺材料"②。

《文艺丛刊》刊登的稿件主要包括文艺理论、典型介绍、综合报告、文艺通讯、剧本、歌曲、诗歌等。第6期刊登的稿件凸显了该刊的办刊目的和特色,有介绍华野文艺座谈会的《唐主任在华野"文艺座谈会"上的讲话摘要》《陈部长在华野"文艺座谈会"上的总结报告摘要》《野政对今后文工团工作的决定》,有介绍华野政治部对部队文艺评奖的规定及介绍获奖篇目的《野政对文艺创作评奖条例的规定》《野政宣传部对剧本歌曲创作之评奖初审目录》《剧本评奖的综合意见》等,还有介绍火热的解放战争中文艺战线斗争情况的《淮海战役的火线文艺工作》《火线文艺工作点滴经验介绍》和剧本《一切缴获归公》等。《唐主任在华野"文艺座谈会"上的讲话摘要》围绕"毛主席提出文艺工作要'为工农兵服务'的方针"的正确性、"部队中的文艺工作应该为兵服务,从部队中来,到部队中去,创造部队文艺与士兵文艺"、"部队文艺工作,如何具体实现'为工农兵服务'的方针"、"旧形式与新形式问题"、"学习问题"③等展开,及时具体地对华野内部文艺工作者和政工干部宣传了毛泽东的文艺思想,解决了如何贯彻执行党的文艺方针和文艺政策的问题。《野政对文艺创作评奖条例的规定》申明评奖是"为了进一步在部队里贯澈毛主席文艺方向——为兵服务,开展部队群众性的文艺创作运动",要求获奖作品应为"表扬我军内部集体革命英雄主义者""具体宣传与反映党在各种问题上所实行的各种政策,并表扬我军上下

---

① 《序言》,载《文艺丛刊》1948年第1期。
② 《序言》,载《文艺丛刊》1948年第1期。
③ 唐亮:《唐主任在华野"文艺座谈会"上的讲话摘要》,载《文艺丛刊》1949年第6期。

执行党的政策纪律之范例者""帮助与推动部队各个时期的军政任务,并对各个时期的思想能起指导作用者"[①]等。野政宣传部的《淮海战役的火线文艺工作》介绍说:"淮海战役打响后,各纵文工团、政工队纷纷涌上前线,在战役的各个阶段和各个阵地上,有力的展开了火线文艺工作。发挥了英勇果敢与大胆创造的精神,获得了光辉的成绩。尤其在战役的第三阶段,当我以压倒的优势力量将蒋匪杜、邱、李兵团包围在强大的包围圈中时,由于主观努力和客观有利条件,这一阶段的火线文娱活动,更是热火朝天,有力的配合了战时政治工作。"[②]又如野政评奖小组的《剧本评奖的综合意见》介绍了"内容上能较深刻有力的反映战争,指导战争;能正确具体的反映与宣传我党的各种政策,以及短小精干,能与部队每时期的军政任务紧密结合的"获奖剧本,其中《大翻身》"是收到教育效果较好,和较受广大群众热烈欢迎的一个",《红灯记》"对处于当时情况下的部队曾起了很大的教育意义",另外介绍了获奖剧本如《工农是一家》《火线爱民》《买卖公平》《一万五千元》《一担丸子》《一切缴获归公》《勇敢与技术》《枪杆诗》《伙夫司令》《瞎老妈》《王贵翻身》《一样爱护他》等。[③]

1949年12月,《文艺丛刊》出完第8期后停刊。

《华北文艺》

1948年12月15日,《华北文艺》创刊于石家庄,由华北文艺界协会编辑部负责编辑工作,主编为欧阳山,编辑部成员有康濯、陈企霞、秦兆阳、王燎荧等,主要撰稿人有赵树理、贺敬之、孙犁、杨朔、王亚平、萧三、严辰、周巍峙、草明、胡可、董均伦、董彦夫等。

在1948年8月召开的华北文艺工作者会议上,与会代表认为"不论在文艺界以内或文艺界以外,大家都感觉到,我们文艺工作,尚落后于伟大的人民解放战争和解放区建设的需要","我们的文艺作品对于这种胜利的信心表现得太少,

---

[①] 《野政对文艺创作评奖条例的规定》,载《文艺丛刊》1949年第6期。
[②] 野政宣传部:《淮海战役的火线文艺工作》,载《文艺丛刊》1949年第6期。
[③] 野政评奖小组:《剧本评奖的综合意见》,载《文艺丛刊》1949年第6期。

比现实生活里所已经表现出来的相差不知多少",因而会议"提出今后的文艺工作任务,首先必须更多更好地反映人民解放战争,反映土地改革,反映生产建设。而反映现实生活的这些方面,它的总的目的还是在于表现、培养、传播这种胜利的信心,并使之更加提高一步"。①而对于如何开展文艺工作,如何"在质的、量的方面,更进一步开展普及工作",《华北文艺》的编者认为:

> 首先,我们认为在质的方面更进一步开展普及工作的问题,就是一个如何在普及的基础上提高的问题。如果说一九四五年以前这问题还不很重要,那么,一九四五年以后一直到现在,这问题就变成非常重要的了。实际的情形是这样的:一方面,原来的普及工作在运动的初期很受群众欢迎,特别是真人真事,自编自演的戏剧、快板、唱词等格调为群众所喜爱。但是革命的现实生活往更高一步发展了,群众的政治生活更加丰富了,经济生活更加改善了,文化水平也提高了,对于现实生活所提的问题也较深刻了,对于文艺的要求也较高了,原来的普及工作就不能完全满足他们的需要。拿戏剧来说,有许多村剧团(甚至县剧团和更高级的剧团)都苦于没有新的,适合群众要求的上演节目;而另外有许多村剧团就实际上处于停滞和涣散的状态。要整理和恢复这些剧团,使它们能够继续经常的活动,那就非在它们原有的基础上提高一步不行。
>
> 此外,还有改造旧艺人和改造旧剧、旧唱词的问题,也即是改造与提高民间原有文艺的问题,必须加以解决。
>
> …………
>
> 过去六年间,我们的普及工作的主要对象是农村,在这方面,我们是有成绩的。但在工人文艺运动方面,我们就做得较差,我们还缺少经验。在新解放的城市里,有大量的工人群众,他们对文艺的需要极为迫切,我们必须配备相当的力量,很快地解决这个问题。有些地区的经验已经证明,对于工人的教育工作说来,文艺是一种极其有效的工具。

---

① 《我们的希望(代发刊词)》,载《华北文艺》1948年创刊号。

文艺工作者必须学习描写工人和工业的主题。这不单是因为工业在我们解放区是崭新的，重要的事业，也不仅只因为在这里面活动的是最革命的工人阶级，因此我们必须描写这些事业和人物；还因为革命文艺工作必须和工人很好地结合起来；表现他们的生活和斗争，为他们所喜爱，同时给他们以思想上的教育。这是革命文艺工作者对工人阶级应有的责任，这样做，对于解放区的生产建设，对于人民解放战争的胜利，都能起很大的作用，同时文艺创作本身也因此而生长出新的血液，并使自己一天比一天更加强壮起来。①

《华北文艺》创刊号上了刊登《本刊征稿条例》，征求以下两类稿件："1.作品　内容以反映人民革命战争中，前线的英勇斗争，后方的支援前线，土地改革，工、农业生产与民主建设为主；形式包括剧本、歌曲、唱词、诗、故事、报告、小说、木刻、绘画，特别欢迎群众能演、能唱、能懂的剧本、歌曲和故事。2.论文　文艺理论、批评、工作经验介绍、业务研究讨论。"

《华北文艺》刊登的文章主要有理论研究批评和文艺创作两部分。该刊第1期主要作品有"代发刊词"《我们的希望》、萧三的理论文章《提高政治水平、理论思想水平是文艺工作者最重要的任务》及董彦夫的中篇报告《走向胜利的第一连》；《研究　介绍　讨论》栏目下赵树理的《对改革农村戏剧几点建议》、胡椒的《读了〈高干大〉的两三点意见》、严辰的《谈民歌的"兴"》和钱海洪的《谈部队歌剧的演员》等；《剧作》栏目下秦兆阳的独幕话剧《露营》、萧汀和李韵等的歌剧《归队》；贺敬之的诗《搂草鸡毛》；《短篇创作》栏目下俞林的《家和日子旺》，孙犁的《光荣》，克明、文茂的《王铁练的日记》，康濯的《借米还米》；歌曲如刘行的《要把歼灭仗来打》和徐明的《纺线三唱》等。

《华北文艺》前3期在农村出版，报告速写、独幕剧、新歌剧占有突出地位，第4期后，短篇小说和诗歌数量剧增，也出现了一些优秀的长篇评书、鼓词，反映城市工人生活的创作有所增加，其中很多是工人自己写的歌谣、故事、

---

① 《我们的希望（代发刊词）》，载《华北文艺》1948年创刊号。

散文和剧作。代表性作品中歌剧有田野、杨润身的《老黏买驴》，王健生、武宝光的《望南山》等；话剧有王燎荧的《红军回来了》，陈孟君、轻影的《咱们的侦察员》等；报告、战地报道、战场速写和小说等有董彦夫的《走向胜利的第一连》（连载），秦兆阳的《歪脖子兵》《幸福》，康濯的《工人张飞虎》《亲家》，江风的《炮弹》，杨朔的《熔炉》，董均伦的《血染潍河》，草明的《一天》，杜烽、汪洋的《毛泽东的战士》（电影小说），杨朔的《桃树园》等；杂记有胡风的《在暴风雨后的阳光里》，萧也牧的《采集农民语言琐记》等；回忆录和人物传记有欧阳山的《忆华南方言文艺先驱——龚明先生》，林山的《盲艺人韩起祥》等；诗歌有高敏夫的《骑兵通讯员》，田间的《笔歌》，郭沫若的《北上纪行》，申均之的《小妮》（叙事诗），田晴的《街头小景》，轻影的《枪杆诗选》，毕革飞的《战场传单》等；鼓词有李子庹的《侯昭银杀敌救女记》，史若虚的《三勇士推破船》等；说书有韩起祥的《王丕勤走南路》等。

《华北文艺》刊载的文艺评论比较集中于对旧剧改革、方言采集与运用以及民间艺术改造等问题的探讨，此外，还有对工人文艺的提倡和作家下厂锻炼的初步观感的记录。其中，文论和漫谈等有鲁迅的《论"费厄泼赖"应该缓行》（重载）、周巍峙的《多到工人中去，多多写工人！》《工厂文艺工作的目的和做法》、王亚平的《改造民间艺术》、萧三的《坚决执行文艺为工农兵的方针》、宋之的的《论人民剧场的工作方向》、土炜的《石家庄文艺工作中的几个问题》《建立与展开革命的文艺批评》、侯金镜的《记两个纺织厂的工人文艺活动》、草明的《工人与歌谣》、马彦祥的《谈旧剧改革》、荒芜翻译的苏联阿玛卓夫的《论文学的倾向性》、俞平伯的《新文学写作的一些问题》、欧阳予倩的《随想所及》、萧殷的《语言要有生命，就要向人民学习》、曾昭耕的《关于运用方言》、周而复的《论今后文艺工作》、叶圣陶的《依靠口耳》、艾青的《创作上的几个问题》等，具体作品的批评与评论有李伯钊的《看了〈民主青年进行曲〉以后》、胡丹沸的《读了新创作的旧剧——〈河伯娶妇〉》、王燎荧的《读〈原动力〉》、戈宝权的《谈高尔基作品的两种最早的中译》、钟敬文的《读了〈半湾镰刀〉等以后》。

1949年7月1日,《华北文艺》编辑出版至第6期后停刊。

《太行文艺》

1949年5月1日,《太行文艺》创刊于晋冀鲁豫边区,前身为太行文联于1946至1947年间创办的《文艺杂志》,由晋冀鲁豫解放区太行区文化协会主办。

《太行文艺》第1期上刊登的《复刊词》说明了刊物复刊的原因和目的,"在全国胜利日益迫近的鼓舞之下,在本区土地改革已澈底完成、各阶层人民正积极开展大生产运动的鼓舞之下,本刊(即前《文艺杂志》)现在得以复刊"。《太行文艺》的编者将复刊视为"人民事业胜利的一种结果"。而且,因为胜利的迫近,"广大劳动人民于自己政治经济的翻身胜利之后,迫切地要求着文化艺术方面的翻身与胜利;我们的作家和文艺工作者都应尽自己最大的努力来回答人民的要求,反映人们胜利的伟大斗争生活,又给这斗争生活以鼓舞与推动,使其进一步获得更巨大的胜利与发展,而这也就是本刊复刊的目的"。[①]

《复刊词》号召刊物的潜在作者"在今年的创作中,多有以生产为主题的作品出现。希望我们的作者们,多以自己的笔,描写解放区工农业生产的发展:多写工人;写工人阶级如何为恢复与发展生产而奋斗;写工人阶级在生产斗争中如何由被压迫的自发的阶级而生长成为自觉的革命领导阶级——写工人阶级在生产中如何成为城乡联盟的主体与中坚。写农民于获得土地后如何勤劳生产、组织起来发家致富。写工农大众如何以自己生产的胜利,支援与保证着前线的胜利等等。所有这些就是党与人民赋予文艺的光荣任务,是今年文艺创作中最重要的一环。本刊从本期开始将供献出大量的篇幅,首先采纳与推荐这类的作品,因为这是人民现实斗争生活中所最需要的"[②]。这是刊物编辑对来稿在题材上的要求,即希望作者的创作能够紧跟时代的步伐、紧跟人民战争胜利的节奏,在全面胜利即将到来的时候,重点写晋冀鲁豫解放区的工农生产发展,写工人阶级的斗争经验和成长变化,写农民阶级的勤劳致富,写工农如何翻身当家做主、支援前线。

---

① 《复刊词》,载《太行文艺》1949年第1期。
② 《复刊词》,载《太行文艺》1949年第1期。

刊物也欢迎其他题材与主题的作品，如反映解放战争、土改、民主整党以及抗日战争等的作品。

《太行文艺》的编辑总结了之前边区文艺中存在的诸如"以群众最需要的戏剧来说，我们的较好的较成功的新剧作就还没有几个""旧剧的改造，也应不容缓地去着手""过去我们创作所触及的范围也还很窄狭，特别是对于工人阶级的活动，对于各个战线上青年与妇女的活动，也还表现的很少"等亟待解决的问题，并针对性提出"要使我们的文艺运动向前进，我们的文艺创作也须长一寸""大力大量地去创作，以夺取旧剧占领的广大阵地""向这些新领域大大地努力，使文艺活动与工人、青年、妇女密切结合起来，并从那里吸取创作的新鲜的血液"等措施，以发展新的"人民的文艺"和"与此相适应的文艺批评"：

我们的创作应该学会表现新事物的成长与发展。我们要着重表现新的人物，着重表现人物之新的思想情感，人物之新的灵魂品质。这种新人物的新人格品质，既然已从人民之广大、丰富与长久的斗争生活中，锻炼与涌现出来并且不断地涌现着，这就给作家提供了最好的"创造典型"的客观条件。我们要求我们的风格更为朴素，语言更为单纯而自然。一句话，要求我们的作品更为广大群众所喜闻乐见。这样，我们就还需有与此相适应的文艺批评，适当地表扬与鼓励，严正而热情地检查与督促，使我们的作品在质与量上都得到逐步提高。而本刊就将帮助我们实现上述的任务并达到上述的目的，以便推进本区的文艺运动更好地为人民服务。

人民的时代不能不产生人民的文艺，而人民文艺的成长，也必然要由广大人民集体的手所扶植所培养才能繁荣起来。这个刊物本身就是属于人民大众的，因此我们希望大家动手来写稿，我们尤其热望工人、青年、妇女亲自动手来写自己。我们希望各级宣传教育工作同志经常组织、领导写稿并给我们介绍稿件。对于本刊的建议，我们将竭诚欢迎并力求其改进。

为人民生产建设的胜利，为人民解放战争迅即在全国的胜利而战斗吧！为人民文艺运动的胜利而战斗吧！新时代是我们的。①

《太行文艺》地方特色浓郁，有秧歌剧、快板、故事、诗歌、鼓词、牧歌等内容。刊载的文章短小精悍、通俗易懂，反映了晋冀鲁豫解放区军民的生产建设、土改、支前等战斗生活。第1期发表了作家阮章竞采用民歌小调曲牌写成的著名叙事长诗《漳河水》。

《太行文艺》刊发了很多优秀作品。《人民日报》在1947年8月20日发表了《晋冀鲁豫边区政府教育厅第一次文教作品奖金通告》，通告的获奖作品中有很多就是发表在《太行文艺》杂志上的：文艺类中"短篇小说"项"甲等三名"3篇获奖作品中有2篇，即田生的《胡强子》和袁毓明的《由鬼变人》，"乙等七名"7篇获奖作品中有3篇，即秀圃的《孤军》，刘江、赵正晶的《新仇旧恨》，李庄的《仇恨》；"中篇小说"项"甲等一名"是袁潮发表在《太行文艺》上的《李家沟反维持记》；"报告散文"项"甲等六名"6篇获奖作品中有2篇，即王克锦的《第二家庭》和王前的《窟窿岩》，"乙等九名"9篇获奖作品中有3篇，即苗培时的《邢台市大斗胡同公》、刘宝荣的《水萝卜纠纷》和马丰年的《大杨湖之战的英雄》，"丙等两名"2篇获奖作品中有1篇，即延登琦的《财神》；"诗歌"项"甲等三名"3篇获奖作品中有2篇，即阮章竞的《圈套》和冈夫的《申海珠》，"乙等九名"9篇获奖作品中有4篇，即小空的《赵凤英》、袁勃的《我要跟大家一起去报仇》、罗林的《翻身以后的第一代》、柯岗的《猎人之母》，"丙等五名"5篇获奖作品中有2篇，即大卫的《妈，黑窝窝》、燕云的《俺的身世》。②

1949年7月1日，《太行文艺》编辑出版至第3期后停刊。

---

① 《复刊词》，载《太行文艺》1949年第1期。
② 河北省文化厅文化志编辑办公室编：《晋冀鲁豫革命文化史料》（冀南地区史料之二），1991年，第43—51页。

综合性文化期刊

《中国青年》

1939年4月16日,《中国青年》创刊于陕西泾阳安吴堡与延安,由全国青年联合会延安办事处宣传部主办,毛泽东亲笔题写刊名,中国青年社编辑出版。创刊号在安吴堡编辑印行,之后移往延安。[①]自第1卷第4、5期合刊始署为延安新华书店发行,主编先后为冯文彬、胡乔木等。冯文彬撰写的《发刊词》强调了办刊的目的及使命:

在今天,中国青年运动的主要特征是:(一)有历史有群众基础的青年团体遭受无理的压制;(二)新的合理的全国青年的统一组织还未真正的形成;(三)由于许多中心城市丧失,使得中国青运在大部分地区内走向乡村,转向工农劳动青年;(四)在敌人后方和战区的青年运动特别迅速开展;(五)由于抗战的激荡,青年在思想上有了长足的进步。

所有这一些特征,都说明目前的中国青年运动已经踏入了一个新的时期。在这一个新的时期里,虽然有的地方环境是更加艰苦了,但是全面的看起来,这却是走向统一的全体的青年运动和组织的过渡时期、转变时期。当然,这是一个艰苦的过程。

在抗日战争正向着新阶段发展,在中国青运开始新的转变过程的时候,对于《中国青年》的出版,我们不能不抱有以下的希望:

一、动员青年参加抗战,宣传青年,组织青年,参加军队,服兵役,参加生产,参加战争各方面的工作。发扬动员青年的模范方法,造成青年参战的潮流。

二、在坚持抗战、坚持统一战线的任务下,促成全国青年统一战线的建立和发展,在抗战中使全国青年不分党派、性别、职业、信仰的亲密团结,努力推进民主政治,抨击一切破坏团结、曲解统一战线的行动与言论,以促全国统一的青年组织之实现。

[①]《编者告读者》,载《中国青年》1939年第1卷第2期。

三、发挥中国劳动青年,坚毅勇为牺牲奋斗的伟大精神与光荣传统,发挥各进步青年团体的优良作风。特别是边区战区敌后方以及军队里的青年运动的宝贵经验,使全国青年运动迅速展开与进步。

四、青年的任务在学习。我们要以进步的社会科学,革命的三民主义,国际主义精神来教育青年;要以革命领袖与先进长辈的嘉言懿行来做我们的楷模。进行这一工作要有系统,有计划,而且文字内容都要尽量通俗。

五、中国青年在抗战中作下了许多艰苦卓绝可歌可泣的事迹,在民族史上,在人类史上写下了千古不朽的篇页。我们要表扬这些光荣的范例,拿这些摆在眼前的榜样来鼓励全国青年的前进,并给全世界青年弟兄作参考。

最后我们希望重新出版的《中国青年》能够继承并发扬大革命前《中国青年》的光荣事业,像过去的《中国青年》推动了千百万中国青年投入了大革命浪潮一样,我们今天的《中国青年》要能够推动,组织更广大的青年到抗日战争中来。

并且拿我们的工作来纪念《中国青年》的编者,中国青年领袖恽代英萧楚女诸同志。[①]

《中国青年》创刊号不仅刊登了朱德的《青年要学会打仗》、刘光的《组织广大青年参加生产运动》、浩川的《怎样认识国际情势?》、王蕾的《成都青运检讨及今后动向》、罗威的《怎样写通讯?》等青年运动论文,还发表了笑萍的《晋西北农救会是怎样建立的?》、集体创作的《青训班生产远征队》、佚名的战工团通讯《在旅途上》等报告文学,光和、孟奂的大众合唱诗《全国青年团结起来》及宫本信雄等的诗歌合集《日本士兵的歌声》,以及佚名的木刻版画《全国青年团结起来》等作品。

为进一步配合青年运动及工作的需要,《中国青年》除了"极希望读者诸

---

① 冯文彬:《发刊词》,载《中国青年》1939年创刊号。

君对于本刊已出各期提出批评并对于今后本刊提出意见。无论在稿件方面，在编排方面，或者对某一篇文章的好恶和批评，均极欢迎，为了答报提出意见的读者对于本刊的爱护，我们敬备薄酬奉谢"之外，还"欢迎读者投稿，凡关于青年生活，工作和学习的文字，不拘体裁，均极欢迎"。①于是，《中国青年》在重视编辑青年运动的理论宣传及经验交流等方面内容的同时，还编辑出版了刊登毛泽东等创作的18篇散文的《五四特辑》，以及《"三八"特辑》《儿童节特辑》《纪念"九一八"》《中国青年节特大号》等专辑或专刊。尤其是发表了许多延安作家的文艺理论批评文章，以及通讯报道、报告文学、散文、戏剧、木刻、诗歌、歌曲等文艺创作。主要作者有萧三、谢觉哉、陈学昭、柯仲平、卞之琳、何其芳、韦君宜、周立波、陈企霞、力群、古元、野火、杨静轩、征鸿、刘幕崐、苏晨、高棠、荣千祥、戈里、夏阳、逸鸥、师田平、邵溪、铁夫、王中、晓山、庄静、慕今、宏熙、黄照、笑雨、许立群、李铁波、周行、袁烙、刘光、洪流、童里、金默生、若望等。

1940年5月4日，在《中国青年》第2卷第7期"中国青年节特大号"上，编者通过《一周年的话》对刊物一年来的编辑出版进行了回顾及总结：

> 本刊是去年四月十六日创刊的，现在我们为了纪念"中国青年节"，决定把本刊的纪念日改在每年"五四"这天，现在已经进入第二个年头了。
>
> 一年来，《中国青年》在推进青年运动，反映青年生活以及帮助青年学习和修养等各方面都曾经发表了许多作品，我们自知这许多作品除了几篇革命领袖的文章以外，都不能算是"不刊之论"，但是我们却相信：我们是忠诚于中华民族的解放事业的，我们是热衷于青年救亡运动的，我们是真心为青年服务、为青年作喉舌的，因之我们的刊物也就能够成为全国青年所关心的自己的刊物。不可否认的，《中国青年》还存在着许多弱点和缺点，但我们相信在自我批判和不断前进的精神下面，在革命先进的指

---

① 《编者的话》，载《中国青年》1939年第1卷第9期。

导和全国青年同志的帮助下面,这些都是不难克服的。

正因为本刊是全国青年所关心的自己的刊物,所以也就遭受到了政治方面的迫压。

…………

本刊是不回避斗争而是要迎接斗争的,因而在这样不断的沉闷局面下面,我们决定:本刊从下一期起加以改革:将篇幅缩小,把文章的质量提高,减少过带时间性的和不十分紧要的作品,我们相信,能够这样,即使读者看到本刊较迟,也没什么妨碍。自然,本刊的一贯的立场与任务以及稿件范围是不变更的,相反地,为了民族的解放和青年的解放我们是要更加努力地担负起中国青年的革命任务的!

谨祝读者们为民族的抗战、团结、进步事业而奋斗!

谨盼读者们和革命先进们给我们更多的关切与指教!

作为"党所领导的青年刊物",《中国青年》于1940年11月,根据中共中央宣传部的指示,对编辑方针做出了调整及转变,即"主要的成为青年干部在理论、策略、工作、和文化生活各方面的学习刊物。又因为党的中级干部的最大多数也是青年,又因为党也没有其他更适当的中级学习刊物,所以《中国青年》也就是党的一般中级干部的学习刊物"[①]。1941年3月5日,《中国青年》编辑出版至第3卷第5期后停刊,并在《编者致读者》中宣布:"本刊因印刷关系,从下月起要和读者暂时作两个月的分别。等到印刷问题得到解决后,才能再和大家见面。"《中国青年》先后共出版26期。

1948年12月20日,《中国青年》在西柏坡复刊,中共中央青年工作委员会主办,中国青年社编辑出版,新华书店发行。毛泽东为复刊的《中国青年》题写贺词:"军队向前进,生产长一寸,加强纪律性,革命无不胜"。朱德撰写了《中国青年当前的任务》,作为《中国青年》的复刊词。1949年2月28日,《中国青年》自第4期始在北平编辑出版,后成为中国社会主义青年团的机关刊物,出版至今。

---

① 《中央宣传部关于〈中国青年〉的通知》,载《共产党人》1940年第2卷第12期。

《解放》周刊

1937年4月24日，《解放》周刊创刊于延安蓝家坪，由解放周刊社编辑出版，是中共中央公开发行的政治理论机关刊物，张闻天担任主编。封面版式多样，木刻套色印刷，初为周刊，后改为半月刊，并从第16期开始改封面为报头的形式，直到终刊，因而《解放》周刊亦被称为"解放报"。刊物除在陕甘宁边区发行外，还发行至西安、上海及港澳等地区。《解放》周刊的创办是为适应当时"巩固国内和平，争取民主权利，实现对日抗战"[①]的新形势，其中心任务是宣传中国共产党关于抗日战争的方针政策，报道和评论抗日民主根据地的抗战和建设工作。毛泽东在1938年7月1日为《解放》周刊题词："坚持抗战，坚持统一战线，坚持持久战，最后胜利必然是中国的。"

《解放》周刊设有《时事短评》《论著》《翻译》《文艺》《来件专载》等栏目，编辑有《理论研究增刊》，特别欢迎"各地民众抗日救国运动开展情形""各地通讯，民众生活情形，及民众的希望""文艺创作，戏剧剧本，与外论翻译"等方面的稿件[②]。毛泽东非常重视《解放》周刊的各项工作，不仅为其题写刊名和题词，而且对该刊每个时期的宣传要点都亲自过问，重要的社论、评论和文章都亲自审阅。中央领导同志毛泽东、张闻天、朱德、周恩来、博古等都在该刊上发表过文章。比如毛泽东总结抗战经验的《论持久战》《论新阶段》《新民主主义论》、陈云的《怎样做一个共产党员》、刘少奇的《论共产党员的修养》、张闻天的《论青年的修养》都发表在这里。

从创刊号开始，《解放》周刊就刊载了许多延安作家的作品。文学创作如丁玲的小说《一颗没有出镗的枪弹》《东村事件》、白浪的小说《白杨树下》、奚如的小说《土地在笑着》等，以及成仿吾的诗歌《爱国犯》；文艺评论如成仿

[①]《中央委员会告全党同志书——为巩固国内和平，争取民主权利，实现对日抗战而斗争（一九三七年四月十五日）》，见中共中央党校中共党史教研室编：《中共党史学习文献简编（新民主主义革命时期）》，中共中央党校出版社1982年版，第244页。
[②]《投稿简章》，载《解放》周刊1937第1卷第13期。

吾的《写什么》、从贤的《现阶段的文化运动》、李初梨的《十年来新文化运动的检讨》等。除此之外，还有坦克、李力、文韬、劫夫等人的木刻《统一战线》《血债是要偿还的》《全世界无产阶级和被压迫的民族团结起来》《两个孽畜在咆哮》《华北的怒吼》《在陕北哨岗上》等，以及毛泽东、朱德、林祖涵等人的木刻画像和吕骥作曲、凯丰作词的歌曲《保卫南京》等。这使得《解放》周刊成为延安文艺运动中较早出现的综合性刊物。在《本刊征求五万基本定户》中，编者提出：

> 本刊出版以来，荷蒙读者大众热烈的赞许，一致认为是救国舆论的喉舌！
>
> 近来本刊为了扩大抗日影响，增进救国力量，我们发起征求五万基本定户的大运动！……
>
> 多订购一份解放报，多增加一分救国的力量！
>
> 多介绍一份解放报，多充实一分抗战的影响！①

《解放》周刊第100期推出纪念版，刊登社论《站在中华民族解放事业的前进岗位上——纪念解放报出版一百期》，总结了《解放》周刊的历史地位与办刊意义，表达了民族解放的信心：

> 《解放》报和伟大中华民族解放运动血肉相连地走了不少的可纪念可感奋的路程，起了中华民族中国人民的一个有力喉舌的作用。……在最近三年我们民族发展的伟大路程中，《解放》报曾经负起了它的应有的责任。……
>
> 无疑的，《解放》报是我们国内的一个最有权威的刊物——其实，不仅在国内，而且其声名还远播于国外。为什么《解放》报能够有这种权威？这不是因为别的，正是因为《解放》报在各方面的问题上表示了最坚决最澈底抗战的中国共产党的主张与意见。
>
> …………

---

① 《本刊征求五万基本定户》，载《解放》周刊1937年第1卷第21期。

  《解放》报固然受到广大读者与抗日人民的赞扬与爱护，同时也遭受了日寇汉奸以至投降份子、反共份子、反动份子的仇恨与压迫。在许多地方《解放》报被禁止、被没收，《解放》报的读者被压迫、被摧残。但是这些压迫的办法，终究压制不了我们民族我们人民的解放的真理传播到广大民众的心坎中。无论《解放》的敌人如何压迫《解放》，《解放》报必然要始终如一地和我们民族我们人民密切联结在一起走上我国民族解放和社会解放的光明大道。①

1941年8月31日，为集中力量办好中共中央机关报《解放日报》，《解放》周刊编辑出版至第134期后终刊。

《群众》周刊

  1937年12月11日，《群众》周刊创刊于武汉，由中共中央南方局领导的群众周刊社编辑出版，是中国共产党在国统区公开出版的持续时间最久且影响最大的党刊。

  全面抗战爆发后，国共双方就合作抗日的各项问题展开谈判，中国共产党提出的议题之一便是在国统区公开出版报刊。1937年10月，经国民党中央宣传部批准，在周恩来的指示下，潘梓年、章汉夫、许涤新、何云、吴敏、徐迈进、楼适夷等齐聚南京，与八路军办事处的钱之光等共同筹办《新华日报》和《群众》周刊。后因战局危急，筹备组奉命赶赴武汉继续筹备创刊事宜。又因国民党当局多方阻挠，在中国共产党努力争取之下，《群众》周刊先于《新华日报》出版发行。②

  《群众》周刊创刊号刊登了可视为创刊词的《〈群众〉周刊启事》，表明了《群众》周刊的办刊宗旨和内容上的侧重：

    本刊筹备期间短促，同人力量单薄，匆匆出版，不周到不充实之

---

① 《站在中华民族解放事业的前进岗位上——纪念解放报出版一百期》，载《解放》周刊1940年第100期。
② 郑新如、陈思明：《〈群众〉周刊史》，中共党史出版社1998年版，第4—7页。

处,深望宏达,进而匡正与指示。同人出版本刊,固然是愿意把自己救亡所见贡献于国家,但更大的希望,是在于收集一些各地救亡的实际情形,供给全国救亡工作人员作参考与研究的资料。……辟一问答栏,读者在阅读书报时或在实际工作上有什么疑点或疑难,可以投函本刊,同人愿竭其所尽,尽量解答与讨论。①

该刊设有《社论》《短评》《抗战言论》《民众动员问题》《文化与教育》《军事》《国际》《读者问答》等多个栏目。《新华日报》创刊后,为了使两个刊物间更好地配合以发挥它们的宣传效力,周恩来特别指示《群众》周刊编委许涤新:"《群众》的编辑方针,同《新华日报》毫无二致,差别在于《群众》是党刊,是理论性刊物,要更多地从马克思列宁主义出发,更多地从理论角度出发,帮助广大读者理解抗日战争的正义性和抗战胜利的必然性,同时,还要从理论的角度出发,去批判当时一切不利于抗战以至破坏抗战的各种反动谬论。"②然而实际斗争的复杂性和一报一刊编辑出版的颇多磨难,导致两者的分工并不绝对,一段时间内《群众》周刊甚至同时肩负党报和党刊的使命。③不过,相对而言,《群众》周刊更为偏重理论宣介和理论学习。如1939年4月1日第2卷第20期刊发的社论《学习学习再学习》,强调"在空前的民族解放巨浪中"理论学习的重要性,直言只有学习革命理论,学好、用好革命理论,才能解决当前和未来许多严重而困难的实际问题,取得抗战胜利。社论号召人们"要从斗争中去学习,学习中去斗争!"尤其是抗日战争陷入相持阶段后,国民党内反共势力炮制出反共的理论依据,一段时期内,与国民党反共理论做斗争即成为《群众》周刊的中心课题。

在周恩来的直接领导下,《群众》周刊特别注重文章质量和宣传效果。《群众》周刊一面揭批国民党顽固派"消极抗日、积极反共"的反动理论和法西斯主

---

① 《〈群众〉周刊启事》,载《群众》1937年创刊号。
② 郑新如、陈思明:《〈群众〉周刊史》,中共党史出版社1998年版,第8—9页。
③ 如1939年5—8月,《新华日报》被迫停刊,《群众》周刊代为刊出党报的社论等宣传文章。1947年2—3月,在重庆出版的《新华日报》和在上海出版的《群众》周刊先后被查封,在香港出版的《群众》周刊再次担负党报党刊的职能。

义，一面宣传马列主义和中国共产党抗日民族统一战线的正确主张，在思想宣传和理论斗争上巩固和扩大了中国共产党阵地。与此同时，为了加强与读者互动，实现提高读者认识的目标，《群众》周刊也注重刊发工人、农民、青年和妇女等方面的文章，宣传介绍各地群众运动的经验与教训。这在为《群众》周刊赢得广泛社会声誉的同时，也招致当局的反复迫害。由于国民党设置了严密的审查制度，《群众》周刊送审的文章长期遭到扣留。因文章数量和字数减少，《群众》周刊出刊时间多次延长，以至在1943年7月被迫改为半月刊，至1946年恢复为周刊。

《群众》周刊共经历四个办刊时期。该刊创刊后，在武汉坚持出刊十个月，共计36期。武汉陷落后，刊物休刊三个月。1938年12月，《群众》周刊迁往陪都重庆，从第2卷第12期开始共出版181期。1946年初，"旧政协"会议后，中国共产党准备将《新华日报》和《群众》周刊迁往南京和上海出版，并组建筹备处。1946年6月，《群众》周刊得以在上海出版。全面内战爆发后，沪版《群众》周刊一面着力揭批国民党的独裁统治及其与美帝国主义勾结的阴谋，一面宣传中国共产党领导下的解放区民主建设以及广大农民在土地改革运动后的新面貌。1947年2月，国民党查封了在重庆出版的《新华日报》，并强迫中共代表董必武和其他工作人员离开南京和上海，在上海出版的《群众》周刊也于1947年3月2日被迫停刊。

为扩大中共宣传阵地，香港版《群众》周刊于1947年1月30日创刊，与沪版《群众》周刊保持两地同时出刊一月有余。港版《群众》周刊曾以各种伪装封面运送至国统区发行。1947年12月，港版《群众》周刊发表时评《〈群众〉创刊十周年》，回顾了《群众》周刊艰难的办刊历程，总结了《群众》周刊在宣传团结抗战中所起到的重要作用：

> 它在抗战中，先在汉口，汉口陷落后，又继续在重庆，一直出版。它把中共的抗战主张，传播给后方的人民，它是唯一的坚决的揭露国民党反动派投降主义，妥协阴谋，分裂政策，内战反共，及任何违反民意，违背民旗（族）利益的活动的周刊。它在宣传马列主义，毛泽东思想，及批判各种反民族反人民的错误思想斗争阵线上，是起有了相当

大的作用的。去年六月,从重庆迁上海,继续出版,在蒋政府顽固的不准发刊《新华日报》京沪两版的情形下,它在坚持政协,反对美帝国主义,支持群众运动,反映人民生活及意见方面的作用,是很大的。所以,《群众》周刊,在群众中受到了热烈的爱护。

正是因为这样,蒋政府从它出版之日起,就多方阻挠不是无理检查使它难以出版,就是邮寄扣留,使不能到达读者的面前。在上海时期,更没收刊物,搜查办公室,终于在今年三月初,驱逐中共代表团时,被迫停刊。但是,沪版《群众》周刊虽停,它的威信和作用却留在千万读者的脑海中,读者是知道怎样在中共的领导下努力奋斗的。

1949年10月20日,香港版《群众》周刊编辑出版至第143期后终刊。

《西北》周刊

1938年1月21日,《西北》周刊创刊于西安,由西北周刊社编辑出版,共经历了两段办刊时期。作为中国共产党陕西省委的机关刊物,受时局及中共革命斗争影响,该刊办刊思想及面貌也表现为前后两种特征。该刊自创刊至1938年12月休刊,主要致力于宣传中共抗战到底的方针,以巩固和扩大抗日民族统一战线。1939年7月复刊至1940年4月停刊期间,该刊着重宣传中共中央"坚持抗战,反对投降;坚持团结,反对分裂;坚持进步,反对倒退"的战略方针,一面揭露国民党反动派投降、反共的政策,一面抨击日本帝国主义的诱降阴谋。

全面抗战爆发后,中共陕西省委积极推动服务抗战的宣传鼓动工作。陕西省各界抗日救国团体先后成立,抗日救亡运动逐步从中心城市扩展到农村地区。随着大批青年涌向西北地区,国共两党展开了争夺青年学生的斗争。与此同时,国民党陕西省党部一方面以其政治经济优势扩大《西京日报》销路,一方面限制《解放》周刊及各类进步书刊出版发行。为更好地促进抗日救亡宣传,1937年底中共陕西省委召开会议,决定在国统区西安创办《西北》周刊,由组织部部长兼宣传部部长欧阳钦负责筹备。在物资紧缺和国民党设置重重障碍的艰难情况下,《西北》周刊于1938年1月21日即列宁逝世十四周年纪念日创刊。实际上,刊物出到第3期时才获得批准,成为合法刊物。亦因此,《西北》周刊此后出版每一期均特别在刊头下方印有"本刊已依法呈请登记"字样。作为在国统区的舆论阵地,《西北》周刊的编辑出版备受重视,中共陕西省委组建了水平很高的编委。前后参与刊物编辑的有李初梨、徐彬如、郭有义、欧阳钦、史悦等。

《西北》周刊的办刊宗旨是"加强抗战力量的团结,保卫陕西,保卫西北,保卫全中国,争取独立、自由、幸福的新三民主义新中国",以团结抗战为中心任务,密切配合与宣传中共中央的抗日民族统一战线政策和群众政策。该刊初为周刊,由于经费紧张,经常延期出版,且初期版面很少。在努力克服物质困难后,1938年8月,刊物改为半月刊,后又被迫改为不定期出版。不过,刊物版面得到扩充,传播范围和影响力也在逐步扩大。据《西北》周刊发行人徐彬如回忆,刊物最盛之时曾发行1万份,传播至香港、九龙、广州、徐州、南昌、武汉等地,甚至海外都有订户与代售处,成为西北地区销量最多、发行范围最广的一种刊物。[1]当时为《西北》周刊撰稿的主要有中共陕西省委的主要领导和部分机关负责人。该刊也会及时刊载中共中央最新文件和中央领导的文章、转载《新华日报》的重要社论等,如毛泽东的《新民主主义论》、周恩来的《争取更大的新的胜利》、张闻天的《读了张国焘敬告国人书之后对张的叛党狡辩予以驳斥》等。

《西北》周刊开设有《社论》《时评》《专论》《通讯》《启事》《文艺》《诗歌》《读者信箱》《读者论坛》《大众抗战故事》《一周时事》等栏目,既有理论宣介,又有文艺作品,还注意加强与读者大众的互动,具有很强的鼓动性,被群众誉为"革命的向导""群众的喉舌""抗战的指南"等[2],有很高的社会声望。

---

[1] 徐彬如:《忆〈西北周刊〉在西安创刊前后》,见中国革命博物馆党史研究室编:《党史研究资料》(第5集),四川人民出版社1985年版,第265—271页。
[2] 徐彬如:《忆〈西北周刊〉在西安创刊前后》,见中国革命博物馆党史研究室编:《党史研究资料》(第5集),四川人民出版社1985年版,第265—271页。

在继承《西北三日刊》等刊物①办刊经验的基础上，《西北》周刊的办刊思路已经非常成熟，既能坚持抗日民族统一战线又不失中国共产党立场。比如1938年2月23日，国民党陕西省党部悍然解散西北青年救国联合会等13个抗日救亡团体。对此，《西北》周刊第4期发表署名关烽的社论《关于解散西安十三救亡团体》，强调了"抗日高于一切"和"一切服务于抗日"的原则，认为"'抗日''救亡'是最重要的，'合法''非法'是次要的，而且'合法'也是为了抗日救亡的利益"。

1938年冬，国民党在陕西掀起反共浪潮，在西安非法逮捕共产党人。为避免遭受更大迫害，中共陕西省委机关转移至泾阳县云阳镇，其机关刊物《西北》周刊在出至第29、30期合刊之后也随之休刊。1939年初，为恢复《西北》周刊发行，中共陕西省委与战时青年训练班决定组建青年印刷厂，承接中共陕西省委领导下的抗日救国团体的刊物、书籍的出版发行任务。该厂于1939年6月建成投产，紧接着，《西北》周刊也于1939年7月1日复刊。毛泽东和林伯渠在刊物创办两周年时分别为其题词。毛泽东寄语："要把西北的事办好，人民必须有言论自由"。林伯渠则鼓励道："为动员广大群众参加团结抗战事业而进行艰苦的宣传、鼓动、组织工作"。这两则题词可以视为对《西北》周刊办刊成绩的概括总结。

1940年4月1日，《西北》周刊编辑出版至第49、50期合刊后终刊。

《战时青年》

1938年1月10日，《战时青年》创刊于武汉，由战时青年社编辑发行，是中国共产党指导的中国学生救国联合会的会刊。何仲觉担任编辑人和发行人，读书生活出版社负责印刷经销。中国共产党在战时的青年工作方针，是采用各种各样的组织形式和工作方法，在国统区推动及发展公开合法的统一战线的青年运动。《战时青年》创刊号上发表的发刊词《序》，清楚地阐明了办刊宗旨：

> 在这个艰难困苦的时候，《战时青年》终于获得和读者见面的机会了。

---

① 1937年全面抗战前夕，中共陕西省委在三原县创办机关刊物《西北三日刊》；《西北三日刊》停刊后，1937年10月，中共陕西省委在泾阳县创办《西北战线》。

现在出版界中各种杂志已经出的很多，《战时青年》的出版是不是多余的呢？假使有人要提出这个问题来，那我们认为是完全应该的。而我们的答复是这样：现在中国的青年，被时代课负着一副逾量的重担；肩头上压着重负的青年们现在应该怎样认清世界？怎样生活？怎样学习？怎样战斗？是特别需要讲究的。不然，将不能在这个险恶的时期内挑得起肩头上的重担。现在出版的刊物虽然多，却还很少有以青年问题为主要对象的；即使间或论到一点青年方面的问题，也因为实际上生活和环境的隔膜，总比较的不能很亲切很详尽。尽管有人高喊青年问题的重要，实际上却还很少有人能真正重视青年问题。因此，我们就不暇顾及自己力量的绵薄，而愿意勉力来创办一个青年自己的刊物了。因为我们都是青年，自己切身感受到有许多问题要提出和大家讨论，有许多不平要向社会申诉，有许多也许是未成熟的思想要向世人表白，听取明识之士的指教。我们相信其他一切青年朋友们，也都会和我们有同样的感觉，同样的需求。在这个意义下，我们觉得《战时青年》的出版就不只是不多余，而且是有其迫切的必要。

《战时青年》是青年们自己的园地，我们希望一切青年朋友们能在这块园地里，独立的发表自己的思想，充分的讨论各种问题，互相交换一切工作的经验与批判。

在这个刊物里，我们更愿意多收集各地的通讯，希望能够普遍而深入的记载下各地方各团体的实际情形，让读者们手兹一篇，对各地情形便可以"如晤一堂"，可以见到在这个动乱的苦难的时代里，我们受难的同胞兄弟们是在各种不同的角落里怎样地悲惨生活着，坚苦战斗着。

最后，我们更希望借这个刊物，能够经常介绍一点各方领袖的文章给读者们参考，使青年朋友们可以有机会聆悉领导着中国现社会的一切前辈们的意见和指示。

自然，这仅只是一点很平淡无奇的理想，然而就这一点平淡无奇的理想要望能够完全实现，却也就很不容易；第一需要各地青年朋友们积极支持，第二须要一切前辈先生们的热心帮助。不是为了刊物，而是为了能对同时代的青年们略尽一番有益的贡献，我们期望着能够得到各方面应有的援助。①

因此，《战时青年》从创刊开始，不仅先后设置《时论介绍》《来件》《工作讨论》等专栏，同时也在《各地通讯》《报告》《特写》等栏目中，发表了许多通讯报告、木刻、漫画等文艺作品。如周恩来的《现阶段青年运动的性质与任务》、王明的《抗日的民族统一战线》、叶剑英的《目前战局与保卫武汉》、陈一沛的《炸后》、安法孝的《山东道上》、魏东明的《南岳脚下》、胡天蕾的《陕北的恋爱故事》，以及王乃人的漫画《浏阳编炮的引火者（为纪念一二九而作）》、王乃天的漫画《汉奸的家庭》和施谊作词、丁珰作曲的歌曲《农民进行曲》。1938年5月10日，《战时青年》编辑出版至第9期后，因印刷、纸张及战事等方面的原因休刊。

1939年7月10日，休刊一年多的《战时青年》，在重庆开始以第2卷第1期的刊期复刊。在复刊号发表的《和读者相见》中，编者重申了刊物的宗旨及任务：

> 此次本刊和读者的重新见面，中间已经是经过相当时期的间断了。出版地点，也从武汉迁到了重庆，其原因，我们相信关心本刊的朋友们都是很（清）楚：当着敌人的罪恶的炮声已经狂啸到武汉的时候，我们这个刊物，就也和我们祖国在武汉的主权同样地不得不暂时受到影响了。
>
> 可是，虽只是出版这样一个小小的刊物，过去我们却也曾为此而很费过一番心力；我们不能甘心就此为敌人的炮火所摧毁掉。同时我们还相信：现在在我们青年当中，这样一个刊物的存在，还是有其必要和价值的。所以虽在印刷条件非常困难的情况下，本刊仍还大胆地抱着许多缺陷重和读者相见了。
>
> 我们希望：本刊能在前辈先生们的扶助指导与青年朋友们的热烈支持下面，持久的出版下去，逐渐的健壮起来，真正能成为广大青年的公

---

① 编者：《序》，载《战时青年》1938年创刊号。

共园地。抗战时的中国青年的战斗和生活，能在这里照见他们的姿态和前进的足迹。让辗转在大时代中的各种青年所发出的呼吁，也能在这里听得到他们的声音。特别是希望在这块园地里有清洁的空气，可以让读者们自由呼吸。

第一，我们要讨论青年的工作问题。因为抗战进入更艰苦的阶段，祖国处在很危难的时期，无论在前线或后方，校内和校外，我们的处境尽有不同，但我们均有责任参加工作，为国服役。这是时代对我们青年的号召。

曾经有些学者教授们极力否认青年学生参加一切救国工作的必要，他们常常列举出许多理由来证明青年参加这些工作之没有必要而且有害；可惜他们所说的"真理"，经不起敌人的无情的炮火的试炼，抗战以来血的事实证明着：没有广大青年的献身各种抗战工作，就也将没有抗战的最后胜利。完全和实际政治隔绝的闭门读书，将至多只能养成一些无用的书虫。

因此我们首先要讨论青年的工作十题。怎样吸收广大的青年到神圣的抗战工作中间来呢？怎样进行各种有益于抗战建国的工作呢？怎样才能克服工作上的许多困难呢？……这一切问题，均将是我们所要讨论的课题。

第二，我们要讨论青年的生活和修养问题。我们现在所处的时代，是一个新旧交替的时代；我们现在所处的社会，也是一个变化万殊的社会。因而在这样一个动乱复杂的环境下面，青年们就常有眼花缭乱，无所适从之感。政治上的苦闷，生活上的彷徨，曾经消耗了青年们多少宝贵的精力和时间。这些问题是可以否认或者轻视的吗？我们要毫不含糊的答覆：绝对不可以的。无论饮食和起居，恋爱与交友，以及一切日常生活可能接触到的大小问题，我们均将以郑重的态度来加研讨，以期求得比较合理的解决。

第三，对于青年的学习问题，我们要尽可能的帮助解决。我们是主张一切青年都应该积极参加各种有益于抗战建国的工作的。但并不是说因此而就可以松懈自己的学习。学习可以增加工作的效能，学习与工作应该是相成而不是相害。所以我们反对从实际工作中孤立出来的死读书，但却热烈拥护学习一切有益于抗战建国的宝贵知识和技能。青年是最适宜于学习的时期，我们要特别努力的从自身的工作中学习，从校内的功课和前贤的著作中学习，向一切优秀的朋友们学习，甚至要向敌人所有的可取之点学习。这里特别希望一切前辈先生，不吝给我们赐教。

积极的工作，健全的生活，虚心的学习；这是我们愿向读者们提出的誓约，也是我们所要努力奋斗的道路。热心的读者们，请和我们一同携手前进！[①]

在重庆复刊后的《战时青年》改为月刊，并调整了封面和版面设计，重新规划了各个栏目，陆续设置了《短评》《时论》《学运动态》《生理健康》《自然界》《通讯特写》《散文随笔》《读者园地》《沪港文选》《文艺》《来件》《信箱》《歌选》等，栏目更加丰富，内容更加全面，刊物容量也大为扩充，对青年的实际指导的助益也更加有效。同时该刊也发扬其创刊伊始便形成的优良传统，听取各方意见适时对刊物进行改良。

1940年9月16日出版的《战时青年》再次改版，由月刊改为半月刊，并起用新的期号"新一期"，其《为本刊革新告读者》交代了调整的缘起：

本刊从二十七年一月在武汉创刊，到现在，经过了两年八个月，出满了十九期，除去武汉撤退到重庆复刊相隔的一年，平均每月出版一期。在武汉出版的十期为第一卷，重庆复刊后的一至六期为第二卷，七至九期为第三卷。本期是革新后的第一期，即新一期，从此力求以崭新的面目和读者相见。

回忆起来，当年作为抗战中枢的武汉，确实形成了全国政治文化的实际中心，那时全国的青年运动，也确能一致如春潮泛起般地上升着。

[①] 本社：《和读者相见》，载《战时青年》1939年第2卷第1期（复刊号）。

本刊在武汉适时而出，立为远近各地的青年工作者所热爱，因此内容是趋重在各地青年运动的通讯报道上，和工作的讨论上，试翻开第一卷，马上可以看出这一点。及至迁到重庆复刊的时候，抗战远较武汉时期为艰苦了，文化运动和青年运动也遭逢着重大的厄难。现在出版邮寄的困难大见增加了，读者购买力也日渐低衰了，这已足使一般的期刊蒙受影响；而本刊更因迁来西南大后方，和战区里众多青年工作者相隔离，而失掉了以前的基本读者群。重庆复刊后的本刊所拥有的读者，转以大后方的青年学生占多数，尤以中学生为特多，本刊曾就陌生者投来的稿件加以统计，学生的投稿占全数百分之六十二，大学生的投稿占学生投稿中的百分之三十九，中学生的投稿占学生投稿中的百分之四十七。这个事实引起本刊同人的分析考虑，大家一致确认，今后的《战时青年》应继承着过去的小小成就，更多致意于中学生，使成为中学生课外学习修养之助。

依据这个新的编辑方针，我们认为对于刊期也有加以调整的必要。现在多数期刊，都在由半月刊而月刊，由月刊而季刊，这在印刷上和成本上是不可避免的趋势；但是，本刊却有一个小小野心，打算反其道而行之，就是每月出版两次。本刊以前是四十四页，排印时间约需一月，现在改为二十页，排印时间约需半月，印刷上不致特增困难，成本也与前相当，和读者相见的次数则多出了一倍。每期的容量自然减少了，但却没有妨害，因为今后本刊的文字正想竭力使其短小精悍。现在出版业的困难还是有增无已，将来的变化正不可逆料，这个计划不敢保证必能持久，不过现在决定尝试着做去了。

本刊以前所有的各栏，短评、时论、自然界、经验谈、学生论坛、读者园地、通讯特写、书评、信箱、歌选等大致仍将保存着，只是名称或许变更，内容必使切合中学生的需要，并且各栏不一定每期全有。本刊以前的论文偏重在讨论思想、生活、修养等，今后除此以外，将特别重视读者问题，从下期起，每期要陆续发表"中学生各科课外读物推荐"一种，和"教师的话"一篇。

对于读者,除了感谢大家不断给予本刊的期许鼓励,现在再一次恳求对革新后的本刊惠予批评,并且在这块属于青年的领土上热烈的说话。——置身惊涛骇浪中的青年朋友,有谁还甘愿缄默的么?①

复刊后的《战时青年》延续并发展了自己的编辑理念及风格,除了注重刊登抗战时期青年运动及工作方面的理论文章,如蒋南翔的《论西南的学生运动》《中国抗战的逻辑》、沈钧儒的《告青年》、章伯钧的《一点简单的意见》、张申府的《论青年思想》《重述我对于青年的期望》,还在《文艺》《通讯特写》等专栏中,发表了许多作家的散文、诗歌、报告、速写、漫画、木刻、歌曲,以、文论批评、外国文艺介绍等。1940年12月16日,《战时青年》编辑出版至新7期后,因战时青年社被查封而被迫停刊。《战时青年》月刊及其"革新版"半月刊先后共编辑出版26期。

《抗敌三日刊》(晋察冀)

1938年6月,《抗敌三日刊》创刊,它的前身是《抗敌副刊》。1937年12月11日,晋察冀军区政治部机关报《抗敌报》正式创刊。舒同、邓拓等先后主持该报编辑工作。1938年1月24日,《抗敌报》推出《抗敌副刊》作为报纸的专刊②,主要刊登部队作战经验及军事斗争方面的内容,仅在部队内部发行。1938年8月16日,《抗敌报》移交当时的中国共产党晋察冀边区党委主办,后更名为《晋察冀日报》。

1940年前后,由于晋察冀军区各分区都有了自己的报刊,《抗敌三日刊》对内容编排做了一些调整,目标读者改为排以上干部为主、兼顾战士。该刊调整版面设计,出版频次增高,也提升了单期容量,采用四开四版。《抗敌三日刊》主要按版面编排内容,四个版面内容相对固定下来。第1版主要报道国内外时事;第2版介绍各部队工作经验,讨论军队内部的政治教育;第3版为副刊;第4版主要是军事报道,包括战术讨论和经验总结等。在此基础上,又陆续设有《三日时

---

① 本社:《为本刊革新告读者》,载《战时青年》1940年新1期。
② 因《抗敌报》一度改名为《抗敌》,该报副刊便命名为《抗敌副刊》。

事》《部队生活》《工作通讯》《课外工作》《战士习作》《小知识》等栏目。因为主要读者的文化程度相对不高,所以该刊所载文章都更加通俗、短小精悍,形式也不断更新,风格较为活泼。

从现存期刊来看,《抗敌三日刊》各期均在封面刊头旁用小字注明"军内刊物、不得迷失""对外秘密 不准遗失"等字样,可知该刊是对外严格保密的军内刊物。此定位也就决定了该刊是中国共产党领导的军队内部军事教育刊物,其读者自然以广大指战员为主。也因此,该刊除了固定的编辑部及通讯组负责编辑、采访报道等工作外,全军将士都可以为该刊撰稿。

晋察冀军区领导非常重视该刊的出版发行工作,聂荣臻曾为《抗敌三日刊》第200期纪念题词,对其表示肯定并提出了新的要求,指出"它是子弟兵的号角,反映现实,指导现实"。政治部主要领导舒同、朱良才直接领导该刊工作,除直接为该刊撰稿外,还指导建立了较为完备的通信网络,在军区下属各个连队基本都建立了通讯小组。正是在通讯小组的大力支持下,该刊才能确保有充足的稿件,才能冲破日伪军的严密封锁、交通阻隔和不断"扫荡",坚持不断出刊。该刊编辑部也相应地及时总结通讯小组的工作经验与教训,不断提升工作效率和质量。同时,该刊对普通战士的来稿也秉持鼓励为主的原则,即便是反复修改后仍不能刊用的文章,也会退回作者并附修改意见,凡投稿者均刊载其姓名以示鼓励。

作为晋察冀军区整顿作风、统一思想、团结部队的宣传阵地,《抗敌三日刊》非常注重及时报道和记录部队的政治动员与军事训练,反映边区战士英勇杀敌的功绩,对百团大战等大小战役进行了详细报道。从抗日战略防御到战略相持阶段,该刊随着晋察冀军区的壮大而不断发展,及时有效的宣传报道使其成为当时晋察冀军区内非常受欢迎的报刊,被誉为晋察冀军区的轻骑兵。

为了配合部队的战斗生活,该刊不断进行内容和形式上的革新,加之遍及晋察冀军区的通信网络和通讯小组,不仅产生了良好的宣传教育效果,还培养了一支战斗素养很高的新闻队伍和革命干部,为此后新中国的新闻工作打下了坚实的根基。

李公朴曾于1940年赴晋察冀军区参观考察,对《抗敌三日刊》给予了很高评价:

说到晋察冀边区的报纸首先令人想到的便是《抗敌报》、《救国报》和《抗敌三日刊》。除了抗敌报纸是铅印之外，其余的两种报纸都是精美的石印。三种报纸各自均拥有广大的读者，发行均在两万份上下。这并不是一个小的数目字。

《抗敌报》是晋察冀边区舆论界的权威。同时也是抗战新文化的播种者。……

在这里要特别提出的是军区政治部丘岗同志所主编的《抗敌三日刊》。其通俗、新颖、活泼为各报之冠。这是子弟兵团自己的报纸，也为子弟兵团每一个战士所热烈爱护。无形中《抗战（敌）三日刊》已经形成了子弟兵团政治教育、文化教育、战斗教育的重要补充教材的供给者。

在形式上《抗敌三日刊》有一个最大的特点便是石印的精美绝伦。不仔细注意的，就会当作是用新五号铅字印成的。这是实在的事情，《抗敌三日刊》比用旧五号铅字印的《抗敌报》字数还要多。《抗敌三日刊》最大的特点便是非常醒目的在文字中间插进有意义的、容易引起读者的兴趣的小画图。《抗敌三日刊》的通讯网是和《抗敌报》《救国报》等遍布于各个工作部门一样的遍布于子弟兵团。而这一些短小精悍的通讯，也是《抗敌三日刊》的最大特色，也是使它形为边区最精彩的报纸的原因之一。这一些通讯中充满了无名作家的创作，他们大都是英勇的战士和果敢的下级干部。最有价值的是《抗敌三日刊》在克服子弟兵团生活、工作、学习以及战斗中的不良倾向，在促使子弟兵团建立成正规化的铁军的几度军事整军和政治整军的工作中，它是有着不可磨灭的功绩。[①]

1942年1月，聂荣臻提议将《抗敌三日刊》更名为《子弟兵》。他指出："我觉得'子弟兵'是个很好的称呼。这个称呼反映了我军与人民的血肉联系和亲缘关系，我们军区的报纸就改称《子弟兵》报吧！"[②]于是，该刊乘机再次进

[①] 李公朴：《华北敌后——晋察冀》，山西太行文化出版社1940年版，第150—151页。
[②] 郑健：《明亮的"新闻眼"》，长征出版社2004年版，第137页。

行较大的改版，从第340期开始，刊名正式更改为《子弟兵》，仍为三日刊，改用铅印刊行。这一名称成为后来我军各部创办刊物时经常沿用的刊名。

《子弟兵》坚持办刊时间很长，几乎贯穿抗日战争时期和解放战争时期，成为华北地区最主要的军报之一。1948年5月，晋察冀军区与晋冀鲁豫军区一部合并为华北军区，此后华北军区野战军第二兵团政治部正式接手主办该报，并推出《子弟兵增刊》。在此前后，中国共产党领导的人民武装陆续在各地创办多份《子弟兵增刊》[①]。

《前线》

1938年1月28日创刊的《前线》周刊，是八路军总政治部的机关刊物，初期为周刊，从第7期开始改版为半月刊。该刊的办刊宗旨是为抗日战争服务，秉持抗日高于一切的原则，为建立和巩固抗日民族统一战线而斗争，力求以此给予八路军各级指战员和工作人员以政治和军事上的指导。任弼时、刘伯承等党政领导经常为其撰稿。此后该刊因部队迁徙而休刊。

抗日战争时期，国民革命军第十八集团军（八路军）曾在不同时期、不同驻地创办多份刊名含有"前线"的报刊，有《前线周刊》《前线》《前线月刊》和《前线画报》。它们在总体上一脉相承而又有所差异，随着抗战形势的变化，我党军队的战斗力和理论素养都在不断提高和深化，对其所办刊物便提出了不同的要求，也就呈现出不同的刊物风貌。

1939年1月，《新华日报》（华北版）迁址山西沁县后，决定借助《新华日报》的编辑力量恢复《前线》。1939年2月1日复刊，刊名只保留"前线"二字，朱德为此时的刊物题写刊名。复刊的《前线》设计有封面，封面顶部正中为刊头"前线"字样及朱德签名，刊头左侧为该期刊物价格等信息，右侧为刊物期次、出版时间和出版机构等信息。封面左下角或右下角为该期文章目录。占据封面大部分的是反映军民坚持抗战的漫画或木版画。如复刊第2期封面漫画为《坚持华北抗

---

① 这些同为《子弟兵增刊》的刊物并无相互继承关系，刊物版面设计与内容也有一定差异，这里介绍的主要是晋察冀军区领导下的《子弟兵》及其前身。

战 保卫大西北》，不论是画面内容还是题画口号，都有很强的冲击力和感染力。

《前线》所刊载的内容主要是八路军主要军政领导撰写的探讨军事战术的论文、鼓舞团结抗日的政论文章以及领导的重要讲话和文件。此外，来自延安或重庆的重要文稿也会在该刊转载。朱德曾在该刊发表重要文章，如1938年初的《论抗日游击战争》和1939年7月的《八路军抗战两年来的经验教训》。

此后，八路军总部各机关因抗日斗争而辗转迁徙，由于行军途中经常缺少纸张等印刷用品，《前线》再次休刊。1939年7月，在日寇对晋东南地区进行"大扫荡"后，八路军总部机关进驻长治武乡，再次暂时稳定下来。为了提高部队将士的军事素养，八路军总部机关决定由野战政治部重新编辑刊物。经过商议，决定新刊定名《前线月刊》。经过紧张的筹备，1940年6月4日，《前线月刊》创刊印行。

新刊定位为月刊，由八路军野战政治部负责采访、组稿、编辑、印刷、发行等一应事宜。该刊采用的样式是十六开铅印本，每期3万到4万字，初期为月刊，从1941年2月第8期开始改为半月刊。彭德怀、邓小平、罗瑞卿、左权、杨尚昆、陆定一、聂荣臻、滕代远等为该刊编委。

除了直观的刊名和编者的变化，相较于前期刊物的相对公开化，《前线月刊》属于八路军内部发行的秘密刊物，对撰稿人和读者的保密性要求较高。读者主要是八路军下属各部队营级以上指战员。对此，该刊在其《本刊启事》中明确要求：

> 《前线月刊》为我军部队内部刊物，不得出售，各级军政机关收到本刊后必须负责保管及负责分发，应与秘密文件同样重视，不得遗失。本刊每月15日出版，在内部发至营级，为避免发生遗失留压等情形，各军政机关如有未能按期收到者，可向其所属上级机关索取，或径来函本刊，当代为查明，补发。①

除了基本的保密性要求外，八路军野战政治部还要求各战线上的同志，特别

---

① 《本刊启事》，载《前线月刊》1940年创刊号。

是负责同志,"要多多写稿,写在每次战斗或战役后,军事政治工作的总结与经验教训,特别欢迎关于提高军事素养、战略战术的研究、政治工作的建设等文章"。

彭德怀在《前线月刊》创刊号上发表的《建设我们的军队》可视为该刊的发刊词。该文指出:"中国革命的基本问题之一,是武装斗争问题,没有武装斗争,中国革命是不会成功的。"接着,该文分析探讨了我军建军目的、建军特点、军队纪律、领导机关等四个问题。指出建军是"为了长期坚持抗战,为了巩固抗日根据地,为了巩固全国团结"。正因此,我军才能够"由无而有、由小而大、由弱而强,由游击队而正规军,巩固和发展军队"。要注意军队建设的纪律和原则,"我们要建设的军队是工农和劳动知识分子自己的军队。在这样的军队里,必须要保障中国共产党政治上组织上的绝对领导;军队是建立无坚不摧的铁军,其条件是要有巩固的团结,要进步,要有铁的纪律,铁的纪律是建筑在政治自觉上面的纪律"。由此,"要健全各级领导机关,包括健全各个部门,首先要健全政治机关,巩固政治委员制度;健全司令机关,提高司令机关在部队的威信;培养大批干部,创造模范指挥员"。①

该刊先后办有众多专栏,如《工作通讯》《部队通讯》《缴获文件》等,内容丰富多彩。为了更好地服务于抗日战争,扩大抗日宣传,《前线月刊》在长治武乡期间,还创办了《前线画报》。

1941年2月,《前线月刊》第8期出版后恢复《前线》的编辑出版。

《团结》

1938年2月1日,《团结》创刊于延安,中共陕甘宁边区党委会主办,延安团结社编辑出版,延安新华书店总经售,为中共陕甘宁边区党委的机关刊物。时任陕甘宁边区党委宣传部部长和统战部部长的王若飞担任刊物的主要负责人。该刊封面设计简洁,手书体刊名居中。主要刊登陕甘宁边区党的政治军事、经济社会工作方面的理论文章,以及群众运动、文化发展的相关报道等。在《团结》创刊

---

① 彭德怀:《建设我们的军队》,载《前线月刊》1940年创刊号。

号发表的《发刊词》中,编者指出:

> 中国共产党中央委员会,最近(十二月廿五日对时局宣言)着重的向全国同胞指出:"我国抗战目前正处在一个严重的国难关头,然而部分领土和中心城市的得失,及初期战线上的部分军事的胜败,均不能决定中日战争命运的最后。而我四万万五千万同胞的坚强团结和长期艰苦抗战之毅力与信心,实为争取最后胜利之保证。目前最大的难关,既不在于兵力不济,武装不足,和财政困难;亦不在于日寇的前进深入,而在于敌寇于暴力之外,又加紧'以华治华'的企图;在于汉奸敌探托匪加紧挑拨离间,以破坏我国民族力量团结的阴谋。尤其在于我国民族力量的团结还未达到应有的程度。中共中央正式向全国同胞宣布,当此民族危机更加紧迫之时,我全民族抗日力量的更加团结,实为挽救时局的中心关键"。而团结我全民族抗日力量的唯一方策,便是巩固和扩大抗日民族统一战线。
>
> 本刊出版的目的,便是要在以上中共中央所指出的正确路线下,努力负起以下作用:
>
> 第一,是经过本刊来巩固和扩大以国共两党精诚团结为基础的抗日民族统一战线。陕甘宁边区的共产党与陕甘宁边区的政府及群众团体,是要在一切工作上成为真实巩固这个抗日民族统一战线的模范。
>
> 第二,是经过本刊来宣传"抗战到底"与"抗战必胜"的正确方针来提供争取抗战胜利的一切具体办法,来唤起每个边区的人民和全国人民,对于抗战必胜的信心,与积极参加抗战工作。
>
> 第三,是经过本刊来领导与组织陕甘宁边区各种抗战工作与全国配合一致前进。
>
> 本刊取名"团结"充分表现我们希望全国团结一致抗日的诚意。本刊的读者对象,主要是边区人民,并且是希望能普及到一般文化程度较低的大众。所以他的文章应当力求简短通俗,应当多反映边区的生活。

时间暂订半月一期。①

作为党的综合性理论刊物,《团结》在《本刊编委会启事》所列的投稿条件为:"工作经验,建议,批评""学习心得,方法,制度""理论介绍,讨论,研究""政策和法令解释,宣传""通讯,特写",以及"质疑"等,作为编辑的主要内容。②于是,刊物先后开辟有《论文》《短论》《转载》《工作通讯与经验介绍》《问题简覆》《通讯》《工作经验与意见批评》等栏目,建立起通讯员网及写作队伍。并发表《关于宣传工作利用民间形式问题》《谈谈口头宣传的通俗问题》《老百姓迫切需要文化娱乐》《关于边区大众读物社的成立》等论文,《工余随感》《一百一十个新战士》等散文通讯,以及柯仲平的《我们是一面战斗,一面准备》和谷风的《他是人民的代表》等诗歌作品。主要作者有林伯渠、高岗、觉哉、郭洪涛、陈昌浩、王若飞等,以及柯仲平、周文、卓然、刘景范、谷声、谷风、王栋、袁烙、蓬飞等。

1941年7月25日,《团结》在第2卷第7期刊登编者的《本刊启事》称:"本刊本期原于七月间已编就付印,但因印刷厂临时工作繁忙,以致延误多时,未能按预订日期刊出,甚至影响到本刊八月份的出版,实深歉疚,务请读者原谅。今后当尽力做到每月一期出刊,特此声明"。不过,《团结》由此未再出版而停刊。

《青年战线》

1938年3月25日,《青年战线》创刊于西安,是西北青年救国联合会的机关刊物,由青年战线社主编。该刊初为半月刊,后随着抗战形势的急速变化,从第2期起改为旬刊。1938年8月,该刊出满12期后不久被国民党陕西省党部查封。1938年9月,青年战线社编辑部迁往延安后继续刊出《青年战线》新1号,出完5期后,起用《中国青年》之名继续刊出。

为了更深入、更广泛地向青年宣传抗日救亡思想,西北青救会、西安民先队

---

① 《发刊词》,载《团结》1938年第1卷第1期。
② 编者:《本刊编委会启事》,载《团结》1941年第2卷第2、3期。

与西安学生联合会于1938年3月25日联合创办《青年战线》。该刊主要介绍前线战地形势、宣传抗日民族统一战线原则、探讨青年抗战问题、介绍青年生活,一经刊出便成为鼓舞青年参加抗日救亡活动的号角。该刊创刊词指出:

> 处于敌人后方的山东青年,在战场上,在各地区正在坚持着他们顽强的抗战,在每个青年的心坎里,都怀着一个共同的热望——洒尽热血,拼掉头颅,最后战胜日本强盗,争取中华民族的自由解放!
>
> 山东的形势更严重了,虽然已有不少青年已经组织起来,但彼此间依然还不能密切联系和配合,广大的青年仍然不能有组织有系统的发挥他们潜在的雄伟力量,为此,我们创办这个小小的刊物,作为个青年团体及所有山东的青年同胞联系的纽带,交换工作经验的园地。
>
> 同时,我们和所有救亡青年一样的,为了抗战的最后胜利,为了彻底解放中华民族,我们愿意贡献一切,拥护政府帮助国军坚持抗战到底,愿全山东的青年同胞,结成一钢铁的战线,站在最前哨,粉碎敌人的分化和进攻,为中华民族杀出一条血路来!
>
> 最后,希望各青年团体,和所有的青年同胞,为了这个小刊物的充实和壮大,予以热烈的支持和帮助。

由此,加强与青年的联系、注意动员和引导青年、加强广泛征求社会各界尤其是广大进步青年的稿件,不断适应形势变化并做出新的探索和调整,成为《青年战线》一以贯之的办刊特色。经过第1期的试验与反思,《青年战线》从第2期起不论是办刊形式还是刊物内容都有了较大调整。在《编者的话》中编者说明了这种调整的原委:

> 自本期起,改为旬刊,这是因为时事的变化很急骤,改成十日出版一次,则本刊对于环境的变化,便可以反应得更锐敏些。既然从每月二期改为每月三期,篇幅也自然不得不随之减少。
>
> 第一期出版,编者自己检讨了一下,深觉不满,既欠充实又欠活泼,而且"青年味"太小。从此以后,我们努力要把"青年味"扩大:反映各种青年的生活状况,讨论青年生活上发生的各种问题,代表青年

提出要求……。文章的内容要尽量开展，形式也力求活泼。务期把这个刊物变成为每个青年自己的。这是我们最高的理想，至于究竟能办到什么地步，固然在于编辑部的努力，但主要的还要靠诸位读者青年朋友的不断指正，投稿和扶持。

我们征求以下各类稿件：各种青年不同生活的素描，各种青年生活问题（譬如工作问题，学习问题，恋爱问题，性教育问题……）的提出和解答，各种青年组织的介绍，各种青年奋斗的故事，以及书报介绍，抗日歌谣等等。

《青年战线》是须要不分编者读者，由青年朋友来共同支持的！①

为达成上述目标、加强与青年读者的沟通互动，《青年战线》不定期开设各种专题特刊，如《"五一"青工生活专号》《纪念九一八特辑》《儿童专刊》《青年运动专号》等等，广泛征求读者稿件。该刊编辑部非常重视青年读者的意见和反馈，不仅开设常规的《来件》栏目，还将青年读者视为编辑部的一部分，将部分中肯意见落实到具体的编辑工作中。如第2期《代邮》所述：

来信过誉，我们感愧之余，只有本着先生的教示，努力使本刊日益进步。嘱"将战地一栏广为开闻"，把"前线将士浴血抗战，前仆后继"的"伟大英勇壮烈的事迹"传到后方，俾使后方的青年，学习前进；这一宝贵的意见，我们愿意诚恳的接受，绝对要以我们最大的努力，使战地一栏充实。当然，我们也同样要努力把别的几栏弄得更好。我们希望读者诸君指正的地方很多，请先生继续不断的来信批评。

由于出色的宣传、引导工作，该刊受到中国共产党军政领导的肯定。1938年8月，朱德从抗日前线返回延安途经西安，曾接受《青年战线》主编刘光的采访，强调到群众中去是青年的主要任务。采访结束后，朱德为《青年战线》题词：

我庆祝我们青年抗战的英勇精神，我希望我们青年们锻炼成健壮的体格，坚忍不拔的精神，担负起抗战的主要责任。抗战的胜利是要靠你

---

① 《编者的话》，载《青年战线》（西安）1938年第2期。

们的努力的。①

此外,《青年战线》编辑部还力求结合形势和青年特点,使刊物栏目更为多样、内容更为丰富、语言更为通俗。如该刊会发布招生启事、用工广告等实用信息,介绍学习和工作方法,探讨战时青年教育问题等。

1939年4月16日,《青年战线》出完新5期后,西北青年救国联合会决定起用原中国社会主义青年团机关刊物名称"中国青年"。《青年战线》终刊,前后共编辑出版17期。

《华美周报》②

1938年4月23日,《华美周报》创刊于上海,对外声称为美商华美出版公司主办报刊,实际由中共江苏省文化工作委员会借其名号编辑出版。该报发行人为美国人宓尔士,实际主要编辑者是梅益和王任叔。该报是上海沦陷后中国共产党及进步文化人士借美商旗号公开出版的第一份政治性刊物。它形式多样,内容丰富,及时报道抗战形势,揭露日伪的阴谋和恶行,是当时宣传抗日救国的重要期刊阵地。它与其他同时期出现的进步刊物一起打破了上海沦陷之初传媒界的沉寂局面,增强了中国人民抗战必胜的信心和决心。《华美周报》还被当时的上海杂志界誉为"最精彩、最富战斗力的一个周刊"③。

1937年11月后,随着上海沦陷、国军退出,上海的文化出现空前的停滞和衰颓。出于文化殖民的目的,日本侵略者要求上海租界当局取缔反日宣传。日军一方面强占国民党中央宣传部上海新闻检查所,强行接管12家报社,并强令上海各报将小样送去检查,未经检查的报道不得刊载;一方面强占国民政府交通部所属的上海电话局、上海电报局、国际电台及相关机构,强令20余家民营广播电台进行登记。因而,当时上海除少数外商所办期刊外,其他几乎全部被迫停刊,抗日

---

① 朱德思想生平研究会编:《朱德大辞典》,中央文献出版社2016年版,第781页。
② 《华美周报》报头中文名为"华美",英文名为"HWA MEI WEEKLY",其发刊词中自称"华美周报"。此处采用其发刊词中所用名称。
③ 方汉奇、李矗主编:《中国新闻学之最》,新华出版社2005年版,第257页。

救亡宣传几乎完全停滞。为打破这种局面,中共江苏省委召集部分留在上海待命的进步文化人士组建文化界运动委员会(简称"文委"),统一领导上海文化艺术界和新闻出版界的工作。面对日伪控制封锁的残酷现实,新闻出版界在中共江苏省委、文委的领导下不断寻找新的办刊形式。当时上海的洋商所办刊物拒绝接受日本新闻检查而能照常出版,其中就有华美出版公司出版的《华美晚报》。利用洋商旗号,中共江苏省文委先是创办了《译报》《每日译报》等,从译文刊载逐渐扩展到战况报道。梅益、恽逸群等还直接进入《华美晚报晨刊》等洋商报工作,并主持《社论》等栏目的编辑工作。因此,为了开辟专门的宣传抗日的期刊阵地,中共江苏省文委与华美出版公司协商,后者同意以其名义创办新的刊物。在创刊号发表的《发刊辞》中,宓尔士说明了《华美周报》的创办初衷与宗旨:

  《华美周报》今与读者诸君相见矣。予与全体同人,以后将按时提供每周要闻于读者之前,使诸君于一览之余,即可明了一周间国内外所发生之事故,并选述各种专文论著,以为读者参考之助。此外并将发表最适时与最富兴趣之照片卡通,其中且多为本刊所特有者。本报现已特约国外一新闻组合代为推销……

  予及全体同人并愿当兹创刊时宣示我人之目的,即忠实,不畏惧及公正无私。拥护真理,爱好和平,尊重自由,为美国向来最可宝贵之传统信念,我人当以此为准则而与读者诸君相勉。今后并当力图改进,以符合本报崇高之意旨,不仅只图其生存而已也。

  《华美周报》与《华美晚报》《华美晨报》同隶属于美商华美出版公司,并在美国台立华州注册,受其管理与保护,故所有内容,俱不受任何方面之检查。但我人亦绝不欲利用此种机会,故作惊人之大言,或刊登毫无根据之消息。

  本报复特约各地作家、记者为本报撰述各种文稿。本报读者既以华人为主要对象,自当多为刊登有关中国之作品。吾人一向为中国忠实之友人,对中国之文化,备致敬仰,对中国之前途,亦万分关切。希望本报之出版,能使太平洋东西两大民主国间有进一步之密接,并有助于两者邦交之增进。

最后，谨引美国总统林肯氏之言以作结束，即《华美周报》将"不以恶意待人"是！①

该报设有《短评》《国际一周》《论评选辑》等栏目。

《华美周报》广受欢迎，到第6期时发行量即已超过1万份。周而复在1938年10月的一篇文章中介绍《华美周报》的情况："《华美周刊》是《华美晨报》发行的，销路最好，内容也极丰富；论评选辑常转载《新华日报》《大公报》《扫荡报》的社评，编制和过去的《申报周刊》相仿佛。"②在其之后，中国共产党和上海爱国进步文化人士先后以相似方式创办了《文献》《公论丛书》《时论丛刊》《职业生活》等影响很大的报刊。

这些报刊以宣传抗日救国、伸张民族正义为己任，不仅大量刊载揭露日军侵华暴行的文章，猛烈抨击日伪妥协投降论调，而且公开宣传国共两党的抗敌政策，热烈报道中国军队抗击日寇的英雄事迹。以《华美周报》为代表的洋旗报刊形成了强有力的反日宣传势头，一扫"孤岛"初期衰颓低迷的氛围，在传播抗战信息、激昂民众抗日斗志、坚定民族自信心方面发挥了重大作用。

以《华美周报》为代表的进步报刊逐渐占据上海的绝对宣传优势后，日军设置的新闻检查制度变得有名无实。日军多次要求上海租界当局取缔租界内的反日宣传，受其威逼利诱，上海租界当局对报刊的正常宣传报道设置了种种严格限制，如禁止使用"鬼子""汉奸"等字眼，禁止宣传纪念日活动，等等。此外，日军发动日伪势力动用暴力恐怖手段，采取恐吓、袭击、绑架、暗杀等手段打压、摧残报社工作人员；在暴力手段难以奏效时，甚至再次直接封停一些态度激烈的报刊。1939年7月8日，《华美周报》编辑出版至第2卷第11期后被迫停刊，先后共出版61期。

---

① 宓尔士：《发刊辞》，载《华美周报》1938年第1卷第1期。
② 周而复：《孤岛上的文化》，见本书编辑委员会编：《中国新文学大系（1937—1949）·文学理论卷一》，上海文艺出版社1990年版，第106页。

《鲁艺校刊》（延安）

1938年5月，《鲁艺校刊》创刊于延安，为月刊，由鲁艺编审委员会编辑出版。作为延安鲁艺的校刊，它的主要功能是宣传鲁迅艺术学院的教育教学基本动向，主要包括介绍延安鲁艺的管理、政治、教学、文艺等方面的活动概况，公布教育教学计划、招生录取信息，沟通鲁艺内部各职能部门的情况，传达上级和中共中央的最新政策、文件，指导延安鲁艺的全面工作，等等。此外，该刊还会刊发少量以鲁艺师生为主的原创作品。

经过紧张的办校筹备、学院建设、招生录取等工作，延安鲁艺于1938年3月14日正式开学，并于4月10日举行了开学典礼。随着新的专门的文艺院校的开办，各项工作都较为繁忙，人们普遍认为需要一份专门的校刊来辅助完成协调、宣传等工作。于是，1938年5月9日，延安鲁艺组建了编审委员会，任命李伯剑为编审主席，成员包括沙可夫、吕骥、张庚、沃渣、王震之、徐一新和部分学生代表。鲁艺编审会的职能较为驳杂，包括编辑、审阅、出版、发行、交流等各个出版环节，主要负责编审延安鲁艺的校内教材、配套书籍和连续出版物，保障各种印刷品的质量。

作为鲁艺编审会成立后的首项成果，《鲁艺校刊》于1938年5月首先出版。该刊采用横排版、手刻蜡版油印，十六开本。因延安地区物资紧缺，该刊纸张为当时延安印刷品较为常用的马兰纸，且排版印刷都较为紧凑，没有设置单独的封面。再者，由于刊物定位问题，《鲁艺校刊》出版后发行规模不大，除分发到延安鲁艺内部各职能部门和供领导、师生查阅外，主要向延安城内部分机关单位送阅和交流。又因战争年代动荡多变，《鲁艺校刊》保留至今的刊物非常有限。

《鲁艺校刊》每期首页顶端正中为延安鲁艺副院长沙可夫手书的刊名"鲁艺校刊"，刊名左侧为鲁迅侧身头像，刊名下方则交代编者（鲁艺编审会）、期次、出版日期等信息，下方接着依次是编排同样紧凑的目录和正文。从当前仅存的刊物来看，《鲁艺校刊》的编排较为朴素，没有封面装帧设计、图案花边等，却在有限的空间和资源内设计得较为精致，文章标题多采用醒目的艺术字体，正文刻印得也非常工整精美。

该刊所刊载的文章，主要介绍延安鲁艺的生产经营活动、下乡概况、教学工作进展、教职员活动、招生情况、学生活动、校内各种文艺活动、工作检查，以及少量的师生新作等。

该刊第10、11期合刊曾刊出毛泽东写给延安鲁艺文艺社团路社的一封回信，这是该信首次公开发表，信中发表了对诗歌与艺术大众化问题的看法。这是一份研究文艺大众化问题的重要文献，其全文如下：

路社常务委员会诸同志：

信收到了，感谢你们的好意。

二月四日已约定别的集会，不能来你处，请加原谅。问我关于诗歌的意见，我是外行，说不出成片段的意见来。只有一点，无论文艺的任何部门，包括诗歌在内，我觉都应是适合大众需要的才是好的。现在的东西中，有许多有一件毛病，不反映民众生活，因此也为民众所不懂。适合民众需要这种话是常谈，但此常谈很少能做到，我觉这是现在的缺点。这一点是否有考虑的价值，请你们斟酌一番。此复，敬祝

努力！

毛泽东

一月三十一日[①]

《鲁艺校刊》到1939年4月时，已出满12期。由于延安物资日益紧缺，鲁艺编审会决定将《鲁艺校刊》与延安鲁艺的另一份刊物《艺术工作》合并，采用《艺术工作》的刊名继续出版，《鲁艺校刊》因此终刊。

《边区儿童》

1938年6月16日，《边区儿童》创刊于延安，由陕甘宁边区政府教育厅主办，董纯才、刘御负责编辑工作。该刊为半月刊，采用石印，是陕甘宁边区辅助

---

① 孙国林、曹桂芳编著：《毛泽东文艺思想指引下的延安文艺》，花山文艺出版社1992年版，第689页。

边区儿童教育教学工作、丰富边区儿童课外阅读的指导性刊物，也是整个解放区第一份儿童报刊。

长期的革命斗争，尤其是全面抗战爆发以来，很多革命志士献出了宝贵生命，同时也出现了很多无家可归、无所依靠的儿童，亟须组织照料和关怀。此外，随着此间奔赴延安地区的知识青年急遽增多，这些青年的子女的养育、教导问题便显得日益紧迫，引起党的领导人的关注。因而，对儿童的培养、教育也成为中国共产党领导的陕甘宁边区政府着力解决的重要问题。

1937年9月，陕甘宁边区政府成立，此后不久颁布了《小学教育制度暂行条例》，开始着手大力推行小学教育。为了贯彻落实《小学教育制度暂行条例》，陕甘宁边区教育厅组建了负责教材编写的编审科。在编订教材的过程中，为了扩展儿童的涉猎范围、提高儿童的阅读兴趣，编审科提议创办专门的报刊《边区儿童》。编审科科长董纯才、副科长刘御主动承担了编辑任务。

筹备刊物创办时，董纯才写信请毛泽东为《边区儿童》题词。1938年6月，毛泽东为该刊题词：

> 儿童们起来，学习做一个自由解放的中国国民，学习从日本帝国主义压迫下争取自由解放的方法，把自己变成新时代的主人翁。

该题词刊印在《边区儿童》创刊号首页正中。按照题词的指导精神，编者在创刊号《编者的话》中交代了办刊的主要目的："一是供给边区的小朋友们一点课外的读物；二是供给边区的小学教师们一些补充的教材。"[①] 该刊编者同时也是陕甘宁边区小学教科书的编者，因而刊物更侧重于弥补教科书所不能反映的时局发展动态尤其是抗日战争和边区生产建设的新发展。因此，刊物栏目设置尽量丰富多样，主要设有《时事讲话》《漫画》《故事》《日记》《诗歌》《通讯》《小说》等栏目。在刊载文章的编选上则紧扣时局动态，以此多样的形式来帮助儿童学习政治和关心国家大事。在篇幅上，此类主题文稿占比超过一半，且都采用儿童喜闻乐见的方式，力求做到精美、通俗、简明。如为了讲清楚我国从

---

① 《编者的话》，载《边区儿童》1938年创刊号。

九一八事变到全面抗战爆发以来的抗日史实，作者将其编成十几段富有陕北特色的民歌小调，每段均配有生动的连环插画。

《边区儿童》还注意帮助儿童学习了解实用的科学文化知识，如介绍战时特需的防空防毒常识，此外还发表了破除迷信的故事、益智类的笑话和谜语等。《边区儿童》还注重引导边区儿童提高实践技能，以短评等形式鼓励儿童积极参加力所能及的支援战争的社会工作和劳动，如放哨、送信、宣传识字、当小先生教群众读报学文化等。

该刊创刊号发表了董纯才作词、罗柳波作曲的《边区儿童歌》，生动地唱出了边区儿童的精神风貌：

我们是边区儿童/我们要保卫边区/敌人来进攻/我们就把他们打出去。

我们是边区的儿童/我们是抗日的小先锋/挺起身子来/谁说我们不英勇。

我们是边区儿童/我们要建设边区/好好地努力/开垦我们的土地。

我们是边区儿童/我们是抗日的小先锋/不怕穷和苦/誓必奋斗到

成功！

《边区儿童》的编辑工作，得到了全边区小学教师、青救会、儿童团、妇联、文协作家、鲁艺美术系师生等的支持，作者队伍较为庞杂。遗憾的是，陕甘宁边区物资紧缺，印刷用纸只能从边区外部采购。为了保证各校教材优先印刷出版，《边区儿童》直到1938年9月才印出第2期。而且，在该刊仅仅出版两期后，恰逢日机轰炸延安，国民党当局也对陕甘宁边区实行物资封锁，教材印刷都难以保证，因此《边区儿童》被迫停刊。

《老百姓》

1938年夏，《老百姓》创办于福建临时省会永安。永安是抗战期间与重庆、桂林齐名的国统区抗战文化中心之一。全面抗战爆发后，一批中共党员、革命知识分子、爱国民主人士等隐蔽战斗于此，他们团结合作，积极开展各种形式的文化活动，为推动抗日救亡运动和繁荣东南文化做出了巨大贡献。其中就包括创办宣传抗日的通俗读物《老百姓》。

为更好地宣传动员群众抗日，1938年夏，中国共产党闽北特委决定由时任国民党福建省教育厅科员的闽北特委委员陈培光牵头负责，以贯彻抗日民族统一战线和抗日救国十大纲领为宗旨，在永安创办通俗报纸《老百姓》。陈培光利用公职便利，聚集当时的福建省银行董事章振乾，省教育厅的林浩藩、高时良、卓克淦、陈启肃、茅乐楠，以及在福建版《中央日报》任职的姚勇来、沈嫄璋等人担任编委。公推陈培光为主编，章振乾为社长兼发行人。

《老百姓》采用八开单版印刷，为五日刊，设《谈话》《常识》《通讯》《时事解说》《故事》《诗歌》《木刻》《漫画》等栏目。《老百姓》创办之初，条件非常艰苦，经费有限，印刷机和纸张都十分紧缺。初创时的《老百姓》虽然外观不显眼，但刊登的多是"坚持抗战，反对投降；坚持团结，反对分裂；坚持进步，反对倒退"的进步文章。该刊内容相当丰富，有介绍来自国统区的进步人士的，有讲解革命根据地的抗战政策资料的，有介绍抗战前线的战斗消息的，还常转载邹韬奋主编的《抗战》周刊、介绍生活书店新出的有关书刊内容。1938年底，中共南平工委成立，南平工委决定将《老百姓》迁往南平出版发行，但稿件、经费、纸张等仍由永安供给，并先后派出中共党员叶康参、叶文炟担任编辑。

《老百姓》旗帜鲜明地宣传中国共产党的抗日民族统一战线，动员群众积极投入全面抗战，揭露国民党顽固派的反动面目。它不仅在知识界和政府部门产生了很大影响，也深受学生、工人、农民和战士欢迎，单期发行量增至5000多份，甚至成为各中小学校的抗日宣传报刊。1939年11月12日是孙中山先生诞辰纪念日，《老百姓》发表了题为《拥护孙中山先生的三大政策》的"谈话"（社论），痛斥汪精卫卖国投降、背叛孙中山三民主义的罪行，阐明抗战必胜、投降必亡的道理，褒扬浴血奋战的前线将士才是真正的忠于三民主义。"谈话"一发表，国民党福建省党部断定《老百姓》亲共，当即勒令停刊，所有编辑人员均被认为有"赤化"嫌疑而被重点审查，一些主要编者在工友的帮助掩护下才得以脱险。该刊没来得及发布任何公告或声明便被迫停刊。

《老百姓》从创刊到终刊，仅一年有余，共发行100多期。时间虽短，但其政治影响力和所起的历史作用是重大的，也快速培养起一批富有斗争经验的革命干部。

《艺术工作》

1938年9月，《艺术工作》创刊于延安，由延安鲁艺编译处编辑出版，是延安鲁艺创办的第二份校刊。为此，延安鲁艺编审委员会将两份校刊做了分工。相比于《鲁艺校刊》的综合性刊物定位，《艺术工作》的主要职能是报道、宣传延安鲁艺的艺术活动情况和经验，总结工作中的教训，除刊载专文介绍延安鲁艺的创作、演出、展览、艺术交流等艺术活动外，还刊登部分论文讨论文艺理论、艺术工作等，同时也刊登少量文艺作品。

1939年5月，时任中共中央干部教育部副部长的罗迈（李维汉）代表中央到延安鲁艺指导工作并做报告。罗迈的报告题为《鲁艺的教育方针与怎样实施教育方针》，随后引起延安鲁艺全体师生的热烈反响。鲁艺师生按照报告指示，对全院成立一年来的各项工作进行了全面检视，不仅调整了校内机构设置，也调整了教育教学计划和各项艺术工作安排。受此影响，延安鲁艺编审委员会改为延安鲁艺编译处，调整任命萧三为首任处长。延安鲁艺编译处除承担原有编审委员会的职能外，还肩负着翻译和对外交流传播的任务。该编译处除了译介国外文艺理论和文艺作品，也会精选部分国内革命文艺作品译成外文，显示了延安文艺的世界视野。

1938年下半年以来，国民党当局对陕甘宁边区等革命根据地实行较为严酷的物资封锁，导致延安的纸张供应日益困难。有鉴于此，延安鲁艺编译处决定精简校内刊物的编辑，将《鲁艺校刊》和《艺术工作》两份刊物合二为一。新刊物定名为《艺术工作》，成为一份承载众多任务的综合性刊物。新刊物《艺术工作》于1939年5月15日出版第1期。它延续了之前两份校刊的朴素的编辑风格，采用横排刻印，十六开本马兰纸油印，没有封面，首页顶端正中为延安鲁艺副院长沙可夫重新题写的刊名，刊名上方保留"鲁艺校刊"的小字，刊名下方即为报刊主要内容。刊物所载文章只有标题采用艺术字体，正文编排紧凑，没有多余装饰。

为了打开新的局面、带来新的气象，新版《艺术工作》在每一期刊名上方均印有"革新第×号"字样。刊物首页除仍保有鲁迅侧身头像设计外，还增加了一面旗帜插画，旗帜上书"鲁迅艺术学院"字样。旗帜插在一座堡垒上，堡垒写有"中国新艺术运动的堡垒"字样。其中"中国新艺术运动的堡垒"便取自罗迈1939年5月的报告。

《艺术工作》"革新第一号"恰逢延安鲁艺成立一周年，按该期《编后记》说法："这是校刊同《艺术工作》合并后的第一期，又是周年纪念的专号。"不过，受"校刊"定位及物资紧缺影响，该刊发行规模同样不大，除校内师生阅览外，还送至部分院外的单位交流。上文提及的罗迈的报告《鲁艺的教育方针与怎样实施教育方针》便刊登在《艺术工作》"革新第一号"上。此外，该期还刊登了延安鲁艺成立一周年的总结纪念文章、歌曲和校内生活报道等。

受纸张紧缺等主客观因素制约，《艺术工作》"革新第一号"出版三个多月后，"革新第二号"才于1939年9月1日出版。通过《艺术工作》"革新第二号"的《编后记》，《艺术工作》编辑工作的艰难可见一斑：

> 这期《艺术工作》与大家见面的时候，它对大家来说有点生疏了吧。是的，自五月出了"鲁艺周年纪念专号"以后，它的六月、七月的继承者就杳无消息了。其中的原因之一，是学校经费困难，没有买纸张的钱，纸缺乏；原因之二，是大部分同志到前方去，以后又接上了鲁艺的大搬家。因此，《艺术工作》停刊了两个月。

> 本期的《艺术工作》，原拟在八月初出版，不过因为刚搬到新校址来，一切不能马上就绪；又因出版科的工作同志较前减少了好几位，余下的，他们虽以突击的精神从事他们的工作，仍是不得不延到本月底。

不仅如此，该刊还经常因故临时调整编辑计划。据其"革新第二号"《编后记》交代：

> 编辑计划是把篇幅增加，刊载四万字。我们将稿子送去之后，又发生了没想到的困难——还是纸张不够，我们只好将四万字减为两万字。因此有许多稿子不得不抽去，送一部分到《文艺突击》去发表。

例如，原拟"刊载译稿两篇（《一九一八的列宁》的苏联影剧本节译及《五年来德国法西斯作家的斗争经过》）"，"也是因为上述的原故不得不把它抽出，将原稿投到别处"。①

值得注意的是，革新后的《艺术工作》已较重视指导、帮助鲁艺师生提高创作水平。到"革新第二号"，《艺术工作》已刊载了7篇鲁艺学员的原创作品。

遗憾的是，受战争及延安鲁艺内部变动等影响，《艺术工作》的原刊仅有少量保存下来，其终刊年月不详。其仅存的刊物，保留了不少延安鲁艺创办初期的办学及艺术活动概貌，仍不失为重要的参考文献。

《文献》

1938年10月10日，《文献》创刊于上海，由阿英主编。该刊创办时，上海已经沦陷，因而，该刊的办刊宗旨便是"在斧钺丛中散播火星，划破长夜的黑暗，并为伟大的民族解放战争保存历史文献"②。上海沦陷后，当时不少文化界爱国人士借洋旗办了不少进步刊物，一度突破了日寇新闻检查政策的束缚，打开了抗日救亡宣传的局面。不过到了1938年5月，日寇突然发难，导致大量洋旗报刊被迫停刊。上海的抗日救亡宣传再次陷入沉寂，很多文化界爱国人士被迫转入地下继续工作。阿英是当时留守上海的中共党员之一。当时中共在上海市北京路与河南路交叉口的上海法政大学新办了新闻专修科，阿英是主持人之一并在此授课。该新闻专修科学员毕业后大都成了八路军、新四军的革命干部。

1938年夏，阿英有感于孤岛救亡宣传的沉寂，计划利用工作之便创办新的刊物。阿英拟定新刊物名为《文献》，月刊，是一份资料摘编式的以反映抗战为主要内容的资料集刊。阿英意图以此刊物配合中国人民的抗日救亡宣传工作，从而贡献一份力量。阿英拟定的编辑方针是宣传抗战，重点搜集、登载中共中央及其主要领导、八路军、新四军等在各类报刊、出版社发表过的重要文献。这一计

---

① 转引自孙国林、曹桂芳编著：《毛泽东文艺思想指引下的延安文艺》，花山文艺出版社1992年版，第711—712页。
② 柯灵：《复印〈文献〉赘言》，载《社会科学》1984年第7期。

划得到了热心于抗日救亡宣传的《译报》发行人黄定慧和陈志皋的热烈响应。黄定慧与陈志皋出面召集了一次《文献》发起人会议，与会的有金学成、李焕之、李南苎、赵邦襟、陈高镛。此次发起人会议最终确定了刊物名称为《文献》，每月出版一期，其主要任务是分类汇编与抗战有关的各类资料。为了确保刊物编辑发行工作的有效进展，该会议决定筹建兼具编辑部和发行部职能的机构"风雨书屋"，由阿英担任总编辑，《译报》的金学成兼任经理并负责对外发行工作。黄定慧、陈志皋负责募集刊物发行经费。经过组建编辑部、选定办公地址、采购印刷用品等紧张筹备工作，《文献》月刊"创刊特大号"在1938年10月10日正式出版。

《文献》虽定位为抗战资料汇编，但其摘编范围并未局限于文字，宣传红军长征的《西行漫画》便得以在《文献》刊载。《文献》创刊号扉页即登载了漫画《雪山高，铁的意志更高》。阿英后曾为单行本《西行漫画》撰写题记，借肯定漫画历史意义和艺术价值之机，表达了抗战必然胜利的信念。这段话同样也能反映出《文献》的历史意义，即在摘编各类抗战资料时反映中国人民坚忍不拔的斗争精神：

> 我以为，在中国漫画界之有这一束作品出现，是如俄国诗坛之生长了普希金。俄国是有了普希金才有自己民族的文学，而中国，是有了这神话似的二万五千里长征的生活纪录画片，才有了自己的漫画。

> 在中国的漫画中，请问有谁表现过这样质朴的内容？又有谁表现了这样韧性的战斗？刻苦，耐劳，为民族的解放，愉快地忍受着一切，这是怎样地一种惊天地动鬼神的意志。非常现实的在绘画中把这种意志表现出来，如苏联文学之有《铁流》、《溃灭》（即《毁灭》——编者），是从这一束漫画始。

> 其次，中国既有漫画，虽不乏优秀之作，但真能表现民族的优越性，生长性，不渗（掺）杂任何病态的渣滓，内容形式，甚至于每一笔触，都百分之百表现其为"中国的"，如这一束漫画，在过往是还不曾见过。

> 因此，这经过了悠久的旅程，而又从辽远的陕北带到南方来的一束漫画，它将不仅要伴着那二万五千里长征历史的伟大行程永恒存在，它

的印行，也将使中国的漫画界，受到一个巨大的新的刺激，走向新的开展。它要成为漫画界划时代的纪念碑、分水岭。

发挥着民族伟大意志的反侵略战争，现在是在继续的开展。广大民众为着民族的生存是毫无顾惜的在忍受着一切的苦难。这正表现了这一束漫画所反映的民族精神的更进一步的发挥。把它印行出来，正是要在当前的战斗事实而外，向全世界有正义感的人们，提供一项中国抗战必然胜利的历史实证。①

《文献》所摘编的文章和各类资料，主要来自当时的中外文报刊、电讯等。上海沦陷后，对外交通日益困难，中共上海地下党给予了《文献》有力支持，为其带来很多重要资料。从第2卷开始，该刊每卷都开设《战况》和《沦陷区》（第4卷起更名为《游击区》）两个专栏。其中，《战况》专栏将中国抗战分为东、南、北三个战场分别报道，介绍近一个月来的各地战局及发展。《游击区》专栏则不定期细分为多个子栏目，常设的子栏目有《各地游击战》和《全国游击战调查》，《全国游击战调查》列出详细的统计表，记录各个游击区大小战役的时间地点和敌人损失等具体情况，保存了大量抗战原始资料。

《文献》一经刊出便产生了巨大影响。为了更为全面地记录和反映中国人民抗击法西斯侵略的历史进程，该刊后续又编印过多种附刊和单行本。其中，附刊主要有《艺术文献》和《妇女文献》，反映不同领域和不同群体的抗日救亡活动情况。刊印的单行本主要有毛泽东的《抗日游击战争的战略问题》《论持久战》，黄镇的《西行漫画》②，阿英的《论中国抗战必然胜利》和散文集《剑腥集》，我佛山人的《痛史》，吴梅的《风洞山传奇》，七峰樵道人的《七峰遗编》，以及宁太一的《民族诗话》等。

---

① 阿英：《〈西行漫画〉题记》，见《阿英文集》，生活·读书·新知三联书店1981年版，第373—374页。
② 《文献》每卷均会登载数量不一的漫画，《西行漫画》的作者最初误记为萧华，后经查证为黄镇所作，后来再版时改名为《长征画集》，阿英曾为再版的《长征画集》作序。参见阿英：《〈长征画集〉纪事》，见《阿英文集》，生活·读书·新知三联书店1981年版，第844页。

1939年夏，日本宪兵以《文献》杂志"宣传抗日，宣传共产党、八路军、新四军"的罪名向公共租界工部局巡捕房施压，后者深夜突袭并查抄风雨书屋，逮捕了《文献》杂志社经理金学成等人。阿英因住所较偏僻未被发现，故而得以幸免。于是，在刚编辑出版了8期后，《文献》被迫停刊。

在艰难的编辑出版过程中，《文献》全面、客观地反映了1938年秋到1939年夏近一年时间内上海乃至全国抗日救亡的概况。《文献》用了大量篇幅，如实呈现了抗战期间中国各个地区的政治、军事、经济、文化、社会生活面貌，乃至国际动态，保存了不少重要的文献史料。值得注意的是，主编《文献》的阿英虽为共产党员，但其时恰逢国共两党合作"蜜月期"，正如柯灵所言："一九三九年冬季以前，两党还在蜜月时期，尽管国民党始终同床异梦，反共高潮尚未形成，因此《文献》里反映出来的，是一派精诚团结的祥和之气。"[①]更重要的是阿英对历史负责的态度使其在汇编各类抗战资料时基本保持了原貌，国共两党的军政要员有关抗战的重要言论均得以保留，摘自当时中外报纸、电讯、通信等渠道的各地战况及沦陷区、游击区的综合情况等信息也都得以保存下来。《文献》不仅在当时打破了日寇对沦陷区抗日救亡的舆论封锁，更成为全面抗战初期国共合作带领中国人民反抗日本法西斯侵略的重要历史文献。1984年12月，上海书店将《文献》杂志全部8卷影印出版。

《八路军军政杂志》

1939年1月15日，《八路军军政杂志》创刊于延安，是国民革命军第八路军（八路军）政治部的机关刊物。该刊为月刊，由八路军政治部编辑、延安新华书店总经销。《八路军军政杂志》的前身是1931年12月11日创刊于中华苏维埃政府所在地江西瑞金的《红星报》。该报是中国工农红军军委的机关报，是主要面向红军指战员的读物。在继承该报经验的基础上，《八路军军政杂志》组建了更为权威的编委，萧向荣任主编，编委成员主要包括毛泽东、王稼祥、萧劲光、郭化若、萧向荣

---

① 柯灵：《复印〈文献〉赘言》，载《社会科学》1984年第7期。

等。因而该刊内容更为全面、驳杂、丰富、深刻，时有重要的军事论著刊出。

该刊排版设计较为精美，封面顶端为刊名"八路军军政杂志"艺术字体字样，刊名正下方为反映抗战将士生产和战斗中英武形象的素描绘画，封面底部正中为"国民革命军第八路军政治部出版"两行小字，右下角则为刊物期次。此外，该刊每期都配有木刻版画、铜版照片、图画及重要题词等。

毛泽东等党政领导非常重视该刊的编辑出版，在其出版发行之际纷纷撰写题词。毛泽东的题词是："停止敌人的进攻，准备我们的反攻！"陈绍禹（王明）的题词是："军政合一"。此外，毛泽东还亲自为该刊撰写《发刊词》，指出了该刊办刊宗旨和历史意义：

当抗日战争向着新阶段发展的时候，八路军同人出版这个"军政杂志"，其意义是明显的：为了提高八路军的抗战力量，同时也为供给抗战友军、与抗战人民，关于八路军抗战经验的参考材料。

八路军在抗战一年半中，在蒋委员长与战区司令长官的领导之下，在朱彭总副司令及各部各级长官与共产党员的领导之下，协同各部友军，进行了英勇的抗战，执行了"基本的游击战，但不放松有利条件下的运动战"的正确的战略方针，坚持了与发展了华北的游击战争，创立了许多在敌人后方的抗日根据地，缩小了敌人的占领地，钳制了大量的敌军，配合了正面主力军的抗战，延缓了敌人进攻西北的行动，兴奋了全国的人心，打破了认为"在敌后坚持抗战不可能"的那些民族失败主义者、与悲观主义者的错误观点，揭穿了中共托洛斯基反动派，汪精卫亲日派，与国内某些守旧顽固份子的无耻造谣。

此外，八路军的一部——后方留守部队，亦保卫了河防，现正准备配合西北友军，为反对敌人进攻西北而战。八路军的这些成绩，是有目共睹的；除了托落斯基反动派，汪精卫亲日派，与某些守旧顽固份子之外，是一致承认的。这在敌人方面，不但不敢轻视八路军，而且日益增长其畏惧八路军的心理的事实表现上，也得到充分的反证。八路军为保卫祖国而牺牲奋斗的忠诚与不可战胜的事实，是明显的摆在全国全世界的面前，除了反动派，亲日派，与某些顽固份子之外，是无法否认的。中外新闻记者，观察家，旅行家的详尽的或粗略的纪载，早已连篇累牍；一切无成见的人，都愿意研究八路军的经验，当然不是偶然的。以共产党员为骨干的八路军之存在及其发展，对于中华民族是有益的，还是无益的？如果有人提出这类问题的话，那我们只有一句话答覆：认为"无益"者，必是事实上不愿意抗战胜利者，只是直接帮助敌人的胡说。

……这样做去，一方面改善了军队的生活，补助了给养的不足；又一方面必然能够更加振奋军队的精神，增强军队的战斗力。

以上增加技术装备，深研战略战术，正确的运用统一战线政策，广泛的进行争取敌伪军工作，由军队自身参加生产运动，这是八路军在新阶段中应该加重注意的重要问题，其他工作中存在着的缺点，将从这些重要问题上的进步而克服之。

发扬成绩，纠正缺点，是八路军全体将士的任务，也是军政杂志的任务。抗战是长期的与残酷的，发扬八路军的成绩，纠正八路军的缺点，首先对于提高八路军的抗战力量是迫切需要的；同时对于以八路军经验贡献抗战人民与抗战友军，也属需要。《八路军军政杂志》应该为此目的而努力。①

因此，出于提高八路军抗战力量的目的，中共中央和八路军总部自上而下的各级党政军干部与工作人员，都成为《八路军军政杂志》的作者。如毛泽东、朱德、周恩来、彭德怀、叶剑英、刘伯承、邓小平、贺龙、陈毅、聂荣臻、谭震林、谭政等经常为该刊撰写文章，其中又以毛泽东所写文章数量居多。该刊发表了毛泽东多篇抗战时期的重要军事论文。为了更为全面地总结经验、及时发现和报道八路军各级指战员抗战救国的英勇事迹，八路军政治部专门组建了前线记者团，分成四组分别前往一一五师、一二〇师、一二九师与晋察冀军区等火线采访，及时有效地记录了八路军在抗战相持阶段的战斗功绩。

---

① 毛泽东：《发刊词》，载《八路军军政杂志》1939年创刊号。

《八路军军政杂志》先后开设10个专栏，分别是《抗战言论》《战斗总结》《实战经验与战术研究》《政治工作》《对敌研究》《近古战争与古代战术研究》《译丛》《战地通讯》《专载》《八路军、新四军捷讯汇报》[①]等。该刊作为代表中国共产党和八路军意见的权威刊物，发表了大量关于抗日民族解放战争的意见，并已着手研究和总结抗日战争的经验。该刊共出刊39期、发表近600篇文章，其中关于抗战经验总结的文章82篇，主要出现在《抗战言论》《实战经验与战术研究》《战斗总结》等栏目。该刊保存了抗日战争时期许多重要的军事论著，还介绍了古今中外著名的军事思想理论、著名战争战役等。《译丛》栏目的设置和对国外军事思想的译介，体现出该刊视野的广博。

《八路军军政杂志》不仅是单纯的研究与总结性刊物，还承担相当程度的报道任务。它反映前线军民艰苦奋斗、英勇苦战和壮烈牺牲的英雄事迹，还报道部队的各种工作情况。与此同时，该刊还注意揭露日寇和汉奸的残暴罪行。如第2卷第2期、第4期相继登载《延安民众讨汪拥蒋大会通电》《八路军新四军讨汪救国通电》两篇电文，指出汪精卫等反动势力"通敌叛国，订立卖国密约，为虎作伥，固国人皆曰可杀"。毛泽东还在卢沟桥事变两周年之际撰写《当前时局的最大危机》（第1卷第6期），号召人们密切注意投降派的活动，反对任何妥协投降言行，"战下去，团结下去，——中国必存。和下去，分裂下去，——中国必亡。何去何从，国人速择。我们共产党人是一定要战下去，团结下去的"。

该刊不仅是一个军事杂志，也是一个政治性杂志。该刊特别注重部队中军事建设和政治建设的宣传，及时总结军队建设、干部教育等方面的经验教训，共发布此类文章近100篇，体现了中国共产党领导对刊物"军政合一"的办刊要求。这类文章有的介绍各战区、各部队的战时政治工作概况，有的则介绍和总结政治工作的基本经验和方法。此外，《八路军军政杂志》还注意探讨对敌工作、对待俘虏工作的策略与方法。该刊先后发表关于日本法西斯专题研究的文章30多篇，

---

① 《八路军、新四军捷讯汇报》作为该刊常设栏目，最初安排在每期末尾刊出。从第3卷第4期开始，《八路军、新四军捷讯汇报》改名为《八路军、新四军战报》，依然在刊尾登载。从第3卷第10期开始，再度更名为《一月国内军事动态述评》，并调整到刊首登出。

包括分析日本侵华的本质、日军动态、日军的战略战术、日本国内的全面状况等,为中国人民坚持抗战提供了很多必要的参考。

《八路军军政杂志》公开发行以后,很快在国内外引起较大反响。在八路军、新四军内部,各级指战员争相阅读这本杂志;在根据地,几乎"每个干部都人手一本"。不少抗战友军、后方的各级各类机关、学校、团体也纷纷向编辑部来函要求订阅或交换,还有一些书店要求寄送纸型代为印售。国民党一些机关如国民政府军事委员会战地党政委员会等把《八路军军政杂志》作为必订刊物。此外,一些国际机构如日内瓦中国国际图书馆希望更全面地了解中国共产党抗日情况而收藏《八路军军政杂志》。1942年3月,《八路军军政杂志》出版至第4卷第3期后停刊,共刊出39期。

《抗敌》

1939年2月15日,《抗敌》创刊于安徽泾县章家渡,是新四军政治部主办、新四军抗敌编辑委员会主编的一个综合性文化刊物。抗敌社编辑委员会先后由冯达飞、薛暮桥、聂绀弩、夏征农、李一氓、朱镜我、黄源、林植夫等组成,并由新知书店、生活书店、战文社及重庆新华日报馆、延安解放社等总经售或代售。并且,作为一个新四军"全军各级干部的读物",是新四军在江南抗战时期编辑出版的一个"推进最后胜利的迅速的取得和独立自由与幸福的新中国之光临"的文化刊物。①在《抗敌》杂志创刊号上发表的《发刊词》中,编者清楚地阐明了刊物的办刊宗旨及目标任务:

  全中国的人民,英勇地,顽强地反对日寇侵略中国的神圣的民族革命战争,到今天,已经继续了三个年头!这是中华民族史上,空前伟大的进步的对外战争,这是人类史上,向着光明自由的王国奋勇迈进中的一幕光荣壮烈的战斗!我们欣幸生活在这个伟大斗争的时代,我们更欣幸我们新四军,在这中华民族英勇苦斗的血战史中,写进了在敌人后

---

① 朱镜我:《编辑杂记》,载《抗敌》1939年创刊号。

方，江南前线开展着艰苦奋斗，坚持斗争的广大游击战争的一页。

更欣幸的是：在这浴血抗战的一年之中，我们的部队不仅胜利地完成了最高统帅和战区司令长官给予我们的战斗任务，获得了相当的胜利，而且我们推动并提高了江南同胞的抗敌情绪，助长并培植了江南同胞的抗敌力量；同时，我们的队伍，也在这些光荣的战争中，发展壮大起来了。到今天，我们不仅在作战上，在工作中，积储了很多的经验和教训，需要我们用自我批评的精神来检讨和接受，而且新的环境中新的任务的完成，更需要我们去慎密的研究和计划。这就使得我们在抗战进入新阶段的今天，要发刊这个《抗敌》杂志，提供我们在过去一年中所获得的经验与教训，给本军的干部和一切热心于抗战的人士，作为更进一步的探讨和运用的资料。这，就使得在抗战进入更艰难困苦阶段的今天，必须发刊这个《抗敌》杂志，征集各部队首长和各级干部的宝贵意见，使我们能在新的环境中，顺利地完成我们所应担负的任务。所以，《抗敌》杂志的诞生，决不是偶然的，它依据于一年来本军在英勇抗战中发展成长的主观条件，依据于今后本军在坚持江南持久抗战中的客观需要；所以，它必须正确地综合我们在革命战争中所有的经验与教训，更必须正确地指示我们在新任务下所应采取的方针与方法，使全军指战员和一切忠诚于民族抗战的人士，能够在敌氛笼罩下的江南，在汉奸底亲日主和与防共的妖言惑众下的江南，拨开云雾，向着光明的灯塔，勇猛前进！是的，我们愿意使我们的《抗敌》，成为争取抗战最后胜利的一个大放光亮的灯塔！

神圣的抗战，已经进入于更艰苦的阶段，我们并不否认横在我们前面的许多困难与魔障。但是，每个革命战士，必须清楚认识：要完成中华民族的独立与解放这样艰巨伟大的任务，要战胜世界上有数强大的日本帝国主义，并不是一件轻而易举的事业；每个革命战士，必须清楚了解：任何一次的革命战争，任何一件的伟大事业，决不是以现成的条件和规模所能实现的，革命战争是在和困难斗争中，在战胜困难中，培养和创造革命的新生力量，来战胜并消灭敌人，而最后取得光荣的胜利！现在，这个抗战的第二阶段，正是我们克服困难战胜困难，培养和创造我们新的反攻力量的枢纽时期，我们坚决确信：革命的精神和革命的行动，一定能使我们顺利地培养和创造新的反攻力量，来最后战胜万恶的日本帝国主义！

让汪精卫之流的亲日主和与防共的汉奸份子，丧失其民族的自尊心和自信心，滚出到抗战的营垒之外去吧！中华民族的神圣抗战，不仅不会因卖国汉奸的逃跑叛变而受到丝毫的损失，反而更使全中国的人民，更亲密更坚固的团结起来，在民族领袖蒋委员长的领导之下，完成我们民族革命的神圣事业！

全中国的人民，全江南的同胞，胜利在我们的前面；我们必须忠诚地拥护抗日民族统一战线，必须坚持持久抗战！只有抗战，只有持久的抗战，保证我们能够夺取最后胜利的锦标！

因此，在《抗敌》创刊号上，除了刊载有《拥护蒋委员长驳斥近卫声明反对卖国汉奸汪精卫！》、项英的《论目前国内外情势》《本军抗战一年来的经验与教训》、袁国平的《江南敌后游击战争中的军队政治工作》、陈毅的《坚持江南抗战的诸问题》，以及林植夫的《关于日本俘虏》《真理与邪说的对照》等文章之外，还发表了聂绀弩的小说《一夕谈》、陆露的速写《迁营》，以及张祖尧的诗歌《生命线》《八月在皖南》等文艺作品。

《抗敌》杂志注重刊登"关于抗战政治经济军事义化，不论译著，不问长短"等方面的论文，以及"关于抗战小说戏剧诗歌及各地通讯"等方面的文艺作品。① 因此，在将近两年的时间里，《抗敌》杂志的编辑出版遇到了不少的困难。其中，"盖自本志出版以来，原是为着部队本身干部的军政教育之用，其所以发售者，亦不过自己以为有点好处，欲供献之于抗战同袍耳。但印了一期，第二期就印不出来，并非编者偷懒，而好几个印刷店的婉词谢绝，实是主要钉子"②。不过，刊物仍然先后刊载了叶挺的《现代战争的性质特点与指挥》、项英的《一年来作战的经验与本军建军工作》、粟裕的《先遣队的回忆》、朱镜我

---

① 《征稿简约》，载《抗敌》1939年创刊号。
② 编者：《编后赘语》，载《抗敌》1939年第3号。

的《从公债政策上考察日本财政的持久力》、李一氓的《在游击区内用军事方法与日寇作经济斗争》、林植夫的《论对敌宣传》，以及《慕尼黑会议后国际无产阶级和人民反对法西斯的统一战线》《慕尼黑休战》等文章，而且发表了东平的通讯《日本兵的故事》、陈毅的诗歌《十年》，以及《新四军军歌》和阿发享利的独幕剧《东方着火》等文艺作品。1940年12月1日，《抗敌》杂志编辑出版至第2卷第6/7号合刊后终刊，共出版19期。

《抗战生活》

1939年4月1日，《抗战生活》创刊于山西长治上街，是中共中央北方局领导并由太行文化教育出版社编辑出版的一个综合性文化刊物。太行文化教育出版社总编辑张磐石负责刊物的具体筹备工作，最初采用三十二开纸张石印，半月刊，由抗战生活社编辑、太行文化教育出版社出版发行。该刊由张磐石担任主编，组建了何云、张磐石、韩进、李伯钊、林火、徐懋庸、杨献珍、孙泱、高沐鸿、王玉堂、陈默君、任白戈、匡亚明等人构成的编委会，其中何云、张磐石、韩进、李伯钊和林火为常务编委。

除编者自行为刊物撰稿外，《抗战生活》还特别邀请当时文化界左翼爱国人士或有抗战经验的、擅长写作抗战文艺作品的作家学者等组成该刊庞大的撰稿人队伍。撰稿人除不定期写稿外，还会就某些读者来信做出解答。因而，该刊一经刊出便广受普通读者欢迎。作为一种抗战通俗大众读物，《抗战生活》成为很多读者在战时获取知识的重要渠道。

受限于经费及物资，该刊在整体上较为朴素简练，但仍尽量做到编辑、设计的美观大方。该刊设有封面，每期封面刊载反映抗战军民风貌或抗战故事的木刻画。如该刊创刊号封面即描绘了一位八路军首长骑着雄壮的战马指挥部队进发的英武形象。

该刊先后设有《专论》《时事论坛》《工作经验》《学术讲座》[①]《文艺》

---

① 主要介绍中国共产党有关新民主主义理论。

《书报介绍》《读者信箱》等栏目，所刊载文章的内容涉及国内外要闻介绍与分析、抗战工作中的方法策略与建议、对敌工作的总结与反思、专项抗敌工作的见解等，《文艺》栏目则刊载反映中国共产党领导下军民抗战形象的诗歌、小说等作品。

后来因日寇对晋东南展开大规模"扫荡"，再次对晋东南进行"九路围攻"，《抗战生活》正常出刊受到严重干扰，在1939年6月15日出版第6期后休刊。负责该刊出版发行工作的太行文化教育出版社后来随部队辗转来到长治武乡，等待恢复宣传工作。1940年2月，中共中央北方局召开特别会议，会议议题之一是决定将太行文化教育出版社与《新华日报》（华北版）合并工作，统称新华日报社。合并后，该机构仍然组建了两个编委会：报纸编委会由原报社编辑人员组成，负责筹备恢复刊物编辑工作；图书编委会由原出版社编辑和报社丛书编辑两部分人员组成，负责图书出版工作。

1940年4月，合并后的新华日报社提出恢复出版《抗战生活》杂志的建议，经中共中央北方局批准，报社在下属机构中组建了专门负责筹备和出版复刊的抗战生活杂志社，并成立了《抗战生活》组委会。刊物仍沿用原有刊名，组委会仍为原班人马，张磐石继续担任主编。经过组委会的紧张筹备，1940年5月1日，《抗战生活》在长治武乡正式复刊。在组委会邀请下，1940年4月，朱德为复刊的《抗战生活》题写刊名，并致贺词"祝抗战生活复刊"。

复刊后的《抗战生活》采用十六开纸张铅印，半月刊，并重新排定期数。该刊通过新华日报社原有渠道发行，主要供根据地军民阅读。复刊的《抗战生活》在栏目设置上并未做大的调整，只是在继承前期办刊经验的基础上，更加强调文章内容的通俗性、知识性和趣味性，每篇文章都简短精悍、通俗易懂，因而深受广大读者的欢迎。

值得指出的是，太行文化教育出版社与新华日报社合并后不久，原本担任《抗战生活》编辑的杨献珍调任中共中央北方局秘书长，他向张磐石推荐赵树理到《抗战生活》任编辑。赵树理的加入，对推动《抗战生活》的通俗化、大众化起到了积极的促进作用。该刊刊载了一系列文艺作品和论文，既分析了根据地文艺的发展状况，也讨论了战时特殊时期内抗战与文艺的复杂关系，还以形式活泼、内容多样、语言通俗的文艺作品反映和表现了根据地军民的生活。复刊后的《抗战生活》不仅为军民喜闻乐见，丰富了军民的精神生活，而且对敌人进行了尖锐的批判，在抗日救亡宣传和群众动员方面发挥了重要作用。

1941年3月，《抗战生活》进行改版。3月21日，《新华日报》（华北版）发布消息，《抗战生活》从第3卷第4期开始改为月刊。专栏设置与内容编选上有所调整，先后开设的栏目有《杂感》《短论》《随笔》《专论》《古与今》《国际》《苏联故事》《人物介绍》《通俗读本》《生活修养》《读书笔记》《工作经验》《读者信箱》《创作》《翻译》等。1941年12月，为了缓解物资紧缺与坚持办刊的矛盾，中共中央北方局决定再次精简出版传播机构，《抗战生活》与《华北文艺》合并出刊并改名为《华北文化》。《抗战生活》终刊。

《江南》

1939年5月，《江南》创刊于江苏无锡梅村。在此之前，中共江苏省委派人重建无锡县委，秘密开展抗日救亡运动。为了进一步加强和团结无锡抗日力量，组织更有效的活动，中共无锡县委于1938年12月在梅村领导组建了公开、合法的具有群众团体性质的联合组织，即无锡各界抗日联合会（简称"抗联会"），无锡的抗日救亡活动进一步打开了局面。不久后，中共江南特委转移到梅村。1939年5月，新四军将领叶飞和吴焜率领刚组建的江南抗日义勇军抵达梅村，实现了江南地区部分抗日军政力量的汇合。

抗日力量的加强使得中共江南特委感到有必要加强对外宣传，于是决定筹备创办机关刊物。新刊筹备工作由中共江南特委组织部部长张英主持，无锡县委的王新民、杨云农带领无锡抗联会的部分同志具体负责。为了方便报刊编辑出版事宜，中共江南特委以抗联会的名义在梅村组建了江南社。因而，刊物的出版印行也以抗联会的名义进行。经过紧张的筹备，《江南》于1939年5月正式创刊，为半月刊。该刊名义上为抗联会所编，实为中共江南特委的机关刊物，是一份综合性理论刊物。该刊的主要目的是宣传和指导江南地区的抗日斗争。该刊在梅村地区先后出版了7期。

1939年6月底,叶飞、吴焜领导的江南抗日义勇军奉令调往苏州、太仓等地展开游击战、开辟新的抗日阵地,随行的还有中共江南特委,因而《江南》的编辑工作也辗转转移到苏州等地区。在紧张的战斗间隙,《江南》在中共江南特委(1940年4月,改为中共东路特委)的领导下,在苏州和无锡抗联会的坚持下继续出版。因不能公开发行,且行军中的物质条件十分有限,该刊的编印常常因陋就简,仓库、船舱等都曾成为编辑部、印刷厂。而且,编辑部要随时准备应付日伪和日本宪兵的搜查,不少编辑部同人因来不及撤退而惨遭杀害。

在近两年的办刊过程中,在中共江南特委及其后的中共东路特委和叶飞等新四军将领的领导和支持下,《江南》在宣传抗战、坚持抗战、服务抗战方面发挥了突出作用,对江南地区的爱国军民产生了很大影响。为了支持《江南》的编辑出版,谭震林、叶飞、林枫、张英、吴达人、沈德辉、任天石等中共江南地区的军政领导都曾积极为该刊撰稿。在其影响下,蒋锡金、蓝瑛(竺宜俊)、林子平、李浩澧、欧阳茂权(罗克)等上海、南京的进步文化人士都先后奔赴江南社,参加《江南》的编辑工作。

《江南》设有《工作研究》《评论》《通讯》《速写》《文学作品》《国内外重要消息》等栏目。为了及时报道苏南地区抗日战斗情况、反映根据地建设进展和抗日军民的风貌,《江南》还组建了前线记者小组深入火线展开采访报道。据蓝瑛回忆,前线记者组肩负多重任务,除基本的采访报道外,还要负责"建立通讯网、约稿,帮别人整理稿件,写稿","搞好发行工作"。[①]

1941年皖南事变后,日军调整侵华策略。1941年7月,日寇集合日伪在苏南地区展开大规模"清乡"运动,中共各抗日组织受到极大冲击。在此次"清乡"中,敌人搜出部分印刷器材和数千本《江南》半月刊,即刚刚印好的《江南》第3卷第12期,并将其全部焚毁。《江南》的编辑工作难以为继,被迫停刊。

---

① 江水清清:《寻根——访抗战时期〈江南〉记者蓝瑛老人》,载《江南论坛》1994年第6期,第46页。

《中国妇女》

1939年6月1日，《中国妇女》创刊于延安，是中共中央妇女运动委员会创办的一个面向全国妇女的刊物，由中国妇女社编辑，新华书店出版发行。创刊号封面编排均衡，毛泽东手书体刊名居上，左下方为该期刊文要目，右下方加入著名木刻家江丰的黑白木刻版画《五小时：开地六分》。毛泽东在创刊号上亲笔题写了四言诗《题〈中国妇女〉之出版》："妇女解放，突起异军，两万万众，奋发为雄。男女并驾，如日方东，以此制敌，何敌不倾。到之之法，艰苦斗争，世无难事，有志竟成。有妇人焉，如旱望云，此编之作，伫看风行。"在《发刊词》中，编者阐述了刊物的办刊宗旨及任务：

> 我中华民族进行伟大的抗日民族自卫战争，已经快到两周年了。在这将近两周年的民族自卫战争过程中，表现出了我民族健儿们的英勇伟大的力量，同时也表现出了我中华民族的女儿们艰苦奋斗的姿态，在日寇的蹂躏下，大批的妇女从家庭中走上政治舞台了；许多城市女工和职业妇女的流入乡村，帮助了广大农村妇女的觉悟与动员组织。抗战过程中，妇女在慰劳救护、努力生产、战地服务、救济难民、保育儿童等工作上的贡献；妇女本身的开始走上全国性的团结和组织；妇女参政的开始部分的获得（全国参政会百分之五，陕甘宁边区百分之二十）等等，都足以表明我中华妇女在这一时期中的重要成绩之获得。然而，我们不能否认，直到今天为止，在我们的抗战工作中，妇女工作——抗战的妇女运动的工作，仍是整个抗战中比较薄弱的一环节。同时，不仅抗战的最后胜利，有待于全中华民族儿女更大的努力，而中华民族的真正民族解放和社会解放大业的完成，更必需二万万二千五百万女同胞能够与同等数量的男同胞，并驾齐驱的奋斗。
>
> 《中国妇女》的发刊，就是企图对于动员和组织二万万二千五百万妇女大众积极参加抗战建国大业工作尽一分绵薄的力量。我们希望《中国妇女》成为全国女同胞的喉舌，成为一切妇女先进和热心妇运的男同

胞们的共同栽培的园地。我们深深了解：要《中国妇女》能完成它应该完成的任务和使命，要《中国妇女》能尽它应尽的责任和应起的作用，这不仅需要《中国妇女》全体同人的积极的努力，不仅需要我们广大妇女同志们的热烈爱护和努力，而且是需要全国读者和各界先进的不断赐教和经常帮助的！

根据《中国妇女》公开发表的《本刊征稿条例》，该刊编辑的主要内容包括："1.指导妇女运动工作研究妇女问题之论文；2.各地妇女运动妇女生活等之通讯；3.外国妇女运动妇女生活之介绍；4.模范妇女之记述与介绍；5.妇女医药卫生，日常切身工作之常识；6.文艺；7.木刻漫画等。"[①]因此，《中国妇女》除先后开设有《专载》《转载》《研究与学习》《和母亲们谈谈心》《通讯》《妇女动态简报》《小信箱》《卫生常识》等栏目，主要登载党的妇女工作政策、文件及妇女运动的工作经验消息，以及国内外妇女运动的相关报道及妇女生活常识之外，同时发表了很多的报告文学、速写、散文、诗歌、木刻等文艺作品，以及编辑了《"三八"与宪政特辑》等文化专刊。主要作者有毛泽东、朱德、王明、洛甫、吴玉章、伯达、蔡畅、康克清、朱仲丽、邓颖超、刘英、李润诗、苏华、牛山、吴平、慕今、范瑾、孟庆树、琴秋、若望、丁玲、江丰、马达、陈钧、魏巍、侯唯动、叶群、赵烽、纪坚博、赵万元、方紫、辛钧、慰冰、庄栋、萧涛、焦心河、吕琳、杨廷滨等。

1941年3月8日，因印刷困难等多种原因，《中国妇女》编辑出版至第2卷第10期后终刊，共出版22期。

《学习》

1939年9月16日，《学习》创刊于上海，由王方舟发行、柳静编辑，属于汪伪时期在上海出版的专门的文化学术刊物，实际由中共上海地下党组织领导，坚持办刊时间较久。

[①]《本刊征稿条例》，载《中国妇女》1939年第1卷第2期。

1938年初，中共上海地下党最高领导机关中共江苏省委文化工作委员会为便于开展工作、培养抗日有生力量，在上海沪江大学开办了社会科学讲习所。该讲习所先后由胡愈之和王任叔负责，后又成立了讲习所同学会，负责讲习所除教学以外的日常事务。1939年春，上海的舆论环境日益严酷，因而同学会提出创办刊物的想法，宗旨是为广大青年读书、研究和写作提供一个坚实的平台，给学子提供知识的讲解与精神的指引。这一倡议得到了王任叔等人的支持。王任叔对新刊寄予殷切的希望，因而对刊物的筹备和编辑提出了较高的要求。他告诫同学会同人，办刊要以推动青年读书学习为中心，学术气息要浓厚而政治色彩要平淡，以便能够在恶劣的政治生态和动荡的战争环境下坚持办下去。

为了方便出刊、减少到租界当局申请办刊登记的麻烦，同学会最初打算沿用已停刊的《综合》的登记证书，并成立了编委会。于是该编委会于1939年4月25日推出了《综合》半月刊复刊号，其《新生词》阐明刊物复刊旨在推动编辑部同人与读者共同学习。不过，该刊出至第5期后，租界当局责令必须重新登记。与此同时，同学会所依托的讲习所已经停办。面对重重困难，同学会决议继续办刊，重新登记。同学会受毛泽东《中国共产党在民族战争中的地位》一文中"学习"一节的启发，决定将新刊定名为《学习》，成立学习半月刊社。经同学会商议，由刘冠芳化名王方舟、顾静化名柳静出面申请刊物登记，王方舟为发行人，柳静为编辑人。尽管后来编辑部发生了人员变动且刘冠芳被国民党顽固派杀害，但这两个化名在后期经营中还是得以延续下来。经过艰苦的筹备工作，《学习》半月刊在1939年9月16日正式创刊。

该刊前三期封面刊名位置印的是"学习半月刊"，"半月刊"字体稍小。第4期开始，刊名由王任叔题写，且只印出"学习"二字，这一版面设计持续到终刊。该刊设计精美，封面顶部正中为刊名，刊名下方一半为各类寓意深刻的插画，平行的另一半为该期目录，封面底部留有一窄行标示出版时间和刊物价格。该刊正文中，文章标题均采用形式不一的醒目的字体，且多数文章标题旁边配有美观的艺术画，与文章相得益彰。

该刊创刊号上发表了编者笔谈《学术"中国化"》，阐明了编辑部关于学

习、文化研究的基本观点,反映出该刊办刊的基本追求:

> 在中国民族曙光逐渐扩大的时候,"学术中国化"这一口号被提出了,这一口号之被提出,在现阶段的中国,是有着极其严重的意义的。
>
> 什么是中国化?想来是谁也知道是说我们要把现代世界的进步思想学术文化,吸收过来,根据中国具体环境和条件,加以融化,实际应用于当前的中国,而不应该是生吞活割,使进步的思想学术文化,成为格格不入的东西。
>
> 中国因几千年来政治的影响,形成了一个比较落后的国家,要在新的世界里继续生存下去,单靠一点"国故",无疑地是不够的。尤其是当前中国已临到了一个历史转捩的时期,新的中国必须有新的文化,这除了将我们的故有的优秀的学术思想文化整理发扬起来,接受外来文化,亦是绝对地必要的。因为世界文化,是经全人类努力所获得来的结果,我们接受了,不仅省却许多气力,同时还可以向着更新和更高的阶段发展。但我们接受外来的文化,决不能囫囵吞枣,必须用最科学的方法论,加以分析,不应连枣核也吞了进去。
>
> 因为一国的学术思想文化,有地理环境、历史背景的不同,不能完全适用于另一国家,中国过去接受一部份外来文化思想,只是像"无肠国"的人一样,吃进去什么,撒出来仍是什么,介绍西方文化到中国来的人,只尽了一些搬夫作用,不分货色而一样一样搬到中国来。结果,虽不能说对于中国文化没有影响,但究其实际,却始终没有使中国迎头赶了上去。故在今天提出"中国化"这一口号,无疑的是非常正确而且必需的。

基于上述思考,《学习》以交流学术、探讨生活上和学习上的问题为主旨,在编辑说明里号召读者认清中国社会实际情况,奋发读书,努力思索,并恳请将其学习思索所得投寄该刊,就相关问题共同探讨。该刊学习研究所涉猎的范围较广,先后设有《笔谈》《文艺》《学习生活》《学习播音》《评介》《文化公园》《大众论坛》《通讯》《杂感》《随笔》等栏目。编者也基本秉持了学术研究的严谨作风,对各类观点和各种讨论基本都能保持开放包容的姿态。该刊撰稿人队伍十分广泛,主要撰稿人有董乐辅、秦佐、尉迟生、周省、孙伏凤、沈钧儒、金左倚、邱明澧、顾家熙、黄日新、林雨京、司马文森、黄谨、李子平等。

1940年春,王任叔因公调任他处,组织改派顾准联络和指导学习半月刊社的编辑出版工作。借此契机,该刊对刊物做了一次调整,最明显的变化便是更加突出编选文章的学术性。该刊自第2卷第3期开始出版"革新号",特别在封面加印"纯研究性的半月刊"字样。体现在文章内容上,便是增加了各种社会科学讲座栏目,如《经济讲座》《哲学讲座》《海沫文谈》《戏剧讲话》等①,增加和充实了《书报介绍》和《小辞典》,等等。毛泽东《新民主主义论》发表后,《学习》予以宣传介绍的同时,编辑部随即对新民主主义相关理论展开了深入、系统的研究和讨论,如编辑姚溱(笔名阿隼)曾写出《论新民主主义共和国》系列研究文章。不过,不论是何种社会科学问题,该刊为避免牵扯出政治、立场等问题,严格地将讨论、研究限于学术范畴,并不过多展开和阐发。如上述关于新民主主义理论的探讨,在姚溱刊发多篇文章之后,编辑部便及时中止了发文和讨论。

由于编者主要是青年学生,该刊始终以倡导和帮助青年增进学习为工作重心。因此,该刊十分注意加强与读者的互动联络,这也成为该刊的一大特色。该刊始终不断发表各类指导青年学习的文章,所刊发的内容涉及青年学生学习的各个方面,探讨如何学习、学习存在的问题、学习的目的等。即便有些文章因为各种原因不能在该刊及时发表,编者也会将部分文章编印成小册子,如《社会发展史》《人权在哪里?》《怎样学习?怎样研究?》等等。该刊还组织举办青年读者座谈会,邀请留守上海的文化名人分享读书心得等。1941年夏,《学习》半月刊专门组织了青年暑期学习座谈会,座谈会记录发表于该刊第4卷第8期。该刊也注意开放办刊,特设《学习生活》《文化公园》等栏目,专门刊登读者来稿;特设《信箱》栏目,用来帮助读者解决学习乃至生活中的实际问题;举办各种

---

① 分别由顾准(笔名怀璧)、麦园、蒋天佐(笔名史笃)、叶尼主持,其中《海沫文谈》为文学讲座。在此期间,《费尔巴哈:唯心观和唯物观的对立》等经典论著译文也发表在《学习》上。值得指出的是,周建人(笔名高峰)的系列生物学论文《人类的进化》也在《学习》上连载。足见《学习》涉猎范围之广,作者群体之广。

征文活动来激励读者写稿，如"我对于《学习》的意见""自学一年""生活学习·回顾希望"等。总之，该刊成为上海"孤岛"时期青年读者重要的学习参考，是后学研究抗战时期学生活动的重要史料来源。

1941年12月1日，《学习》半月刊出版至第5卷第5期后，随着日军侵入租界，上海环境日益险恶，被迫终刊。该刊坚持办刊两年多，前后共出刊53期。

《共产党人》

1939年10月20日，《共产党人》创刊于延安，是中共中央创办的党内理论刊物，旨在巩固中国共产党的党组织，提升党员干部的理论素养和领导水平。

抗日战争爆发以来，中国共产党坚持抗日民族统一战线，坚决团结一切可以团结的力量共同抗击日本法西斯侵略，这一系列正确主张赢得了中国人民的热情拥护。"特别自一九三八年三月十五日中央关于大量发展党的正确决定以来，已经获得了很大的发展，吸收了大批的优秀份子入党，建立了全国的群众性的布尔塞维克的党的基础。"[①]与此同时，随着抗战形势的不断发展变化和国内矛盾的日益复杂，中国共产党的组织力、执行力都面临严峻考验。一方面，日寇调整侵华策略，停止大规模正面进攻，对国民党军队施行政治诱降，而对中国共产党领导的八路军、新四军和敌后抗日根据地加强军事进攻。另一方面，中国共产党存在的由前期共产党员队伍快速发展导致的党的组织不巩固、不健全等隐患逐渐暴露出来。"许多普通抗日份子或党的暂时同路人，也加入了党。异己份子，投机份子，以及奸细，也乘机混入了党。使党的组织之无产阶级先锋队的作用和党的组织之巩固程度大大受到损害。使党的组织与群众抗日团体之区别，在某些地方模糊起来。使民族敌人与阶级敌人，有了一些机会来进行破坏我党的阴谋。"[②]有鉴于此，中共中央政治局决议巩固党组织，于1939年8月25日发布《中央政治局关于巩固党的决定》，随后进行了一系列部署。其中，《共产党人》便是中共中央政治局为了完成党建任务而创办的党内理论刊物。

---

① 《中央政治局关于巩固党的决定》，载《共产党人》1939年创刊号。
② 《中央政治局关于巩固党的决定》，载《共产党人》1939年创刊号。

1939年10月20日，《共产党人》创刊。中共中央高度重视《共产党人》的编辑工作，当时主持中共中央日常工作的洛甫担任主编，李维汉任编辑主任并主持编辑部日常工作，并组建了以洛甫、王稼祥、康生、陈云、李维汉为委员的编委。[1]中共中央的主要领导都曾为该刊撰写专稿。毛泽东为该刊题写刊名并撰写了篇幅很长的发刊词，分析了创办刊物的背景、原因，总结了中国共产党成立以来的斗争经验，阐明了巩固党组织的基本理论，指出了革命斗争的基本方向和刊物的办刊理念与任务。其中，关于中国革命三个基本问题、中国共产党战胜敌人的三大法宝的判断，便出自发刊词。毛泽东指出：

> 中央很早就计划出版一个党内的刊物，现在算是实现了。为了建设一个全国范围的广大群众性的思想上政治上组织上完全巩固的布尔塞维克的中国共产党，这样一个刊物是必要的。在当前的时机中，这种必要性更加明显。当前时机中的特点：一方面，是抗日民族统一战线中的投降危险，分裂危险与倒退危险日益发展着；又一方面，是我们党已经走出了狭隘的圈子，变成了全国性的大党。而党的任务是动员群众克服投降危险，分裂危险与倒退危险；并准备对付可能的突然事变，而在可能的突然事变中，不使党与革命遭受出乎意料的损失。在这种时机，这样一个党内刊物的出版，实在是十分必要的了。

> 这个党内刊物定名为"共产党人"，它的任务是什么呢？它将写些什么东西呢？它和别的党报有些什么不同呢？

> 他的任务就是：帮助建设一个全国模范的、广大群众性的、思想上政治上组织上完全巩固的、布尔塞维克的中国共产党。为了中国革命的胜利，迫切地需要建设这样一个党，我们现在也正在建设这样一个党，建设这样一个党的主观客观条件也已经大体具备，这件伟大的工程也正在创作之中。为了这件事，不是一般党报所能胜任的，必须有专门的党报，这就是《共产党人》出版的原因。

---

[1] 1941年3月26日，中共中央召开会议，决定扩大党刊《共产党人》的编委，扩大改组后的编委包括洛甫、邓发、李维汉、李富春、王首道、冯文彬、孟庆树、方强、陈正人。

在某种程度上说来，我们的党已经是一个全国性的党，也已经是一个群众性的党；而且就其领导骨干说来，就其党员的某些成份说来，就其总路线说来，就其革命工作说来，也已经是一个思想上政治上组织上都巩固的与布尔塞维克的党。

那末，还有什么新的任务呢？现在提出新的任务的理由何在呢？

理由就在：我们现在有大批的新党员，很多的新组织，对于他们，还不能说是广大群众性的，还不是思想上政治上组织上都巩固的，还不是布尔塞维克化的。同时，对于老党员，老组织，也发生了提高水平的问题，也发生了在思想上政治上组织上进一步巩固与进一步布尔塞维克化的问题。党所处的环境，党所负的任务，现在和过去内战时期有很大的不同，现在的环境是复杂得多，现在的任务是艰巨得多了。

现在是民族统一战线的时期，我们同资产阶级建立了统一战线；现在是抗日战争的时期，我们党的武装在前线上配合友军同敌人进行残酷的战争；现在是我们党发展成为全国党的时期，已经不是从前的样子了。如果把这些情况联系起来看，就懂得我们提出"建设一个全国范围的广大群众性的思想上政治上组织上完全巩固的布尔塞维克的中国共产党"，是怎样一个光荣而又严重的任务了。

我们现在要建设这样一个党，究竟应该怎样进行呢？我们现在一定要建设这样一个党，究竟应该怎样办才能达到目的呢？解决这个问题，是同我们党的历史，是同我们党的十八年斗争史，不能分离的。

　………………

十八年的经验告诉我们，统一战线与武装斗争，是战胜敌人的两个基本武器。统一战线，是实行武装斗争的统一战线。而党的组织，则是掌握统一战线与武装斗争这两个武器以实行对敌冲锋陷阵的英勇战士。这就是三者的相互关系。

我们今天要怎样建设我们的党，要怎样才能建设一个"全国范围的广大群众性的思想上政治上组织上完全巩固的布尔塞维克的中国共产党",考察一下我们党的历史,就会懂得。把党的建设问题、同统一战线问题、同武装斗争问题联系起来看一下,把党的建设问题,同联合资产阶级又和它作斗争的问题、同八路军新四军坚持抗日游击战争与建立抗日根据地的问题联系起来看一下,就会懂得。

根据马克思列宁主义的理论与中国革命的实践之统一的理解,集中十八年的经验与当前的新鲜经验传达到全党,使党铁一样的巩固起来,而避免历史上曾经犯过的错误——这就是我们的任务。

由此,《共产党人》从创办伊始,就承载着中共中央政治局及主要领导对中国共产党的殷切希望和对中国革命的深谋远虑,自然而然地成为专门刊载中共党组织建设理论与实践探索成果的平台,也是中国共产党教育和培养党员干部的思想阵地。

关于《共产党人》的党员干部教育职能,从创刊号的《本刊编委启事二则》可见一斑:

一 请读者保守《共产党人》的秘密

《共产党人》是党内刊物,只限于党内同志阅读。《共产党人》是非卖品,不得向党外出售,凡是读《共产党人》的每一个同志,都应当好好保护它,不得遗失。

二 请为《共产党人》投稿

为着使《共产党人》办得好,我们竭诚期望和欢迎各个战线上的工作同志特别是负责同志多多为它写寄下列各类的稿子:

1 党的建设事业上各种问题的文章;

2 关于党的实际工作的总结性质的文章;

3 学习战线上的心得、质疑、辩论;

4 党员中足为模范或足为殷鉴的行为的介绍。

行文以短小精干、简要明确为原则。

体裁:论文、通讯等形式都可以。

《共产党人》最初不定期出版,后改为每月定期出版。作为主编,洛甫负责把握刊物的基本方针和基本方向，始终以促进党的建设为办刊宗旨和编辑工作重点，并反过来借刊物的秘密性与权威性发挥党刊的组织领导作用。

1941年皖南事变爆发后，国共摩擦升级，"因为陕甘宁边区发生严重经济困难，纸张供应紧张，党中央决定收缩出版工作，停止了包括《解放》、《八路军军政杂志》、《中国文化》等一批期刊的出版，《共产党人》也同时停止出版"[①]。1941年8月，《共产党人》编辑出版至第19期后停刊。

《上海周报》

1939年11月1日，《上海周报》创刊于上海，名义上是英国商人编辑、英国公司出版发行，实际上则由中共江苏省文委特派的地下党员负责具体事务。该刊的实际总负责人是张宗麟，吴景崧任总编辑，邹云涛任助理编辑，丁裕（丁一之）负责发行及广告业务，梅益、王任叔、姚溱（秦佐）、秦椿芳、王大中、钟望阳、方行、韩张钢等为主要撰稿人，他们有时也会参与刊物的编辑工作。

《上海周报》创刊号发表了发刊词《我们的立场》，以外商口吻毫不避讳地表示同情中国的抗战，宣示了该报的办报宗旨和追求：

> 《上海周报》是合乎英国法令的英商独立出版公司所发行的刊物，我们是中国的朋友，完全同情于中国为独立、自由，与平等而抗战。老实说，英国人民同情于中国抗战者占大多数。我们看援华委员会（China Campaign Committee）的工作，伦敦市长募捐，舆论的表示，和国会议员的发言，便可以知道了。
>
> ……………
>
> 至如中日和平的问题，我们认为照目前的情形看来，无法实现的。……
>
> 不消说，中国的光明前途要靠中国人自己努力来实现的。二十七个多月以来的事实已经证明中国的抗战政策是对的。这几年来，不能抵抗

[①] 李维汉：《回忆与研究》（上），中共党史资料出版社1986年版，第444—445页。

侵略的国家已相继覆亡。只有继续抗战的中国,还存生者,并且实力日见增强,前途更加光明。中国人士应本自力抗战的决心,抱着国家至上民族至上,胜利第一军事第一,与意志集中力量集中的态度,努力奋斗,最后胜利可操左券。这是我们所深信而且深切盼望的。

该报每周定期出版。作为一份综合性刊物,《上海周报》先后不定期设有《社论》《一周简评》《国际时事论著》《国内动态》《宪政问题》《日本与苏联》《经济讲话》《外论译丛》《教育》《学术思想》《科学世界》《华侨》等栏目。从登载内容来看,该报主要关注的是中国人民抗战的形势发展与主要任务,战时及战后的政治、经济、教育等方面面临的问题,英美苏日等国的对华政策等。例如,该刊于1941年8月9日刊出《上海问题特大号》,发表《上海沦为孤岛的四周年》等文章,探讨当时上海所面临的严峻问题。

为动员和团结更多的人参加抗战,该报十分注意及时宣传报道中国共产党的抗战理论、主张与方针。例如,1940年1月,毛泽东的《新民主主义论》公开发表后,《上海周报》便展开宣传与研究,自1940年5月11日起陆续发表了《新民主主义的溯源与新启蒙运动的重估》《论新民主主义文化的性质与任务》等多篇文章。周恩来分析日本新战略的文章也曾在该报发表。

《上海周报》注意及时报道全国抗日军民抗击日本侵略者的动态和抗战功绩,揭露国民党顽固派、投降派等的丑言恶行。《上海周报》不断热情地介绍全国各地抗日武装力量的活动情况及抗战功绩,介绍中国共产党领导的八路军、新四军的情况。1941年1月皖南事变爆发以后,该报一方面发文为新四军申冤,一方面连发社论、短评等揭露和谴责国民党顽固派的罪行,以期"中国民众自动地组织起来,阻止这个反动力量的伸张"[①]。在香港一些媒体报道日本帝国主义与汪伪政权签订"日汪密约"后,《上海周报》也予以及时转载,揭露日寇及投降派的丑恶嘴脸。

《上海周报》大约每期都有文艺作品或评论发表,是了解上海"孤岛"时期

---

① 《不幸的事件》,载《上海周报》1941年第3卷第6期。

文艺发展状况的重要文献。《上海周报》曾发起鲁迅和郭沫若的纪念特辑，如万籁的《向鲁迅先生学习些什么》、海客的《郭沫若先生》等均发表在该刊。王任叔、海客等还在该刊回顾抗战以来的上海文艺发展、当时的文艺状况和问题，艾芜、史穆等则探讨上海戏剧运动的成绩和前景。还有部分作品表现"孤岛"时期上海人民的挣扎与斗争，记录特殊时期人们的所思所感，歌颂前线抗日将士的英勇事迹，等等。此外，部分表现人们英勇抗争的外国文艺作品在《上海周报》译介并发表出来。

作为"孤岛"时期难得为中国人民发声的媒体，尤为可贵的是，《上海周报》同人在编辑工作之余，参与了不少社会活动，以实际行动支援抗日救亡。该刊曾发起为在抗战中受困的人们募捐衣物的活动，发起征集"伤兵之友捐款"，为苏联人民发起"苏联新年礼物代金"募捐，等等。

1941年12月6日，上海完全沦陷后，《上海周报》出完第4卷第24期后被迫停刊，共刊出102期。

《中国工人》

1940年2月7日，《中国工人》创刊于延安，由中国工人社编辑，延安新华书店经售发行。毛泽东等中央领导非常重视《中国工人》的创办和编辑，对其寄予厚望。洛甫、林伯渠、王稼祥、邓发、王明、康生等为该刊题字。毛泽东除为《中国工人》题写刊名，以及题写"为建设新民主主义的中华民国而斗争"的题词外，还撰写了《发刊词》，明确提出了办刊宗旨和任务方针：

> 《中国工人》的出版是必要的。因为中国工人阶级，二十年来，在自己的政党——中国共产党的领导之下，展开了英勇的斗争，成了全国人民中最有觉悟的部份，成了中国革命的领导者。中国工人阶级联合农民及一切革命人民反对了帝国主义和封建势力，为建立新民主主义的即新三民主义的中华民国而斗争，为驱逐日本帝国主义而斗争，这种功劳是非常之大的。但是这种革命尚未成功，还须付与很大的气力，这种责任又是非常之大的。团结自己，团结农民，团结小资产阶级，团结知识份子，

团结一切革命人民,这是极大的政治任务与组织任务,这是中国共产党的责任,这是工人先进份子的责任,这是整个工人阶级的责任。工人阶级及全体人民的最后解放,只能在社会主义真正实现之时,中国工人阶级为此最后目的而奋斗。但须经过反帝反封建的民主革命阶段,才能进到社会主义阶段。所以,团结自己,团结人民,反对帝国主义和反对封建势力,为建立新民主主义的即新三民主义的中华民国而奋斗,这就是中国工人阶级当前的任务。《中国工人》的出版就是为了这一个任务。

《中国工人》将以通俗的言语解释许多道理给工人阶级听,反映工人抗日斗争的实际,总结其经验,为完成自己的任务而努力。

《中国工人》应该成为教育工人、训练工人干部的学校,读《中国工人》的人就是这个学校的学生。工人中间应该教育出大批的干部,他们应该有知识,有能力,不务空名,会干实事。没有一大批这样的干部,工人阶级要求得解放是不可能的。

工人阶级应欢迎革命的知识份子帮助自己,决不可拒绝他们的帮助。因为没有他们的帮助,自己就不能进步,革命也不能成功。我希望《中国工人》这个报纸好好的办下去,多载些生动的文字,切忌死板,老套,令人看不懂,没味道,不起劲。

既已办起来,就要当作一件事办,一定要把它办好。这不但是办的人的责任,也是看的人的责任。看的人提出意见,写短信短文寄去,表示喜欢什么,不喜欢什么,这是很重要的,这样才能使这个报办得好。

以上,是我的希望,就当作发刊词。

同时,编者强调:"本刊是工人阶级的喉舌,希望各地各工厂各业的工友们,要多多为本刊写些短文、通讯和消息来。对于本刊有什么意见,也请随时提出。本刊只有靠全国工友们的抚育和爱护,才能壮大起来,活跃起来。"[①]于是,《中国工人》选在2月7日创刊出版,是为了纪念1923年2月7日中国京汉铁

---

① 《编者的话》,载《中国工人》1940年创刊号。

路工人反抗帝国主义和封建主义的罢工斗争。因而,《中国工人》创刊号也是"二七"纪念特辑。这为此后的《中国工人》奠定了主基调,即引导中国工人为了民主和自由而不断奋斗、抗争。

《中国工人》先后设置的栏目有《短评》《各地通讯》《国际工人动态》《国内工运简讯》《边区工运情报》《工人习作》等。从刊发内容来看,工会工作的最新指示、中国共产党领导的各抗日根据地内工业发展情况及工会工作情况[①]、沦陷区工人生活境况[②]等都由该刊刊载出来。

1941年3月,中共中央调整陕甘宁边区报刊编辑工作,将《中国工人》改为《解放日报》副刊编辑出版。《中国工人》编辑出版至第13期后停刊。

《中国文化》

1940年2月15日,《中国文化》创刊于延安,是陕甘宁边区文化协会机关刊物之一,由边区文协领导下的中国文化社编辑出版,编委会由艾思奇、周扬、丁玲、张仲实、范文澜、萧三组成,艾思奇任主编。毛泽东为创刊号题词:"延安文化界活动起来,为战胜日本帝国主义,建设新民族文化而奋斗。"该刊为月刊(实际不定期),每卷6期,每期售价0.2元至1.2元不等,出至第3卷第3期后,于1941年8月20日停刊,共出15期(第3卷第2期和第3期为合刊),共刊载146篇作品。1966年,由人民出版社全部影印,装订一册出版。刊物为十六开,白色封面,封面上部印有毛泽东所题的"中国文化"刊名。创刊号上的"中国文化"四个字为鲜红色,庄严而醒目,而后每期的封面会更换四个字的底色。中间竖排目录。下端为两条彩色横线,线下印有出版时间。刊物内页用马兰纸印刷,在距延安30多公里以外的中央印刷厂分厂铅印出版,延安的新华书店公开发行,订阅者多为机关部门、学校及延安各文艺团体。

---

① 各个工厂、作坊、商户等的工人组织、工人运动的发展概况和动态,凡是该刊采访到的,事无巨细,都登载出来,如某某厂工友"选出劳动英雄""成立通讯小组""加入宪政促进会"等。
② 如《中国工人》1940年第2期刊载了《上海工人生活费指数表》,为读者了解当时上海工人生活情况提供了直观的数据参考。

《中国文化》是在1939年12月间开始筹办的。当时全国的抗日战争已经进入相持阶段，在中国共产党的领导下，陕甘宁边区的抗日战争如火如荼地进行着。文艺界的知识分子除讨论与抗日战争紧密结合的问题之外，还对近代以来特别是五四新文化运动以来的中国文化所走过的道路和未来中国文化的发展趋向进行分析和研判。在党决定召开陕甘宁边区文化界救亡协会第一次代表大会后，由于延安当时并没有一个综合性的学术刊物供各方面的学者进行理论交流和批评，因此，为了推动革命文化理论研究工作的开展，为了使革命文化事业在正确理论指导下不断提高，承载刊发学术作品、发展文化理论、指导文化实践等使命的《中国文化》应运而生。

作为一本综合性学术刊物，《中国文化》在创刊伊始就吸引了延安各界人士的关注，其中不乏党的高级领导人。据统计，包括毛泽东、张闻天在内，共有65位来自文化领域的知识分子在该刊发表作品。其中，有23人发表了2篇以上的文章，共发表了94篇，约占总篇目的64%，而这些知识分子构成了作者群的主力。这23人之中，除发表多篇作品的作者外，还有冼星海、胡乔木、何干之、柯仲平、成仿吾、郭沫若、徐特立、王实味、艾青、陈唯实等作家。更让人感动的是，除发表毛泽东、张闻天、艾克恩、范文澜、吴玉章、谢觉哉等党的高级领导人和延安知名作家的作品之外，该刊颇有提携青年后生、广开言路之意。许多青年知识分子的文章得以在《中国文化》发表，如那时只有20多岁的刘白羽、何其芳，还有当时颇受争议的王实味和周扬，都充分显示了《中国文化》在学术讨论上的自由开放的宗旨。

在刊载内容上，《中国文化》前后发表了各类文章和作品146篇，从篇目上来统计，可分为以下几类。第一类：中共领导人的演讲和报告2篇，如毛泽东的《新民主主义的政治与新民主主义的文化》等；第二类：关于文化问题的社论3篇，如《鲁迅的方向就是中华民族新文化的方向》《进一步认识中国现实》等；第三类：关于建设新民主主义文化和边区文化运动问题的专论16篇，如艾思奇的《论中国的特殊性》《抗战中的陕甘宁边区文化运动》、洛甫的《抗战以来中华民族的新文化运动与今后任务》、周扬的《对旧形式利用在文学上的一个看法》

等；第四类：关于文学、哲学、美学、政治经济学、历史学、音乐、戏剧、美术、宗教等具体文化领域的研究文章40余篇，其中有代表性的如何干之的《团圆主义文学》、陈伯达的《杨子哲学思想》、萧三的《高尔基底社会主义的美学观》、王学文的《无产阶级政治经济学的特点》、范文澜的《关于上古历史阶段的商榷》、冼星海的《民歌与中国新兴音乐》、张庚的《戏剧与观众》、胡蛮的《关于绘画上的"六法"》、默涵的《"基督教的道德"与"人民的道德"》等；第五类：关于马列主义理论的译文和介绍文章8篇，如杨松译的《继续研究马克思列宁的哲学问题》、默涵译的《黑格尔和康德》等；第六类：文学作品18篇，如丁玲的小说《入伍》、曹葆华的诗歌《西北哨兵》、骆方的报告文学《旅途随笔》等。此外，有8期开辟了由艾思奇主持的哲学讲座，最后一期合刊为《抗战四周年纪念专号》，发表了数篇学术述评。

特别应该指出的是，《中国文化》创刊号刊登了毛泽东在边区文协第一次代表大会上的讲演《新民主主义的政治与新民主主义的文化》一文，也就是著名的《新民主主义论》。在这篇文章里，毛泽东由讨论工作中的科学态度出发，谈到了对《中国文化》办刊的要求，指出：

> 科学的态度是"实事求是"，决不是"自以为是"与"好人为师"那样狂妄的态度所能解决问题的……真理只有一个，而究竟谁是真理，不依靠主观的夸张而依靠客观的实践。只有千百万人民的革命实践，才是检验真理的尺度。我想，这可以算作《中国文化》出版的态度。

这实际上在无形中充当了《中国文化》的发刊词。除此之外，毛泽东还系统地阐释了新民主主义的理论和纲领，将无产阶级领导的人民大众的反帝反封建的文化作为中国共产党领导文化工作的总方针，从而对后来包括新中国成立后几十年的文学产生了重要的影响。

1941年以后，由于政治、经济上的极大压力，延安的出版业失去了稳定的环境支撑，面临严重的困难，各类纸张一时洛阳纸贵。资金紧张、纸张缺乏成了延安各类报刊必须面对的首要难题。《中国文化》的印刷纸张也从开始相对易得的马兰纸变为了价格昂贵且很难获得的晋恒纸，因此售价也从最初的每册2角、3角涨到1元。1941年8月20日，《中国文化》编辑出版至第3卷第2、3期合刊后终刊。

《鲁艺校刊》（山西）

1940年4月15日，《鲁艺校刊》创刊于山西长治武乡县下北漳村，是成立于晋东南鲁迅艺术学校的校刊。刊物仍沿用延安鲁艺第一份校刊刊名《鲁艺校刊》，同为月刊，三十二开本油印，刊名改由朱德题写。此外，部分中共党和部队领导人也为《鲁艺校刊》题词，显示了中国共产党对党的文艺教育事业的重视与关心。时任八路军副总司令彭德怀的题词为："为人生的艺术本质是战斗的，不是拥护就是反对，别的力量是阻挠不住的。"时任中共中央北方局书记杨尚昆的题词为"一切艺术作品应该适合民众的需要及为民众所了解"。时任抗日军政大学副校长罗瑞卿的题词为"敌后艺术运动的推进机"。时任野战政治部副主任陆定一的题词是"艺术的真正价值在于它能以革命精神教育劳动大众"。时任中共中央北方局秘书长赵品山的题词为"揣摩世事，体验生活"。在创刊号上刊登的《发刊词》中，编者宣称：

> 鲁艺在这个晋冀豫抗日根据地出生以来，已有三个多月，它在这个期间的存在，曾从它的每个动态中表现出来了。
>
> 现在，为什么要出版这样一种校刊呢？说起来是有它的必要的：第一是因为我们工作同志（教职员）感觉平常对同学们的帮助还是不够，需要用刊物来补其不足；同时要将自己从工作中所得到的经验教训贡献给更多的文艺工作同志，与大家交换一些意见，这样互相帮助，也就更多帮助了抗战。第二是因为同学们在学习中要练习创作，需要创作的操场。第三是因为鲁艺不仅在这个抗战相持阶段中，在这个根据地上生存下来就算了，而是要跟着抗战的日益胜利，根据地的日益巩固而长大起来，发展下去的；因为有这样一个刊物以资纪程，以志纪念，借以总结工作，以作今后之鉴镜，也是必须的。
>
> 同时，我们感到为着使敌后抗日根据地的文艺运动更加进展，抗日部队——尤其是八路军中的文化教育工作更加活跃起见，就要有一种纯

文艺的杂志以作报导；但在这种杂志还未出世之前，这个职务就需由《鲁艺校刊》来暂行代理。因此这个刊物除有关学校的材料外，还需要有指导性的文艺理论，创作介绍，国外作品与理论的介绍，等等内容。

有了上面的两个要求，实有出版这个刊物之必要，但念及如此小小刊物，竟"一物而二任焉"，诚恐力不胜任，尚望大家多多指教！

《鲁艺校刊》作为宣传介绍延安鲁艺各项情况的主要媒介，见证和记录了延安鲁艺草创期筚路蓝缕、艰苦发展的历史进程，对延安鲁艺乃至延安文艺教育的发展起到了重要的推动作用。

《文艺月报》（延安）

1941年1月1日，《文艺月报》创刊于延安，是延安文艺月会的会刊。延安文艺月会是中华全国文艺界抗敌协会延安分会成立后，由丁玲、舒群、萧军等人发起组织的文艺研究团体，旨在"提高文艺创作兴趣，展开文艺讨论空气"。

1940年12月，文艺月会举行第一次座谈会，大家在会上决定创办一份机关刊物。《文艺月报》创刊号记录了开会讨论办刊的情形："讨论会刊（大家把它定名为'文艺月报'）的时候，发言便更热烈了，荒煤、何其芳、立波、萧军、雪苇、周文、舒群都争着说了很多意见，归纳起来，《文艺月报》应该是一个短小精悍，斗争性要强一些的刊物。内容包括批评、什义、小说、通讯、诗歌、月会记录，中外文坛报道。总之要严肃而又有趣味。"刊物编辑人选也在讨论中确定下来，"对内容规定以后，就谈编辑人的问题，丁玲提议由荒煤、舒群、萧军三人负责，但结果成为舒群的狄克推多"。[①]

丁玲在《文艺月报》创刊号上发表《大度、宽容与〈文艺月报〉》，可视为该刊的发刊词，明确地阐述了刊物的定位和办刊追求：

"宰相肚里好撑船"这句话，在很小的时候就由我母亲详细的讲解给我了。后来又告诉我："君子养吾浩然气。"并且再三的叮咛我要我

---

① 《简记文艺月会》，载《文艺月报》1941年创刊号。

多读书，读书可以养性，因为她说我的缺点就是性子不好，度量不大。我也就莫明其妙的朝着她的针砭用功夫，不是说"知子莫若父"么，那末做为小学教育家的她大约总是正确的。所以我向来就很佩服这些大度的人，而且自己也确是做到了不少的。不过现在倒不大尽以为然，觉得要分别的来看了。在对于坏人，坏事，坏倾向，也要宽容的固然是罪恶，即使对于原来并不坏，只是因为有了伪君子们的大度，而慢慢才滋生培养出一些坏的倾向来的这种大度与宽容也是不能给以宽容的。所谓"姑息养奸"，就是这个道理。从这以后，我便对某些大度，尤其以大度来取好的人而反感起来了。不特在一般社会上有这样的现象，文坛也是如此。固然这里边还有官官相卫，或者更有借此附骥之心，然而有许多也只是为了表示大度，表示人事关系而意识的容忍了过去的。今天是谁也明白，谁也说着要掌握革命的武器——自我批评——然而一些腐朽的士大夫的高尚情绪和小市民的趋炎附势在妨碍这一武器的获得，因此我以为《文艺月报》要以一个薪新的面目出现把握住斗争的原则性，展开泼辣的自我批评的作风。犀利的、深刻的、毫不宽容的指斥着应该克服、而还没有克服、或者借辞延迟克服的现象。自然《文艺月报》的内容是各方面都有，然而我只说了这一点，无论如何不要使《文艺月报》成为一个没有明确的主张，温吞水的，拖拖踏踏的，有也可无也可，没有生气的东西就好了。

《文艺月报》的编务工作主要由舒群、萧军负责（丁玲参与了前两期的编辑工作）。具体执编情况在《文艺月报》第12期（1941年12月1日）的《为本报诞生十二期纪念献辞》中有载：

> 单就编辑人讲，起始本来决定是由舒群"独裁"，因为他那时住在鲁艺来往不方便就由萧军代替。后来舒群搬到文协，又施行了少数"民主"。从第七期起，又由萧军独裁了，一直到现在。

自第13期开始，刊物又由舒群负责。有学者曾对萧军、舒群二人的编辑风格做了比较，认为"萧军为主主持的前12期，有着较为强烈的批评之风，关注文人的日常文化活动;而舒群主持的后5期,风格较为稳健,着力于文学作品本身"①。

作为文艺月会的会刊,《文艺月报》以该会会员、星期文艺学园②的参加者、延安各文艺小组以及各学校、机关、图书馆等为对象,每期刊载"类似社论式论文一篇""五千字左右的小说一篇""'星期文艺学园'学员习作一篇",且应有一个中心,并刊载"较有价值的译品""杂文,诗歌,消息,记录,通知"以及"由古典到现在的各流派的作品"。③因此,该刊刊登的作品既有杂文、小说、诗歌、剧本、文艺批评、翻译作品等文艺创作,还有文艺月会和延安文艺界的动态——该会会员辅导文艺小组活动和星期文艺学园的创办、开展情况,延安鲁迅研究会的创立及研究进展,等等,反映了当时延安的一些文艺运动情况,极具史料价值。

由于刊物的调性及办刊者在文坛的较大影响力,《文艺月报》一经刊出便对延安文艺界产生了一定的积极影响。不过,有些作品也在当时引起了争论,如陈企霞的《旧故事的新感想》(第3期)、罗烽的《嚣张录》(第14期)、方纪的《意识以外》(第14期)等。

从登载文章来看,《文艺月报》提倡论争,丁玲发刊词中所畅想的犀利、深刻、无所避讳的批评风格和氛围基本得以实现。在《文艺月报》上,部分作家就文坛的一些现象进行了论争,比较有影响的有陈企霞和何其芳关于"诗歌的新民主主义"问题的论争、萧军与何其芳关于何其芳作品的论争、萧军和雪苇关于文艺批评的论争、肖梦和冯牧关于"欢乐的诗和斗争的诗"的论争等,这对促进边区的理论和创作发展起到了积极的推动作用。

《文艺月报》十分重视文艺理论和文学相关问题的探究。该刊从主要阅读对象出发,贯彻中共中央文委关于文艺小组工作的指示精神,登载了不少专门论文,阐释文艺理论,传授写作知识和技巧。如魏东明的《论作家的气质》(第6

---

① 吴敏:《宝塔山下交响乐——20世纪40年代前后延安的文化组织与文学社团》,武汉出版社2011年版,第125页。
② 由丁玲等文艺月会会员发起成立的星期文艺学园是一个业余文艺补习训练班,旨在帮助文学青年学习写作和开展文艺运动。初期,文艺月会会员为主要指导教师。
③ 编者:《为本报诞生十二期纪念献辞》,载《文艺月报》1941年第12期。

期)、罗烽的《高尔基论艺术与思想》(第7期)、严文井的《关于使人读不下去的文章》(第14期)、萧军的《文学常识三讲》(第15期)等。

除了有关文艺创作和批评的文章和争鸣,《文艺月报》还开辟《文讯》栏目,报道了不少国内外文坛消息,如延安文抗领导下各文艺小组的座谈会情况、每次文艺月会的情况、鲁迅研究会的动态等。

《文艺月报》的主要撰稿者有萧军、丁玲、艾青、罗烽、吴伯箫、逯斐、周立波、高阳、方纪、陈企霞、何其芳、陈荒煤、周文、白朗、草明、刘白羽、曹葆华、厂民、郭小川、黄既、韦君宜、冯牧、贾芝、严文井、欧阳山、周扬等。该刊还发起稿约,扩充作者队伍,丰富刊物内容,也悄然引导和培养了一些潜在的创作者。

1942年9月1日,《文艺月报》出版至第17期时停刊。其中,前12期为十六开的月刊,第13期至第17期为双月刊,其中第15期为《纪念萧红逝世特辑》,第16期为《延安星期文艺学园结束纪念特辑》。

《胶东大众》

1941年1月15日,《胶东大众》创刊,由胶东大众报社编辑,胶东联合出版社出版,《胶东大众报》各地分销处负责发行,接受中共胶东特委的领导。其发行量曾达到1.2万份。参与该刊编辑和撰稿的有胶东文化界救亡协会(简称"胶东文协")的成员。编者在创刊号上发表的《发刊词》中指出:

> 《胶东大众》是胶东大众自己的喉舌,因此,它将发出胶东大众的吼声,这吼声要反映出胶东人民的迫切要求,也要反映出胶东人民光荣传统的斗争精神。
>
> 胶东人民为了解除自己的痛苦,为了实现自己迫切的要求,曾千百次地进行过反抗反动的军阀官僚豪绅地主无情剥削与残酷压迫的斗争,也曾多次地进行过反抗帝国主义者野蛮侵略的斗争,这些可歌可泣伟大光荣斗争事件,虽然大部分都是因为反动的统治阶级欺骗压迫而遭受到悲惨的失败;但这些斗争无论如何对于他们都是有教育意义的。今天胶

东人民反抗日本帝国主义的伟大斗争,正是胶东人民光荣传统斗争精神的发展。

……

胶东人民有了革命领袖中国共产党的指导,从此,他们的斗争就不再受欺骗与利用,而他们的斗争目标就更加明朗与正确了。……

……

从一九三九年十月到今天的一年当中,胶东人民新的斗争还是在不断的上升着扩大着,并在准备更大的力量,克服空前的投降危机,开展更大的更艰苦的与更剧烈的更普遍的斗争,朝着华北先进地区的人民学习,向华北先进地区的人民看齐。而他们现在正在积极准备结束人民抗日斗争史的第一阶段,走向一个新的斗争阶段!

……

有胶东共产党与胶东八路军的有力领导与支持,有国内外一切克服困难的有利条件,有抗日友党友军的援助,有广大人民的坚强团结,有国民党进步派的合作,因此胶东共产党在这里所答应胶东人民是一定有胜利的保障,而且她一定要与他们坚持奋斗到底,并保证这胜利一定是属于他们的!

《胶东大众》最初主要发表有关军事、政治、经济的论文和根据地军民在各项工作中经验教训的分析总结,以及胶东军民在斗争中涌现出的英雄事迹,等等。《胶东大众》时效性要求不高的战况分析、军民抗日速写等文章,与《胶东大众报》互为补充,以更加强有力地配合、指导胶东人民的对敌斗争,及时、全面地向胶东人民报告和分析当前胶东与全国综合形势的发展动态,增强了人们的必胜信心,有力推动了胶东人民的革命斗争。

1945年1月,该刊出至第26期后休刊。1946年1月1日,《胶东大众》复刊,为"新年复刊号"。复刊后的《胶东大众》仍沿用原有期数,即1946年1月出版的是第27期,只是将刊物改为半月刊。该刊复刊后由胶东文协主编。1947年8月15日,应读者要求,该刊改版为综合性文艺期刊,更加侧重刊发文艺论文和文艺作品。

从刊物变动情况可知，复刊后的《胶东大众》更加突出与人民大众的联系和互动，其《复刊词》中有明确的表述：

> 胶东的人民，为了保卫和平，已经一致奋起了！《胶东大众》，就是在胶东人民坚强的意志之下，在空前欢腾的新年声中，怀了愉快与愤怒两种情绪——这两种情绪纠结起来就是力——《胶东大众》用这种力，担承了历史任务，又和亲爱的读者们见面。
>
> 《胶东大众》，创刊于一九四一年，发刊至二十六期。因长年处于反"扫荡"、反投降的战争流动的环境中，编辑、出版、发行各方面，困难很多，难于保持经常。一九四五年一月，文协同志为参加实际斗争，曾一度分散下乡，《胶东大众》也因而间断些时。现在，正式宣告复刊，再与读者们相见。
>
> 《胶东大众》，要有力的担承起历史的任务，吹起时代的号角，还必须胶东大众及一切文化朋友们予以支援，我们这样热烈的期待着。

此外，该刊在《胶东大众投稿简则》中，除声明"本刊各栏均欢迎投稿"外，还附言"本刊欢迎读者来信提出各种问题，如：政治、学术、思想、组织、社会、职业、婚姻等。本刊本为人民服务之精神代为组织答案"。① 后来向普通读者招聘"长期通讯员"，显示出对读者大众的重视。

复刊后，《胶东大众》陆续设有《论坛》《漫话与漫画》《点点滴滴》《指导与报导》《文艺·通讯》《伟人介绍》《工作经验》《发扬批评》《写作指导》《青年园地》《文化消息》《文教动态》《小辞典》等栏目。通览《胶东大众》，可以发现该刊在1947年8月改版之前便已在实际逐步地增加文艺类栏目和文章的比重，甚至开设用于指导写作和发表习作的专栏。阅读该刊，可以充分了解胶东解放区自抗日战争以来的教育文化工作发展变化状况、社会经济状况、青年精神与心理状况等。

1947年8月15日，《胶东大众》半月刊编辑出版至第63期后停刊。

---

① 《胶东大众投稿简则》，载《胶东大众》1946年第33期。

《陕北文化》

1941年3月10日,《陕北文化》创刊于陕北绥德,是陕甘宁边区绥德分区文联分会会刊,是一份综合性文艺刊物。绥德分区文联成立了陕北文化社,专门负责该刊的编辑出版工作。陕北文化社社长是马济川,该刊主编是欧阳正,先后参加编辑工作的编委有马济川、霍仲年、赵亚农、冯文江等。

《陕北文化》创办于陕北较落后地区,中国共产党有在陕北建立文化阵地的用意,以便鼓舞更多的陕北人民投身抗战建国的斗争。该刊创刊号《发刊词》对此交代得非常明确:想发挥陕北人民已有的优点,克服陕北地方的某些困难,使陕北人在抗战建国的伟大任务上流他最后一点汗。

该刊最初定为月刊,除主要刊发关于陕北文化、教育、风土人情等内容的文章之外,还注重于发表一些散文、诗歌、小说、木刻等文艺作品。不过由于当时边区普遍面临物资紧缺、编辑部编辑经验有限等问题,该刊尚有些许不足。从第2期编者的《编后》便可看出该刊尚在调整和进步中:

> 本刊问世后,蒙各界人士赞许,并时加帮助,至以为感,惟同人等自觉内容尚乏,拟自下期起,加以改进。
>
> 一、今后本刊所载之文章,务附"有什么话,说什么话,话怎样说,便怎样说"之旨。
>
> 二、多载地方性的文章,如关于陕北的文化、教育、经济建设、风俗人情等。
>
> 三、多载青年同学们来稿,凡同学们的文章,即字句上有所斟酌者,亦优先刊载。
>
> 此外,拟将篇幅减少,新载文章求其精粹,并拟分栏编排,将每栏之题目标出,每栏栏头拟置以木刻。

遗憾的是,该刊编者没能将这种调整进步持续下去,该刊出版第3期后便停刊。

《五十年代》

1941年5月1日，《五十年代》创刊于晋察冀边区冀晋区，由晋察冀边区文艺界抗日救国联合会与华北联合大学联合创办。作为一份大型文艺综合刊物，编辑力量主要来自原延安鲁艺的文艺骨干，由五十年代社编辑，何干之、沙可夫主编。《五十年代》在创刊号上登载了成仿吾的代发刊词《五十年代》，从理论与学术研究角度阐释了办刊宗旨：

历史的车轮转进了五十年代。

这是一个空前伟大的时代。

全世界所有的帝国主义强盗，都跳进了战争的烈火，在拼着他们的老命，为了争夺利润，为了争夺剥削与统治的权利，为了解除资本主义的深刻的危机。战争的烟雾笼罩了整个资本主义世界；火在继续扩大着，将要烧毁整个资本主义的龌龊的世界。

世界革命在大踏步地前进着。国际无产阶级在一致努力，反对这反动的帝国主义世界战争。殖民地半殖民地的奴隶们，或者在反对被利用去当炮灰，或者为了直接争取生存的权利，在进行着壮烈的斗争。

在唯一的没有阶级的社会主义国家里，就是在苏联，社会主义的建设在突飞猛进着，社会主义过渡到共产主义的成功更近了。

五十年代将是资本主义世界更加崩溃与瓦解的时代，将是世界革命更大胜利的时代，将是共产主义开始实现的时代。

中国人民在百多年以来受尽了帝国主义的与封建的无穷的耻辱与苦痛，这四年来第一次挺身起来，展开了全国的抗战，去年曾经暂时的制止了诱降逼降的阴谋，但是暗藏在抗战阵营的亲日派与反共顽固派正在多方面的制造反攻内战，企图挑起内战来造成不能继续抗战的形势，以实现他们的投降出卖。五十年代的头一个月内发生的皖南事变，就是国内团结破裂的开始。我们的民族正处在空前严重的困难的局面中。

但是，不管亲日派与反攻顽固派怎样反动，历史的车轮是决不会向后倒开的。这些毫无气节的民族败类所举起的石头，结果是要打着他们自己的蹩脚的。他们的反共，他们的投降，将是这些民族败类的死路，而决不会成为我们民族的死路（像他们所希望的一样）。我们的民族今天已经有了强大的富有斗争经验的，用马列主义武装起来的中国共产党，他能够领导我们克服任何困难，收拾任何危险的时局，他将领导中国人民建设一个新的中国。

五十年代将是新的中国创造成功的时代，这将是一个新民主主义的共和国，适应着中国人民的需要，适应着我们的阶级关系，在政治上将建立起新民主主义的政治，在经济上将建立起新民主主义的经济，在文化上将建立起新民主主义的文化。

五十年代将是中国的人民大众第一次广泛的展开自己的伟大力量的时代。这个吸取不尽的伟大力量将要使国内外一切的反动势力悲惨地感觉到自己的软弱。

但是五十年代也将是中国人民最艰苦斗争的一个时代。中国人民大众的敌人是很多的，前面的困难是很大的。中国人民必须击溃这些敌人，必须克服着一切的困难。特别是今天处在敌人后方的我们将不能不战胜更多的困难。

《五十年代》就是要记录中国的人民大众在这一个伟大时代的巨大斗争，反映中国人民在这一时代的战斗的生活，积极参加中国的新文化与新艺术的创造。

同时，《五十年代》也将是我们研究各种问题，提高自己的工具。很显明的，如果我们不能充分的提高自己，我们就不能够负担起我们的任务。

让我们中国的人民大众随着五十年代前进！我们的一切，我们的新文化与新艺术也一起。

莫辜负了这个伟大的五十年代！

该刊设有《短评》《创作》《杂志》等专栏，发表了大量比较有影响的文章，如《五十年代》（成仿吾）、《以战斗的精神迎接战斗的五月》（沙可夫）、《鲁迅的方向》《鲁迅的文艺论》《鲁迅与古文学》（何干之）、《易卜生在中国》（河洛）、《心理描写杂谈》（韩塞）、《现实、反映现实》（一田）、《秧歌舞简论》《沃渣的木刻及其他》（丁里）、《关于文学批评》（周巍峙）、《再论秧歌舞》（冯宿海）、《演员与典型》（崔嵬）等理论批评文章，《铁的子弟兵》（田间）等诗歌，《邢兰》《女人们》（孙犁）、《平常的故事》（张春桥）、《革命的爱》《一个排的诞生》（丁克辛）、《盐场》《风暴》（杨朔）等小说，《在天津》（金野）、《东团堡的残阳》（周而复）、《代县城的冰雹》（康濯）等报告文学，《比例的颠倒》《无米也无文化》（鲁人）、《五十年代从石头记说起》《中国和中国人的镜子》（何干之）、《有害无益的嫌恶》《极端相通》（金生）、《旧八股》（隐公）、《一纸两面用》（微丁）等杂文，《列宁与文学遗产问题》（沙可夫）等翻译作品，以及《鲁迅先生》（秦兆阳）、《秧歌》（田宁）、《破路》（沃渣）、《在囚狱中的青年》（焰羽）、《牧羊人》（田零）等木刻作品。

1941年7月5日，《晋察冀日报》上登载了笔名为"弓"的《〈五十年代〉介绍》一文，对《五十年代》有较为确切的评判：

> 《五十年代》是晋察冀边区出版的大型文化艺术的综合刊物，它的内容的分量和延安的《中国文化》大致相同，可说是全国有数的进步、充实的刊物。
>
> 第一期，偏重了些文艺的理论和创作。可是这些文章，都有重要的、精彩的内容和意义。
>
> 例如克夫译的苏联M·魏丹松□的《列宁与文学遗产问题》，便是一篇难得的、宝贵的、及时的文献。
>
> 这篇文章，从列宁的著作里，搜罗并申述了那些论到文化问题，文艺问题的部分，还有别人关于列宁对这些问题的见解的回忆，例如克拉之、蔡特金等。
>
> 这是我们读过的记述列宁与文化问题的著作中最完整、最有分量的一

篇。原文登在苏联《文学现代》上，《五十年代》第一期，只登了一部分。

这篇文章对边区正在讨论和实践着的文艺上的民族形式问题，接受遗产问题，是最可珍贵，而最及时的指南读物。

其他文艺论著，有韩塞的《心理描写杂谈》，一田的《现实、反映现实》都是比较通俗，透澈的文章，对写作者可以有实际的帮助和启发。

创作里面的田间的长诗《铁的子弟兵》，无论在反映边区丰富的现实上，在诗的力量及情感上都是值得推荐的。其他报告方面在边区也创造了进一步的收获。

研究中的何干之的《鲁迅的方向》，为中国研究鲁迅的力作。何干之同志用他的历史科学的学力来观察鲁迅的思想的发展，全文分成：一、医学维新，二、文艺至上，三、与中国国故派战，四、与欧化国故派战，五、从进化论到阶级论。论述精当，材料处理非常确当，透视了鲁迅的精神、道路的进程，并解析了中国当时的社会形象。

此文为何干之同志长篇《鲁迅研究》之一章，其他，仍将在《五十年代》续载。

何洛的《易卜生在中国》，是中国研究易卜生的著述中相当完整，并且也很有新的见解的一篇。易卜生是挪威大剧作家，这对于边区戏剧创作上接受易卜生的遗产也有向导的作用。

《五十年代》先后由晋察冀日报社、新华书店晋察冀分店发行，其中所展现出的生机和文化创造力是令人可期的。1942年4月1日，《五十年代》编辑出版至第2卷第1期后停刊。

《华北文化》

1942年1月15日，《华北文化》创刊，由《华北文艺》和《抗战生活》合刊而来。原《华北文艺》和《抗战生活》两家编辑部合并后，吸收了太行文联的部分工作人员，组建了新的华北文化社，专门筹备新刊物出版并负责日后的编辑工作。在创刊号发表的《编后记》中，编者阐述了该刊的办刊目的及任务：

一个杂志创刊，照例得说说自己的宏愿。我们，惭愧得很，愿望是有的，却并不大。然而，也就正因为愿望不大，创刊号居然在匆促的筹划中编成了。自然，粗疏是不免的，但也还是朝着预定的目标。

我们不想在这里发表什么高妙的宏论，也不打算来创造伟大的作品。只是想，如果还能解释若干实际的问题，介绍一些科学的知识，说明一点粗浅的道理，表现一些现实的生活，那么我们就老老实实的来做。如果在县、区工作的同志和广大的小学教师能够在大本头的理论学习之余，人手一卷，以之作为常接近的友伴，那在我们就已是无上的安慰了。

这一期，我们提出了一些文化上反击主观主义的意见，在文化工作方面、学习方面、文艺方面，均各有守攻。华明、袁勃诸先生加以论列，自然，主观主义是决不会因为这几篇文章而绝迹的，但我们希望它在这一浪潮中多投下几块石子，引起各方的警惕和反省。特别是文艺方面，在华明先生谈及这一倾向之前，本区的文艺工作同志，差不多很少注意；如果我们能在这一方面进一步作具体的研究，还是很有意义的。

国际方面，介绍了苏蒙伪满边境以及印度的情形，以后计划每期刊载一些，以作同志们读报和探究国际问题的参考。与生活关系密切的各种自然现象、科学问题，以后也想经常的谈一点。高咏先生的《两个制度》，是一篇很好的生活调查的报告，从这里，我们可以很明显地刊出两个不同制度下的人民的生活，是很有镜子意义的。

文艺方面，懋庸先生很精到的解释了为一般文艺作者所苦恼着的灵感问题，在写作的问题上，给大家踢开了一层障碍。创作，比较的单薄一点，而且，《老神头》和《我去打前站》都嫌冗长，这在编法上，应该是"下不为例"的。关于诗，还想附带的声明两句：《我去打前站》，编者以为是一首情感和生活适度的结合了的作品，尽管它还有着一些不能掩饰的缺憾，终无损于全诗的声明和魅力。但如果同志们以为这便是我们这里认准的好诗，或是竟有人错弄心机，一味去追求形式，那么只好算是意外的意外了。

> 最后，为了本刊的成长和发展，希望各界先进给我们以各种有利的援助。

从《编后记》评述可见该刊办刊风格更加务实，注重实用，以期通过各类文章帮助读者解决实际问题。不过对于文艺作品，在注重通俗化、大众化的基础上，该刊并没有降低对艺术水平的要求。从评述来看，该刊秉持的艺术准则是情感和生活适度结合、内容与形式适度结合。

《华北文化》采用三十二开印刷，半月刊，主编为张秀中。从实际刊出的文章内容来看，《华北文化》初期与设定目标还有一定距离。很多文章有一定的文人趣味，离普通军民的文化水平、审美趣味、接受能力等尚有一定差距。其内容显得较为刻板、单调，理想色彩浓厚，而缺乏对艰苦复杂的斗争生活的刻写和观照。后来，在杨献珍的建议[①]下，该刊逐渐扩大稿件来源。该刊发出《投稿简约》，吸纳了不少来自普通军民的外来稿件，其稿件要求如下：

一、欢迎理论与实践相联系的论著，例如学术讨论、理论指导、学习修养、整风指导等。

二、欢迎介绍各自实际知识的文字，例如历史知识、科学常识、生活知识。以及一般关于社会的自然的基本知识介绍等。

三、特别欢迎大众化的文艺写作，欢迎利用旧的形式、民间形式的作品，例如歌谣、小调、秧歌剧等。

四、来稿务求通俗浅白，新鲜活泼富于现实性。一般每篇请勿超过二千—二千五百字，最多不得超过三千。特约者例外。[②]

在扩大作者范围的基础上，1943年4月，该刊出满9期后进行改版，推出"革

---

① 杨献珍曾于1942年7月25日专门致信《华北文化》主编张秀中，指出："特别是多组织外稿尤其重要，这是抗战生活与自今以前的华北文化所始终未能作到的。由于写文章的人，只限于几个所谓文化人的小圈子，而所谓文化人也者，又是脱离现实的"。杨献珍还就文艺作品发表看法，认为"我们的文艺作品，应该是用很少的字表现出很复杂的事情，极丰富的内容"，文艺作者"必须能到村子中去研究、发掘、搜集真实材料，才能诊治那种空疏、贫乏、单调的病。也只有这样作，才是发展新文艺的正确道路"。参见《杨献珍同志致张秀中同志的一封信》，见山西省文学艺术工作者联合会编：《山西文艺史料》（第1辑），山西人民出版社1959年版，第63—65页。
② 《投稿简约》，载《华北文化》1942年第5期。

新"号，改版后期次重新排定，以"革新第×期"标示。革新后的《华北文化》更加通俗化、大众化，更加能够反映华北敌后根据地军民的文化生活。这种变化尤其明显地体现在文艺作品的编选上，如赵树理的《小二黑结婚》《李有才板话》等作品都曾得到重点介绍和评论，对于在基层创作者中树立"赵树理方向"起到了助推作用。《华北文化》革新第4期上刊载了《改造文艺/文艺工作者讨论特辑》。这一方面是贯彻落实中共中央文委指示精神，另一方面是出于该刊前期办刊经验的反思与总结。该刊编者在《改造文艺/文艺工作者讨论特辑》的编者按中对文艺大众化、通俗化的转向问题做了特别说明：

> 自从中共中央文委及凯丰、陈云两先生关于文艺工作者的意见到达敌后以来，咸认为是中国新文艺改造史上的一件大事，现各地已纷纷展开讨论，本刊谨将来稿一部，汇集发表，并希这一讨论，能够继续下去，深入下去！

"改造"实为延安文艺座谈会后对文艺方向的一次集中矫正。落实到《华北文化》编辑出版工作，便是逐步清除先前的文人趣味，强调文艺的工农兵方向，因而该刊后期发表的文艺类作品明显地呈现出通俗化、大众化特色。这些通俗化、大众化作品的创作和发表，在一定时期内也对敌后根据地民众审美趣味和文化水平的提高产生了积极作用，有力地辅助了抗战动员工作。

先后参加《华北文化》编辑工作的有张秀中、徐懋庸、苗培时、袁勃、陈默君、蒋弼、杨献珍、孙健秋、冈夫、高咏、王春、刘稚灵等。不幸的是，1942年5月，原《华北文艺》主编蒋弼及陈默君、高咏、刘稚灵等4人在一次反"扫荡"中被日军俘获，被押解至太原后惨遭杀害。[①]

1944年2月25日，《华北文化》编辑出版至第3卷第5、6期合刊后停刊，共出版25期。

---

① 《华北文化》1942年第4期曾以"华北文化社同人"的名义发表悼念文章《纪念陈默君蒋弼高咏刘稚灵四同志》。

《工农兵》（晋冀鲁豫）

1944年5月4日，《工农兵》创刊于山西阳城[①]，由工农兵月刊社编辑，太岳新华书店出版发行。高志华任主编，黎风等负责编辑工作。刊物封面设计直观，美术体或手书体刊名，水平编排版式中加入大幅黑白或套色木刻版画构图。创刊号刊登的由时任中共太岳区党委宣传部部长赵守攻撰写的《代发刊辞——眼睛向下》一文，提出了《工农兵》月刊的办刊宗旨及编辑方针：

> 三四年前，太行《华北文化》出版时，我曾以《眼睛向下》为题写了一篇短文，当时我对新文化运动的方向还是很么糊的，但对于文化作品脱离群众，文化人脱离群众的事实却感觉得很深刻。大家都是昂首望天，醉心于伟大的作品，不肯向下看，因之既看不到广大工农兵大众的需要，也看不起群众的创造，更不了解群众的生活和情感。所以我深以为只有眼睛向下，深入群众，才能解决文化运动的方向和创作问题。
>
> 时间已过去几年了，这一个基本问题对于我们仍然是一个急需解决的问题，虽然从毛泽东同志《在延安文艺座谈会上的讲话》发表后，一切都很明确了，为工农兵服务，深入工农兵实际斗争中去，向工农兵学习等，已成为不可辩疑的真理了，但如何为法？如何去了解？如何学习等？在许多同志的脑海中，恐怕还是一个"谜"，那种口头上为了群众而实际看不见、看不起群众的想法并未去掉，诚如毛泽东同志所说的"他们的灵魂深处还是一个小资产阶级的王国"，也像我们有些同志曾坦白自述："看见书本上的大众是可爱的，可是看到工厂的工人与农民则觉得不愿接受，甚至很不情愿。反之，看见书本上的地主资产阶级是可恨的，但见了真的地主与资本家，倒觉得可亲可爱……"，这就是说他们的灵魂还是属于地主与资本家的而不是工农群众的。

[①] 当时的晋冀鲁豫军区总部机关政治部驻地。

同一事物，有不同的立场与情感就有不同的看法和说法……

所以我觉得，理论与认识问题解决了，就必然有具体的立场，把情感也可说灵魂吧！也彻底转变过来，什么样的生活方式就产生什么样的思想与情感。过着地主，小资产阶级生活的人，才会嫌工农兵不干净，我们工农兵自己就不会嫌自己脏，脏的不是纯洁的工农，而是那些满肚子污七八糟，男盗女娼的剥削者们。话又转回来了，如何转化呢？还是这句老话"眼睛向下深入群众"。所谓眼睛向下，也绝不像某些同志所想的所敬的，"都在上边看下边"，"站在外边看里边"开口闭口还是"告诉他们！工农兵，我们教育他们……"，如此则"他们"是谁？"你"又是谁呢？非彻头彻尾从外到内，把灵魂深处也觉悟到工农兵就是我们自己呀！我们绝不是站在他们之上，或他们生活圈子外的"高等人"和鉴赏家呀！

和工农兵一起斗争，一块儿生活，把自己的生活化在（不是混合在）广大群众中去，把自己的情感——喜怒好愿——和群众打成一片，一句话把自己真正变成一个工人或农人与士兵群众。只有这样才知道伟大的人物、英雄、奇迹，不是在小资产阶级的幻想中，而是在这些平凡的工农兵群众中，一切创造不是那些"高等人"而是咱们劳动者，只有这样才会真正知道工农兵的生活，思想和情感，才会说群众的话，写群众的事，才能真的情愿的为工农兵服务！

趁《工农兵》月刊创刊之际，愿将我几年来的一个信念提出，愿与党的革命的文化工作者共勉之，把《工农兵》真正成为工农兵广大群众斗争、学习的生活园地。

作为一个主要面对普通大众读者的通俗化综合性文化刊物，《工农兵》月刊编者除要求作者"怎样说得明白，就怎样写，不管写成什么形式都行"之外，在编辑内容与版面安排方面，则不仅分别开设有《时事》《当前大事》《故事新闻》《青年与儿童》《一问一答》《信箱》《工农兵生活》等栏目，刊载通俗易懂的时政要闻及社会文化动态，宣传报道党的政策方针及思想观点，而且先后设有《创作》《翻身歌选》《研究与介绍》等专栏及《农村戏剧专号》《纪念高尔基》《瞿秋白特刊》等专刊,发表了大量的诗歌、歌谣、快板、故事、戏剧、小说、散文、报告文学、木刻、连环画、歌曲等文艺作品,以及相关的文艺评论及批评。

在《给〈工农兵〉写稿办法》中,编者要求:

> 自己做的事,自己最清楚,怎样做的就怎样来写。你做的什么事情,便写什么事情,只要这件事情与大家有关系,详细的写下来,就是好文章。自己知道别人的事,当然也可以写。识字的人拿起笔来写,不成问题,但是不会写的人也不要怕,可去找识字的人替你写。

> 怎样说得明白,就怎样写,不管写成什么形式都行,快板、秧歌、小调、故事、大鼓、戏剧、歌子、民谣,甚至于画成图画也好,反正要把一件事情弄明白就对了。

> 解决不了的问题,在群运、生产中、和平建设的经验和意见等等,都可以写成信寄来,这都是可以变成好文章的。

> 写稿时没有用处的话少写,越短越明白越好,字能写得清楚就更好。

> 写完了稿,自己看一遍,检查一下有没有漏下的,在稿的后面,注意把自己的地址、姓名写上去。

> 把稿装在信封里,写上"阳城邮局转工农兵月刊社",在左上角写上"稿件"两字,不用贴邮票,我们便可以收到。①

1947年9月,《工农兵》月刊编辑出版至第4卷第12期后停刊,共出版4卷30期。

《工农写作》

1945年1月,《工农写作》创刊于延安,由解放日报社、边区群众报社采访

---

① 《给〈工农兵〉写稿办法》,载《工农兵》1946年第2卷第5期。

通讯部合编，采用三十二开本铅印，在各基层党委机关内部分发交流。这是一份旨在鼓励工人、农民写作，反映丰富多彩的工农生活的小型内部刊物。

1942年8月30日，时任中共中央社会部部长的康生给《笔谈会》编辑部写了一封信。《解放日报》于1942年10月4日以"代论"的形式将其发表，名为《提倡工农同志写文章——康生同志给〈笔谈会〉编辑同志的信》。这篇社论建议"积极组织工农份子写文章"，以此"提高工农干部写文章的热情和信心，打破只有知识份子才能写文章的错误心理"。而且，工农"没有党八股的恶习，能够写出很生动、很具体的东西。其中不完善的地方，教育组的知识份子同志，应该负责为他们修改"。这样，报刊就"不会只成一个知识份子所包办的刊物；对工农同志既进行了文化教育，又使文化课的'学与用'密切联系起来"。实际上，在此之前，延安各报刊上已陆续发表若干工农兵干部所写的各类文艺作品，这篇社论进而引发了当时延安文艺界关于工农写作的热烈讨论。这是延安文艺座谈会之后文艺工农兵方向探讨与实践的一种延续和深化。不过，囿于主客观各方面原因，实际的工农写作成绩并不突出，一段时间内更没有专门的刊物来引导和保障工人、农民的实际创作。这不能不说是一种缺憾。

到1945年，随着抗日战争胜利在望，中国共产党领导的各解放区也逐渐度过因严酷封锁而出现的物资紧缺时期，工农群众的文化水平有所提高进而有了进一步学习的动力和精力。为了弥补上述缺憾，解放日报社联合边区群众报社共同推出了《工农写作》这样一个专供广大工人、农民交流写作经验、发表文艺习作的工农文艺阵地。

《工农写作》是一份不定期出版的内部刊物，目前仅见第2期和第3期两期，停刊时间及停刊原因不详。

从仅有的几期来看，《工农写作》主要包括四类文章：第一类是文艺评论，围绕刊物采稿、编写等发表评论，如第3期（1945年12月15日出版）刊载的《通讯员是报社的教员，稿子是报社的书本》指出了普通工农通讯员创作的重要性。第二类是工农习作和编辑点评、改写，也刊登编辑对来稿的分析研究，如第2期（1945年6月15日出版）刊载的《钻到工作里面去找问题》，在原作后附上编者的评析,又如第3期刊载的《写日记,对工作和学习都有好处》,在原作后附上编者的改写。第三类是编辑与读者就创作问题展开的探讨,读者向编者提出投稿写作中遇到的问题,编者则会撰文予以介绍,如第3期的《有些稿子为什么登不出来?》。第四类是编者就创作问题给予写作初学者有益的指导,号召工农干部写故事、参加征文竞赛等,如第2期刊载的《请工农同志都来参加文章大竞赛》、第3期刊载的《你爱不爱听故事?(号召写故事)》等。

虽然现存的《工农写作》期次不多,但它对于我们研究延安时期工农写作风潮的历史面貌、话语转向及具体的实践情况等均有重要的参考价值。

《文萃》

1945年10月9日,《文萃》创刊于上海,由文萃社编辑、出版,国际书报社担任发行人。该刊最初为周刊,十六开本印刷,每周三出版,是抗战胜利后上海较有影响的一份综合性时政刊物。

该刊的编者文萃社实际上是中国共产党支持与领导下的进步新闻社团。抗战胜利后不久,国际、国内形势都发生了深刻变化,国内的文化中心再次东迁。为了适应形势的变化,及时反映收复区人民群众对和平民主的最新诉求,中共中央决议派遣潘梓年到上海与上海的秘密党员、国际新闻社的黄立文、王坪等人筹备创办新刊。但苦于中国共产党影响的进步文化界人士尚未大规模返回上海等地,加之国民党新闻检查部门百般阻挠,潘梓年等人一时难以组稿。筹备组仔细分析后认为,摘选大后方现有进步报刊的文章,效果会更好。于是,筹备组在中共地下党组织支持下设立文萃社,决定出版文摘类刊物《文萃》。筹备组广邀重庆、昆明、贵阳、成都、西安等地文化界进步人士代为搜集报刊并邮寄至上海,黄立文、计惜英负责具体的编选和刊印。二人既是编者,又是实际的发行人。

编者在创刊号上登载了简短的《编后小语——代创刊辞》,表明了创办宗旨,也隐约可见其文化原则与政治立场:

> 我们为什么要在此时此地出版这样一本集纳性的,文摘性的刊物?

决不是凑热闹,而是适应此时此地的需要。

我们的目的是:

一、沟通内地与收复区的意志;

二、传达各方人士对于国是的意见;

三、分析复杂善变的国际情势。

我们刊载的稿件,有特约的,但大部份是从陪都、昆明、成都、贵阳等地著名报纸、杂志上精选下来的,内容与价值,请读者自己去评判。我们只是希望在日寇奸逆八年奴性文化生活中过来的人,听听中国人自己的声音!

该刊旗帜鲜明地反对国民党的独裁统治。尽管最初不能组稿,只能摘编报刊文章,但该刊在创刊时间、选择报刊等方面处处表明了自己的立场和主张。据黄立文回忆,该刊创刊日定在10月9日即"故意不用国民党的'国庆节'"。而该刊最初摘选的"报刊主要是:民主周刊、希望、人民周报、中华论坛、抗战文艺、民主世界、民主星期刊、评论报、华西晚报、商务日报和新华日报","这些报刊,都是当时上海和其他'收复区'极难看到的"。[①]

为了保证刊物能正常合法出版,编者不得不一边紧张地编选各类文章,一边与国民党新闻检查部门周旋以争取合法地位。该刊获准刊出后,很快受到江浙沪、华北、华中等地收复区读者的欢迎。这也逐渐给编者带来很大的困难。

直到1946年初,中共上海地下党组织加强了对文萃社的领导,补充了编辑、发行力量,文萃社的组织机构日渐完备。此时,文萃社已逐渐在全国设立了30多个特约经销处。随着编辑、发行力量的极大增强,以及国内形势的变化、进步文化人士的大规模迁徙流转,《文萃》的编辑组稿不再是难题。于是,编者决定不再摘选其他报刊文章,改由作者投稿,并特约专人撰稿,[②]更为及时有效地反映

[①] 黄立文:《回忆文萃周刊》,见中国社会科学院新闻研究所《新闻研究资料》编辑室编辑:《新闻研究资料丛刊》(1981年第5辑),新华出版社1981年版,第2页。

[②] 实际上,从《文萃》第2期开始,该刊编者即已邀请了"特稿"并不断加大创作的比重。到1946年1月1日出版的第13期,完全以作者投稿和专稿为主。

国内民主斗争形势的变化，评述国际国内重要时事，也会发表一些文艺作品。该刊栏目设置并不固定，相互区分也并不明显，占比重较大、篇幅较长的主要是《本刊特稿》。其所刊文艺作品则形式较为多样，来源上包括"中外文萃"，类别上有歌曲、漫画、杂感、小说、散文等，例如漫画家丁聪便在此刊发表多幅漫画作品。

1947年3月6日，《文萃》编辑出版至第2卷第22期后被勒令停刊，共出刊72期。

《新大众》

1945年6月1日，《新大众》创刊于晋冀鲁豫边区的河北省武安县，是一个综合性文化刊物。社长由王春担任，主编先后由冯诗云、章容、何欣、苗培时等担任，编辑有赵树理、郭国涌等。他们从创刊伊始，就明确提出了"大众杂志"和"要大众来办，办给大众来读"的办刊理念，以及"话怎样说，稿就怎样写"的办刊宗旨。因此，刊物除主要提倡并刊载通俗性的文艺作品外，还设有《天下大事》《生产卫生常识》《自修室》《大众信箱》《有问必答》《小故事》《小辞典》《学生文坛》等栏目，旨在运用通俗性的语言及大众化的形式，来切实提高边区军民的文化学习及知识水平。并且，刊物这种通俗平实的语言形式，贴近普通群众的生活内容，以及注意刊登反映基层干部及群众现实问题的稿件等办刊特色，被认为："其最大特点是'读者就是作者'、'做什么写什么'。给杂志写稿的人，有小学教员、区村干部、农村剧团团员、战斗员、勤务员、交通员、理发匠等。现在经常写稿的通讯员有五百多人，每天平均能收到二十件稿子。许多读者给《新大众》写信说：'《新大众》很好懂，内容又切合实际，对我的帮助很大。'"因此，《新大众》成为当时晋冀鲁豫边区"读者最多、销路最广的一个杂志"。①

作为《新大众》的编辑，著名作家赵树理的文艺道路也可以说始终与刊物的

---

① 《〈新大众〉发行增至八千余份》，载《人民日报》1946年5月17日第2版。

发展及变迁紧紧地联系在一起。

其实，早在1940年6月，赵树理就先后担任《黄河日报》副刊编辑及《人民报》副刊主编，后调入《新华日报》的《抗战生活》杂志，并负责该社创办的《中国人》报副刊的编辑工作。在彭德怀提出的把太行山建立为华北新文化运动的根据地的号召下，1941年8月，赵树理、王春、林火等，在太行山根据地发起并成立通俗化研究会，并且依托华北《新华日报》的《抗战生活》及《中国人》报等刊物，开始了明确的文艺的民族化、大众化、通俗化实践，将文艺的通俗化目标视为"不仅仅是抗战动员的宣传手段"和"负起'提高大众'的任务"，而且更为重要的是在文学方面，"应该使大众逐渐能够欣赏新的形式"。①

1943年10月，赵树理由中共中央北方局党校调查研究室调入华北新华书店从事编辑工作后，与社长及总编辑王春、章容等有着共同志趣及文化理想的人聚集在了一起，开始了文艺通俗化及大众化的努力。他们随后所创刊编辑的《新大众》杂志及改版后的《新大众》报，在一年左右的时间里就拥有了"两千一百多个的订户""读者四五万人"和"每月一千件来稿"等成绩②，很快成为当地读者最多、销路最广的杂志及报纸，这也使他们的大众化的文学创作实践逐步为当时的读者所认同并为延安文艺界所注目。

因此，《新大众》杂志也从一开始就成为这些志同道合者采用通俗化、大众化的文艺形式，主动反映社会生活与读者要求，争取农村文化阵地的重要文化实践与文艺探索平台。所以，在办刊过程中，不仅从"要大众来办"的立场出发，对刊物稿件及作者提出了颇具大众化的要求及期待，希望"各地小学教员、义务教员、农村剧团、区村干部、妇女、青年、儿童……凡是能认识一千字左右的，都来共同参加这个杂志"，至于"怎样共同来办？就是给杂志经常写稿。你做的什么事情，便写什么事情，只要这件事情同大家有关系"，而且一再地鼓励作者"话怎样说，稿就怎样写。写别字，写的不通顺，都不怕，写几次就通了"，"快板、秧歌、戏剧、小调、故事、鼓词、民谣、连环图画……都欢迎。

---

① 黄万华：《史述和史论：战时中国文学研究》，山东大学出版社2005年版，第195页。
② 冯诗云：《办一个通俗杂志的经验》，载《北方杂志》1946年第1卷第3期，第6页。

劳动、杀敌英雄,模范工作者做的事情,说的工作经验,照样记下来,就是好稿子"。①于是,在《新大众》发表的通俗文艺作品中,除注意采用来自社会基层的作者稿件,以实现刊物的通俗化、大众化目标,推动普通大众对于刊物的参与及认同外,《新大众》的主编及编辑也在各期创作和发表了大量的通俗文艺作品,吸引了解放区一些作家的注意及投稿。

其中,刊发的有总编辑章容的歌谣《美国的大老财》、故事《复仇的故事》《交通员诺维科夫》等,苗培时的歌谣《炮楼跳舞》、大鼓词《大战大杨湖》《无敌英雄张嘉荣》《百名英雄》《模范四连》等。此外,还有其他编辑写作的一些通俗文艺作品。而作为编辑的赵树理,不仅用多个笔名在刊物上发表了如快板、故事《汉奸阎锡山》及《辽县打下来了》等,而且署名"赵树理"发表了长篇小说《刘二和与王继圣》的前三章等,以及"唱剧"《好消息》《巩固和平》等文艺作品。此外,《新大众》刊载了作家柯蓝、马烽、邵子南等人的通俗文艺作品。

《新大众》杂志最初为月刊,由晋冀鲁豫边区新华书店编辑、韬奋书店发行。第7期改为半月刊,第34期又改为月刊,直至1947年底共出版45期。1948年1月1日,出于读者对象的定位、刊物形式及内容的调整等原因,《新大众》杂志"决意把这个杂志改成报纸,对象就是咱们最大多数的贫苦农民和贫雇农出身的区村干部,小学教员"。《新大众》报,除期数另起,仍由晋冀鲁豫边区新华书店编辑出版、各地新华书店等发行之外,更加鲜明地提出了"这个报纸是咱们贫苦农民大众的报纸,这就要咱们大家来看,大家来办。农民大众是这个报纸的主人,咱们办报的是大家的长工,主家吩咐啥,咱就干啥",以期更好地配合实际的需要。②董必武、周扬曾分别为《新大众》报题词,肯定了刊物创刊以来,"对群众说老实话,正确地反映群众的意见,让群众坦率地表达他们自己的意见","新大众报,由于它的密切联系群众的工作以及大众化的作风,已经取得

---

① 《〈新大众〉投稿办法》,载《新大众》1945年第9期。
② 《〈新大众〉改报启事》,载《人民日报》1947年12月12日第1版。

了广大群众的支持与拥护"等。①

在晋冀鲁豫边区的延安文艺运动中,《新大众》倡导的"要大众来办,办给大众来读"等通俗化、大众化的办刊思想与文艺实践,不仅以鲜明的刊物特色及社会反响对当时解放区的许多文艺刊物编辑及出版等产生了广泛的影响,而且刊物形式及社会文化目的的明确以及读者对象的群众化等办刊经验与文化探索对新中国成立后的通俗文艺刊物的编辑出版及包括赵树理在内的一批作家的创作活动产生了直接的影响。

1949年3月,随着国内战争及政治形势的发展,《新大众》报进入北平,并先后改为《大众日报》《工人日报》。

《北方文化》

1946年3月1日,《北方文化》创刊于张家口,由北方文化社出版,新华书店晋察冀分店发行。主编为成仿吾,副主编为张如心(后由沙可夫接替),陈企霞负责编务工作。该刊编委会由成仿吾、邓拓、刘皑风、周扬、沙可夫、何干之、萧军、丁玲、萧三、艾青、吕骥、张如心、冯宿海等组成,第1卷第2期以后增补杨献珍为编委。

1945年至1946年,在中国共产党领导下的东北解放区,有计划地动员当时延安地区的文艺界人士赴东北地区参加革命动员和文艺宣传工作,于是文化运动得到了蓬勃发展。广大文艺工作者和工农兵热情参加各种文化活动,进行文艺创作,这就使得大家对活跃文化生活的重要媒介——各类报刊的要求变得迫切起来。为此,当时的晋察冀解放区首府张家口市的文化界人士发起成立了北方文化社,推举时任华北联合大学校长的成仿吾为社长。1946年2月,该社召开会议,决定出版综合性文化刊物《北方文化》(半月刊)。在该刊创刊号上,成仿吾在《创刊的话》中阐明了办刊是为了"巩固国内和平",实现"全国各方面的民主改革",并强调了刊物的综合性,将登载"时事评论与政治论文""专门的论

---

① 赵德新:《半个世纪的报人生涯》,民族出版社1999年版,第18页。

述""人民在实现民主改革中的生动事实与斗争经验",并"供给读者以文学与艺术的滋养品"。创刊号设有《时论》《讲座》《报告通讯》等栏目,登载艾青的名诗《人民的城》,转载丁玲的小说《我在霞村的时候》,此后栏目意识模糊,渐至不设栏目,仅在个别期次的诗歌作品前标注"诗集"或"诗辑"。

该刊主要登载时政述评和各类文艺作品。萧三、陆定一、吴伯箫、欧阳凡海等的通讯报告,艾青、厂民、朱子奇、蔡其矫等的诗歌,康濯、丁克辛、杨朔、草明等的小说,介绍了解放区(主要是晋察冀解放区)人民革命斗争的实践与经验,反映了解放区生活的新面貌;丁玲、萧军、王子野等的时论、杂文,揭露了国民党当局的种种腐败现象。此外,刊物发表了较有代表性的理论批评文章,如萧军的《灰败思想底根源一解》、欧阳凡海的《谈谈中国新文艺的性质》、焕之的《救亡歌曲的成长》、张庚的《关于秧歌运动》、严辰的《从歌谣中看民心》等;通讯报道,如张文芳的《边区乡村文艺运动略述》、胡沙的《陕北秧歌》、赵熙的《尖兵剧社》、陈大远的《冀东报社在斗争牺牲中成长》、徐灵的《战场上的美术工作》等;小说,如康濯的《初春》、杨朔的《家乡》、丁克辛的《一天》、草明的《解放了的"虎列拉"》、孙犁的《碑》、秦兆阳的《"俺们毛主席有办法"》、牢寒的《马》等;散文和报告,如萧三的《西线漫记》、厂民的《"人圈"》、王林的《十八匹战马》和《忆人民的音乐家——张寒晖》、吴伯箫的《孔家庄纪事》和《人民是正统》、纪普的《战士》、欧阳凡海的《我看见了真正的民主》、萧逸的《"大炮"刘安和他的战友们》、周奋的《消灭敌人》、林宁的《"给战士做好棉鞋"》、魏伯的《访问锡林郭勒盟》和《草原上的歌声》、柳杞的《弟兄们底姊妹们》、方纪的《李成》、秦兆阳的《路》、余修的《永恒的记忆》等;诗歌作品,如艾青的《人民的城》和《欢呼》、萧三的《歌红军》、章煌的《给母亲》、朱子奇的《在草原上》、厂民的《没法为你们立一支墓碑》、徐兴华的《欢送回乡军人》、红杨树的《寄张家口》、胡健和宋丕显的《减租谣》、贺敬之的《人民歌颂毛泽东》、蔡其矫的《街上》、丹辉的《红羊角》等;剧本有丁玲、逯斐、陈明的《"望乡台"畔》等。

该刊的"专辑"是一大特色,如在第1卷第2期(1946年3月12日)设《东北人谈东北》专辑，第1卷第5期（1946年5月1日）设《马克思诞生纪念》专辑，第2卷第1期（1946年6月1日）设《纪念教师节》专辑，第2卷第2期（1946年6月16日）设《高尔基逝世纪念》专辑，第2卷第5期（1946年8月1日）设《长征记事》专辑。同时，在第2卷第2、3、4、5期设《北方画页》栏目，刊发阿尔的《收复区应时人种画像》、彦涵的《慰问》《狼牙山五壮士》《战斗》、古元的《平北"无人区"速写》《丰收》等木刻、漫画、速写、壁画作品。

1946年8月16日，《北方文化》编辑出版至第2卷第6期后终刊，共出版12期。

《工农兵》（冀南）

1946年4月，《工农兵》创刊于河北威县方家营村，由冀南书店（1948年改名为冀南新华书店）《工农兵》编委会编辑，冀南书店出版发行。胡青坡、张诚、庄进辉等先后担任主编，和柯、杨往夫、张海波等负责编辑工作。刊物封面构图直观，大号不同色彩美术或手书体刊名，彩色多样版式中加入各种黑白或套色木刻图像。在创刊号上发表的《发刊的话》中，编者清楚地说明了办刊的目的及编辑理念：

> 劳动人民翻了身以后，就觉着"睁眼的瞎子"太吃亏，不认字，不懂得政策法令的事，不懂得天下大事，不懂得各种知识就不能很好的生活。为了这，我们就出版了这本《工农兵》。
>
> 《工农兵》是办给群众看的，要办到凡是能认千字左右的都能读得通，不认字的也要听得懂。稿子不论用什么形式写，都应当对工农兵有好处，使工农兵知道别的地方和别的人家，在怎样的生产、练兵、生活和学习，政策法令怎样执行？国家、天下大事变得如何？也能够知道卫生和科学知识。……知道了国家和天下大事学会了科学知识，就可以使我们脑子清，心里明，就能办更多的事和更大的事。

所以，该刊在重视《天下大事》《小言论》等专栏，通俗性的政治军事、社会经济与文化生活等宣传报道，以及通过《常识》《大众服务》《问答》等栏目，进行生产、教育、卫生等方面知识普及介绍的同时，分别设有《故事、通讯》《诗歌、快板、鼓词》《写作指导》，刊登了大量的诗歌、故事、快板、鼓词、速写、歌曲、木刻等文艺作品，以及相关的理论批评和述评介绍。在《我们要甚么样的稿》中，编者称：

一、受苦受难的老百姓、工人、士兵、群众领袖、劳动英雄、杀敌英雄、模范工作者所做的事，所说的工作经验；你过去和现在的生活，你现在作的工作，你周围发生的事情，只要这些生活、工作、事情对大家有关，就是写稿子的好材料。

二、工人写工人的事，农人写农人的事，士兵写士兵的事，话怎样说就怎么写，不会写的字写"别"字，不认字的找会写的人给代笔。

三、稿子能写短就不要硬拉长，但材料多，写不短时，就尽量的写详细，写清楚。

四、有什么不懂的事，对县里、区里、村里的工作有什么意见，你们每个时期的工作总结，对天下大事有什么看法、想法，都可写成信寄来，这些信也就是稿子。

五、可以写成信，有啥说啥；可以写成故事、通讯；也可以写成戏、秧歌、快板、小调、民谣；也可以画成图画。总之，什么形式都可以。

六、登出的稿子有稿费，采用了材料也给稿费。

七、在稿子后面要写明你的通信处和姓名以便联系。

八、投稿的地方：冀南书店，工农兵编委会收。①

1948年初，《工农兵》半月刊因人员变动及土改等原因，编辑出版至第4卷第42期后休刊。同年8月1日，《工农兵》复刊号（第43期）开始出版。在《复刊词》中，编者强调：

《工农兵》从创刊到停刊，一共是一年九个月，出了42期，从停刊后好些读者写信探问和从本刊复刊启事登出后读者来信热烈欢迎，说明《工农兵》是被广大读者所喜爱的，我们检查这原因，觉着是它内容的

---

① 《我们要甚么样的稿》，载《工农兵》（冀南）1947年第3卷第2期。

多种多样，照顾到各方面的读者，文字还通俗浅显，识字不多的人也能看，所以创刊能受到广大读者——区、村干部，小学教员，中、小学生，粗通文字的老百姓——的支持。

因此，复刊的时候我们把《工农兵》是个通俗的群众性的综合刊物，是办给区、村干部，小学教员和粗通文字的老百姓看的，帮助他们提高他们的政治文化水平为目的的，这个编辑方针和作法明确肯定下来，仍作为今天的编辑方针和方法。但它过去还有着缺点和做的不够的地方，过去只着重于内容的多种多样，而讲解我们的政策，配合工作，结合实际是较差的，通俗化也做的不够。今后打算努力改正这些缺点，密切配合实际，明确与报纸的分工，着重于解决工作中发生的一些思想观点问题，介绍社会的、科学的常识，不仅提高读者的政治水平，帮助他们的文化学习也同样重要。

要做到这一点，《工农兵》必须是个"大家办大家看"的刊物，只有依靠广大读者，各地通讯员大家努力和帮助，才能把《工农兵》办的更好些。在从前读者同志曾给我们写过不少的稿子，提过不少的宝贵建议，批评，使这小刊物有了改进。在本刊复刊后我们热烈呼吁，要求广大的读者多提意见，帮助、督促本刊改进。多写各种各类的稿件，使本刊更加充实。把《工农兵》办的更好些，这是本刊编者的衷心愿望和要求，也应是广大读者一致的盼望，希望我们共同努力。

1949年，《工农兵》要求"要多写工人！要多反映工人的生活！党中央、华北局已一再指示我们，本刊这次也进行检查，在编读往来里特别提出这个问题来讲一下，对我们认识上的毛病也进行了检查分析，同时在行动上我们已和职工会取得联系，经过他们的帮助和我区各工厂各职工会进行了联系，散发了关于'工'的写稿要点。我们今后还要派专人到工厂去组织工厂通讯工作，取得经验，发展工人通讯员"等。在《希望大家多写反映工人生活的稿子》中，编者声明：

《工农兵》半月刊是"工""农""兵"群众性的通俗刊物，但是，检讨一下过去，本刊刊载的"工"的稿子实在太少了，究其原因主要是我们编者认识的模糊，在这方面太不注意，同时寄来的写"工"的稿件太少，也是个客观上的困难。今后为改正这一缺点，使本刊真正名符其实，多反映工人的生产、学习、生活各方面的材料，希望各地通讯员，特别是工厂里的职工同志，踊跃的写有关工人的稿件。为了明确本刊需用那些稿件，除了"上半年写稿要点"所述各项外，我们再提出几点作为大家的参考：

1、在旧社会里工人受剥削、受压迫、受痛苦并和剥削阶级斗争的故事；解放后如何翻身成为新民主主义国家的领导阶级，过着幸福生活的故事。

2、工人如何清算旧的行为思想，提高阶级觉悟，树立新的劳动态度的故事。

3、解放战争中工人热烈支援前线，开展生产竞赛的故事。

4、生产技术、工具的创造、发明的介绍，及一切表现工人阶级在国家建设中伟大贡献的故事，模范职工的介绍。

5、工人与农民团结互助的故事。

6、各种作坊、工厂（包括劳动生产、政治活动、技术研究等）的介绍。

7、其他一切工人喜欢的文艺形式，诗歌、小调、快板、坠子、大鼓等。[①]

1949年8月1日，因冀南、冀中和冀东各区行政区划的撤销及合并，《工农兵》编辑出版至第6卷第4期后停刊，共出版70期。

《平原杂志》

1946年7月7日，《平原杂志》创刊于冀中解放区的河间，编辑部设在冀中区党委机关报《冀中导报》社，主编孙犁，由冀中新华书店发行。

《平原杂志》是一份综合性的通俗刊物，读者对象是广大农民、农村文化活

[①]《希望大家多写反映工人生活的稿子》，载《工农兵》（冀南）1949年第5卷第11期。

动积极分子和基层干部。在创刊号的《编辑后记》中，编者清楚地表明了办刊目的及任务：

《平原杂志》仓猝的和读者同志见面了。

很多同志希望这个刊物能担负起这样两个任务：思想教育和文化教育。虽说这两方面不能分开，可是就目前我们的能力来讲，恐怕还只能多照顾文化方面。

我们的目的很简单，通过这个小小的刊物，供应冀中区经过八年神圣战争的人民一些有用的文化粮食而已。

战斗并没结束，意志也并没松懈，但是人民大众和在农村工作的干部同志们，青少年学生，他们很需要书，很需要知识。

他们向文化发出欢迎的呼喊，我们的小小刊物响应这个呼喊出版了。

我们做的很差，因为我们人手很少，还没有得到全体人民、工作同志、专家们的协助。但是我们相信它会一期比一期更和人民结合，更对人民有益，它会更充实完美。

这一期，我们转载了一些别的刊物上的文章，这好像是借来的粮食，但如果读者仔细研究把它当成借镜来教育自己，那营养会是一样的，那里的小米也养人。

我们热诚的希望，读者们见到了这个刊物，马上就共同来培养它。

再见。

《平原杂志》设有《平原论坛》《问题研究》《农村通讯》《乡村艺术》《农业指导》《科学》《历史故事》等栏目。该刊第1卷第2期《编辑后记》指出："最欢迎反映群众斗争和生活的稿件……写出农民生活在地主封建势力压迫剥削下面的痛苦生活的稿件……写出经过翻身斗争，在民主政治下农民快乐生活的稿件"。因此，刊物重在研讨社会政治、经济问题，宣传中国共产党的各项方针政策，评述时政，报道冀中解放区人民的生活和生产情况，介绍农业生产知识，刊载反映根据地军民斗争生活的通俗文学作品。

《平原杂志》践行普及、大众化的历史使命，"文字要求通俗，最好做到经过念诵,使文盲也能大致听懂的地步,文章也要采取活泼多样的形式。经过灵活趣味的形式,灌输有用的知识和思想"①。刊物也转载一些反映农村生活和工作的文章,作为初学写作者参考的范文,如葛洛的小说《卫生组长》、马可的秧歌剧《夫妻识字》等。刊物还连载由商展思改编的肖洛霍夫的长篇小说《被开垦的处女地》。该刊第1卷第2期《编辑后记》介绍到:为了适合中国农村读者阅读,不只删去了原作中有关风土人情、乡村景色的描写,还把"夫""斯基"之类的人名,改成了"张、王、李、赵",把"谷物税"改成"公粮",把祷告上帝改为念"阿弥陀佛"或"观世音菩萨"等。这可以看作当时文艺工作者向农村读者普及外国名著的一种特有方式。

孙犁是《平原杂志》的主编,也是唯一的编辑。他上半个月,"经常到各地去体验生活,从事创作",下半个月,"回到报社编排稿件",发稿以后,又下去了。这可以看出,当时编辑是如何实践毛泽东的《在延安文艺座谈会上的讲话》精神、深入生活实际开展工作的。《平原杂志》每期都写有较长的编后记,孙犁介绍了刊物的编辑方向:"这个刊物也还不是那么随随便便就送到读者面前去的。它每期都好象有一个中心,除去同志们热情的来稿,围绕这个中心,我自己每期都写了梆子戏、大鼓词和研究通俗文学的理论文章,并且每期都写了较长的编后记。当时主要是想根据农村工作的需要,做一些工作方法的研究,和介绍一些通俗的说唱材料。"②

为了加强与普通读者的联系和沟通,《平原杂志》开设《读者园地》《问题解答》《服务》等资讯栏目,构建与读者沟通的平台。同时,组织成立了平原读者小组,它的任务是:按期研究讨论杂志的内容,并经过读者小组成员的活动,组织附近的群众开讨论会,使杂志的内容传播到不能直接阅读和不识字的群众中间去。

1946年底,《平原杂志》编辑出版至第7期后停刊。

---

① 《平原杂志征稿启事》,载《平原杂志》1946年第1期。
② 孙犁:《〈平原杂志〉第三期编后的后记》,见《编辑笔记》,山西人民出版社1985年版,第17页。

《太岳文化》

1946年10月1日,《太岳文化》创刊于山西太岳地区阳城县,是一份综合性文化刊物。该刊作为太岳文联的机关刊物,由太岳文联出版,江横任主编,崔斗辰、孙定国、李哲人、裴丽生、魏克明、曾延伟、江横、刘舒侠、安庆洙、秦学文、郑思远、古北、李蒙、刘海声等14人组成编委会。该刊创刊号上刊登了一份包括王竟成、黎风、苏策、徐志寅、冯彦俊、张艾如、史怀必、金沙、徐林、李超、苏平、何微、姜时彦等多达53人的特约撰稿人名单。

《太岳文化》创刊号上发表了李哲人撰写的《创刊的话》,说明办刊的目的和任务:

> 为了集中人力物力,持久的办好一个刊物,经过江横同志等的努力,与大家商讨,决定将《新文艺》,《经济工作》,《教育通讯》,《文娱通讯》等刊物皆停刊,合力出版了《太岳文化》。
>
> 这个刊物的出版,恰值内战与反内战斗争最紧急的时候,恰值美帝国主义者,正在独占中国,严重威胁着中华民族生存的时候,恰值解放区广大农民翻身运动普遍深入的展开与农村新文化萌芽的时候,因此,它的主要任务不外是:
>
> 第一,加强文化战线上的斗争,揭露一切卖国、独裁、内战的"理论",研讨阐述爱国主义,新民主主义各方面的问题。从思想上动员全解放区军民,结合军事、政治、经济各方面的斗争,以打退蒋介石进攻,争取爱国自卫战争胜利。
>
> 第二,反对美帝国主义的殖民地政策。揭发其欺骗宣传,揭发其假"调处"、真侵略,制造中国内战与独占中国的阴谋,以保卫八年抗战果实,与中华民族的生存独立。
>
> 第三,要有计划的,尖锐的揭露奸商豪绅与不法地主之封建压迫与剥削,以及对群众运动的种种造谣诬蔑;同时更要大大歌颂人民翻身的正义行动,鼓励他们勇猛的去消灭农村封建剥削,彻底实现"耕者有其

田"；以增强爱国自卫战争胜利的根基。

为了使这个刊物能为更多的读者服务，决定他是一个综合性的月刊。内分：政治、经济、军事、文艺诸栏。

《太岳文化》的《文艺》《故事》《论坛》《剧论》《报告》《小说》《诗歌》等栏目刊发了很多的文艺作品和文艺理论探索与批评文章，如创刊号《论坛》栏目发表了沁汾的《纪念鲁迅先生加强我们的文化宣传战线》，《文艺》栏目发表了赵树理的《福贵》和古北的《大柳庄记事》，《故事》栏目发表了金沙的《落后份子》和涛然的《爱与憎》，还有刘群译爱伦堡的《论作家的任务》和墨遗萍的《关于剧团建设的意见》等两篇文论。《太岳文化》刊发的文艺作品有古北的《见面》《讹人》、赵川的《梅花椿上耍拳》、加里的《岔子就出在他们的眼眉前》等小说，震业的《真正上帝万岁》、革飞的《保明上区》等故事，涛然的《金老太太》、晓光的《太岳人民的子弟兵》、耿西的《一家人》、塞风的《我们的英雄在战斗中》等报告，解华辑录的冀鲁豫民歌《佃户话》、张赛周的《悼李服周》、李古北的《长工歌》、编者辑的《郭壁村的诗歌》、江叟的《劝郎参军》、芦焰的《战斗吧，我的故乡！》、鹿特丹的《刨断穷根翻了身》、李金耀和卢修林的《侦察英雄乔东顺》、佚名的《女英雄白如赛》等诗歌，以及金沙、张赛周的《姐妹放哨》等戏剧。刊发的理论批评文章有郭沫若的《走向人民文艺》《读了〈李家庄的变迁〉》、墨遗萍的《戏剧漫谈》、革飞的《集体创作的一点经验》、张庚的《关于秧歌运动》、刘丙一的《坚持与发展群众的秧歌戏剧》、陈涌的《"佃户话"和我们诗歌的创作》、孙定国的《人民的朗诵》、弓宏的《怎样提高和发展农村秧歌剧团？》等。

《太岳文化》努力走通俗化的普及和教育的路线，发表了很多形式多样的群众喜闻乐见和群众自编自唱自写的作品。"今年十月一日，为本刊创刊周年纪念，特由五月四日起至九月底止，发起征文运动，希望全区一切爱好写作者踊跃应征。应征条件如下：（一）作品内容：凡属反映本区现实生活中的各种典型者（如军事、生产、土地改革中的新人新事物）。（二）作品形式：报告、故事、通讯、短篇、长篇连载小说、诗歌、快板、秧歌剧、工作论文。木刻、连环画、唱歌等形式不拘，但字数最多不能超过三千字，文字必须力求通俗明白、简短、生动具体，而表现地方特色者。"①该刊还通过多种形式传播文化工作经验和科学文化知识。一是增辟专栏，如《文教馆》《群众公园》《资料室》《广播台》《邮筒》《动态》等；二是编者读者互相交流通气；三是编辑部派干部下乡，帮助民众搞文化活动；四是设置专页或者专号，如第6期载有《人民功臣专号》。

1947年6月1日，《太岳文化》编辑出版至第1卷第9期后停刊。

《文化翻身》

1946年12月1日，综合性的通俗文化刊物《文化翻身》半月刊创刊于山东临沂，由文化翻身社编辑，山东新华书店出版发行。在时任中共中央华东局宣传部编审科科长兼山东新华书店总编辑叶籁士及编辑部副主任宋原放的扶持之下，戈扬、王若望等先后担任主编，老宪洪、王文彬、宋镜蓉、董破晓、王希坚、任迁乔、张伟强等负责编辑工作。在《文化翻身》创刊号刊登的《发刊词》中，编者阐述了编辑方针及目的任务：

《文化翻身》和大家见面了，《文化翻身》是个什么刊物？它办给那些人看的？它里面说些什么？大家应该怎样帮助它？我想向大家介绍一下，说明一下：

一听这名字就明白，这个刊物是专门帮助咱庄户人文化上翻身的。咱虽然斗倒了恶霸，但是由于不识字，不知道很多道理，就不会办很多事，所以只算翻了半截身没翻彻底。这本刊物，就是来帮咱翻这半截身的，它里面有文化翻身的各种道理和办法，又有各种常识和故事，还有歌有书和各种娱乐杂耍，常看它听它，学习就有办法，文化有进步。明白很多道理，就会办很多的事。

凡是识一千字左右的就可看懂，不识字的也能听懂。学习模范、小

---

① 《太岳文化周年纪念征文启事》，载《太岳文化》1947年第1卷第8期。

先生、群众教师和小学教师们！你们不是经常感到缺少学习的课本和教材吗？这就是活的课本。妇女识字班、青年学校和儿童们！你们不是经常嫌上课学的东西太简单吗？你找教师、学习模范念给大家听听，最好是你们自己组织读书组，找识字多的来念来教。

既然这本刊物和大家文化翻身有这样的关系，那么怎样把它办好，就是大家最关心的事了。如果只是办刊物的几个人来办来写，那就办不好，因为少数人经验知识都有限，必须大家齐下手，大家来写稿，常识、材料、故事等等都可以写，你有什么困难问题，你对刊物有什么意见和要求，都可以来问来告诉，这样就是你帮助了刊物，而且也是帮助了自己，因为常练习写稿，文化就进步了。祝贺大家文化翻身，希望大家都来帮助《文化翻身》。

因此，《文化翻身》先后开辟了《卫生常识》《有问必答》等栏目，刊载一些文化教育及科学生产常识等方面的文章，以及社会政治与文化活动的经验介绍及动态报道，等等。如伯庸的《战时急救法》、张炳麟的《接骨法》、若望的《大牙和小牙》、体昭的《乱"放血"的害处》、田文的《冬天为什么不下雹子》、沈全禄的《脑袋吵架》、赵木三的《为什么"十层单不如一层棉"？》、乔功的《苏联工人生活介绍》及肖的《怎样治疥疮》等。同时，发表了许多大众化的通俗歌谣、民间故事、连环漫画、木刻、歌曲等文艺作品。如鲁岱的《保卫毛主席》、司徒远的《毛主席的像片》、华的《活拿野心狼》、东的《水冲长城》、白河的《啄木鸟和蛀虫》、生的《十二月的故事》、实艺和赵华的《兄弟三个立功》、健飞的《孩子进行曲》、赵华的《新年小调》、森森和方平的《咱们扛起枪》及文彬的《青年劳动学习模范高洪安》等。刊物的作者还有威、作海、彭旭、小民、以实、文抄、剑秋、张安敦、阿老、赵科一、大龙、李维隆、贾俊、董祥林、金宝、魏瑞、戈扬、洪早、小范、陈建东、王文彬、文蕙、王庆五、赵子文、王润亭、何封、田可、涂克、王玉如、老宪洪、尹友农、朱永昌、德明、苗得雨、徐子文、朱伯善、冷坚、希坚、宋彦人、段复宣、季万、罗涵之等。

在《〈文化翻身〉投稿办法》中，编者声明：

一、《文化翻身》是个大众杂志，要大众来办，办给大众来读，因此，我们要求各地小学教师、群众教师、小先生、学习模范、区村干部、青年、妇女、儿童……，凡是能识一千字左右的，都来共同参加这个杂志。

二、怎样共同来办？就是给杂志经常写稿，你做的什么事情，便写什么事情，只要这件事情同大家有关系。

三、不能写怎样办？话怎样说，稿就怎样写，写错字、白字、写的不通顺，都不要紧，写几次就好了。快板、秧歌、戏剧、小调、故事、鼓词、民谣、连环画以及各种生产，卫生的常识都欢迎。

四、有什么不懂得的事，或是困难的事，对刊物有什么意见，对各种工作或是国家大事有什么意见，还可以写成信，寄给我们，这些信也就是文章。

五、稿子能详细便尽量写的详细些，字能写的清楚便写清楚些。

六、登出的稿子都送稿费。供给材料也有稿费。不要稿费要书要稿纸的我们也可以代买。

七、稿子后面要把住处写详细，写上真名字。

八、凡是同投稿有关的信件，可以代出邮费。

九、寄稿的地方，交山东新华书店转文化翻身社即可。①

除此之外，《文化翻身》创办了一个每期刊物附送的四开版《文化翻身画刊》，以及多种通俗唱本、通俗文娱材料及宣传挂图与年画等。1948年5月1日，《文化翻身》编辑出版至第22期后停刊。随后更名为《群众文化》月刊，由群众文化社编辑，华东新华书店总店出版。1950年5月，《群众文化》编辑出版至第45期后终刊。

---

① 《〈文化翻身〉投稿办法》，载《文化翻身》1946年第2期。

《平原》

1948年11月1日,《平原》创刊,由冀鲁豫平原社编辑,冀鲁豫新华书店出版发行,是一份综合性通俗读物。该刊面向普通人民群众,主张将提高文化作为当时的政治任务和发展地区文化的工作方针,因而非常重视群众的批评建议,也十分注意加强与读者的互动。创刊号上发表的申云浦的《提高文化是当前的政治任务——代发刊词》,阐明了办刊宗旨:

提倡文化是当前的政治任务。

我区的中心地区已经完成了土改,广大的群众在翻身之后迫切的需要文化,尤其在我们的农村里,若从减租减息算起就是十来年,即是从反奸清算开始土改也是二三年的时间内,阶级关系一直是紧张的。有些地方发生左倾冒险主义的倾向,群众更少民主自由,甚至简直听不到笑声。为了恢复与发展生产,就须"和睦农村,安定社会"。

…………

今天要和睦农村或活跃农村,开展并改造农村的文娱工作,首先就须供给以大量的剧本或样本及好的小说和诗歌。

提高群众的文化,就要扫除文盲,会识字、算账,有了知识以便提高思想改造工作,进一步发展生产,加强村政建设。支援前线,以及参军拥军,这就须大力办好冬学及其他社会教育。而冬学教育的教材,就是一个没解决的问题。

中等学校及国民小学,除却课本已由华北政府逐步解决外,还缺乏课外自修读物,和教职员的参考文件。

干部的理论学习,因为文化水平的不足,同样也需要通俗的解释或简明读本,并须有系统的进行文化补习。

由此可见,摆在所有文化教育工作者面前的任务就是要"拿出东西来",《平原》的创刊就是执行这一任务的宣传者与组织者。

随后,编者在初期的编辑内容和稿件要求方面,进一步采取了开放办刊的策

略,在鼓励普通干部、群众努力学习文化以及推动文化普及工作的同时,更倡导大众文艺运动及创作活动报道与作品发表:

一、《平原》是群众性的通俗刊物。内容以群众的文艺创作,文艺理论,文艺活动为主,社会教育为辅。

二、《平原》欢迎下列稿件:

(一)群众性的文艺创作:歌曲、说唱、剧本、小说、诗、通讯、报告等。

(二)文艺创作的理论与意见,民间艺术的研究、改造与各种活动,地方戏改革的经验介绍等。

(三)社会文化教育。

三、当前写稿内容,主要,是发展生产(工农业),支前,拥军优军,结束土改、建政等各种活动以及农村文娱,群众教育方面的材料。

四、写稿形式不拘,但要求简短,通俗。①

可见,该稿约明确向干部、群众提出征稿要求,并且尽量降低写作门槛,提供创作方向,以激发群众创作积极性。最值得称道的是,该刊并未停留于简单的号召,而是以各种形式引导干部、群众关注创作、参与创作,并诚恳地听取读者的各种意见与建议,将其落实到具体行动中。而读者的很多意见与建议都体现在刊物的调整改进中,如《请对〈平原〉再多提意见》中,编者对读者各种意见的听取及注意成为不断改进编辑内容及提高刊物质量的动力,并针对读者的意见提出具体的措施:

"平原社"在大家帮助之下,《平原》已出版十一期了。这几期,按照既定方针,着重于反映改革地方戏的问题、发表说唱词和剧本及教育方面的一些稿件,对本区文艺活动和教育工作曾起了一定作用。可是,由于我们力量薄弱,与大家联系的很差,至今仍在摸索中工作。自己相信是不能很好的满足大家的要求,及时为大家解决目前的重要问

---

① 《平原稿约》,载《平原》半月刊1949年第12期。

题的。《平原》怎样才能办好？怎样使它成为读者更加所需要的刊物？我们和热心帮助《平原》的许多同志，都十分关心着。要作到这一步，那就得请大家不断的多提意见来，按照大家的意见，改进刊物。最近一个时期，有好些读者，热心的提出不少宝贵意见，其中有鼓励，有批评，也有建议，经我们研究以后，随时就采纳了。譬如，有人提出要在《平原》上讨论、研究工作中的某些问题，反映干部学习，我们便增加了"信箱栏"，从十期起，也发表了学习稿件。当我们听到需要发表音乐方面的稿件后，即自本期起，开始登载歌曲。尤其关于发表工农写作的意见，在最近三两期中，我们是以最大努力，用了相当多的篇幅来执行的。不用说，这只是改进刊物的开始，今后还得加倍努力，因此，我们把一部份读者的批评和建议，发表出来，再请大家继续提出更多的意见，使《平原》逐步得到改进，成为广大读者所喜欢的刊物！[①]

1949年8月1日，《平原》半月刊编辑出版至第14期后休刊。其后"因为我们从菏泽搬到新乡，组织机构有些变动"等，于同年11月30日在新乡复刊，并改版为《平原》月刊。编者称："广大的读者，各工作岗位上的通讯员同志，和各地文艺工作者，多供给我们稿子，多给我们批评和帮助，使在这块'平原'上，开出更多的美丽的花朵，结出更多的结实的鲜果。我们大家共同努力，来建设一个新'平原'！"[②]1951年4月，《平原》月刊编辑出版至第3卷第6期后终刊。

《新民主妇女》

1949年6月20日，《新民主妇女》创刊于上海，由上海新民主妇女编辑委员会编辑，新民主妇女出版社出版发行。创刊号封面均衡编排，棕红色调的版面上美术体刊名居上，左下方"要目"内容处插入民间剪纸图案。主要发起及编辑者为季洪、左诵芬、宋元、欧阳文彬、陶蕙英、彭慧等。她们经过商议，计划"出一套妇女运动的理论与实际的小丛书"，一本"妇女通俗读物"，以及"一份妇

---

① 《请对〈平原〉再多提意见》，载《平原》半月刊1949年第11期。
② 《编者的话》，载《平原》月刊1949年第1卷第1期。

女杂志","坚决要站定在文化岗位上","配合着全国民主妇女代表大会加强城市妇女工作的决议","担负起城市妇女的文化教育工作"。[①]因此,创刊号发表的《创刊的话》清楚地表明了她们的办刊宗旨:

> 我们祖国的新民主主义革命的胜利,尤其是上海的解放,震撼了全国各地每一个人民的心弦!刷新了全世界各民族各色人种的耳目。这几天来,全国新旧解放区的同胞们,都在为着自己的翻身而欢欣鼓舞;全世界被压迫剥削者,更加强了对革命胜利的信心。
>
> 我们,我们这一群在反动统治下窒息得透不过气来的文化工作的妇女们,这几天也因上海的解放而兴奋得手舞足蹈了。
>
> 可是兴奋之余,我们应该估计一下自己的力量,计划怎么献出我们的力量来争取新民主革命的最后胜利,巩固新民主的既得的胜利。
>
> 一向,我们是埋伏在反动统治下,为新民主文化而战斗的一群小兵。今天,上海解放了,我们这群埋伏着的小兵,从壕沟里跳出来了。从此,我们要公开地打起新民主主义的旗帜在光天化日之下,正面和一切反动份子作战了。但我们的武器,还依然是一枝笔,而我们本身的队伍,也还依然是一群娘子军。那么,在新民主主义的中国,发扬新民主主义的文化,普及与提高妇女文化,肃清封建文化(它对妇女毒害特别深而且重),与一切反动有毒的文化作战,该是我们义不容辞的任务。因此,我们创办了《新民主妇女》月刊。
>
> 不过,我们的能力有限,而这个责任却是艰难而巨大的,我们希望借《新民主妇女》的这块园地,结合起全国站在新民主主义旗帜下的姊妹们,共同努力。也要让《新民主妇女》成为姊妹们大家的喉舌,说大家要说的话,给全国各地的姊妹传送消息,把各地的生活,工作在这儿公开,把我们工作的优点,在这儿发扬传播,把我们工作的缺点,在这儿公开批判,使大家得到实际的教训。必需这样,理论和实际才不会脱节,必需这

[①] 本社同人:《新民主妇女出版合作社的萌芽》,载《新民主妇女》1949年创刊号。

样,《新民主妇女》才是真正地为全国拥护民主革命的姊妹们服务。

努力罢,亲爱的姊妹们,我们新民主主义的新中国,已经继苏联之后,在地球上发光了!我们站在新民主旗帜下的姊妹们,要继续努力,使这些光更强大,更热烈,更灿烂,而我们希望《新民主妇女》月刊就真正能够反映出这些光芒来。

于是,在编辑方针方面,《新民主妇女》的编者一是注重于发表专论、时评,指出城市妇女工作的重要性,并提出中肯的加强妇女工作的方法和建议;二是强调妇女加强理论学习的重要性,以及自我教育与自我改造;三是倡导知识女性撰写妇女通俗文章,编写妇女问题丛书,举办各种妇女识字班、读书小组、生产合作社、托儿所等,切实帮助在解放过程中遇到的各种实际困难。为此,该刊设有《短评》《报道·通讯》《学术讲座》《文艺》《读者与编者》等栏目,内容较为全面,有效地参与和推动了妇女工作。其《短评》《报道·通讯》等栏目主要介绍当前全国妇女工作的动态,就某些女性问题发表看法,并尝试给出一些切实可行的建议。如创刊号发表《妇女界空前的一件大事》一文,报道介绍了中国妇女第一次全国代表大会召开的情况,以及会议通过的《中国妇女当前的任务的决议》《全国妇代大会通电》和《中华全国民主妇女联合会章程》等。第2期围绕苏联电影《乡村女教师》组织的《"桃李满天下"特辑》以及第3期的《"托儿事业"特辑》等,注重新社会妇女工作及读者关心的具体问题。与此同时,《新民主妇女》开设了相应的文艺栏目发表工农兵文艺作品,刊登相关的文艺批评论文,如黄宗英的《我的小本子》、淑之的《解放散记》、紫墟的《致中国人民解放军》、英沙的《模范女村长赵月兰》、欧阳文彬的《从秧歌剧到新兴歌舞剧》《介绍"夏红秋"——一个女学生转变的故事》等。

1949年8月20日,在《新民主妇女》第3期刊登的"本社同人"的《一个慎重的交代》中,编者宣告:"上海解放,《新民主妇女》月刊得以问世",但是"我们《新民主妇女》月刊,在本期出版以后,再不继续单独的出版了"。于是,《新民主妇女》编辑出版至第3期后终刊,合并为上海市民主妇女联合会创办的《现代妇女》杂志。

艺术期刊

《前线画报》

1938年7月1日,《前线画报》创刊于延安,是第十八集团军总政治部前线画报社编辑出版的一个艺术刊物。魏传统、江丰、蔡若虹等先后担任主编,田野、华君武、陈叔亮等参与编辑工作。刊物主要刊载反映八路军战斗、生活等方面内容的绘画、连环画、木刻版画等,以及揭露日寇罪行的组画、漫画、照片和诗歌等作品。1939年3月1日,《前线画报》第8期刊登的《致读者》中,编者重申了刊物的编辑方针及目的任务:

亲爱的读者同志们:

《前线画报》与你们见面,已经有几个月了,它抱着无限的热情,希望担负起下列的任务:

一、表扬前线将士的英勇战斗与伟大的战绩,来加强全国军民之胜利信心;

二、揭发敌人的残暴行为,与汉奸托派等无耻奸细的阴谋罪恶,来加强全国军民的杀敌意志,与彻底肃清一切奸细的决心;

三、介绍前线军民亲密合作之模范行动,来影响与推动全国各地之军民合作;

四、介绍敌后游击战争之发展,敌后抗日根据地的创造之经验,供给全国抗战部队作为参考;

五、提供一些课外工作的材料,给前线部队采用。

其目的,是很清楚的,为着提高部队的战斗力,以达到驱逐日寇出境,建立三民主义的新中国!

《前线画报》除刊登摄影照片、木刻、漫画、配画诗文、连环画等,以及诗歌、散文、速写、歌曲等文艺作品之外,也发表文艺理论及批评方面的论文,以及各地文艺运动的报道等,如《毛泽东同志论三民主义共和国》《王稼祥同志在延安各界国民精神总动员宣誓大会上的讲话摘要》及《中共中央关于目前时局与党的任务的决定(一九四〇年)》等。刊物的作者有萧三、冯文彬、公木、朱吾石、西野、马达、舒模、一虹、陈钧、王曼硕、钟惦棐、丁里、焦心河、星海、贺绿汀、吕骥、牟裴、杨廷宾、徐良图等。《前线画报》编辑出版一周年之际，编者在肯定成绩与总结经验的基础上，通过《〈前线画报〉的一周年》一文表达并阐述了刊物新的办刊目标及编辑理念：

  在一年前的这个月里，我们这个小刊物——《前线画报》呱呱坠地了。到现在，刚满一周年。在一年的时间里，它部分地反映了我军英勇抗战的光荣事迹，后方民众热烈动员的情形，国际间的同情与援助，日寇在华之阴谋与暴行，汪派、托派及一切汉奸的卖国阴谋活动……。同时亦给部队课外工作以少许参考材料。

  当然，这些事实的反映，材料的供给，还不够得很，我们承认自己主观的力量：人力与物力，都实在很薄弱。所感谢的是读者和作者的爱护，使本刊能够在过去的一年中，总算尽了它一点应尽的使命。

  现在抗战已进入更加艰难的阶段，敌人的进攻与政治阴谋都更加残酷而毒辣。民族败类——汉奸、托匪、汪逆等更加无耻地效忠敌人，极尽其挑拨离间破坏国共合作，破坏抗日民族统一战线之能事，企图造成分裂，陷国家民族于失败灭亡之途。因此，更加需要把我们宣传的锋芒，针对着万恶的敌寇与民族败类——汉奸、托匪、汪逆等等，揭发其残暴的兽行与卑鄙的阴谋，更加动员起全民族的力量，坚定胜利的信心，坚持抗战到底，把日寇强盗打出鸭绿江边，为中华民族的彻底解放而奋斗。

  同时本刊是前线战士的读物，用通俗而生动的方式来达到武装战士的头脑的任务。因此，本刊也力求内容充实，期能给战士之政治、文化各方面的教育以帮助。并争取内容之更加前线化，多反映前线的英雄战绩与壮烈行动。

  为此，我们热烈地要求前线的指战员同志们，给我们更多的帮助；要求本刊读者给我们更多的批评和指导。本刊同人也当尽绵薄之力，要求内容之充实，编排之活跃，印刷之精美，以达读者之厚意。①

于是，在随后的《前线画报》中，编者不仅刊登了更多的连环画故事，以及通讯报告、歌曲等通俗化的文艺作品，而且发表一些军事知识、社会常识及健康卫生方面的绘画与文章，从而在近四年的出版过程中，对部队干部、战士的政治思想及文化知识等方面的提高以及部队战斗力的建设等都产生了积极的作用。1942年4月15日，经八路军政治部研究决定，《前线画报》编辑出版至第43期后停刊。为此，翌日的《解放日报》在第2版特别刊登了一则《〈军政杂志〉〈前线画报〉停刊》的消息，称："八路军总政治部所出版的《军政杂志》，以及《前线画报》，自创刊以来为时颇久。《军政杂志》每期发行数量约三千本，近来因寄往前线不便，前方材料亦难以收集，加之纸张缺乏，上述两定期刊物，决定停止出版。此后将多印小型专门业务手册，至于军事理论的译作，仍照常出版单行本。"

《戏剧工作》

1939年1月1日，《戏剧工作》月刊创刊于延安，为延安鲁迅艺术学院编审委员会编辑出版，是用于学院内部专业研究与对外交流的一个油印文艺刊物。

《戏剧工作》自创刊始，注重发表戏剧理论方面的研究论文，如张庚的《戏剧的实践和戏剧理论》《戏剧工作者怎样利用旧历新年》，韩塞的《对抗战戏剧的意见》，钟敬之的《舞台照明的汽灯试用》，王震之的《移动剧团讲座》，徐萍、地子的《新年中的新杂耍》等，也重视戏剧创作及作品批评讨论，刊发了如王震之的《红灯》剧本、时晓的《怎样导演〈红灯〉》、钟敬之的《怎样制作效果——以〈红灯〉剧本演出为例》及《戏剧问题座谈会》等作品。

所以，探讨并研究群众性戏剧运动和创作活动，推动延安戏剧运动的大众化，成为《戏剧工作》的一项重要内容。1939年5月4日，时任延安鲁迅艺术学院

---

① 刘润为主编：《延安文艺大系·文艺史料卷》（下），湖南文艺出版社2015年版，第726页。

戏剧系主任的张庚,在《一年来鲁艺的戏剧教育(一九三九年"五·四"纪念日)》一文中,明确地指出抗战时期戏剧工作应担负的主要任务是:

> 抗日民族解放战争赋与戏剧的一个新的任务,要求它用自己的武器积极地宣传群众组织群众,并且粉碎敌人文化上的欺骗宣传。摆在我们面前的一个问题是工作方向的转变:由大城市到落后的农村,由工人转入到士兵农民。过去的戏剧是生长和发展在大都市中间的,观众是四万万五千万人中很少的一部份小资产阶级的知识分子,而今天都要从现代化的舞台上转移到乡村的土台上来,从欣赏力较高观众中转移到不识字的观众中去,特别是过去的舞台,从剧本一直到演技,差不多全部都是从西洋戏来学习,而不注意我们民族的、民间的戏剧传统的。今天却逼着非去学习民族文化不可。因为只有这样,才能称使戏剧这宣传武器在广大的全中国人民中发生效力,才能争取和组织人民群众到抗日战线上去。
>
> 所以今天戏剧方向的转变是争取全中国人民成为我们观众的转变,而这转变是在不断地克服过去脱离群众的运动方向来完成的。
>
> 一年中间的鲁艺戏剧系为观众们转变的艰苦程度,我们遇着了多少困难,犯过了多少错误,但是要达到任务的完成,却还得经过多少困难与错误。我想在一年的总结工作中把这些经验写下来,对于全国各地的剧运工作者是有参考意义的。[①]

并且,作为延安鲁迅艺术学院对外交流的一个文艺刊物,《戏剧工作》在创刊号上刊登了一则鲁迅艺术学院实验剧团发出的《给全国各地演剧团体负责同志的信》,表达了延安戏剧运动及文艺团体,渴望和全国各地的戏剧文艺工作者交流经验,团结起来共同推动抗战戏剧运动及创作活动的展开的积极态度及意见要求:

---

① 转引自谷音、石振铎编:《鲁迅文艺学院文献》(内部资料),沈阳音乐学院《东北现代音乐史》编委会1982年印刷,第61页。

全国各地演剧团体负责同志：

我们为了取得工作上的联系，作品的交换，并且搜集各方面的工作情形和经验，想借这个小小的刊物，做一个沟通传达的工具，希望你们能够和我们建立经常的通讯联系，我们热烈地迫切需要知道你们团体的组织、人数、过去的沿革、工作范围，以及过去的工作经验，现在的工作情况，在工作中新遇到的一些困难和当地戏剧运动的情形。并且我们愿意得到你们新创作的一切剧本和材料，期望着我们能够在工作上得到互相批评，互相帮助，互相观摩的效果，不管它信件的传递上有多么的周折和迟缓，但是我们总是热烈地期待着你们的来信的！

此致

革命敬礼！①

因此，《戏剧工作》先后刊载了《鲁艺征募图书启事》以及西北战地服务团等的戏剧运动和演出活动消息，以适应并满足鲁迅艺术学院专业教学及文艺研究的需要。1939年2月1日，《戏剧工作》编辑出版至第2期后，因与鲁迅艺术学院编辑出版的《艺术工作》刊物合并而终刊。

《工作与学习·漫画与木刻》

1939年5月16日在桂林创刊的《工作与学习·漫画与木刻》半月刊，是中国共产党领导及团结国统区文艺工作者而创办的一个文艺刊物。由赖少其、刘建庵、廖冰兄、黄新波、盛特伟等发起筹办，赖少其担任主编。由于是《工作与学习》和《漫画与木刻》两个刊物的合刊，因而将刊物的封面与封底分别作为标写各个刊名的封面，以及各期均列出文字版与图画版的目录。其中文字版由刘季平负责，图画版由刘建庵负责。该刊由工作与学习社、漫画与木刻社联合编辑出版，新知书店总经售。

在《工作与学习·漫画与木刻》创刊号上发表的《发刊辞》中，编者声明：

---

① 转引自孙国林、曹桂芳编著：《毛泽东文艺思想指引下的延安文艺》，花山文艺出版社1992年版，第715—716页。

本刊是由两个预定要出版的刊物合并出版的。一个是《工作与学习》，一个《漫画与木刻》。这两个东西都各有一些特殊性，所以虽是合并起来办，仍然没有抹煞任何一方面的相对独立性，只在编辑上要求了两者之有机的统一。

既然是两个刊物的合刊，内容似乎应该充实一点，但我们暂时还不敢有多少太过夸张的希望，与其说我们要在工作与学习方面，帮助读者进步，或是提倡什么新的漫木运动，还不如说我们是要和读者一齐工作，一齐学习，一齐进步，一齐创造新的漫画木刻。

因此这个刊物虽然是由我们少数几个人开头来办，却不愿意他只是几个同人的传声机，我们热诚地希望他一出世就能和读者打成一片，愈益成为一个大家所共同创造的东西，所有正在或愿意参加实际工作的人，正在或愿意学习切实知能的人，正在或愿意从事漫画木刻的人都是他的主人。我们要通过这个刊物，互相学习，互相帮忙，互相交换经验，互相纠正错误，互相鼓励，互相督促，把我们大家都锻炼成为一群更好的民族斗士；更忠诚切实齐心一致地在最高领袖的统一指挥下，根据三民主义，抗战建国纲领，为争取抗战胜利，建设三民主义国家而努力。

因为如此，所以我们对于这刊物的内容，也有一个打算：就是绝对不谈空话，不唱高调，一定要做到点点滴滴都有用。提出的问题要根据实际需要，想的主意要能马上拿去行，供给的材料，大家都可以拿去用。当然，在开始时，我们决不能一切都满意，但上面已经说过，我们是要和读者一同前进的，我们的健全也一定要靠读者一同来努力。我们要在这里提出两句口号：

编者作者读者打成一家！

编者作者读者一同来做！

做什么呢？做工作，做研究工夫，做文章。而这个刊物就在这儿做接线生。

因此，创刊号上不仅刊登了胡愈之、千家驹、姜君辰、陈此生、曹亮、季平、张志让等人关于"目前战局的动态与特点"的谈话记录及季平的《今年纪念五月的中心工作》等时事评论文章,以及陈原的《怎样教士兵唱歌》、黄茅的《漫画的宣传方式》、赖少其的《木刻常识》、李桦的《我们要争取一个工作岗位》等文艺论文,还发表了赖少其的《蒋委员长》、廖冰兄的《全世界爱好和平的人们联合起来》、梁永泰的《苏联民众的伟大同情》、刘元的《"爸爸!我们的血债是要日本鬼子来还的!"》等木刻漫画作品。并且,"漫木同人"通过一则《给漫木同志一封公开信》表达了办刊目的及任务:

漫木同志们:

抗战以来,我们坚决的执着各自的武器——漫画与木刻,在前方,后方或在敌人的占领区中不断地给与日本帝国主义以最大的打击!同时我们也有了全国漫画作家协会和中华全国木刻界抗敌协会总的组织,作为全国同志集中的地方。但在现阶段看来,漫画与木刻这二个兄弟艺术,有比前更亲密的联系起来的必要;这不但在漫画与木刻艺术上常常会互得他山之助,也且在这合作中会展开了新的"生面"?!因了漫木同志的合作与互相鼓励,也许在工作上会有更大的振奋!

这个刊物的产生,恰好是在光辉伟大的五月,也正是我停止敌人进攻和消灭敌人的时候,在这个时候,不但说明了各部门都应该有新的发展,漫木也然;所以,我们不但应该有个总的坚强的机构,同时还更应该有个共同研究和发表作品的地方;尤其前方和敌后的同志,在这可歌可泣的战斗中,有了无限宝贵的材料,可以作为全国同志参考的地方;所以,我们便有了这个小小的企图:是将本刊最大的篇幅献与各地的同志,尤其是在战斗中的同志!

但因此地制版艰难,一切稿件最好当然是把木刻原版寄来,否则也应绘制清楚;若不愿意木刻者,并请先声明,当也设法制版。

创刊伊始,千头万绪,但有一句话:是我们应该向现实主义的道路出发,一切创作批评都以此为据点。并且一步一步的克服过去的若干错误,也许今天还做不到,但这是我们的总目标,也应以此为共勉!

敬礼！①

于是，在《工作与学习·漫画与木刻》半月刊的图画版中，除了先后编辑出版《讨汪专页》《七七专号》《八·一三专号》等专题性专刊，以及《桂林市民疏散宣传专页》、日文版的"对敌宣传画"之外，还相继发表了沈同衡的《"皇军"的功绩》、赖少其的《国民公约全图》、廖冰兄的《抗战必胜连环图》、建庵的《七七贡献竞赛》等木刻连环画，以及张仃的《笔底下的蒙古》、陆志痒的《五月的巨浪》、汪子美的《紧握着你的武器》《女种田男当兵》、新波的《故乡在那方》等漫画木刻作品。其他作者有特伟、周令钊、宣文杰、陆田、沈士庄等。1939年9月10日，《工作与学习·漫画与木刻》编辑出版至第6期后终刊。

《敌后方木刻》

1939年7月1日，《敌后方木刻》在太行山武乡县大坪村创刊，由鲁艺木刻工作团编辑出版，是《新华日报》（华北版）创办的报外刊，也是延安木刻文艺工作者响应"木刻到前方去"的号召，以及为抗战服务的历史背景下创办的一个文艺刊物。主编由胡一川担任，主要成员有彦涵、陈铁耕、罗工柳、杨筠、华山、邹雅、刘韵波、黄山定、赵在青、古达等。在创刊号的《发刊词》中，编者强调了《敌后方木刻》的编辑方针和目标任务：

《敌后方木刻》在战斗的七月中草创出来了。

它刻画着一面大旗，大书"坚持抗战，坚持持久战，坚持统一战线"。

这里，将发挥木刻在抗战中的威力，勇猛地与敌人搏斗，直到我们自由解放。

这里，将团结与组织敌后方的木刻工作者，为开展敌后方木刻运动而奋斗。

但此后，如何配备火力，如何打击敌人……这一切，都要有更多的木刻同志与广大的读者的努力与扶持。

---

① 漫木同人：《给漫木同志一封公开信》，载《工作与学习·漫画与木刻》1939年创刊号。

> 让我们大家来巩固这《敌后方木刻》，像巩固这后方抗日根据地一样。

因此，《敌后方木刻》创刊号上不仅发表了胡一川的《给木刻工作者》、罗工柳的《抗战二年来的木刻运动》、华山的《创作木刻》和《创作态度》等理论批评文章，还刊登了铁耕的《论新阶段》4幅木刻绘画——《共产党员站在抗日战争的最前线》《共产党员是民众的教师，又是民众的学生》《努力学习马列主义，看谁学得更多一点，更好一点》《同志们，全党团结，全民族团结起来！》，以及工柳、胡一川等的《日本鬼子"反共"》等漫画并配文，华山《打倒日本法西斯，铲除汉奸，为独立自由幸福的三民主义共和国奋斗到底！》和《抗战必胜！建国必成！》等作品。

1939年9月1日，《敌后方木刻》第3期刊载了主编胡一川撰写的《给木刻工作者》一文。文章中，作者对敌后木刻运动及创作活动提出了明确的要求：

> 中国的新兴木刻，是在战斗的环境里生长起来的，他不是消闲品而是一种宣传、教育大众的武器；但照目前的情形看来，他还不为大众所容易接受，因此他的效能，还不够深入。
>
> 为了使中国的新兴木刻，在目前抗战的现阶段上，更切实的变为抗战的刀枪，我提出几点意见，供木刻工作同志当参考：
>
> 一、把狭小的圈子打破，真正的变为大众的东西，吸收工农士兵份子，来参加木刻工作。
>
> 二、木刻工作者的生活，要和大众的生活打成一片，深刻的理解大众的一切问题。
>
> 三、木刻工作者同样是一个抗日战士，他要抓紧中国的中心问题，要注意题材的选择。
>
> 四、表现手法要写实，画面要明朗，线条要简洁而实在，为了使观众更能起一种实感作用，应该注意到画面上的空间性和时间性，但千万要把手法处理得非常适当，要按着大众所能接受的水准，发展木刻的特殊性，和发扬每个木刻工作者独到的，为大众所欢迎的好的表现手法。

五、不但要分别出中国人的眼神、鼻梁、表情和姿态与外国人的不同，就是在国内各种人物的性格，某时某地的人情风俗、住所，服装，用具，生活习惯等，都要特别留心。

六、虚心的去研究中国固有的遗产，大胆的去利用旧形式，但要批判的去利用，千万不能过于迁就落后的群众，变为庸俗的东西，甚至于反被旧形式所利用。

七、拜老百姓当老师，要随时随地把刻出来的作品，给各种文化水平不同、生活情况不同的老百姓看，注意他们的接受程度，脱离了群众的急需，那还是不实际的。

八、多制作目前需要的木刻简报、木刻壁报、木刻标语、传单、木刻卡片、套色木刻和木刻连环画小册子，大量的印刷，利用一切时间和方法多开各种各样的木刻展览会，和广泛的把这些作品散发到农村、队伍、工厂区、街头巷尾、敌区里去，收集各方面的意见，集体的讨论和研究中国新兴木刻运动过程中，所发生和以后应努力的问题。

在目前敌人的政治阴谋更加毒辣了，他利用一切形式制出了几百种的欺骗宣传品，利用各种方法来散发，因此我们觉得在目前的情形底下，不要把木刻的问题当作木刻工作者的个别问题，而应该把他当民族解放生存斗争的武器问题，我们要大家来关心、改正和利用这个武器，使他能切实配合目前抗战的需要，和完成他在这伟大的时代里应尽的任务。

1941年8月20日，延安出版的《中国文化》第3卷第2、3期合刊发表了李伯钊的长篇论文《敌后文艺运动概况》，文章除肯定《敌后方木刻》"创作了北方抗日农民的典型李铁牛的多幅连环，及抗战述实的故事连环多种"等画刊或连环画作品之外，同时对"延安鲁艺木刻工作团上前线"，以及"给敌后的美术活动起了激进的推动作用，使美术在质和量的提高和增大上起着决定的影响"，尤其是木刻版画艺术活动及创作方面的成绩，给予了很高的评价，并且认为：

敌后木刻版画成为一种较普遍的美术活动，还是老木刻家陈铁耕，和木刻家胡一川率领的延安鲁艺木刻工作团到敌后各抗日根据地流动展览之后，大大的推动了木刻版画的发展，胡一川率领的木刻工作团，先后在晋西北，晋东南，冀西，冀中，冀南，鲁西北各抗日根据地流转。停留时间顶长是在晋东南根据地，所以能在《新华日报》华北版敌后木刻参加这一工作团的，都是全国负有名望的先进木刻家，如陈铁耕，胡一川，彦涵，罗工柳，刘恩波，还有后起来的青年木刻版画家华山，独一的女木刻家杨朔等。

陈铁耕，胡一川是全国美术界所熟习的木刻版画的老将。他们木刻的工夫当然老练精致。彦涵，罗工柳是抗战后才习作木刻的，他俩原美术专门学校的学生，他俩的新颖画面的创造，构图的精美，刀法的纯熟，素描的工夫都特别值得赞赏。刘恩波的木刻则又另具独创的风格，唯木刻后起之秀华山，那是敌后公认的杰出天才木刻家，他是一员木刻版画的闯将，他没有临画的习惯，而具独创的天才，他的画富有力和美的现实感。他的作品在《新华日报》华北版上发展最多，最优秀。女木刻家杨朔虽然老练程度不足，但进步也是不可限量的。他们的作品，产量很大，难于一一介绍，但是他们在木刻版画方面的成就是值得详为介绍的。

总之，抗战时期的《敌后方木刻》以独到丰富的编辑内容和深远的社会影响，成为中国革命美术运动史上重要的艺术刊物之一。1939年10月19日，《敌后方木刻》编辑出版至第5期后停刊。

《新音乐》

1940年1月1日创刊于重庆的《新音乐》，是在中共中央南方局文化工作委员会领导下，由从延安鲁迅艺术学院音乐系派往国统区重庆从事文化活动的音乐工作者李凌（又名李绿永）和重庆的赵沨一起发起，成立于1939年10月15日，由新音乐社主编的一个音乐刊物。李凌、林路、赵沨先后担任主编，发行人为刘麐，由读书生活出版社总经售。由于当时重庆印刷技术及条件的局限，《新音乐》在重庆编辑后，交由桂林生活书店筹资成立的桂林立体出版社印刷出版。《新音乐》的期数"仍按照顺序，每半年为一卷，第一卷为六期"①。1941年1月15日，《新音乐》编辑出版至第2卷第4期后，从第3卷第1期开始在桂林编辑出版，发行人改为汤灏，发行者为立体出版社，总经售为桂林科学书店。1943年5月，《新音乐》编辑出版至第5卷第4期后，被国民党中宣部勒令停刊。1946年10月，《新音乐》（沪版）第6卷第1期在上海复刊，主编为李凌、赵沨，由新音乐社上海总社编辑发行，上海书屋总经售，第6卷第2期改由学林书店总经售。从1948年1月20日第7卷第3期开始在香港编辑出版。1949年6月1日，《新音乐》第8卷第1期开始在北平编辑出版，主编由李凌、赵沨担任，编委改为李焕之、李元庆、黎国荃、梁寒光、金紫光、瞿希贤、周巍峙、林苗，由新中国书局总经售。1950年12月，《新音乐》编辑出版至第9卷第6期后终刊，共编辑出版49期。

《新音乐》创刊号没有撰写创刊词，但编者在《编后》一文中对办刊宗旨及目的做了明确的阐述：

（一）展开音乐艺术上各种问题的讨论，发扬对曲作及音乐运动之批判，以提高音乐艺术水准，归正音乐运动之发展。

（二）正对着中国今天抗战中大众音乐水准，需求，强调对民间音乐艺术优良遗产之深入研究，利用与发展，配合新的民族精神，接受"五四"以来新音乐及世界进步音乐成果，以创造新的民族化的大众化的音乐艺术，使它真正能普遍深入大众中，真正能成为抗战建国最有力的武器。

（三）介绍世界进步歌曲与音乐译文，作为建立新音乐的参考。

（四）供给反映抗战现实歌颂建国的音乐创作。

（五）联络各地音乐工作者。

（六）组织各地音乐工作经验。

这是本刊最初的目的，曾经根据这原则筹备了四个多月，可是当拿

---

① 《本刊紧要启事》，载《新音乐》1941年第2卷第4期。

稿去书店商量的时候，因了有五线谱，在内地制版困难的关系，便不得不把计划改变，决定把一些较高级一点的材料另编一季刊（虽然比较高级一点，它仍是大众的读物，就是五线谱表，我们也尽可能把简谱写上去），由书店交沪出版，在内地出版这个通俗月刊，而今，季刊月刊都随着一九四〇出现了，这两个杂志，虽然和初意有多少不同，但对上述任务还能各方面都顾到一点。不用说是有着许多草率的地方，希望大家今后多多帮忙，使它日进完善。

《新音乐》创刊号上除刊登李绿永的《新音乐运动到低潮吗？》，星海、吴泅的《歌曲创作讲话》（连载）等论文，以及新音乐社的《音乐新闻述评》及通讯组的《给各地音乐工作者——征求参加音乐工作通讯组》之外，还发表了绿永、星海的《新年大合唱》，程波、方冬的《寒风吹战场》，王震之、吕骥的《大丹河》，季纯、寒光的《杀鬼子》，沙梅、郭远的《乘着湘北胜利向前冲》，金浪、向隅的《红缨枪》和赵沨翻译的《夜莺曲》等歌曲作品。《稿约》启事中，编者征求的稿件要求如下：

1.理论：音乐运动与音乐艺术的理论及批评。

2.旧形式：旧形式的理论研究，利用及创作。

3.创作：齐唱，合唱，器乐曲。

4.翻译：歌曲及理论和音运介绍。

5.工作报导：工作经验，短讯，音乐小常识及与音乐有关的生活图片。

6.来稿请抄写清楚，文稿请用稿纸每格写一字。

7.刊登后酬现金及本刊。

8.须退回原稿，请附邮票。

9.来稿寄重庆，桂林读书生活出版社转。

在长达10年多战时的历史及文化环境中，新音乐社及其创办的《新音乐》月刊，作为国统区内中国共产党领导的文化战线的重要一员，尽管经历了在重庆、桂林、上海、香港等迁徙出版与多次被查禁等诸多方面的困难，以及刊物编辑出版与发行过程中的挫折中断，但在坚持并推动国统区的新音乐运动，宣传并传播延安文艺运动及歌曲创作活动，以及培养音乐工作者及干部等方面，都发挥了重要的作用。其中，不仅先后在全国各地如上海、广州、昆明、贵阳等地成立新音乐社分社，出版发行多种刊物版本，而且先后创办了《新音乐季刊》《音乐艺术》及《新音乐丛刊》等刊外刊，以及《每月新歌选》、"新音乐丛书"及"中华音乐院丛书"等音乐图书。刊物的作者有李凌、冼星海、吴沨、吕骥、贺绿汀、刘秉寅、赵沨、洪道、光未然、舒模、丁珰、孙慎、王震之、杜矢甲、律成、向隅、寒光、新波、林苗、林坤、长工、葛敏、徐洛、陈紫等。

1949年6月1日，编者在北平编辑出版的《新音乐》第8卷第1期上，通过两则简短的《编后》与《编后（续）》，对《新音乐》已往的艰辛历程做了简要的回顾，并对今后在"新的中国的土地上"的编辑方针及目标任务做了大致的规划：

> 《新音乐》，一九四〇年一月在重庆创刊，这是国统区新音乐运动的队伍中的主要刊物，它不仅是作为一个刊物出版，更重要的是，推动组织整个蒋统区的新音乐运动的最大据点。
>
> 十年，它和国统区其他文化工作一样，一直在最艰苦的情况中战斗，发展起来。
>
> 在对日战争时期，因为它坚持抗战到底，坚持民主，曾被蒋反动政府迫令停刊（一九四三）。
>
> 当蒋政府，出卖国家民族，投靠美帝，发动内战，造成了人民的饥荒，它坚持了反美、反内战、反饥饿，又第二次遭到了蒋政府的禁刊和没收。
>
> 十年中，为了避免反动派的注意，曾改换过三次刊名（《音乐导报》出至二卷二期，《音乐艺术》出至三卷一期，《音艺新辑》三期），后来，被迫不能不迁到香港出刊。
>
> 而今，祖国广大的地区解放了，广大的人民翻身了，《新音乐》又回归了人民自己的怀抱里，在新的中国的土地上出现了。这是太使人高

兴了。①

同时，根据编辑方针及读者的变化与需要，《新音乐》宣称："本刊计划：（一）通过漫谈会，初步接触一些，音乐运动上全面性的总问题，打算组织的有：一、城市音乐工作者，二、新的音乐教育，三、工人学生音乐工作，四、农村音乐工作，五、部队音乐工作，六、创作，演唱，几个漫谈会。（二）在解放区各地增建分社，成立工作通讯组织，来实现较全面的较深入的报导音运工作，使工作合作得密切。（三）在若干期后（即发展到相当程度）恢复从前的一般干部学习专栏（即音乐学校）共同研究，以达到一面工作，又能在工作中加强学习，提高一般干部的音乐水平。"②1949年7月23日，中华全国音乐工作者协会在北平成立。1950年9月5日，中华全国音乐工作者协会会刊《人民音乐》创刊。同年12月，《新音乐》终刊。

《音乐战线》

1940年1月，《音乐战线》创刊于陕西宜川英王镇，由中华全国音乐界抗敌协会二战区分会主编，民族革命出版社出版，文化书店发行，是成立于1939年12月24日的中华全国音乐界抗敌协会二战区分会的会刊。编辑部设立在曾被冼星海誉为抗战时期敌后"有计划地建立了音乐干部训练队"③的民族革命艺术学院内。民族革命艺术学院成立于1939年9月，梁绥武、刘芯弘分别为正、副院长，设有戏剧、美术和音乐3个系班，陈白尘、曹葆华、安林等担任教授，为延安文艺运动培养了一批美术、音乐及文学等领域的人才。其中，美术系主任为力群，音乐系主任为瞿维，并邀请马可、杨蔚夫妇等来校任教。

《音乐战线》创刊号封面水平编排，美术体刊名居上，下方为黑色印刷体编者、通讯处、发行者与出版社名称，封底附民族革命出版社的《民族革命出版社

---

① 《编后》，载《新音乐》1949年第8卷第1期。
② 《编后（续）》，载《新音乐》1949年第8卷第1期。
③ 冼星海：《边区的音乐运动》，见徐迺翔主编：《中国新文艺大系（1937—1949）·理论史料集》，中国文联出版公司1998年版，第97页。

周年纪念征文启事》，以及出版的多子目"战地文化丛书"插页广告。在刊物首页刊登的署名为"本社同人"的《创刊词》中，编者声明：

> 我们常听到好多从事音乐运动的同志说，他们在工作上有许多不能克服的困难：譬如同志间没有一个横的联系，以致大家失掉了工作上的互助，又譬如在战地工作的同志不能经常得到新的材料，以致使工作停滞在一个狭小的范围内，大家的工作没有一个共同努力的方向，更不能有机的与政治配合起来。
>
> 抗战三十个月来，音乐运动的进展是可惊的，然而它终还有上述的缺点，这些缺点的存在正说明了我们本身的不够健全：我们没有一个健全的组织，我们更没有一种作工作联系和供给新材料的刊物，因此影响了音乐运动不能得到合理的发展，"中国音乐界抗敌协会二战区分会"就在这种需要下成立了，它在目前由于交通的不便利和联系的不够，因此还有很多音乐工作同志没有加入，我们希望由这里作为一个开始，逐渐的再由大家来壮大。
>
> 音协的总会是在重庆，并出版有一种刊物《战歌》，使大家借此作工作上的联系，然而，因为战区的扩大和交通的不便，使它不可能迅速地尽到它的作用，因此在我们的工作范围（二战区）内出版一种刊物是有它的必要的，不单如此，我们的工作也还有一些成果，虽然是如此薄弱，但是给它作一番整理也是必要的，因此，《音乐战线》就在这种要求下产生了。
>
> 我们对这刊物怀着很大的期望：
>
> 1.希望对于在战地作音乐工作的同志们在材料方面经常能得到交换。
> 2.希望它能作理论和工作技术上的讨论和介绍。
> 3.希望它能报导全国音乐运动的消息；希望它能作为音乐工作同志共同的园地；并希望它能作为和全国各地各处联络的刊物。
> 4.希望它能在全国的音乐运动的巨澜中，尽一些小小的推动作用。
>
> 最后，我们希望读者：

1.不客气的批评，指示，让我们一齐来纠正克服一切弱点。

2.这刊物是大家的园地，希望大家共同栽培它，充实它，中国的新音乐在战斗中成长，战斗中锻炼出许多新的作家，我们希望这些新的作家踊跃的寄来他们由丰富的生活中创作出来的作品。

3.我们希望在各地从事音乐工作的同志经常的写些通讯来，报告各地音乐运动的概况，使大家彼此参考。

4.我们更希望从事音乐运动的同志普遍的影响我们的组织，在各地迅速的成立音协的地方分会来。

让我们预祝——中国新音乐运动飞速的进步！！

《音乐战线》创刊号不仅刊登了本社同人的《一九四〇年献词》，盛幼青的《收复咱家乡》，澄秋、马可的《老百姓总动员》，周军、林奇的《缝棉衣》，石田的《歌唱吧，工友们》，纪蛰、李尼的《完成敌后工作》，马可的《吕梁情歌》，任军、祖波的《解放之歌》，蒲风、林木的《打铁歌》和小山、星海的《打倒汪精卫》等歌曲，还发表了林木的长篇论文《论中国新音乐运动的特点》和白澄翻译的《华格纳——人道主义崇高理想的战士》，发布了中国音乐界抗敌协会二战区分会成立等音运消息及《中华全国音乐界抗敌协会第二战区分会简章》。编者在《编后》一文中称：

本会的成立本刊的出版都是在匆促中完成的，因此就影响到工作疏忽这是要向读者致歉的。也正因为如此，我们才诚恳地希望二战区所有的音乐工作者，由于这个刊物的出版而使大家得到连系，把我们的组织更扩大起来。我们希望二战区所有的音乐工作者都能够加入我们的队伍。我们这一个刊物，也是大家的园地，虽则创刊时因为连系的不够而限制在目前的范围内，我们希望由于同志们的帮助而改正过来，并且更希望由于各地的丰富材料和新的创作使得本刊的内容更充实起来。

这一期的内容是歌曲和文章都占了差不多相等的篇幅，创作中是各方面都包括了一些的。目前在创作方面的努力是民族性的和有力的作风的创立。在这几首歌曲中也可以看出来的。虽然大半的作品还都缺乏精细的修饰，但是大多是够得上说是带上了健康的精神的。其中值得介绍的有马可先生的《老百姓总动员》和林木先生的《打铁歌》都是表现了有力的节奏的，冼星海先生的《打倒汪精卫》是一首民族性作风的很好的例子。

林木先生的《论中国新音乐运动的特点》一文，本来是关于新音乐问题中的一段，现在先登载于此，以后或者可能继续刊出。

白澄先生在百忙中为我们译出了这篇介绍华格纳的文章，是应该致谢的。原作者是苏联音乐界中之权威，立论极为正确，对于历史上的音乐家是放在一个极确当的地位的。

最后，希望一切音乐工作同志，和爱护本刊的朋友们能够尽量的给我们许多帮助，我们热忱地期待着。

1940年初，因阎锡山策动的晋西事变，民族革命艺术学院停课，瞿维、马可、杨蔚等转赴延安，分别进入延安鲁迅艺术学院音乐系任教或学习，《音乐战线》编辑出版了创刊号后停刊。

《歌曲月刊》

1940年9月创刊于延安的《歌曲月刊》，不仅是陕甘宁边区音乐界协会的机关刊物，也是陕甘宁边区文化协会领导下，为推动新音乐运动及群众性音乐活动而创办的一个油印文艺刊物。该刊由鲁迅艺术文学院音乐系主办，李焕之、马可等先后担任主编，编辑部位于陕甘宁边区音乐界协会会址鲁迅艺术文学院内。1941年4月，《歌曲月刊》停刊后更名为《歌曲旬刊》，并且改由同年2月成立的延安作曲者协会（后改称陕甘宁边区作曲者协会）编辑出版。

《歌曲月刊》创刊的缘起为1938年1月9日成立于延安的陕甘宁边区音乐界救亡协会及其章程中规定的边区音乐界抗敌协会主要工作中所确定的"出版油印刊物和《歌曲月刊》、《歌曲旬刊》及一些小册子等，以供给边区之音运工作者"等任务及要求①，以及1940年4月19日陕甘宁边区音乐界救亡协会第三次代表大会中，将协会更名为"陕甘宁边区音乐界协会"及创作与编印新歌曲、出版音乐刊物等决定的需要。因此，《歌曲月刊》创刊号，除刊载焕之的理论批评文章《群众向我们要求什么》，提出音乐工作者及其歌曲创作"要了解生活，了解大众底生活"，以及"为着使歌咏能真实的普及，小形式的创作，更有其重要性"等②之外，也发表了严文井作词、焕之作曲的《太平年》，萧三作词、郑律成作曲的《寄语阿郎》，鲁藜作词、杜矢甲作曲的《快上马》，石秋作词、韵玲作曲的《一齐走》，刘御作词、刘炽作曲的《毛泽东》，朱子奇作词、向隅作曲的《百团大战进行曲》，华丁作词、吕骥作曲的《青年颂》等歌曲作品。编者在《稿约》中对刊物的编辑方针及稿件内容做了基本的要求：

一、本刊以歌曲艺术的研究为中心，内容包括创作或翻译的歌曲（歌词）以及有关歌曲艺术的论著或翻译，一律欢迎投稿。

二、凡译的歌曲或文字，最好请附寄原文、原谱，或详细注明出处。

三、文字以二三千字为最适宜，但一千字左右的短论或五千字以上的专论亦所欢迎。

四、一切来稿，本刊有权改校，如不愿删改者，请预先声明。

五、来稿发表后，以本刊一册为酬，版权归作者所有，但本刊有编选权。

六、来稿概不退还，如需要退回，请预先声明，外地请附回件邮资。

七、来稿寄延安鲁艺转音协编译部。③

《歌曲月刊》在编辑出版的不长时间里，先后刊登了吕骥的《谈歌咏运动的消沉》、塞克的《我写歌词的几个原则》、穆华的《"多做吧，多多地做"——

---

① 《陕甘宁边区音乐界救亡协会》，转引自孙国林、曹桂芳编著：《毛泽东文艺思想指引下的延安文艺》，花山文艺出版社1992年版，第234页。
② 焕之：《群众向我们要求什么》，载《歌曲月刊》1940年第1期。
③ 《稿约》，载《歌曲月刊》1940年创刊号。

给从事作曲的青年同志们的信》等音乐理论批评论文,以及《陕甘宁边区音协致朱彭总副司令和百团大战全体指战员的信》《苏联音乐专号》《十月革命后苏联歌曲对中国音乐的影响》等专题性特辑,还发表了一大批大合唱、轻唱、民谣及歌词等音乐作品,以及苏联歌曲翻译及介绍各地音乐运动的消息报道。刊物作者还有柳波、王莘、施序、钟灵、张鲁、公木、紫光、贾古、彭加伦、成仿吾、林芳、张涛、俯拾、齐声原、殷木、师哲、王禹夫等。

1940年1月8日,时任陕甘宁边区音乐界协会执委会主席冼星海,在出席陕甘宁边区文协代表大会时所做的《边区的音乐运动》报告中,对抗战时期延安的音乐运动及其文化特征,以及何以使"边区的音乐运动成了全国的中心",并就各方面优点和社会影响,提出了明确的观点与见解:

（1）边区是以马列主义做文艺理论基础,与边区外的音乐运动不同,因而在理论与创作上都能够把握着现实与阶级立场。（2）边区音乐工作的理论与实践是能够配合一致的,这与外边也有些不同。（3）创作技巧能不断的锻炼和提高,有学习再学习的艰苦作风。（4）研究和讨论是采取民主或集体的方法进行。在文艺干部中不分彼此,都能诚恳的研究和讨论。（5）边区既然以世界上最科学的马列主义艺术理论为基础,因而它就很快地能够建立全国音乐运动的中心。理论是行动的指南。我们把握着正确的理论,便能起很大的领导作用。音乐干部既然集中在边区,它也就成为全国音乐干部的中心。通过他们的活动,影响广大的群众。①

作为陕甘宁边区音乐界协会为推动边区音乐运动最早编辑出版的一个油印刊物,《歌曲月刊》既承载着将边区音乐运动的理论研究和创作成绩刊印传播的功能,又担负着和全国各地音乐运动及创作活动的联系交流作用。编辑出版过程中,《歌曲月刊》所经历的人力与物力等方面的困难不言而喻。正如编者所言:"音协是一个群众团体,它的会员及工作者都是业余性质的。目前它

---

① 冼星海:《边区的音乐运动》,见徐迺翔主编:《中国新文艺大系（1937—1949）·理论史料集》,中国文联出版公司1998年版,第97—98页。

还没有固定的办公处,没有经常费用,更没有行政组织来保证人力、物力的供给。在出版工作上,我们没有专门抄写、印刷的技术人才,甚至于没有钢板和印机。每一期刊物的编辑、抄写、印刷以至发行,都是少数几个同志'游击'出来的。"①1940年12月,《歌曲月刊》编辑出版至第4期后停刊。1941年2月,延安作曲者协会成立后,"由于广大群众的需要,我们感觉到有将《歌曲月刊》改为《歌曲旬刊》的必要"②。同年4月1日,延安作曲者协会创办的《歌曲旬刊》问世。

《戏剧春秋》

1940年11月1日创刊于桂林的《戏剧春秋》月刊,是中共中央南方局文化工作委员会领导及在国统区创办的一个文艺刊物。田汉担任主编兼发行人,欧阳予倩、夏衍、杜宣、许之乔、洪深等负责编辑工作,戏剧春秋社出版,桂林南方出版社、白虹书店、集美书店等总经售。《戏剧春秋》虽然最初确定为月刊,但是实际上从第3期开始就"因着种种关系,不得已的脱了期"③。创刊号发表的《发刊词》中,主编田汉阐明了办刊宗旨和目的任务:

> 戏剧当然是最好的抗战宣传的武器。三年以来我戏剧文化战士也曾站在自己的岗位尽过相当的任务。在战前我们是鼓吹神圣抗战的号兵,战争一开始,我们这些文化队伍从大都市走到民间,走到火线,在提高军民抗敌情绪上起过很大的作用。在武汉我们有过戏剧阵容的再编成,那特征是由单纯的话剧而广泛动员到一切戏剧;由草率的组织进入到相当周到训练。一年以来也曾收过不小的功效。但时至今日客观需要更为迫切,而我戏剧阵线缺点暴露依然很多。首先是戏剧理论的贫乏,过去戏剧理论的介绍与研究本不甚够。自抗战军兴,戏剧与新的环境新的现象相接触一时不免手忙脚乱,因而要求更适合此新环境新现象之内

---

① 《编辑室》,载《歌曲月刊》1940年第4期。
② 《启事》,载《歌曲旬刊》1941年创刊号。
③ 编者:《编后》,载《戏剧春秋》1941年第1卷第3期。

容与形式。这儿便要求新的指导新的理论。其次是剧本的恐慌。因抗战形势的发展,每一阶段的现实要求更正确的把握与更适切的表现。但显然地我们剧作家的努力还不易赶上时代的需要。第一期抗战中我们能用的剧本还多战前的旧作,抗战第二期的现在仍多袭用第一期乃至战前的作品,以是常常感觉剧本所作观察与结论和当前现实格格不入,甚至发生相反的效果。在后方的许多作家竭力想反映当前现实又每以作家生活体验的不够,所反映的或成畸形,而许多前方政治工作者甚至部队长迫于文化宣传之必要每每自撰种种剧本,有的却又苦于技术的不够。第三,联系与领导的缺乏。我广大戏剧工作者两三年来虽各积有战斗经验而以远在各战区既不易得到整个领导,彼此间联系亦非常困难,一般的及专门的学习问题亦难获适当解决。这关系我戏剧文化之建设甚大,尤其在不能不以戏剧为重要抗战宣传武器的今日实为急待解决的问题。因此之故我们以前后方有志者的支持创刊了这个杂志,希望它做到最低的这几点:

一、整理介绍一些适合我们抗战需要的戏剧理论。最好能因此找出我们新戏剧的正确途径。

二、对于目下所有的剧作依着一个实际抗战戏剧工作者的见地尽批评介绍之劳。不要让他被抹煞了,或其良好影响仅及于一隅,或其重要缺点不被及时改正。这是多么不经济的事!

三、我们想每期都发表几个剧本。其种类泛及各种戏剧,因为我们认为改革戏剧是整个的。我们当然也欢迎长篇巨制,但更需要短小精悍能鼓动并教育士兵和农工小市民起来坚持抗战的作品。

四、我们注重各方戏剧工作者的实际报告,和足以使我们思索兴奋欢喜的各种通信。我们希望由于各方戏剧工作者更努力更团结,实现一个光辉的戏剧时代!

《戏剧春秋》创刊特大号除刊登夏衍的《戏剧抗战三年间》及译文《〈国防文学〉杂志编者罗郭笃夫氏的来信》、华嘉的《要更进一步的团结》、宋之的的《剧场杂拾》、杜宣的《关于剧作上唯噱头的倾向》、汪巩的《剧人的歧路》和之乔的《效果主义》等论文,以及《〈国家至上〉〈包得行〉演出座谈纪录》《抗战中的儿童戏剧(新安旅行团座谈会)》等通讯报道之外,还发表了欧阳予倩的《战地鸳鸯》,严恭、石炎的《军用列车》,赵明的《盐》,罗裕庭的《讨学钱》和田汉的《岳飞》等戏剧剧本,以及舒非、吴晓邦、瞿白音、沙蒙等人的戏剧理论译文和各地的戏剧动态等。

  《戏剧春秋》从创刊伊始,在注重刊载各种类型的戏剧作品以及理论批评文章的同时,还注意发表和连载戏剧创作及演出等理论方面的论文或译文。如在《戏剧的民族形式问题特辑》《戏剧的民族形式问题再辑》《历史剧问题特辑》中,相继发表了茅盾的《旧形式·民间形式·与民族形式》、易庸的《戏剧的民族形式问题》、亚子的《杂谈历史剧》、荃麟的《两点意见》和周钢鸣的《关于历史剧的创作问题》,以及《戏剧的民族形式问题座谈会》《戏剧的民族形式问题座谈会前会》《戏剧的民族形式问题座谈会中会》和《历史剧问题座谈》等文章。对此,编者称:"这个特辑,因之未能做到如理想那样的丰富。但茅盾先生的论文以其精确独到的见解,给我们解答了今天的戏剧以及文艺的民族形式的重要问题,无疑地,这是继郭沫若先生《民族形式商兑》一文之后的重要文献。它不但论及于戏剧方面,而且泛及于文艺的全盘问题,这是值得我们注意的。"[①]同样,关于"戏剧民族形式问题座谈会"的讨论,"有些已有结论,有些还在开端,诸家的座谈,归结了我们论争的要点,也供给了若干丰富的实际的材料。环绕着戏剧的这问题的讨论,我们可以听到蒙古,新疆,陕北,孤岛,香港,广东,江西,湖南,湖北,四川等地剧运的报告。也可以听到关于各种戏剧:平剧,湘剧,桂剧,川剧,粤剧,秦腔,河南梆子的叙述。对于民族形式的研究,实是重要的参考资料"[②]。

  除此之外,《戏剧春秋》上所刊载的黄芝冈的《中国戏是不是历史剧》、吴晓邦的《舞台人体运动训练》、张庚的《演剧与观众》、洪深的《导演的任务》

---

① 编者:《编后》,载《戏剧春秋》1940年第1卷第2期。
② 编者:《编后》,载《戏剧春秋》1941年第1卷第3期。

《导演设计》、田汉的《关于抗战戏剧改进的报告》及吴之月的《关于目前演剧运动》等论文,以及天蓝的《演员论》、曹葆华的《导演论》、瞿白音的《拉辛论》、宗玮的《莎士比亚新论》、秦似的《莎士比亚剧作在苏联舞台》、庄寿慈的《作为剧作家的普式庚》、焦菊隐的《哈孟雷特在法兰西剧院》、章泯的《论闹剧与趣剧》《交流》等译文,突显了刊物的编辑方针及办刊理念。

近两年中,《戏剧春秋》先后编辑出版了10期刊物,以及丁西林的《妙峰山》等"戏剧春秋丛书",并且预告将于第2卷第5期编辑《各地剧运特辑》。不过,1942年10月30日,《戏剧春秋》编辑出版至第2卷第4期后,被国民政府广西当局勒令停刊。

《歌曲旬刊》/《歌曲半月刊》

1941年4月1日创刊于延安的《歌曲旬刊》,是延安作曲者协会编辑,陕甘宁边区音乐界协会出版部出版的一个油印文艺刊物。1941年2月成立的延安作曲者协会,是陕甘宁边区文化协会领导的一个文艺团体。推动边区群众性音乐运动及创作活动的开展,以及加强边区作曲者之间的团结和交流,是协会的工作重心。其中,接办陕甘宁边区音乐界协会主办的《歌曲月刊》,并应"广大群众的需要,我们感觉到有将《歌曲月刊》改为《歌曲旬刊》的必要"①,也成为延安作曲者协会的一项重要工作。同年4月21日《歌曲旬刊》第3期刊登的《启事》中,编者宣布:"本刊自5月1日起,改为半月刊"。随之《歌曲半月刊》第1期于5月16日问世。《歌曲旬刊》和《歌曲半月刊》,主编均由马可担任,"编辑、刻钢板,都是他一个人搞"②。

在《歌曲旬刊》创刊号发表的《我们的希望——代发刊词》中,编者声明:

> 经过了一个时期的创作上的沉寂,我们的歌曲作者终于喊出了:
>
> "我们要创作新的群众歌曲!"

---

① 《启事》,载《歌曲旬刊》1941年创刊号。
② 李焕之、李群口述:《难忘"鲁艺"》,见廉静、陆华、郭锦华主编:《我们的演艺生涯》,中国书店2008年版,第99页。

由于群众的急速前进，摆在我们面前新的课题，已经不能有所推诿地落在我们每个歌曲作者的身上。它警惕着，督促着我们加紧了步伐，赶上群众！赶上时代！适应这急迫的要求，延安作曲者协会产生了。

这是一个新的开始。现在这新的课题的提出不应单是一个号召，而且是一个新的实践。这要求我们每一个歌曲作者切切实实地来做。

我们要求新音乐运动的一般的高涨，首先就必须加紧我们的创作。而且不仅是一两部大合唱或歌剧所能完成这任务的。在某种意义上说，更重要的是加强新的群众歌曲的创作。它须是能够最真实地反映了这个时代，代表了群众的要求，它"必须把那最深的根蒂扎在劳动大众当中，它必须被大众所理解、所爱好，它必须能结合大众的情感，思想和意志，而且提高它"（列宁语）。

这一新的任务的执行，要靠我们今后的实际工作来实现。我们期望着，我们将有新鲜活泼的，为群众所喜闻乐见的中国气派，中国作风的新的群众歌曲的产生。①

《歌曲旬刊》在编辑出版过程中，编者先后发表了许多配合边区新民主主义政治及军事建设，以及群众性文化活动等社会需要的歌曲作品。如马可作曲的《肃清亲日派》《选举运动歌》《边区纺织工人歌》，麦新作曲的《骂何应钦》，钟灵词、林奇曲的《反对磨擦对口曲》，邵子南词、周云深曲的《人民之歌》，天蓝词、李尼曲的《士兵歌》，刘御词、王博曲的《去吧，同志们》，陈凌词、焕之曲的《五月之歌》，天蓝词、焕之曲的《中国工人进行曲》，张天授词、林奇曲的《打铁谣》，钟灵词、韦曲的《延安青年进行曲》，乔林词、焕之曲的《青春曲》，贺敬之词、达尼曲的《行军》，林木词、陈紫曲的《星与灯》，高峰词、麦新曲的《儿童哨》，白韦曲的《五一歌》，黎明词、佐野曲的《自力更生》等。

1941年4月21日，《歌曲旬刊》编辑出版至第3期后停刊，同年5月16日更名

---

① 延安作曲者协会：《我们的希望——代发刊词》，转引自孙国林、曹桂芳编著：《毛泽东文艺思想指引下的延安文艺》，花山文艺出版社1992年版，第777页。

为《歌曲半月刊》，仍由延安作曲者协会和陕甘宁边区音乐界协会出版部编辑出版。在《征稿条例》中，编者声明并要求：

一、本刊以介绍并研究群众歌曲为中心。

二、歌曲以形式短小的为最适宜，齐唱、合唱均可，来稿请附加说明。

三、文字以一千字以内的音乐短评为最适宜。

四、长稿一概不用。

五、来稿选用者，可以本刊为酬。

六、通讯处：鲁艺延安作曲者协会。①

《歌曲半月刊》延续了《歌曲旬刊》的编辑方针及目的任务，将配合党的政治军事宣传工作、推进群众性文艺运动及音乐活动作为办刊的中心目标及主要的编辑内容。因此，《歌曲半月刊》除先后编辑出版《悼任光》及《纪念"七一"与援苏反德专号》等专题性专刊外，也注重刊载各种类型的歌曲作品，以及一些音乐理论批评与音乐活动的文章。刊物的作者有焕之、马可、吕骥、鹰航、贺敬之、田汉、安娥、铁克、井岩盾、陈紫、麦新、周军、路明、思远、张鲁、钟灵、朱子奇、林木、紫光、张林、达尼、安波、垒汀、白韦、李伟、郭铁、华恩、孔烽火等。

1941年8月16日，《歌曲半月刊》编辑出版至第6期后，刊登《本刊紧要启事》，宣告"本刊因人力、物力和各种困难，决定从下期起与《中国音乐》合并，改名《音乐月刊》，铅印出版"②，刊物由此而终刊。

《木刻艺术》

1941年9月1日创刊的《木刻艺术》，由设在重庆的中华全国木刻界抗敌协会曲江分会湘分会、闽分会和东南分会合编，在浙江丽水出版。虽然当时打算出版季刊，但因为战时交通和经济的困难等因素，原计划为双月刊的《木刻艺术》，事实

---

① 《征稿条例》，转引自孙国林、曹桂芳编著：《毛泽东文艺思想指引下的延安文艺》，花山文艺出版社1992年版，第780页。
② 《本刊紧要启事》，载《歌曲半月刊》1941年第6期。

上成为一个"不定期刊"或可说"无期刊"。[1]创刊号封面水平编排,上部为刘仑的大幅黑白木刻版画《满载而归》,下方为橘色美术体刊名,由木刻艺术社编辑。编辑委员会由李桦、宋秉恒、金逢孙、俞乃大、刘仑、郑野夫组成。1943年12月,《木刻艺术》编辑出版至第2期后停刊。抗战胜利一年之后,由重庆迁回上海的中国木刻研究会与上海木刻工作者协会集会决定,于1946年6月4日成立中华全国木刻协会,并于同年8月15日,编辑出版新1号《木刻艺术》,以期"今后能一月一期的继续出下去,使本刊不单成为木刻界的中心刊物,而且更成为新艺术运动的大本营"[2]。因此,新1号《木刻艺术》,由中华全国木刻协会编辑,封面均衡编排,上方为蓝色美术体刊名,左下部插入漾兮的黑白木刻版画《饥饿的愤慨》,执行编委由王琦担任,李桦、杨可扬、野夫等负责编辑工作。

《木刻艺术》不仅先后开设了《木刻之部》《文字之部》《文告》《刀尖》《木刻画》《介绍》《我与木刻》《补白》等栏目,而且发起了征求"木刻之友"、"新人新论"作品评论及举办中华木刻函授班等活动。在创刊词《不想说客套的客套》中,编者清楚地阐述了办刊目的及任务:

不想说客套,也不想兜圈子。

先讲《木刻艺术》创刊的动机和目的,简单一点,只有两个字:"学习"。分开来,却有三个希望:1.自己学习;2.互相学习;3.帮助人家学习。如果需要加进一点说明,那么,唔!还是分做一、二、三三点:

一、因为木刻工作者对自己的学习,可说普遍的显得很不够,虽然我们曾常常看到有人不断的拿出作品来,(自然,这是不能不算是在学习了,)可是,几个月前的和几个月后的,差不多是一个样子,几年前的和几年后的,也不见得有什么大差别,"学习"到那里去了呢?我们以为:没有进步,就是没有学习的证明,说得"严重"一点,那些不断的拿出来的作品,多半是迎合,是"敷衍塞责"。至于说到理论,也许

---

[1]《编后笔谈》,载《木刻艺术》1946年新1号。
[2]《编后笔谈》,载《木刻艺术》1946年新1号。

将要连这一点也没有了。所以我们需要有一个给自己认真学习的园地。

二、木刻工作者对自己的学习，既已不够，那么，互相的学习就更不够甚至没有了。我们碰到的，几乎都是一些互相嫉妒和排挤；就是偶尔领悟了一点小心得，也大抵唯恐被人仿效，而要固封密包，藏之心底，不与外人道的，这原是我们中国人的老精神，如什么"祖传"，"秘传"……倘使一旦无可传下去的时候，就宁可带进棺材而"失传"的。不过，年来的情形已大大的不同，部份工作同志间已建立了互相交换与批评的关系。我们很想好好的在木刻界发扬发扬这种新精神，所以，我们要创刊《木刻艺术》，借着这一块小小的园地，而达到相互观摩淬励的目的。

三、既是如此这样，要帮助人家（指一般想学习而还没学习或刚刚开始学习的青年朋友）学习，自然就更其困难了？而中国新兴木刻艺术的光辉的前途，却正应该建基在这里，放弃了这，就将什么都完结。帮助人家学习，帮助刚学习的人不断的获得新的进步，是木刻艺术从事者（不是指我们几个人，而是全体木刻界同人）的责任，也是中国新兴木刻艺术的生命。所以我们创刊《木刻艺术》，愿它成为一个名刺，让我们得以由它而认识万千个新的同志。

三点理由说明如上。因为所说三点，几乎就是三病，既经摸过脉，开过药引，自然不能没有下文，那么，下文是，唔！还是分做一、二、三三点：

一、由于它是为了学习，因之，我们决不强定规则，"非……不可"，这就是说，不管他是浪漫派也好，古典派也好，鸳鸯蝴蝶派也好，现实主义派也好，在要求学习和进步这一前提下，都是可以站在一块的，不过现在是抗战正步入艰苦的阶段，圆刀、排刀、三棱刀……都必须朝准一个方向——坚持抗战！

二、由于它是为了学习，因之，我们决不把眼睛看定在名流专家身上，对于新进或新学习的作者，就不屑注视。不过，这和所谓"提拔新作家",却是有点出入的,因为我们的劲儿并不大,想到的,只是大家来学习学习。

三、由于它是为了学习,因之,幼稚恐怕是难免的,但在学习中的幼稚却并不可笑,而为了掩饰幼稚,假装高明,才实在有点可耻。所以我们不想只在形式上装缀得堂皇,而希望骨子里的确有一些东西。自然,骨子里有东西是要紧的,但外表的整洁秀美,也并没有就此一刀切开,我们要求形式和内容的并重!

要说的,又如上。

最后,照例应该喊几句口号,但是,我想还是不吧,因为我们并没有什么大计划,做了一分是一分,如果必须要喊口号,那么也只有这么简单的一句——做一分是一分!

《木刻艺术》从1941年9月创刊,到1946年9月出版《抗战八年木展特刊》,五年里除在《文字之部》发表郭沫若的《敬致木刻工作者》、李桦的《试论木刻的民族形式》《木刻是人民大众的艺术》《中国木刻运动的社会基础及其发展动向》、刘仑的《一九四〇年的中国木运》、杨嘉昌(杨可扬)的《泛论木刻创作的现实主义》《木刻艺术今后发展的方向》、刘铁华的《中国木刻史略》、王琦的《木刻艺术与民主运动》、野夫的《中国新兴木刻艺术运动的新转机》《略谈中国新兴木刻艺术的气质》、麦杆的《论中国新兴木刻运动》、叶圣陶的《〈抗战八年木刻选集〉序》、亚槐的《当前木运上的几个实际问题》等论文,以及中华全国木刻协会的《木刻工作者在今天的任务》及《中国木刻研究会章程》等之外,还在《木刻之部》分别发表了李桦的《合作》《还乡》《内战夺去了她们的丈夫和他们的爸爸》《愤恨啮着每个人民的心》、王琦的《车夫们的午餐》、野夫的《寒酸与洋溢》、刃锋的《农民》、赵延年的《广东省立艺术院美术室》、刘仑的《同志!还有一件事》、金逢孙的《春耕》、武石的《裹起来再干》、刘铁华的《军民合作》、朱鸣岗的《母与子》、章西厓的《贫病》、陆田的《泥水匠》、麦杆的《耕耘》、林慕汉的《军民是一家》、克萍的《胜利望,望兴邦,谁知又来当头棒》、沙兵的《打,禁,挪,杀,这是什么世界》、李志耕的《改嫁》、葛原的《救救孩子》、珂田的《弄堂事件》、肖代的《赈济所前》、A杨的《重逢》《民不惧死，奈何以死惧之》、古元的《塞外风光》、力群的《削萝葡》《域厢一角》等木刻版画作品，苏联、法国、德国等外国版画及作家作品的介绍，以及野夫、A杨作词，张清泉作曲的歌曲《木刻运动歌》。1946年9月15日，因"本刊于万分匆忙，万分穷困中复刊"及"对于新旧艺工同志招呼未周，稿源未旺"等因素[①]，《木刻艺术》编辑出版至新2号（总第4期）后终刊。

《晋察冀画报》

1942年7月7日，《晋察冀画报》创刊于河北平山县碾盘沟，由晋察冀军区政治部晋察冀画报社编辑，晋察冀军区政治部出版。刊物封面多采用水平编排，上部为红色美术体刊名，中下部加入大幅摄影图片。沙飞、罗光达分别担任正、副主任，赵烈任指导员。社内设有编校、出版、印刷、总务等部门，刘博芳、王丙中、张一川、裴植、李遇寅、章文龙、赵启贤、唐炎、何重生、杨国治、白连生、张进学等分别担任各部门负责人并参与编辑工作。

《晋察冀画报》创刊号为特大号，设有《新闻摄影》《美术》《文艺》等专栏，中英文对照解说文字。在发刊词《七月献刊》中，编者以满腔的热情与富有情感的语言，阐述了刊物的编辑方针及目的任务：

> 七月来了，带着强烈的太阳光，带着一切生物的繁茂的生长，带着山脉，河流与土地的灼热的蒸发，带着中国人民英勇而坚韧的战斗。
>
> 七月来了，这是伟大的五十年代的第二个年头的七月，是中华民族抗战第五周年的七月。
>
> 整整五年了，晋察冀边区的人民与八路军，站在抗日的民族解放战争的最前线，和日本法西斯匪徒进行血肉的搏斗，从极端混乱与危难之中，从日寇的铁蹄践踏之下，收拾起这一片祖国的山河，揭去暗淡的颜色，重

[①] 木刻艺术社编辑室：《启事》，载《木刻艺术》1946年新2号。

使它发出灿烂的光彩,晋察冀的军民,热爱祖国的军民流着血,流着汗,保卫着这块新的土地,垦殖着这块新的土地;用最大的劳力,最高的智慧与无畏的牺牲,不断的斗争,建设,使这根据地成长壮大,矗立于北方山岳与平原之间,使它成为华北敌后抗战的坚强堡垒,走向新民主主义的社会之路,在这个新型的社会里,将真正的建立新民主主义的经济,新民主主义的政治,和新民主主义的文化,晋察冀的建造,是中华民族抗战建国伟业的一部份,是边区广大军民劳绩的结晶。在激烈的艰苦的丰富的斗争过程中,他们写下了可歌可泣的辉煌瑰丽的史诗。

这是伟大年代的斗争的史诗!

这是伟大人民的斗争的史诗!

我们需要把这些现实的运动,现实的生活,记录出来,反映出来,用以激发战斗的意志,坚固胜利信心,尤其当此日寇对我中国正面发动新的军事攻势,与对我华北抗日根据地加紧空前残酷的扫荡之际,出版这一刊物,是怎样迫切需要,怎样适当其时的工作呵!

让悲观失望的人们在它面前自惭无知吧!

让动摇妥协的份子在它面前消声匿迹吧!

是抗战的第五周年了,这是接近胜利的最后两年,也是斗争最激烈最艰苦的两年。这是要咬紧牙关坚持斗争的时期,也是要动员一切力量,积蓄一切力量,发挥一切力量的时期。所有抗日岗位上的战士们!拿出一切武器一切力量,准备作最后的决斗吧!

在文化艺术的战线上,边区的摄影工作者,美术工作者,文艺工作者,以及科学技术专家们,五年来,与军民大众共同生活共同战斗,出入于枪林弹雨中,奔驰于烽烟硝雾里,用不息的劳作,创制了不少的历史画幅与诗篇。现在让我们向全中国,向全世界,展览它们,朗诵它们吧!让人们透过这些细微的砂粒来认识晋察冀的精神与风貌,来看出晋察冀过来的道路与行进的方向吧!它这道路与方向也正是新中国的道路与方向呵!

让法西斯匪帮们望着它发抖吧!

让反法西斯的战士们握着它兴奋鼓舞的前进吧!

在这黎明前的黑暗时期,在这民族抗战的节日,我们献出这第一件礼物,为着迎接胜利的到来,我们欢呼吧:

万岁,战斗的新中国!

万岁,战斗的晋察冀!

创刊号除刊登有聂荣臻、朱良才、萧克、程子华手书的题词以及"晋察冀抗日根据地的创造者与领导者聂荣臻将军"的大幅肖像照外,还发表了萧斯的《晋察冀舵师聂荣臻——敌后模范抗日根据地及其创造者的生平》,摄影作品专辑《抗日根据地在炮火中长成》《检阅》《百团大战专页》《战士生活剪影》《边区人民与子弟兵》《优待俘虏》《民主政治》等,以及周遊、蔺柳杞、丁克辛、田间、鲁藜、任清、徐灵、沃渣、劫夫、刘道生等人的报告文学、诗歌、墙头小说及美术作品。在创刊号的一则《编辑室》中,编者称:

编完这期画报,真像结束了一场激烈的战斗,我们满怀着兴奋愉快的跳动心情。

在这里,我们首先向国际战友班威廉·林迈可二先生致以感激的敬礼!谢谢他们在精神上物质上给予我们的许多鼓励和援助。对于我们兄弟军队晋察冀日报社、边区印刷局、边区美协、文协和西北战地服务团之帮忙翻译、写作、介绍稿件与借助印刷器材,我们都表示热烈的诚恳的谢意。

但由于时间的紧缩与具体环境的限制,临时减少了一些篇幅,有不少优秀的作品,只好忍痛割爱了!所以摄影中之某些部份与美术、文艺都显得单薄、贫弱,这是我们深深引为遗憾的事,希望作者和读者多加原谅。

这是本报的创刊号,是我们战斗进程中的第一次冲锋,一场新的战斗虽然结束了,但必然会存着不少弱点和缺陷的。然而我们还要继续进军,所以我们热切地期望和恳求国内外文化界先进、各界领袖以及亲爱的读者,给予我们批评和指示,俾使本报能于百尺竿头更进一步。

  本报计划:在人力物力与具体环境允许的条件下,将尽可能的在每半年之内出版一期。同时为了边区军民大众的需要,我们还将在每月继续出版曾在三月间发刊的《晋察冀画报》时事专刊。

  在黎明前的暗影中,一切的有生之物都诞生了,苏醒了,活动了!而他们之中的幼小者却还须培植和养育。我们这新生的刊物,宛如一个坠地未久的婴孩,它生于炮火的战斗中,它具有了政治的和艺术的生命,固然它需要斗争的铁和火的现实生活的磨炼,但是它还需要爱抚、保护与丰厚的营养,好让它得到健全的发育,长成和壮大。各地的摄影工作者、美术文艺工作者、科学艺术专家们,伸出你们有力的援臂吧,让这刊物在多方的爱护与帮助之下,能随着民族解放战争的伟业,在抗战建国的长途上得到胜利的发展!

在艰苦激烈的战争及社会文化环境中,作为抗战时期晋察冀边区编辑出版的一个以新闻照片为主的大型画刊,《晋察冀画报》积极征求"反映边区内部与各抗日根据地以及大后方各种斗争与建设之新闻照片,美术作品(漫画木刻等)及文艺(通讯、报告、诗歌、散文、小说等)",以及"海外通讯,尤其是反映反法西斯战争之新闻照片、通讯"等稿件[①],以"告诉了全国同胞,他们在敌后是如何的坚决英勇保卫着自己的祖国;同时也告诉了全世界的正义人士,他们在东方在如何的艰难困苦中抵抗着日本强盗"[②]。从1946年3月开始,先后编辑出版了《晋察冀画报增刊》《晋察冀画报月刊》《晋察冀画报号外》《晋察冀画报旬刊》《晋察冀画刊》等刊物,以及"晋察冀画报丛刊"等文艺丛书。

1945年12月,《晋察冀画报》编辑出版至第9、10期合刊后休刊。1947年10月,《晋察冀画报》第11期"复刊号"出版,并由季刊改为双月刊。1948年5月,因晋察冀军区与晋冀鲁豫军区合并为华北军区,《冀察冀画报》编辑出版至第13期后停刊,并与晋冀鲁豫军区的《人民画报》合并组建华北画报社。同年6月

---

① 《征稿简约》,载《晋察冀画报》1942年第1期创刊特大号。
② 聂荣臻题词,载《晋察冀画报》1942年第1期创刊特大号。

10日与10月1日，由华北画报社编辑、华北军区政治部出版的连队读物《华北画刊》及大型新闻图片画刊《华北画报》先后创刊。

《山东画报》

1943年8月1日，《山东画报》创刊于山东莒南县静堡子村，是抗战时期山东根据地创办较早的一个大型画刊，由山东军区政治部山东画报社编辑出版，山东新华书店发行。康矛召、那逊担任正、副主编，王建础、龙实、赵钱孙等负责编辑工作。

《山东画报》创刊号主要刊载反映山东根据地政治军事斗争事迹及生产建设的战斗业绩的美术作品，以及时任山东军区政治部主任萧华的《抗战第六年的山东八路军》等文章，"深蒙各界多方赞美及鼓励，同仁等深为感谢，并当百倍努力更求精进"①。《山东画报》第2期的首页，刊载了罗荣桓撰写的"八一"节的亲笔题字，称：

> 伟大的生日，八路军、新四军从他们的前身红军开始，已经十六周年了。
>
> 他们继承着第一次大革命的教训，在中国共产党独立的领导下，已强大的成为全民族争取解放走向民主自由的胜利标志。
>
> 他们是人民自身起来战争的结晶，发挥出了人民自身的伟大力量。这不仅使外来侵略者日本强盗感受到严重的打击，而国内地主资产阶级反动派亦感到胆虚。
>
> 他们将始终坚持全民族团结抗战的方向，给任何制造分裂倒退与准备挑起内战者以丧身的打击！②

《山东画报》刊登了许多木刻、漫画、速写、摄影、连环画等美术作品，如那逊的《山东军区司令罗荣桓将军》、宋大可的《第八路军总司令朱德将军》及刘璟、韩涛等人的木刻版画，以及组图《和平，和平，和平，和平！》等摄影照片和《日本漫画选》《时事漫画》等专栏。尤其是集中发表了一批漫画连环画作

---

① 《编辑室》，载《山东画报》1943年第2期。
② 《"八一"节罗荣桓敬题》，载《山东画报》1943年第2期。

品，如龙实的《历史上任何艰险，都在我们面前低头！》，倩荪的长篇连载《敌占区旅行记》，赵生、刘彦平、倩荪的《荣誉英灵——三位荣誉战死的日本战友：金野、寺泽、黑田次雄》，刘亮萍的《上大课》，Ｗ的《娃娃兵偷鸡蛋》，锡吾的《在"八一"大会上》《八路军怎样对待友军？》，吕纪的《地雷战》，王碧澄的《穷苦孩子们的学习》《罗传学得了敌人的大盖枪》，朱叫民的《赤裸裸的"剿共班"》，ＡＬ的《敌人与小孩》，鲁岩的《东北人民的怀疑》《中国法西斯的流氓战术》，宋大可的《梦》和《出尔反尔 以不变应万变》等。

《山东画报》相继发表了黎玉的《山东八路军生长的初期》，赖可可的《我们在斗争中生长壮大》，康矛召的《我们的司令员，罗荣桓同志！》《向敌人向反动派示威》，王健楚的《朱德射击手》，罿声的《八一检阅大会观后记》，沙洪的《我们的血没有白流——庆祝和平民主大会特写》，赵钱孙的《反战同盟日本兵士代表大会漫笔》，徐光翻译的《冰雨之夜》，易尔山的《生之赞礼》，蒙沙作词、水金作曲的《别让它遭灾害》及若望的《铁路恢复了》等通讯报告、诗歌及歌曲作品。在《征稿简约》中，编者要求：

一、内容凡介绍根据地内民主政治，人民生活，文化教育的设施概况，及部队战斗、学习、生产情形，军政民关系，及暴露敌伪罪行，揭破敌伪欺骗宣传者，均所欢迎。

二、体裁形式不拘，无论漫画、木刻、连环画、彩色画、速写、通讯、小故事、诗歌，均可。文字稿须力求活泼生动有趣，除特约稿外，每篇以一千五百字为限。画稿最大幅不得超过一整页。连环画每小幅以一页八分之一为宜，木刻则大小不拘。

三、本刊特辟《习作园地》及《美术座谈》两栏，欢迎有关美术业务学习之短篇论文及画评等文章。

四、来稿均请描画缮写清楚，木刻则须原板寄来。本刊对来稿均有修改权。如不愿修改者，请加注明。

五、来稿须注明作者真实姓名及通讯处，否则稿件即不退还。

六、来稿一经登载，稿费从丰。

七、来稿请径寄山东军区政治部山东画报社。①

除此之外,《山东画报》创刊不久就编辑出版了"山东画报丛刊"等文艺丛书。如"第一部为苏联爱国文学《游击日记》长三万言,最近即将付印。《苏联人物志木刻集》亦正编选中,希读者同志注意"②等。1946年,还创办了《山东画报》胶东分版。其中,关于《山东画报》胶东分版的编辑方针及内容,编者在第2期通过一则《编辑室声明》做出了清楚的说明:

> 本《山东画报》胶渤分版,是山东军区政治部出版的《山东画报》之分版,以胶东渤海解放区材料为主,由渤海和胶东军区政治部负责编印,虽同是《山东画报》,却是两个刊物,不要混淆。但近因两个地区距离遥远,联系困难,故在取得山东军区政治部之指示与渤海军区政治部同意后,由本期起,改为《山东画报》胶东分版,但仍尽量吸取渤海区之稿件。
>
> ……
>
> 本报为一综合性之画刊,专为介绍解放区政治、经济、文化、科学、群运等各种民主建设,介绍我解放军的优良传统,人民军队本质,对于民族解放事业之伟大贡献为宗旨,并愿为全国之和平民主团结之事业克尽所能,助一臂之力。望各地爱护本报喜好文艺创造诸君,及各种工作岗位的同志们,多为本报撰稿,体裁不限,形式不拘:文艺通讯、报告文学、故事、人物素描、速写、论文、评介、漫画、木刻,尤其实地之照片,更为欢迎。③

时任副主编的木刻家那逊,在回忆《山东画报》创刊前后的经历时说,当时除"罗荣桓政委和肖华主任对《山东画报》十分关心,从筹办时起,就要求画报要有照片",以及每期画报"统一由大众日报社发行科按战时邮政系统分发给滨海、鲁中、鲁南、胶东各区部队和党政群单位"等之外,"《山东画报》的出版得到各方面的关怀,大众日报社总编辑白子明,副总编辑陈楚、陈冰,都对画报的编辑工

---

① 《征稿简约》,载《山东画报》1943年第2期。
② 《编辑室》,载《山东画报》1943年第2期。
③ 《编辑室声明》,载《山东画报》胶东分版1946年第2期。

作给予指导,山东老木刻家王绍洛、分局宣传部李厘、大众日报美术编辑李干法,还有山东省文协的鲁岩、汪滨、孙佐棠、柳成珩,胶东区的鲁萍、鲁农,滨海区的任迁乔、师群、军区政治部的白鹰、杨立祥等许多从事美术和版画的同志,还有搞文学创作的那沙、阿大、刘知侠、于冠西,搞报纸工作的陈虞榕、曹秉衡、宋文礼、韩川、顾鹰等同志,都对画报给予关怀或供过稿件。一九四五年春,分局宣传部召开了一次美术工作座谈会。到会的军区和地方上搞美术工作的同志,都表示支持办好《山东画报》"。①

1947年1月,编辑出版至第39期后,因山东军区与华中军区合并为华东军区,《山东画报》奉命更名为《华东画报》。1949年5月,《华东画报》由部队画报改为地方性画刊,因此编辑出版至第49期后停刊。同年12月1日,复刊的《华东画报》新1期出版发行。

《胶东画报》

1944年6月20日,中共胶东区委宣传部和八路军胶东军区政治部主办的《胶东画报》创刊于山东牟平县埠西头村。报社社长先后由鲁萍、李善一等担任,李恕、温国华、丁炎、李静纯、鲁农、潘沼、姜信之、范子厚、王鼎、杨荣敏等先后参与编辑工作。

在《胶东画报》创刊号刊载的《创刊词》中,编者宣称:

> 抗战七年来,中国人民尤其在敌后斗争的人民,已经亲身体验到那里看得见毛泽东的旗帜,那里就有民主,有自由,有饭吃,有衣穿。那里享受着"皇军"的"恩惠",那里就有呻吟,有压迫,有饥饿,有死亡。
>
> 不仅如此,七年来的事实证明,光明与黑暗,不是"和平共居",而是"生死搏斗"。广大的工人、农民不光是拿着斧子、镢头,在工厂、田庄里生产物品食粮,而又同时拿起自己的武器,保卫自己的家乡、田园、工厂。军队也不单是在前线上流血牺牲,英勇奋斗,而同时

---

① 那逖:《抗日战争时期的〈山东画报〉》,见山东省出版总社出版志编辑部编:《山东出版志资料》(第3辑),山东省出版总社出版志编辑部1985年编印,第80—82页。

又在后方流汗、生产,以减轻人民对抗战的负担。因此,在毛泽东旗帜下的工人、农民、士兵们,为了追求光明、战胜黑暗,他们在与日本强盗进行生死搏斗,他们的血,老是流在一起,为了自力更生,克服困难,他们的汗,也老是流在一起。

中国人民的子弟兵——八路军,把人民当着自己的母亲一样,把人民的利益当着本身的利益一样,因而中国人民——工农大众,也就把八路军当着自己的子弟,当着自身的唯一保护者,七年来的抗战,他们不但用鲜血在历史上写下了惊天动地、旷古未有的史诗,而且他们不屈不挠的斗争,织成了可歌可泣、慷慨悲壮的画图!

因此,《胶东画报》在历史与文化的任务上,他应当而且必须要用工、农、兵的血和汗,来描绘他们的斗争,要用工、农、兵的感情来体现他们的生活,要用工、农、兵团结各个阶层人士的态度,来记载他们大公无私的民主精神。

《胶东画报》是毛泽东旗帜下的产物。因此,他必须贯彻毛泽东的思想,必须遵循毛泽东所指的方向,同时在新文化事业中,他又必须成为对敌斗争的锐利武器!

《胶东画报》主要刊登胶东地区政治、经济和军事方面的通讯报道及文化建设方面的消息动态,以及有关军民关系、战斗英雄、劳动模范、支前事迹的宣传活动。采用的形式除图片新闻与通讯报告,以及诗歌、故事、谚语、歌曲等文艺体裁之外,更注重绘画小说、木刻、漫画及连环画等为普通大众易于接受的文艺形式。所以,在《征稿启事》中,编者希望并要求:

我们极为欢迎生动、实际、短小、通俗之稿件。

来稿一经登载,均有薄酬。征稿范围:

各种漫画,图案剪影,故事通讯,科学常识,木刻照片,论文杂文。

来稿请写明地址姓名,缮写清楚,递寄本社即可。[①]

[①] 《征稿启事》,载《胶东画报》1945年第7期。

所以，在作为军区战斗英雄大会特辑的《胶东画报》第2期，不仅以全副武装的战斗英雄任常伦肖像作为封面，还发表了李善一的连环画《战斗英雄任常伦》、温国华的绘图小说《钢盔的来历》、丁焰的木刻《我们要和英雄一样的进击敌人！》，以及兆丰、李恕的漫画《心腹之患》《真相在那里？》等文艺作品。以宣传胶东地区劳动模范为主要内容的《胶东画报》第7期，除以胶东劳动模范张福贵手牵获奖耕牛的大幅图片，以及"张福贵，你——/胸前挂着的大红花，/手里牵着大黄牛，/你，脸上和心里/笑成通红的熟石榴。/因为你——/响应毛主席号召，/坚决跟着共产党走：/家庭里民主，村中团结，/积极劳动，组织起来；/所以，你成了状元、英雄/你，脸上和心里/笑成通红的熟石榴"的短诗为封面构图之外，还刊载了荷亭的《坚决跟着共产党走的张富贵》等32位英雄描写、日安的《茫茫海上的夜战》等两位模范描写的通讯报告，以及正纯、江萍的肖像画《英雄画像》，范子厚的连环画《组织起来的邵家村》，稚子的诗歌《英雄再会吧！》和云屏的歌曲《劳动的人们最光彩》等文艺作品。

1945年6月前后，山东军区政治部决定，《胶东画报》从第8期开始改为四开单张石印，继续编辑出版至20余期后终刊。

《冀热辽画报》

1945年7月7日在冀东蓟县盘山创刊的《冀热辽画报》，是中共冀热辽军区政治部主办、冀热辽画报社编辑出版的一个大型画刊。报社社长为罗光达，赵坚任指导员，主要编辑记者及技术人员有罗光达、张进学、齐观山、陈明才、周郁文、刘博芳、于舒、钱谊、申曙、李志书、董寿延、马小索、武耀强、张学勤等。冀热辽画报社是晋察冀画报社于1944年10月间在冀东区筹建的晋察冀画报社冀热分社，翌年初因冀热军区改为冀热辽军区而成立的一个出版机构，《冀热辽画报》在编辑方针、目标任务以及版式设计和印刷等方面，都明显地受到《晋察冀画报》的影响。在《冀热辽画报》创刊号刊登的《创刊献词》中，编者声明：

> 充满着伟大历史光辉的七月来了；它是中国人民的政党——中国共产党诞生二十四周年的生日，它是全国人民在日本法西斯的铁蹄下，展

开生死决斗的日子。

这日子已经过了八年，八年来，世界发生了巨大的变化：德国法西斯已经覆没，欧洲已产生了新的民主政治，紧随而来的，将是中国人民对日寇的反攻，和远东各民族从奴役下争取自由解放的决战。

这是一种什么力量，能够驱除可怖的黑暗而启示新的年代啊！

不是因为世界上有了无产阶级的政党，有了强大的和平堡垒——苏联，有了各国人民的民主运动，和中国人民领袖毛泽东同志的旗帜！于是在欧洲在中国的解放区，就显出了有生气、有活力的风貌，开放了民主的鲜花。

谁不热爱这朵民主的鲜花！！

谁不歌颂毛泽东同志！！

在我们的祖国，毛泽东的旗帜，就是胜利的标志，它呼喊着人民，它夸耀着世界。

抗战爆发之后，国民党三百万军队，逃得真快啊！像阵风，放弃了河山，抛弃了人民，人民没有了生活，失掉了家乡，风餐露宿，流浪逃亡，在日寇烧、杀、奸、抢及拷打奴役下受尽苦难。

可是不久，八路军、新四军来了，来到了敌人的后方，共产党号召人民"拿起武器，保卫祖国，保卫家乡，参加子弟兵"！共产党给人民改善生活，给人民民主自由，教人民生产，教人民战斗，于是伟大的人民革命武装——子弟兵和老百姓，更团结而坚强了。他们肩荷了抗日建国的伟大使命，用了最大的努力，无比的勇敢和最高的智慧，每天都在和日寇浴血搏斗、创造建设，于是七年来，我冀热辽抗日根据地，像其他解放区战场一样，从混乱危难之中，收拾起破碎的土地，树立抗日民主政权，成为中国人民最后战胜日寇的重要基石。

这是中国共产党党军的光荣！

这是中国人民不可屈辱的史实！

当此反攻前夕，日寇在我们周围，犹作困兽之斗。而国民党政府则消极抗战，保持实力，伪装民主，坚持独裁，以期达成内战目的，因此最后消灭日本侵略者的神圣任务，已落到我解放区全体军民身上，尤其我冀热辽军民，面临挺进东北，收复全部失地的日子已不在远，我们把这些斗争记载下来，反映出来，以激发人民的战斗意志，巩固胜利信心，是怎样迫切需要啊！

而且冀热辽抗日民主根据地，是冀东十余万人民抗日大暴动后，历尽困难艰险，流血流汗而创造起来的，因此《冀热辽画报》在历史与文化的任务上，是多么应该而且必须把这些光荣史实，报导于全国同胞，告诉于世界爱好和平的正义人士啊！

现在《冀热辽画报》创刊号和大家见面了，我们见面在国防的最前线，我们见面在中国共产党二十四周年、抗战八周年和冀东人民大暴动七年的伟大纪念日。

我们满怀着兴奋和热情的心来献给这光辉的日子，同时我们也用最大的热情和期待，祝我冀热辽全体军民，在响应毛泽东同志"扩大解放区"，进军东北的艰巨斗争中，取得更多更辉煌的胜利。

作为继《晋察冀画报》之后晋察冀边区创办的又一个以新闻照片为主的大型刊物，《冀热辽画报》创刊号除登载毛泽东、朱德、聂荣臻、李运昌等人的肖像，《毛泽东同志略历》和李运昌、张明远、朱其文、詹才芳、唐延杰、李中权等冀热辽边区军政领导人题写的贺词，以及时任晋察冀军区冀热辽军区司令李运昌撰写的《屹立在敌后之敌后的冀热辽抗日根据地》长篇报告和《铁的子弟兵》等插图照片之外，同时开辟了《新闻摄影》《美术》《文艺》等栏目，分别发表了"冀热辽子弟兵战迹辉煌""坚持塞外斗争解救东北同胞的子弟兵""保卫祖国的领海 冀热辽八路军海上游击队""六百万从斗争中武装起来的人民""民主建设"及"新解放区动态"等专题性摄影照片，温泉的《母亲，我们向你歌唱！》、林采的《慰劳》等诗歌，周奋的《"满洲军"到底是什么货？》、祥均的《把地雷的神威施展到敌人心脏里去》等报告文学，以及安靖的漫画《全民一致呼声》和飞虹的木刻《一枝没顶子弹的枪》等文艺作品。

在创刊号所刊的《编后》中,编者称:

  当我们在编辑、印刷、出版这本具有历史意义的《冀热辽画报》创刊号的时候,正像全军区各界领袖、各界先进,对我们的热望和爱助一样,满怀着兴奋的心和火般的热情。

  这时期,虽然时间是短促的,环境是残酷的,物质上又给了我们许多困难,可是我们得到了全体人民的拥护和鼓励,终究勇敢的坚持了工作,而且从困难中得到了初步成功——《冀热辽画报》与大家见面了。

  这是我们在战斗旅程中的第一次进军,而且在进军中留下不少缺陷弱点——冀热辽敌后解放区,是冀热辽全体人民亲眼看见与亲自参加,经过了无数次英勇斗争而创造巩固起来的,它有着可歌可泣壮烈的故事,它有着不屈不挠生死搏斗的辉煌史实,可是由于篇幅的限止,有不少优秀的照片,未能尽数发表,而且某些美术文艺作品,亦忍痛割爱而显得单薄。这是我们深为遗憾的事情,在这里我们除向全体人民,作者,致以深切的歉意,并热望各界先进给我们批评指示,俾使本报在百尺竿头更进一步。

  抗战已进入第九个年头了,为了更快的打败日本,与及时反映新的年代的新胜利,本报计划自下期起改为二月刊(包含新闻摄影、文艺、美术综合性的刊物)。敬希我各地新闻工作者、文艺美术工作者和爱好者,积极运用自己的武器,广泛收集材料,及时投稿,以期在民族解放战争的伟业和抗战建国长途上,收到更大的效果。这不仅是本社同人迫切的要求,亦是我全体军民最大的希望。

为此,《冀热辽画报》面向读者征求"反映各解放区以及大后方各种斗争与建设之新闻照片、美术作品(漫画木刻等)及文艺(通讯、报告、诗歌、散文、小说等)","至于海外通讯尤其是反映反法西斯斗争之新闻照片、通讯更所欢迎"。[①]1945年9月,因抗战胜利后政治军事形势的变化,冀热辽画报社迁入沈

---

① 冀热辽军区政治部冀热辽画报社:《征稿简约》,载《冀热辽画报》1945年创刊号。

阳。后经中共中央东北局决定，正在编辑中的《冀热辽画报》第2期更名为《东北画报》创刊号出版，《冀热辽画报》至此而终刊。

《东北画报》

1945年12月1日，中共中央东北局宣传部主办的《东北画报》创刊于辽宁沈阳。在1945年7月7日创刊于河北蓟县的《冀热辽画报》的基础上，1945年11月，重组的东北画报社将已编辑好的《冀热辽画报》第2期改为《东北画报》创刊号出版发行。东北画报社社长先后由曾任晋察冀画报社副社长、冀热辽画报社社长并兼任中苏友好协会文化部部长的罗光达以及朱丹、施展、张醒生等担任，张仃任总编辑。1946年，东北画报社先后搬迁至吉林通化、黑龙江佳木斯等地，1947年10月迁入哈尔滨。郑景康、张进学、齐观山、王纯德、刘庆瑞、陈正青、沃渣、王曼硕、古元、安林等参与编辑记者工作。王家乙、李松涛、吴印咸、王阑西、白朗、任虹、周而复、马加、舒群、塞克、刘白羽、严文井、罗烽、萧军等为特约撰稿人。1949年3月30日，《东北画报》编辑出版至第48期后迁回沈阳编辑出版。

《东北画报》创刊号为《纪念苏联十月社会主义革命廿八周年特辑》，封面水平编排，红色版式上方为美术体刊名，下方为大幅黑白摄影图片。在《创刊词》中，编者强调：

> 在我们复活的土地上，我们必须巩固中苏两国的团结友好，保障远东和平，实行民主政治，成立自卫武装，安定社会秩序，发展经济，摧毁旧的奴化教育、建设新民主主义的文化，本报乃是东北人民新兴的文化军，也愿和其他先进的刊物，亲密的团结起来在自己的岗位上，担负起这重要的任务——报导和反映东北人民在现实斗争中的真实活动！

《东北画报》创刊后，不仅经过多次改版以配合并适应党和军队的中心工作，以及担负不同时期及历史阶段的宣传任务，而且先后开辟了《摄影》《木刻》《画（图画）》《文艺》《连环画》《文字》《漫画》《习作》《大众俱乐部》《战地俱乐部》《部队中来》等栏目，以适应城市、农村及部队等不同文化程度的群众、干部及战士等读者的阅读需要等。除刊登许多军事、政治、生产等时事摄影报道，以及木刻、漫画、连环画、黑色与套色招贴画及写生、速写等绘画作品之外，还发表了报告文学、小说、故事、诗歌、速写、散文、翻译、歌曲等文艺作品，以及国内外文艺运动及创作活动的消息等。在《稿约》中，编者提出：

一、本刊现征收下列稿件：

甲、新闻照片

乙、美术作品（包括：绘画、漫画、连环图书、木刻、图案设计、地图等）

丙、文艺作品（包括：散文，诗歌，小说，剧本，文艺批评，艺术理论，翻译，通讯报告等）

丁、文献稿件（包括：带有历史意义社会教育意义之革命伟人照片，笔迹，及斗争史绩，地方风俗写真，民间艺术品，旧书报，旧插图，以及各种文件，图书与实物等）。

二、上列稿件不管创作，复制，翻版，单色，复色……均所欢迎。

三、上列稿件中新闻照片须详细注说明文字，美术作品须附写标题或大意，文艺稿件须誊写清楚，翻译须附寄原文或注明出版地及出版日期。

四、来稿须注明作者，译者，珍藏者之姓名及通信地址，发表时可用笔名。

五、本刊本着学习，研究精神，必要时向作者提出意见来商讨。对于照片之说明文字，美术作品之标题，以及文艺稿件之文字方面，编者有删改权，但不愿删改者请于稿端注明。

六、来稿一经登载，即以现金（东北银行流通券）或本社出版物作为报酬：

1.新闻照片每幅二十元至二百元

2.美术作品每幅三十元至三百元

3.文艺稿件每千字二十元至五十元，诗歌每篇三十元至三百元。

七、来稿发表,版权即归本社(文献稿件除外),但印发单行本时,对原作者再酌给酬金(数目或比律另议),发表稿件归本社保存,未登者如愿退还,请作者注明,特殊珍贵之稿件并由本社保证送还。

八、来稿请径寄:东北画报社编辑部。①

《东北画报》除刊登张进学、齐观山等摄的《为保卫和平民主自由而战!》,齐观山、黄山定等摄的《发动群众讨还血债》,安靖摄的《功臣大会》《释放美国俘虏》,正青摄的《欢送放下武器蒋军官兵回家》,张醒生摄的《公主屯大捷》,王春德摄的《攻克彰武》《翻身年》,刘庆瑞等摄的《公平合理群众分到可心地》等照片,以及李纳的《清算》、冯仲云的《东北抗日联军的斗争史迹》、白朗的《诱》、华山的《头顶露青天啦!》、李海宣等的《爱民小故事》、管桦的《八角台》、白驰驹的《练兵技术》等文字作品之外,还发表了赵域的《舍命救君子》《王景和入党》、安靖的《抢救伤员的崔兆贞》、曼硕的《空手捉胡子》、苏晖的《慰问伤病员》、黄山定的《战地劳军》、安林的《人民组织起来》、陈兴华作的《衣文智攻据点》《苏云芳和班副》、孙佐棠的《连长和爆破手》等连环画作品,以及鲁莽的《家》《小八路回家》、邵宇的《参议员在作报告》、洪藏的《民兵》《夏》、朱丹的《汉奸游街》《速写三幅》《毁灭性的打击》《正义的携手》《马歇尔的"计划"》、夏风的《诉苦》、古元的《分地契》、彦涵的《战犯的伏法》、华君武的《挽救不住倒塌的厄运》、张仃的《美国救生圈也救不了性命》、白泉的《"降落"》等木刻、招贴画及漫画作品。1948年2月15日,《东北画报》编辑部宣布,"本报为把内容办的更加充实",从第26期起"改为月刊"。②征集"图画(连环画、漫画、组字画、素描、速写等)、摄影、木刻、各种通俗文字(通讯、诗歌、鼓词、小故事、笑话、谜语、小游戏、小笑说、小常识等)"等作品,并且要求内容上"以反映爱国自卫战争为中心","作品要求实际生动,通俗易懂"。③刊物的作者还有李

---

① 《稿约》,载《东北画报》1946年第3期。
② 《重要启事》,载《东北画报》1948年第26期。
③ 《稿约》,载《东北画报》1948年第27期。

九龄、吴山、刘迅、吴济嫔、孙浩、朱增、若谷、白伏元、谦谊、边江、未冉、无穀、楚水、西野、陆树东、黄丕星、东影、马骥、王文里、刘金波、郭仙桥、正威、郑景康、张绍滨、杨国治、施展、铸夫、陈澍、剑天、王冠安、田野、叙真、张维冷、苏坚、李松涛、艺风、林影、陈尊三、孙常非、陈勃、菽沅、胡颖、曹兴华、葛力群、钱嗣杰、毕成、于振瀛、刘兰等。

东北画报社成立之后，在编辑出版《东北画报》的同时，先后出版了多种版画、漫画等文艺丛书。其中，在较早发布的《东北画报丛刊发起缘起》中，编者明确地阐述了编辑理念及目的：

一　本丛刊之对象为东北的青年及广大的工农兵群众，其目的在于以通俗简便的方式，将此伟大的斗争时代各项实际材料反映予读者。

二　本丛刊之内容包括自九一八以来东北人民及其代表者东北抗日联军十四年来反抗敌寇的史绩，及八年来抗日的战争中，中国共产党在解放区各种政策的执行和伟大成就，解放区军民英勇奋斗的故事，以及目前各阶层的东北人民之解放运动，至于全国范围的各方面情况，亦拟作有系统的报导。

三　本丛刊采用木刻，漫画，照片，文字等各种形式，除特约创作外，并拟各个地区的优良出版物，加以改编或翻印。

四　本丛刊为适应东北一般读者的需要及本身的出版条件，目前采取较简便之小册子形式，但印刷纸张俱力求精良定价亦尽可能低廉。

五　本丛刊采取研究办法，愿意经常与读者通信商讨，并希望读者随时来信，提供意见，作为改进本丛刊的参考。

六　本丛刊欢迎外来稿件，凡编，绘，刻，摄较有系统之稿件，当尽量采用出版，一经刊出，当酌予报酬。[①]

从1946年9月开始，"东北画报丛刊"先后出版了华山文、彦涵刻的《狼牙山五壮士》，田间诗、娄霜刻的《戎冠秀》，赵树理作、朱丹插图的《李有才板

[①] 编者：《东北画报丛刊发起缘起》，载《东北画报》1946年第3期。

话》,彦涵作的《民兵的故事》,华山著、沃渣刻的《黑土子的故事》,邵宇作画并诗的《土地》(一、二)等木刻连环画作品,而且通过编辑"鲁艺创作丛书""东北画报社版画丛书""东北画报社文艺丛书""通俗美术小丛书"等,出版了张仃、古元、彦涵、沃渣、华君武、朱丹、洪藏、丁达明、施展、张望、安靖、颜一烟、王家一、杨蔚、胡零、陈紫、萧尤、寄明等作家的文艺作品集。

1949年3月30日,《东北画报》第48期刊登了李大章的《改版的话》和编者的《几点声明》。其中,时任中共中央东北局宣传部副部长的李大章在《改版的话》中,对新形势下及进驻沈阳后《东北画报》的办刊宗旨与目标任务提出了明确的要求:

《东北画报》,它是在东北解放战争中生长起来的。它在过去出版的四十七期中,虽然还有许多不能令人满意的缺点;但它在宣传党的政策,反映解放战争的情况,特别是在反映部队生活,反映人民解放军的英勇杀敌事迹,反映人民的生产支前,反映军民的亲密团结等方面,更有其教育人民与鼓励士气的意义,因而《东北画报》在部队中,也就受到了比较广泛的欢迎与爱护。

现在东北已全部解放了,目前压倒一切的中心任务,就是全力加强经济建设,努力恢复与发展工农业生产,支援全国快要全部胜利的解放战争。在这种新的情况变化中所给与《东北画报》的新任务,已不可能更多反映野战军的战斗情况和战斗生活,而应该主要结合上述新情况,面向地方兵团,面向工农大众,面向经济建设,首先是应更多的反映工农业生产情况和工农群众的生活,特别是工业生产的情况。而且应将这种情况的反映,密切与支援全国解放战争结合起来,即是说一方应将战争前线胜利的事迹,适当的报导给后方广大工农群众,教育和鼓舞他们的生产热忱;另一方也应将我们后方广大工农群众的支前活动,如生产、优属、拥军等各方面的工作,能很好的反映给前线部队,以安慰和鼓舞他们的英勇杀敌。

《东北画报》,由于它过去是处于战争和比较分散的环境,领导与工作尚不够细致与深入,因而它在报导内容与业务提高上,在大胆创造与通俗普及上,在团结和培养美术干部与摄影干部上,都还做得不够;今后各方面的工作环境和工作条件,是比过去更优越更齐备了,因此更应很好的运用各种有利条件来深入实际,进行大胆的创造,以便达到加强内容,改进业务,团结与培养更多的美术工作者与摄影工作者,共同来把《东北画报》办得更好。

于是,《东北画报》编辑部立即在《几点声明》中宣布:

四十八期画报出版了,由于东北迅速获得全部解放,因此我们画报的编辑方针也随着新的情况而有所改变,——由主要的反映战争和部队转变为主要的反映经济建设(特别是工业建设),这一个很大的转变,是需要一定时间来重新布置我们的工作的,其次,画报社及印刷工厂均由北满迁沈,由于以上等等原因,使这期画报拖期很久,希望读者们鉴谅。同时,我们当加倍努力工作来弥补这一损失。

我们在经济建设(特别是工业建设)的报导工作上,还毫无经验,希望爱护本刊的读者们给与各方面的帮助,我们更希望工人同志们给与我们帮助、批评、建议。因为从过去的经验证明,有了党的正确领导以外,还要有广大读者的连系与帮助,我们的画报才有可能办好,才有可能完成党所给我们的任务。

我们在这里诚恳的期待读者们的帮助。①

1953年1月,《东北画报》更名为《东北工人》半月刊出版。1954年1月,恢复《东北画报》编辑出版。因东北行政区撤销,1955年2月,《东北画报》更名为《辽宁画报》出版。1958年,辽宁画报社组建为辽宁美术出版社后,相继编辑出版《辽宁画报》等多种艺术期刊。

《人民画报》(晋绥边区)

1946年1月5日创刊于山西兴县的《人民画报》半月刊,是由《抗战日报》

---

① 编者:《几点声明》,载《东北画报》1949年第48期。

（后改名为《晋绥日报》）美术组编辑出版的一份四开单张单面印刷的通俗性画刊，初为铅印，后改为石印，晋绥边区新华书店发行。《人民画报》是在李少言、黄再刊和黄微等人于1941年3月共同创办的晋西《大众画报》的基础上，为配合党的中心工作及政治任务以及适应普通大众的接受水平而创办的一张便于张贴且通俗性、故事性、观赏性并重的美术刊物。刊物的主要负责人及编辑是李少言、刘正挺、陈岳峰、赵力克、苏光、力群等。

《人民画报》创刊号的正中位置刊登的是"中国人民的救星毛主席"的黑白木刻画像，左侧分别发表了《反内战的呼声》等多幅黑白木刻、漫画，以及《高树勋将军反内战起义经过》等四组连环画作品。其中，连环画的直观及叙事性特点，使之在宣传党的各项政策、思想主张以及适应群众的欣赏习惯等方面，显示出自身的艺术形式及刊物的长处。《人民画报》不仅刊登木刻或漫画的连环画作品，而且为了便于读者阅读，每期的连环画作品都是一个完整的故事。此外，考虑到广泛传播与农村张贴阅读的需要，刊物采用单面印制，少用文字，突出视觉画面等艺术特征，因而《人民画报》成为边区新美术运动及创作活动中为大众读者，尤其是不识字或识字不多的群众所欢迎的美术刊物之一。"被欢迎的主要原因，是内容适合群众需要，能配合时事，配合工作。如中共七七宣言，解放区自卫反击战，蒋军反内战起义等，都在画上画出来，群众很感兴趣，并帮助认识了时事，关于边区的各种工作，如减租、冬学、春耕、种棉、除油汗、纺织、儿童、妇女、反迷信、讲卫生、防奸等等，每期占据相当大的篇幅，群众不仅感觉到红火热闹，且有指导意义"等，以及"在形式上，大多都活泼可喜，富于地方色彩，根据群众反映，愿意看有五彩颜色的"等。[①]在《人民画报社致各地工作同志的信》中，编者提出四点意见：

（一）近据各地来信反映：《人民画报》还没有很好的分发到群众当中，却到处贴在县级和区级的干部家里，有的干部甚至私自赠送朋友，以致使群众看不到，在静乐县上一个特务员住室内就贴了六期《人

[①]《边区群众喜爱人民画报》，载《晋绥日报·副刊》1946年9月14日。

民画报》，在岢岚甚至有个别区村压住，不能即时发到群众中去，这种现象说明有不少领导同志还没有把画报当作对群众宣传教育的有力工具，因而不督促检查，使它发生应有的作用。而且，这种现象正是一种浪费：画报印的不多，但群众来信要求多发，如果把贴在干部们家里的分发到群众中去，岂不合理！我们希望各县领导上能对此注意。

（二）为了使画报办好，发生更大的宣传教育作用，成为群众最好的朋友：希望各县宣教部门和我们密切联系，反映群众对画报的意见；督促能作画的同志和老乡给我们投稿，我们相信像马元禄的投稿者（见画报第十六期）各县一定很多的。

（三）有些地方已经看重了画报的作用，画报一到就很快的贴在集市上、民教馆、小学校，和一切人多的地方，而且还注意贴的高低，并注意不让风吹雨打。在离石，今年各区集会上的宣传都利用了画报，收效很大。据说离石三区干部把画报当成一种集体学习的文件，每期都到集市上去当众解释，不但对群众做了宣传教育工作，而且借此还团结了群众，我们希望各县领导上都能督促区村干部仿照这些好办法去做，这对于各县宣教部门的工作是有很大的帮助的。

（四）不久之后，冬学就要开学，希望各县能够充分利用《人民画报》作为冬学之教材，因《人民画报》首先是最好的看图识字课本。其次可以根据图画讲解时事、防奸、训练民兵，推动纺织等问题。《人民画报》愿与未来之冬学取得密切联系，冬学有何要求，画报都愿努力做到。①

1947年1月6日，《晋绥日报》副刊刊登了力群的《〈人民画报〉教育着我》、苏光的《〈人民画报〉在杨家坡》和雷行的《蒙古兵和〈人民画报〉》等文章，以"纪念《人民画报》创刊一周年"。其中作为《人民画报》主要负责人及编辑之一的美术家力群，在《〈人民画报〉教育着我》一文中，充满了深情地说：

---

① 《人民画报社致各地工作同志的信》，载《晋绥日报·副刊》1946年9月14日。

《人民画报》出版已一年了，但我参与它的工作还只有八个月；然而，这八个月的时间对我来说，其意义却是很大的。

我通过《人民画报》为工农兵服务，我的作品，借此在广大的群众中受到考验；我自己的思想情绪也借此逐渐更加和工农兵打成一片，并在办报中得到锻炼。我觉得我能参加这个工作是很光荣的，我是更进一步的做到了用美术这个武器为成万的根据地劳动人民服务了，虽然服务的还有很多缺点。

当我看到每期《人民画报》像高厚的布匹似的，以三千七百份的巨量从石印部搬到发行处时，就好像每张画报都向我说："再会了，我们就要到全晋绥的人民中去，……"于是一种责任感就像重担似的压着我，使我感到沉重。

当画报发下去，听到记者、书贩，以及地方干部和部队干部的来信说：《人民画报》为群众争买，当做年画；为小学教员重视当做公民课本；为乡村干部欢迎"当成一种集体学习的文件"；为炭工所喜爱向书贩大量购买；为战士所欢迎，"看不到它就好像少吃一顿饭"；此外并为伪军争阅，并为蒙古士兵隔着黄河叫讨……这是如何的鼓舞着我们，使我们感到极大的愉快呀！而这种愉快却是解放区以外的画家们所万万享受不到的。

但当群众向我们提出批评：说我们画反了纺车，说我们刻的领袖像不够愉快，说我们画民兵出发不够欢喜，说我们画的农会干事不应穿军装，说我们画的八路军的生活不够"紧张而健康"……。听着这些意见，我的心就急剧的跳着，好像在我们的面前出现了无数的劳动人民，向我们表示他们对于作品的严正意见，使我感到自己渺小，人民伟大，而只有劳动人民群众才是我们艺术工作者的最好的批评家。我们的作品的缺点和错误，在人民群众的面前就像物体在太阳的光下那么清晰而毫不含糊。这就因为人民群众有千万双眼睛和千万个头脑，而我们只有几个人的眼睛和头脑，而且描绘群众的生产战斗生活的作品，只有群众了解的深刻。在这样的情况下，我们就会即刻想到毛主席的"只有做群众的学生才能做群众的先生"的名言。

而以上的这些感情也是我在未参与《人民画报》的工作之前未感到过的。

《人民画报》教育着我，它对于我的好处岂但是以上这些呢！

因为它是个刊物，为了办的好就要求我很好的了解党的政策法令；因为要画政治漫画，就迫得我要钻究时事；因为要从群众中寻找画材，典型示范，就鞭策我多了解边区的实际；因为要发表群众自己的作品，就引起我从他们的作品中发现优点，向他们学习；因为要表现群众的生活，因此就不得不多体会他们的生活；多观察他们的面貌，并了解他们的思想感情；因为要使自己的作品为群众所喜爱并发生好的作用，于是就不得不主动的蒐集群众的意见，继续不断的改进自己的作品。

当《人民画报》创刊一周年之际，我写出我的愉快的心情和感想，算是对它的纪念。

《人民画报》编辑出版期间，先后刊登了近600幅绘画，其中仅连环画就近80套。1947年夏以后，人民画报社先后编辑出版了力群、牛文、苏光、刘正挺等人的多种年画作品，以及马克思、恩格斯、列宁、斯大林、毛泽东、朱德等人的画像。1947年5月，《人民画报》编辑出版至第32期后停刊。

《人民画报》（晋冀鲁豫军区）

1946年8月1日在晋冀鲁豫边区创刊的《人民画报》，是由晋冀鲁豫军区政治部主办、由人民画报社编辑出版的一个以摄影及美术为主的艺术刊物。报社负责人为裴植、艾炎，高帆任主编，袁克忠、曲治全、孔宪芳、王中元、郭良、张哲、郝超、苗毅征、关夫生、张平、李峰、焦良明、范云、彭小夫、鲁明、赵贵保等负责采编工作。在《人民画报》创刊号上，时任中共中央晋冀鲁豫中央局常务委员兼宣传部长、晋冀鲁豫军区副政委兼政治部主任张际春，在创刊词《人民画报创刊》中清楚地阐明了办刊目的及任务：

《人民画报》出版的目的有两个：一个是把反动派卖国、内战、独裁的罪恶形态刻画和反映出来，给人们认识反动派的丑恶，提高人们对于反动派的仇恨，一直打倒反动派；一个是把人民及其军队为独立、和平、民主的活动刻画和反映出来，给人民学习，鼓舞人们斗争的勇气和决心。今天反动派所表演的是愈来愈丑恶了，人民独立和平民主的力量也愈来愈强大了，一切为独立和平民主事业而奋斗的画家、木刻家、摄影师、及美术工作者动员起来吧！

《人民画报》创刊号，除刊登有毛泽东的大幅摄影肖像和手书的"为人民服务"题词，以及"总司令朱德将军"的照片和刘伯承、邓小平、薄一波、杨秀峰等人的手书题词之外，还发表了《彻底实行三大决议坚决保卫和平民主》《部队生活》《生产》《文化建设》等专辑的摄影图片，以及鲁藜的讽刺诗《流氓政治家》、范云的木刻画《妇女们殷勤照护八路军的伤兵》《延安总部盛赞收复阳邑战斗》、艾炎的木刻画《宁健年真是爱民好榜样·两万圆关金退还给老乡》、计桂森的木刻画《诉苦》、邵雅的木刻画《民兵放哨》《平毁碉堡》、文扬的漫画《纵火者终将自焚》和漫画连环画《反动派的背信罪行》、高诗林的木刻画《老百姓加紧修筑公路》和漫画连环画《誓死保卫东北》等文艺作品。在《编后记》中，编者称：

《人民画报》筹备了好几个月，直到现在才和大家见面，这是因为我们碰到许多困难，需要一定的时间才能克服。在制版方面，因为机器从晋察冀运来，受到震荡损坏了，而这里修理的条件又很差，一直修理了两个多月，及至制版时，又发现这里的水质不行，最后经过技师们的一再努力，才用蒸溜水解决了问题。另一方面人力也很薄弱，印刷条件又碰上了新的困难，同时因为是创办，经验不多，能力有限，也是延期出版的原因。

现在虽然创刊号算是出来了，但不论在内容与形式方面，都离我们的期望还远，一定不能满足大家的要求。除了我们尽一切努力，去改进外，希望各界人士共同来努力。画报虽然是军区政治部主办的，但既然是《人民画报》，就希望党政军民共同来办，使它确实成为合乎人民和人民军队要求的东西。

这里有些照片由部队送来，未注明作者的姓名，只好从略，当望作者原谅。

最后，本报的创刊，晋察冀军区各位首长，不论在人力物力方面给予我们的帮助都很大，在此创刊之际，特致深厚的谢意。①

因此，《人民画报》在不到两年的编辑出版中，配合党的政治军事斗争，"把艺术家的笔，成为鼓舞人民的斗志和人民军队的士气，诛灭法西斯反动派的武器"②，以及"坚持独立、和平、民主，反对卖国、内战、独裁"等③，成为编辑工作的重心及主要特色。于是，反映中国共产党及军队英勇顽强的战斗场景和英雄人物，歌颂解放区各项政治运动及经济文化建设方面取得的成就，揭露讽刺国民党统治区的黑暗腐败和军队的溃败无奈等，构成了《人民画报》及其编辑方针的主要内容。刊物不仅刊登了大量的摄影图片和漫画、连环画、木刻等文艺作品，而且编辑出版了《刘邓大军挺进大别山》的特大号专辑，发表了朱德的旧体诗《寄南征诸将》，张世威作词、杜矢甲配曲的歌曲《红旗到处飞》和胡征的速写《强渡黄河》等文学作品，在晋冀鲁豫边区文艺运动及期刊出版中产生了重要的作用和影响。

1948年5月，因晋冀鲁豫军区与晋察冀军区合并为华北军区，《人民画报》编辑出版至第8期后停刊。同年6月10日，《华北画刊》刊登《本报启事》称："晋冀鲁豫军区政治部人民画报社、晋察冀军区政治部晋察冀画报社奉命合办成立华北画报社，过去两社出版之《人民画报》《晋察冀画报》《晋察冀画刊》，今后改出《华北画报》与《华北画刊》。"④1948年6月10日，《华北画刊》创刊。1949年8月1日，《华北画刊》编辑出版至第15期后终刊。1948年10月，《华

---

① 《编后记》，载《人民画报》1946年创刊号。
② 刘伯承题词，载《人民画报》1946年创刊号。
③ 邓小平题词，载《人民画报》1946年创刊号。
④ 《本报启事》，载《华北画刊》1948年第1期。

北画报》创刊。1949年12月1日,《华北画报》编辑出版至第2期后终刊。

《歌与剧》（山东）

1946年10月创刊于山东临沂的《歌与剧》月刊,是新四军兼山东军区政治部文工团《歌与剧》编辑室主办,"为供给材料,开展部队文娱活动"而出版的一个演唱刊物。初为月刊,创刊号出版后"为适应环境,改为战时版半月刊"。编者要求每期刊物都应当"分发至连、各级宣教部门及文工团,除应注意对此使用外,应广泛组织与搜集部队文艺创作,自己出版有报纸者亦可运用通讯网组织发动大家写稿。所有稿件,应经宣传部（科）审查,再汇交军（军区）政治部文工团《歌与剧》编辑室"等。[①]所以,为部队文艺活动服务就成为《歌与剧》的办刊主要目标及任务。

1946年11月,为适应抗战胜利后国共内战等政治与军事形势的演变,改版的《歌与剧》（战时版）编辑出版。在《改版的话》中,编者声明：

> 新的战争形势,要求我们换了新的面貌。《歌与剧》月刊刚出了第一期,便不得不改版了,从今以后,我们的"战时版"便将以"轻骑队"的姿态,迎接伟大的自卫战争,为了及时,我们改成了半月刊,为了便于携带,我们缩小到原有体积的三分之一,但是,更重要的,在内容上我们要求自己更实际,更精悍,更能适应任务与需要；我们冀求,每一个剧本都能够演出,每一个歌都唱得开,每一篇文章都能起他一定的指导与启发作用。我们希望这一个小小刊物真正能成为互相联系、交换经验,供给材料的"兵站"！
>
> 因此,我们便不得不再度向一切勇敢的在自卫前线苦斗的文艺战士们,要求你们拿起那被硝烟薰过的笔,写,写,写！写你们所做的、所感的、所看见的、所听见的一切,用歌、用剧、用杂耍、用秧歌、用文字、用书信,甚至用三言两语,还有对这个刊物的改进与批评的意见！

---

① 新四军兼山东军区政治部：《通知》,载《歌与剧》（战时版）1946年第1期。

新的战争形势,要求我们换了新的面貌,扩大来说,也就是要求我们大家创造新的文艺工作方式与作品。这个艰巨的任务是已经落下来了,愿曾经过八年敌后抗战锻炼的文艺工作者们,一同抬起臂膀吧![①]

改版后的第1期《歌与剧》开辟有《交流经验》《剧本》《歌曲》等栏目,不仅刊登了华的《谈谈战时文艺工作》、军克的《我怎样向战士学习》以及编者的《覆军克同志》等论文与经验交流文章,而且发表了王力的《好眼睛》和傅铎的《逃出阎王殿》等话剧作品,以及庆胜、东峰的《齐反对》,王力、苏风的《报仇出气》,君燕、大荧的《自卫战歌》,郝毅、兵珂的《保卫咱的好家乡》和彭彬、陈明的《送前方》等歌曲。

在不到一年的办刊过程中,《歌与剧》编辑室为了更好地配合部队文艺运动及演出活动的展开,除不断改进刊物的内容、努力提高办刊质量以适应读者及社会的需要之外,还主动征求读者的建议与意见,并针对读者提出的刊物"所刊载的歌曲与剧本水平较高,不适合连队使用",以及"配合当前形势和表扬革命英雄主义做的不够"等意见,分别从编辑方针及内容等方面做出了明确的说明与答复。主要包括:

(甲)在内容上:以配合当前形势与任务和表扬革命英雄主义为主。由于《歌与剧》是半月刊,另一方面在交通与印刷条件上受限制,因此在即时配合当前形势和任务就比较困难,但是我们至少要和每一个人的运动紧紧相结合。

在这样伟大的爱国自卫战争中,是出现了很多革命英雄主义者,值得我们来颂扬,传播到战争中的每个兵团每个角落里去鼓励士气。这是今天我们文艺工作者的光荣任务,也更是《歌与剧》的光荣任务。今后我们尽量的求得能很好的成为战士歌同志所"喜闻乐见"的,紧紧与实际相结合的《歌与剧》。

(乙)在形式上:我们准备这样做,除了多采用短小歌曲,小型话

---

① 编者:《改版的话》,载《歌与剧》(战时版)1946年第1期。

剧，杂耍，武老二，游戏，谜语外，还增添小型歌舞剧，说唱鼓词，故事等，使得能真正做到适合连队使用。这点，我们在采用稿件上注意，但也要求大家今后多写些像这类形式的短小精悍的东西。

（丙）其次我们除出版《歌与剧》战时版外，增添一种"歌与剧"业务丛书，刊载些较浅的基本的理论知识供给各部队战士剧团业务学习上的材料及各文教同志在工作中的参考。

"歌与剧"丛书，已出版到丛书之五，还连续出版，不过内容上增添一些，除刊载些较大的歌曲、剧本外，还有系统的刊载些理论知识及经验介绍，供各文工团（队）同志业务研究时之参考，并使得大家在工作中所获得的经验及心得能很好的交流，把战时的文艺很好的开展起来。

亲爱的同志们！我们是计划着这样做，但要想达到此圆满目的，除我们本身努力外，主要的还是要依靠大家同志的帮助，多多提意见，不断的赐稿再赐稿，扶植本刊。①

因此，《歌与剧》通过推出并建立的《歌与剧通讯网组织办法》以及增设《杂耍》栏目等措施，以扩大刊物的作者队伍及提高来稿质量，刊登了陈辛仁的《在战争中改造自己加强创作》，军宣教部的《提倡快板运动》，萧向荣的《关于部队的文艺工作问题》，张望、李淦的《开展医院文娱工作的初步研究》，何为的《一纵二旅政工队介绍：我们做了些什么》，八师文工团的《开展连队快板运动》，雪江的《军文工团在第一后方医院》和李靖的《文工团来开展文娱工作中我的体会》等文章。在刊物上发表歌曲、剧本、小说、快板等文艺作品的作者，主要有叶弦、钱亦华、傅泉、章枚、管荫深、天然、践耳、孔厥、袁静、翰如、阿巴、刘亚、彭彬、何方、陈大荧、丁帆、陈明、晓河、行东、深露、李乐、汉清、青松、陈进、毕恒山、奏成、坪、明若、映、吴明、苏东、王际福、若、石天、二土、东峰、野路、闻达、龙飞、鲁岩、力心、波峰、刘凤锦、凌映、兵珂等。此外，编辑出版了《医院工作特辑》以及"歌与剧业务丛书""歌

---

① 编辑室：《答读者》，载《歌与剧》（战时版）1947年第9期。

与剧丛书"等。1947年5月，《歌与剧》（战时版）编辑出版至第9期后停刊，共编辑出版10期。

《人民戏剧》

1946年10月20日创刊于佳木斯的《人民戏剧》，是塞克主持的人民戏剧社成立后编辑出版的一个戏剧刊物，东北书店总店发行。编辑委员会成员有张庚、舒非、塞克、王震之、吴雪、白桦、沙蒙、陈戈、袁牧之、张水华、李之华、王大化、颜一烟等，塞克担任主编。刊物不仅刊有戏剧理论与批评以及戏剧运动和文艺工作者介绍等，同时注重发表话剧、歌剧、秧歌剧及戏曲等作品，以及适合各地文工团及剧团演出的一些剧目。作者有丁洪、丁毅、侣朋、荒草、陈沙、陈波儿、欧阳山尊、林白、仇平等。1947年，《人民戏剧》编辑出版至第6期后停刊。

1948年11月20日，《人民戏剧》在哈尔滨复刊，出版新1卷第1期，由人民戏剧社编辑出版，东北书店印刷发行。复刊版封面为刘迅设计，水平编排，上下不同底色图形版式，上部置黑色美术体刊名，左侧中部插入套色图案。在复刊号刊登的《复刊的话》中，编者声明：

《人民戏剧》又再能和读者见面了，我们见很兴奋的。

戏剧工作者都表示迫切希望这样一个刊物：能够帮助他们解决一部分剧本的问题，能够提供一些理论和技术的材料给工作紧张，有时还是在行军中间的文工团同志；还希望东北的文工团之间能够互相知道彼此的情况，能够交换彼此的经验——总之，能够使这个刊物成为我们实现提高一步这口号的有力的帮助。

但是我们能否负起这个责任来呢？这就全靠戏剧工作者和戏剧爱好者广泛的支持了。没有这个力量的撑腰，是决然达不到这个任务的。

我们希望怎样的撑腰呢？

希望的是：多提意见，使本刊得以随时改进。

还希望：将你们的创作、经验、消息、照片，以及你们的愿望、要求,随时随地,踊跃地寄给我们。

我们要做到全体戏剧工作者来办这个刊物。

因此,复刊后的《人民戏剧》主要发表了戏剧理论与批评论文以及相关的戏剧运动和演出剧照,如张庚的《戏剧工作者应当总结经验》《五十年来剧运大事编年》《改进创作方法,克服公式主义》《把职业剧作者的创作和群众的创作结合起来》、丁毅的《宣传队下连工作经验点滴》及刘大为的《介绍胜利部的戏剧活动》等。同时,开辟了《剧本》《技术座谈》《工作通讯》《工人文艺活动报导》《文艺消息》《读者往来》等栏目,集中发表了许多戏剧作品及戏剧演出技术方面的文章,如沙丹等集体创作的独幕话剧《谁劳动是谁的》,江浪编剧、鲁滨等配曲的新歌剧《表与轮带》,陈明的话剧《老少心》,若曾等执笔、集体创作的歌舞剧《挖工事》,关东社会教育工作团集体创作的多场话剧《一条皮带》,田川编剧的歌舞童话剧《打黄狼》,张宝兴等集体创作的话剧《结果怎么样?》,王水亭的秧歌剧《二毛立功》,陈明等的多幕话剧《北平号火车头》,绵清的《秧歌舞初步》及苏里的《化装品简易制法》等。刊物的作者还有谷滨、张桂方、守维、亚珊、禹玄、白人、周正、一烟、马可、杨明全、韩彤、方冰、白韦、刘燧、林农、文戎、何慧、侣朋、南英等。

在复刊号的《稿约》启事及《编后记》中,编者除征求"各种形式的剧本,戏剧论文,剧评及书评,剧运通讯,消息"[①]等稿件之外,也对编辑内容及办刊方针做出了进一步的说明:

> 复刊后的《人民戏剧》新一卷第一期慌忙出刊了,但是不能令人满意的地方很多,因为工作又是重新开始,不但接触的方面不够广,而且和许多写稿的同志尚未取得很好联系,但我们相信,正当东北解放区处在节节胜利的时候,无论前方,后方,生动的事迹到处可见,各地文工团,部队宣传队,农村,工厂,士兵,学生市民中间业余戏剧工作者,要将你们许多方面的活动大量报导出来,《人民戏剧》一定拿出最大篇

---

① 《稿约》,载《人民戏剧》1948年新1卷第1期。

幅供大家报导，总结经验，讨论问题并介绍各种创作。

…………

总之，我们热烈地希望各地文工团员们，工厂机关俱乐部的积极份子同志们，连队中爱好戏剧的战士同志们，学校剧团的同学们，热心改造平剧的同志和艺员们，热心的观众们，请为本刊多多写稿，那怕是一个很小的建议也十分欢迎！这样才能使本刊与实际更加密切的结合以使戏剧运动更好的开展起来！①

1949年4月前后，人民戏剧社迁往沈阳。1949年7月，随着中国戏剧工作者协会的成立，《人民戏剧》编辑出版至新1卷第6期后终刊。

《人民音乐》

1946年12月15日创刊于佳木斯的《人民音乐》，是中华全国文艺协会东北总分会音乐会刊，由同年12月1日成立的人民音乐社编辑出版，东北画报社经售。封面构图各期不同，或上下水平编排，或左右均衡编排，但每期刊名均采用美术字体，并加入一幅套色木刻解说性插图。编辑委员会由吕骥、向隅、何士德、任虹、王一丁等组成。编者在《征稿简约》中除表示"本刊文字歌曲均欢迎投稿"外，还要求"来稿请誊写清楚，加标点符号，最好用稿纸，必须用五线谱时，请用黑色墨汁书写，以便制版"及"译稿请附原文"等。②因此，《人民音乐》不仅主要刊登音乐理论与批评方面的论文，以及东北地区乃至各地音乐活动的经验介绍，而且发表了许多革命歌曲、东北民歌等文艺作品，以及群众性音乐教育及音乐知识等。刊物的作者有马可、瞿维、寄明、罗正、陈紫、刘炽、安波、唐荣枚、鹰航、丁鸣、彦克、徐辉才、晓星、安娥、霍士奇等。1947年5月，因中共中央东北局宣传部决定由吕骥担任刚刚成立的鲁迅艺术学院文工团团长，《人民音乐》编辑出版至第1卷第3期后停刊。

1948年10月25日，《人民音乐》在哈尔滨复刊，出版新1卷第1期。复刊版

---

① 《编后记》，载《人民戏剧》1948年新1卷第1期。
② 《征稿简约》，载《人民音乐》1947年第1卷第2号。

封面水平编排，上下不同底色构图，大号美术体刊名居上，下方插入套色圆形图案。吕骥、向隅分别担任正、副主编，编辑委员会由吕骥、何士德、向隅、任虹、安波、李劫夫、庄映、李鹰航、张一鸣组成，东北书店发行。在《人民音乐》复刊号的《编后记》上，编者称：

> 《人民音乐》自去年停刊以来，经常有人问起何时复刊，可见一个共同发表意见，研究业务上专门问题的刊物是为大家所需要的。文工会议以后，经过几个月的努力，终于克服种种困难，得以在冬季将尽的时候重新和大家见面。我们希望，本刊能够为新时期的音乐运动尽一分力量，这首先依靠音乐工作的同志爱护它，支持它，经常投稿和提出意见，使它能够和实际工作密切结合起来，真正成为群众性的音乐刊物。
>
> 本刊文字求主要适合一般音乐工作者，也以少量篇幅登载比较带专门性的文章；歌曲以供各方面群众演唱为主，合唱及乐器曲为补。稿件取舍是否合乎需要，文章内容是否合乎实际，希望读者随时指正。
>
> 本期在人力稿件缺乏的情况下编成，缺点一定很多，愿从此和读者共同努力。

复刊号除刊登有吕骥的《学习技术与学习西洋的几个问题》，向隅的《加强歌词的研究》《对人民解放军军歌及进行曲应征歌曲的意见》、一鸣的《组织现有的力量，把歌子教给连队》和马可的《戏剧音乐的阶级性》等理论批评论文，以及李焕之的《曲调的构成》、丁洪的《歌词创作上的几个技术问题》及何士德的《发声法研究》之外，还发表了张联、谢明、邢也、张傅吉、安波、劫夫、邓止怡、吕骥等音乐家创作的20多首歌曲，以及《华北音乐活动概况》《部队音运通讯》等消息报道。为了办好《人民音乐》，编辑委员会还制定了一份详细的《人民音乐编辑计划》，具体内容为：

> 前言
>
> 为加强今后本刊工作，特拟订一计划，请大家提出意见为盼！
>
> 本计划，系根据我们少数人考虑到实际力量，就可能实现的范围而提出的，很不完全，希望大家提出意见，以便补充。

计划

一，建立研究与批评

A，介绍各种切合实际专门研究，如关于创作的演唱的，演奏的，历史的和民间音乐的。

B，组织对这一时期被大家注意的作品的研究和讨论，并请专人写批评文字。

C，在今年内有计划的研究几个问题，并就研究中所发现的问题，分别写成评论。根据目前情况，拟在今后几个月内研究下列几个问题：

（1）电影音乐问题

（2）群众歌曲问题

（3）歌剧音乐问题

（4）小学音乐教育问题

办法：按期公开征集各方面及读者对某某问题的意见，由编委会召集研究会（少数人的）或座谈会（多数人的）研究讨论，同时请多方面创作者发表意见，选择其中之一部份发表于本刊，或请专人写成专门研究或评论发表于本刊。

二，建立通讯报导，交换经验

希望各音乐工作组织（如文工团宣传队中的音乐组乐队，各单位的歌咏队合唱队等）及各人有计划的报导自己的具体活动情况，工作经验，以便推广经验，互相学习，改进工作。

办法：由各方面各单位组织写稿，个人亦可投稿，最好由各方面各单位行政上指定专人负责写稿，本社得斟酌情形，聘请为定期的通讯员。除稿酬外，并定期附送杂志一份。

三，组织学习讨论

根据各方面音乐工作者的需要，计划分别讨论下列几个问题：

（1）关于群众音乐运动问题；

（2）关于提高问题（包括学习西洋音乐，学习音乐技术，学习民间音乐，接触生活等问题）；

（3）关于学习方法问题；

办法：先由各方面的音乐工作者书面提出具体问题，具体困难，和自己的看法和意见。讨论时间及顺序，视所收到的书面材料多少而定先后，然后由编委会召开研究会（少数人的）或座谈会（多数人的）然后将大家所提出的问题困难意见以及研究会所得出初步结果或座谈会的主要发言汇集发表于本刊。

四，其他问题

创作，仍按过去方针，以群众所能唱的歌曲（包括合唱）为主，亦以少数篇幅发表群众（工农兵及初学创作的）自己所创作的作品。器乐曲以群众性的管弦乐队所能演奏的作品为主，亦以少数篇幅发表群众所能接受的独奏与小合奏的作品。

文字以切合目前实际需要的文字为主，某些有价值的较短小的专门著作，虽不一定是目前所急切需要的，也拟选出少数或择其重要部份予以介绍。[①]

《人民音乐》在发表革命歌曲、歌舞曲、器乐曲等音乐作品的同时，也相继开辟了《技术讲座》《音乐活动概况》《音运通讯》《音乐工作者来信》《通讯讨论》《音乐出版物介绍》等栏目，力求能够在推动群众性的音乐运动及创作活动中发挥重要的影响和作用。1949年初，人民音乐社由哈尔滨迁入沈阳，决定"本刊第一期出版脱离，第二期因迁沈，付印脱期，故出第二期第三期合刊，以后，当努力做到如期出版"[②]。但是，1949年7月，随着中国音乐工作者协会的成立，《人民音乐》编辑出版至新1卷第4期后终刊。

《歌与剧》（冀中）

1947年1月创刊于冀中河间的《歌与剧》月刊，由冀中文协主编，冀中新华

---

① 编委会：《人民音乐编辑计划（草）》，载《人民音乐》1949年新1卷第2—3期。
② 《编后》，载《人民音乐》1949年新1卷第2—3期。

书店出版，秦兆阳担任主编。由于1940年冀中文建会与冀中新世纪剧社，为配合群众文艺活动合编的同名油印刊物《歌与剧》，于1942年编辑出版至第4期后停刊，所以《歌与剧》月刊的创办也被视为油印版《歌与剧》群众演唱刊物的续刊或复刊。

《歌与剧》的编辑方针及目的任务，是为群众性的文艺活动提供演唱材料。《歌与剧》创刊号除发表一些剧本、歌曲、鼓词及快板等文艺作品之外，为配合当时中共晋察冀分局倡导的开展乡村文艺运动和农村剧团的建设等决定，集中刊登了崔嵬的《把握着方向》，赤明、魏亚明的《翻身运动中成长起来的护持寺村剧团》，郭维的《我看了护持寺翻身剧团的演出》，以及冀中文协的《实践和发展"穷人乐"方向的范例》和冀中文协与冀中公署教育厅的《为什么要奖励护持寺村剧团？》等文章。在《本刊征稿条例》中，编者征集稿件的要求包括：

一、本刊欢迎短小精干的剧本、歌曲、鼓词、相声、有关文艺活动的通讯、批评文字、短论、技术介绍等类稿件。

二、关于剧本创作，最好与目前中心任务相结合，在形式上特别欢迎地方戏、小调剧、秧歌剧、快板剧等。

三、来稿须缮写清楚，注明通讯地址及姓名，寄交冀中文协本刊编辑室。

四、来稿一经刊载，即致薄酬。①

《歌与剧》不仅发表了贺敬之的《张金虎参军》，一兵的《女八将》，丁冬、王涛、王偌的《李秃和他爷爷》，韩塞的《朱宝林看的清》等歌剧、秧歌剧，安平、张合村、贺敬之的《学作活》，八分区联络部与北蔡村剧团合编的《赵洗尘"擦黑点"》等话剧，周克的《兄弟会》，韩塞、何迟、胡可的《四姐妹嘴顶》，刘咨同的《懒汉"白一眼"的转变》，傅铎的《小奸灭战》等梆子戏、快板剧，唐诃的《解放区的妇女好生活》，纪普锋、小流的《翻身小唱》，伟令、印象的《快快立功劳》，贺敬之、白烽的《生产竞赛》，丁里填词的《东

---

① 《本刊征稿条例》，载《歌与剧》1947年第2期。

方红》，胡苏、泷生的《我们是农村的主人》，邢也、劫夫的《坚决打他不留情》，刘佳、张非的《没有老百姓那有八路军》等歌曲，胡杰、大共等的《血井恨》，晓真的《穷变富》《学习李洛贵》等鼓词，还刊登了兆阳的《实行"穷人乐"方向的几个具体问题》《写剧本应注意的一些问题》、王敏的《领导村剧团的几点经验》、王林的《农忙时节，村剧团怎样活动》、胡苏的《谈表演的语言问题》等批评论文。刊物的作者还有付林、芜谨、马驰、晓籨、步青、罗浪、王力、苏风、王力民、边军、赵进田、郎少青、佩之、徐曙、虹羽、田彭喜、鲁晴、齐冲、敬民等。1947年4月，编者在《本刊四个半月来稿小结》中对编辑内容做出了总结：

> 本刊自阴历去年十二月创刊以来，到现在已四个半月，收到稿件共一五四件。平均每天约来稿一件。就刊物的性质说，来稿是不算少的，但就冀中广大地区文艺运动的发展情况来说（"五一"前仅村剧团即有一千七百多个），则来稿数量可说是很微小的了。这大概要归咎于以下原因：第一，编者与广大读者及作者联系不够。第二，本刊第一期出版后，第二期因故延期至阳历四月始出版，在此延期期间，来稿几乎停顿。第三，发行面积不大，广告宣传不够等，都使好多读者和作者对本刊印象不深，好多村庄和连队还不知道有这么个刊物，至今仍有不少"歌"和"剧"的稿件都是寄往导报社，而不知道寄本刊。第四，各地文艺团体（如剧社）之投稿关系尚未很好建立。相信今后在编者，读者，作者，出版者诸方努力之下，来稿一定会踊跃起来，刊物也会日见进步的。
>
> 在一五四件稿件中，剧本有五五件，歌曲六〇件，鼓词二〇件，杂耍四件，论文和通讯十五件。
>
> 在五五个剧本中，就内容说：反映土地改革者，约占五分之一.五。反映大生产者，不只五分之一。直接与自卫战争有关系者（如参军优抗劳军等），约占四分之一强。反映连队生活者，约占十分之一。其他内容约占八分之一。其中直接描写战斗者，则几乎一篇也没有。今后本刊特别欢迎直接描写连队生活与战斗生活之稿件，以加强贯

彻文艺为兵服务为自卫战争服务之方针。

在一五四件来稿中,由专业文艺工作者与非专业文艺工作(包括农村,连队及各级干部工作者)写的各占一半。由此可知冀中区群众文艺运动的基础是非常深厚的。

在来稿中有关文运之通讯报导,及技术指导经验介绍之稿件太少,至使本刊与实际文艺运动联系不够,以后亦特别欢迎这类来稿,希各地作者注意。

为了加强与读者的联系,了解本刊出版的实际效果,特在此广泛征求读者意见,希各地读者来信回答以下问题:

(一)在本刊已出版的四期中,你最欢喜和最不喜欢那个剧本,那个歌曲,那篇通讯?

(二)你最希望在刊中增加些什么内容?希望多登那一类的稿件?

(三)你对本刊有什么其他的要求和意见?①

作为推动延安文艺运动及晋察冀边区群众文艺活动的一个演唱刊物,《歌与剧》始终将配合党的中心工作及为现实服务视为编辑的基本准则。编者明确提出"加强文艺为战争服务"的口号,除要求"全冀中文艺工作者","应该到枪林弹雨中去和到战士们的生活中去","帮助群众彻底翻身,彻底完成土地改革,以加强支持战争的雄厚力量"等之外②,也将"本刊力图在形势发展中,日潜改进。希望更多来稿与提供意见,让《歌与剧》与读者作者紧密的联系起来坚持工作,迎接胜利"③。1947年7月10日,《歌与剧》编辑出版至第5期后停刊。

《冀鲁豫画报》

1947年2月1日,《冀鲁豫画报》创刊于冀鲁豫边区,是中共冀鲁豫区党委主办的一个大众美术刊物,由冀鲁豫边区文艺界联合会编辑,冀鲁豫书店出版发

---

① 编者:《本刊四个半月来稿小结》,载《歌与剧》1947年第4期。
② 编者:《加强文艺为战争服务》,载《歌与剧》1947年第4期。
③ 编者:《编后》,载《歌与剧》1947年第5期。

行。张明权、严朴、劳郭等先后担任主编,董亚斌、张一苏等负责编辑工作。

  《冀鲁豫画报》创刊以后,在推动当地群众性美术运动与创作方面,以及配合党的中心工作和各项政策方面都产生了很大的作用。而且,该刊作为冀鲁豫边区编辑出版的一个大型美术刊物,对冀鲁豫边区新民主主义文化建设和提高工农兵群众的文化教育水平等有着重要的社会影响及意义。1947年4月,时任中共冀鲁豫区党委宣传部副部长李春兰在冀鲁豫文联干部大会上,立足于"为了进一步联系群众、结合实际,决定加强对中心工作的反映,及时解决中心工作中的问题"等角度,提出并要求《冀鲁豫画报》的办刊宗旨及编辑方针应当"是以区村连排干部以下的工农兵群众为主",并且"内容要与当前中心工作紧密结合,注意画能代表一般的典型的材料。表现的手法,要中国风味,色彩、线条适合农民口味。一看画、不看字,也可以懂(画为主、写为副)。连环画比独幅画容易表现一个过程,所以故事性强。应该提倡多画连环画"等。①

  1947年7月1日,《冀鲁豫画报》编辑出版第6期之后,时任冀鲁豫四中教务处副主任林翔在《介绍〈冀鲁豫画报〉》一文中,从主题内容、表现形式等各个方面对《冀鲁豫画报》做了推荐与介绍,让读者对刊物有了大概的了解。

> 《冀鲁豫画报》自从二月一日创刊以来,已出至六期了。在这六期中,它以极大的篇幅,描绘着我冀鲁豫区的真人真事,并且与现实政治任务,紧密地结合着。如第五期的三幅连环画,《刘庄复查》(白桦)反映了当前的伟大的复查运动,《地主高鹤皋的血爪》(刘易士)暴露了地主的奸诈阴谋,《翻了身的妇女们》(劳郭)生动地把我区妇女进步的姿态描绘出来。新近出版的第六期,内容更加丰富了,有反映复查的《撕破地主的假脸》,《地洞也藏不住》和《园子回家》,有反映敌后游击战的《铁孩子》,有写妇女领袖的《张巧云》,有画军民关系的《帮助麦收》,有写前方的《民兵押解俘虏》,有画参军的《筑先参军》。这简直是我冀鲁豫区这一时期工作面貌的一幅缩影。

---

① 李春兰:《冀鲁豫文联干部大会讨论问题的总结》,见中共冀鲁豫党史工作组文艺组编:《冀鲁豫文学史料》,河北教育出版社1989年版,第146、148页。

应该特别提及的,有许多作品是民间艺人画的,如第四期张寿臣画的《修大堤》,是用单线平涂的表现手法,画面清楚明快,使老百姓一看能懂。第六期刘宗河的连画《复查彻底,地洞也藏不住》,和部怀林的独幅画《筑先参军》,不仅主题政治性很强,而且色彩鲜明,逼真,构图丰满、完整。无疑的,画报是广大群众性刊物,今后希望各地民间艺人密切的合作。

画报社提出办这刊物的方向,是很正确的,他们提出"要画真人真事,要多画具体故事的连环画","要适合群众口味"。这些,他们还只是在开始作,正向这个方向努力。实现这些东西的关键,还在于他们要走群众路线和广大读者的热心协助。

最近,他们从第五期起,通过政府及宣传部门,广泛赠阅三期,使画报能普及到各个农村、学校和城市。这里,要求各界,特别是教育界,及时拿起这支教育群众的武器;把它贴在村镇街头,向广大群众宣传解释;把它描成壁画,使它能起更大的作用;搜集群众对画报的意见给晋鲁豫画报社,以求改进,供给画报材料和画稿,使画报真正成为群众自己的刊物。

目前,画报社为了迎接反攻和复查的胜利,正竭力扩大,增出增刊和附刊(小册子连环画等)。然而,不可否认的,他们本身力量还小,而且画报还存在着许多缺点。(如有些画不容易为群众所接受,有些画的取材太一般化,有些文字不够通俗简明,因为人力物力的限制,还没有全面的把当前伟大的事迹描绘出来。……)这里,希望各界,特别是教育界,能伸出诚挚的手,大家来一齐把这刊物办好。[①]

1948年春,根据中共中央关于各解放区要结合土改开展整党整风的要求,冀鲁豫边区开展了整党学习。于是,文艺界联合会的各项工作"陷于停顿,文化工作者大部都放在工作团去参加民主整党、结束土改等工作"[②]。因此,1948年春,《冀鲁豫画报》编辑出版至第18期后终刊。

[①] 林翔:《介绍〈冀鲁豫画报〉》,载《新地》1947年第3卷第5期。
[②] 《冀鲁豫区党委宣传部召开文化工作座谈会》,载《冀鲁豫日报》1948年9月20日。

《演唱杂志》

1947年9月15日,《演唱杂志》创刊于山东菏泽[1],为中共冀鲁豫文工团编辑委员会编辑、冀鲁豫书店为配合群众性文艺活动而出版发行的一个戏曲演出刊物。《演唱杂志》主编由时任冀鲁豫文联剧委会主任、冀鲁豫文工团团长兼编导吕艾担任。

事实上,从1946年初开始,中共冀鲁豫区党委宣传部就先后多次下达文件,指示并推动包括春节文化娱乐工作及年关宣传等方面的群众性文艺运动。1947年5月25日,中共冀鲁豫区党委宣传部发出文件并号召展开"翻身大写作,每人一篇稿"的写作运动。

> 为了反映与记载各地群众翻身后的活跃情形,为了搜集地主封建势力压迫剥削群众、黑暗统治、吃人罪恶的情形,以及目前地主封建势力暗地破坏群众的狠毒活动情形,作为教育群众的好材料和记载这一页光辉的历史,中共冀鲁豫区党委宣传部特发起号召:"翻身大写作,每人一篇稿"运动;用群众集体的力量来全面的写这一群众伟大的行动!
>
> 凡我区、县以上干部(包括中学小学教员)每人要写一篇(多了更好)。如能发动一部分村干部写稿或与村干部积极分子互助写稿更好。不识字或不能写的同志,也要和人互助写,自己用嘴说故事,找人代笔写成稿(识字会写的同志一定主动帮助写)。
>
> 各级党委,要推动各种组织、所有干部,一齐动笔动口,卷入这一写作运动。领导人要首先亲自动笔带头写。把这一工作,列入工作计划,认真负责检查督促完成。宣传部更要推动通讯组织和报纸抓紧指导贯彻这一运动。这一翻身大写作运动和复查运动绝不矛盾,相反的正是为了反映与推动复查运动。每个同志还要把这一件事列入自己的立功计划,保证完成。

---

[1] 根据《演唱杂志》创刊号刊登的《怎样给〈演唱杂志〉写稿》启事后面署的"九月十五日"以及刊物的编辑内容及方针,可推断其创刊时间为1947年9月15日。

这一写作运动中的积极分子（干部和单位），领导上要注意通过报纸，及时表扬示范，好推动一般，造成人人写稿的运动。①

为此，中共冀鲁豫区党委宣传部，不仅规定了写作的内容、题材、字数和体裁等方面，"稿子长短不拘"，"文字的形式也不拘啥体，通讯、小说、剧本、快板、歌曲、小调、坠子、诗、图画、木刻等等，随便你怎写都行。写啥顺手就写啥"；而且，"专门组织了一个'翻身文稿编委会'负责收集、研究、编辑成书（铅印）。并且评定好坏等级，发给奖金，公布全区"，以及"稿子随来随看，好的随时可在《冀鲁豫日报》、《平原文艺》、《新地》、《画报》、《大众戏曲集》、《教育导报》上发表，最后再辑印成书"。②

所以，《演唱杂志》的创刊，是贯彻及落实中共冀鲁豫区党委宣传部推动的"翻身文艺"大写作运动，以及配合文艺演出活动的需要，同时延续了同年初冀鲁豫文联编辑出版的《大众戏曲集》的办刊宗旨，以及通俗化与大众化的编辑方针。因此，《演唱杂志》除在创刊词《演唱咱们自己》中声明自己的办刊理念是"自己编歌自己唱，自己编戏自己演。演唱咱们自己的事，演唱咱们的功臣和模范"之外③，又在《怎样给〈演唱杂志〉写稿》的征稿启事中，具体说明了刊物的编辑内容：

一、《演唱杂志》是给老百姓跟各剧团办的，来稿都得叫老百姓能演能唱，看懂听懂，要不，不登。

二、戏，歌，小调，快板，鼓词，啥调门，啥玩艺都行。

三、编，演，吹，打，拉，弹的各种经验，办法。

四、领导剧团的经验，剧团的情况，演员艺人怎样翻身？怎样工作？

五、翻身复查，参军，打仗，帮助前方，互助生产，都能编，要编本地本村的真事，调查好再编，别说空。

---

① 《中共冀鲁豫区党委宣传部号召："翻身大写作，每人一篇稿"运动》，见曲伸、王义印编：《冀鲁豫边区文艺资料选编》（5），河南省革命文化史料征编室1990年印，第8页。
② 《中共冀鲁豫区党委宣传部号召："翻身大写作，每人一篇稿"运动》，见曲伸、王义印编：《冀鲁豫边区文艺资料选编》（5），河南省革命文化史料征编室1990年印，第8—9页。
③ 《演唱咱们自己》，载《演唱杂志》1947年创刊号。

六、来稿写清自己名字，通信地点。

七、字要写清，每千字给稿费三百元，不登出退回。

同志们，别说文化浅，写不好，咱都是才学，孬点好点没啥，请多写吧！话怎么说就怎么写，那就行。①

《演唱杂志》不仅注重刊登各地群众性文艺运动及经验介绍，如李林枫的《学学人家改戏编戏演戏的好办法——一中艺术部戏剧训练班经验》、映星的《怎样粘胡子》、李刚的《怎样编唱词和道白》、程波的《民友剧社进步快》和少钢的《民艺剧社到那里那里喜欢》等文章，而且开辟了《农村剧团消息》《坠子、快板》《剧本》《歌曲、小调》等栏目，发表了来自各个农村剧团的演出动态，尤其是群众性创作及演出活动中取得的一些代表性成绩。如李林轩的坠子《修堤治河打老蒋小段》、郝林芳的快板《倒苦水》、王广文的快板《革命宣传员》、粟奇的秧歌剧《查财》、袁辰五的街头剧《站岗》、村夫的快板杂耍剧《给魏德迈送行》、孙洪的秧歌剧《走亲戚》、孙汇川的高调秧歌剧《查路条》、张忠运等的话剧《上当》等，以及一区田庄姐妹团编的《复查歌》、濮县六区王庄张广钧编的《为啥要上学》等歌曲小调。为此，编者在《编后》中称："这是第一期，跟做买卖的一样，才开门，很多工作事先没准备好，人少，我们又净些外行，毛病反正少不了，希望大家多提些意见，以后越编越好！"还称："听说很多县很多村成立起来很多剧团，还编了很多歌很多戏，有很多好办法，以后请大家多写稿，各县通讯站的同志，各县区作文教工作的同志，今后请多给收集些农村的创作和材料，组织和带领他们写稿，多来稿，多来信，多批评，咱们共同来办《演唱杂志》！"但是，随着国共内战的演变，《演唱杂志》创刊号编辑出版后即终刊。

《翻身乐》

1948年3月1日创刊于哈尔滨的《翻身乐》月刊，是中共中央东北局宣传部主

---

① 冀鲁豫文工团编委会：《怎样给〈演唱杂志〉写稿》，载《演唱杂志》1947年创刊号。

办，由翻身乐杂志社编辑、东北书店出版发行的一个通俗文艺刊物，创刊号封面构图为木刻家古元设计的套色木刻版画。刊物由时任中共中央东北局宣传部副部长郭述申直接领导，徐今明担任主编。刊物最初为月刊，读者对象为翻身后的工农兵群众，第4期后奉命改为"区村干部"读物，第9期后改为半月刊。1948年11月2日，翻身乐杂志社迁入沈阳。

《翻身乐》创刊号刊登的由郭述申撰写的发刊词《见面话》阐述了办刊宗旨及目的任务：

> "翻身乐"这个名字，大家都很熟，而这个小刊物，却还是第一次和众位见面，因此先要来表明一下态度，这个《翻身乐》是干啥的？站在哪一边？给谁办事情的？谁们来办？
>
> 咱们一听这个名字"翻身乐"，就知道它是和劳动哥们有关系，今天只有穷哥们的翻身斗争，是最值得快乐的。
>
> 农村里的穷哥们，翻起身来斗争早昀剥削他们的地主富农，分地分房又分财物，有吃又有穿，日子过好起来，翻身翻乐了。工厂里的工人弟兄们也翻了身，不再受压迫，生活也比以前改善，从今后日子也好起来了。工厂和农民为了要保住他们的好日子，都拥护共产党，跟着咱们的领袖毛主席走。好多工农青年子弟，都参加了人民解放军，成为光荣的人民战士。
>
> 这个《翻身乐》，是和翻了身的农民，工人和战士站在一边的，专门替广大的劳动哥们办事。
>
> 目前啥事最重要呢？有两件大事情：一件是前方打胜仗，消灭蒋介石匪军；再一件是后方彻底平分土地，消灭小蒋介石，以后，发展大生产，支援前线，只有把这两件事情做好，咱们就真正彻底翻身了，永远能过好日子，这个《翻身乐》，就是和大家站在一起来努力，办好这两件大事情。
>
> 咱们翻身，要明白翻身的道理和办法，这里有各种常识和故事，有歌有画，还有各种文化娱乐材料。只要识一千字就能看懂，如果不识

字,就要请识字的来念来教,这样常常学就有办法,开脑筋,明白很多道理,就会替大家办好事情。

那末,这个刊物仅由几个人来办来写,能否办好呢?不行的,既然这《翻身乐》是大家的,就需要大家来办、大家来写,大家有意见就提,有疑问就问,有自己或者是大伙一起编写的歌谣、鼓词、故事、谜语和其他材料,甚至有必须要说的一句半句话,都可以写出来,或者请别人写出来,寄给我们。所有劳动哥们——工人农民和战士写来的稿子,我们尽量满足大家的要求,给予解答、整理和发表。

《翻身乐》要大家来编,大家来写稿,大家来爱护和督促。总之,《翻身乐》是咱们劳动哥们大家的。在《翻身乐》里看翻身,学翻身!在《翻身乐》里获得翻身的文化果实和快乐。

所以,《翻身乐》特别注重封面、封底设计及构图版式的通俗性,每期的封面、封底都采用整幅的主题套色木刻版画或彩色解说图案,并开设《画页》《图画》《歌谣》《大众园地》《新年文娱材料》等文艺栏目。同时,《翻身乐》注重在《建党》《天下大事》《工作研究》《俱乐部》等专栏中,发表宣传介绍党的理论方针及历史政论等方面的论文,以及文化教育及科学常识等方面的文章。其中,刊登了不少通讯报告、诗歌、歌谣、故事、歌曲等文艺作品以及漫画、木刻、连环画等美术作品,包括郎万波、李伟的《离不开共产党》,赵青林、林耘的《二流子改造》,张蓓的《赵占魁》,赵祥俊的《小英雄孙吉祥》,离离的《石满春》,赵域、元平的《拥护你,毛主席!》,安娥、晓星的《再加一拳头》,周立波的《毛主席的心有窝棚大》,华山的《打进关里去,解放全中国!》,方青的《积极苦干的铁路工人》,周玑璋的《新年乐》,马可的《歌唱东北解放》,甯玉珍的《劳军腰鼓》,晓星、劫夫的《解放全中国》,张朴的《冬季生产小调》,刘克俭的《地富的心并没有死》,井岩盾、瞿维的《四季生产歌》,华君武的《人民把他们送进自己掘好的坟墓中去》,李作素的《李大嫂领导好》,徐思、静如等的《大战坦克车》,赵文贤的《干部要学文化》《常开地头会》,沃渣的《老李头爱护伤员》,余真的《光着脚打仗》,回眈的《快来呀！要完成三铲三蹚》，徐思的《模范干部邓国章》，行素、静茹的《特等妇女模范干部王雅琴》等。刊物的作者还有白刃、厉声、阎子勤、谭亿、潘青、毕成、石明、刘兰、芳岐、张振翔、李贵、车岫霞、王林等。

在《〈翻身乐〉投稿办法》中，编者声明：

（一）四期起即改变成为区村干部读物。

（二）稿件内容：

1 在执行党的政策与各种工作中（如生产、重划阶级、缩小打击面……），各阶层、干部、群众的具体思想反映，通过具体事实报导出来。

2 建党问题：新、老党员、非党群众在公开党、发展党中间的各种思想反映与认识。

3 卫生常识与反迷信材料；但必须联系农民的日常生活的现实问题。

（三）体裁不限，通讯、故事、歌谣、快板、小调、大鼓、秧歌、连环画等一律欢迎。

（四）几点要求：

1 文字力求生动活泼，通俗大众化。

2 每篇字数不超过一千字。

3 一篇最好只写一件具体事，不要笼统，不要包罗太广。

4 来稿要缮写清楚，不要潦草；并写上真实姓名、通讯地址，以便通信连络。

（五）登出来的稿子，稿费从优。

（六）来稿概不退稿，须退稿者请注明。

（七）稿子寄到哈尔滨道里地段街五十二号翻身乐杂志社收即可。[①]

1948年12月20日，《翻身乐》宣布："本刊从第十三本起，迁移沈阳出版"[②]。1949年3月5日，在《翻身乐》创刊一周年之际，编者在《〈翻身乐〉的

[①] 《〈翻身乐〉投稿办法》，载《翻身乐》1948年第5本。
[②] 《重要启事》，载《翻身乐》1948年第12本。

一年工作检讨和今后计划》中，明确强调刊物的编辑方针及任务，是"以农村的区、村干部与相当此一程度之城镇的群众工作干部为主要读者对象"，"供给较有系统的浅近革命理论与科学文化知识，借以提高区村干部之政治文化水平"，"贯彻、解释党的各种政策及交流典型的工作经验，以改进区村干部之工作作风，并充实、提高区村干部之工作能力"，以及"进行有重点的农民思想意识之改造工作，以逐渐加强其为人民服务之革命人生观的教育"等。[1]1949年6月20日，《翻身乐》编辑出版至第24本后停刊，并且宣布："《翻身乐》从二十五本起，改名为《新农村》，今后所有来信来稿，请寄沈阳市马路湾新农村杂志社收就行；原有订户，均改寄《新农村》杂志社，敬希大家注意。"[2]

《天津画报》

1949年2月1日[3]，由中共天津市委文教宣传部主办、天津画报社编辑发行的《天津画报》在天津创刊。刊物为单张四开四个版面、双面胶印的旬刊。方弘担任主编，洪藏、黄山定、黄丕星等负责编辑工作。在创刊号刊登的一则简短的创刊词《我们的话》中，编者宣称：

《天津画报》今天和大家见面了。

我们出这个画报的希望，是报导人民解放战争，鼓舞人民支援解放战争，反映人民城市各方面的建设，人民生活情况。

但，我们的力量是很微弱的，希望各方面给我们批评和大力的帮助！

《天津画报》创刊号除刊载了名为《中国人民领袖毛主席》的大幅肖像，以"毛主席为人民谋幸福 他是人民的大救星！"主题的、杨昭仁等摄影的《天津解放万民欢腾》等照片，以及《解放全华北！解放全中国！》《解放天津战斗中活捉到的蒋匪将官》等系列摄影报道之外，还发表了《不吃饼干吃冻高粱饼》《天津解放后秩序迅速恢复》等文字图片通讯报道，以及森桂、礼波的歌曲《贺

---

[1] 《〈翻身乐〉的一年工作检讨和今后计划》，载《翻身乐》1949年第17本。
[2] 翻身乐杂志社：《本刊改名为"新农村"启事》，载《翻身乐》1949年第24本。
[3] 《天津画报》创刊号上标注的出版日期是"中华民国三十八年二月十一号"。

新年》和计桂森、王流秋的木刻版画等"解放区版画介绍"。在《天津画报》刊登的《稿约》中，编者要求：

一、本刊欢迎投稿。

二、凡反映部队战斗生活，工厂、学校、农村及其他生产建设，职业生活之照片、木刻、版画、连环画、诗歌、短小文字，及其他美术作品，均所欢迎。

三、照片要清晰，画稿须用黑色绘制，以便制版。

四、来稿如欲退还须预先声明，并附足邮票。

五、来稿请用作者真实姓名及住址，以便通信。

六、稿件一经刊用，酌致薄酬。

七、来稿寄：陕西路十一号天津画报社。①

于是，在编辑出版过程中，《天津画报》先后刊载了齐观山、赵域拍摄的系列照片《解放军进驻北平之庄严入城式》，《一月三十一号》《欢祝平津解放天津十四万人集会游行》《天津工人纪念"二·七"》《北宁路修复通车》《解放后的南大》等摄影通讯，以及《华北临时人民代表大会》《华北人民政府介绍》《华北大学介绍》《从封建枷锁中解放出来的新女性》《人民功臣，无上光荣！》《各地送军南下集讯》等专题性报道。同时，发表了李纳的《"毛主席在我们身边！"》、李克简的《"原来他是咱们的黄市长！"》、黄克靖的《看了新平剧〈九件衣〉》、芦甸的《从观众反映看〈九件衣〉》、刘冰的《漫谈秧歌》、司马仑的《"白毛女"的故事》《新天地·新电影》、巍峙的《〈王秀鸾〉观后感》、鲁藜的《毛主席在乡村》等报告文学与文论批评，以及肖肃的《兄弟回来了》《修自己的路》《劳动英雄赵占魁》，华君武的《认贼作父》，美术供应社绘的《将革命进行到底》，马钟的《解放了的铁路工人》，刘岘的《马车》，沈牧的《当解放军离开我家的时候》，伍必端的《假和平的证据》，《战争挑拨者》《历史的教训》，石榴的《从前是奴隶 今天是主人》，林浦

---

① 《稿约》，载《天津画报》1949年创刊号。

的《中华火柴厂工友积极生产》《解放军汽车与三轮车》，司徒金的《南下漫笔》，秦征的《铁路工人》，李桦的《怒潮》，陈烟桥的《复仇》，吴耘的《救命恩人》等木刻、漫画及连环画作品。刊物的作者还有黄山定、杨振亚、孟昭瑞、白振武、刘叶、李峥、张明哲、高粮、方纪、马达、葛力群、凡牛、郑冷、白河、张举、南宫亮、胥志成、吕红、井凡、于凡、忆红、李凤等。

1949年5月1日，《天津画报》编辑出版至第10期"五一专号"后停刊。

《戏曲新报》

1949年3月26日创刊于沈阳的《戏曲新报》，是东北人民政府文化部和东北文艺工作者协会的机关刊物，也是中国共产党直接领导下创办的一个戏剧专刊。戏曲新报社编辑出版，李纶、张东川先后担任总编辑，王铁夫、赵慧深先后担任副总编辑，成俊、徐汲平、安西、贾斌、滕卫、关岳、贾容、贾鲁等负责编辑工作。办刊宗旨及任务为"领导、组织、探讨、改革旧剧，为新社会、新政治服务"①。在《戏曲新报》创刊号上转载自《人民日报》（华北版）的《有计划有步骤地进行旧剧改革工作——代发刊词》一文中，编者重申了戏曲改革的目的、任务以及刊物的编辑方针：

> 我们对旧剧必须加以改革，因为旧剧也和旧的文化教育的其他部门一样，是反动的旧的压迫阶级用以欺骗，和压迫劳动群众的一种重要的阶级斗争的工具。我们不需要欺骗与压迫劳动群众；相反，我们要帮助和鼓舞劳动群众去反对与消灭这种欺骗和压迫，所以我们对于旧剧必须加以改革。……
>
> 在解放区，对旧剧的改革虽然作了不少工作，并且产生了《逼上梁山》、《三打祝家庄》一类的新平剧，《血泪仇》一类的新秦腔；特别有成效的，是发展了广大群众的新秧歌运动；但由于过去处在农村的分散的游击战争环境，由于当时人力物力条件的限制，仍然没有可能根

---

① 上海艺术研究所、上海戏剧家协会上海分会编：《中国戏曲曲艺词典》，上海辞书出版社1981年版，第655页。

本解决旧剧改革的问题。现在华北人民政府组织华北戏剧音乐工作委员会，以主持整个华北戏剧音乐的工作，目前并以改革旧剧为重点，从平剧开始，进行审查修改编写的工作。……

改革旧剧，审定剧目，当然还只是第一步工作，真正的工作是修改与创作，而为了应付目前的急需，修改又是主要的。我们修改与创作的方法必须是历史唯物主义的。我们首先应该对那些被统治阶级歪曲了的历史事实加以翻案，恢复历史的本来面目（如改编《闯王起义》等）。我们是从现代无产阶级的观点来客观的观察与真实表现历史的事件与人物，而不是将历史的事件与人物染上现代的色彩。

旧剧的改革，有赖于文艺工作者与艺人的通力合作，新文艺工作者有责任指导与实际参加旧剧改革的工作，同时还要耐心地团结与帮助那些旧艺人共同研究，合力改造，并与他们在实践中进行试验，逐步求得完善。

此外，创刊号转载并发表了李纶在《大威周刊》上发表的长篇论文《略论改造平剧服务政治》和《应禁演的和可上演的旧剧剧目及说明》、王铁夫的《谈评戏的改造问题》、秦友梅的《谈过去与现在表演方法之不同》、张青麟的大鼓《老英雄刘英源》、月樵的诗歌《艺人可解放了》、田力健的二人转《进城开会》、艾玉的平剧《仇深似海》，以及铁夫、从民、克英集体改编的评戏剧本《折聚英》等作品和文艺消息。并且，《编者的话》声明：

本期发表了关于改造旧剧的三篇专论，应禁演的旧剧剧目和各地观众艺员对旧戏及旧戏院所提的很多意见，同时又发表了新编的平剧剧本，评戏剧本，大鼓词和二人转剧本等。这是因为：一方面应批判与禁演对人民有害的旧艺术，另一方面则应提倡与演出新编的及经过改造的新剧本和新曲词。只有这样，旧的对人民有害的艺术才能逐渐被新的所代替。这是本期（创刊号）的编辑方针，也是本报总的奋斗目标。但本报创刊伊始，同人等经验和能力都很差，这就有赖于各界帮助，经常提出批评以资改进,经常惠稿以充实内容。①

《戏曲新报》也刊登《本报稿约》启事,征求稿件:"一、关于戏曲(平剧、评戏、书曲、各地方戏)的研究、创作、改造、经验介绍。二、各地各种戏曲工作消息、通讯、总结。三、新创作的或改编的剧本、曲词、插曲词谱。四、戏曲批评及有意义的舞台照片。"②《戏曲新报》除刊登戏曲理论批评与研究方面的论文以及东北地区的戏曲运动与改革方面的相关报道之外,也注重发表新编或改编的现代、历史、传统戏曲剧本等,以及党的戏剧工作方针政策和戏曲工作总结交流等方面的文章,同时,从1950年4月、1951年10月15日起,先后编辑出版了20余册的"东北戏曲新报社丛书"和4集"戏曲研究丛书",如评戏剧本《王贵与李香香》《小二黑结婚》《小女婿》《恩仇记》等,京戏剧本《九件衣》《美人计》《白娘子》《大禹治水》等,以及李纶的《杂谈戏曲改革问题》《戏曲杂记》、王铁夫的《丑角漫谈》和徐汲平的《习曲笔记》等。1954年5月,《戏曲新报》编辑出版近160期后,因东北大区行政机构的撤销而终刊。

《东方红画报》

1949年10月10日,《东方红画报》创刊于上海,由东方红画报社编辑发行,上海人民书报供应社总经售,田鲁(查良景)主编。创刊号封面均衡编排,美术体刊名居上,大红色中华人民共和国国旗背景中加入黑白色的毛泽东挥手半身照片。在创刊号刊登的《发刊词》中,编者宣称:

> 一个独立、民主、和平、统一的人民新中国站立起来了。在人类历史上讲,这是仅次于苏联十月革命的一件非常大事。在中国历史上讲,更是五千年来从未有过的一件天大喜事。这一历史性的伟大成就,是全中国人民在无产阶级及其先锋队——中国共产党领导下全面团结和全面努力的结果。
>
> 现在中国人民已经在基本上打倒了帝国主义,封建主义,官僚资本

---

① 《编者的话》,载《戏曲新报》1949年创刊号。
② 《本报稿约》,载《戏曲新报》1949年创刊号。

主义和一切内外的压迫者，正在抖擞精神，准备以雄健壮阔的步伐，肃清残敌，走上全国规模的和平建设大道，为建设繁荣幸福的新中国，保卫与促进世界和平而努力。

作为新中国的艺术工作者，我们认为忠实地，广巨地，生动地纪录这一崭新的史页，不仅有着无比的历史价值，而且有着重大的积极意义。我们报道人民解放战争的艰苦战斗和辉煌胜利，借以激发人民参军，支前的热情，加速全国的澈底解放。我们传播各地建设工作的情况，借以交流经验，鼓舞劳动，发展生产，繁荣经济。我们认为这是文化艺术工作者当前应尽的重大任务之一。在这方面，文字的表现已经有了不少的成绩，但更具象的图照的表现，却还很不够。以出版条件较为有利的上海一地而论，至今还没有发端。为了满足客观的迫切需要，我们愿意以自己微薄的力量，来开始这一个重要工作。

在从前，画报主要是供有闲阶级消愁解闷的东西。在新的国家里，必须彻底改变过老的颓风，创立一种进步，健康的新作风，站稳为人民服务的立场，切实地为广大人民的实际需要而努力。但是我们的力量是很不够的，请让我们把这刊物作为一种尝试，和学习的起点。我们希望各地艺术工作同志，给我们以帮助和指教。我们尤其热望广大的读者给我们大力的支持。因为我们相信，只有这样，才能使我们逐渐进步，更有效地为人民服务。

创刊号还发表了《百万雄师下江南》《横渡长江》《静静的苏州河》《欢迎，欢迎！欢迎人民解放军》《上海入城式"七·六"军民联合大游行》《黄浦江的欢腾》《粉碎敌人封锁　为建设新上海而奋斗》《新上海人民力量大检阅》等摄影图片、组图，以及谷虹的《踊跃缴粮，支援前线》、盛鼎的《军民合作·排水救灾》等木刻版画、连环画作品。在创刊号刊载的《稿约》启事中，编者提出：

（一）本报偏重照片，附刊漫画、木刻、连环画等。但文稿除与所寄图照有关者外，暂不接受。

（二）内容包括㈠解放战争情况㈡政治动态㈢经济建设㈣工农业生产的恢复和发展㈤解放军的英勇事迹和部队生活㈥工农群众的生活㈦上海地方事件㈧各地地方事件㈨文娱活动㈩各职工文教社团的介绍和报导等十栏。此外凡有历史或纪念价值的图照资料，均所欢迎。

《东方红画报》先后开辟了《欢庆开国·保卫和平》《庆祝伟大十月革命三十二周年》等专题栏目，刊发了《光明照耀着东方》《阳光普照·大地沸腾》《向毛主席拜年》《向史太林大元帅祝寿》等摄影组图及照片，还发表了《向苏联学习》《苏联都市建设》《国际友人祭鲁迅》等专题报道以及《和平礼赞》等诗歌、木刻漫画作品。

1949年12月25日，《东方红画报》编辑出版至第3期后终刊。

参考文献

[1] 山西省文学艺术工作者联合会. 山西文艺史料：第1-3辑［G］. 太原：山西人民出版社，1959-1961.

[2] 鄂豫边区革命史编辑部. 鄂豫边区抗日根据地历史资料：第4辑 文化教育工作专辑［G］.［出版地不详］：鄂豫边区革命史编辑部，1984.

[3] 王大明，文天行，廖全京. 抗战文艺报刊篇目汇编［G］. 成都：四川省社会科学院出版社，1984.

[4] 上海图书馆. 上海图书馆馆藏中文报纸副刊目录：1898—1949［G］. 上海：上海图书馆，1985.

[5] 四川省社会科学院文学研究所抗战文艺研究室. 抗战文艺报刊篇目汇编：续一［G］. 成都：四川省社会科学院出版社，1986.

[6] 广西日报新闻研究室. 救亡日报的风雨岁月［G］. 北京：新华出版社，1987.

[7] 王一民，齐荣晋，笙鸣. 山西革命根据地文艺运动回忆录［G］. 太原：北岳文艺出版社，1988.

[8] 顾棣，方伟. 中国解放区摄影史略［M］. 太原：山西人民出版社，1989.

[9] 山东省出版社总社出版志编辑部. 山东出版志资料：第3辑［G］. 济南：山东省出版总社出版志编辑部，1985.

[10] 鄂豫边区革命史编辑部，湖北日报社. 楚天号角：抗日战争和解放战争时期鄂豫边地区的革命报刊［G］. 武汉：武汉大学出版社，1990.

[11] 杜敬，肖特，展青雷. 冀中导报史料集：创刊五十周年纪念［G］. 石家庄：河北人民出版社，1990.

[12] 罗光达.《晋察冀画报》影印集[G].沈阳:辽宁美术出版社,1990.
[13] 李士德.赵树理忆念录[M].长春:长春出版社,1990.
[14] 河北省文化厅文化志编辑办公室.晋冀鲁豫革命文化史料:冀南地区史料之二[G].石家庄:河北省文化厅文化志编辑办公室,1991.
[15] 《冀鲁豫日报史》编委会.冀鲁豫日报史[G].贵阳:贵州人民出版社,1993.
[16] 吴继金.中国共产党领导的革命美术运动史研究[M].武汉:湖北辞书出版社,2003.
[17] 朱铭,王宗廉.山东重要历史事件:抗日战争时期[G].济南:山东人民出版社,2004.
[18] 中国艺术研究院音乐研究所.二十世纪中国音乐期刊篇目汇编[G].北京:文化艺术出版社,2005.
[19] 顾棣.中国红色摄影史录[G].太原:山西人民出版社,2009.
[20] 张挺,王海勇.中国红色报刊图史[G].太原:山西经济出版社,2011.
[21] 吴锡恩.中国解放区报业图史[M].北京:清华大学出版社,2012.
[22] 石志民.晋察冀画报文献全集:第1—3卷[G].北京:中国摄影出版社,2015.

后　记

　　本书对20世纪30—40年代延安文艺报刊文献资料的研究,直接缘起于2011年赵学勇教授主持的国家社会科学基金重大招标项目"延安文艺与20世纪中国文学研究"。其中,延安文艺文献史料的搜集整理,就是本人承担的子课题及主要研究任务之一。2018年项目结项之后,陕西师范大学出版总社决定汇聚并以"延安文艺与20世纪中国文学研究"丛书之名,编辑出版这个研究项目的学术成果。在赵学勇教授的支持与鼓励之下,我们决定在前期的延安文艺报刊研究整理的基础上,查阅原刊、溯源逐目,以期对延安文艺运动时期中国共产党在陕甘宁、晋察冀、晋冀鲁豫等边区,东北等解放区,武汉、重庆、桂林等国统区,以及欧美等海外地区创办的各个报纸刊物的办刊历程、编辑构成、宗旨理念、体例栏目及代表作者,特别是文艺副刊和文艺专刊等第一手文献资料,进行系统的考订辨析、整理研究。

　　同时,基于目前已出版的延安文艺报刊研究图书,大多偏重于各报刊的一般性介绍或图片资料说明,而忽略对具体文献资料的梳理与历史阐释等现状,本书在汇辑整理延安文艺报刊及其编辑出版的相关文献资料的基础上,对其创刊宗旨、编辑理念、社会影响等,以及其在延安文艺运动中的价值与作用,进行了述略式的历史梳理与学术阐释。全书由"报纸副刊""文学期刊""综合性文化期刊""艺术期刊"4辑组成,分别收录了1936年前后至1949年之间编辑出版的110余份期刊、40余家报纸的百余个副刊,其中,文学期刊近40份,综合性文化期刊40余份,艺术期刊约30份。本书借鉴中国传统的朴学方法,通过对延安文艺报刊文献史料的辑佚与汇编、校勘与鉴别等，研究延安文艺报刊文献史料的特点，以及它在20世纪中国文艺及延安文艺史料学中的学术意义与价值。

本书的"前言""报纸副刊""艺术期刊""后记"和全书的统稿由王荣教授完成，"文学期刊"部分由王西强教授完成，"综合性文化期刊"部分由翟二猛博士完成。

最后，需要特别说明并感谢的，就是陕西师范大学出版总社的梁菲编辑为本书的出版所付出的努力，正是在她的一再督促和坚持努力之下，本书才得以完成并出版。此外，在前期的资料搜集整理方面，当时就读于西安文理学院的党航宇同学和陕西师范大学文学院的研究生童一菲、张雨晨、袁江乐、张敏、田松林、冯超等，付出了许多劳动，感谢的同时希望他们有些许受益。

王　荣

于陕师大长安南山北麓